小说与正史、传记、杂史

王庆华 著

华东师范大学出版社
·上海·

图书在版编目（CIP）数据

小说与正史、传记、杂史 / 王庆华著. —上海：华东师范大学出版社，2023
ISBN 978-7-5760-4240-5

Ⅰ. ①小… Ⅱ. ①王… Ⅲ. ①古典小说—小说研究—中国 Ⅳ. ①I207.41

中国国家版本馆 CIP 数据核字(2023)第 202759 号

小说与正史、传记、杂史

著　　者　王庆华
策划编辑　王　焰
责任编辑　孙　莺　朱华华
责任校对　林小慧　时东明
装帧设计　卢晓红

出版发行　华东师范大学出版社
社　　址　上海市中山北路 3663 号　邮编 200062
网　　址　www.ecnupress.com.cn
电　　话　021-60821666　行政传真 021-62572105
客服电话　021-62865537　门市(邮购)电话 021-62869887
地　　址　上海市中山北路 3663 号华东师范大学校内先锋路口
网　　店　http://hdsdcbs.tmall.com

印 刷 者　上海锦佳印刷有限公司
开　　本　787 毫米×1092 毫米　1/16
印　　张　27.25
字　　数　428 千字
版　　次　2023 年 12 月第 1 版
印　　次　2023 年 12 月第 1 次
书　　号　ISBN 978-7-5760-4240-5
定　　价　98.00 元

出 版 人　王　焰

华东师范大学人文社会科学精品力作培育项目

目 录

中编　“小说”与史部“传记”“杂史”之关联与互动

下编　“小说”与集部“传记”之关联与互动

绪　论

现代人文学术研究以文、史、哲分科为根基，而文、史、哲各学科发展又以研究领域不断分化的专深化方式演进，然而，面对跨越专业领域、无法与当前学科研究体系的学术问题和研究对象相吻合的情形，学科分化背景之下的专门化、精深化学术研究常常不可避免地囿于专业领域的知识体系、理论视域、研究方式的框缚。中国古代"小说"文类与史部之"正史""杂史""传记"、子部之"杂家""类书""谱录""术数"、集部之"传记文"等周边文类存在着相互混杂、相互交叉、相互联系、相互影响、相互渗透等种种关联与互动关系，是古代文类体系发展演化中一种突出的文类、文化现象，"小说"就是以周边相关文类为背景并相互联系、分流、交叉、互动而发生、发展演化的，可看作"小说"特有的一种文类特性和发展演化机制。对此文类、文化现象开展研究，显然是一个跨越多个专业领域、无法吻合当前学科研究体系的学术问题。本书力求以回归还原中国古代文类、文体体系及其观念系统之本体存在及其历史文化语境的研究思路和方法，从文类与文类关系研究的视角对"小说"文类规定性和"小说"与"正史""杂史""传记"的文类关联与互动进行跨越文学、史学学科的综合融通研究。

一、"小说""正史""传记""杂史"之文类基本概念界定

在中国古代文类体系中，"小说""正史""传记""杂史"文类的内涵和指称，不同程度存在种种歧义、模糊之处。因此，首先需要对这些文类概念做一番梳理界

定，以便文类之间关联、互动的研究建立在清晰明确的概念基础之上。

“小说”一词歧义丛生，乃古代文学文类术语中指称范围最为复杂者之一。顺循“小说”指称对象之变，更于纵横两端梳理其内涵之演变，揭示其历时发展演变之迹，展示其共时交错并存之现象，可大体梳理出其主要有以下几个方面的内涵和指称。

其一，“小说”是无关于政教的“小道”。此为先秦两汉时期确立的最早的“小说”内涵，建构起“子之末”的文类观，对后世影响深远。《汉书·艺文志》“诸子略”之“小说家”，主要指谈说某些浅薄道理的论说性著作，胡应麟谓：“汉《艺文志》所谓小说，虽曰街谈巷语，实与后世博物、志怪等书迥别，盖亦杂家者流，稍错以事耳。”❶魏晋以降，“小说”一词较普遍地指称“小道”或论说“小道”的著作，一直持续到宋元时期。至《隋书·经籍志》，“小说”又演化成为范围非常宽泛的文类概念，成了容纳无类可归的“小道”“小术”之作的渊薮。从宋代开始，官私书目之“小说家”的主体是志怪、传奇、杂记等叙事类作品，但同时也包含了部分“杂考”“杂说”“杂纂”等笔记杂著性的非叙事类作品，胡应麟《少室山房笔丛》将“小说家”分为“六类”，其中“丛谈”“辨订”“箴规”等三类指称非叙事性作品。此类作品与子部之“杂家”“类书”“谱录”“术数”等文类关系密切，尤其是与“杂家”文类性质相近，存在比较突出的混杂情况。

其二，“小说”是野史、传说，有别于正史。此为“小说”另一种新的义界，建构起“史之余”的文类观。这一观念源于南朝梁《殷芸小说》，“小说”一词被借用而引申为不经的历史传闻，指称那些虚妄荒诞的杂史、野史。殷芸对“小说”一词的引申和借用，唐初以来逐渐为人们所接受，“小说”指正史之外的野史、传说开始成为一种文类观念。以此内涵为依据，《新唐书·艺文志》著录了大量原应隶属史部杂传、杂史类的作品。宋以降，“小说”指“正史之外的野史、传说”成为中国传统文言小说观的主体和主流，指称史学价值低下的志怪、琐闻、杂录、传奇类作品。“小说”的义界转换——由无关政教的“小道”到有别于正史的野史、传说，应主要源于魏晋南北朝和唐代史部的发展分流和史学理论的发展成熟。“小说”与

❶ （明）胡应麟：《少室山房笔丛》，上海书店出版社 2001 年版，第 280 页。

"杂史""传记"同属"野史之流",文类性质非常接近,容易相互混淆。因其具有一定有资于考证的"补史"之用,或为"正史"取材对象,或为"正史"之外的一种互补,也与"正史"存在密切关联。

其三,"小说"还曾作为一个口头伎艺名称,指称民间发展起来的"说话"伎艺。这一名称较早出现于三国时期,称为"俳优小说",指称当时流行的一种伎艺。至唐代,"小说"伎艺已进一步发展为独立的、职业化的表演形式,时称"民间小说""市人小说"。宋代,特别是南宋,"说话"伎艺在瓦舍勾栏等市井娱乐场所获得巨大发展,伎艺内部的分工越来越细致,出现了"四家数"之分,且其体制轨范逐渐成熟、定型。其中"小说"成为"说话"伎艺的门类专称之一。元代,由口头伎艺"小说"转化而来的书面文学读物——小说家话本也被称为"小说"。借此因缘,"小说"由原来的口头伎艺名称逐渐演化为通俗小说的文体概念。

其四,明清时期,通俗小说兴起且繁盛,"小说"最终确立了"虚构的有关人物故事的特殊文体"这一内涵。此内涵与近代小说观念最为接近,亦与明清小说的发展实际最相吻合,体现了小说观念的演化。元末明初,罗贯中、施耐庵在民间长期积累的基础上,以宋元平话为底本,创作而成《三国志通俗演义》《残唐五代史演义传》《隋唐两朝志传》和《水浒传》等,实现了从宋元平话到章回小说的飞跃,标志着白话通俗小说的正式诞生。在明代中后期短短几十年的时间里,章回小说经历由历史演义、英雄传奇到神魔小说,再到人情小说的演进过程,并最后形成了四大主流类型齐头并进的创作态势,进入全面繁荣的发展阶段。在章回小说兴起过程中,英雄传奇、神魔小说、世情小说的开山之作《水浒传》《西游记》《金瓶梅》,基本都被时人视为幻设虚构之作。在历史演义创作中,虽然征实求信的观念占有比较突出的地位,但是,不少作者也对增益、缘饰、生发等想象虚构的编创方式持肯定态度。晚明以降,"小说"为虚构的故事性文体已基本成为一种共识。除白话通俗小说之外,此内涵还曾指称部分传奇体小说,如明代"剪灯三话"、清代《聊斋志异》等就被明确称为"幻设"之寓言。

近代以来,"小说"的指称对象又进一步泛化,"小说"成为通俗叙事文体的统称,涵盖了文言小说和白话小说之外的弹词宝卷、杂剧传奇等多种不登大雅之堂的俗文学文体。从先秦两汉到明清时期,"小说"一词的内涵经历明显的演化过程，其中指称对象错综复杂，而上述四个方面基本涵盖了中国古代“小说”之实际内涵。“小说”既是一个“历时性”的观念，即其自身有一个明显的演化轨迹，但同时，“小说”又是一个“共时性”的概念，“小说”观念的演化主要是指“小说”指称对象的变化，然这种变化并不意味着对象之间的不断“更替”，而常常表现为“共存”。❶

总体上说，“小说”内涵和指称的第一、二方面主要对应文言小说，以历代官私书目著录之子部“小说家”为主体，第三、四方面主要对应白话通俗小说，包括话本小说和章回小说。虽然两者都被纳入“小说”名下，但基本可看作迥然有别的独立文类。郎瑛《七修类稿》卷二十二“辩证类”之“小说”条云：“小说起宋仁宗，盖时太平盛久，国家闲暇，日欲进一奇怪之事以娱之，故小说得胜头回之后即云话说赵宋某年，……若夫近时苏刻几十家小说者，乃文章家之一体，诗话、传记之流也，又非如此之小说。”❷笑花主人《今古奇观序》云：“小说者，正史之余也。《庄》《列》所载化人、伛偻丈人等事，不列于史。《穆天子》《四公传》《吴越春秋》皆小说之类也。《开元遗事》《红线》《无双》《香丸》《隐娘》诸传，《睽车》《夷坚》各志，名为小说，而其文雅驯，闾阎罕能道之。优人黄繙绰、敬新磨等搬演杂剧，隐讽时事，事属乌有；虽通于俗，其本不传。至有宋孝皇以天下养太上，命侍从访民间奇事，日进一回，谓之说话人；而通俗演义一种，乃始盛行。”❸刘廷玑《在园杂志》卷二“历朝小说”条云：“盖小说之名虽同，而古今之别则相去天渊。自汉、魏、晋、唐、宋、元、明以来，不下数百家，皆文辞典雅，有纪其各代之帝略官制，朝政宫帏，上而天文，下而舆土，人物岁时，禽鱼花卉，边塞外国，释道神鬼，仙妖怪异，或合或分，或详或略，或列传，或行纪，或举大纲，或陈琐细，或短章数语，或连篇成帙，用佐正史之未备，统曰历朝小说。读之可以索幽隐，考正误，助词藻之丽华，资谈锋之锐利，更可以畅行文之奇正，而得叙事之法焉。降而至于‘四大奇书’，则专事稗官，取一人一事为主宰，旁及支引，累百卷或数十卷者。”❹明清时期，文人学者就明确指出“小说”名下涵盖了“相去天渊”的子部“小说家”与白话通俗小说，

❶ 参见谭帆、王庆华：《“小说”考》，《文学评论》2011 年第 6 期。
❷ (明) 郎瑛：《七修类稿》，上海书店出版社 2001 年版，第 229 页。
❸ (明) 抱瓮老人辑，廖东校点：《今古奇观》，岳麓书社 1992 年版，第 1 页。
❹ (清) 刘廷玑撰，张守谦点校：《在园杂志》，中华书局 2005 年版，第 82—83 页。

为了强化白话通俗小说的独特性和独立性，与子部“小说家”相区分，他们以“演义”来专称白话通俗小说。[1]的确，从作者群体、写作宗旨、著述形态、作品文本、读者群体、接受传播、文化地位和功用价值等多方面的综合文类规定性来看，文言小说与白话通俗小说分别隶属于雅、俗文化思想知识传统和文类体系，两者之间虽然存在着借鉴取材、改编演绎、影响互动等密切关系，但基本可看作完全独立、迥然有别的两种文类。因此，文言小说和白话通俗小说虽都被统称为古代小说，但绝不可以一种研究视域和方法、评价体系和标准来“一视同仁”地对待。[2]本书之“小说”文类概念主要指以历代官私书目著录之子部“小说家”为主体的文言小说。从文体角度指称时，根据学界通行的内部文体类型概念，将其大体划分为笔记体小说和传奇体小说。[3]

所谓“正史”，主要指古代目录学的史部之“正史”文类概念，即正统的官方所修之史。“正史”作为史部文类概念，确立于《隋书·经籍志》，不过，在《隋书·经籍志》之前，应早已有“正史”之名，如《隋书·经籍志》“杂史类”著录有阮孝绪《正史削繁》。除了《史记》《汉书》《后汉书》《三国志》《宋书》《齐书》《后魏书》等位列“二十四史”者及其注解、音义等外，《隋书·经籍志》“正史”还收录了大量其他纪传体的断代史、通史，如书写东汉历史的刘珍等《东观汉记》、谢承《后汉书》、薛莹《后汉记》、司马彪《续汉书》、华峤《后汉书》、谢沈《后汉书》、张莹《后汉南记》、袁山松《后汉书》，书写三国史的王沈《魏书》、韦昭《吴书》、环济《吴纪》，以及梁武帝《通史》等，收录著作的范围相对比较宽泛，没有严格的“正统”官方权威标准，基本可看作官修的断代或通史类的纪传体史籍概念。宋代以降，“正史”的“钦定”色彩逐步增强，随朝代更迭而不断积累扩大其范围，出现了“四史”“十三史”“十七史”“二十一史”“二十二史”“二十三史”“二十四史”等一系列特定称谓，专指官方认可的“正统”权威纪传体史书。“至宋而定著十有七。明刊监板，合宋、辽、金、元四史为二十有一。皇上钦定《明史》，又诏增《旧唐书》为二十有三。近搜罗

[1] 参见谭帆：《“演义”考》，《文学遗产》2002 年第 2 期。

[2] 参见王齐洲：《应该重视中国古代小说文体研究》，《明清小说研究》2006 年第 3 期。

[3] 关于笔记体小说和传奇体小说的基本文类规定性，参见王庆华《文言小说文类与史部相关叙事文类关系研究——“小说”在“杂史”“传记”“杂家”之间》（华东师范大学出版社 2015 年版）之“上编”的有关论述，这里不再赘述。

四库，薛居正《旧五代史》得裒集成编。钦禀睿裁，与欧阳修书并列，共为二十有四。”[1]当代学者对此总结称：“自《隋书·经籍志》到清代的《四库全书总目》，传统的史志目录大都设有‘正史’一类，列入其中者，一般应具有三个基本条件：一是叙述的对象必须是‘正统王朝’的历史；二是撰著者的思想观点必须是‘正统’的；三是体例应该是纪传体史书。”[2]

当然，也有古代史学家对“正史”另持其他界定。例如，刘知幾《史通·古今正史》所谓“正史”则为“史臣撰录”之官方史书，与“偏纪小说”相对应，包括记言、记事、编年、纪传等各体。宋代将官方编纂的本朝纪传体“国史”也称为“正史”，如陈振孙《直斋书录解题》设置“正史类”，除了《史记》《汉书》等，还著录有《三朝国史》《四朝国史》《两朝国史》等；《玉海》卷四六云，“诏范祖禹、赵彦若修《神宗正史》”。[3]蔡攸《乞缮写秘阁见阙国史实录付秘阁收藏奏》：“伏见秘阁所藏祖宗实录、国史，所有《真宗正史》与仁宗、英宗、神宗、哲宗《正史》《实录》并阙。”[4]高斯得《十月二十三日进故事》云：“今四朝正史开院已二十四年，三次展限矣。”[5]一些史学家认为，“编年”为“正史”之外独立之史部类目，但《资治通鉴》等正统权威之作实质上也属“正史”性质。这些都可看作“正史”广义之解。[6]作为最重要的官修史籍，“正史”编纂有着古代官方史学有力的制度保障，包括规范化的记史、修史机构设置和史官制度，组织化的治史、修史活动作为朝廷政治文化的重要组成部分，丰富的官方史料和官修史书条件支持等。[7]

所谓“传记”，主要指史部之“传记”文类概念和集部之“传记”文章概念。章学诚《文史通义·传记》：“传记之书，其流已久，盖与六艺先后杂出。古人文无定体，经史亦无分科。《春秋》三家之传，各记所闻，依经起义，虽谓之记可也。经

[1] (清) 纪昀、陆锡熊、孙士毅等：《钦定四库全书总目》，中华书局 1997 年版，第 613 页。
[2] 陈力：《中国史学史上的正史与野史》，《四川大学学报(哲学社会科学版)》1999 年第 2 期。
[3] (宋) 王应麟辑：《玉海》，广陵书社 2003 年版，第 878 页。
[4] 刘琳等校点：《宋会要辑稿》，上海古籍出版社 2014 年版，第 3479 页。
[5] (宋) 高斯得：《耻堂存稿》，《景印文渊阁四库全书》(集部第 1182 册)，台湾商务印书馆 1986 年版，第 33 页。
[6] 参见王庆华：《文言小说文类与史部相关叙事文类关系研究——“小说”在“杂史”“传记”“杂家”之间》“下编”第四章“‘小说’与‘正史’”之“‘正史’之基本文类规定性”，华东师范大学出版社 2015 年版。
[7] 参见乔治忠：《中国官方史学与私家史学》之《中国古代官方史学的兴盛与当代史学新机制的完善》，北京图书馆出版社 2008 年版。

《礼》二戴之记，各传其说，附经而行，虽谓之传可也。其后支分派别，至于近代，始以录人物者，区为之传；叙事迹者，区为之记。”❶诚如章学诚所言，在中国古典文献中，“传记”开始主要指解经之著述，后来则指称载录人物、事迹的历史叙事之作。作为历史叙事之作，“传记”既为史部之“传记”或“杂传”类目概念，同时，又为集部之“传记”文章概念，如章学诚《文史通义·黠陋》：“史学衰，而传记多杂出，若东京以降，《先贤》《耆旧》诸传，《拾遗》《搜神》诸记，皆是也。史学废，而文集入传记，若唐、宋以还，韩、柳志铭，欧、曾序述，皆是也。”❷“传记”作为史部之文类概念，肇始于《隋书·经籍志》，称为“杂传”。《新唐书·艺文志》将“杂传”改称“杂传记”，《崇文总目》又改称“传记”，之后，除《遂初堂书目》极个别书目称为“杂传”，历代官私书目多沿用“传记”之名。

史部“传记”主要为传体和笔记杂记体，《文献通考·卷一百九十五·经籍考二十二》：“杂传者，列传之属也，所纪者一人之事。然固有名为一人之事，而实关系一代一时之事者，又有参错互见者。”❸《四库全书总目》“传记类”案：“传记者，总名也。类而别之，则叙一人之始末者为传之属，叙一事之始末者为记之属。”❹多为记载传闻而成，有不少虚妄不实、荒诞不经之处，与“杂史”性质相同，同为与官方史著相对应的“野史”“私史”。不过，相对而言，“传记”在史部类目体系中的地位要远远低于“杂史”，也属于“史官之末事”。如《隋书·经籍志》“杂传小序”：“古之史官，必广其所记，非独人君之举。……推其本源，盖亦史官之末事也。”❺《欧阳修集·卷一二五·崇文总目叙释》云：“古者史官，其书有法，大事书之策，小事载之简牍。至于风俗之旧，耆老所传，遗言逸行，史不及书，则传记之说，或有取焉。”❻“传记”题材内容极为广泛，如郑樵《通志·艺文略》史类之“传记”有注：“耆旧、高隐、孝友、忠烈、名士、交游、列传、家传、列女、科第、名号、冥异、祥异。”❼马端临《文献通考·经籍考》：“《隋志》曰杂传，《唐志》曰杂传类，有先贤、

❶（清）章学诚著，叶瑛校注：《文史通义校注》，中华书局1985年版，第248页。
❷ 同上书，第429页。
❸（元）马端临：《文献通考》，中华书局2011年版，第5649页。
❹（清）纪昀、陆锡熊、孙士毅等：《钦定四库全书总目》，中华书局1997年版，第821页。
❺（唐）魏徵等：《隋书》，中华书局1973年版，第981—982页。
❻（宋）欧阳修著，李之亮笺注：《欧阳修集编年笺注》，巴蜀书社2007年版，第85—86页。
❼（宋）郑樵撰，王树民点校：《通志二十略》，中华书局1995年版，第1559页。

耆旧、孝友、忠节、列藩、良吏、高逸、科录、家传、文士、仙灵、高僧、鬼神、列女之别。今总为传记，事涉道、释者，各具于其事。”❶

“传记”作为集部之文章概念，主要指集部之传记散文，以总集和文集中的“传”“记”“述”“书事”“纪事”“行状”“墓志”“碑文”等文体为主体。❷

所谓“杂史”，主要指史部“杂史”文类概念。“杂史”作为史部文类概念，确立于《隋书·经籍志》，之后，历代官私书目虽然基本都沿袭了“杂史”之名，但其具体内涵和指称对象却随着史部类目体系的发展调整而有所演化，《直斋书录解题》从原“杂史”中析出一部分与正史文类较为接近的著作，另立“别史”一门主要指有别于“正史”，但内容重要、体例严谨，不少为一代典史，史学价值远远高于一般杂史者，“上不至于正史，下不至于杂史者，义例独善，今特从之。盖编年不列于正史，故凡属编年，皆得类附。《史记》《汉书》以下，已列为正史矣。其岐出旁分者，《东观汉记》《东都事略》《大金国志》《契丹国志》之类，则先资草创。《逸周书》《路史》之类，则互取证明。《古史》《续后汉书》之类，则检校异同。其书皆足相辅，而其名则不可以并列，命曰‘别史’，犹大宗之有别子云尔。”❸这实际上使“杂史”范围缩小很多；当然，“别史”之名也还另有广义之用，如《宋史·艺文志》《千顷堂书目》之“别史”基本与“杂史”相当，《千顷堂书目》“别史”类自注：“非编年，非纪传，杂记历代成一代之事实者曰别史。”❹《宋史·艺文志》另立“史钞”一门，又从原“杂史”中分出部分“钞撮旧史”类著作。从《隋书·经籍志》至《四库全书总目》，“杂史”具体内涵和指称对象随着史部类目体系的调整而有所演化，实际上形成了广义的“杂史”和去除“别史”“史钞”类著作的相对狭义的“杂史”两种门类概念。

“杂史”是与官方史著相对的私家载记之“野史”，多由各记见闻而成，率尔而作，内容驳杂、体例不纯，《隋书·经籍志》“杂史小序”云：“其属辞比事，皆不与

❶ (元) 马端临：《文献通考》，中华书局 2011 年版，第 5649 页。
❷ 关于史部之“传记”的基本文类规定性，参见王庆华《文言小说文类与史部相关叙事文类关系研究——“小说”在“杂史”“传记”“杂家”之间》(华东师范大学出版社 2015 年版)之“下编”第三章“‘小说’与‘传记’”的有关论述，这里不再赘述。
❸ (清) 纪昀、陆锡熊、孙士毅等：《钦定四库全书总目》，中华书局 1997 年版，第 686 页。
❹ (清) 黄虞稷撰，瞿凤起、潘景郑整理：《千顷堂书目》，上海古籍出版社 1990 年版，第 125 页。

《春秋》《史记》《汉书》相似，盖率尔而作，非史策之正也。”❶马端临《文献通考》卷一百九十五《经籍考二十二》称：“杂史、杂传，皆野史之流，出于正史之外者。”❷在历代官私书目之史部类目体系中，“杂史”一般仅列“正史”“编年”“霸史”“实录”等官修史著之后，因其载录之内容与“正史”最为相关，多事关庙堂国政、人事善恶，所以具有十分重要的“备国史所未备”“广见闻”“存掌故”“资考证”的史学价值，晁公武《郡斋读书志》卷九《传记类》“《黄帝内传》一卷”云：“《艺文志》以书之纪国政得失、人事美恶，其大者类为杂史。”❸“杂史”多为记载闻见而成，常包含大量的传闻，甚至荒诞不经的委巷之说，不少内容真虚莫测，其体裁几乎包括了史部各体，相对而言，以纪、志、编年以及笔记杂记为主，以人物为中心的传体，一般多归入“传记”类，焦竑《国史经籍志》“传记序”自注：“杂史传记，皆野史之流。然二者体裁自异。杂史，纪志编年之属也，纪一代若一时之事。传记，列传之属也，纪一人之事。”❹当然，在史部文类概念之外，“杂史”还可泛指与官方史籍相对的各类私撰的野史、稗史、私史，这是最为宽泛的泛称概念。史部之“杂史”“传记”是中国古代私家史学的主干，与官方史学相对立而互动、互补，一方面，私家史学未受官方之严密控制而具备了一定自主性，可弥补官方史学的偏颇、限制、缺失。另一方面，两者存在着史料相互利用、个别文本性质相互转化的互动关系，以及私家史学以服务官方史学为旨归、官方史学取材私家史学的互补关系。❺

总体而言，前人对“小说”“正史”“传记”“杂史”文类的本体研究已较为深入，这也为相关文类之间的关联互动研究，提供了一定研究基础。

20 世纪三四十年代中国小说史学科创立之初，鲁迅《中国小说史略》《古小说钩沉》《唐宋传奇集》就为文言小说研究奠定了基础，之后，汪辟疆《唐人小说》、刘开荣《唐代小说研究》等进一步拓展了研究空间。1949 年后至 20 世纪 80 年

❶ (唐) 魏徵等：《隋书》，中华书局 1973 年版，第 962 页。
❷ (元) 马端临：《文献通考》，中华书局 2011 年版，第 5649 页。
❸ (宋) 晁公武撰，孙猛校证：《郡斋读书志校证》，上海古籍出版社 1990 年版，第 359 页。
❹ (明) 焦竑辑：《国史经籍志》，《四库全书存目丛书》(史部第 277 册)，齐鲁书社 1996 年版，第 363 页。
❺ 关于“杂史”的基本文类规定性，参见王庆华《文言小说文类与史部相关叙事文类关系研究——“小说”在“杂史”“传记”“杂家”之间》(华东师范大学出版社 2015 年版)之“下编”第二章“‘小说’与‘杂史’”的有关论述，这里不再赘述。

代初，小说史研究者更多关注白话小说，文言小说研究较为萧条，仅有刘叶秋《魏晋南北朝小说》等几种论著和少量论文。80 年代以来，文言小说研究逐步成为热点，在文献整理研究、作家作品研究、相关史实考证、小说史专题研究、小说史综合整体研究、小说理论批评研究等多方面成果丰硕，涌现出一批专治文言小说的学者，取得了突出成就，作品整理著录主要有袁行霈和侯忠义《中国文言小说书目》、宁稼雨《中国文言小说书目提要》、石昌渝《中国古代小说总目》(文言卷)，小说史研究主要有刘叶秋《历代笔记概述》、程毅中《唐代小说史话》《宋元小说研究》、李宗为《唐人传奇》、侯忠义和刘世林《中国文言小说史稿》、石昌渝《中国小说源流论》、李剑国《唐前志怪小说史》《唐五代志怪传奇叙录》《宋代志怪传奇叙录》、吴志达《中国文言小说史》、宁稼雨《中国志人小说史》、陈文新《文言小说审美发展史》、吴礼权《笔记小说史》、薛洪勣《传奇小说史》、萧相恺《中国文言小说家评传》、韩云波《唐代小说观念与小说兴起研究》、凌郁之《走向世俗——宋代文言小说的变迁》等；理论批评资料整理与研究主要有侯忠义编《中国文言小说参考资料》，丁锡根编《中国历代小说序跋集》，黄霖、韩同文编《中国历代小说论著选》，黄霖《古小说论概观》，方正耀《中国小说批评史略》，陈洪《中国小说理论史》，罗宁《汉唐小说观念论稿》等，点校、注释了一大批文言小说作品如《世说新语校笺》《唐语林校证》等；整理影印了大量珍稀版本如《古本小说集成》《古本小说丛刊》，并有一大批有影响的专题论文发表。总体而言，近一百年来特别是近三十年来的研究积淀，使得文言小说的起源发生、发展演化、理论批评研究都已比较系统、全面、深入。

关于“正史”文类研究涉及中国古代史研究的众多领域，其中，作为文类研究而言，主要集中于中国古代史学史。早在 20 世纪 30 年代，梁启超《中国历史研究法》《中国历史研究法补编》专论“过去之中国史学界”“史学史的做法”，为中国古代史学史研究筚路蓝缕。民国时期，相继出现了内藤湖南《中国史学史》、卫聚贤《中国史学史》、金毓黻《中国史学史》、朱希祖《中国史学通论》、王玉璋《中国史学史概论》、魏应麒《中国史学史》、蒙文通《中国史学史》、傅振伦《中国史学概要》等多部专著，以古代史官、史家、史著为中心建构起中国古代史学史的理论框架、研究体系，形成了自身的学科传统。中华人民共和国成立至改革开放前，中国古代史学史研究主要集中于20世纪60年代初教育部文科教材会议组织编写《中国史学史》而形成学术界继续数年之研讨热潮，对相关基本理论问题进行了探讨。改革开放以来，中国古代史学史研究发展兴盛，成就斐然，出版了朱杰勤《中国古代史学史》，刘节《中国史学史稿》，仓修良和魏得良《中国古代史学史简编》，白寿彝《中国史学史》，杨翼骧讲授、姜胜利整理《杨翼骧中国史学史讲义》，王树民《中国史学史纲要》，瞿林东《中国史学史纲》，乔治忠《中国史学史》，谢保成《中国史学史》，谢贵安《中国史学史》，杜维运《中国史学史》等一大批通史类专著，进一步将研究拓展至历史观、历史编纂学、史学思想、史学理论、史学评论、史官与修史制度、史家与史学活动、史学与其他社会因素关系等领域。同时，多方面专题研究也成果丰硕，如陈其泰《中国历史编纂学史》等历史编纂学研究，杨翼骧编《中国史学史资料编年》，龚书铎、瞿林东主编《中华大典·史学理论与史学史分典》等史学史资料整理，吴怀祺《中国史学思想通史》《中国史学思想会通》、瞿林东《中国古代史学批评纵横》等史学理论与批评研究，胡宝国《汉唐间史学的发展》、谢保成《隋唐五代史学》、罗炳良《南宋史学史》等断代史学史研究。中国古代史学史研究对"正史"文类和《史记》《汉书》等"二十四史"相关的史官制度、史家修史、编撰成书、理论批评等都有比较充分的论述。此外，中国古代史研究的其他领域也有一些与"正史"文类研究比较密切者，例如，有关《史记》《汉书》等"二十四史"中一部部史书研究几乎都形成了"《史记》研究""《汉书》研究"等成果丰富的专门系列，既是对每一部"正史"著作的全面深入研究，也会或多或少涉及"正史"文类探讨；关于"正史"文献学专题研究，如王锦贵《中国纪传体文献研究》，谢贵安《中国实录体史学研究》，聂溦萌、陈爽编《版本源流与正史校勘》，尾崎康《正史宋元版之研究》等，也是"正史"文类研究的一个重要方面。

关于史部之"传记"、集部之"传记文"研究主要分布于中国古代传记文学研究。中国古代传记文学研究，民国时期仅有朱东润《中国传叙文学之变迁》《八代传叙文学述论》、郁达夫《传记文学》《什么是传记文学》等个别论著，直至20世纪80年代以后才逐步发展成为研究热点，出现了程千帆《史传文学与传记之发展》、李少雍《司马迁传记文学论稿》、可永雪《史记文学成就论稿》、姜涛和赵华《古代传记文学史稿》、韩兆琦《中国传记文学史》《中国传记艺术》、陈兰村《中国传记文学发展史》、俞樟华《古代传记理论研究》、俞樟华等《古代杂传研究》《古代假传和类传研究》《宋代传记研究》、陈兰村和张新科《中国古典传记论稿》、张新科《唐前史传文学研究》、李祥年《汉魏六朝传记文学论稿》、史素昭《唐代传记文学研究》、谢志勇《逡巡于文与史之间——唐代传记文学述论》等一批论著，从传记文学角度对《史记》《汉书》等纪传体正史中的史传、正史之外的史部之“杂传记”、集部之“传记文”以及相关理论批评进行了深入研究，成就斐然。此外，中国古代散文研究、中国古代文体学与文体史研究对集部之“传记文”研究亦深入拓展，前者如陈柱《中国散文史》、郭预衡《中国散文史》、刘衍《中国古代散文史》、谭家键《中国古代散文史稿》、陈晓芬《中国古典散文理论史》、祝尚书《宋元文章学》、李贞慧《历史叙事与宋代散文研究》等，后者如褚斌杰《中国古代文体概论》、吴承学《中国古代文体形态研究》《中国古代文体学研究》、郭英德《中国古代文体学论稿》、曾枣庄《中国古代文体学》、李士彪《魏晋南北朝文体学》等。

关于“杂史”文类研究主要分布于中国古代历史史料学，如谢国桢《史料学概论》、黄永年《唐史史料学》、冯尔康《清史史料学》、陈高华等《中国古代史史料学》、曾贻芬和崔文印《中国历史文献学史述要》等多从史料学视角论及“杂史”文类和具体作品。也有个别硕博士学位论文做了专题研讨，如李勇进《史部杂史类研究》、景新强《〈四库全书存目丛书〉宋代杂史研究——兼论史部杂史类目的演变》等。此外，对《国语》《战国策》《吴越春秋》等一批“杂史”史籍作品的深入研究，也积累了丰厚成果。

二、“小说”与周边文类的关联与互动

——一种文类、文化现象

作为中国古代文类体系和思想文化知识体系的组成部分，以历代官私书目著录之“小说家”为主体的文言小说，作为“史之余”与史部之“正史”“杂史”“传记”和集部之“传记文”等存在着相互混杂、相互交叉、相互联系、相互影响、相互渗透、内容羼杂等种种关联与互动关系，“古今编书所不能分者五：一曰传记，二

曰杂家，三曰小说，四曰杂史，五曰故事。凡此五类之书，足相紊乱”❶，“莫谬乱于史。盖有实故事而以为杂史者，实杂史而以为小说者”❷，“纪录杂事之书，小说与杂史，最易相淆”❸。古人实际上也将史部之“正史”“杂史”“传记”、子部之“小说”、集部之“传体文”看作相联相通的文类、文体谱系，如陈言《颍水遗编·说史中》，“正史之流而为杂史也，杂史之流而为类书、为小说、为家传也”。❹其次，“小说”作为“子之末”与“子部”之“杂家”“类书”“谱录”“术数”等也关系密切，存在诸多关联互动关系，也反映了“小说”文类建构所依托的子部之思想观念、知识体系、著述体例等，如：“小说，子书流也，然谈说理道或近于经，又有类注疏者；纪述事迹或通于史，又有类志传者。他如孟棨《本事》、卢瓌《抒情》，例以诗话、文评，附见集类，究其体制，实小说者流也。至于子类杂家，尤相出入。郑氏谓古今书家所不能分有九，而不知最易混淆者小说也。”❺“同一花木谱也，蔡襄《荔枝谱》、丘濬《洛阳贵尚录》入‘小说类’，欧阳修《牡丹谱》，孔武仲、刘攽、王观《芍药谱》入‘农家类’；同一钱谱也，封演《钱谱》、张台《钱录》入‘农家类’，顾协《钱谱》、董逌《钱谱》入‘小说类’。”❻此外，“小说”与周边文类的关联互动还有一个突出现象是部分作品著述体例混杂而兼有多种文类特征，如《四库全书简明目录》称《鹤林玉露》“其体例在诗话、语录、小说之间”❼，周中孚《郑堂读书记》称《扬州画舫录》“其体例在地志、小说之间”❽。

从某种意义上说，“小说”就是以周边文类为背景并相互联系、分流、交叉、互动而发生起源、发展演化的，“小说”与周边文类的关联与互动，称得上古代文类、文化体系发展演化中一种突出的文类和文化现象，也可看作“小说”特有的一种文类特性。将“小说”与周边文类的关联与互动作为一种文类和文化现象充分揭示出来，可进一步深化文言小说乃至整个古代文类体系的研究，大大拓展文言小

---

❶ (宋) 郑樵撰，王树民点校：《通志二十略》，中华书局 1995 年版，第 1817 页。
❷ (元) 马端临：《文献通考》，中华书局 2011 年版，第 5651 页。
❸ (清) 纪昀、陆锡熊、孙士毅等：《钦定四库全书总目》，中华书局 1997 年版，第 1870 页。
❹ (明) 陈言：《颍水遗编》，见沈乃文主编：《明别集丛刊》(第三辑第 71 册)，黄山书社 2016 年版，第 472 页。
❺ (明) 胡应麟：《少室山房笔丛》，上海书店出版社 2001 年版，第 283 页。
❻ (清) 钱大昕著，陈文和主编：《嘉定钱大昕全集(增订本)》，凤凰出版社 2016 年版，第 1222 页。
❼ (清) 永瑢等：《四库全书简明目录》，上海古籍出版社 1985 年版，第 495 页。
❽ (清) 周中孚撰，黄曙辉、印晓峰标校：《郑堂读书记》，上海书店出版社 2009 年版，第 1572 页。

说的学术研究视域，填补文言小说与其他文类关系研究领域的多处空白。因“小说”与周边文类的关联与互动关系研究是一个涉及面极广、跨越多学科的重大研究课题，所以，本书仅对“小说”与“正史”“传记”“杂史”的文类关联与互动进行了全面系统的深入研究。

本书研究发现，“小说”作为“史之余”与史部之“正史”“杂史”“传记”和集部之“传记文”等的文类相通之处和关联互动关系，主要表现为文本性质、书写类型、叙事旨趣的相通相连，成书编纂的相互取材，文本内容的相互渗透掺杂，官私书目著录的相互混杂，著述体例混杂而兼有多种文类特征等。具体而言，主要包括以下几个方面。

其一，“小说”与“正史”之关联互动。在中国古代文类与文化体系中，“正史”历来地位尊荣，“盖正史体尊，义与经配”[1]，而“小说”则属于“子之余”“史之末”的“小道”，始终处于一个尴尬而低下的位置。然而，看似地位悬殊、迥然有别的两种文类，却在取材对象、书写类型、叙事旨趣等多个方面存在多种关联与相通之处。“正史”成书从志怪小说取材，不少志怪小说成书也从“正史”取材，甚至有的志怪小说主要部分或全部取材“正史”，也有部分志怪小说与“正史”书写怪异虽然在内容上没有直接重叠交集，但在书写类型和叙事旨趣上高度相似。“正史”书写轶事、采录“小说”主要集中于记载朝野人物之琐闻轶事类，采录标准为关涉“军国、兴亡”之朝廷大政、“表贤能”之才干评价、“善善恶恶”之道德评价，或可充分彰显人物性情、品格、嗜好，“小说”之轶事片段进入“正史”，存在着史家处理“小说”时的“正史化”与“正史”文学性增强之“文人化”的双向过程。不少“小说”作品亦从“正史”直接取材轶事，有些作品甚至主要源于“正史”。

其二，“小说”与史部“传记”“杂史”之关联互动。“小说”最易与史部之“杂史”“传记”相混淆，而“传记”尤甚。例如，“小说”文类观的确立过程，实际上是一部分史学价值低下的杂史、杂传类作品在新的正统史学价值原则观照下逐渐为史部所不容，重新调整而归入“小说”文类的结果。宋以降历代官私书目存在“小说”与“传记”“杂史”混杂著录现象，或为“小说”与“传记”，或为“小说”与“杂史”，

---

[1] (清) 纪昀、陆锡熊、孙士毅等：《钦定四库全书总目》，中华书局1997年版，第613页。

或为“小说”与“杂史”“传记”，此类混杂著录的作品在文类性质、编撰方式、取材范围、体裁形式等诸多方面存在种种相通之处，文本内容相互羼杂，相互渗透。有少量比较纯粹的“杂史”“传记”作品，虽然在历代官私书目中并未与“小说”文类混杂著录，但也会收录一些志怪志异、琐细轶事、荒诞传说等“小说”性质的作品，甚至个别著作整体上都与“小说”比较接近。“小说”与“杂史”文类的畛域区分主要体现为“小说”所记“琐闻佚事”过于琐细，多无关“朝政军国”，无关“善善恶恶”之史家旨趣。

其三，“小说”与集部“传记文”之关联互动。集部“传记文”包含“传”“记”“述”“书事”“纪事”“行状”“墓志”“碑文”等多种文体，其中，“小说”之传奇体与“传”“记”文的关系最为密切。例如，“唐人传奇”并非一个独立存在、界限分明的文类或文体类型，从某种意义上说，它是以近现代形成的“传奇”文体概念甄别具体作品建构而成的，实际上涉及唐代单篇传奇、小说集、史部之“传记”以及“杂史”、集部之“传记文”等多种文类、文体。古人从“辨体”出发强调古文传记自身的文体规范和纯洁性，批评其中的“小说气”“以小说为古文词”等，指责古文有违“雅洁”风格规范而沾染了“小说”俗鄙之气，有违叙事尚简原则而运用了“小说”之“笔法”，有违语言典雅标准而掺入“小说”词句等，实际上形成了古文传记理论批评史暨小说理论批评史上一个独特的个案现象。“小说气”的古文传记作品中主要表现为传主和事迹以身份低微之“奇人”“怪人”“异事”为旨趣，人物故事的传奇色彩浓厚，有的还事涉神怪，多有失“雅驯”。从明清的文人别集、文章总集和小说选本的选文收录以及官私书目相关著录情况来看，对此类作品的文类、文体定位实际上也介于集部之传文和子部之“小说”之间。“寓言”作为文章内部类型概念，指称“假传”“托传”“寓传”，假托性的“自传”，俳谐性的“赋”，以及其他讽喻性俳谐杂文等，也常定位于集部之文和子部之“小说”之间。

学界对“小说”与周边文类的关联互动现象已有所关注，首先反映在文言小说作品范围划定中“小说”与“杂史”“杂传”“杂家”之间的区隔上。一方面是对历代官私书目混杂著录之困惑，如刘世德主编的《中国古代小说百科全书·前言》称：“同一部古小说，放在不同的史书的《艺文志》或《经籍志》中，会被著录为不同的门类。有时归入子部，有时又隶属于史部；有时被承认是小说，有时则分别称之为杂传、杂史、杂家、道家等等其他名目。”[1]另一方面是对不同文类性质内容相互渗透、掺杂之困惑，李剑国《唐前志怪小说史》称：“杂事、杂传小说其实是一种稗官野史，历史成分很大，很难在它们和野史之间划出一条明确界线，像《列女传》《越绝书》《吴越春秋》就是半小说半野史的东西”[2]，“杂史杂传常常介于小说和史书之间，所以前人普遍感到杂史杂传和小说关系密切，以致颇难区分”[3]。石昌渝《中国小说源流论》说：“传统目录学把杂史杂传归在史部，把笔记小说归在子部，其实这两种文体并没有绝对的界限”[4]，“从杂史杂传与小说的关系角度分析，两汉魏晋南北朝的杂史杂传作品有如下几种是值得特别注意的”[5]。他列举了《吴越春秋》《燕丹子》《汉武故事》《汉武内传》等。吴志达《中国文言小说史》称：“还出现了许多介乎史书与子书之间的野史杂传，无意之中就创作出不少可以视为小说的作品。”[6]

然而，文言小说研究受到“以今律古”“以西律中”研究范式和现当代学科格局的影响，回归还原古代文类、文体体系的跨文类研究被长期忽略，“小说”与周边相关文类关系的专门研究比较薄弱，上述文类关联与互动的种种现象甚至从未引起学者关注。总体而言，“小说”与“正史”、“小说”与“杂史”、“小说”与“传记”之间的文类关系研究，在相关文类的本体研究中或多或少都有些零散之论，个别专著的部分章节还给予了专门探讨，如倪豪士《传记与小说——唐代文学比较论集》、熊明《杂传与小说：汉魏六朝杂传研究》、罗宁和武丽霞《汉唐小说与传记论考》、董乃斌《中国古典小说的文体独立》、何悦玲《中国古代小说中的“史传”传统及其历史变迁》、孙逊和潘建国《唐传奇文体考辨》等论著集中探讨“小说”与“传记”之间的文类关系，王靖宇《〈左传〉与传统小说论集》、孙绿怡《〈左传〉与中国古典小说》、陈才训《源远流长：论〈春秋〉〈左传〉对古典小说的影响》、李少雍《略论六朝正史的文学特色》《史传里的琐事记载——〈晋书〉文学特色脞说》、董

[1] 刘世德主编：《中国古代小说百科全书》，中国大百科全书出版社 1998 年版，第 1 页。
[2] 李剑国：《唐前志怪小说史》，天津教育出版社，2005 年版，第 9 页。
[3] 同上书，第 138 页。
[4] 石昌渝：《中国小说源流论》，生活·读书·新知三联书店 1994 年版，第 94 页。
[5] 同上书，第 96 页。
[6] 吴志达：《中国文言小说史》，齐鲁书社 1994 年版，第 41 页。

乃斌《诸朝正史中的小说与民间叙事》、宋鼎立《〈晋书〉采小说辨》、赖瑞和《小说的正史化——以〈新唐书·吴保安传〉为例》、谷敏《周必大对小说与正史的态度——也谈"范仲淹神道碑"的删文问题》等论著集中探讨"小说"与"正史"之间的文类关系。但这些研究多集中探讨一般性的文类关系，而对文类之间的关联互动现象关注较少，更缺乏全面系统地综合研究。

三、回归古代文类体系之本体存在还原"小说"文类规定性

——一种研究思路和方法

总体看来，前人对"小说"文类研究虽然比较深入充分，但也存在着以下两个方面的局限性。首先，从研究范式上看，"小说"文类研究的局限性突出表现为"以今律古""以西律中"，不同程度上存在着今人之现代小说观念或西方之小说观念造成的种种遮蔽和误读。

任何文学史著述总是在一定的学术视角、背景知识、文化取向构成的特定视域下展开的，包括古代小说研究在内的中国古代文学研究作为现代人文学术研究之重要组成部分，其建立之观念基础和问题预设、理论前提深受现代学科体系和近现代西方文学与文体观念影响，与中国古代固有文类、文体体系和相关观念之间不可避免地存在着"方枘圆凿"，种种不适应乃至误读、遮蔽等在所难免。[1]浦江清先生早在20世纪40年代的《论小说》中指出："'小说'是个古老的名称，差不多有两千年的历史，它在中国文学本身里也有蜕变和演化，而不尽符合于西洋的或现代的意义。所以小说史的作者到此不无惶惑，一边要想采用新的定义来甄别材料，建设一个新的看法，一边又不能不顾到中国原来的意义和范围，否则又不能观其会通，而建设中国自己的文学的历史。中国文学史的研究，在这过

[1] 参见王齐洲：《中国古代文学观念发生史》之"绪论：中国古代文学观念发生史研究"，人民文学出版社2014年版；陈广宏：《中国文学史之成立》之"序章"，上海古籍出版社2016年版；余来明：《"文学"概念史》，人民文学出版社2016年版。

渡的时代里，不免依违于中西、新旧几个不同的标准，而各人有各人的见解和看法。”❶

“采用新的定义来甄别材料，建设一个新的看法”，是近现代人文学科面对古代文化和文献共有的一种研究视域和研究范式，如冯友兰《中国哲学史》云：“哲学本一西洋名词。今欲讲中国哲学史，其主要工作之一，即就中国历史上各种学问中，将其可以西洋所谓哲学名之者，选出而叙述之。”❷金岳霖也指出：“如果一种思想的实质与形式都异于普遍哲学，那种思想是否是一种哲学颇是一问题。”❸中国哲学史学科兴起之初，也是持西洋之“哲学”概念在中国古代思想学说中选择相吻合的“材料”，并借鉴西洋哲学之思想内涵来叙述阐释中国“哲学”之史❹，“‘中国哲学史’这一西方学科范畴的引进导致人们已经习惯于用所谓‘哲学’的眼光来看儒家学说，而不再是用儒学自身的眼光来阅读儒家典籍”❺。当然，这种中国文学史、中国哲学史的建构，不能不考虑中国古代思想文化知识体系和文类、文体系统及其社会历史文化语境之本体存在与西方传入之文学观念、哲学观念之抵牾错位、似是而非，“大凡用新名词称旧物事，物质的东西是可以的，因为相同；人文上的物事是每每不可以的，因为多是似同而异”。❻因此，会通古今而依违于中西不同观念之间，自然成为现代人文学科奠基之初的一种共有际遇。

为什么形成这种学术史现象，有其特定的历史成因。近代以来，在西学东渐、古代传统文化向现代文明转型变迁的历史文化背景之下，中国传统学术思想文化和知识体系从“四部之学”(经、史、子、集的学术知识系统)转向现代科学与学科体系的知识系统、学术范式(自然科学各学科门类如数学、物理学、化学、地理学、动植物学等，人文社会科学各学科门类如文学、历史学、哲学、政治学、经济学、法学等)，实质上是一种断裂式整合演化。现代科学与学科体系和知识系统、

---

❶ 浦江清：《论小说》，《浦江清文录》，人民文学出版社 1958 年版，第 180 页。
❷ 冯友兰著，邵汉明编选：《冯友兰文集第二卷：中国哲学史》，长春出版社 2008 年版，第 5 页。
❸ 同上书，第 296 页。
❹ 参见葛兆光：《中国思想史》之“导论：思想史的写法”，复旦大学出版社 2009 年版。
❺ 方朝晖：《“中学”与“西学”：重新解读现代中国学术史》，河北大学出版社 2002 年版，第 107 页。
❻ 傅斯年撰，朱渊清导读：《史学方法导论》，上海古籍出版社 2011 年版，第 124 页。

学术范式主要源于近代西方，与中国传统学术思想文化和知识体系存在巨大差异，两者之整合演化，主要是前者取代后者、后者纳入前者。[1]中国近现代建立现代科学与学科体系和知识系统、学术范式，对于自然科学而言，主要是从西方直接拿来引入，对于人文社会学科特别是人文学科而言，一方面以翻译介绍、传播鼓吹、模仿创作等多种形式从西方引进拿来，另一方面从整理国故中积极建立自己的、符合现代学科体系和学术范式要求的中国文学、中国哲学、中国历史等学科。以构建现代人文学科体系和知识系统、学术范式为目的而整理国故，自然就会带着西方近现代之文学观、哲学观、历史观及相关理论的“有色眼镜”来重新观照中国古代文化和文献，以此甄别文献材料、确立评价标准、搭建历史逻辑、阐释意义价值。这种人文学科研究范式影响深远，直到 21 世纪初，学界才开始对此进行深入反思。[2]

近现代以来的中国古代小说研究，深受西方近现代小说观念影响，表现为“以今律古”“以西律中”，在一定程度上存在着以今人之现代小说观念或西方之小说观念遮蔽和误读其原有文类内涵与指称对象、文类规范与创作传承、理论观念与评价标准的现象，如胡怀琛称：“现代通行的小说，实在是从外国移植过来的一种新的东西，在中国原来是没有的。只不过因为他略和中国的所谓小说大概相像，所以就借用‘小说’二字的名称罢了。现代讲文学的人，大概都是拿外国的所谓小说做标准，拿来研究或整理中国的所谓小说。”[3]当代学者对此亦有深入反思[4]，因文言小说文类与现代小说观念差异最为显著，研究中的“以今律古”“以西律中”也自然也更为突出。[5]

---

[1] 有关论述参见陈平原：《中国现代学术之建立——以章太炎、胡适之为中心》，北京大学出版社 1998 年版；罗志田：《权势转移：近代中国的思想、社会与学术》，湖北人民出版社 1999 年版；王先明：《近代新学——中国传统学术文化的嬗变与重构》，商务印书馆 2000 年版；桑兵：《晚清民国的国学研究》，上海古籍出版社 2001 年版；左玉河：《从四部之学到七科之学——学术分科与近代中国知识系统之创建》，上海书店出版社 2004 年版。

[2] 参见方朝晖：《“中学”与“西学”：重新解读现代中国学术史》，河北大学出版社 2002 年版。

[3] 胡怀琛：《中国小说概论》，世界书局 1944 年版，第 1 页。

[4] 参见刘勇强：《一种小说观及小说史观的形成与影响：20 世纪“以西例律我国小说”现象分析》，《文学遗产》2003 年第 3 期；谭帆：《论中国古代小说文体研究的四种关系》，《学术月刊》2013 年第 11 期；刘晓军：《中国小说文体的古今之变与中西之别》，《中国文学研究》2019 年第 4 期。

[5] 参见陈文新：《文言小说审美发展史》之“绪论”，武汉大学出版社 2007 年版；罗宁：《古小说之名义、界限及其文类特征——兼谈中国古代小说研究中存在的问题》，《社会科学研究》2012 年第 1 期。

这里，以“小说”文类研究最为基础的核心问题——文言小说作品范围界定为例，看看研究者“依违于中西新旧几个不同的标准”之困惑。对于中国古代文言小说研究而言，作品范围界定作为基础，自然会或隐或显地成为研究的逻辑前提，涉及到几乎所有相关论著，不过相对来说，最为集中反映在文言小说目录著作中。虽然早在20世纪40年代就有严懋垣《魏晋南北朝志怪小说书录附考证》、静生《中国古小说叙录》等个别文言小说专科目录❶，但系统整理著录文言小说作品的目录著作要到20世纪80年代才姗姗来迟，程毅中《古小说简目》和袁行霈、侯忠义《中国文言小说书目》是最早的两部专著。前者所录先秦至唐五代的文言小说300余种，“凡例”云：“以文学性较强的志怪、传奇为主，但适当地尊重历史传统，参照史书艺文志小说著录的源流，兼收杂事、琐记之类的作品。”❷这其实是一种古今小说观念折中的处理方式。后者收录先秦至清末文言小说共计2 000多种，“凡例”云：“凡古代以文言撰写之小说，见于各正史艺文志、经籍志，各官修目录、重要私人撰修目录，及主要地方艺文志者，不论存佚，尽量搜罗”，“为保存历史面目，本书不以今之小说概念作取舍标准，而悉以传统目录学所谓小说家书为收录依据”。❸这基本是遵循古人小说观念。两部开创之作从目录学角度确立了界定古代文言小说作品范围和研究对象的基本模式，实际上大体上隐含着三种不同的思路，一种是“以古律古”，以古人之“小说”观念为标准，基本上将历代官私书目“小说家”著录的作品全部纳入研究范围，也有研究者进一步拓展视域将其他符合古代“小说”观念的叙事作品一并纳入其中；一种是“以今律古”，自觉或不自觉地以今人所持的小说观念如人物、情节乃至虚构想象等为标准，从历代官私书目“小说家”著录作品中甄别界定符合标准者，同时，有些研究者也将历代官私书目“小说家”没有著录，但符合或接近今人小说观念的其他叙事作品选进来；此外，还有一种是“古今结合”，既将历代官私书目“小说家”著录的作品全部纳入研究范围，也将其他符合或接近今人小说观念的叙事作品作为文言小说的研究对象。后人延波，基本承续上述思路拓展而成。例如，宁

❶ 参见潘建国：《中国古代小说书目研究》第三章“古代文言小说专科目录的萌芽、创建与完善”，上海古籍出版社2005年版。

❷ 程毅中：《古小说简目》，中华书局1981年版，第8页。

❸ 袁行霈、侯忠义编：《中国文言小说书目》，北京大学出版社1981年版，第1页。

稼雨《中国文言小说总目提要》收录自先秦至1919年的文言小说2 180余种，另外附录"剔除书目"290余种、"伪讹书目"170余种，"文言小说的界限难以划清，在古代主要是因为小说与其他书籍容易混淆，而在今天，其主要原因，则是在于古代人们的小说观念与今人相距较大。而且古人自己的小说观念也在不断发展变化"❶，"我在本书中所确定的划定文言小说界限的原则是，在尊重古人小说概念的前提下，以历代官私书目小说家类著录的作品为基本依据，用今人的小说概念对其进行遴选厘定，将完全不是小说的作品剔除出去，将历代书目小说家中没有著录、然而又确实可与当时的小说相同，或能接近今人小说概念的作品选入进来"。❷刘世德主编《中国古代小说百科全书》之"前言"称："大体上说来，小说的概念有两种。一种是古人心目中的小说，另一种是今人所习知的、通用的小说的定义"❸，"对待古人的小说概念和今人的小说概念，我们既不摈弃前者，也不拒绝后者；既尊重前者，也采纳后者，力求把二者结合起来，加以灵活的运用"❹。石昌渝主编《中国古代小说总目》（文言卷）之"凡例"界定"收录范围"称："本书采用宁宽勿缺的方针，除了著录文学门类的小说作品之外，还将古代主要官私书目著录的'小说家类'作品也一概收录。"❺

其次，从研究格局上看，"小说"文类研究的局限性突出表现为作品和创作研究与文本文献学研究、理论批评研究割裂分离，重视内部研究而忽略外部社会历史文化语境研究。

长期以来，文言小说研究基本形成了作品和创作研究、文本文献学研究、理论批评研究三种研究方向，但三者之间相对独立，未相互关联而形成一个有机整体，这就容易因研究视野狭隘而造成诸多脱离历史本来面貌的误解。如果不掌握作品文本的成书、写定、传抄、刊刻、著录、流传等文献状况，特别是小说文献形成、流播的一些特殊情况，对作品和小说史的阐释评论就很容易产生误读。❻如果不了解对古人对"小说"之文类性质与地位、价值功用、评价体系、写作宗旨

❶ 宁稼雨：《中国文言小说总目提要》之"前言"，齐鲁书社1996年版，第1页。
❷ 同上书，第3页。
❸ 刘世德主编：《中国古代小说百科全书》之"前言"，中国大百科全书出版社1998年版，第1页。
❹ 同上。
❺ 石昌渝：《中国古代小说总目》（文言卷）之"凡例"，山西教育出版社2004年版，第1页。
❻ 参见潘建国：《〈世说新语〉在宋代的流播及其书籍史意义》，《文学评论》2015年第4期。

与著述体例、题材内容与文体形式、内部类型与作品谱系、起源与发展等的理解认识，就容易带着现代小说的眼光来看待作品和小说创作史发展演化，使文言小说创作史研究脱离其赖以形成的观念、理论、批评背景。反之，如果对作品和创作情况了解不多，文言小说理论批评研究不仅会局限于孤立封闭地讨论概念范畴、思想观念、评论话语，而且会因脱离作品和创作而无法真正还原古人对"小说"文类的理解认识。文言小说的作品和创作研究、文本文献学研究、理论批评研究基本都属于内部研究，与之直接或间接相关的各类社会历史文化因素及其演化，例如古代思想文化知识体系和文类文体系统、士人群体和士人文化、书籍传抄刊刻流传与图书出版、科举制度与社会教育、官方文化政策与小说禁毁等，构成了文言小说发展演化的外部社会历史文化语境。总体而言，文言小说研究存在较为明显的重视内部研究而忽略外部社会历史文化语境研究的倾向，然而，如果不能全面系统地结合外部社会历史文化语境来研究文言小说，自然无法把握文言小说史演化的发展模式、历史过程、具体成因。

前人对"正史""杂史""传记"的研究与文言小说研究相似，也或多或少普遍存在着研究范式的现代人文学科和专业研究色彩，例如，对"正史"研究多立足于现代历史学学科的问题意识、理论前提，也深受西方史学史学科影响。对"传记"研究多从传记文学和散文研究视域开展，现代文学理论和传记研究的影响比较突出。

对于如何超越上述研究局限，回归还原古代小说原有的本体存在和文化语境而言，还原重构古代小说的本来面貌，回归古代文类体系之本体存在，还原"小说"文类规定性无疑是一种有效路径。

中国古代文类、文体体系及其观念系统与古代思想文化和知识体系是一个有机整体，理解把握其中的"小说"文类，必须对这一有机整体有深入全面的总体认识，这样才能使身处现代文化与学科体系中且浸润已久的当代研究者有可能超越其自身的理论观念预设。当然，在后现代史学理论看来，任何历史研究都无法真正做到客观还原重构曾经存在而一去不复返的历史实在，历史学家对过往历史实在之陈述不可能回避包含着今人之特定价值立场、问题意识、理论观照的研究视角，也不可能没有历史想象、逻辑建构、主观解释等。❶然而，让研究者尽可能以同情之理解接近其原有本体存在和文化语境，避免受到现当代学科知识体系、文化文学观念的误导，无疑是一种最值得追求的态度和立场。

回归还原中国古代文类、文体体系及其观念系统之本体存在需充分借鉴中国古典文献学以及中国思想史、中国传统文化研究成果。中国古典文献学特别是目录学对古代文类、文体体系及其观念系统有着深入研究，如姚名达《中国目录学史》、汪辟疆《目录学研究》、顾荩臣《经史子集概要》、余嘉锡《四库提要辨证》《目录学发微》、王重民《中国目录学史论丛》、张舜徽《中国文献学》《四库提要叙讲疏》、程千帆和徐有富《校雠广义》、孙钦善《中国古文献学史》、徐有富《目录学与学术史》、王锦民《古典目录与国学源流》、张富祥《宋代文献学研究》等。中国古代文类体系、文体体系及其观念系统背后是中国古代的思想文化和知识体系，近年来中国古代思想史和传统文化的诸多研究成果也对回归还原古代文类、文体系统极富启发，如葛兆光《中国思想史》、陈植锷《北宋文化史述论》、包弼德《斯文：唐宋思想的转型》、李零《中国方术考》《简帛古书与学术源流》等。原原本本地回归中国古代"四部之学"之文类、文体体系，并以之为路径进一步还原中国传统文化和思想知识体系、学术体系，有助于消解近现代人文学科的学科体系、学术范式、理论观念对于包括文言小说在内的古代文学研究的制约和流弊，也有助于跨越当下文学、历史等学科界限的藩篱，是接近中国古代历史文化之本体存在的一种有效研究思路和方法。

只有将"小说"文类的起源和发展演化置于整个古代文类、文体体系及其观念体系中加以观照，特别是全面深入地把握"小说"与史部之"正史""杂史""传记"、子部之"杂家""类书""谱录""术数"、集部之"传记文"等周边文类的关联互动关系，才能更好地还原和把握其文类规定性及其发展演化。从另一个角度来看，古代文类、文体体系也是"小说"文类起源发展最重要的历史文化语境，只有

❶ 参见[美]格奥尔格·伊格尔斯著，何兆武译：《二十世纪的历史学：从科学的客观性到后现代的挑战》，山东大学出版社2006年版；彭刚：《叙事的转向：当代西方史学理论的考察》，北京大学出版社2009年版；[美]海登·怀特著，陈新译：《元史学——19世纪欧洲的历史想象》，译林出版社2013年版；[荷]弗兰克·安柯斯密特著，周建漳译：《历史表现中的意义、真理和指称》，译林出版社2015年版。

从“小说”与周边相关文类、文体的具体关系中探讨其起源过程和发展逻辑线索，才能深入揭示“小说”文类及文类观念发生起源和发展演化的具体历史过程和成因，还原其固有的文类文体“生态环境”。此外，通过深入考察“小说”与周边文类的关联互动，还可揭示“小说”在文本独立流传之外寄身于周边文类的存在状况、流播意义、接受价值，如“小说”作品的经典化过程离不开“正史”“杂史”“谱录”“术数”之采录、“杂家”之考证和评论、“类书”之采编和传播以及诗词用典取材等，而不仅仅是小说文本刊刻流播，白话小说、戏曲、说唱等对文言小说的重写演绎，仿作、续作等创作影响，等等。显然，“小说”作为一个综合整体是在周边相关文类关联与互动的共同作用下发展演化的，这种研究思路也有利于探索建立具有综合创新性的古代小说研究的新范式。

建构“小说”文类自己的历史，还应回归中国古代小说本来的历史事实、文类与文体观念和历史文化语境，并将三者综合融通起来研究。其中，古代小说本来的历史事实应主要包括历朝历代“小说”作品之作者、评论者、阅读者，作品的文本性质、写作宗旨、著述体例、题材内容、文体形式，作品文本之成书、写定、传抄、刊刻、著录、流传，作品之注释、评点、评论、研究，等等。古代小说本来的文类与文体观念应包括“小说”文类之具体内涵和指称对象及其演化，古人对“小说”文类之文类性质与地位、写作宗旨与著述体例、题材内容与文体形式、内部类型与作品谱系、起源与发展等各方面文类规定性的理解认识及其演化，古人对“小说”文类的价值功用认知、评价体系、评价标准的理解认识及其演化。古代小说本来的历史文化语境主要指与小说历史事实和文类文体观念直接或间接相关的各类文化因素及其演化，主要包括古代思想文化知识体系和文类文体系统、书籍传抄刊刻流传与图书出版、士人群体和士人文化、科举制度与社会教育、官方文化政策与小说禁毁，等等。建构中国古代小说自己的历史，须将古代小说本来的历史事实、文类与文体观念和历史文化语境三者沟通联系起来，综合融通地回归还原：站在古人之“小说”文类与文体观念立场上理解和看待“小说”之历史事实，结合“小说”之历史事实来阐释理解古人之“小说”文类与文体观念，全面系统揭示历史文化语境来阐释“小说”之历史事实和文类文体观念之具体成因。

沿循上述思路，本书以“小说”与“正史”“传记”“杂史”之文类关联互动为研究对象，聚焦于文类之间的相互联系，主要包括文类之间的同源与分化分流，古代官私书目的混杂交叉著录，文类性质、著述体例、书写内容、体裁形式的相通或相近，文类之间的文本内容相互掺杂，文类之间的文本成书相互取材，文类之间的功用价值定位、题材取向、主题旨趣、叙事方式的相互影响等，力求对“小说”文类起源发生、发展演化与史部之“正史”“传记”“杂史”文类和集部之“传记文”的同源共生、分化分流、文类混杂、文类交叉、相互联系、相互影响、相互掺杂、区分互补等重要关联与互动关系进行全面系统的梳理和综合融通的研究。

上编

“小说”与“正史”之关联与互动

概　说

“正史”与“小说”文类之间存在着多方面的关联与互动，首先表现为“正史”编纂取材“小说”作品。

在史部类目中，“正史”处于无可比拟的重要地位，“盖正史体尊，义与经配，非悬诸令典，莫敢私增，所由与稗官野记异也”。[1]作为“史之流别”，“小说”虽位于“史之末”，但也具有一定“补史之阙”之价值，可成为“正史”的取材对象，“史之为道，撰述欲其简，考证则欲其详。……并小说亦不遗之”。[2]的确，“正史”编纂从小说取材可看作一种通行做法和普遍共识，例如，《晋书》编纂大量取材魏晋小说，“按历代之史，惟《晋》丛冗最甚，……采《语林》《世说》《幽明录》《搜神记》诡异谬妄之言”。[3]《南史》《北史》编纂亦大量取材南北朝小说，“南北史除《通鉴》所取，余只小说”。[4]《新唐书》增文多从唐人“小说”取材，“《新唐书》事倍于旧，皆取小说”。[5]司马光《资治通鉴》及《通鉴考异》多涉“小说”，“温公修《通鉴》，搜罗小说殆遍”。[6]欧阳修《五代史》多采录“小说”，“欧公作《五代史》，亦多取小说”。[7]《宋史》《明史》编纂成书亦大量采录“小说”，如袁桷《修辽金宋史搜访遗书条列事状》状末所列“小说琐闻”八十多种。当然，也有个别官修史籍编纂明确反对采录

---

❶ (清) 纪昀、陆锡熊、孙士毅等：《钦定四库全书总目》，中华书局 1997 年版，第 613 页。
❷ 同上。
❸ (宋) 晁公武撰，孙猛校证：《郡斋读书志校证》，上海古籍出版社 1990 年版，第 182 页。
❹ (宋) 黄震：《黄氏日钞》，《景印文渊阁四库全书》(子部第 708 册)，台湾商务印书馆 1986 年版，第 133 页。
❺ (宋) 朱弁：《曲洧旧闻》，中华书局 2002 年版，第 217 页。
❻ (宋) 晁公武撰，孙猛校证：《郡斋读书志校证》，上海古籍出版社 1990 年版，第 279 页。
❼ (清) 何焯：《义门读书记》，上海古籍出版社 1992 年版，第 389 页。

"小说",如《册府元龟》,"惟取六经子史,不录小说杂书"。[1]各朝代"正史"编纂取材"小说"有多有少,但总体来看所占"正史"文本比例还是非常低的,如《新唐书》"列传内所增事迹较旧书多二千余条"[2],采自"小说"者仅八十余条。

作为地位悬殊巨大的文类,"正史"与"小说"的文类界限整体上泾渭分明,古人非常强调两者之区隔,"今若便为正史,尽宜删削,存其大要,至如细小之事,虽有可纪,非干大体,自可存之小说,不足以累正史"[3],"其书载自秦汉迄东晋江左人物,虽与诸史时有异同,然皆细事,史官所宜略。……然其目《小说》,则宜尔也"[4]。因此,虽然认可"正史"编纂可取材"小说",却对混淆两者文类边界而大量采录持反对态度,多批评《晋书》《南史》《北史》《新唐书》等采录"小说"过多过滥或选录鄙俚、猥亵、谐谑之事,有失史体、有违史法,如《四库全书总目》之《晋书》提要云:"其所褒贬,略实行而奖浮华,其所采择,忽正典而取小说,……其所载者,大抵弘奖风流,以资谈柄,取刘义庆《世说新语》与刘孝标所注,一一互勘,几于全部收入,是直稗官之体,安得目曰'史传'乎?"[5]赵翼《廿二史札记》卷十"南史增删梁书处"云:"南史增梁书事迹最多。李延寿专以博采见长,正史所有文词必删汰之,事迹必隐括之,以归简净。而于正史所无者,凡琐言碎事,新奇可喜之迹,无不补缀入卷。"[6]吴缜《新唐书纠谬序》云:"推本厥咎,盖修书之初,其失有八:……五曰多采小说而不精择……何谓多采小说而不精择,盖唐人小说,类多虚诞,而修书之初,但期博取,故其所载或全篇乖牾,岂非多采小说而不精择之故欤?"[7]清代,赵翼《廿二史札记》、王鸣盛《十七史商榷》、钱大昕《廿二史考异》、牛运震《读史纠谬》、梁玉绳《史记志疑》等一批史论著作或历史考证之作对"正史"文本中诸多荒诞难信或鄙俗诙谐的"小说"成分多有指摘批评,如:"曹景宗于天监六年破魏军,遣使献捷下,《南史》忽添入蒋帝神助水挫敌事,缕缕约一

---

[1] (宋)晁公武编,孙猛校证:《郡斋读书志校证》,上海古籍出版社 1990 年版,第 662 页。
[2] (清)赵翼:《陔余丛考》,中华书局 1963 年版,第 209 页。
[3] (宋)欧阳修著,李之亮笺注:《欧阳修集编年笺注》(第 4 册),巴蜀书社 2007 年版,第 284 页。
[4] (宋)晁载之著:《殷芸小说跋》,黄清泉主编:《中国历代小说序跋辑录》,华中师范大学出版社 1989 年版,第 88 页。
[5] (清)纪昀、陆锡熊、孙士毅等:《钦定四库全书总目》,中华书局 1997 年版,第 625 页。
[6] (清)赵翼著,王树民校证:《廿二史札记校证》,中华书局 1984 年版,第 214 页。
[7] 王东、左宏阁校证:《唐书直笔校证　新唐书纠谬校证》,四川大学出版社 2014 年版,第 151—153 页。

百五十字，诞妄支赘，全是小说”❶，“今按《卢景裕传》载记诵佛经获感应诸怪异事，《李同轨传》亦多记其说经讲法等事，世称《北史》好为鬼怪小说，二传所载真小说家言”❷。

“正史”编纂取材范围广泛，既包括官修的“起居注”“日历”“实录”等，也包括私修的“杂史”“传记”“小说”等。相对官修史籍而言，“小说”对于“正史”编纂，具有不可替代的价值，古人对此亦多有论述，认为“小说”作为“野史”可“存三代之直”，“征是非、削讳忌”，与“实录”互有短长，贵在考核斟酌，不可偏废，如司马光《传家集》卷六三《答范梦得》：“实录、正史未必皆可据。野史、小说，未必皆无凭。”❸王鸣盛《十七史商榷》卷九十三“欧史喜采小说薛史多本实录”云：“何义门谓欧公《五代史》亦多取小说。何说确甚。薛史则本之实录者居多。……实录中必多虚美，而各实录亦多系五代之人所修，粉饰附会必多。……大约实录与小说互有短长，去取之际，贵考核斟酌，不可偏执。”❹的确，“起居注”“日历”“实录”等官修史籍因受到官方修史机构和修史制度所限，不可避免存在“曲笔”“回护”之处，如刘知幾《史通·直书》云：“若邪曲者，人之所贱，而小人之道也；正直者，人之所贵，而君子之德也。然世多趋邪而弃正，不践君子之迹，而行由小人者，何哉？语曰：‘直如弦，死道边；曲如钩，反封侯。’故宁顺从以保吉，不违忤以受害也。况史之为务，申以劝诫，树之风声。其有贼臣逆子，淫君乱主，苟直书其事，不掩其瑕，则秽迹彰于一朝，恶名被于千载。言之若是，吁可畏乎！……夫世事如此，而责史臣不能申其强项之风，励其匪躬之节，盖亦难矣。”❺“小说”作为私修之野史“据见闻实录”，反倒可以更多秉笔直书。当然，因“传闻”本身可能存在附会依托、虚妄不实之处，故“实录传闻”的“小说”“率多舛误”，“真伪相参”，“未可全以为据，亦未可全以为诬”，有不少内容真虚莫测。而且，有的“小说”作品还

❶ (清) 王鸣盛著，陈文和主编：《嘉定王鸣盛全集》之《十七史商榷》，中华书局 2010 年版，第 802—803 页。

❷ (清) 牛运震著，李念孔等点校：《读史纠谬》，齐鲁书社 1989 年版，第 480 页。

❸ (宋) 司马光：《传家集》，《景印文渊阁四库全书》(集部第 1094 册)，台湾商务印书馆 1986 年版，第 582 页。

❹ (清) 王鸣盛著，陈文和主编：《嘉定王鸣盛全集》之《十七史商榷》，中华书局 2010 年版，第 1369—1370 页。

❺ (唐) 刘知幾著，(清) 浦起龙通释，王煦华整理：《史通通释》，上海古籍出版社 2009 年版，第 179 页。

存在因朋党之争、私人恩怨而刻意捏造污蔑的现象，自然更难以凭信了。古人对“小说”文类作为“正史”史料的种种弊端有着清醒的认识，因此，严谨的史家对于“正史”编纂采录“小说”多强调考核征实、择选谨慎。

“小说”具有“补史之阙”之价值功用，早已成为古代小说研究的老生常谈，然而，前人多从“小说”为“正史”编纂提供素材的角度来阐释，却忽略了此命题关涉“正史”与“小说”关系的两面性。从“正史”编纂取材“小说”的角度来看，自可理解为“小说”撰述之宗旨是为“正史”提供素材，从两者文类之区分的角度来看，还可理解为“小说”载录“正史”所不屑的细事，是与“正史”相对的一种对立互补关系，如明王圻《稗史汇编引》云：“正史具美丑、存劝戒，备矣，间有格于讳忌，隘于听睹，而正史所不能尽者，则山林薮泽之士复搜缀遗文，别成一家言而目之曰小说，又所以羽翼正史也者，著述家宁能废之？”❶

“小说”文类大体可分为笔记体小说和传奇体小说，“正史”取材“小说”，集中于笔记体小说而很少涉及传奇体小说。笔记体小说的题材类型大体可分为两类，一种为载录鬼神怪异之事的“杂记”“志怪”“异闻”“语怪”等，以神、仙、鬼、精、怪、妖、梦、灾异、异物等人物故事为主要取材范围，另一种为载录历史人物轶闻琐事的“逸事”“琐言”“杂录”“杂事”等，以帝王、世家、士大夫、官员、文人及市井人物等各类人物无关“朝政军国”、日常生活化的轶闻逸事为主要记述对象。“正史”书写怪异多选材于志怪小说，书写轶事多选材于轶事小说。

在商周鬼神观念支配和影响下，《春秋》及《左传》《国语》等先秦史籍，对鬼神怪异之事亦多载录。《史记》《汉书》确立起“正史”书写怪异之叙事传统，之后，历代正史中，灾异、祥瑞、神怪、方术之事或多或少均有所书写，并在入史标准、书写功用、题旨趣味、故事类型等方面形成了一整套叙事规范和独具一格的存在形态。这类内容主要集中于以下三方面：《五行志》《祥瑞志》等以阴阳五行观念、天人感应思想为基础，重在载录各类灾异之“咎征”、祥瑞之“休征”及其推占、应验，作为吉凶征兆的反常现象，既有地震、水灾、旱灾、蝗灾、雷电等自然灾害，也有大量神鬼、怪变、复生等怪异之事；《夷蛮列传》《异域列传》等对蛮夷历史传说、

❶ (明) 王圻纂集：《稗史汇编》，北京出版社 1993 年版，第 19 页。

社会风俗、生活习惯的记载，包含不少远国异民的怪异、荒诞之事；《方术列传》《艺术列传》等记载中描述方伎之士的占卜、作法等，多非常奇异之言行；此外，“本纪”“列传”等亦或多或少包含一些人物神异出生、遭遇神怪、奇特梦境等零散的怪异之事。“正史”书写怪异采录志怪小说也主要集中于上述领域，如《宋书》《晋书》之《五行志》的不少内容采自《搜神记》《列异传》《博物志》等；《新唐书》之《方伎列传》描写方伎之士的占卜、作法等奇异言行，有一些增文采自《酉阳杂俎》等。

对于“正史”为何书写怪异之事、以何原则载入怪异之事，历代史家及文人从其功用价值追求出发，实际上形成了一系列共识性的基本书写原则，如怪异之事写入“正史”，须“事关军国”，“理涉兴亡”，与朝廷大政、家国兴衰等紧密相关；须“书美以彰善，记恶以垂戒”，与历史人物之评价密切相关；须精心甄别选择，反对过多过滥、流于荒诞虚妄而有失史体；“无关劝诫、徒资谈说”者，不可入“正史”等。宋代以降，“正史”书写怪异更为严苛，如《资治通鉴》甚至有“不语怪”之说，极个别志怪之处，皆严格遵循相关原则标准，如“《通鉴》不语怪，而书安禄山飞鸟食蝗、庙梁产芝之事，以著禄山之欺罔，明皇之昏蔽”❶，“《通鉴》不语怪，而独书此事者，以明人不可妄杀，而天聪明为不可欺也”❷。“正史”书写怪异之原则，实际上也成为了“正史”采录志怪小说的主要标准。

借轶事传神，也是由《史记》确立起来的一种叙事传统。历代“正史”书写轶事或多或少，亦形成了自身独具一格的存在形态。其一，无关人物主要历史功业、重要人生经历的一些日常生活片段、小情小事。此类“琐言碎事”常常游离于传主主体叙事之外，多与历史人物之性情、品格、嗜好以及文艺才能等密切相关，为历史人物“神志所在”，在彰显人物性情才能、揭示人物思想品格方面常常比那些历史大功绩、人生大事件更富表现力，实际上属于以写人传神为中心的“文家之妙用”，体现了鲜明的文人旨趣。其二，反映历史事件和人物命运的一些细节片段、场景片段。这些细节、场景片段，或展现具体的历史事件过程和人物命运

❶ (宋) 司马光编著，(元) 胡三省音注，标点资治通鉴小组点校：《资治通鉴》，中华书局 1956 年版，第 6868 页。

❷ 同上书，第 4088 页。

转折，或表现人物才干之贤能、道德之善恶，本身属于主体叙事的组成部分，但也具有相对独立性，反映出史家旨趣。“正史”书写轶事采录“小说”主要集中于记载朝野人物之琐闻轶事类，其他大量轶事小说大都与“正史”无缘。从古代官私书目著录来看，此类作品多表现为“小说”与“杂史”或“传记”混杂著录者，其史学价值属于“小说”中的翘楚。“正史”采录“小说”的主要标准为轶事琐事关涉“军国、兴亡”之朝廷大政、“表贤能”之才干评价、“善善恶恶”之道德评价，或可充分彰显人物性情、品格、嗜好。“小说”之轶事片段进入“正史”，存在着史家处理“小说”时的“正史化”与“正史”文学性增强之“文人化”的双向过程。

“正史”与“小说”文类之间的关联与互动，还突出表现为“小说”作品成书亦从“正史”中取材，有的甚至绝大多数条目主要源于“正史”。

部分轶事小说从“正史”大量选材，个别作品甚至主要取材“正史”而成，如刘肃《大唐新语》相当一部分来源于当时之国史；孔平仲《续世说》主要采录《南史》《北史》《梁书》《旧唐书》《新唐书》《旧五代史》《资治通鉴》而成；李垕《南北史续世说》主要采录《南史》《北史》而成；乐史《广卓异记》大量采录《汉书》《后汉书》《晋书》《南史》《北史》《周书》《唐书》《五代史》而成；何良俊《何氏语林》大部分条目取材于《隋书》《唐书》等而成；曹臣《舌华录》“采用书目”有《史记》《汉书》《三国志》《晋书》《南北史》《唐书》等而成。不少“史钞”类史籍专门摘录“正史”中的琐细轶事，与“小说”载录轶事存在诸多相通之处，如张墉《廿一史识余》专门汇集历代“正史”中的轶事而成，亦被研究者归入“世说体”小说系列；郝懿行《宋琐语》全从《宋书》取材，类似小说体例，“谓之《琐语》，盖取不贤识小之意”❶。《四库全书总目提要》之“《两晋南北奇谈》提要”云“其书摘录《晋书》以下八史琐语杂事”❷，“《南北史钞》提要”云“是编摘录《南》《北史》新奇纤佻之事，以为谈助”❸。

部分志怪小说取材“正史”，如干宝《搜神记》取材《左传》《史记》《汉书》《三国志》等，与“正史”《五行志》灾异书写和《方术列传》法术书写密切相关。佚名《集异志》抄录正史《五行志》及志怪杂传记中灾变怪异之事，引书有《汉书》《晋书》

❶ （清）郝懿行著，张述铮、张越点校：《宋琐语》，齐鲁书社 2010 年版，第 4073 页。
❷ （清）纪昀、陆锡熊、孙士毅等：《钦定四库全书总目》，中华书局 1997 年版，第 897 页。
❸ 同上书，第 900 页。

《宋书》《隋书》《新唐书》《旧唐书》等。闵文振《异物汇苑》"引用书目"列有正史《史记》《汉书》《后汉书》《三国志》《晋书》《宋书》《陈书》《南史》等。不少"史钞"类史籍专门摘录"正史"中的怪异之事,与"小说"志怪存在诸多相通之处,如傅燮诇《史异纂》、俞文龙《史异编》专门汇集历代"正史"中的灾祥、怪异之事,两书性质相同,却被《四库全书总目》分别著录于"小说家"和"史钞"。彭绍升《二十二史感应录序》云:"兄子希涑阅二十二史,取其事应之显著者,汇而录之。"❶

此外,部分志怪"小说"与"正史"书写怪异虽然在内容上没有直接重叠交集,但在书写类型和叙事旨趣上高度相似,如"异物""博物"类志怪小说与"正史"《五行志》在部分题材类型的叙事旨趣上颇具共性。

"正史"之书写怪异关联着当时作为官方主流意识形态重要组成部分的灾异论及相关现实政治实践、作为社会普遍信奉知识体系重要组成部分的数术之学及方士社会活动,这无疑为古人维护怪异之事存在的可能性和志怪小说存在的合理性提供了有力支撑。当然,随着灾异论、数术文化与"正史"中"五行志"叙事理念和书写模式的发展演化,志怪小说的思想文化语境也出现重大变迁,古人对志怪小说文本性质的认识也发生了重要转折。除了灾异论、数术文化之外,志怪小说所依托的思想文化背景还有社会下层和民间流俗的"怪力乱神"思想、知识、信仰,这可看作与"大传统"相对的"小传统"。

"正史"与"小说"文类之间存在着多方面的关联与互动,实际上反映了古人心目中"正史"与"小说"存在着一定程度混杂的"交集",两者在思想文化背景、取材对象、书写类型、叙事旨趣上存在诸多相通之处。这对于"小说"文类的发展演化具有多种重要意义,首先,"小说"的文类地位和价值定位与其攀附"正史"密不可分,"小说"编撰在文人士大夫中受到普遍重视显然离不开"补史"之功用。其次,"小说"与"正史"相互取材,直接影响了"小说"文类的发展演化。此外,"正史"编纂及其关联的思想文化,成为"小说"文类发展演化的历史文化语境的最重要组成部分。

"小说"与"正史"文类之间多方面的关联与互动涉及研究领域非常广泛,故本编仅集中论述其中的核心问题。

---

❶ (清)彭希涑辑:《二十二史感应录》,中华书局1985年版,第1页。

第一章　“正史”何以书写怪异及其与“小说”志怪之联系

“正史”具有书写怪异之传统，历代正史中，灾异、祥瑞、神怪、方术之事或多或少均有所书写，并在入史标准、书写功用、题旨趣味、故事类型等方面形成了一整套叙事规范。“正史”书写怪异与“小说”志怪比较接近，两者存在诸多相通之处。志怪小说载录大量鬼魅、精怪、神仙、异物、妖变、物化等人物故事，有部分内容可为“正史”编撰提供素材或参考，亦有一些志怪小说成书从“正史”取材。本书将围绕着探讨古人如何认识“正史”书写怪异，“正史”秉持何种原则来书写怪异，“正史”书写怪异与“小说”志怪的具体联系体现在哪些方面等问题做一探讨。

一、古人如何认识《左传》《史记》之书写怪异

“夏道尊命，事鬼敬神而远之”，“殷人尊神，率民以事神，先鬼而后礼”，“周人尊礼尚施，事鬼敬神而远之”。[1]受到夏、商、周鬼神观念支配和影响，春秋时期鬼神信仰浓厚[2]，《春秋》及《左传》《国语》等先秦史籍，对鬼神怪异之事亦多载录，如《左传》“昭公八年”之“石言于晋魏榆”，“庄公八年”之“豕人立而泣”，“宣公十五年”之“魏武子有嬖妾”，等等。[3]汪中《左氏春秋释疑》云：“《左氏》所书，不专人

---

[1] (汉) 郑玄注，(唐) 孔颖达等正义：《礼记正义》，上海古籍出版社 1990 年版，第 913—914 页。

[2] 参见晁福林：《春秋时期的鬼神观念及其社会影响》，《历史研究》1995 年第 5 期。

[3] 参见刘瑛：《〈左传〉〈国语〉方术研究》，人民文学出版社 2006 年版；周倩平：《〈左传〉异象研究》，博士学位论文，南开大学，2014 年。

事，其别有五：曰天道，曰鬼神，曰灾祥，曰卜筮，曰梦。”❶这实际上确立了一种书写传统，可看作“正史”书写怪异之滥觞。对此，后世史家、文人的认识评价主要有两种倾向：一种从“自然而然”“疑信具传”“妖由人兴”等角度予以认同肯定，如章炳文《搜神秘览序》，“及乎神降于莘，石言于晋，耳目之间，莫不有变怪，有不可以智知明察，出入乎机微，不神而神，自然而然。或书之竹帛，传之丹青，非虚诞也”。❷王祖嫡《师竹堂集》卷九《刻春秋左氏经传集解序》云：“而范武子谓其失诬，不知左主记事，疑信具传，史之体也。”❸周召《双桥随笔》卷四云：“《左传》虽好语怪，然其云妖由人兴也。”❹他们认为，《左传》记载的怪异之事可能确实存在，而且即使令人将信将疑，将其载入史册，也符合史家信以传信、疑以传疑的书写原则，同时，这些怪异之事大都与“人事”相关，也自有其“昭劝诫”重要价值，如高士奇《左传纪事本末》，“事之所有，未可云理之所无，特以言不雅驯，圣人不道，而左氏辑其遗闻，附著于册，非特以侈新奇，亦所以昭劝戒也”。❺另一种从“不语怪力”角度予以质疑批判，如王充《论衡·案书篇》云：“左氏得实，明矣，言多怪，颇与孔子‘不语怪力’相违返也。”❻范宁《春秋穀梁传注》称：“左氏艳而富，其失也巫。”❼以其附会灾祥，好言神怪，有类巫者之所为也。皮日休《皮子文薮》卷九《书》之《鹿门隐书六十篇并序》云：“仲尼修春秋纪灾异，近乎怪。”❽张商英《护法论》云：“子不语怪力乱神。而《春秋》石言于晋、神降于莘，《易》曰：见豕负涂、载鬼一车。此非神怪而何？”❾显然，这应源于儒家的理性批评精神。相比较而言，对《左传》书写怪异持认同肯定之态度更占主导地位。

“司马迁参酌古今，发凡起例，创为全史。”❿《史记》不仅创设了纪传体“正

❶ （清）汪中著，田汉云点校：《新编汪中集》，广陵书社2005年版，第384页。
❷ （宋）章炳文：《搜神秘览序》，丁锡根编著：《中国历代小说序跋集》，人民文学出版社1996年版，第86—87页。
❸ （明）王祖嫡：《师竹堂集》，《四库未收书辑刊》（第五辑第23册），北京出版社2000年版，第109页。
❹ （清）周召：《双桥随笔》，《景印文渊阁四库全书》（子部第724册），台湾商务印书馆1986年版，第423页。
❺ （清）高士奇撰，杨伯峻点校：《左传纪事本末》，中华书局2015年版，第833页。
❻ （汉）王充著，黄晖撰：《论衡校释》，中华书局1990年版，第1164页。
❼ （晋）范宁注，（唐）杨士勋疏：《春秋穀梁传注疏》，上海古籍出版社1990年版，第5页。
❽ （唐）皮日休：《皮子文薮》，上海古籍出版社2017年版，第108页。
❾ （宋）张商英：《护法论》，《诸子集成续编》（十九），四川人民出版社1998年版，第507页。
❿ （清）赵翼著，王树民校证：《廿二史札记校证》，中华书局1984年版，第3页。

史"体例，而且奠定了"正史"的诸多书写传统、叙事规范。然而，对于"正史"书写怪异，《史记》实际上确立了两种看似矛盾的叙事传统。一方面，文中明确表示排斥"怪力乱神"，《五帝本纪》云："然《尚书》独载尧以来；而百家言黄帝，其文不雅驯，荐绅先生难言之。"❶《大宛列传》云："至《禹本纪》《山海经》所有怪物，余不敢言之也。"❷《封禅书》云："其语不经见，缙绅者不道。"❸另一方面，文中载录史事，对于"怪力乱神"未能芟除净尽，不可避免地载录了一些鬼神怪异之事，如洪迈《夷坚丁志序》云："若太史公之说，吾请即子之言而印焉。彼记秦穆公、赵简子，不神奇乎？长陵神君、圯下黄石，不荒怪乎？"❹《毛诗李黄集解》卷三十一称："以帝王之兴，必有受命之符，言文王受命，曰得赤雀丹书。言武王受命，必曰白鱼入舟。而司马子长犹且著于《史记》，其言殊怪诞不经。"❺方弘静《千一录》卷二十称："扁鹊诊脉知人生死，……盖战国好事者为之。而太史公爱奇不能辩耳，书之信史。"❻这实际上以自身的书写实践对载录鬼神怪异之事表示了肯定认可。

与《左传》相似，对于《史记》书写"怪力乱神"，历代史家及文人实际上也存在着几种不同态度：从征实传信、不语怪力乱神出发，以谨严"实录"的态度表示反对，如晁公武《郡斋读书志》之《资治通鉴》提要云："见其大抵不采俊伟卓异之说，如屈原怀沙自沉，四皓羽翼储君，严光足加帝腹，姚崇十事开说之类，削去不录，然后知公忠信有余，盖陋子长之爱奇也。"❼杨士奇《东里集》之《东里续集》卷二十三"张德翁墓志铭后"云："昔太史公叙长桑君教扁鹊事，君子尚以为言涉神怪，不足征也。"❽或以"六合之内，何所不有"为其辩护，如王祖嫡《师竹堂集》卷九《刻春秋左氏经传集解序》云："无论子长《史记》张本丘明，多神怪诡异，即《春秋》亦有然者。六合之内，何所不有？奈何以耳目不及为诬耶！"❾或认为其书写虽

❶ (汉) 司马迁：《史记》，中华书局 2006 年版，第 5 页。
❷ 同上书，第 720—721 页。
❸ 同上书，第 165 页。
❹ (宋) 洪迈撰，何卓点校：《夷坚志》，中华书局 2006 年版，第 537 页。
❺ (宋) 李樗、黄櫄：《毛诗李黄集解》，《景印文渊阁四库全书》(经部第 71 册)，台湾商务印书馆 1986 年版，第 578 页。
❻ (明) 方弘静：《千一录》，《续修四库全书》(子部第 1126 册)，上海古籍出版社 2002 年版，第 395—396 页。
❼ (宋) 晁公武撰，孙猛校证：《郡斋读书志校证》，上海古籍出版社 1990 年版，第 209 页。
❽ (明) 杨士奇：《东里集》，上海古籍出版社 1991 年版，第 681 页。
❾ (明) 王祖嫡：《师竹堂集》，《四库未收书辑刊》(第五辑第 23 册)，北京出版社 2000 年版，第 109 页。

怪异,但都是经过精心选择且十分恰当的,如马端临《文献通考》卷二百十五《经籍考》四十二“燕丹子三卷”云:“周氏《涉笔》曰:燕丹、荆轲事既卓佹,传记所载亦甚崛奇。今观《燕丹子》三篇,与《史记》所载皆相合,似是《史记》事本也。然乌头白,马生角,机桥不发,《史记》则以怪诞削之;进金掷鼃,脍千里马肝,截美人手,《史记》则以过当削之;听琴姬,得隐语,《史记》则以征所闻削之。……其书芟削百家诬谬,亦岂可胜计哉!今世只谓太史公好奇,亦未然也。”[1]梁玉绳《史记志疑》卷三十一“乃使使持衣与豫让,豫让拔剑三跃而击之”云:“附案:《索隐》曰‘《国策》“衣尽出血,襄子回车,车轮未周而亡”。此不言衣出血者,太史公恐涉怪妄,故略之耳’。”[2]

后世史家、文人对待《左传》《史记》书写怪异的态度和认识,实际上暗含了“正史”载录怪异之书写传统,这些态度和认识反映到历代“正史”书写实践中,大体对应书写怪异过多过滥、精心选择、避而不谈等不同倾向。这种书写怪异传统与儒家对待怪力乱神的态度密切相关,如罗璧《识遗》卷六“阙疑”:“《论语》弟子记善言,于鬼神曰敬远,又曰未能事人,焉能事鬼;于死生曰未知生,焉知死,与夫罕言命。凡茫昧不可知者,不究论也。”[3]刘知幾《史通·书事》云:“抑又闻之,怪力乱神,宣尼不语;而事鬼求福,墨生所信。故圣人于其间,若存若亡而已。”[4]儒家对待鬼神、怪异等超自然之力量和现象,并未明确否定其存在,但也未确定其存在,而持介乎两者之间的态度。这就为《左传》《史记》书写怪异的几种取向都提供了理论可能。

二、“正史”书写怪异之基本原则

《左传》《史记》确立起“正史”书写怪异之叙事传统,之后,历代“正史”书写怪异亦形成了自身独具一格的存在形态,主要集中于以下几个方面:其一,历代

[1] (元)马端临:《文献通考》,中华书局2011年版,第6014页。
[2] (清)梁玉绳:《史记志疑》,中华书局1981年版,第1313页。
[3] (宋)罗璧:《识遗》,岳麓书社2010年版,第79页。
[4] (唐)刘知幾著,(清)浦起龙通释,王煦华整理:《史通通释》,上海古籍出版社2009年版,第214页。

"正史"中的《五行志》《灵征志》《祥瑞志》《符瑞志》。此类记载在"正史"书写怪异中最为突出，以阴阳五行观念、天人感应思想、灾异论为基础，重在载录各类灾异之"咎征"、祥瑞之"休征"及其推占、应验。作为吉凶征兆的反常现象，既有地震、水灾、旱灾、蝗灾、雷电等自然灾害，也有大量神鬼、怪变、复生等怪异非常之事，如牛运震《读史纠谬》卷六《宋书》"符瑞志"云"《符瑞志》，皆记帝王图谶之事，类砌奇怪以为征应，殊非史体"❶，"五行志"云"《五行志》，依《汉书》条列叙次，颇有章程，但其中亦有琐怪不经之事。猥用编次，徒烦笔墨，此史家好奇贪多之病也"❷。其二，历代"正史"中的《西南夷两粤朝鲜传》《东夷列传》《四夷列传》《夷蛮列传》《诸夷列传》《异域列传》《夷貊列传》《南蛮列传》《北狄列传》《西戎列传》《外国列传》。其中，对蛮夷历史传说、社会风俗、生活习惯的记载，包含不少远国异民的怪异、荒诞之事，如马端临《文献通考》卷三百二十八《四夷考五》之"盘瓠种"："杜氏《通典》曰：按范晔《后汉史・蛮夷传》皆怪诞不经。大抵诸家所序四夷，亦多此类。"❸其三，历代"正史"中的《方术列传》《艺术列传》《方伎列传》。此类记载中描述方伎之士的占卜、作法等，多非常奇异之言行，如钱大昕《潜研堂文集》卷一二《问答》九"诸史"条："《方术》一篇，如徐登、刘根、费长房以下，皆诞妄难信，不特王乔、左慈已也。"❹其四，历代"正史"中《方术列传》《艺术列传》《方伎列传》之外的"本纪""世家""列传"等传记亦或多或少包含一些人物神异出生、遭遇神怪、奇特梦境等零散的怪异之事，如唐锦《龙江梦余录》卷四："史传于圣贤之生，必述神怪之事，以见其异于寻常者如此。"❺对于"正史"为什么书写怪异之事、以何原则载入怪异之事，历代史家及文人还是有着比较一致的看法，实际上形成了一系列共识性的基本书写原则。

在古代传统史学看来，"正史"书写怪异之事，须"事关军国""理涉兴亡""明人事之得失"，与朝廷大政、家国兴衰等紧密相关。例如，刘知幾《史通・书事》云："若吞燕卵而商生，启龙漦而周灭，厉坏门以祸晋，鬼谋社而亡曹，江使返璧于

❶ (清) 牛运震著，李念孔等点校：《读史纠谬》，齐鲁书社 1989 年版，第 272 页。
❷ 同上书，第 273 页。
❸ (元) 马端临：《文献通考》，中华书局 2011 年版，第 9018 页。
❹ (清) 钱大昕著，陈文和主编：《嘉定钱大昕全集(增订本)》(第 9 册)，凤凰出版社 2016 年版，第 194 页。
❺ (明) 唐锦：《龙江梦余录》，《续修四库全书》(子部第 1122 册)，上海古籍出版社 2002 年版，第 353 页。

秦皇,圯桥授书于汉相,此则事关军国,理涉兴亡,有而书之,以彰灵验,可也。”[1]杜大珪《名臣碑传琬琰集》下卷十五云:“臣观前世之君,因怪变而求谏者甚众。书之史册,以为美事。”[2]罗璧《识遗》卷六“阙疑”云:“《左氏》志怪颇多;《春秋》关于人事则书。”[3]彭希涑《二十二史感应录》“绪论”云:“史书体例不志怪神,然有可以明人事之得失者,虽涉灵异不以为病。”[4]在阴阳五行、天人感应的灾异政治文化笼罩下,官方朝政运作中的灾异事件本身就与朝廷大政关联密切。宋前,一些重要灾异事件成为左右朝政的重要因素。[5]因此,“正史”书写与朝廷大政、家国兴衰密切相关的怪异之事,就是载录历史事实。

“正史”书写怪异之事,须“书美以彰善,记恶以垂戒”,可劝诫警示,与历史人物或朝政之评价密切相关。例如,刘知幾《史通·书事》云:“三曰旌怪异……幽明感应,祸福萌兆则书之。”[6]《史通·书志》云:“夫灾祥之作,以表吉凶。此理昭昭,不易诬也。……且周王决疑,龟焦蓍折,宋皇誓众,竿坏幡亡,枭止凉师之营,鹏集贾生之舍。斯皆妖灾著象,而福禄来钟,愚智不能知,晦明莫之测也。然而古之国史,闻异则书,未必皆审其休咎,详其美恶也。”[7]司马光《资治通鉴释例》“温公与范内翰论修书帖”云:“妖异有所儆戒,凡国家灾异本纪所书者并存之”,“及妖异止于怪诞,谈谐止于取笑之类,便请直删不妨”。[8]其中,为了更好地发挥怪异之事的劝诫作用,不少史家甚至主张应更多书写灾异而非祥瑞,王应麟《困学纪闻》卷六“春秋左氏传”云:“《春秋》书灾异,不书祥瑞,所以训寅畏、防怠忽也。”[9]依上述两个基本原则,那些“无关劝诫、徒资谈说”“靡劝靡戒”者,自然不具备载入“正史”之资格,如焦袁熹《此木轩杂著》卷一“神怪”云:“孔子不语怪神,

---

[1] (唐)刘知幾著,(清)浦起龙通释,王煦华整理:《史通通释》,上海古籍出版社2009年版,第214页。
[2] (宋)杜大珪:《名臣碑传琬琰集》,《景印文渊阁四库全书》(史部第450册),台湾商务印书馆1986年版,第779页。
[3] (宋)罗璧:《识遗》,岳麓书社2010年版,第79页。
[4] (清)彭希涑辑:《二十二史感应录》,中华书局1985年版,“绪论”第1页。
[5] 参见黄一农:《制天命而用:星占、术数与中国古代社会》,四川人民出版社2018年版;孙英刚:《神文时代:谶纬、术数与中古政治研究》,上海古籍出版社2015年版。
[6] (唐)刘知幾著,(清)浦起龙通释,王煦华整理:《史通通释》,上海古籍出版社2009年版,第213页。
[7] 同上书,第58页。
[8] (宋)司马光:《资治通鉴释例》,《景印文渊阁四库全书》(史部第311册),台湾商务印书馆1986年版,第319页。
[9] (宋)王应麟撰,栾保群、田松青校点:《困学纪闻》,上海古籍出版社2015年版,第220页。

所以立教且不语，非谓天壤间无有此物。后世史家记事，凡迹涉灵怪及仙佛变现冤仇报复之状，昔之所无，今之所有，虽欲削之，安得而削之。必谓史体不当，类稗官家言，欲一切刊去，以附于孔子不语之旨者，通人所不予也。唯其无关劝诫、徒资谈说者，斯则必在翦弃之条耳。"❶浦起龙《史通通释》外篇卷十七云："按：志怪奚必去谐，撰史自宜识大。语有轩轾，意有堤防，非灾非祥，靡劝靡戒。必严诸此。"❷其中，《五行志》《灵征志》《祥瑞志》《符瑞志》载录怪异之事，特别强调借助阴阳五行学说和天人感应理论将其与朝政得失、人事善恶联系起来，"天地之物有不常之变者，谓之异，小者谓之灾。灾常先至而异乃随之。灾者，天之谴也；异者，天之威也。谴之而不知，乃畏之以威。诗云：'畏天之威。'殆此谓也。凡灾异之本，尽生于国家之失。国家之失乃始萌芽，而天出灾害以谴告之；谴告之而不知变，乃见怪异以惊骇之，惊骇之尚不知畏恐，其殃咎乃至"。❸注重发挥其劝诫作用，如《隋书》之《五行志》"叙"称："《春秋》以灾祥验行事，则仲尼所以垂法也。天道以星象示废兴，则甘、石所以先知也。是以祥符之兆可得而言，妖讹之占所以征验。夫神则阴阳不测，天则欲人迁善。"❹《新唐书》之《五行志》"叙"云："盖君子之畏天也，见物有反常而为变者，失其本性，则思其有以致而为之戒惧，虽微不敢忽而已。"❺《方术列传》《艺术列传》《方伎列传》记载方伎之士的占卜、作法等怪异之事，也是以劝诫为宗旨的，如《晋书》之《艺术列传》"叙"云："艺术之兴，由来尚矣。先王以是决犹豫，定吉凶，审存亡，省祸福。曰神与智，藏往知来；幽赞冥符，弼成人事；既兴利而除害，亦威众以立权，所谓神道设教，率由于此。"❻《隋书》之《艺术列传》"叙"云："历观经史百家之言，无不存夫艺术，或叙其玄妙，或记其迂诞，非徒用广异闻，将以明乎劝戒。"❼

虽然"正史"书写怪异作为一种叙事传统自有其合理性、正当性，但是从"传信""征实"之古代史学传统来看，此类内容写入"正史"，理应依据上述基本原则

❶ (清) 焦袁熹：《此木轩杂著》，《续修四库全书》(子部第 1136 册)，上海古籍出版社 2002 年版，第 471 页。
❷ (唐) 刘知幾著，(清) 浦起龙通释，王煦华整理：《史通通释》，上海古籍出版社 2009 年版，第 449 页。
❸ (汉) 董仲舒著，(清) 苏舆撰，钟哲点校：《春秋繁露义证》，中华书局 1992 年版，第 259 页。
❹ (唐) 魏徵等：《隋书》，中华书局 1973 年版，第 617 页。
❺ (宋) 欧阳修、宋祁等：《新唐书》，中华书局 1975 年版，第 872 页。
❻ (唐) 房玄龄等：《晋书》，中华书局 1974 年版，第 2467 页。
❼ (唐) 魏徵等：《隋书》，中华书局 1973 年版，第 1764 页。

精心甄别选择，因此，不少史家、文人对于部分"正史"载录怪异之事过多过滥，多持反对批评态度，这一点在《晋书》《南史》《北史》等评价中，尤为突出。例如，刘知幾《史通·杂说中》"诸晋史"条云："夫学未该博，鉴非详正，凡所修撰，多聚异闻，其为踳驳，难以觉悟。"❶《史通·书事》云："而王隐、何法盛之徒所撰《晋史》，乃专访州闾细事，委巷琐言，聚而编之，目为鬼神传录，其事非要，其言不经。"❷晁公武《郡斋读书志》云："按历代之史，惟《晋》丛冗最甚，可以无讥。至于取沈约诞诬之说，采《语林》《世说》《幽明录》《搜神记》诡异谬妄之言，亦不可不辨。"❸牛运震《读史纠谬》卷五《晋书》称："《晋书》有好奇之病，卜筮小术仙释怪迹，皆不惮琐琐，言之务穷情尽致而后已。"❹卷十《南史》"宋本纪"条称："昔人谓《南史》所载谣谶妖祥，颇涉猥杂，即此足以见一端矣。"❺甚至对于史注过多载录怪异内容，亦表反对，如陈善《扪虱新话》下集卷二"谶纬害经"条云："今《三国志注》多引神怪小说，无补正史处，亦可删。"❻《四库全书总目》之"《三国志》提要"云："（《三国志注》）其中往往嗜奇爱博，颇伤芜杂。"❼

虽然"正史"载录怪异之事作为反常异事或超自然之力量和现象，本身就属于"若存若亡""将信将疑"者，但是其中也存在着虚实之辨、信疑之分。对于"正史"载录怪异之事流于荒诞不经、虚妄难信而有失史体，不少史家、文人更是予以严厉批评，如盛如梓《庶斋老学丛谈》云："《晋史》多幽冥鬼怪谬妄之言，取诸《幽冥录》《搜神记》等书，不知诚有其事否乎？"❽如朱明镐《史纠》卷三《南史》"隐逸邓郁传"云："传载卫夫人事，其失也诬。燕齐迂怪之谈，乃出良史之手耶？"❾钱大昕《十驾斋养新录附余录》卷六"沙门入艺术传始于晋书"云："而采其诞妄之迹阑入正史，唐初史臣可谓无识之甚矣。"❿彭孙贻《茗香堂史论》卷二"南史。……

❶（唐）刘知幾著，（清）浦起龙通释，王煦华整理：《史通通释》，上海古籍出版社 2009 年版，第 448 页。
❷ 同上书，第 214 页。
❸（宋）晁公武撰，孙猛校证：《郡斋读书志校证》，上海古籍出版社 1990 年版，第 182 页。
❹（清）牛运震著，李念孔等点校：《读史纠谬》，齐鲁书社 1989 年版，第 262 页。
❺ 同上书，第 360 页。
❻（宋）陈善：《扪虱新话》，《续修四库全书》（子部第 1122 册），上海古籍出版社 2002 年版，第 136 页。
❼（清）纪昀、陆锡熊、孙士毅等：《钦定四库全书总目》，中华书局 1997 年版，第 623 页。
❽（元）盛如梓：《庶斋老学丛谈》，中华书局 1985 年版，第 11 页。
❾（明）朱明镐：《史纠》，中华书局 1991 年版，第 52 页。
❿（清）钱大昕著，陈文和主编：《嘉定钱大昕全集（增订本）》（第 7 册），凤凰出版社 2016 年版，第 188 页。

梁郄后酷妒，及终化为龙，入后宫通梦武帝。……粟山按：此等不经之言，笔之于史，为失体。”❶牛运震《读史纠谬》指摘“正史”中此类怪诞之处，林林总总，有着集中表述，例如《晋书》“王恭传”云：“徐伯玄事亦近怪诞小说。”❷《南史》“王镇恶等列传”云：“‘玄谟从弟玄象，位下邳太守’，发东海王家女子棺，得玉钏、金蚕，女子尚生，能言。此可入怪异小说，不足混正史。”❸古人对于怪异之事可信程度的判别标准自然是因时因人而异，总体而言，以古代灾异观转折为分水岭❹，宋代以降的判别标准越来越趋于理性，这与宋明理学对待怪异之事的儒学理性精神密切相关。文人学者在笔记杂著中也多辩驳“小说”志怪的荒诞不经之处。当然，对于“正史”而言，这类判别标准通常会更加审慎和理性。

综上所述，“正史”书写怪异之原则可概括为：须“事关军国”“理涉兴亡”“明人事之得失”，与朝廷大政、家国兴衰等紧密相关；须“书美以彰善，记恶以垂戒”，可劝诫警示，与历史人物或朝政之评价密切相关；“无关劝戒、徒资谈说”“靡劝靡戒”者，不可入“正史”。“正史”载入怪异之事，须精心甄别选择，反对过多过滥、流于荒诞虚妄而有失史体。这与“正史”的功用价值追求密不可分。除了“载事”之外，“正史”编撰主要强调三个方面的功用价值定位。首先，“辨是非”“善善恶恶”“成败兴坏之理”等历史评判作用，如司马迁《史记·太史公自序》云：“夫《春秋》，上明三王之道，下辨人事之纪，别嫌疑，明是非，定犹豫，善善恶恶，贤贤贱不肖，存亡国，继绝世，补敝起废，王道之大者也。”❺其次，“彰法式”“殷鉴兴废”等历史借鉴作用，如《汉书·艺文志》“六艺略”之“凡《春秋》二十三家”云：“古之王者世有史官。君举必书，所以慎言行，昭法式也。”❻《汉纪》之“高祖皇帝纪卷第一”云：“夫立典有五志焉：一曰达道义，二曰彰法式，三曰通古今，四曰著功勋，五曰表贤能。”❼刘勰《文心雕龙》之“史传篇”云：“原夫载籍之作也，必贯乎百氏，被之千载，表征盛衰，殷鉴兴废。”❽此外，还具有“载道”“明道”等教化功用，如袁

❶ (清) 彭孙贻：《茗香堂史论》，《续修四库全书》(史部第450册)，上海古籍出版社2002年版，第547页。
❷ (清) 牛运震著，李念孔等点校：《读史纠谬》，齐鲁书社1989年版，第247页。
❸ 同上书，第373页。
❹ 参见陈侃理：《儒学、数术与政治：灾异的政治文化史》，北京大学出版社2015年版。
❺ (汉) 司马迁：《史记》，中华书局2006年版，第760页。
❻ (汉) 班固：《汉书》，中华书局1962年版，第1715页。
❼ (汉) 荀悦、(晋) 袁宏著，张烈点校：《两汉纪》(上)，中华书局2002年版，第1页。
❽ 戚良德：《文心雕龙校注通译》，上海古籍出版社2008年版，第187页。

宏《后汉纪·序》云:“夫史传之兴,所以通古今而笃名教也。”❶薛应旗《宋元通鉴》卷首“凡例”云:“世儒相沿,动谓经以载道,史以载事。不知道见于事,事寓乎道,经亦载事,史亦载道,要之不可以殊观也。”❷沈国元《二十一史论赞》卷首“自序”云:“经以载道,史以纪事,世之持论者或岐而二之,不知道无不在,散于事为之间。”❸“正史”书写怪异,自然也应以上述功用价值为主要取向。

然而,“正史”书写怪异之基本原则实际上是一种叙事理想,在历代“正史”书写实践过程中,具体到某一件或某一类怪异之事是否可以写入“正史”,因何写入“正史”,不同史家及文人见仁见智,如唐锦《龙江梦余录》卷四云:“史传于圣贤之生,必述神怪之事,……夫圣贤之所以为异者,岂在此哉?要之,皆不可信也。”❹赵翼《廿二史札记》卷八“晋书所记怪异”云:“采异闻入史传,惟《晋书》及《南》《北史》最多,而《晋书》中僭伪诸国为尤甚。刘聪时有星忽陨于平阳,视之则肉也,长三十步,广二十七步,臭闻数里,肉旁有哭声。……此数事犹可骇异,而皆出于刘、石之乱,其实事耶?抑传闻耶?刘、石之凶暴本非常,故有非常之变异以应之,理或然也。”❺对于如此荒诞不经之事,似乎亦难以判断其历史真实性。赵翼《廿二史札记》卷二十一“一产三男入史”云:“一产三男、四男入史,自《旧唐书》始。《高宗纪》,嘉州辛道让妻一产四男,高苑县吴文威妻魏氏一产四男。《哀帝纪》,颍州汝阴县彭文妻一产三男。欧阳《五代史》仿之,亦载于本纪。如同光二年,军将赵晖妻一产三男是也。或以为瑞而记之,不知此乃记异耳。徐无党注云,此因变异而书,重人事故谨之。后世以此为善祥,故于乱世书之,以见其不然也。”❻对于同一类型之事,亦有着灾异抑或祥瑞的不同判断。牛运震《读史纠谬》卷八《梁书》“孝行列传”云:“《滕昙恭传》‘其门外有冬生树二株,时忽有神光自树而起,俄见佛像及夹持之仪’云云。按佛像之见虽异征,何舆孝行?况正史

❶ (汉)荀悦、(晋)袁宏著,张烈点校:《两汉纪》(下),中华书局2002年版,第1页。
❷ (明)薛应旂:《宋元通鉴·序》,《四库全书存目丛书》(史部第9册),齐鲁书社1996年版,第686页。
❸ (明)沈国元:《二十一史论赞·序》,《四库全书存目丛书》(史部第148册),齐鲁书社1996年版,第539页。
❹ (明)唐锦:《龙江梦余录》,《续修四库全书》(子部第1122册),上海古籍出版社2002年版,第353、354页。
❺ (清)赵翼著,王树民校证:《廿二史札记校证》,中华书局1984年版,第161—162页。
❻ 同上书,第464页。

传信，不宜杂以荒诞小说。”❶这是质疑将异征与人物孝行关联起来。甚至对于一些荒诞虚妄之事，也有史家及文人认为“纪载不诬”或“恐不尽诬”，如毛晋《搜神记跋》云：“顾宇宙之大，何所不有，令升感圹婢一事，信纪载不诬，采录宜矣。”❷

三、“正史”书写怪异与“小说”志怪之主要联系

“正史”与“小说”作为功用价值定位相距甚远的文类，其文类界限整体上泾渭分明，仅在书写轶事、书写怪异等方面存在联系相通之处。其中，“正史”书写怪异与“小说”志怪的主要联系包含以下几个方面。

其一，志怪“小说”起源与“正史”或官方史籍书写怪异密切相关。“小说”源于史部之分流，唐前最早一批志怪“小说”中的部分作品就是专门辑录官方史书中的“怪诞不经之说”而成。例如，“古今纪异之祖”《汲冢琐语》(约成书于战国)，绝大部分是关于卜、占梦、神怪一类的“卜梦妖怪”之作，应是从前代官方史籍中专门辑录“卜梦妖怪”题材故事而成。另外，还有一些志怪“小说”作品专门载录“正史”中重要历史人物依托附会之怪异传闻、诞妄传说而成，也与“正史”密切相关，如《穆天子传》《汉武故事》等。

其二，“正史”书写怪异与“小说”志怪相互取材，存在混杂现象。“正史”编撰取材颇为广泛，既有官方的国史实录，也有“杂史”“杂传”“小说”等“野史”。其中，“正史”取材“小说”，属编撰之常态，一般来说，“正史”书写怪异采录志怪“小说”，主要集中于《五行志》《灵征志》《祥瑞志》《符瑞志》，“本纪”“世家”“列传”等传记类采录志怪“小说”，只有《方术列传》《艺术列传》《方伎列传》较多，其他相对很少(部分“正史”如《晋书》《南史》《北史》等书写怪异较多)。例如，沈士龙《搜神记序》称《搜神记》云：“故晋、宋《五行志》往往采之。”❸《宋书》《晋书》之《五行志》

---

❶ (清) 牛运震著，李念孔等点校：《读史纠谬》，齐鲁书社 1989 年版，第 337 页。
❷ (清) 毛晋：《搜神记跋》，丁锡根编著：《中国历代小说序跋集》，人民文学出版社 1996 年版，第 52 页。
❸ (明) 沈士龙：《搜神记序》，丁锡根编著：《中国历代小说序跋集》，人民文学出版社 1996 年版，第 50 页。

的不少内容采自《搜神记》《列异传》《博物志》等魏晋志怪小说。《旧唐书》之《五行志》许多内容采自《朝野佥载》等唐代笔记体小说。《新唐书》之《方伎列传》描写方伎之士的占卜、作法等奇异言行，有一些增文采自《酉阳杂俎》等。

不少志怪"小说"成书"考先志于载籍"，往往从旧书取材，其中，不乏取材"正史"者，例如，干宝《搜神记》部分内容选自《汉书》《后汉书》之《五行志》。颜之推《还冤记》取材史事，所述皆报应之说，"大抵记中事实，多见正史"❶。闵文振《异物汇苑》"引用书目"列有《史记》《汉书》《后汉书》《三国志》《晋书》《宋书》《陈书》《南史》等；李石《续博物志》、徐寿基《续广博物志》曾取材于《史记》《汉书》《后汉书》《三国志》《南史》《北史》《隋书》《唐书》等；甚至有个别志怪"小说"大部分或全部取材"正史"，例如，窦维鋈《广古今五行记》，《宋史·艺文志》曾归入"小说家"，《玉海》卷五引《中兴书目》称其："集历代五行咎变，叙其征应，类例详备。"❷许多内容采自《晋书》《宋书》《隋书》的《五行志》以及《史记》《汉书》《三国志》《南史》等。方凤《物异考》，《八千卷楼书目》"小说家"著录，书中分为"水异""火异""木异"等七门，摘录"正史"《五行志》而成。傅燮调《史异纂》，《四库全书总目》著录于"小说家"，"是书杂纂灾祥、怪异之事，自上古至元，悉据正史采入，凡外传杂说皆不录。分天异、地异、祥异、人异、事异、术异、译异、鬼异、物异、杂异十门"❸，徐釚《史异纂序》称："于是取二十一史及有明一代之书，凡事物之迥异于寻常者，为之州次部居，名曰《史异纂》《有明异丛》。"❹此外，部分"史钞"类著作，汇集历代"正史"载录的怪异之事，虽然未被归入"小说家"，但颇具志怪"小说"意味，如《四库全书总目》"史抄类"著录之《史异编》云："其书以诸史所载灾祥神怪汇为一编。"❺彭希涑《二十二史感应录》取材二十二史中的善恶报应之事，"序"称："兄子希涑阅二十二史，取其事应之显著者，汇而录之。"❻"正史"书写怪异取材"小说"和"小说"志怪取材"正史"，特别是《史异纂》等全部取材"正史"怪异之事者，也被看作"小说"，实际上反映了古人心目中"正史"书写怪异和"小说"志怪存在

❶（清）王谟：《还冤记序》，丁锡根编著：《中国历代小说序跋集》，人民文学出版社1996年版，第63页。
❷（宋）王应麟辑：《玉海》，广陵书社2003年版，第110页。
❸（清）纪昀、陆锡熊、孙士毅等：《钦定四库全书总目》，中华书局1997年版，第1915页。
❹（清）傅燮调辑：《史异纂》，《四库全书存目丛书》（子部第249册），齐鲁书社1996年版，第619页。
❺（清）纪昀、陆锡熊、孙士毅等：《钦定四库全书总目》，中华书局1997年版，第901页。
❻（清）彭希涑辑：《二十二史感应录》，中华书局1985年版，"原序"第1页。

一定程度混杂的“交集”。

其三,“正史”书写怪异与“小说”志怪的书写类型、叙事旨趣存在相通之处。整体而言,“志怪”作为“小说”主要类型之一,具有鲜明的相对独立性,如:“阴阳为炭,造化为工,流形赋象,于何不育。求其怪物,有广异闻,若祖台《志怪》、干宝《搜神》、刘义庆《幽明》、刘敬叔《异苑》。此之谓杂记者也。”❶“小说家一类又自分数种,一曰志怪,《搜神》《述异》《宣室》《酉阳》之类是也。”❷“迹其流别,凡有三派:其一叙述杂事,其一记录异闻,其一缀辑琐语也。”❸刘知幾之“杂记”、胡应麟之“志怪”、《四库全书总目》之“异闻”一脉相传,指称“小说”中载录鬼神怪异之事为主者,主要包括两种书写类型。一是以“异物”为主要表现对象,包括山川地理、远国异民、动植物产、精怪异象等,以体物描绘为主要表现手法,重在说明异物之形状、性质、特征、成因、功用等,大多为残丛小语。该类型源于战国后期成书的《山海经》,汉末在《山海经》影响下,出现了《神异经》《括地图》《十洲记》等一批仿作,魏晋南北朝时期出现了张华《博物志》、郭璞《玄中记》、佚名《外国图》等一批典范之作,逐步发展成熟。隋以降,此类专书创作不绝如缕,如唐代沈如筠《异物志》,宋代佚名《广物志》、李石《续博物志》,明代游潜《博物志补》、董斯张《广博物志》,清代徐寿基《续广博物志》等。同时,或为专卷,或为散篇,羼杂于笔记体小说中,如《酉阳杂俎》“境异”“物异”“广动植”,等等。二是以神仙、鬼魅、精怪、妖物、梦异、异人等相关人物故事为主要取材范围,具有一定情节性。自魏晋南北朝之曹丕《列异传》、干宝《搜神记》、陶渊明《搜神后记》、刘义庆《幽明录》、东阳无疑《齐谐记》、吴均《续齐谐记》等,到唐代之唐临《冥报记》、孔言《神怪志》、皮光业《妖怪录》、杜光庭《录异记》等,宋代之徐铉《稽神录》、张师正《括异志》、郭彖《睽车志》、洪迈《夷坚志》、王质《夷坚别志》,明代之祝允明《志怪录》、杨仪《高坡异纂》、钱希言《狯园》等,清代之纪昀《阅微草堂笔记》、袁枚《子不语》等,自成一个完整的体系。当然,这两种书写类型在不少志怪小说中存在着或多或少的羼杂情况,而且,也存在志怪“小说”与轶事“小说”相互羼杂情况。

❶ (唐)刘知幾著,(清)浦起龙通释,王煦华整理:《史通通释》,上海古籍出版社2009年版,第254—255页。

❷ (明)胡应麟:《少室山房笔丛》,上海书店出版社2001年版,第282页。

❸ (清)纪昀、陆锡熊、孙士毅等:《钦定四库全书总目》,中华书局1997年版,第1834页。

部分志怪"小说"与"正史"书写怪异虽然在内容上没有直接重叠交集,但在书写类型和叙事旨趣上高度相似。其中,书写"异物"的志怪"小说"与"正史"《五行志》在部分题材类型的叙事旨趣上颇具共性,例如,张华《博物志》卷三"异兽""异鸟""异虫""异鱼""异草木",与《五行志》之"羽虫孽""龙蛇孽""鱼孽""草妖""马祸""羊祸"很相近。任昉《述异记》、刘敬叔《异苑》、沈如筠《异物志》、郑遂《洽闻记》等部分内容为灾异祥瑞、非常变怪之事。书写神仙、鬼魅、精怪、妖物、梦异、异人等人物故事的志怪"小说"与"正史"传记中的怪异之事在个别方面也颇为相似,例如,赵自勤《定命录》、吴淑《江淮异人录》、张君房《乘异记》、徐祯卿《异林》等部分内容为相术知命、道流作法,颇类似《方伎列传》描述的推占、法术。

其四,"正史"书写怪异为"小说"志怪提供了有力的思想文化环境支撑。儒家对待鬼神、怪异之事的态度,介于信仰其真实存在和理性否定其存在之间。阴阳五行、天人感应的灾异观作为官方意识形态的重要组成部分,也是"正史"书写怪异的思想基础。"正史体尊,义与经配","正史"书写怪异及其依托的思想文化背景,无疑为古人维护怪异之事存在的可能性和志怪"小说"存在的合理性,提供了有力支撑,许多文人为志怪"小说"辩护,都是以"正史"书写怪异为依据的,例如,谢肇淛《五杂俎》卷五:"人死而复生者,多有物凭焉。……此事晋、唐时最多,《太平广记》所载,或涉怪诞,至史书《五行志》所言,恐不尽诬也。"❶何琪《夷坚志序》云:"夫以神奇荒怪之事,委巷丛谈之语,盖儒者所不道。然观古经传之所称,后世史书之所录,并莫得而废焉。"❷

综上所述,"正史"书写怪异与"小说"志怪存在的主要联系表现为:志怪"小说"起源与官方史籍书写怪异密切相关,"正史"书写怪异取材志怪"小说",志怪"小说"成书取材"正史"怪异之事,"正史"书写怪异与"小说"志怪存在混杂现象,"正史"书写怪异与"小说"志怪的书写类型、叙事旨趣存在相通之处,"正史"书写怪异为"小说"志怪提供了有力的思想文化环境支撑。

❶ (明)谢肇淛:《五杂俎》,上海书店出版社 2001 年版,第 94 页。
❷ 丁锡根编著:《中国历代小说序跋集》,人民文学出版社 1996 年版,第 110—111 页。

第二章 “正史”书写怪异存在形态及其与“小说”之相通

——以《史异纂》《史异编》为例

清代傅燮诇《史异纂》、明代俞文龙《史异编》专门汇集历代“正史”中的灾祥、怪异之事，“是书杂纂灾祥、怪异之事，自上古至元，悉据正史采入，凡外传杂说皆不录”❶，“其书以诸史所载灾祥神怪汇为一编”❷。以两书的类编形式和取材内容为例，可较全面地反映“正史”书写怪异存在状况和类型。同时，两书性质相同，却被《四库全书总目》分别著录于“小说家”和“史钞”，也从一个侧面反映了“正史”书写怪异与志怪小说之混杂。借助此书，既可考察“正史”书写怪异，也可探讨“正史”书写怪异与“小说”志怪之关系，然而，遗憾的是，迄今为止未见论著对两部书有较详细介绍，更遑论深入研究。本书将通过分析《史异纂》《史异编》文本，探讨“正史”书写怪异的文本内容是如何分布的、以何种形态存在，“正史”书写怪异与明清“异物”“博物”类志怪小说存在哪些相通之处等。

一、《史异纂》《史异编》分类纲目及溯源

《史异纂》《史异编》钞撮汇集历代正史的灾祥、怪异之事，以类编形式分门别类编纂而成。《史异纂》之“凡例”称：“此书有纲有目，如天是纲，而日、月、星、云

❶ (清) 纪昀、陆锡熊、孙士毅等:《钦定四库全书总目》,中华书局 1997 年版,第 1915 页。
❷ 同上书,第 901 页。

之类是目。地是纲，而山、石、泉、水之类是目。”❶其纲目分类颇为琐细，“分天异、地异、祥异、人异、事异、术异、译异、鬼异、物异、杂异十门”。❷其中，天异部：天、日、月、星（附陨石）、风、雨、雾、雹、雪、霜（附木冰）、雷（附声）、云、气（附光）、虹。地异部：地、山、石、水、冰。祥异部：帝王之祥（附诸侯）、圣贤之祥、后妃之祥（附夫人）、名臣之祥、僭窃之祥。人异部：长人、一产四人（附产多者）、奇相、女人生须（附阉）、生产怪异、人生角、生产异物、暴长（附生而发白）、男女互化、人化他物、人死复生、孕啼、生育（附男子生育）、不应言而言、异病（附人化石）、狂迷。事异部：圣迹、灵应（附神感）、仙踪、灵验、渊博、知音、聪敏、正直、勇力、政治、孝感、诚格、先兆、英灵。术异部：释、仙、幻、役鬼、厌胜、卜（附占地）、医、妖术。译异部：译之天、译之地、译之祥、译之人、译之鬼、译之术、译之物、译之事。鬼异部：鬼总、神降、长鬼、文鬼、鬼求人、鬼诉冤、鬼报恩、鬼救人、鬼助战、鬼避正人、鬼卜地（附卜宅）、豫称贵人、鬼责人、厉鬼、恶鬼、鬼哭、余鬼。物异部：龙、海兽、龟（附熊鼍蟹）、虾蟆、鱼、蛇、凤（附神雀）、大鸟、鹤（附一足鸟）、雉、乌、鹊、鸡（附石鸡）、燕、雀、鸮、鸢、鶵、众鸟、妖鸟、鸟集、鹄、鹰、鸳鸯、鹗、鹅、麟、驺虞、虎、马、牛、羊、犬、豕、鹿（附有角兽）、狐狸、猫、奇兽（附獬豸、角端）、兔、鼠、蚕、蚁、蝗、蝼（附螟）、蝇、虫、肉、卵、木、果、竹、芝、草（附米）、花、像、舍利、珠、珪（附玉器）、玺（附印）、玉鼎、金（附银）、鼎、钟、钱、镜、铜印、铜马、铁、门牡、屟、笔。杂异部：火灾（附火光）、气色（与天部气别）、声响（与天部声别）、血、妖征、讹言、死丧、丘墓、妖眚、余杂。

《史异纂》类编形式和类目名称主要源于古代类书以及“正史”中的《天文志》《五行志》等。例如，《史异纂》之“天异部”源于《太平御览》之“天部”（日、日蚀、晷、月、月蚀，星、瑞星、妖星，云、霄、汉、霞、虹霓、气、雾、霾、曀，风、相风、雨、祈雨、雪、雷、霹雳、电、霜、雹）以及“正史”《天文志》（日食、日变、日煇气，月食、月变，七曜、景星、彗孛、客星、流星、妖星、星变，云气）、《五行志》（常风、常雨、雷电、霜、雹、雾、木冰）；“地异部”源于《太平御览》之“地部”（地、土、石、丘、陵，水、水灾、海、江、河）以及“正史”《五行志》（地震、地陷，山崩、山鸣，大水、水变色）；“祥

❶（清）傅燮诇：《史异纂》，《四库全书存目丛书》（子部第 249 册），齐鲁书社 1995 年版，第 624 页。
❷（清）纪昀、陆锡熊、孙士毅等：《钦定四库全书总目》，中华书局 1997 年版，第 1915 页。

异部”源于《太平御览》之“皇王部”、“皇亲部”（后妃）、“职官部”；“人异部”源于《太平御览》之“人事部”（孕、产、头）、“妖异部”（变化、重生）及“正史”《五行志》（人化、死复生、人痾）；“事异部”源于《太平御览》之“人事部”（叙圣、聪敏、正直、孝感、勇）；“术异部”源于《太平御览》之“释部”、“道部”（天仙、地仙）、“方术部”（幻、医、卜、筮、占、巫）；“鬼异部”源于《太平御览》之“神鬼部”“妖异部”；“物异部”源于《太平御览》之“鳞介部”（龙、蛇、龟、鳖、黿、鼍）、“羽族部”（众鸟、异鸟、凤、鹤、雉、乌、鹊、鸡、燕、鸢、鸽、鹰、鹅、鸳鸯）、“兽部”（麒麟、驺虞、虎、马、牛、羊、狗、豕、鹿、狐、猫、獬、豸、犀、兕、象、兔、鼠）、“虫豸部”（蚁、蝗、蝼蛄、蚯蚓、蝇）、“木部”“竹部”以及“正史”《五行志》（龙蛇之孽、羽虫之孽、毛虫之孽、鱼孽、马祸、牛祸、羊祸、鸡祸、犬祸、彘祸、虫妖、草妖、蝗、螟）；“杂异部”源于《太平御览》之“火部”（火）、“咎征部”（气、雨血）、“礼仪部”（葬送、冢墓）以及“正史”《五行志》（诗妖、讹言、谣）。《太平御览》分五十五部，五千三百六十三类，包罗万象，其部类划分实际上代表了《艺文类聚》《初学记》等一批百科全书式的古代类书，故本书以之为例说明《史异纂》类编形式和类目名称与古代类书之关系。

《史异编》之《自序》称：“兹不自揣，复采异征一帙，录其尤者，分门别汇。”❶其类目划分较为粗略，包括：日月、星缠、云气虹霓、风雨雷雹电雪、鼓震（鼓凡有声者是，震凡动徙者是）、五行五事五色祥眚、旱荒、人痾、服饰、六畜（马牛羊鸡犬豕之属）、草木（凡花果皆是）、鳞介（鱼龙龟蛇之属）、羽虫（凤鹤鸦雀之属）、毛虫（虎狐猫鼠之属）、蠃虫（蝗螟之属）、谣谶（凡语狂皆是）、杂说。显然，这些类目应主要源于“正史”《五行志》以及《天文志》。

《艺文类聚》《初学记》《太平御览》等百科全书式类书全面展示了古人对整个自然世界和人类社会的认知体系，“六合之内，巨细毕举”，“异”与“常”相对而言，《史异纂》自然也会首选参考其部类间架，“凡事物之迥异于寻常者，为之州次部居”。❷同时，《五行志》《天文志》作为“正史”集中载录怪异之事者，其类目也会成为《史异纂》《史异编》借鉴对象。

---

❶ (明) 俞文龙：《史异编》，《四库全书存目丛书》(史部第 151 册)，齐鲁书社 1996 年版，第 233 页。

❷ (清) 傅燮诇：《史异纂》之徐釚《史异纂序》，《四库全书存目丛书》(子部第 249 册)，齐鲁书社 1995 年版，第 619 页。

当然,《史异纂》分类纲目也应受到了古代文言小说总集或选本类目的影响。部分古代文言小说总集或选本以类书形式从众多作品中选录而成,分门别类以类相从进行编排,以《太平广记》等为代表。《太平广记》作为类书性小说总集,与《太平御览》同时编纂,全书按题材内容分为九十二大类,又分一百五十余细目,卷一至卷一百六十三为神仙、女仙、道术、方士、异人、异僧、释证、报应、征应、定数、感应、谶应,卷一百六十四至卷二百七十五为名贤(讽谏附)、廉检(吝啬附)、气义、知人、精察、俊辩、幼敏、器量、贡举、铨选、职官、权幸、将帅(杂谲智附)、骁勇、豪侠、博物、文章、才名(好尚附)、儒行(怜才、高逸附)、乐、书、画、算术、卜筮、医、相、伎巧(绝艺附)、博戏、器玩、酒(酒量、嗜酒附)、食(能食、菲食附)、交友、奢侈、诡诈、谄佞、谬误(遗忘附)、治生(贪附)、褊急、诙谐、嘲诮、嗤鄙、无赖、轻薄、酷暴、妇人、情感、童仆奴婢,卷二百七十六至卷三百九十二为梦、巫厌咒、幻术、妖妄、神、鬼、夜叉、神魂、妖怪(人妖附)、精怪、灵异、再生、悟前生、冢墓、铭记,卷三百九十三起至卷四百七十九为雷、雨(风虹附)、山(溪附)、石(坡沙附)、水(井附)、宝(金、水银、玉、钱、奇物附)、草木(文理木附)、龙、虎、畜兽、狐、蛇、禽鸟、水族、昆虫,卷四百八十至卷五百为蛮夷、杂传记、杂录。显然,其中有许多类目与《艺文类聚》《初学记》《太平御览》等百科全书式类书以及"正史"《五行志》相同,但同时也借鉴《世说新语》《搜神记》《博物志》等文言小说的内部类目。宋以降,古代文言小说类书性质总集或选本分门别类,深受《太平广记》影响,例如,陶谷《清异录》分为三十七门,如天文、地理、君道、官志、人事、女行、君子、释族、仙宗、草木、百花、百果、禽名、兽名、百虫、鱼、居室、衣服、妆饰、器具、丧葬、鬼、神、妖等。显然,《史异纂》分类纲目与《太平广记》也存在一定相通之处。通过对比《史异纂》《史异编》之纲目和相关类书、文言小说总集,以及"正史"《天文志》《五行志》分类细目,可见三者的类目设置存在高度相关性,有着诸多重叠交叉之处。其实,中国古代综合性类书、专题性小说类书、文言小说作品的内部分类体系和类目设置同源共生,相互影响,相互交叉重叠,反映了古人持有的一整套自然、社会、历史的知识分类体系,❶也揭示了"小说"文类的内部题材内容性质及其分类

❶ 参见葛兆光:《中国思想史》之第四编第七节"目录、类书和经典注疏中所见七世纪中国知识与思想世界的轮廓",复旦大学出版社 2001 年版。

体系。梳理还原此内部分类体系和类目设置的具体内涵、指称及其相关历史文化背景，有助于深入理解古人心目中的“小说”文类的题材类型体系。

二、《史异纂》《史异编》与“正史”书写怪异之分布形态

《史异纂》《史异编》从历代正史中取材编纂而成，其各部类与“正史”相关部分存在一定对应关系，实际上反映了“正史”书写怪异的分布形态。

《史异纂》之“天异部”和《史异编》之“日月”“星缠”“云气虹霓”“风雨雷雹电雪”主要取材于《天文志》，亦有部分取材于《五行志》，如《史异纂》“天异部”之“天”目云：“汉孝惠帝二年，天开东北，广十余丈，长二十余丈。”[1]“星”目云：“鲁庄公七年夏四月辛卯夜，恒星不见，夜中星陨如雨。”[2]《史异编》之“星缠”类云：“永平七年正月戊子，流星大如杯，从织女西行，光照地。织女，天之真女，流星出之，女主忧。”[3]依托天人感应的官方意识形态，中国古代设置有钦天监、司天监、司天台、太史局等专门天象观测机构和官员制度，也建构起一整套观象、星占、数术、守时、治历等相关理论、技术，官员、机构、制度、理论、技术在现实政治生活中实践运作，实际上在历朝历代形成了占星术相关联的众多政治历史事件。[4]《天文志》即载录诸多相关天之异象和人事征应，“至于天象变见所以谴告人君者，皆有司所宜谨记也”[5]。自《史记·天官书》始，“正史”《天文志》载录日月、五星、彗星、流星、二十八宿等天象的运行和变动，异常天象的记录和解释成为其主体内容。

---

[1] (清) 傅燮词:《史异纂》,《四库全书存目丛书》(子部第 249 册),齐鲁书社 1995 年版,第 628 页,取材于《汉书》卷二十六《天文志》。

[2] 同上书,第 631 页,取材于《汉书》卷二十七《五行志》。

[3] (明) 俞文龙:《史异编》,《四库全书存目丛书》(史部第 151 册),齐鲁书社 1996 年版,第 256 页,取材于《后汉书》卷一百一《天文志》。

[4] 参见江晓原:《历史上的星占学》,上海科技教育出版社 1995 年版;黄一农:《社会天文学史十讲》,复旦大学出版社 2004 年版;冯时:《中国古代的天文与人文》,中国社会科学出版社 2006 年版;赵贞:《唐宋天文星占与帝王政治》,北京师范大学出版社 2016 年版。

[5]《新唐书》之《天文志序》,中华书局 1975 年版,第 806 页。

《史异纂》之"地异部""祥异部""人异部""物异部""杂异部"和《史异编》之"鼓震""五行五事五色祥眚""旱荒""人痾""服饰""六畜""草木""鳞介""羽虫""毛虫""蠃虫""谣谶"主要取材于《五行志》以及《灵征志》《祥瑞志》《符瑞志》,如《史异纂》"地异部"之"山"目云:"鲁成公五年夏,梁山崩,壅河三日不流,晋君乃帅群臣而哭之,乃流。"❶"祥异部"之"帝王之祥":"周文王龙颜虎眉,身长十尺,胸有四乳。"❷"人异部"之"人生角":"晋武帝太始五年,元城人年七十生角。"❸"物异部"之"龙":"唐高宗显庆二年五月庚寅,有五龙见于岐州之皇后泉。"❹"杂异部"之"讹言":"汉建中三年秋,江淮言有毛人食其心,人情大恐。"❺《史异编》之"风雨雷雹电雪":"宋仁宗庆历三年十二月二十六日,天雄军、德、博州天降红雪,尽,血雨。"❻"旱荒":"唐高宗永隆元年长安获女魃,长尺有二寸,其状怪异,诗曰:旱魃为虐,如惔如焚。是岁秋不雨,至于明年正月。"❼"正史"《五行志》《灵征志》《祥瑞志》《符瑞志》,以阴阳五行观念、天人感应思想、灾异论为基础,载录各类灾异之"咎征"、祥瑞之"休征"及其推占、应验,灾异事例,既有地震、水灾、旱灾、蝗灾、雷电等自然灾害,也有大量神鬼、怪变、复生等怪异非常之事。

《史异纂》之"译异部"主要取材于《西南夷两粤朝鲜传》《东夷列传》《四夷列传》《夷蛮列传》《诸夷列传》《异域列传》《夷貊列传》《南蛮列传》《北狄列传》《西戎列传》《外国列传》等,如"译之祥"云:"扶南国俗本裸,文身被发,不制衣裳,以女人为王,号曰柳叶。年少壮健,有似男子。其南有激国,有事鬼神者字混填。梦神赐之弓,乘贾人船入海。"❽"译之人"云:"扶桑东千余里有女国,容貌端正,色甚洁白,身体有毛,发长委地。至二三月竞入水则妊娠,六七月产子。女人胸前无乳,项后生毛,根白,毛中有汁以乳子。百日能行,三四年则成人矣。见人惊

❶ (清)傅燮诇:《史异纂》,《四库全书存目丛书》(子部第249册),齐鲁书社1995年版,第652页,取材于《汉书》卷二十七《五行志》。

❷ 同上书,第664页,取材于《宋书》卷二十七《符瑞志》。

❸ 同上书,第685页,取材于《晋书》卷二十九《五行志》。

❹ 同上书,第792页,取材于《新唐书》卷三十六《五行志》。

❺ 同上书,第845页,取材于《新唐书》卷三十五《五行志》。

❻ (明)俞文龙:《史异编》,《四库全书存目丛书》(史部第151册),齐鲁书社1996年版,第282页,取材于《宋史》卷六十四《五行志》。

❼ 同上书,第311页,取材于《新唐书》卷三十六《五行志》。

❽ (清)傅燮诇:《史异纂》,《四库全书存目丛书》(子部第249册),齐鲁书社1995年版,第760页,取材于《南史》卷七十八《夷貊列传》。

避，偏畏丈夫，食咸草如禽兽。”❶“译之术”云：“伏卢尼国，城东有大河，流中有鸟，其形似人，亦有如橐驼、马者，皆有翼，常居水中，出水便死。”❷“九夷八狄，被青野而亘玄方；七戎六蛮，绵西宇而横南极。”❸以华夏眼光看待蛮夷，此类列传对蛮夷历史传说、社会风俗、生活习惯、风土物产的记载，具有浓厚猎奇意味，“致殊俗”包含不少远国异民的怪异、荒诞之事。当然，此类书写本身多为传闻想象，具有很大随意性，不可征信。

《史异纂》之“术异部”主要取材于《方术列传》《艺术列传》《方伎列传》。如“术异部”之“幻”：“孟钦，洛阳人也。有左慈、刘根之术，百姓惑而赴之。苻坚召诣长安，恶其惑众，命苻融诛之。俄而钦至，融留之，遂大燕郡僚，酒酣，目左右收钦。钦化为旋风，飞出第外。顷之，有告在城东者，融遣骑追之，垂及，忽然已远，或有兵众拒战，或前有溪涧，骑不得过，遂不知所在。坚末，复见于青州。苻朗寻之，入于海岛。”❹“役鬼”云：“费长房者，汝南人也。曾为市掾。市中有老翁卖药，悬一壶于肆头，及市罢，辄跳入壶中。市人莫之见，唯费于楼上睹之，异焉，因往再拜奉酒脯。翁知长房之意其神也，谓之曰：‘子明日可更来。’长房旦日复诣翁，翁乃与俱入壶中。唯见玉堂严丽，旨酒甘肴盈衍其中，共饮毕而出。翁约不听与人言之。后乃就楼上候长房曰：‘我神仙之人，以过见责，今事毕当去，子宁能相随乎？楼下有少酒，与卿为别。’长房使人取之，不能胜，又令十人扛之，犹不举。”❺“卜(附占地)”云：“桑道茂有异术。平日赍一缣，见李晟，再拜曰：‘公贵无比，然我命在公手，能见赦否？’晟大惊，不领其言。道茂出怀中一书，自具姓名，署其左曰：‘为贼逼胁。’固请晟判，晟笑曰：‘欲我何语？’道茂曰：‘第言准状赦之。’晟勉从。已又以缣愿易晟衫，请题衿膺曰：‘它日为信。’再拜去。道茂果污朱泚伪官。晟收长安，与逆徒缚旗下，将就刑，出晟衫及书以示。晟为奏，原其死。”❻“正

❶ (清) 傅燮词：《史异纂》，《四库全书存目丛书》(子部第 249 册)，齐鲁书社 1995 年版，第 764 页，取材于《南史》卷七十九《夷貊列传》。
❷ 同上书，第 766 页，取材于《北史》卷九十七《四夷传》。
❸ (唐) 房玄龄等：《晋书》，中华书局 1974 年版，第 2531 页。
❹ (清) 傅燮词：《史异纂》，《四库全书存目丛书》(子部第 249 册)，齐鲁书社 1995 年版，第 745 页，取材于《晋书》卷九十五《艺术列传》。
❺ 同上书，第 747 页，取材于《后汉书》卷八十二《方术列传》。
❻ 同上书，第 754 页，取材于《新唐书》卷二百四《方伎列传》。

史”《方术列传》《艺术列传》《方伎列传》等记载了大量方伎之士的占卜、作法、异术等，多非常奇异之言行。

《史异纂》之“事异部”“祥异部”主要取材于“本纪”“列传”中人物神异不凡、遭遇神怪、征兆灵验等怪异之事，如“事异部”之“先兆”云：“金太祖将兵至鸭子河，既夜太祖将就枕，若有扶其首者三，寤而起曰：‘神将警我也。’即鸣鼓举燧而行，黎明时及河，辽兵大至。”[1]“孝感”云：“王祥事后母至孝。母尝欲食鱼，时天寒冰冻，祥解衣将剖冰求之，冰忽自开，双鲤跃出。母又尝思黄雀炙，复有数黄雀入其幕，以供母，乡里惊叹，以孝感所致云。”[2]“祥异部”之“帝王之祥”云：“宋真宗生时，太皇后李氏梦以裾承日，遂有娠，十二月二日生于开封府地，赤光照室，左足指有文，成‘天’字。”[3]“名臣之祥”云：“刘歊生夕，有香气氛氲满室。”[4]另外，《史异纂》其他各部类也都或多或少含有取材于“本纪”“列传”之条目，如“术异部”之“役鬼”：“元世祖至元十七年二月乙亥，张易言：‘高和尚有秘术，能役鬼为兵，遥制人。’帝命和里霍孙将兵与高和尚同赴北边。”[5]“鬼异部”之“鬼救人”云：“徐华有至行，尝宿亭舍，夜有神人告之亭欲崩，遽出得免。”[6]“杂异部”之“声响”云：“王莽时，玉路朱雀门鸣，昼夜不绝。”[7]

此外，还有一些条目取材于“正史”之史注，如《史异纂》“术异部”之“医”：“吴士燮病死已三日矣，董奉以一丸药与服，以水含之，捧其头摇稍之，食顷，即开目动手，颜色渐复，半日能起坐，四日复能语，遂复常。”[8]历代“正史”之史注常取材于杂史、传记、小说，包含大量更为怪诞之事。

综上所述，《史异纂》《史异编》选录“正史”中的灾祥、怪异之事，主要分布于《天文志》《五行志》以及《灵征志》《祥瑞志》《符瑞志》《西南夷两粤朝鲜传》《东夷列传》《四夷列传》《夷蛮列传》《诸夷列传》《异域列传》《夷貊列传》《南蛮列传》《北

---

[1] （清）傅燮诇：《史异纂》，《四库全书存目丛书》（子部第249册），齐鲁书社1995年版，第716页，取材于《金史》本纪第二《太祖》。

[2] 同上书，第706页，取材于《晋书》列传第三《王祥》。

[3] 同上书，第671页，取材于《宋史》本纪第六《真宗》。

[4] 同上书，第677页，取材于《南史》列传第三十九《刘歊》。

[5] 同上书，第750页，取材于《元史》本纪第十一《世祖》。

[6] 同上书，第775页，取材于《晋书》列传第六十一《儒林　徐苗》。

[7] 同上书，第842页，取材于《汉书》卷九十九《王莽传》。

[8] 同上书，第756页，取材于《三国志》吴志卷四裴松之注，引自葛洪《神仙传》。

狄列传》《西戎列传》《外国列传》《方术列传》《艺术列传》《方伎列传》,“本纪”“列传”零星载录的人物神异不凡、遭遇神怪、征兆灵验等怪异之事。其中,取材于《五行志》以及《灵征志》《祥瑞志》《符瑞志》者,占比最大。这实际上反映了历代“正史”书写怪异的分布形态。《史异纂》《史异编》部类设置跟“正史”书写怪异分布形态存在明确对应关系,实际上反映了古人的一种普遍共识,也揭示了“正史”书写怪异的几种主要类型。

三、《史异纂》《史异编》与明清“异物”“博物”类志怪小说

傅燮诇《史异纂》、俞文龙《史异编》均取材于“正史”的灾祥、怪异之事,而《四库全书总目》却将两者分别著录于“小说家”和“史钞类”,这绝非偶然个例,反映了古代官私书目著录此类著作普遍存在的混杂现象,例如,窦维鋈《广古今五行记》,《宋史·艺文志》归入“小说家”;方凤《物异考》,《八千卷楼书目》归入“小说家”;彭绍升《二十二史感应录》,《四库全书总目》著录于“史钞”。可见,在古人心目中,此类取材“正史”怪异之作的史钞类作品亦被看作“小说”。这应源于“正史”书写怪异与志怪小说本身叙事旨趣相近,且存在相互取材的混杂情况。“正史”编纂取材“小说”,不少为志怪小说,同时,志怪小说编撰取材旧籍,不乏“正史”的怪异之事。

傅燮诇编纂《史异纂》之外,还另有一部小说集《有明异丛》,“是书记明一代怪异之事,亦分十类,与《史异纂》门目相同,皆从小说中撮抄而成,漫无体例”。[1]《有明异丛》取材小说,却与取材“正史”的《史异纂》门目相同。《有明异丛》原书已佚,从《四库全书总目》提要所引条目来看,其与《史异纂》之题材性质、叙事旨趣存在诸多相通之处,只是相对而言,《有明异丛》更为怪诞虚妄,如:“尹蓬头骑铁鹤上升,正德中上蔡知县霍恩为流贼所杀,头出白气,及天启丙寅王恭厂灾之类,往往一事而两见。又有实非怪异而载者,如‘事异门’内胡寿昌毁延平淫祠而

[1] (清)纪昀、陆锡熊、孙士毅等:《钦定四库全书总目》,中华书局1997年版,第1915页。

绝无妖，任高妻女三人骂贼没水，次日浮出，面如生；‘术异门’内汪机以药治狂痫；‘物异门’内萧县岳飞祠内竹生花；‘杂异门’内漳州火药局灾，大石飞去三百步之类，皆事理之常，安得别神其说？至如‘译异门’内谓黑娄在嘉峪关西，近土鲁番，其地山川、草木、禽兽皆黑，男女亦然。今土鲁番以外，咸入版图，安有是种类乎？其妄可知矣。”❶

明清时期，有一批侧重于表现“异物”“博物”的志怪小说，亦与《史异纂》《史异编》在题材类型和叙事旨趣上高度相似。例如，徐祯卿《异林》，分“九仙神”“异人”“艺术”“梦征”“饮客”“女士”“物异”等七类载录各种怪异之事。朱谋㙔《异林》，“兹又整齐百家杂史所载千百年以来异常之事，作《异林》十有六卷”。❷分为大年、仙释、早慧、相表、才性、多男、族义、贵盛、久任、使节、贞烈、先知、通禽语、服食、异产、殊长、殊短、殊力、奇疾、奇梦、再生、变化、名胜、形气、第宅、丘墓、土宜、山异、地异、水品、水异、火部、金异、珍怪、天变、木异、异草木、鸟兽、鳞介、物化、杂事、夷俗共四十二类。李濂《汴京鸠异记》记载开封有关的怪异之事，分为异人、异僧、道士、女冠、神仙、鬼怪、异事、异梦、神异、物异、技术、卜相、丹灶、杂记、阴德、报应。闵文振《异物汇苑》，分天象、雨泽、地境、山洞、土石、水泉、禽鸟、兽畜、龙蛇、皮角、虫鼠、鱼鳖、花草、竹木、谷果、饮馔、冠服、珍宝、器用、音乐、武备、文房、图画、灯火、香胶、宫室和像影二十七部。施显卿《古今奇闻类纪》，分为天文纪（天、日、月、星、风、云，雷、雨、霜、雪、露、雾、虹、雹、冰）、地理纪（地、山、岩洞、洲滩、石、水）、五行纪（水异、火部、木异、金异、土异）、神佑纪、前知纪、凌波纪、奇遇纪（人伦、功名、货财、婚姻）骁勇纪、降龙纪、伏虎纪、禁虫纪、除妖纪、髓毒纪、物精纪、仙佛纪（仙灵、释佛）、神鬼纪（神人、人鬼）。叶向高、林茂槐《说类》云：“偶得一书，皆唐宋小说数十种，摘其可广闻见、供谈资者。……盖上自天文，下及地理，中穷人事，大之而国故朝章，小之而街谈巷说，以至三教九流、百工技艺，天地间可喜可愕、可怪可笑之事，无所不有。”❸分天文、岁时、地理、帝王、后

❶ （清）纪昀、陆锡熊、孙士毅等：《钦定四库全书总目》，中华书局1997年版，第1915页。
❷ （明）朱谋㙔：《异林》之《异林序》，《四库全书存目丛书》（子部第247册），齐鲁书社1995年版，第214页。
❸ （明）叶向高、林茂槐：《说类·序》，《四库全书存目丛书》（子部第132册），齐鲁书社1995年版，第1—2页。

妃、储戚、宰相、官职、臣道、政术、刑法、礼仪、歌乐、凶丧、文事、武功、边塞、外国、科名、世胄、人伦、人物、妇人、身体、人事、释教、道教、灵异、方术、巧艺、居处、货宝、玺印、服饰、饮食、器用、杂物、灾祥、果部、草部(蔬附)、木部(竹附)、鸟、兽、鳞介、虫豸等四十五部,“是书摘唐、宋说部之文,分类编次,每类之下,各分子目”。❶吴大震《广艳异编》,全书分神、仙、鸿象、宫掖、幽期、情感、伎女、梦游、义侠、幻术、徼诡、徂异、定数、冥迹、冤报、珍奇、器具、草木、鳞介、禽、昆虫、兽、妖怪、鬼和夜叉共二十五部。王圻《稗史汇编》,分天文、时令、地理、人物、伦叙、伎术、方外、身体、国宪、职官、仕进、人事、文史、诗话、宫室、饮食、衣服、祠祭、器用、珍宝、音乐、花木、禽兽、鳞介、征兆、祸福、灾祥和志异共二十八门,门下又分类,共三百二十类。王志坚《表异录》,分天文部(象纬、岁时、灾祥、祭祷类)、地理部(邑里、山川类)、人物部(亲戚、帝王、士庶类)、宫室部(宫殿、室堂类)、器用部、音乐部、军旅部、植物部(蔬谷、花果类)、动物部(羽族、毛虫、虫鱼类)、人事部(贤愚、宠辱、言动、身体、凶丧、衣服、饮食类)、国制部、职官部、刑法部、钱币部、艺文部、仙趣部、佛乘部、栖逸部、技术部和通用部(骈语、虚字类)共二十部。董斯张《广博物志》分天道、时序、地形、斧扆、灵异、职官、人伦、高逸、方伎、闺壶、形体、艺苑、武功、声乐、居处、珍宝、服饰、器用、食饮、草木、鸟兽、虫鱼等二十二门,门下再分一百六七子目。徐寿基《续广博物志》分为天地、五行、占验、人事、修养、辟邪、迪吉、制造、禁忌、古方、灵术、鬼神、群动、蕃植、珍宝和怪异十六类。上述作品在明清官私书目中大都著录于“小说家”,被普遍看作代表性的“小说”之作。显然,从类目设置所彰显的题材内容类型来看,《史异纂》《史异编》与明清“异物”“博物”类志怪小说在书写类型上存在诸多相通之处,这实际上反映了“正史”书写怪异与志怪小说之相通。

“正史”强调“闻异则书”,与志怪小说称述怪异、张皇鬼神,不仅叙事旨趣相同而且书写对象也重叠、相近,源于两者有着共同的思想意识基础。对于今人多视为虚妄的怪异之事,古人多以阴阳五行观念解释,持“六合之内,何所不有”的态度,基本将其看作传信传疑之真实存在。共同的思想意识基础,决定了两者存

❶ (清)纪昀、陆锡熊、孙士毅等:《钦定四库全书总目》,中华书局 1997 年版,第 1741 页。

在诸多联系，但因两者自身的文类规定性（包括功用价值、叙事原则、取材对象、叙事方式等）差异，“正史”书写怪异和“小说”志怪亦存在着诸多不同取向。其中，“正史”书写怪异与“博物”“异物”类志怪小说最为接近。

“博物”“异物”类志怪小说起源于《山海经》，成熟于魏晋南北朝时期，以张华《博物志》、刘敬叔《异苑》、任昉《述异记》等为代表，实际上是百科性质的类书之作，专门记载奇物异事、远国风俗的博物知识，“以为奇可以考祯祥变怪之物，见远国异人之谣俗”❶。例如，《博物志》卷一分地理略、地、山、水、山水总论、五方人民、物产，卷二分外国、异人、异俗、异产，卷三分异兽、异鸟、异虫、异鱼、异草木，卷四分物性、物理、物类、药物、药论、食忌、药术、戏术，卷五分方士、服食、辨方士，卷六分人名考、文籍考、地理考、典礼考、乐考、服饰考、器名考、物名考，卷七为异闻，卷八为史补，卷九卷十为杂说，内容包罗万象，涵盖地理山川、动植物产、方术物理、知识考证、神怪传说等，“天地之高厚，日月之晦明，四方人物之不同，昆虫草木之淑妙者，无不备载”❷。此类“博物”“异物”小说作品，实际上以通晓各种奇异事物、有广见闻、博学多识为旨趣，可看作古人关于“物”的知识体系的组成部分，并非今人理解之搜奇志异的志怪小说，如刘大昌《刻山海经补注序》云：“夫子尝谓，多识鸟兽草木之名，计君义不识撑犁孤涂之字，病不博尔。”❸吴任臣《山海经广注序》云：“盖二气磅礴，万汇区分，六合之内，何所不有。……然窃谓一物不知，君子所耻。”❹周心如《博物志序》云：“足就见闻所及之物并穷其见闻所不及之物，是所谓格致之学也。”❺明清时期的“博物”“异物”类志怪小说显然是延续了此类著作博物多识之传统并进一步有所拓展，与“正史”比较集中书写怪异之《五行志》《夷蛮列传》《方伎列传》相通，甚至存在直接对应关系。这应源于两者共享一套灾异、数术、博物的信仰、思想、知识体系，具有共同的社会文化基础。

---

❶ （汉）刘歆：《上山海经表》，袁珂校注：《山海经校注》，巴蜀书社 1993 年版，第 541 页。
❷ （晋）张华撰，范宁校证：《博物志校证》，中华书局 1980 年版，第 149 页。
❸ （明）刘大昌：《刻山海经补注序》，丁锡根编著：《中国历代小说序跋集》，人民文学出版社 1996 年版，第 9 页。
❹ （清）吴任臣：《山海经广注序》，丁锡根编著：《中国历代小说序跋集》，人民文学出版社 1996 年版，第 12—13 页。
❺ （晋）张华撰，范宁校证：《博物志校证》，中华书局 1980 年版，第 154 页。

第三章　《搜神记》与“正史”志怪叙事传统和书写模式

《搜神记》编纂成书主要有两种取材方式,“考先志于载籍”“承于前载”,采录前人典籍而成❶,或“收遗逸于当时”“采访近世之事”❷,载录当时社会传闻而成。作为志怪集大成者,《搜神记》载录怪异渊源有自,实际上汇总整合了正史、杂传、子书、小说等多种不同的志怪叙事传统和书写模式,而每一种志怪叙事传统和书写模式背后又都有着一整套支撑其存在的思想文化和知识体系,这些思想文化和知识体系还关联着当时鲜活的社会生活和政治活动。因此,回归还原当时社会历史文化的具体语境理解《搜神记》,需从作品文本题材内容和叙事形式出发,梳理其与正史、杂传、子书、小说等相关文类之关联,揭示其背后的著述体例、叙事传统、书写模式以及相关的思想文化和知识体系、社会生活和现实政治等。本书以《搜神记》与“正史”相互取材为中心,梳理《搜神记》与“正史”志怪叙事传统和书写模式之关系,揭示其背后相关的思想文化和知识体系,同时,梳理《搜神记》“正史”之外的杂传、子书、小说等文类的志怪叙事传统和书写模式,揭示其文本性质的多元性、复杂性。

一、《搜神记》与“正史”《五行志》灾异书写

《搜神记》采录前人典籍,“主要有《左传》、古本《竹书纪年》、《吕氏春秋》、《淮

❶ 参见潘建国:《〈搜神记〉的形成:以前代故事文本辑采为例》,《中国高校社会科学》2019 年第 4 期。
❷ (晋)干宝撰,李剑国辑校:《搜神记辑校》,中华书局 2019 年版,第 17 页。

南子》、《史记》、《列仙传》、《孝子传》、《汉书》、《风俗通义》、《论衡》、《列异传》、谢承《后汉书》、司马彪《续汉书》、《三国志》、《博物志》、《玄中记》等。其中取自《列仙传》《列异传》者尤多”。❶其中，《搜神记》与“正史”之关系集中体现于相互取材，所采录前人典籍包含《史记》《汉书》《三国志》等“正史”之作，成书流传后，又被后世《后汉书》《宋书》《晋书》等“正史”编纂作为取材对象。

《搜神记》与“正史”相互取材，最为突出是《搜神记》之《妖怪篇》与“正史”之《五行志》，例如，《搜神记》之《妖怪篇》“洧渊龙斗”“马生人”“魏女子化丈夫”“五足牛”“龙见温陵井”“马狗生角”“下密人生角”“犬豕交”“乌斗”“牛祸”“赵邑蛇斗”“辂軨厩鸡变”“茅乡社大槐树”“鼠巢”“长安男子”“燕生雀”“大厩马生角”“零陵树变”“豫章男子”“赵春”“长安女子”条取材《汉书》之《五行志》；《后汉书》之《五行志》取材《搜神记》之《妖怪篇》“赤厄三七”“夫妇相食”“校别作树变”“洛阳女子”“人状草”“怀陵雀斗”“越巂男子”“荆州童谣”“山鸣”“长沙桓氏”“李娥”条；《宋书》《晋书》之《五行志》取材《搜神记》之《妖怪篇》“鹊巢陵霄阙”“廷尉府鸡变”“青龙黄龙”“鱼集武库屋上”“大石自立”“荧惑星”“陈焦”“吴服制”“衣服车乘”“胡器胡服”“方头履”“彭蜞化鼠”“晋世宁舞”“折杨柳”“江南童谣”“妇人移东方”“炊饭化螺”“吕县流血”“高原陵火”“缬子髻”“五兵佩”“江淮败屩”“石来”“云龙门”“张骋牛言”“戟锋皆火”“生笺单衣”“无颜帢”“男女二体”“任侨妻”“淳于伯冤气”“王谅牛”“太兴地震”“陈门牛生子两头”“武昌灾”“中兴服制”“仪仗生华”“吴郡晋陵讹言”“京邑讹言”“王周南”条。

《搜神记》取材《汉书·五行志》，保留了其叙述灾异事例的体例和叙事模式。关于《汉书·五行志》体例，王鸣盛《十七史商榷》卷十三“五行志所引”条称：“五行志先引‘经曰’一段是《尚书洪范》文，次引‘传曰’一段是伏生《洪范五行》传文，又次引‘说曰’一段是欧阳、大小夏侯等说，乃当时列于学官、博士所习者。以下则历引《春秋》及汉事以证之，所采皆董仲舒、刘向歆父子说也。而歆说与传说或不同，志亦或舍传说而从歆。又采京房《易传》亦甚多，今所传京氏《易传》中皆无之，则今所传京氏《易传》已非足本。间亦采眭孟、谷永、李寻之说，眭、谷语略皆

❶ 李剑国：《唐前志怪小说史》，天津教育出版社2005年版，第303页。

见其传中，寻说则传无之也。”[1]具体而言，“《汉书·五行志》自叙论而下，包括经、传、说、例四个层次。第一层次为‘经曰’引起之《洪范》经文；第二层次为‘传曰’引起之《洪范五行传》；第三层次为《传》文之说解，系据刘向《洪范五行传论》增删而成，间有以《京房易传》相关论说附从者，时以‘说曰’引起，时则无；第四层次为先秦至西汉之灾异事例，并附董仲舒、夏侯胜、眭孟、京房、刘向、刘歆、李寻等诸家之说解，多存异说”。[2]对于灾异事例的解说，亦有着固定模式，“古人对于灾异有两种观念，一种认为灾异是人事的凶兆，一种把灾异看作人事不善导致的天意表征（咎征）。相应地，解说灾异的模式也可分为预言和回溯两种。如果将灾异解说归纳为‘失道—灾异—伤败’亦即‘咎—征—应’的三段结构，那么，预言式灾异论注重通过灾异占测伤败，往往采用‘征—应’后二段结构，回溯式灾异论注重通过灾异反推此前的人事失道，多用‘咎—征’前二段结构。同时包含预言和回溯的‘咎—征—应’三段结构的灾异解说也大量存在”。[3]《搜神记》取材《汉书·五行志》为第四层次，即灾异事例及其所附诸家说解，干宝对这些素材加工处理，主要是对所附诸家说解进行删节精简，一般仅保留京房《易传》之说，基本保持了“正史”《五行志》通用的回溯式解说模式，例如：

秦孝文王五年，斿朐衍，有献五足牛者。刘向以为近牛祸也。先是文惠王初都咸阳，广大宫室，南临渭，北临泾，思心失，逆土气。足者止也，戒秦建止奢泰，将致危亡。秦遂不改，至于离宫三百，复起阿房，未成而亡。一曰，牛以力为人用，足所以行也。其后秦大用民力转输，起负海至北边，天下叛之。京房《易传》曰：“兴繇役，夺民时，厥妖牛生五足。”[4]

秦文王五年，游于朐衍，有献五足牛者，时秦世丧用民力。京房《易传》曰：“兴繇役，夺民时，厥妖牛生五足。”[5]

---

[1] （清）王鸣盛著，陈文和等校点：《十七史商榷》，凤凰出版社 2008 年版，第 142 页。
[2] 程苏东：《〈汉书·五行志〉体例覆核》，《中国史研究》2020 年第 4 期。
[3] 陈侃理：《儒学、数术与政治：灾异的政治文化史》，北京大学出版社 2015 年版，第 175 页。
[4] （汉）班固著，（唐）颜师古注：《汉书》卷二十七《五行志》，中华书局 1962 年版，第 1447 页。
[5] （晋）干宝撰，李剑国辑校：《搜神记辑校》卷一〇《妖怪篇》之“五足牛”条，中华书局 2019 年版，第 171 页。

显然，京房《易传》之外的诸家之解说大都被干宝采录时删除了。不过，也有个别条目保留了刘向十分简略的概括性判断，例如：

史记秦孝公二十一年有马生人，昭王二十年牡马生子而死。刘向以为皆马祸也。孝公始用商君攻守之法，东侵诸侯，至于昭王，用兵弥烈。其象将以兵革抗极成功，而还自害也。牡马非生类，妄生而死，犹秦恃力强得天下，而还自灭之象也。曰，诸畜生非其类，子孙必有非其姓者，至于始皇，果吕不韦子。京房《易传》曰："方伯分威，厥妖牡马生子。亡天子，诸侯相伐，厥妖马生人。"❶

秦孝公二十一年，有马生人。昭王二十年，牡马生子而死。刘向以为马祸也。故京房《易传》曰："方伯分威，厥妖牡马生子。上无天子，诸侯相伐，厥妖马生人也。"❷

干宝取材《汉书·五行志》绝大数条目仅保留京房《易传》，应与京房《易》学灾异论在当时的流行有关，也与干宝本人喜好阴阳数术密不可分。汉代灾异论以董仲舒《春秋》灾异论、夏侯胜《洪范》灾异论、京房《易》学灾异论为代表，《汉书·京房传》称："其说长于灾变，分六十四卦，更直日用事，以风雨寒温为候：各有占验。房用之尤精。"❸京房《易传》的阴阳灾异论与数术关系密切，具有浓厚的以灾异预言人事的占验色彩，京房亦被后世奉为数术宗师，魏晋时期非常盛行，《隋书·经籍志》"五行类"著录有大量题名"京房"或"京氏"的著作，如《周易占事》《周易占》《周易飞候》《周易逆刺占灾异》《占梦书》《晋灾异》等❹，《晋书·干宝传》称："性好阴阳术数，留思京房、夏侯胜等传。"❺《韩友传》云："为书生，受《易》于会稽伍振，善占卜，能图宅相冢，亦行京费厌胜之术。……友卜占神效甚

❶ （汉）班固著，（唐）颜师古注：《汉书》卷二十七《五行志》，中华书局1962年版，第1469—1470页。
❷ （晋）干宝撰，李剑国辑校：《搜神记辑校》卷一〇《妖怪篇》之"马生人"条，中华书局2019年版，第169页。
❸ （汉）班固著，（唐）颜师古注：《汉书》，中华书局1962年版，第3160页。
❹ 参见赵益：《古典术数文献述论稿》第二章"《隋志》五行类研究"，中华书局2005年版。
❺ （唐）房玄龄等：《晋书》，中华书局1974年版，第2150页。

多，而消殃转祸，无不皆验。干宝问其故。”❶干宝对当时灾异事例的解释也多征引京房灾异论解说，如《搜神记》卷一四《妖怪篇》“鲤鱼现武库”条云：“太康中，有鲤鱼二枚，现武库屋上。武库，兵府；鱼有鳞甲，亦是兵之类也。鱼又极阴，屋上太阳，鱼现屋上，象至阴以兵革之祸干太阳也。及惠帝之初，诛太后父杨骏，矢交宫阙，废太后为庶人也，死于幽宫。元康之末，而贾后专制，谤杀太子，寻亦废故。十年之间，母后之难再兴，自是祸乱构矣。京房《易妖》曰：‘鱼去水，飞入道路，兵且作。’”❷

《后汉书·五行志》之体例不同于《汉书》，有相当一部分叙述灾异事例时未附相关灾异论的解说，其取材《搜神记·妖怪篇》有些保留了灾异事例的解说，也有一些条目做了删节，例如：

> 汉灵帝建宁三年，河内有妇食夫，河南有夫食妇。夫妇，阴阳二仪之体也，有情之深者也。今反相食，阴阳相侵，岂特日月之眚哉！灵帝既没，天下大乱，君有妄诛之暴，臣有劫弑之逆，兵革伤残，骨肉为仇，生民之祸至矣，故人妖为之先作。恨而不遭辛有、屠黍之论，以测其情也。❸
>
> 灵帝建宁三年春，河内妇食夫，河南夫食妇。❹

《宋书》《晋书》之《五行志》取材《搜神记·妖怪篇》，大都基本完整保留了原文，仅在灾异事例的解说部分之前加了“干宝曰”，例如：

> 晋兴后，衣服上俭下丰，又为长裳以张之，着衣者皆厌褄盖裙。君衰弱，臣放纵，下掩上之象也。陵迟至元康末，妇人出两裆，加乎胫之上，此内出外也。为车乘者，苟贵轻细，又数变易其形，皆以白篾为纯，古丧车之遗象。乘

❶ (唐) 房玄龄等：《晋书》，中华书局 1974 年版，第 2476—2477 页。
❷ (晋) 干宝撰，李剑国辑校：《搜神记辑校》卷一四《妖怪篇》，中华书局 2019 年版，第 216—217 页。
❸ (晋) 干宝撰，李剑国辑校：《搜神记辑校》卷一二《妖怪篇》之“夫妇相食”条，中华书局 2019 年版，第 192 页。
❹ (南朝宋) 范晔撰，(唐) 李贤等注：《后汉书·志第十七·五行五·人痾》，中华书局 1965 年版，第 3346 页。

者，君子之器，盖君子立心无恒，事不崇实也。及晋之祸，天子失柄，权制宠臣，下掩上之应也。永嘉末，六宫才人，流徙戎翟，内出外之应也。及天下乱扰，宰辅方伯，多负其任，又数改易，不崇实之应也。❶

晋兴后，衣服上俭下丰，着衣者皆厌褄盖裙。君衰弱，臣放纵，下掩上之象也。陵迟至元康末，妇人出两裆，加乎胫之上，此内出外也。为车乘者，苟贵轻细，又数变易其形，皆以白篾为纯，古丧车之遗象。乘者，君子之器，盖君子立心无恒，事不崇实也。干宝曰："及晋之祸，天子失柄，权制宠臣，下掩上之应也。永嘉末，六宫才人，流徙戎、翟，内出外之应也。及天下乱扰，宰辅方伯，多负其任，又数改易，不崇实之应也。"❷

当然，也有少量条目对灾异事例做了删节简化，如：

吴以草创之国，信不坚固，边屯守将皆质其妻子，名曰"保质"。童子少年，以类相与嬉游者，日有十数。永安二年三月，有一异儿，长四尺余，年可六七岁，衣青衣，来从群儿戏。诸儿莫之识也，皆问曰："尔谁家小儿？今日忽来？"答曰："见尔群戏乐，故来耳。"详而视之，眼有光芒，爚爚外射。诸儿畏之，重问其故，儿乃答曰："尔恶我乎？我非人也，乃荧惑星也。将有以告尔：'三公锄，司马如。'"诸儿大惊，或走告大人。大人驰往观之，儿曰："舍尔去乎！"竦身而跃，即以化矣。仰面视之，若引一匹练以登天。大人来者，犹及见焉，飘飘渐高，有顷而没。时吴政峻急，莫敢宣也。后四年而蜀亡，六年而魏废，二十一年而吴平，于是九服归晋。魏与吴、蜀，并为战国，"三公锄，司马如"之谓也。❸

孙休永安二年，将守质子群聚嬉戏，有异小子忽来，言曰："三公锄，司马如。"又曰："我非人，荧惑星也。"言毕上升，仰视若曳一匹练，有顷没。干宝

❶ (晋) 干宝撰，李剑国辑校：《搜神记辑校》卷一四《妖怪篇》之"衣服车乘"条，中华书局 2019 年版，第 211 页。

❷ (南朝梁) 沈约撰，中华书局编辑部点校：《宋书》卷三十《志第二十 · 五行一 · 服妖》，中华书局 1974 年版，第 887 页。

❸ (晋) 干宝撰，李剑国辑校：《搜神记辑校》卷一三《妖怪篇》之"荧惑星"条，中华书局 2019 年版，第 204—205 页。

曰，后四年而蜀亡，六年而魏废，二十一年而吴平，于是九服归晋。魏与吴、蜀，并为战国，“三公锄，司马如”之谓也。[1]

干宝对收集的灾异事例应是尽力附之解说，确实无法以灾异理论进行解释者，也都指出“此事未之能论”。此类情况，《宋书》也都全盘照收了，例如：

> 太兴四年，吴郡民讹言有大虫在纻中及樗树上，啮人即死。晋陵民又言曰，见一老女子居市，被发从肆人乞饮，自言：“天帝令我从水门出，而我误由虫门。若还，天帝必杀我，如何？”于是百姓共相恐动，云死者已十数也。西及京都，诸家有樗、纻者伐去之，无几自止。此事未之能论。[2]
>
> 晋元帝太兴四年，吴郡民讹言有大虫在纻中及樗树上，啮人即死。晋陵民又言曰，见一老女子居市，被发从肆人乞饮，自言：“天帝令我从水门出，而我误由虫门。若还，天帝必杀我。如何？”于是百姓共相恐动，云死者已十数也。西及京都，诸家有樗纻者，伐去之。无几自止。……此二事，干宝云“未之能论”。[3]

综上所述，《搜神记·妖怪篇》载录主要为灾异变怪、吉凶征兆之事，其大部分条目基本可看作“正史”《五行志》的灾异事例及其解说。《法苑珠林》卷三一《妖怪篇·述意部》云：“妖怪者，干宝《记》云：‘盖是精气之依物者也。气乱于中，物变于外。形神气质，表里之用也。本于五行，通于五事。虽消息升降，化动万端。然其休咎之征，皆可得域而论矣。’”[4]研究者多认为“记”当指《搜神记》，此篇盖属《妖怪篇》序论。“妖怪”之说，本身就属于汉魏流行的阴阳五行学说和灾异论，如董仲舒《春秋繁露·同类相动》云：“帝王之将兴也，其美祥亦先见；

---

[1] (南朝梁) 沈约撰，中华书局编辑部点校：《宋书》卷三十一《志第二十一·五行二·诗妖》，中华书局1974年版，第913页。

[2] (晋) 干宝撰，李剑国辑校：《搜神记辑校》卷一四《妖怪篇》之“吴郡晋陵讹言”条，中华书局2019年版，第240—241页。

[3] (南朝梁) 沈约撰，中华书局编辑部点校：《宋书》卷三十一《志第二十一·五行二·言之不从》，中华书局1974年版，第901—902页。

[4] (唐) 释道世著，周叔迦、苏晋仁校注：《法苑珠林校注》，中华书局2003年版，第971页。

其将亡也，妖孽亦先见。”❶王充《论衡·遣告篇》云：“夫国之有灾异也，犹家人之有变怪也。”❷当时，“妖怪”一般特指物之非常变异者，如应劭《风俗通义》云：“世间多有精物妖怪百端。”❸《汉书·循吏传》云：“久之，宫中数有妖怪，王以问遂，遂以为有大忧。”❹袁宏《后汉纪》云：“数年已来，妖怪屡起，宫省之中，必有阴谋。”❺《妖怪篇》序论，实际上是干宝以“精气”“五行”“五事”之说来解释“妖怪”之形成。

“正史”中的《五行志》载录灾异事例有着以灾异论为基础的记述对象和分类体系，例如《后汉书·五行志》类型体系为“貌不恭”“淫雨”“服妖”“鸡祸”“青眚”“屋自坏”“讹言”“旱”“谣”“狼食人”“灾火”“草妖”“羽虫孽”“羊祸”“大水”“水变色”“大寒”“雹”“冬雷”“山鸣”“鱼孽”“蝗”“地震”“山崩”“地陷”“大风拔树”“螟”“牛疫”“射妖”“龙蛇孽”“马祸”“人痾”“人化”“死复生”“疫”“投蜺”“日蚀”“日抱”“日赤无光”“日黄珥”“日中黑”“虹贯日”“月蚀非其月”。《宋书·五行志》类型体系为“木不曲直”“貌不恭”“恒雨”“服妖”“龟孽”“鸡祸”“青眚青祥”“金沴木”“金不从革”“言之不从”“恒旸”“诗妖”“毛虫之孽”“犬祸”“白眚白祥”“木沴金”“火不炎上”“恒燠”“草妖”“羽虫之孽”“羊祸”“赤眚赤祥”“水不润下”“恒寒”“雷震”“鼓妖”“鱼孽”“蝗虫”“豕祸”“黑眚黑祥”“火沴水”“稼穑不成”“恒风”“夜妖”“蠃虫之孽”“牛祸”“黄眚黄祥”“地震”“山崩地陷裂”“常阴”“射妖”“龙蛇之孽”“马祸”“人痾”“日蚀”。当然，《搜神记·妖怪篇》所载事例并非完全等同于“正史”《五行志》灾异事例体系，而仅仅与其中部分类型存在明确对应关系，如《宋书》取材《搜神记》主要集中于“某某妖”“某某孽”“某某祸”“人痾”，所谓“妖”“孽”“祸”“痾”主要指草物、虫豸、六畜、人之非常变怪，如《汉书·五行志》称：“说曰：凡草物之类谓之妖。妖犹夭胎，言尚微。虫豸之类谓之孽。孽则牙孽矣。及六畜，谓之祸，言其著也。及人，谓之痾。”❻郑玄称：“及妖、孽、祸、痾、眚、祥皆其气类，暴作非常，

❶（汉）董仲舒著，（清）苏舆撰，钟哲点校：《春秋繁露义证》，中华书局1992年版，第358页。
❷（汉）王充著，黄晖撰：《论衡校释》，中华书局1990年版，第635页。
❸（汉）应劭撰，王利器校注：《风俗通义校注·怪神第九》，中华书局1981年版，第423页。
❹（汉）班固著，（唐）颜师古注：《汉书》，中华书局1962年版，第3638页。
❺（汉）荀悦、（晋）袁宏著，张烈点校：《两汉纪》（下），中华书局2002年版，第357页。
❻（汉）班固著，（唐）颜师古注：《汉书》，中华书局1962年版，第1353页。

为时怪者也。”[1]这显然与上述《妖怪篇》之旨趣和题材取向相通。

《搜神记·妖怪篇》所述大量灾异事例及其解说，自然源于干宝的史官身份和当时官方史籍编撰的通行惯例。《晋书·干宝传》称：“宝于是始领国史。……著《晋纪》，自宣帝迄于愍帝五十三年，凡二十卷，奏之。其书简略，直而能婉，咸称良史。”[2]干宝《晋纪》不仅当时被誉为“良史”，也颇受后世史家赞誉，《文选·晋纪论武帝革命》注引何法盛《晋中兴书》称：“撰《晋纪》，起宣帝迄愍，五十三年，评论切中，咸称善之。”[3]刘勰《文心雕龙·史传篇》称：“干宝述《纪》，以审正得序。”[4]刘知幾《史通》卷一二《古今正史》称：“其书简略，直而能婉，甚为当时所称。”[5]《汉书·五行志》将灾异论引入正史编纂，开创了专门载录灾异事例及其解说的史学传统，其后的三国吴谢承《后汉书》，以及晋司马彪《续汉书》、谢沈《后汉书》、袁山松《后汉书》均设置了《五行志》。司马彪《续汉书·五行志序》云：“五行传说及其占应，《汉书·五行志》录之详矣。故泰山太守应劭、给事中董巴、散骑常侍谯周并撰建武以来灾异。”[6]《续汉书·百官志》称太史令职责：“凡国有瑞应、灾异，掌记之。”[7]《宋书·百官志》也称太史令“掌三辰时日祥瑞妖灾”。[8]魏晋时期，官方史官搜集载录灾异事例，应是一种规定职责和普遍做法，晋朝起居注亦记载各种祥瑞、灾异。[9]《干宝撰搜神记请纸表》称：“臣前聊欲撰记古今怪异非常之事，会聚散逸，使自一贯，博访知古者。”[10]干宝编撰《搜神记》曾上书朝廷并得到纸张等支持，从某种意义上说，虽属私家撰述，也可算作履行史官职责的官方史籍编纂，“干宝任著作郎历时十年，这期间除撰《晋纪》，同时也搜集记录《搜神记》的资料”。[11]

---

[1] (南朝宋) 范晔撰，(唐) 李贤等注：《后汉书》，中华书局 1965 年版，第 3267 页。亦见(清) 皮锡瑞撰，吴仰湘编：《尚书大传疏证》，中华书局 2015 年版，第 173 页。

[2] (唐) 房玄龄等：《晋书》，中华书局 1974 年版，第 2150 页。

[3] (南朝梁) 萧统编，(唐) 李善注：《文选》，上海古籍出版社 1986 年版，第 2174 页。

[4] (南朝梁) 刘勰撰，戚良德校注：《文心雕龙校注通译》，上海古籍出版社 2008 年版，第 186 页。

[5] (唐) 刘知幾著，(清) 浦起龙通释，王煦华整理：《史通通释》，上海古籍出版社 2009 年版，第 325 页。

[6] (南朝宋) 范晔撰，(唐) 李贤等注：《后汉书》，中华书局 1965 年版，第 3265 页。

[7] 同上书，第 3572 页。

[8] (南朝梁) 沈约撰，中华书局编辑部点校：《宋书》，中华书局 1974 年版，第 1229 页。

[9] 参见(清) 汤球、黄奭辑，乔治忠校注：《众家编年体晋史》，天津古籍出版社 1989 年版。

[10] (晋) 干宝撰，李剑国辑校：《搜神记辑校》，中华书局 2019 年版，第 808 页。

[11] 同上书，第 807 页。

“正史”《五行志》还与《搜神记》之《感应篇》《变化篇》的部分内容关系密切，例如，《宋书》《晋书》之《五行志》取材《搜神记》之《变化篇》“犀犬”“司徒府二蛇”“宣骞母”条，《宋书》之《符瑞志》取材《搜神记》之《感应篇》中“邢史子臣”“张掖开石”“马后牛”“和熹邓后”“孙坚夫人”等条。《变化篇》所述多物怪精魅变化之事，其序解释“变化”称：“天有五气，万物化成。木精则仁，火精则礼，金精则义，水精则智，土精则恩。五气尽纯，圣德备也。木浊则弱，火浊则淫，金浊则暴，水浊则贪，土浊则顽。五气尽浊，民之下也。中土多圣人，和气所交也；绝域多怪物，异气所产也。苟禀此气，必有此形，苟有此形，必生此性。……千岁之雉，入海为蜃；百年之雀，入江为蛤。千岁龟鼋，能与人语；千岁之狐，起为美女；千岁之蛇，断而复续；百年之鼠，而能相卜：数之至也。春分之日，鹰变为鸠；秋分之日，鸠变为鹰：时之化也。故腐草之为萤也，朽苇之为蛩也，稻之为蛩也，麦之为蛱蝶也，羽翼生焉，眼目成焉，心智存焉，此自无知而化为有知，而气易也。鹤之为獐也，蛇之为鳖也，蛩之为虾也，不失其血气而形性变也。若此之类，不可胜论。应变而动，是为顺常；苟错其方，则为妖眚。故下体生于上，上体生于下，气之反者也；人生兽，兽生人，气之乱者也；男化为女，女化为男，气之背者也。……从此观之，万物之生死也，与其变化也，非通神之思，虽求诸己，恶识所自来？然朽草之为萤，由乎腐也；麦之为蛱蝶，由乎湿也。尔则万物之变，皆有由也。农夫止麦之化者，沤之以灰；圣人理万物之化者，济之以道。其与不然乎？”❶以阴阳五行和气之观念来解释万物之生成、变形、易性，应是当时通行之理论，如葛洪《抱朴子》：“自天地至于万物，无不须气以生者也。”❷“若谓受气皆有一定，则雉之为蜃，雀之为蛤，壤虫假翼，川蛙翻飞，水蛎为蛉，荇苓为蛆，田鼠为鴽，腐草为萤，鼍之为虎，蛇之为龙，皆不然乎？”❸物怪精魅的变化，自然有一些内容与《五行志》灾异事例相通。《感应篇》所记多为符瑞、神灵、孝感、梦征、报应等神灵感应之事，其中符瑞事例与《符瑞志》相通。

当然，《搜神记》之《妖怪篇》亦有部分条目取材于“正史”之列传，如《搜神记》

❶ （晋）干宝撰，李剑国辑校：《搜神记辑校》，中华书局2019年版，第253—255页。
❷ （晋）葛洪著，王明校释：《抱朴子内篇校释》，中华书局2002年版，第114页。
❸ 同上书，第14页。

之《妖怪篇》中"翟宣""鹏鸟赋"条取材于《汉书》之《翟方进传》《贾谊传》,《妖怪篇》"鬼目菜""公孙渊""诸葛恪"条取材于《三国志》之《吴书·孙皓传》《魏书·公孙渊传》《吴书·诸葛恪传》,不过内容性质则更多与《五行志》灾异事例相类。

明代流行的《搜神记》二十卷本所增益条目,也大都从"正史"之《五行志》取材❶,周中孚《郑堂读书记》说:"此本所载,证以古书所引,或有或无,当属宋以后联缀旧文,而以他说增益成帙,非当时之原书也。故于第六卷乃全钞《两汉书·五行志》,而续以《晋书·五行志》中三国事,一字不改,其依托之显然者也。"❷这也从一个侧面反映了明人依然将《搜神记》与"正史"《五行志》看作内容性质相通者。

二、《搜神记》与"正史"《方术列传》法术书写

《神化篇》是《搜神记》原有篇目,主要叙述神仙、术士、巫觋、道人的法术、卜筮、变化等事迹,《水经注》卷二一《汝水》:"河东王乔之为叶令也……或云,即古仙人王乔也,是以干氏书之于神化。"❸范晔《后汉书·方术列传》之"王乔""徐登""蓟子训""解奴辜""左慈"分别取材于《搜神记·神化篇》之"叶令王乔""蓟子训""徐登赵炳""寿光侯""左慈"条,而且两者内容基本相同,例如:

> 初,章帝时有寿光侯者,能劾百鬼众魅,令自缚见形。其乡人有妇为魅所病,侯为劾之,得大蛇数丈,死于门外。又有神树,人止者辄死,鸟过者必坠,侯复劾之,树盛夏枯落,见大蛇长七八丈,悬死其间。帝闻而征之。乃试问之:"吾殿下夜半后,常有数人绛衣被发,持火相随,岂能劾之乎?"侯曰:"此小怪,易销耳。"帝伪使三人为之,侯劾三人,登时仆地无气。帝大惊曰:

❶ 参见(晋)干宝撰,李剑国辑校:《搜神记辑校》之附录"一、旧本《搜神记》伪目疑目辨证",中华书局2019年版。
❷ (清)周中孚撰,黄曙辉、印晓峰标校:《郑堂读书记》,上海书店出版社2009年版,第1080页。
❸ (北魏)郦道元著,陈桥驿校证:《水经注校证》,中华书局2013年版,第483页。

“非魅也，朕相试耳。”解之而苏。❶

寿光侯者，汉章帝时人也。能劾百鬼众魅，令自缚见其形。其县人有妇，为魅所病，侯为劾之。得大蛇数丈，死于门外。又有大树，树有精，人止者死，鸟过者坠。侯劾之，树盛夏枯落，有大蛇，长七八丈，悬死其间。章帝闻之，征问，对曰：“有之。”帝曰：“殿下有怪，夜半后常有数人绛衣披发，持火相随，岂能劾之？”侯曰：“能，此小怪耳。”帝伪使三人为之。侯劾三人，三人登时着地无气。帝惊曰：“非魅也，朕相试尔。”即使解之。❷

《晋书》之《淳于智传》《郭璞传》分别取材《搜神记》之《神化篇》中“淳于智筮鼠”“淳于智卜狐”“淳于智卜丧病”条和“郭璞筮偃鼠”“郭璞活马”条，其中，《淳于智传》基本就是由《搜神记》三条内容拼接而成，仅仅个别细节有所删略，如：

淳于智字叔平，济北人。性深沉，有思义。少为书生，善《易》。高平刘柔夜卧，鼠啮其左手中指，意甚恶之。以问智，智为筮之曰：“鼠本欲杀君而不能，当相为，使之反死。”乃以朱书其手腕横文后三寸为田字，辟方一寸二分，使露手以卧。其明，有大鼠伏死手前。❸

谯国夏侯藻母病困，将诣淳于智卜。有一狐当门，向之嗥唤。藻愁愕，遂驰诣智。智曰：“其祸甚急。君速归，在嗥处拊心啼哭，令家人惊怪，大小毕出，一人不出，啼哭勿休，然后其祸仅可救也。”藻如之，母亦扶病而出。家人既集，堂屋五间，拉然而崩。❹

上党鲍瑗，家多丧病，贫苦。或谓之曰：“淳于叔平，神人也。君何不试就卜，知祸所在？”瑗性质直，不信卜筮，曰：“人生有命，岂卜筮所移！”会智适来，应思远谓之曰：“君有通灵之思，而但为贵人用。此君寒士，贫苦多屯蹇，

❶ (南朝宋) 范晔撰，(唐) 李贤等注：《后汉书》卷八十二《方术列传 · 解奴辜》，中华书局 1965 年版，第 2749 页。

❷ (晋) 干宝撰，李剑国辑校：《搜神记辑校》卷二《神化篇》之“寿光侯”条，中华书局 2019 年版，第 45 页。

❸ (晋) 干宝撰，李剑国辑校：《搜神记辑校》卷三《神化篇》之“淳于智筮鼠”条，中华书局 2019 年版，第 66 页。

❹ (晋) 干宝撰，李剑国辑校：《搜神记辑校》卷三《神化篇》之“淳于智卜狐”条，中华书局 2019 年版，第 66—67 页。

可为一卦。”智乃令詹作卦。卦成，谓瑗曰：“为君安宅者女子工耶?”瑗曰：“是也。”又曰：“此人已死耶?”曰：“然。”智曰：“此人安宅失宜，既害其身，又令君不利。君舍东北有大桑树，君径至市，入市门数十步，当有一人持新马鞭者，便就请买，还以悬此桑树，三年当暴得财也。”瑗遂承其言诣市，果得马鞭，悬之。正三年，浚井，得钱数十万，铜铁杂器，复可二十余万。于是家业用展，病者亦愈。❶

淳于智字叔平，济北卢人也。有思义，能《易》筮，善厌胜之术。高平刘柔夜卧，鼠啮其左手中指，以问智。智曰：“是欲杀君而不能，当为君使其反死。”乃以朱书手腕横文后三寸作田字，辟方一寸二分，使露手以卧。明旦，有大鼠伏死手前。谯人夏侯藻母病困，诣智卜，忽有一狐当门向之嗥。藻怖愕，驰见智。智曰：“其祸甚急，君速归，在狐嗥处拊心啼哭，令家人惊怪，大小必出，一人不出，哭勿止，然后其祸可救也。”藻还，如其言，母亦扶病而出。家人既集，堂屋五间拉然而崩。护军张劭母病笃，智筮之，使西出市沐猴，系母臂，令傍人捶拍，恒使作声，三日放去。劭从之。其猴出门即为犬所咋死，母病遂差。上党鲍瑗家多丧病贫苦，或谓之曰：“淳于叔平神人也，君何不试就卜，知祸所在?”瑗性质直，不信卜筮，曰：“人生有命，岂卜筮所移!”会智来，应詹谓曰：“此君寒士，每多屯虞，君有通灵之思，可为一卦。”智乃为卦，卦成，谓瑗曰：“君安宅失宜，故令君困。君舍东北有大桑树，君径至市，入门数十步，当有一人持荆马鞭者，便就买以悬此树，三年当暴得财。”瑗承言诣市，果得马鞭，悬之三年，浚井，得钱数十万，铜铁器复二十余万，于是致赡，疾者亦愈。其消灾转祸，不可胜纪，而卜筮所占，千百皆中。应詹少亦多病，智乃为符使詹佩之，诵其文，既而皆验，莫能学也。❷

方士依托的思想、知识、技术体系即为数术、方伎之学，《方术列传》为方士（“方术之士”）作传，所述事迹主要为以数术和方伎之学所行之卜筮、占梦、占候、

❶ (晋) 干宝撰，李剑国辑校：《搜神记辑校》卷三《神化篇》之“淳于智卜丧病”条，中华书局 2019 年版，第 67 页。

❷ (唐) 房玄龄等：《晋书》卷九十五《列传第六十五 · 艺术 · 淳于智》，中华书局 1974 年版，第 2477—2478 页。

相术、厌劾、符箓、幻化等[1],《后汉书·方术列传序》云:

> 仲尼称《易》有君子之道四焉,曰"卜筮者尚其占"。占也者,先王所以定祸福,决嫌疑,幽赞于神明,遂知来物者也。若夫阴阳推步之学,往往见于坟记矣。然神经怪牒,玉策金绳,关扃于明灵之府,封縢于瑶坛之上者,靡得而窥也。至乃河洛之文,龟龙之图,箕子之术,师旷之书,纬候之部,钤决之符,皆所以探抽冥赜,参验人区,时有可闻者焉。其流又有风角、遁甲、七政、元气、六日七分、逢占、日者、挺专、须臾、孤虚之术,及望云省气,推处祥妖,时亦有以效于事也。而斯道隐远,玄奥难原,故圣人不语怪神,罕言性命。……汉自武帝颇好方术,天下怀协道蓺之士,莫不负策抵掌,顺风而届焉。后王莽矫用符命,及光武尤信谶言,士之赴趣时宜者,皆骋驰穿凿,争谈之也。故王梁、孙咸名应图箓,越登槐鼎之任,郑兴、贾逵以附同称显,桓谭、尹敏以乖忤沦败,自是习为内学,尚奇文,贵异数,不乏于时矣。……中世张衡为阴阳之宗,郎颉咎征最密,余亦班班名家焉。其徒亦有雅才伟德,未必体极蓺能。[2]

《搜神记》之《神化篇》所记多为东汉魏晋时期方士、术士,如王乔、蓟子训、左慈、于吉、介琰、徐光、郭璞、管辂、淳于智等,事例多为具有浓厚神异色彩的法术变化,相当一部分内容可看作"正史"之《方术列传》。这也应与干宝的史官身份和本人喜好阴阳数术密不可分。

"正史"中《方术列传》之外的"本纪""世家""列传"等传记亦或多或少包含一些人物神异出生、遭遇神怪、奇特梦境等零散的怪异之事,《后汉书》之《杨李翟应霍爰徐列传》《窦何列传》《杨震列传》《樊宏阴识列传》《独行列传·周畅》《列女传·孝女叔先雄》《皇后纪·和熹邓皇后》《皇甫张段列传》《独行列传·温序》,分别取材自《搜神记·感应篇》之"应妪""窦氏蛇祥""三鳝鱼""阴子方""周畅""先

---

[1] 参见李零:《战国秦汉方士流派考》,《传统文化与现代化》1995 年第 2 期;李零:《中国方术续考》,中华书局 2019 年版。

[2] (南朝宋) 范晔撰,(唐) 李贤等注:《后汉书》,中华书局 1965 年版,第 2703—2706 页。

雄”“和熹邓后”“张奂妻”“温序”;《后汉书》之《南蛮西南夷列传》《西羌传》取材《搜神记》卷二四“盘瓠”条、卷二五“爰剑”条。这也从一个侧面反映了《搜神记》与“正史”相通之处。

三、《搜神记》与“正史”之外的志怪叙事传统和书写模式

在“正史”之外,《搜神记》编纂取材于《列仙传》《孝子传》和《吕氏春秋》《淮南子》《风俗通义》《论衡》,汇总了杂传和子书中的志怪叙事传统和书写模式,而取材于《列异传》《博物志》则融合了小说的志怪叙事传统和书写模式。

《搜神记》之《神化篇》“赤松子”“宁封子”“赤将子舆”“偓佺”“彭祖”“葛由”“王子乔”“冠先”“琴高”“祝鸡翁”“阴生”“乡卒常生”条取材于刘向《列仙传》。

作为早期杂传开创之作,《列仙传》等超越官方史学特别是“正史”叙事传统,开始专题载录“正史”之外各类人物,《隋书·经籍志》“杂传序”称:“又汉时,阮仓作列仙图,刘向典校经籍,始作列仙、列士、列女之传,皆因其志尚,率尔而作,不在正史。”[1]《列仙传》专门载录仙人事迹,涉及仙人法术变化、仙人生活、仙人仙境等,从历史传说时代的黄帝、赤松子、江妃二女等,到春秋战国的老子、吕尚、介子推、范蠡,再到汉代的东方朔、钩翼夫人等,共载录仙人七十多人。这源于汉代神仙方术盛行特别是上层统治阶层的信奉推崇,佚名《列仙传叙》云:“至成帝时,向既司典籍,见上颇修神仙之事,及知铸金之术实有不虚,仙颜久视,真乎不谬。但世人求之不勤者也。遂辑上古以来及三代、秦、汉,博采诸家言神仙事者,约载其人,集斯《传》焉。”[2]刘向整理典籍时专门辑录神仙事而成此书,与他对神仙之事的崇信有关,也有迎合成帝投其所好之意。

《列仙传》叙述神仙事迹,多为简略概述,缺乏人物故事和场景描述,例如:

[1] (唐)魏徵等:《隋书》,中华书局 1973 年版,第 982 页。
[2] 王叔岷:《列仙传校笺》,中华书局 2007 年版,第 171—172 页。

钩翼夫人者，齐人也，姓赵。少时好清净，病卧六年，右手拳屈，饮食少。望气者云："东北有贵人气，推而得之。"召到，姿色甚伟。武帝披其手，得一玉钩，而手寻展。遂幸而生昭帝。后武帝害之，殡尸不冷而香。一月间，后昭帝即位，更葬之，棺内但有丝履，故名其宫曰钩翼。后避讳改为弋。庙闱有神祠阁在焉。❶

《搜神记》取材《列仙传》基本保留了原文，不仅承袭了其题材内容，也保持了其叙事模式。

魏晋之时，对神仙方术之说，有着质疑和崇信两种不同的认知倾向，从葛洪《抱朴子》对鬼神、神仙实有之论证可见一斑，如《抱朴子·论仙》云："陈思王著释疑论云，初谓道术，直呼愚民诈伪空言定矣。及见武皇帝试闭左慈等，令断谷近一月，而颜色不减，气力自若，常云可五十年不食，正尔，复何疑哉？"❷，"鬼神数为人间作光怪变异，又经典所载，多鬼神之据，俗人尚不信天下之有神鬼，况乎仙人居高处远，清浊异流，登遐遂往，不返于世，非得道者，安能见闻。而儒墨之家知此不可以训，故终不言其有焉。俗人之不信，不亦宜乎？惟有识真者，校练众方，得其征验，审其必有，可独知之耳，不可强也。故不见鬼神，不见仙人，不可谓世间无仙人也"，"鬼神之事，著于竹帛，昭昭如此，不可胜数。然而蔽者犹谓无之，况长生之事，世所希闻乎！"❸整体来看，当时官方上层统治阶层对神仙不死、神仙可求、学仙之法等神仙道教多持信奉态度，"若夫仙人，以药物养身，以术数延命，使内疾不生，外患不入，虽久视不死，而旧身不改，苟有其道，无以为难也"。❹

干宝对史书载录神仙亦信而有之，如《神化篇》"彭祖"条辩驳称："先儒学士多疑此事。谯允南通才达学，精核数理者也。作《古史考》，以为作者妄记，废而不论。余亦尤其生之异也。然按六子之世，子孙有国，升降六代，数千年间，迭至霸王，天将兴之，必有尤物乎？若夫前志所传，修己背坼而生禹，简狄胸剖而生

❶ 王叔岷：《列仙传校笺》，中华书局 2007 年版，第 106 页。
❷ （晋）葛洪著，王明校释：《抱朴子内篇校释》，中华书局 2002 年版，第 16 页。
❸ 同上书，第 20—21 页。
❹ 同上书，第 14 页。

契，历代久远，莫足相证。近魏黄初五年，汝南屈雍妻王氏生男儿，从右胳下水腹上出，而平和自若，数月创合，母子无恙，斯盖近事之信也。以今况古，固知注记者之不妄也。天地云为，阴阳变化，安可守之一端，概以常理乎？"❶这实际上也与当时官方上层统治阶层的主流观念一致。魏晋时期，《列仙传》广为流传，《搜神记》之《神化篇》汇集神仙和方士，在"正史"《方术列传》法术书写之外，取材《列仙传》也就自然而然了。明代流行《搜神记》二十卷本所增益条目，亦有"师门""陶安公""园客"等多条取自《列仙传》，显然也是承续了《搜神记》。

《搜神记》取材《风俗通义》，主要有《神化篇》"叶令王乔""许季山""童彦兴"条，《感应篇》"阴子方"条，《妖怪篇》"人状草"条，《变化篇》"白头老公""张汉直""沽酒家狗"条，卷二四"荼与郁垒"条（事又载《论衡・订鬼篇》）。

在"四部"文类体系中，《风俗通义》被界定为子部"杂家"之"杂说"类的早期著作，它和王充《论衡》性质相同，被看作后世笔记杂著的源头，《四库全书总目》称："其书因事立论，文辞清辨，可资博洽。大致如王充《论衡》"❷，"杂说之源，出于《论衡》。其说或抒己意，或订俗讹，或述近闻，或综古义。后人沿波，笔记作焉。大抵随意录载，不限卷帙之多寡，不分次第之先后，兴之所至，即可成编"❸。从文类性质上说，《风俗通义》属于考订辨正之作，范晔《后汉书・应劭传》称："撰《风俗通》，以辩物类名号，释时俗嫌疑。文虽不典，后世服其洽闻。"❹王利器《风俗通义校注・校注叙例》称其撰述宗旨："知其立言之宗旨，取在辩风正俗，观微察隐，于时流风轨，乡贤行谊，皆著为月旦，树之风声，于隐恶扬善之中，寓责备求全之义；故其考文议礼，率左右采获，期于至当，而不暖姝于一先生之言，至于人伦臧否之际，所以厚民风而正国俗者，尤兢兢焉。"❺《风俗通义》"辩物类名号，识时俗嫌疑"，主要针对当时流行之习俗习惯、看法观点等，《风俗通义》"自序"云："而至于俗间行语，众所共传，积非习贯，莫能原察。……谓之《风俗通义》，言通于流俗之过谬，而事该之于义理也。"❻

❶（晋）干宝撰，李剑国辑校：《搜神记辑校》，中华书局2019年版，第22—23页。
❷（清）纪昀、陆锡熊、孙士毅等：《钦定四库全书总目》，中华书局1997年版，第1601页。
❸ 同上书，第1636页。
❹（南朝宋）范晔撰，（唐）李贤等注：《后汉书》，中华书局1965年版，第1614页。
❺（汉）应劭撰，王利器校注：《风俗通义校注》，中华书局1981年版，第1页。
❻ 同上书，第4页。

《风俗通义》分为“皇霸”“正失”“愆礼”“过誉”“十反”“声音”“穷通”“祀典”“怪神”“山泽”等。其中，《神怪篇》志怪事例比较集中，如“世间多有见怪惊怖以自伤者”❶，“世间多有恶梦变难必效”❷，“世间多有亡人魄持其家语声气，所说良是”❸，“世间亡者，多有见神，语言饮食，其家信以为是，益用悲伤”❹，“世间多有狗作变怪，扑杀之，以血涂门户然众得咎殃”❺，“世间多有精物妖怪百端”❻，“世间多有伐木血出以为怪者”❼，“世间多有蚰作怪者”❽，“世间人家多有见赤白光为变怪者”❾等。《祀典篇》有“故记叙神物曰《祀典》也”❿，也较多涉及志怪内容。《风俗通义》撰述体例为卷首序论总述本卷旨义，卷中开展分论，多大量引证事例以展示流行之习俗、观点或论证自己的认识，所引证事例或源于前人典籍所载，或传录社会传闻乃至个人闻见。有的学者认为：“这种文体亦即体现了书名《风俗通义》之‘通’的特征，它源自汉代《白虎通》《春秋通》之类的解经著述，重在体现训释辩证的学术功能。”⓫在这种体例之下，大量志怪事例自然都是服务于证明、阐发某种观点的，具有子部叙事的依附性例证特征，其取材前人典籍者多原文截取，传录社会传闻者多叙事简要，仅讲述事件梗概，例如：

> 世间多有精物妖怪百端。谨按：鲁相右扶风臧仲英为侍御史，家人作食，设桉，欻有不清尘土投污之；炊临熟，不知釜处；兵弩自行；火从箧簏中起，衣物烧尽，而簏故完；妇女婢使悉亡其镜，数日堂下掷庭中，有人声言：“汝镜。”女孙年三四岁，亡之，求不能得，二三日乃于清中粪下啼：若此非一。⓬

❶（汉）应劭撰，王利器校注：《风俗通义校注》，中华书局1981年版，第388页。
❷ 同上书，第392页。
❸ 同上书，第409页。
❹ 同上书，第416页。
❺ 同上书，第418页。
❻ 同上书，第423页。
❼ 同上书，第434页。
❽ 同上书，第438页。
❾ 同上书，第441页。
❿ 同上书，第350页。
⓫ 潘建国：《〈搜神记〉的形成：以前代故事文本辑采为例》，《中国高校社会科学》2019年第4期。
⓬（汉）应劭撰，王利器校注：《风俗通义校注·怪神》，中华书局1981年版，第423页。

当然，也有个别例证叙事委曲，保留了故事情节、细节描摹。

干宝从《风俗通义》取材，删除了每则内容头尾的议论性成分，而仅保留了叙事性内容，也就是故事本身，且未作改写加工，基本保持了故事内容原貌[1]，例如：

世间亡者，多有见神，语言饮食，其家信以为是，益用悲伤。谨按：司空南阳来季德停丧在殡，忽然坐祭床上，颜色服饰，声气熟是也，孙儿妇女，以次教诫，事有条贯，鞭挞奴婢，皆得其过，饮食饱满，辞诀而去，家人大哀剥断绝，如是三四，家益厌苦。其后饮醉形坏，但得老狗，便朴杀之，推问里头沽酒家狗。[2]

司空南阳来季德，停丧在殡。忽然见形，坐祭床上，颜色服饰，真德也。见儿妇孙子，次戒家事，亦有条贯，鞭朴奴婢，皆得其过。饮食既饱，辞诀而去。家人大小，哀割断绝。如是四五年。其后饮酒多，醉而形露，但见老狗，便共打杀。因推问之，则里中沽酒家狗也。[3]

此番加工处理方式虽然消除了子书的议论性体例特征，但保留了子书例证叙事的叙事传统和书写模式，多为简要梗概，缺乏细节描绘。

《搜神记》取材曹丕《列异传》条目较多，主要有《神化篇》“营陵道人”条，《感应篇》“陈宝”“胡母班”“陈节方”“蒋子文”条，《妖怪篇》“王周南”条，《变化篇》“怒特祠”“白头老公”“度朔君”“细腰”“文约”条，卷二十一“冯贵人”“史姁”条，卷二十二“鹄奔亭”“宗定伯”条，卷二十三“谈生”条，等等。这些条目主要集中于《变化篇》和《感应篇》，大都篇幅较长，具备一定的故事情节，描摹也较细致，相对于取材其他类型者，显然独具一格，例如：

魏郡张奋，家巨富，忽衰死财散，遂卖宅与黎阳程应。应入居，举家疾

[1] 参见潘建国：《〈搜神记〉的形成：以前代故事文本辑采为例》，《中国高校社会科学》2019 年第 4 期。

[2] (汉) 应劭撰，王利器校注：《风俗通义校注 · 怪神》，中华书局 1981 年版，第 416—417 页。

[3] (晋) 干宝撰，李剑国辑校：《搜神记辑校 · 变化篇》之“沽酒家狗”条，中华书局 2019 年版，第 315—316 页。

病，转卖与郏人何文。文先独持大刀，暮入北堂梁上坐。至一更中，忽有一人长丈余，高冠赤帻，升堂呼问曰："细腰。"细腰应诺。其人曰："舍中何以有人气？"答曰："无之。"便去。须臾，复有一高冠青衣者，次之，又有高冠白衣者，问答并如前。及将曙，文乃下堂中，因往向呼处，如向法呼细腰，问曰："向赤衣冠谓谁？"答曰："金也，在堂西壁下。""青衣者谁也？"曰："钱也，在堂前井西五步。""白衣者谁也？"曰："银也，在堂东北角柱下。"问："君是谁？"答云："我杵也，今在灶下。"及晓，文按次掘之，得金银各三百斤，钱千余万，烧去杵。由此大富，宅遂清宁。[1]

"魏文帝又作《列异》，以序鬼物奇怪之事"[2]，《列异传》所载多为汉代以来的近世传闻，其大部分条目主要集中于精怪变化、鬼魅作祟，且富有故事性，叙事委曲，大多源于下层民间传闻，其志怪叙事显然无法纳入官方史学特别是《汉书》等"正史"的灾异叙事、方术叙事，也突破了《列仙传》等神仙传记的范围。王国良《〈列异传〉研究》将其题材内容分为祠祀类、神术类、冥界类、鬼物类、精怪类、报应类、幽婚类[3]，李剑国《唐前志怪小说史》概括为"妖怪变化及作祟事""神仙事""异人道术""鬼事"等[4]，实际上从题材内容和叙事方式上开创了后世"小说"志怪的传统。

干宝《搜神记》载录当时社会传闻而成的部分篇章，显然承续了《列异传》志怪叙事模式，例如：

吴时，嘉兴倪彦思，居县西埏里。有鬼魅在其家，与人语，饮食如人，唯不见形。彦思奴婢有窃骂大家者，云今当以语。彦思治之，无敢詈之者。彦思有小妻，魅从求之，彦思乃迎道士逐之。酒殽既设，魅乃取厕中草粪，布着其上。道士便盛击鼓，召请诸神。魅乃取伏虎，于神座上吹作角声音。有顷，道士忽觉背上冷，惊起解衣，乃伏虎也。于是道士罢去。彦思夜于被中

❶ (晋)干宝撰，李剑国辑校：《搜神记辑校·变化篇》之"细腰"条，中华书局2019年版，第327页。
❷ (唐)魏徵等：《隋书》，中华书局1973年版，第982页。
❸ 参见王国良：《六朝志怪小说考论》，文史哲出版社1988年版，第52—53页。
❹ 参见李剑国：《唐前志怪小说史》，天津教育出版社2005年版，第239—245页。

窃与妪语，共患此魅。魅即屋梁上谓彦思曰："汝与妇道吾，吾今当截汝屋梁。"即隆隆有声。彦思惧梁断，取火照视，魅即灭火，截梁声愈急。彦思惧屋坏，大小悉遣出，更取火视，梁如故。魅大笑，问彦思："复道吾不？"郡中典农闻之曰："此神正当是狸物耳。"此魅即往谓典农曰："汝取官若干百斛谷，藏着某处。为吏污秽，而敢论吾！今当白于官，将人取汝所盗谷。"典农大怖而谢之，自后无敢道。三年后去，不知所在。[1]

此条未见转引自他书，应为干宝搜集传闻而成，此类精魅和鬼怪变化作祟之事还有"赵公明参佐""张璞""白水素女""丁姑""虞国""顿丘魅""东郡老翁""狸神""吴兴老狸""句容狸妇""庐陵亭""阿紫""胡博士""宋大贤""斑狐书生""黑头白躯狗""白狗魅""吴郡士人""安阳亭""高山君""獭妇""蛇讼""阿铜""鼍妇""蝉儿""秦巨伯""蚕马""貑人""新喻男子""无鬼论"等，基本脱离了灾异文化、方士数术、神仙道教等，也远离了官方意识形态、知识体系和官方史籍的叙事传统，更多体现了鲜明的故事趣味乃至诙谐意味，这样的人物故事价值应主要为文人"游心娱目"的文化娱乐。

四、回归历史文化语境认知《搜神记》文本性质

《搜神记》汇总整合了正史、杂传、子书、小说等多种不同的志怪叙事传统和书写模式，在其成书之际的历史文化语境中，每一种志怪叙事传统和书写模式背后又都有着一整套相关思想、知识、信仰体系以及与之相关的社会生活、现实政治。因此，理解《搜神记》文本性质，绝不可仅从志怪小说视域来看，而须将其放置于当时历史文化的具体语境中。

《搜神记》基本可看作史官编纂之史籍，从《搜神记》与"正史"《五行志》灾异书写和《方术列传》法术书写的关系来看，其相当一部分内容完全可看作官方"正

---

[1] （晋）干宝撰，李剑国辑校：《搜神记辑校 · 变化篇》之"倪彦思家魅"条，中华书局 2019 年版，第 300 页。

史”文本或相关文本，关联着当时作为官方主流意识形态重要组成部分的灾异论及相关现实政治实践、作为社会普遍信奉知识体系重要组成部分的数术之学及方士社会活动。❶从《搜神记》与神仙杂传的关系来看，其部分内容关联着当时作为上层统治阶层普遍信奉的神仙道教。与此相关，《搜神记》所载录上述事例在当时历史文化语境中具有重要价值、意义。当然，《搜神记》也有脱离“正史”和杂传之外的志怪小说内容，基本可看作文人之文化娱乐，但这并非其主体。也就是说，在当时历史文化语境之下，干宝《搜神记》主要是以官方史官之立场秉持“正史”以及杂传的相关思想文化观念、叙事传统、书写模式来“撰记古今怪异非常之事”，以之“明神道之不诬”，实际上是一部与“正史”相通的史籍。

当然，古人对《搜神记》文本性质认知也并非一成不变。随着灾异论、数术文化与“正史”《五行志》叙事理念和书写模式的发展演化，宋人开始将《搜神记》看作脱离政治文化的志怪小说。

先秦至唐代，一直存在着质疑、否定天人感应和灾异论的思想学说。早在先秦，荀子论天人关系，所持“天人之分”观点，完全站在天人感应论的对立面，《荀子·天论篇》云：“天行有常，不为尧存，不为桀亡。应之以治则吉，应之以乱则凶。强本而节用，则天不能贫，养备而动时，则天不能病；修道而不贰，则天不能祸”❷，“夫星之队，木之鸣，是天地之变，阴阳之化，物之罕至者也，怪之可也，而畏之非也”❸。汉代王充《论衡》也明确反对天人感应思想和灾异论，他说：“夫国之有灾异也，犹家人之有变怪也。有灾异，谓天谴〔告〕人君，有变怪，天复谴告家人乎？……夫天道，自然也，无为。如谴告人，是有为，非自然也。”❹唐代柳宗元《天说》和刘禹锡《天论》也都持“天人相分”说。然而，这些思想学说虽不同程度地产生一定影响，但并未对占据意识形态主流地位的灾异论构成挑战，就当时社会思想文化整体来看，无疑仅仅属于边缘异见。

---

❶ 关于灾异论及其相关现实政治实践，参见陈侃理：《儒学、数术与政治：灾异的政治文化史》，北京大学出版社 2015 年版；王爱和著，[美] 金蕾、徐峰译，徐峰校：《中国古代宇宙观与政治文化》，上海古籍出版社 2018 年版。关于数术之学及方士社会活动，参见宋会群：《中国术数文化史》，河南大学出版社 1999 年版。

❷ (清) 王先谦撰，沈啸寰、王星贤点校：《荀子集解》，中华书局 1988 年版，第 306—307 页。

❸ 同上书，第 313—314 页。

❹ (汉) 王充著，黄晖撰：《论衡校释》，中华书局 1990 年版，第 635—636 页。

宋代，天人感应思想、灾异论及其相关政治文化发生了重要转折，“魏晋至隋唐，灾异政治文化的影响时有起伏，但没有发生根本性的变化。宋代以后，情况就不同了。概括言之，主要在三个方面发生了转变：首先是天人感应论遭到有力质疑，并且这些质疑在士大夫中获得了相当普遍的认同；其次，灾异与人事机械对应的事应说从理论上被基本否定；最后，运用灾异论进行‘神道设教’的主客体发生转换”。[1]其中，最具标志性的事件莫过于《新唐书·五行志》对灾异事例记述模式发生了重大变革，“夫所谓灾者，被于物而可知者也，水旱、螟蝗之类是已。异者，不可知其所以然者也，日食、星孛、五石、六鹢之类是已。孔子于《春秋》，记灾异而不著其事应，盖慎之也。以谓天道远，非谆谆以谕人，而君子见其变，则知天之所以谴告，恐惧修省而已。若推其事应，则有合有不合，有同有不同。至于不合不同，则将使君子怠焉，以为偶然而不惧。此其深意也。盖圣人慎而不言如此，而后世犹为曲说以妄意天，此其不可以传也。故考次武德以来，略依《洪范五行传》，著其灾异，而削其事应云”。[2]自《新唐书》始，“正史”《五行志》仅载录灾异事例而不再书其事应[3]，乃至郑樵《通志·灾祥序》明确称灾异论为“欺天之学”[4]“其愚甚矣”[5]：“说《洪范》者，皆谓箕子本河图洛书以明五行之旨。刘向创释其传于前，诸史因之而为志于后，析天下灾祥之变而推之于金、木、水、火、土之域，乃以时事之吉凶而曲为之配，此之谓欺天之学”[6]，“呜呼！天地之间，灾祥万种，人间祸福，冥不可知，奈何以一虫之妖，一气之戾，而一一质之以为祸福之应，其愚甚矣”[7]，“今作《灾祥略》，专以纪实迹，削去五行相应之说，所以绝其妖”[8]。

《新唐书》作为官修正史对汉儒天人感应、灾异论的批判质疑，反映了当时官方主流意识形态的立场态度。宋代儒学复兴建立宋学过程中，王安石、司马光等

[1] 陈侃理：《儒学、数术与政治：灾异的政治文化史》，北京大学出版社 2015 年版，第 259 页。

[2] （宋）欧阳修、宋祁等：《新唐书》，中华书局 1975 年版，第 873 页。

[3] 参见游自勇：《试论正史〈五行志〉的演变——以“序”为中心的考察》，《首都师范大学学报（社会科学版）》2006 年第 2 期。

[4] （宋）郑樵撰，王树民点校：《通志二十略》，中华书局 1995 年版，第 1905 页。

[5] 同上书，第 1906 页。

[6] 同上书，第 1905 页。

[7] 同上书，第 1906 页。

[8] 同上书，第 1905 页。

代表性人物所持观点也都与《新唐书》基本一致,如司马光《原命》云:“夫天道窅冥恍惚,若有若亡,虽有端兆示人,而不可尽知也。非天下之至神,其孰能与于此? 是以圣人之教,治人而不治天,知人而不知天。”❶《资治通鉴》中“臣光曰”发表史论中也多次申明反对符瑞、灾异、图谶之说。王安石《洪范传》云:“孔子曰:‘见贤思齐,见不贤而内自省也。’君子之于人也,固常思齐其贤,而以其不肖为戒。况天者固人君之所当法象也,则质诸彼以验此,固其宜也。然则世之言灾异者非乎。曰:人君固辅相天地以理万物者也,天地万物不得其常,则恐惧修省,固亦其宜也。今或以为天有是变,必由我有是罪以致之;或以为灾异自天事耳,何豫于我,我知修人事而已。盖由前之说,则蔽而葸;由后之说,则固而怠。不蔽不葸、不固不怠者,亦以天变为己惧。不曰天之有某变,必以我为某事而至也,亦以天下之正理考吾之失而已矣,此亦念用庶证之意也。”❷灾异事例不再附会人事,本质上就是以儒家理性精神瓦解了流行千年的灾异政治文化。

与此相关,灾异论密切相关的数术之学也遭到了宋儒排斥批判而疏离于宋学之外,“两《唐志》五行类的实际类别较之《隋志》,并无太大变化。这是精英学术中术数知识体系发展基本停滞的自然反映”❸,“五行灾异、杂占、咒禁仙术、变怪灵异诸类,已基本淡出于精英学术的术数体系”❹。大部分数术之学脱离了官方和士大夫而走向了社会下层和民间社会。

灾异论和数术之学的转折,为宋人认知灾异事例提供了新的思想文化语境,从而造成了对载录灾异之史籍的文本性质的全新认识。《新唐志》将原属于《隋志》史部“杂传类”一批志怪书《搜神记》等改归于“小说家”,也应与灾异论和数术之学的转折相关。因此,宋以降,《搜神记》所载录灾异事例和方士法术等“正史”性内容也自然在官方史学眼中淡化了政治文化色彩,而更多流于广见闻的搜奇志异了。灾异论和数术之学以及“正史”志怪叙事是古代志怪小说发展演化最为重要的思想文化背景,古人对《搜神记》文本性质认知之演化,也作为一个典型案例集中反映了志怪小说编纂创作、接受传播的整体历史文化语境变迁。

---

❶ (宋)司马光撰,李之亮笺注:《司马温公集编年笺注》,巴蜀书社 2009 年版,第 242 页。
❷ (宋)王安石:《临川先生文集》,中华书局 1959 年版,第 695 页。
❸ 赵益:《古典术数文献述论稿》,中华书局 2005 年版,第 193 页。
❹ 同上书,第 198 页。

附录　《搜神记》与“正史”相互取材情况一览表[1]

表一　《搜神记》取材《汉书》《三国志》一览

《搜神记》卷八《感应篇》“东海孝妇”条	《汉书》卷七十一《隽疏于薛平彭传》：“东海有孝妇，……郡中以此大敬重于公。”
《搜神记》卷一〇《妖怪篇》“山徙”条	《汉书》卷二十五上《郊祀志》：“后百一十岁，周赧王卒，……而鼎沦没于泗水彭城下。”
《搜神记》卷一〇《妖怪篇》“洧渊龙斗”条	《汉书》卷二十七下之上《五行志》：“左氏传昭公十九年，龙斗于郑时门之外洧渊。……京房易传曰：‘众心不安，厥妖龙斗。’”
《搜神记》卷一〇《妖怪篇》“马生人”条	《汉书》卷二十七下之上《五行志》：“史记秦孝公二十一年有马生人，……京房易传曰：‘方伯分威，厥妖牡马生子。亡天子，诸侯相伐，厥妖马生人。’”
《搜神记》卷一〇《妖怪篇》“魏女子化丈夫”条	《汉书》卷二十七下之上《五行志》：“史记魏襄王十三年，魏有女子化为丈夫。京房易传曰：‘女子化为丈夫，兹谓阴昌，贱人为王；丈夫化为女子，兹谓阴胜，厥咎亡。’一曰，男化为女，宫刑滥也；女化为男，妇政行也。”
《搜神记》卷一〇《妖怪篇》“五足牛”条	《汉书》卷二十七下之上《五行志》：“秦孝文王五年，斿朐衍，有献五足牛者。……京房易传曰：‘兴繇役，夺民时，厥妖牛生五足。’”
《搜神记》卷一一《妖怪篇》“龙见温陵井”条	《汉书》卷二十七下之上《五行志》：“惠帝二年正月癸酉旦，有两龙见于兰陵廷东里温陵井中，……京房易传曰：‘有德遭害，厥妖龙见井中。’又曰：‘行刑暴恶，黑龙从井出。’”
《搜神记》卷一一《妖怪篇》“马狗生角”条	《汉书》卷二十七下之上《五行志》：“文帝十二年，有马生角于吴，……京房易传曰：‘臣易上，政不顺，厥妖马生角，兹谓贤士不足。’又曰：‘天子亲伐，马生角。’” 《汉书》卷二十七中之上《五行志》：“文帝后五年六月，齐雍城门外有狗生角。”
《搜神记》卷一一《妖怪篇》“下密人生角”条	《汉书》卷二十七下之上《五行志》：“景帝二年九月，胶东下密人年七十余，生角，……京房易传曰：‘冢宰专政，厥妖人生角。’”

[1] 附表引文依据版本与正文中相关作品版本一致。

续 表

《搜神记》卷一一《妖怪篇》“犬豕交”条	《汉书》卷二十七中之上《五行志》:“景帝三年二月,邯郸狗与彘交。……京房易传曰:‘夫妇不严,厥妖狗与豕交。兹谓反德,国有兵革。’”
《搜神记》卷一一《妖怪篇》“乌斗”条	《汉书》卷二十七中之下《五行志》:“景帝三年十一月,有白颈乌与黑乌群斗楚国吕县,……京房易传曰:‘专征劫杀,厥妖乌鹊斗。’”
《搜神记》卷一一《妖怪篇》“牛祸”条	《汉书》卷二十七下之上《五行志》:“景帝中六年,梁孝王田北山,有献牛,足上出背上。……既退归国,犹有恨心,……又凶短之极者也。”
《搜神记》卷一一《妖怪篇》“赵邑蛇斗”条	《汉书》卷二十七下之上《五行志》:“武帝太始四年七月,赵有蛇从郭外入,与邑中蛇斗孝文庙下,邑中蛇死。后二年秋,有卫太子事,事自赵人江充起。” 《汉书》卷六《武帝纪第六》:“秋七月,赵有蛇从郭外入邑,与邑中蛇群斗孝文庙下,邑中蛇死。”
《搜神记》卷一一《妖怪篇》“辂軨厩鸡变”条	《汉书》卷二十七中之上《五行志》:“宣帝黄龙元年,未央殿辂軨中雌鸡化为雄,……京房易传曰:‘贤者居明夷之世,知时而伤,或众在位,厥妖鸡生角。鸡生角,时主独。’又曰:‘妇人颛政,国不静;牝鸡雄鸣,主不荣。’故房以为已亦在占中矣。”
《搜神记》卷一一《妖怪篇》“茅乡社大槐树”条	《汉书》卷二十七中之下《五行志》:“建昭五年,兖州刺史浩赏禁民私所自立社。山阳橐茅乡社有大槐树,吏伐断之,其夜树复立其故处。”
《搜神记》卷一一《妖怪篇》“鼠巢”条	《汉书》卷二十七中之上《五行志》:“成帝建始四年九月,长安城南有鼠衔黄蒿、柏叶,上民冢柏及榆树上为巢,……京房易传曰:‘臣私禄罔辟,厥妖鼠巢。’”
《搜神记》卷一一《妖怪篇》“长安男子”条	《汉书》卷二十七中之上《五行志》:“成帝河平元年,长安男子石良、刘音相与同居,有如人状在其室中,击之,为狗,走出。去后有数人被甲持兵弩至良家,良等格击,或死或伤,皆狗也。”
《搜神记》卷一一《妖怪篇》“燕生雀”条	《汉书》卷二十七中之下《五行志》:“成帝绥和二年三月,天水平襄有燕生爵,哺食至大,俱飞去。京房易传曰:‘贼臣在国,厥咎燕生爵,诸侯销。’一曰,生非其类,子不嗣世。”
《搜神记》卷一一《妖怪篇》“大厩马生角”条	《汉书》卷二十七下之上《五行志》:“成帝绥和二年二月,大厩马生角,……马,国之武用,三足,不任用之象也。”
《搜神记》卷一一《妖怪篇》“零陵树变”条	《汉书》卷二十七中之下《五行志》:“建昭五年,兖州刺史浩赏禁民私所自立社。……京房易传曰:‘弃正作淫,厥妖木断自属。妃后有颛,木仆反立,断枯复生。天辟恶之。’”

《搜神记》卷一一《妖怪篇》“豫章男子”条	《汉书》卷二十七下之上《五行志》:“哀帝建平中,豫章有男子化为女子,……明年帝崩,莽复为大司马,因是而篡国。”
《搜神记》卷一一《妖怪篇》“赵春”条	《汉书》卷二十七下之上《五行志》:“平帝元始元年二月,朔方广牧女子赵春病死,敛棺积六日,出在棺外,……京房易传曰:‘“干父之蛊,有子,考亡咎。”子三年不改父道,思慕不皇,亦重见先人之非,不则为私,厥妖人死复生。’一曰,至阴为阳,下人为上。”
《搜神记》卷一一《妖怪篇》“长安女子”条	《汉书》卷二十七下之上《五行志》:“六月,长安女子有生儿,两头异颈面相乡,四臂共匈俱前乡,……京房易传曰:‘“睽孤,见豕负涂”,厥妖人生两头。……人生而大,上速成也;生而能言,好虚也。群妖推此类,不改乃成凶也。’”
《搜神记》卷一五《妖怪篇》“翟宣”条	《汉书》卷八十四《翟方进传》:“初,义所收宛令刘立闻义举兵,上书愿备军吏为国讨贼,内报私怨。……母不肯去,后数月败。”
《搜神记》卷一五《妖怪篇》“鹏鸟赋”条	《汉书》卷四十八《贾谊传》:“谊为长沙傅三年,有服飞入谊舍,止于坐隅。服似鸮,不祥鸟也。谊既以适居长沙,长沙卑湿,谊自伤悼,以为寿不得长,乃为赋以自广。”
《搜神记》卷一六《变化篇》“池阳小人”条	《汉书》卷九十九中《王莽传》:“是岁,池阳县有小人景,长尺余,或乘车马,或步行,据操持万物,小大各相称,三日止。”
《搜神记》卷二一“田无啬儿”条	《汉书》卷二十七下之上《五行志》:“哀帝建平四年四月,山阳方与女子田无啬生子。先未生二月,儿啼腹中,及生,不举,葬之陌上,三日,人过闻啼声,母掘收养。”
《搜神记》卷一三《妖怪篇》“鬼目菜”条	《三国志》卷四十八《吴书三·三嗣主传·孙皓》:“有鬼目菜生工人黄耇家,……陶濬至武昌,闻北军大出,停驻不前。”
《搜神记》卷一五《妖怪篇》“公孙渊”条	《三国志》卷八《魏书八·二公孙陶四张传·公孙渊》:“二年春,遣太尉司马宣王征渊。……始度以中平六年据辽东,至渊三世,凡五十年而灭。”
《搜神记》卷一五《妖怪篇》“诸葛恪”条	《三国志》卷六十四《吴书十九·诸葛滕二孙濮阳传·诸葛恪》:“孙峻因民之多怨,众之所嫌,构恪欲为变,……还坐,顷刻乃复起,犬又衔其衣,恪令从者逐犬,遂升车。”

表二　《后汉书》取材《搜神记》一览

《后汉书》	《搜神记》
《后汉书》卷八十二上《方术列传・王乔》："王乔者，河东人也。……或云此即古仙人王子乔也。"	《搜神记》卷一《神化篇》"叶令王乔"条
《后汉书》卷八十二下《方术列传・蓟子训》："蓟子训者，不知所由来也。……并行应之，视若迟徐，而走马不及，于是而绝。"	《搜神记》卷一《神化篇》"蓟子训"条
《后汉书》卷八十二下《方术列传・徐登》："徐登者，闽中人也。本女子，化为丈夫。善为巫术。……人为立祠室于永康，至今蚊蚋不能入也。"	《搜神记》卷二《神化篇》"徐登赵炳"条
《后汉书》卷八十二下《方术列传・解奴辜》："初，章帝时有寿光侯者，能劾百鬼众魅，令自缚见形。……解之而苏。"	《搜神记》卷二《神化篇》"寿光侯"条
《后汉书》卷八十二下《方术列传・左慈》："左慈字元放，庐江人也。少有神道。……而群羊数百皆变为羝，并屈前膝人立，云'遽如许'，遂莫知所取焉。"	《搜神记》卷二《神化篇》"左慈"条
《后汉书》卷四十八《杨李翟应霍爰徐列传》："中兴初，有应妪者，生四子而寡。见神光照社，试探之，乃得黄金。自是诸子宦学，并有才名，至玚七世通显。"	《搜神记》卷五《感应篇》"应妪"条
《后汉书》卷六十九《窦何列传》："初，武母产武而并产一蛇，送之林中。……时人知为窦氏之祥。"	《搜神记》卷五《感应篇》"窦氏蛇祥"条
《后汉书》卷五十四《杨震列传》："震少好学，受欧阳尚书于太常桓郁，明经博览，无不穷究。……年五十，乃始仕州郡。"	《搜神记》卷五《感应篇》"三鳝鱼"条
《后汉书》卷三十二《樊宏阴识列传》："宣帝时，阴子方者，至孝有仁恩，……故后常以腊日祀灶，而荐黄羊焉。"	《搜神记》卷八《感应篇》"阴子方"条
《后汉书》卷八十一《独行列传》："永初二年，夏旱，久祷无应，畅因收葬洛城傍客死骸骨凡万余人，应时澍雨。"	《搜神记》卷八《感应篇》"周畅"条
《后汉书》卷八十四《列女传・孝女叔先雄》："孝女叔先雄者，犍为人也。……郡县表言，为雄立碑，图象其形焉。"	《搜神记》卷八《感应篇》"先雄"条
《后汉书》卷十上《皇后纪・和熹邓皇后》："后尝梦扪天，荡荡正青，……斯皆圣王之前占，吉不可言。"	《搜神记》卷九《感应篇》"和熹邓后"条
《后汉书》卷六十五《皇甫张段列传》："初，奂为武威太守，其妻怀孕，梦带奂印绶登楼而歌。……乃登楼自烧而死，卒如占云。"	《搜神记》卷九《感应篇》"张奂妻"条
《后汉书》卷八十一《独行列传・温序》："温序字次房，太原祁人也。……帝许之，乃反旧茔焉。"	《搜神记》卷九《感应篇》"温序"条

续 表

《后汉书》志第十三《五行一·服妖》:"灵帝数游戏于西园中,令后宫采女为客舍主人,身为商贾服。……兵战宫中阙下,更相诛灭,天下兵大起。"	《搜神记》卷一二《妖怪篇》"赤厄三七"条
《后汉书》志第十七《五行五·人痾》:"灵帝建宁三年春,河内妇食夫,河南夫食妇。"	《搜神记》卷一二《妖怪篇》"夫妇相食"条
《后汉书》志第十四《五行二·草妖》:"灵帝熹平三年,右校别作中有两樗树,……中平中,长安城西北六七里空树中,有人面生鬓。"	《搜神记》卷一二《妖怪篇》"校别作树变"条
《后汉书》志第十七《五行五·人痾》:"二年,洛阳上西门外女子生儿,两头,……汉元以来,祸莫逾此。" 《后汉书》卷八《孝灵帝纪》:"是岁,河间王利薨。洛阳女子生儿,两头四臂。……洛阳女子生儿,两头共身。"	《搜神记》卷一二《妖怪篇》"洛阳女子"条
《后汉书》志第十四《五行二·草妖》:"中平元年夏,东郡,陈留济阳、长垣,济阴冤句、离狐县界,有草生,……汉遂微弱,自此始焉。"	《搜神记》卷一二《妖怪篇》"人状草"条
《后汉书》志第十四《五行二·羽虫孽》:"中平三年八月中,怀陵上有万余爵,先极悲鸣,已因乱斗相杀,……天戒若曰:诸怀爵禄而尊厚者,还自相害至灭亡也。"	《搜神记》卷一二《妖怪篇》"怀陵雀斗"条
《后汉书》志第十七《五行五·人痾》:"七年,越嶲有男化为女子。时周群上言,哀帝时亦有此异,将有易代之事。至二十五年,献帝封于山阳。"	《搜神记》卷一二《妖怪篇》"越巂男子"条
《后汉书》志第十三《五行一·谣》:"建安初,荆州童谣曰:'八九年间始欲衰,至十三年无孑遗。'……言十三年表又当死,民当移诣冀州也。"	《搜神记》卷一二《妖怪篇》"荆州童谣"条
《后汉书》志第十五《五行三·山鸣》:"建安七八年中,长沙醴陵县有大山常大鸣如牛呴声,积数年。后豫章贼攻没醴陵县,杀略吏民。"	《搜神记》卷一二《妖怪篇》"山鸣"条
《后汉书》志第十七《五行五·死复生》:"献帝初平中,长沙有人姓桓氏,死,棺敛月余,其母闻棺中声,发之,遂生。"	《搜神记》卷二一"长沙桓氏"条
《后汉书》志第十七《五行五·死复生》:"建安四年二月,武陵充县女子李娥,年六十余,……家往视闻声,便发出,遂活。"	《搜神记》卷二一"李娥"条
《后汉书》卷八十六《南蛮西南夷列传·南蛮》:"昔高辛氏有犬戎之寇,帝患其侵暴,而征伐不克。……今长沙武陵蛮是也。"	《搜神记》卷二四"盘瓠"条

续　表

《后汉书》卷八十七《西羌传·羌无弋爰剑》："羌无弋爰剑者，秦厉公时为秦所拘执，以为奴隶。……羌人谓奴为无弋，以爰剑尝为奴隶，故因名之。其后世世为豪。"	《搜神记》卷二五"爰剑"条
《后汉书》卷六十下《蔡邕列传》："往来依太山羊氏，积十二年，在吴。……而其尾犹焦，故时人名曰'焦尾琴'焉。"	《搜神记》卷二五"焦尾琴"条
《后汉书》卷八十一《独行列传·谅辅》："谅辅字汉儒，广汉新都人也。……未及日中时，而天云晦合，须臾澍雨，一郡沾润。世以此称其至诚。	《搜神记》卷二六"谅辅"条

表三　《宋书》《晋书》取材《搜神记》一览

《宋书》卷三十五《志第二十五·州郡一·宣城太守》："广阳令，汉旧县曰陵阳，子明得仙于此县山，故以为名。"	《搜神记》卷一《神化篇》"陵阳子明"条
《宋书》卷三十一《志第二十一·五行二·毛虫之孽》："晋怀帝永嘉五年，偃鼠出延陵，此毛虫之孽也。郭景纯筮之曰：'此郡东之县，当有妖人欲称制者，亦寻自死矣。'"	《搜神记》卷三《神化篇》"郭璞筮偃鼠"条
《宋书》卷二十七《志第十七·符瑞上》："先是周敬王之四十七年，宋景公问大夫邢史子臣：'天道何祥？'……言四百年则错。疑年代久远，传记者谬误。"	《搜神记》卷四《感应篇》"邢史子臣"条
《宋书》卷二十七《志第十七·符瑞上》："汉元、成之世，先识之士有言曰：'魏年有和，当有开石于西三千余里，系五马，文曰讨曹。'……此言司马氏之王天下，感德而生，应正吉而王之符也。'"	《搜神记》卷四《感应篇》"张掖开石"条
《宋书》卷二十七《志第十七·符瑞上》："初武帝太康三年，建邺有寇，余姚人伍振筮之，……干宝以为晋将灭于西而兴于东之符也。"	《搜神记》卷四《感应篇》"马后牛"条
《宋书》卷二十七《志第十七·符瑞上》："和帝邓皇后，祖父禹，佐命光武，……既而入宫，遂登尊位。"	《搜神记》卷九《感应篇》"和熹邓后"条
《宋书》卷二十七《志第十七·符瑞上》："坚妻吴氏初任子策，梦月入其怀；……坚曰：'日月阴阳之精，极贵之象，吾子孙其兴乎。'"	《搜神记》卷九《感应篇》"孙坚夫人"条
《宋书》卷三十二《志第二十二·五行三·羽虫之孽》："黄初末，宫中有燕生鹰，口爪俱赤。……今兴起宫室，而鹊来巢，此宫室未成，身不得居之之象。" (《晋书》卷二十八《志第十八·五行中》基本同上)	《搜神记》卷一三《妖怪篇》"鹊巢陵霄阙"条

续　表

《宋书》卷三十《志第二十・五行一・鸡祸》："魏明帝景初二年，廷尉府中有雌鸡变为雄，不鸣不将。……然晋三后并以人臣终，不鸣不将，又天意也。" （《晋书》卷二十七《志第十七・五行上》同上）	《搜神记》卷一三《妖怪篇》"廷尉府鸡变"条
《宋书》卷三十四《志第二十四・五行五・龙蛇之孽》："干宝曰：'自明帝终魏世，青龙黄龙见者，皆其主废兴之应也。……故高贵乡公卒败于兵。'" （《晋书》卷二十九《志第十九・五行下》基本同上）	《搜神记》卷一三《妖怪篇》"青龙黄龙"条
《宋书》卷三十三《志第二十三・五行四・鱼孽》："魏齐王嘉平四年五月，有二鱼集于武库屋上。此鱼孽也。……干宝又以为高贵乡公兵祸之应。" 《宋书》卷三十三《志第二十三・五行四・鱼孽》："晋武帝太康中，有鲤鱼二见武库屋上。……京房易妖曰：'鱼去水，飞入道路，兵且作。'" （《晋书》卷二十九《志第十九・五行下》同上）	《搜神记》卷一三《妖怪篇》"鱼集武库屋上"条
《宋书》卷三十一《志第二十一・五行二・白眚白祥》："吴孙亮五凤二年五月，阳羡县离里山大石自立。……干宝以为孙晧承废故之家得位，其应也。" （《晋书》卷二十八《志第十八・五行中・白眚白祥》同上）	《搜神记》卷一三《妖怪篇》"大石自立"条
《宋书》卷三十一《志第二十一・五行二・诗妖》："孙休永安二年，将守质子群聚嬉戏，有异小子忽来，……魏与吴、蜀，并为战国，'三公锄，司马如'之谓也。" （《晋书》卷二十八《志第十八・五行中》同上）	《搜神记》卷一三《妖怪篇》"荧惑星"条
《宋书》卷三十四《志第二十四・五行五・人痾》："吴孙休永安四年，安吴民陈焦死七日，复穿冢出。干宝曰：'此与汉宣帝同事。乌程侯晧承废故之家，得位之祥也。'" （《晋书》卷二十九《志第十九・五行下》同上）	《搜神记》卷一三《妖怪篇》"陈焦"条
《宋书》卷三十《志第二十・五行一・服妖》："孙休后，衣服之制，上长下短，又积领五六而裳居一二。……果奢暴恣情于上，而百姓凋困于下，卒以亡国。是其应也。" （《晋书》卷二十七《志第十七・五行上》同上）	《搜神记》卷一三《妖怪篇》"吴服制"条
《宋书》卷三十《志第二十・五行一・服妖》："晋兴后，衣服上俭下丰，着衣者皆厌褄盖裙。君衰弱，臣放纵，下掩上之象也。……干宝曰：'及晋之祸，天子失柄，……又数改易，不崇实之应也。'" （《晋书》卷二十七《志第十七・五行上》同上）	《搜神记》卷一四《妖怪篇》"衣服车乘"条

《宋书》卷三十《志第二十·五行一·服妖》:"晋武帝泰始后,中国相尚用胡床、貊盘,及为羌煮、貊炙。……干宝曰:'元康中,氐、羌反,至于永嘉,刘渊、石勒遂有中都。自后四夷迭据华土,是其应也。'" (《晋书》卷二十七《志第十七·五行上》同上)	《搜神记》卷一四《妖怪篇》"胡器胡服"条
《宋书》卷三十《志第二十·五行一·服妖》:"昔初作履者,妇人圆头,男子方头。……晋太康初,妇人皆履方头,此去其圆从,与男无别也。" (《晋书》卷二十七《志第十七·五行上》同上)	《搜神记》卷一四《妖怪篇》"方头履"条
《宋书》卷三十四《志第二十四·五行五·蠃虫之孽》:"晋武帝太康四年,会稽彭蜞及蟹皆化为鼠,甚众,覆野,大食稻为灾。" (《晋书》卷二十九《志第十九·五行下》同上) 《宋书》卷三十一《志第二十一·五行二·毛虫之孽》:"晋武帝太康六年,南阳送两足虎,……干宝曰:'虎者阴精,而居于阳。金兽也。南阳,火名也。金精入火,而失其形,王室乱之妖也。'" (《晋书》卷二十八《志第十八·五行中》同上)	《搜神记》卷一四《妖怪篇》"彭蜞化鼠"条
《宋书》卷三十《志第二十·五行一·服妖》:"太康之中,天下为晋世宁之舞,手接杯盘反复之,……晋世之宁,犹杯盘之在手也。" (《晋书》卷二十七《志第十七·五行上》同上)	《搜神记》卷一四《妖怪篇》"晋世宁舞"条
《宋书》卷三十一《志第二十一·五行二·诗妖》:"太康末,京、洛始为'折杨柳'之歌,其曲始有兵革苦辛之词,终以禽获斩截之事。是时三杨贵盛而族灭,太后废黜而幽死。" (《晋书》卷二十八《志第十八·五行中》同上)	《搜神记》卷一四《妖怪篇》"折杨柳"条
《宋书》卷三十一《志第二十一·五行二·诗妖》:"晋武帝太康后,江南童谣曰:'局缩肉,数横目,中国当败吴当复。'……干宝云'不知所斥',讳之也。" (《晋书》卷二十八《志第十八·五行中》同上)	《搜神记》卷一四《妖怪篇》"江南童谣"条
《宋书》卷三十《志第二十·五行一·服妖》:"晋武帝太康后,天下为家者,移妇人于东方,……贾后谗戮愍怀,俄而祸败亦及。"	《搜神记》卷一四《妖怪篇》"妇人移东方"条
《宋书》卷三十《志第二十·五行一·龟孽》:"晋惠帝永熙初,卫瓘家人炊饭,堕地,尽化为螺,出足起行。……干宝曰:'螺被甲,兵象也。于周易为离,离为戈兵。'明年,瓘诛。"	《搜神记》卷一四《妖怪篇》"炊饭化螺"条

续表

《宋书》卷三十二《志第二十二·五行三·赤眚赤祥》:"晋惠帝元康五年三月,吕县有流血,东西百余步。……干宝以为后八载而封云乱徐州,杀伤数万人,是其应也。" (《晋书》卷二十八《志第十八·五行中》同上)	《搜神记》卷一四《妖怪篇》"吕县流血"条
《宋书》卷三十二《志第二十二·五行三·火不炎上》:"元康八年十一月,高原陵火。……干宝云:'高原陵火,太子废,其应也。汉武帝世,高园便殿火,董仲舒对与此占同。'" (《晋书》卷二十七《志第十七·五行上》同上)	《搜神记》卷一四《妖怪篇》"高原陵火"条
《宋书》卷三十《志第二十·五行一·服妖》:"元康中,妇人结发者,既成,以缯急束其环,名曰擷子紒。始自中宫,天下化之。其后贾后果害太子。" (《晋书》卷二十七《志第十七·五行上》同上)	《搜神记》卷一四《妖怪篇》"缬子髻"条
《宋书》卷三十《志第二十·五行一·服妖》:"晋惠帝元康中,妇人之饰有五兵佩,……干宝曰:'男女之别,国之大节,故服物异等,贽币不同。今妇人而以兵器为饰,又妖之大也。遂有贾后之事,终以兵亡天下。'" (《晋书》卷二十七《志第十七·五行上》同上)	《搜神记》卷一四《妖怪篇》"五兵佩"条
《宋书》卷三十《志第二十·五行一·服妖》:"元康末至太安间,江、淮之域,有败编自聚于道,多者或至四五十量。……'于是兵革岁起,天下因之,遂大破坏。此近服妖也。'" (《晋书》卷二十七《志第十七·五行上》同上)	《搜神记》卷一四《妖怪篇》"江淮败屩"条
《宋书》卷三十一《志第二十一·五行二·白眚白祥》:"晋惠帝太安元年,丹阳湖熟县夏架湖有大石浮二百步而登岸。……干宝曰:'寻有石冰入建业。'" (《晋书》卷二十八《志第十八·五行中》同上)	《搜神记》卷一四《妖怪篇》"石来"条
《宋书》卷三十四《志第二十四·五行五·人痾》:"晋惠帝太安元年四月癸酉,有人自云龙门入殿前,……干宝曰:'夫禁庭,尊秘之处,今贱人径入,而门卫不觉者,宫室将虚,而下人逾之之妖也。'" (《晋书》卷二十九《志第十九·五行下》同上)	《搜神记》卷一四《妖怪篇》"云龙门"条
《宋书》卷三十四《志第二十四·五行五·牛祸》:"晋惠帝太安中,江夏张骋所乘牛言曰:'天下方乱,乘我何之!'……京房易妖曰:'牛能言,如其言占吉凶。'" (《晋书》卷二十九《志第十九·五行下》同上)	《搜神记》卷一四《妖怪篇》"张骋牛言"条

续　表

《宋书》卷三十一《志第二十一·五行二·金不从革》:"晋惠帝永兴元年,成都伐长沙,每夜戈戟锋有火光如县烛。……成都不悟,终以败亡。" (《晋书》卷二十七《志第十七·五行上》同上)	《搜神记》卷一四《妖怪篇》"戟锋皆火"条
《宋书》卷三十《志第二十·五行一·服妖》:"晋孝怀永嘉以来,士大夫竟服生笺单衣。……其后愍、怀晏驾,不获厥所。" (《晋书》卷二十七《志第十七·五行上》同上)	《搜神记》卷一四《妖怪篇》"生笺单衣"条
《宋书》卷三十《志第二十·五行一·服妖》:"魏武帝以天下凶荒,资财乏匮,始拟古皮弁,裁缣帛为白帢,以易旧服。……永嘉之后,二帝不反,天下愧焉。" (《晋书》卷二十七《志第十七·五行上》基本同上)	《搜神记》卷一四《妖怪篇》"无颜帢"条
《宋书》卷三十四《志第二十四·五行五·人痾》:"晋惠、怀之世,京、洛有兼男女体,……京房易妖曰:'人生子,阴在首,天下大乱;在腹,天下有事;在背,天下无后。'" (《晋书》卷二十九《志第十九·五行下》同上)	《搜神记》卷一四《妖怪篇》"男女二体"条
《宋书》卷三十四《志第二十四·五行五·人痾》:"晋愍帝建兴四年,新蔡县吏任侨妻胡,年二十五,产二女,相向,腹心合同,……时有识者哂之。" (《晋书》卷二十九《志第十九·五行下》同上)	《搜神记》卷一四《妖怪篇》"任侨妻"条
《宋书》卷三十一《志第二十一·五行二·恒旸》:"晋愍帝建武元年六月,扬州旱。去年十二月,淳于伯冤死,其年即旱,而太兴元年六月又旱。干宝曰'杀伯之后旱三年'是也。" (《晋书》卷二十八《志第十八·五行中》同上)	《搜神记》卷一四《妖怪篇》"淳于伯冤气"条
《宋书》卷三十四《志第二十四·五行五·牛祸》:"元帝太兴元年,武昌太守王谅牛生子,两头八足两尾共一腹。三年后死。又有牛生一足三尾,皆生而死。" (《晋书》卷二十九《志第十九·五行下》同上)	《搜神记》卷一四《妖怪篇》"王谅牛"条
《宋书》卷三十四《志第二十四·五行五·地震》:"晋元帝太兴元年四月,西平地震,涌水出;十二月,庐陵、豫章、武昌、西陵地震,山崩。干宝曰:'王敦陵上之应。'" (《晋书》卷二十九《志第十九·五行下》同上)	《搜神记》卷一四《妖怪篇》"太兴地震"条
《宋书》卷三十四《志第二十四·五行五·牛祸》:"晋愍帝建武元年,曲阿门牛生犊,一体两头。" (《晋书》卷二十九《志第十九·五行下》同上)	《搜神记》卷一四《妖怪篇》"陈门牛生子两头"条

《宋书》卷三十二《志第二十二·五行三·火不炎上》:"晋元帝太兴中,王敦镇武昌。武昌火起,兴众救之。……干宝曰:'此臣而君行,亢阳失节之灾也。'" (《晋书》卷二十七《志第十七·五行上》同上)	《搜神记》卷一四《妖怪篇》"武昌灾"条
《宋书》卷三十《志第二十·五行一·服妖》:"晋孝怀永嘉以来,……下逼上,上无地也。为袴者,直幅为口无杀,下大失裁也。" (《晋书》卷二十七《志第十七·五行上》同上)	《搜神记》卷一四《妖怪篇》"中兴服制"条
《宋书》卷三十《志第二十·五行一·木不曲直》:"王敦在武昌,铃下仪仗生华如莲花状,五六日而萎落。……一说此花孽也,于周易为'枯杨生华'。" (《晋书》卷二十七《志第十七·五行上》同上)	《搜神记》卷一四《妖怪篇》"仪仗生华"条
《宋书》卷三十一《志第二十一·五行二·言之不从》:"晋元帝太兴四年,吴郡民讹言有大虫在纻中及樗树上,啮人即死。……此二事,干宝云'未之能论。'"	《搜神记》卷一四《妖怪篇》"吴郡晋陵讹言"条
《宋书》卷三十一《志第二十一·五行二·言之不从》:"晋元帝永昌元年,宁州刺史王逊遣子澄入质,将渝、濮杂夷数百人。……此二事,干宝云'未之能论'。"	《搜神记》卷一四《妖怪篇》"京邑讹言"条
《宋书》卷三十四《志第二十四·五行五·黄眚黄祥》:"魏齐王正始中,中山王周南为襄邑长。有鼠从穴出,语曰:'王周南,尔以某日死。'……取视,俱如常鼠。" (《晋书》卷二十九《志第十九·五行下》同上)	《搜神记》卷一五《妖怪篇》"王周南"条
《宋书》卷三十一《志第二十一·五行二·犬祸》:"晋惠帝元康中,吴郡娄县民家闻地中有犬声,掘视得雌雄各一。……尸子曰:'地中有犬,名曰地狼。'同实而异名也。" (《晋书》卷二十八《志第十八·五行中》同上)	《搜神记》卷一六《变化篇》"犀犬"条
《宋书》卷三十四《志第二十四·五行五·龙蛇之孽》:"晋武帝咸宁中,司徒府有二大蛇,长十许丈,居听事平橑上,数年而人不知,……夫司徒五教之府,此皇极不建,故蛇孽见之。" (《晋书》卷二十九《志第十九·五行下》同上)	《搜神记》卷一七《变化篇》"司徒府二蛇"条
《宋书》卷三十四《志第二十四·五行五·人痾》:"吴孙皓宝鼎元年,丹阳宣骞母,年八十,因浴化为鼋。……入于远潭,遂不复还。" (《晋书》卷二十九《志第十九·五行下》同上)	《搜神记》卷二〇《变化篇》"宣骞母"条

续 表

《宋书》卷三十四《志第二十四·五行五·人痾》:"晋惠帝世,梁国女子许嫁,已受礼娉,寻而其夫戍长安,经年不归。……朝廷从其议。" (《晋书》卷二十九《志第十九·五行下》同上)	《搜神记》卷二一"河间男女"条
《宋书》卷三十四《志第二十四·五行五·人痾》:"晋武帝咸宁二年二月,琅邪人颜畿病死,棺敛已久,……渐能饮食屈申视瞻,不能行语也。二年复死。" (《晋书》卷二十九《志第十九·五行下·人痾》同上) 《晋书》卷八十八《列传第五十八·孝友·颜含》:"颜含字弘都,琅邪莘人也。……兄畿,咸宁中得疾,就医自疗,遂死于医家。……畿竟不起。"	《搜神记》卷二一"颜畿"条
《宋书》卷三十四《志第二十四·五行五·人痾》:"晋惠帝世,杜锡家葬,而婢误不得出。……及开冢更生,犹十五六也。嫁之有子。" (《晋书》卷二十九《志第十九·五行下》同上)	《搜神记》卷二一"杜锡婢"条
《晋书》卷九十五《列传第六十五·艺术·淳于智》:"淳于智字叔平,济北卢人也。……乃以朱书手腕横文后三寸作田字,辟方一寸二分,使露手以卧。明旦,有大鼠伏死手前。"	《搜神记》卷三《神化篇》"淳于智筮鼠"条
《晋书》卷九十五《列传第六十五·艺术·淳于智》:"谯人夏侯藻母病困,诣智卜,忽有一狐当门向之嗥。……家人既集,堂屋五间拉然而崩。"	《搜神记》卷三《神化篇》"淳于智卜狐"条
《晋书》卷九十五《列传第六十五·艺术·淳于智》:"上党鲍瑗家多丧病贫苦,……悬之三年,浚井,得钱数十万,铜铁器复二十余万,于是致赡,疾者亦愈。"	《搜神记》卷三《神化篇》"淳于智卜丧病"条
《晋书》卷二十八《志第十八·五行中·毛虫之孽》:"怀帝永嘉五年,蝘鼠出延陵。郭景纯筮之曰:'此郡东之县,当有妖人欲称制者,亦寻自死矣。'" 《晋书》卷七十二《列传第四十二·郭璞》:"时有鼫鼠出延陵,璞占之曰:'此郡东当有妖人欲称制者,寻亦自死矣。'"	《搜神记》卷三《神化篇》"郭璞筮偃鼠"条
《晋书》卷七十二《列传第四十二·郭璞》:"欲避地东南。抵将军赵固,会固所乘良马死,固惜之,不接宾客。……顷之马起,奋迅嘶鸣,食如常,不复见向物。固奇之,厚加资给。"	《搜神记》卷三《神化篇》"郭璞活马"条
《晋书》卷三《帝纪第三·武帝》:"夏四月戊午,张掖太守焦胜上言,氐池县大柳谷口有玄石一所,白画成文,实大晋之休祥,图之以献。诏以制币告于太庙,藏之天府。"	《搜神记》卷四《感应篇》"张掖开石"条

第四章 “正史”何以书写轶事及其与“小说”之联系

“正史”具有书写轶事的传统，其中相当一部分轶事采自“小说”，部分“小说”亦从“正史”取材，两者在书写类型、叙事旨趣方面存在一定相通之处。本书将围绕着“正史”以何旨趣书写轶事采录“小说”以及“正史”书写轶事采录“小说”主要有哪些类型、“正史”与“小说”之文类联系体现在哪些方面等基本问题做一番探讨。

一、“正史”书写轶事采录“小说”之史家旨趣

《史记》确立起书写轶事传统，如吴见思《史记论文·淮阴侯列传》评语云：“借轶事出色，乃史公长伎。”姚苧田《史记菁华录·陈丞相世家》评语云：“史公每于小处著神。”[1]之后，历代“正史”书写轶事或多或少，亦形成了自身独具一格的存在形态，主要集中于以下两类：其一，无关人物主要历史功业、重要人生经历的一些日常生活片段、小情小事，此类琐言细事常常游离于传主主体叙事之外，但在彰显人物性情才干、揭示人物思想品格方面极富表现力，主要反映文人旨趣；其二，反映历史事件和人物命运的一些细节片段、场景片段，作为细部或细节，展现具体的历史事件过程和人物命运转折，表现人物贤能、善恶，本身属于主

[1] (汉) 司马迁著，(清) 姚苧田选评：《史记菁华录》，上海古籍出版社1988年版，第100页。

体叙事的组成部分，但也具有一定相对独立性，主要反映史家旨趣。具体而言，“正史”书写轶事采录“小说”之史家旨趣主要包含以下三种原则。

“正史”书写轶事采录“小说”须符合“正史”之价值追求，例如，陈振孙《直斋书录解题》评《新唐书》云：“今唐史务为省文，而拾取小说私记，则皆附著无弃，其有官品尊崇而不预治乱，又无善恶可垂鉴戒者悉聚，徒繁无补，殆与古作者不侔。”❶批评《新唐书》采录“小说”补入了诸多无关治乱和善恶鉴戒的轶事，反面强调了须遵循史家宗旨。唐顺之《两晋解疑》“王恺石崇”条云：“斗富，琐事也。史大书而详言之何也。解曰：奢侈者，亡国之本。恃财者，杀身之媒。富者，众怨之归也。而况可斗乎？”❷“斗富”琐事写入“正史”，也因其事关国家兴亡，可殷鉴兴废。朱明镐《史纠》之“元宗纪”：“纪略传详，史体固然。过加删削，毋乃太简。元宗春秋既高，皇心日荡，时御勤政之殿，屡登花萼之楼，君臣曲宴，赏花赋诗，……胜事全繄风慾，史臣没而不书，何以鉴后。”❸对于“正史”失载那些可资殷鉴的帝王轶事，亦提出批评。

“正史”强调“传信”，“《春秋》之义，信以传信，疑以传疑”❹，“盖文疑则阙，贵信史也”❺。“正史”书写轶事采录“小说”亦强调考核征实，对于讹误之处，亦多予批评，如叶梦得《避暑录话》云：“郑处诲《明皇杂录》记张曲江与李林甫争牛仙客实封。……《新书》取载之本传。……此正君子大节进退，而一言之误，遂使善恶相反，不可不辨。乃知小说记事，苟非耳目所接，安可轻书也。”❻陆游《渭南文集》卷三十“跋松陵倡和集”云：“方吴越时，中原隔绝，乃有妄人造谤，以谓袭美隳节于巢贼，为其翰林学士。《新唐书》喜取小说，亦载之。岂有是哉！”❼朱明镐《史纠》之“代宗母吴皇后传”云：“传中所载，强半皆虚。……由是言之，则吴后传中所言虚谬可见。盖出于传闻小说增饰之言，不足取信于后世也。”❽“小说”叙事多标榜“据见闻实录”，但因“见闻”特别是“传闻”本身可能存在附会依托、敷演

❶（宋）陈振孙撰，徐小蛮、顾美华点校：《直斋书录解题》，上海古籍出版社 1987 年版，第 104 页。
❷（明）唐顺之：《两晋解疑》，中华书局 1991 年版，第 2 页。
❸（明）朱明镐：《史纠》，《从书集成初编》，中华书局 1991 年版，第 62 页。
❹（晋）范宁注，（唐）杨士勋疏：《春秋穀梁传注疏》，上海古籍出版社 1990 年版，第 30 页。
❺（南朝梁）刘勰撰，戚良德校注：《文心雕龙校注通译》，上海古籍出版社 2008 年版，第 189 页。
❻（宋）叶梦得撰，田松清、徐时仪校点：《避暑录话》，上海古籍出版社 2012 年版，第 120 页。
❼（宋）陆游著，马亚中、涂小马校注：《渭南文集校注》，浙江古籍出版社 2015 年版，第 294 页。
❽（明）朱明镐：《史纠》，《从书集成初编》，中华书局 1991 年版，第 65—66 页。

增饰、虚妄不实之处，故“小说”大都“真伪相参”，不少内容虚实莫测。其中，部分作品较多倾向于“伪”和“诬”，也有部分作品较多倾向于“真”和“信”，具有高度的历史真实性。因此，从史家宗旨出发，“正史”书写轶事采录“小说”须有所筛选甄别，甚至精心考证，应确保“信而有征”。

“正史”虽有书写轶事采录“小说”之叙事传统，但亦强调史体之严谨，对于采录“小说”轶事过多过滥，多从史家立场出发持反对态度。这一点在《晋书》《南史》《北史》等评价中，尤为突出。何良俊《四友斋丛说》云：“自唐以前诸史，唯《晋书》最为冗杂，正以其成于众人之手也。……盖经五胡云扰之后，晋事或多遗失，而王隐之书，晋人元陋其浅鄙。唐之诸公遂以郭颁《世语》、刘义庆《世说新语》诸小说，缀缉成书，其得谓之良史乎？”❶何焯《义门读书记》卷二十九“五代史”条云：“欧公作《五代史》，亦多取小说，盖蹈宋氏《新唐书》之弊。虽五代事多阙轶，然说家所记未必实录，焉可悉取？”❷郑瑗《井观琐言》云：“宋马令采江南李氏遗事，作《南唐书》，颇摹仿欧阳《五代史》。然所载多诗话、小说、谐谑之辞，殊乏史家笔削谨严意思，其类例亦多乖舛。”❸周广业《过夏杂录》之“晋文公娶齐女”：“若《晋书》《南北史》，烦琐冗杂有近小说，正坐不知省文耳。”❹牛运震《读史纠谬》评《南史》“张邵等列传”云：“《南史》载融行事琐细不遗，然亦有过繁贪多之病。”❺评《魏书》“献文六王列传”云：“南北诸史，多于琐悉事，不肯从简略，此大病也。”❻“文各有体”，古人有着强烈的辨体意识，这些批评都是在强调“正史”与“小说”各有其文类规定性，“正史”采录“小说”过多过滥，就混淆了两者文类边界。

此类反映史家旨趣的轶事主要体现为三种书写类型：其一，事关重要历史事件或人物命运之细节，例如：

乾德初，帝因晚朝与守信等饮酒，酒酣，帝曰：“我非尔曹不及此，然吾为

❶ (明) 何良俊：《四友斋丛说》，中华书局 1959 年版，第 47 页。
❷ (清) 何焯：《义门读书记》，上海古籍出版社 1992 年版，第 389 页。
❸ (明) 郑瑗：《井观琐言》，中华书局 1985 年版，第 24 页。
❹ (清) 周广业：《过夏杂录》，《续修四库全书》(子部第 1154 册)，上海古籍出版社 2003 年版，第 156 页。
❺ (清) 牛运震著，李念孔等点校：《读史纠谬》，齐鲁书社 1989 年版，第 382 页。
❻ 同上书，第 441 页。

天子，殊不若为节度使之乐，吾终夕未尝安枕而卧。”守信等顿首曰：“今天命已定，谁复敢有异心，陛下何为出此言耶？”帝曰：“人孰不欲富贵，一旦有以黄袍加汝之身，虽欲不为，其可得乎。”守信等谢曰：“臣愚不及此，惟陛下哀矜之。”帝曰：“人生驹过隙尔，不如多积金、市田宅以遗子孙，歌儿舞女以终天年。君臣之间无所猜嫌，不亦善乎。”守信谢曰：“陛下念及此，所谓生死而肉骨也。”明日，皆称病，乞解兵权，帝从之，皆以散官就第，赏赍甚厚。❶

此轶事采自邵伯温《邵氏闻见前录》，展现了“杯酒释兵权”的历史场景。其二，事关人物“贤能与否”之才干评价，例如：

时戚里有分财不均者更相讼，又入宫自诉。齐贤曰：“是非台府所能决，臣请自治。”上俞之。齐贤坐相府，召讼者问曰：“汝非以彼所分财多、汝所分少乎？”曰：“然。”命具款。乃召两吏，令甲家入乙舍，乙家入甲舍，货财无得动，分书则交易之。明日奏闻，上大悦曰：“朕固知非君莫能定者。”❷

此轶事采自司马光《涑水记闻》，展现了张齐贤审理案件多谋善断的杰出才干。其三，事关人物“善善恶恶”之道德评价，如《宋史·贾黄中传》云：“时金陵初附，黄中为政简易，部内甚治。一日，案行府署中，见一室扃鐍甚固，命发视之，得金宝数十匮，计直数百万，乃李氏宫阁中遗物也，即表上之。”❸此轶事采自文莹《玉壶清话》、邵伯温《邵氏闻见录》，临财不贪，凸显了贾黄中的清廉高洁。

❶ (元) 脱脱等：《宋史·石守信传》，中华书局 1985 年版，第 8810 页，采自邵伯温《邵氏闻见前录》。

❷ (元) 脱脱等：《宋史·张齐贤传》，中华书局 1985 年版，第 9155 页，采自文莹《玉壶清话》、邵伯温《邵氏闻见录》。

❸ (元) 脱脱等：《宋史·贾黄中传》，中华书局 1985 年版，第 9161 页，采自文莹《玉壶清话》、邵伯温《邵氏闻见录》。

二、“正史”书写轶事采录“小说”之文人旨趣

“正史”书写无关朝廷大政、善善恶恶之史家旨趣的琐言细事，也是由《史记》确立起来的一种叙事传统，如姚苎田《史记菁华录·陈丞相世家》评语云：“史公每于小处著神。”❶这些无关人物历史功业、重要经历的一些日常生活片段、小情小事，多为历史人物“神志所在”，在鲜明生动地刻画人物性情品格、深刻揭示人物思想灵魂方面，常常比那些历史大功绩、人生大事件更富表现力，实际上属于以写人传神为中心的“文家之妙用”，是一种远离史家旨趣的文人旨趣，如吴见思《史记论文》称：“写绛侯，闻说即危惧处、下狱不知置词处、出狱自叹处，俱得木强本意。故绛侯大功，在诛诸吕，立代王一节乃反不明序，犹写真者，在颊上三毛，而不在面目躯体也。”❷章学诚《文史通义·古文十弊》：“七曰，陈平佐汉，志见社肉，李斯亡秦，兆端厕鼠。推微知著，固相士之玄机；搜间传神，亦文家之妙用也。但必得其神志所在，则如图画名家，颊上妙于增毫；苟徒慕前人文辞之佳，强寻猥琐，以求其似；……其或有关考征，要必本质所具，即或闲情逸出，正为阿堵传神。”❸

《史记》以降，历代“正史”或多或少都载录有“无甚关系”的“琐言碎事”，如赵翼《廿二史札记》之“南史增梁书琐言碎事”云：“以上所增皆琐言碎事，无甚关系者。李延寿修史，专以博采异闻，资人谈助为能事，故凡稍涉新奇者，必罗列不遗，即记载相同者，亦必稍异其词，以骇观听。”❹此类“琐言碎事”常常无关朝廷大政和人物命运转折、人物善恶评价等史家旨趣，多与历史人物之性情、品格、嗜好以及文艺才能等密切相关。例如，《宋史》之《王彦昇传》：“西人有犯汉法者，彦昇不加刑，召僚属饮宴，引所犯以手捽断其耳，大嚼，卮酒下之。其人流血被体，

❶（汉）司马迁著，（清）姚苎田选评：《史记菁华录》，上海古籍出版社2007年版，第78页。
❷（清）吴见思著，陆永品点校：《史记论文》，上海古籍出版社2008年版，第37页。
❸（清）章学诚著，叶瑛校注：《文史通义校注》，中华书局1985年版，第507—508页。
❹（清）赵翼著，王树民校证：《廿二史札记校证》，中华书局1984年版，第226页。

股栗不敢动。”[1]此则轶事采自《渑水燕谈录》卷九“国初有王彦昇者”条。啖人耳朵下酒，反映了王彦昇性情残暴。

> 性倜傥重义。在大名，尝过酒肆饮，有士人在旁，辞貌稍异，开询其名，则至自京师，以贫不克葬其亲，闻王祐笃义，将丐之。问所费，曰：“二十万足矣。”开即罄所有，得白金百余两，益钱数万遗之。[2]

此则轶事采自《渑水燕谈录》卷三“河东先生柳仲涂少时纵饮酒肆”条，凸显了柳开之慷慨重义。

> 溥好聚书，至万余卷，贻孙遍览之；又多藏法书名画。太祖尝问赵普，拜礼何以男子跪而妇人否，普问礼官，不能对。贻孙曰：“古诗云‘长跪问故夫’，是妇人亦跪也。唐太后朝妇人始拜而不跪。”普问所出，对云：“大和中，有幽州从事张建章著《渤海国记》，备言其事。”普大称赏之。[3]

此则轶事采自《玉壶清话》卷二“王宫保溥乾德初”条，展示了王贻孙之博学多识。从叙事形态来看，此类琐言细事多属于追叙、补叙，如《宋史》之《郭进传》云：“初，开宝中，太祖令有司造宅赐进，悉用筒瓦。有司言，旧制，非亲王公主之第不可用。帝怒曰：‘进控扼西山十余年，使我无北顾忧。我视进岂减儿女耶？亟往督役，无妄言。’太平兴国初，又赐宅一区。”[4]

正如前文所述，对于《晋书》《南史》《北史》等采录“小说”轶事特别是“无关系”之琐言细事较多者，史家多从文类界限区分、史体谨严的角度予以批评，但从文人旨趣来看，却另有其不可替代的重要价值，如胡应麟《少室山房集》之《读晋书》云：“李献吉极论《晋书》芜杂当修，而王元美以为稗官小说之伦，皆得之矣。

[1] （元）脱脱等：《宋史》，中华书局 1985 年版，第 8829 页。
[2] （元）脱脱等：《宋史・柳开传》，中华书局 1985 年版，第 13028 页。
[3] （元）脱脱等：《宋史・王贻孙传》，中华书局 1985 年版，第 8802 页。
[4] （元）脱脱等：《宋史》，中华书局 1985 年版，第 9336 页，采自叶梦得《石林燕语》。

第惜自竹林而后，风流崇尚，芬溢齿牙，而此书备载话言履历，故清声雅致，往往有使人绝倒者。”❶黄宗羲《论文管见》：“叙事须有风韵，不可担板。今人见此，以为小说家伎俩。不观《晋书》《南北史》列传，每写一二无关系之事，使其人之精神生动，此颊上三毫也。”❷显然，此类评价主要是针对写人传神，表现人物性情品格、精神风韵等旨趣而言的，这与“小说”趣味存在相通之处，如王思任《世说新语序》云：“至读其正史，板质冗木，如工作瀛洲学士图，面面肥皙，虽略具老少，而神情意态，十八人不甚分别。前宋刘义庆撰《世说新语》，专罗晋事，而映带汉魏间十人，门户自开，科条另定，其中顿置不安，征传未的，吾不能为之讳。然而小摘短拈，冷提忙点，每凑一语，几欲起王、谢、桓、刘诸人之骨，一一呵活眼前，而毫无追憾者。”❸毛际可《今世说序》云：“昔人谓读《晋书》，如拙工绘图，涂饰体貌。而殷、刘、王、谢之风韵情致，皆于《世说》中呼之欲出。盖笔墨灵隽，得其神似，所谓颊上三毛者也。”❹古人看来，“小说”非常重要的价值之一，就是能够更好地借助琐言细事传达人物的风韵情致、神情意态等内在精神气质。从某种意义上说，“正史”书写与人物无关系的琐言细事，似乎也是必不可少的，如方濬师《蕉轩随录》卷五“附录”《答随园书》云：“传之史册者，不能详其轶事，非滞则板，未足尽其人生平。”❺

“正史”强调取材“雅正”，历代史家及文人亦多以此反对“正史”书写轶事采录“小说”的鄙俚、猥亵、谐谑之作，这一叙事原则即属史家旨趣，也关系文人旨趣，如刘知幾《史通·书事》云：“又自魏、晋已降，著述多门，《语林》《笑林》《世说》《俗说》，皆喜载调谑小辩，嗤鄙异闻，虽为有识所讥，颇为无知所说。而斯风一扇，国史多同。至如王思狂躁，起驱蝇而践笔，毕卓沈湎，左持螯而右杯，刘邕榜吏以膳痂，龄石戏舅而伤赘，其事芜秽，其辞猥杂。而历代正史，持为雅言。”❻

❶ (明) 胡应麟：《少室山房集》，《景印文渊阁四库全书》(集部第1290册)，台湾商务印书馆1986年版，第735页。

❷ (清) 黄宗羲著，沈善洪主编：《黄宗羲全集》，浙江古籍出版社2005年版，第270—271页。

❸ (南朝宋) 刘义庆著，(南朝梁) 刘孝标注，刘强会评辑校：《世说新语会评》，凤凰出版社2007年版，第528—529页。

❹ (清) 毛际可：《今世说序》，丁锡根编著：《中国历代小说序跋集》，人民文学出版社1996年版，第471页。

❺ (清) 方濬师撰，盛冬铃点校：《蕉轩随录》，中华书局1995年版，第184页。

❻ (唐) 刘知幾著，(清) 浦起龙通释，王煦华整理：《史通通释》，上海古籍出版社2009年版，第214页。

“王思狂躁”之类轶事显然属于彰显人物性情、无关朝政之琐言碎事，虽符合文人旨趣，但因其芜秽、猥杂，还是不宜入史。袁枚《随园随笔》之“史家好言猥亵”云：“床笫之言不逾阈，史官何以知之？晋史书之，可谓无识。……杨妃洗儿事，新、旧《唐书》皆无之，而《通鉴》乃采唐人小说《天宝遗事》以入之。……俱不必污之简册也。”❶彭孙贻《茗香堂史论》云：“梁元帝徐妃酷妒，见帝一目，每帝将至，必先半面妆，以俟。帝必大怒而出，可谓悖矣。又复淫乱无度，可与郁林何后同臭万年。粟山按：宫帏琐细之事，亦非史体所宜。”❷事涉“猥亵”“宫帏”者，有失儒家风教之旨，更不应写入“正史”。清代，牛运震《读史纠谬》对此类现象有着比较集中的论述，如评《三国志》“张严程阚薛传”云：“‘西使张奉于权前’云云。按此段拆字掉文诙谑之词，殊伤大雅，祇可入小说家言，非正史体也。”❸评《宋书》“刘穆之传”云：“穆之孙邕附传耳，嗜酒及嗜疮痂等细事，亦似可略。”❹评《南史》“王懿等列传”云：“任昉以诗赠任溉，求二衫段，溉答诗却之，诗词鄙纤，无足录采。武帝嘲溉诗更鄙俚。凡此等皆琐琐录记，真稗官小说，不足为史家正体。”❺评《魏书》“献文六王列传”云：“此事鄙琐之极，真小说家所不肯载者，而俨然记之正史，混杂芜陋，甚可叹也。”❻

三、“正史”书写轶事与“小说”之联系

“正史”以史家旨趣、文人旨趣书写轶事采录“小说”，反映了两者诸多相通之处。整体看来，“正史”书写轶事与“小说”之联系主要集中于“正史”编撰取材“小说”和“小说”成书取材“正史”两个方面。

“正史”书写轶事相当一部分取材于“小说”，如司马光《进资治通鉴表》称其

❶ (清) 袁枚著，王英志主编：《袁枚全集》(第五集)，江苏古籍出版社 1993 年版，第 45 页。
❷ (清) 彭孙贻：《茗香堂史论》，《续修四库全书》(史部第 450 册)，上海古籍出版社 2002 年版，第 547 页。
❸ (清) 牛运震著，李念孔等点校：《读史纠谬》，齐鲁书社 1989 年版，第 202 页。
❹ 同上书，第 276 页。
❺ 同上书，第 378 页。
❻ 同上书，第 440—441 页。

编撰《资治通鉴》:"遍阅旧史,旁采小说。"❶一般说来,"正史"书写轶事采录"小说"主要集中于少量记载朝野人物之琐闻轶事、符合史家旨趣或文人旨趣的轶事小说,其他大量距离史家旨趣或文人旨趣较远的轶事小说大都与"正史"无缘。从古代官私书目著录情况来看,此类作品首先表现为"小说"与"杂史"或"传记"混杂著录者,包括"小说"与"杂史"混杂著录者,如郑处诲《明皇杂录》、刘肃《大唐新语》、高彦休《阙史》、卢肇《逸史》、刘氏《耳目记》、司马光《涑水记闻》、叶绍翁《四朝闻见录》、刘祁《归潜志》、焦竑《玉堂丛语》等;"小说"与"杂史""传记"三者混杂著录者,如颜师古《大业拾遗记》、张鷟《朝野佥载》、李德裕《次柳氏旧闻》、无名氏《玉泉子》、冯翊子《桂苑丛谈》、王仁裕《王氏见闻集》《玉堂闲话》、尉迟偓《中朝故事》、刘崇远《金华子》、钱易《南部新书》等;"小说"与"传记"混杂著录者,如张固《幽闲鼓吹》、李濬《松窗杂录》、韦绚《刘宾客嘉话录》、苏鹗《杜阳杂编》、王仁裕《开元天宝遗事》、郑文宝《南唐近事》、欧阳修《归田录》、范镇《东斋记事》、王巩《闻见近录》等。这些作品中的唐宋之作分别成为《旧唐书》《新唐书》《宋史》书写轶事取材对象。相对而言,"杂史""传记""小说"混杂著录者,史学价值自然属于"小说"中的翘楚,如《四库全书总目》之《朝野佥载》提要:"然耳目所接,可据者多。故司马光作《通鉴》,亦引用之。"❷此外,少量历代主要官私书目著录于"小说家"的轶事类作品,也比较集中地载录了朝野人物的琐言细事,如何良俊《四友斋丛说》之"史十一"云:"余最喜寻前辈旧事。盖其立身大节,炳如日星,人人能言之。独细小者人之所忽,故或至于遗忘耳。然贤者之一嚬一笑,与人自是不同。尝观先儒,如司马文正公《涑水记闻》、范蜀公《东斋日记》《邵氏闻见录》、朱弁《曲洧旧闻》与诸家小说,其所记亦皆一时细事也。"❸此类作品虽然史学价值不高,但文人旨趣浓厚,也常成为"正史"取材对象,如刘餗《隋唐嘉话》、李肇《唐国史补》、王定保《唐摭言》、赵璘《因话录》、杨亿《杨文公谈苑》、魏泰《东轩笔录》、文莹《玉壶清话》、王辟之《渑水燕谈录》等,也分别成为《旧唐书》《新唐书》《宋史》

❶ (宋)司马光编著,(元)胡三省音注,标点资治通鉴小组校点:《资治通鉴》,中华书局1956年版,第9607页。
❷ (清)纪昀、陆锡熊、孙士毅等:《钦定四库全书总目》,中华书局1997年版,第1836页。
❸ (明)何良俊:《四友斋丛说》,中华书局1959年版,第124页。

书写轶事取材对象。

古代不少史家认为,“小说”作为“野史”可“存三代之直”,“征是非、削讳忌”,“证正史之误”,与“实录”等国史相比较互有短长,有着不可替代的重要价值,“正史”编撰贵在考核斟酌,不可偏废,如王世贞《弇州山人四部稿》之《皇明名臣琬琰录小序》:“国史,人恣而善蔽真,然其叙章典、述文献,不可废也;野史,人臆而善失真,然其征是非、削讳忌,不可废也;家史,人谀而善溢真,然其缵宗阀、表官绩,不可废也;国以草创之,野以讨论之,家以润色之,庶几乎史之倪哉!”❶王士禛《香祖笔记》云:“故野史传奇往往存三代之直,反胜秽史曲笔者倍蓰。……礼失而求之野,惟史亦然。”❷黄省曾《五岳山人集》之《篷轩吴记序一首》云:“国史亡于庙廷,而后小说显于闾野。虽其为言,谩成杂记,罗一漏十,鲜通方阐化之智,而一人片事,模写而得真者,每每然也。”❸杨慎《升庵集》之“王庭珪”云:“后世多以正史证小说之误,小说信多诋讹,然拜官召见,昭昭在当时耳目,必不敢谬书如此,是小说亦可证正史之误也。”❹以《资治通鉴》采录“小说”之个案为例,可见其甄别“小说”或“实录”之材料,确实体现了“小说”不可替代的重要性。例如,司马光《资治通鉴释例》之“温公与范内翰论修书帖”云:“其修长编时,请据事目下所纪新旧纪、志传及杂史、小说、文集尽检出,一阅其中事同文异者,则请择一明白详备者录之。彼此互有详略,则请左右采获错综铨次自用文辞修正之,一如《左传》叙事之体也。……其实录、正史,未必皆可据。杂史、小说,未必皆无凭。在高明鉴择之。”❺司马光《资治通鉴考异》之“起天堂五级至三级则俯视明堂”考异称:“旧薛怀义传云,明堂大屋凡三层,计高三百尺,又于明堂北起天堂,广袤亚明堂。今从小说及《通典》。”❻“萧至忠自蒲州入为刑部尚书”考异称:“旧传及刘悚《小说》皆云,自晋州刺史入为尚书。今从

---

❶ (明)王世贞:《弇州山人四部稿》,台湾伟文图书出版社有限公司 1976 年版,第 3431—3432 页。

❷ (清)王士禛:《香祖笔记》,上海古籍出版社 1982 年版,第 189—190 页。

❸ (明)黄省曾:《五岳山人集》,《四库全书存目丛书》(集部第 94 册),齐鲁书社 1997 年版,第 741 页。

❹ (明)杨慎:《升庵集》,《景印文渊阁四库全书》(集部第 1270 册),台湾商务印书馆 1986 年版,第 383 页。

❺ (宋)司马光:《资治通鉴释例》,《景印文渊阁四库全书》(史部第 311 册),台湾商务印书馆 1986 年版,第 319 页。

❻ (宋)司马光:《资治通鉴考异》,《景印文渊阁四库全书》(史部第 311 册),台湾商务印书馆 1986 年版,第 118 页。

《太上皇睿宗录》。”[1]

部分轶事类“小说”多直接取材“正史”，孔平仲《续世说》，仿《世说》之体，分38门编次南北朝至隋唐五代事迹，多取材《南史》《北史》《梁书》《旧唐书》《旧五代史》等，取材“正史”条目占比达70%，大部分内容源于“正史”；李垕《南北史续世说》，取材于《南史》《北史》，所有条目基本全部采自“正史”，王应麟《困学纪闻》“考史”称：“李仲信（垕）为《南北史世说》，朱文公谓：《南北史》凡《通鉴》所不取者，皆小说也。”[2]钱易《南部新书》取材《旧唐书》《旧五代史》；乐史《广卓异记》取材《汉书》《后汉书》《晋书》《南史》《北史》《周书》《唐书》《五代史》；温豫《续补侍儿小名录》，则采及《左传》《晋书》《汉书》；周文玘《开颜集》之“于书史内钞出资谈笑事”，不少源自《史记》《汉书》《后汉书》《三国志》《南史》《宋书》《北史》《晋书》《隋书》等；曹臣《舌华录》之“采用书目”有《史记》《汉书》《三国志》《晋书》《南北史》《唐书》等；许自昌《捧腹编》所列引书有《史记》《汉书》《后汉书》《三国志》《晋书》《宋书》《陈书》《南史》等。此类作品从“正史”取材，多着眼于人物的性情、品德、嗜好、才情等与“小说”相通的轶事片段。

此外，部分“史钞”类著作专门摘录“正史”中的琐细轶事，也颇俱稗官小说意味。作为中国古代史部文类之一，“史钞”专门钞撮史籍编撰而成，既有“专钞一史者”，又有“合钞众史者”，其编纂类型主要有“《通鉴总类》之类，则离析而编纂之。《十七史详节》之类，则简汰而刊削之。《史汉精语》之类，则采摭文句而存之。《两汉博闻》之类，则割裂词藻而次之”[3]，《两汉博闻》“是编摘录前后《汉书》，不依篇第，不分门类。惟简择其字句故事列为标目，而节取颜师古及章怀太子《注》列于其下”[4]。因而，所谓“割裂词藻而次之”，就是摘录汇编史书故事片段的编纂形式。此类史钞作品中，专门摘录琐细轶事者亦自成一格，如《两晋南北奇谈》，“其书摘录《晋书》以下八史琐语杂事”[5]，《南北史钞》“是编摘录《南》

---

[1] （宋）司马光：《资治通鉴考异》，《景印文渊阁四库全书》（史部第311册），台湾商务印书馆1986年版，第133页。
[2] （宋）王应麟撰，栾保群、田松青校点：《困学纪闻》，上海古籍出版社2015年版，第423页。
[3] （清）纪昀、陆锡熊、孙士毅等：《钦定四库全书总目》，中华书局1997年版，第893页。
[4] 同上书，第894页。
[5] 同上书，第897页。

《北史》新奇纤佻之事，以为谈助”[1]，《南史识小录》《北史识小录》“是书仿《两汉博闻》之例，取《南北二史》，摘其字句之鲜华，事迹之新异者，摘录成编”[2]，《读史快编》“是书于诸史之中摘录其新异之事，始于《史记》，迄《新唐书》，割裂翦裁，漫无义例”[3]，《史腐》“其书杂录旧史，饾饤殊甚，与《读史快编》正同”[4]。这些专门摘录“正史”中的琐细轶事的“史钞”类著，在书写类型、叙事旨趣上与“小说”相通。高似孙《史略》“凡言钞者，皆撷其英，猎其奇也，可为观书之法也”[5]，此类作品无疑属于“猎其奇”者。“正史”和“小说”书写轶事相互取材，实际上反映了古人心目中“正史”与“小说”书写轶事存在着一定程度混杂的“交集”，两者在书写类型、叙事旨趣上存在部分相通之处。

当然，强调“正史”与“小说”之联系，也不应忽略古人心目中还有坚持“正史”与“小说”文类区分、各自具有独立文类规定性的另一种文类观念。“正史”与“小说”文类定位相距甚远，文类界限整体上泾渭分明，就书写轶事而言，“小说”主体为远离“正史”内容性质、价值定位、功用追求的琐细之事，“非干大体”“不足以累正史”“本非正史所宜收”，是古人一种普遍而明确的观念，如胡祗遹《胡祗遹集》之《癸亥冬观纲目》：“不读《通鉴》，不见迁、固之冗长；不读《通鉴纲目》，不见《春秋》之谨严。《纲目》法《春秋》《通鉴》，编年纪事，无以加矣。然后知作史之制，不系道统，不关治体，善不足以为法，恶不足以为戒，浮词细事，皆不足取。”[6]“小说”所载轶事本为“细小之事”“浮词细事”，这些内容“不系道统，不关治体，善不足以为法，恶不足以为戒”，属于“正史”不宜书写者，这实际上从内容性质和价值定位划分了两者之界限。赵翼《陔余丛考》之“隋书”云：“《隋书》最为简练，盖当时作史者皆唐初名臣，且书成进御，故文笔严净如此。……或疑其记事多遗漏，如薛道衡死，炀帝曰：‘复能作“空梁落燕泥”否？’及李密牛角挂《汉书》，并侍直仗下，炀帝斥为‘黑色小儿’，之类，列传中皆不书，似觉疏略。不知此皆事之丛碎无

---

[1] （清）纪昀、陆锡熊、孙士毅等：《钦定四库全书总目》，中华书局 1997 年版，第 900 页。
[2] 同上书，第 894 页。
[3] 同上书，第 900 页。
[4] 同上书。
[5] （宋）高似孙著，周天游校笺：《〈史略〉校笺》，书目文献出版社 1987 年版，第 117 页。
[6] （元）胡祗遹著，魏崇武、周思成校点：《胡祗遹集》，吉林文史出版社 2008 年版，第 420—421 页。

关系者，不过《世说》及诗话中佳料，本非正史所宜收，删之正见其去取得宜，未可轻议也。”❶从“正史”功用追求来看，“小说”所载无关史家旨趣的琐言细事，“本非正史所宜收”，自然也就谈不上“遗漏”失载的问题。《四库全书总目》之《世说新语》提要：“所记分三十八门，上起后汉，下迄东晋，皆轶事琐语，足为谈助。……义庆所述，刘知幾《史通》深以为讥，然义庆本小说家言，而知幾绳之以史法，拟不于伦，未为通论。”❷“小说”所载录轶事琐言，本来就属于文人闲谈之谈资，不能按照“史法”之标准来评价“小说”，这也是在区分“小说”与“正史”各自独有的文类规定性。

❶（清）赵翼：《陔余丛考》，中华书局1963年版，第144页。
❷（清）纪昀、陆锡熊、孙士毅等：《钦定四库全书总目》，中华书局1997年版，第1836页。

第五章　“正史”书写轶事存在形态及其与“小说”之相通

——以《廿一史识余》为例

明代张墉《廿一史识余》(又名《竹香斋类书》)专门汇集历代“正史”中的轶事而成,“摘录二十一史佳事隽语,分类排纂”。❶此书“略仿《世说》之体”❷,亦被研究者归入“世说体”小说系列。从轶事类“史钞”和轶事类笔记体小说特别是“世说体”小说的双重视角对此书做较深入研究,既可考察“正史”书写轶事,也可探讨“正史”书写轶事与轶事小说之关系。本书将通过分析《廿一史识余》文本,探讨“正史”书写轶事的文本内容是如何分布的、以何种形态存在、具有怎样的性质,“正史”书写轶事与“世说体”轶事小说存在哪些相通之处。

一、《廿一史识余》门类设置及其渊源

张墉《廿一史识余》分“父子(附母)”“君臣”“兄弟(附女兄)”“夫妇(附贤媛)”“师友”“长厚(附宽恕)”“清介”“识鉴”“雅量”“慎审”“方正(附矫激)”“言语(附便给)”“规箴(附戆讦)”“品藻”“赏誉”“政事”“干局”“拳勇”“兵策”“文学(附经史、著作、耽学、博辩、强记、敏捷、歆赏)”“艺术(附礼、乐、射、御、书附画、数、医、相、机巧)”“机警(附自新)”“豪爽”“侠烈”“宠礼”“企羡”“排调”“容止”“夙惠”“栖逸”

❶ (清)纪昀、陆锡熊、孙士毅等:《钦定四库全书总目》,中华书局1997年版,第901页。
❷ 同上书。

“止足（附黜免）”“伤逝”“简傲”“任诞”“矜率”“尤悔”“吝啬”“侈汰”“惑溺”“诡谲”“纰缪”“诋毁”“仇隙”“忿戾”“俗佞”“痴顽”“猜险”“贪秽”“残忍”“鄙暗”“玄迹”“梵尘”“异域”“阍寺”“象纬（附事验）”“形胜（附游览）”“草木”“鸟兽”以及“补遗”等五十八门。

《廿一史识余发凡》“标目”对门类来源有简要说明，“纲有目，所以罗也。目密则滥出，疏则滥入，过密与疏，均非尽善。《世说》编目，三十有八，何元朗《语林》因之。焦氏《类林》，析伦行为五，增宫室、节序诸类为五十九，余或仍或去，数衷于焦”。❶门类设置借鉴了《世说新语》《何氏语林》《焦氏类林》，主要以《焦氏类林》为基础做增删调整。清人亦将这几部作品看作一个系列，王士禛《渔洋读书记》云：“何良俊作《语林》，以广《世说》，其书最传。焦竑作《类林》，钱塘张墉作《廿一史识余》，颇存古意。”❷

《世说新语》分“德行”“言语”“政事”“文学”“方正”“雅量”“识鉴”“赏誉”“品藻”“规箴”“捷悟”“夙惠”“豪爽”“容止”“自新”“企羡”“伤逝”“栖逸”“贤媛”“术解”“巧艺”“宠礼”“任诞”“简傲”“排调”“轻诋”“假谲”“黜免”“俭啬”“汰侈”“忿狷”“谗险”“尤悔”“纰漏”“惑溺”“仇隙”三十六门。何良俊《语林》“颇仿刘义庆《世说》”❸，基本沿袭《世说新语》三十六门之类目，增设“言志”“博识”二门。焦竑《类林》则“取《新语》篇目，稍为增损更正”❹，设置为五十九门“编纂”“君臣”“父子”“兄弟”“夫妇”“师友”“方正”“长厚”“清介”“雅量”“慎密”“俭约”“识鉴”“言语”“政事”“文学”“干局”“赏誉”“品藻”“夙惠”“警悟”“豪爽”“任达”“宠礼”“企羡”“仕宦”“栖逸”“游览”“伤逝”“术解”“书法”“巧艺”“兵策”“容止”“简傲”“汰侈”“矜率”“诋毁”“排调”“假谲”“纰漏”“惑溺”“象纬”“形胜”“节序”“宫室”“冠服”“食品”“酒茗”“器具”“文具”“典籍”“声乐”“摄养”“熏燎”“草木”“鸟兽”“仙宗”“释部”。

《廿一史识余》相对于《焦氏类林》而言，主要删除了博物类的“节序”“宫室”

❶ （明）张墉：《廿一史识余》，《四库全书存目丛书》（史部第 150 册），齐鲁书社 1996 年版，第 576—577 页。

❷ （清）王士禛：《渔洋读书记》，青岛出版社 1991 年版，第 164 页。

❸ （明）何良俊撰，陈洪、黄菊仲注：《何氏语林注》，天津教育出版社 2008 年版，第 108 页。

❹ （明）焦竑：《焦氏类林》，《四库全书存目丛书》（子部第 133 册），齐鲁书社 1995 年版，第 3 页。

“冠服”“食品”“酒茗”“器具”“文具”“典籍”“声乐”“摄养”“熏燎”等，增补了伦纪性的“仇隙”“忿戾”“俗佞”“痴顽”“猜险”“贪秽”“残忍”“鄙暗”“阉寺”等，以惩恶为宗旨，“补痴顽、鄙暗、俗佞、贪秽者”。❶另外，亦有个别类目属另立新名，如“玄迹”“梵尘”基本等同“仙宗”“释部”。

张墉《廿一史识余》的门类编排顺序有着自己的内在逻辑，“阙里四科，考行之玉律也，故临川编目以此冠篇。焦氏析伦为五，余因附以长厚诸则。言语之益，莫大于规箴。政事之变，莫危于兵策。文学之余，莫巧于艺术。皆昉其义，各以类从。机警六卷犹雅尚，简傲以下凶德矣。然雅可式。凶可鉴也。草木鸟兽，闻识是资”❷，“而独详政事、干局、兵策、拳勇者，愧世所应有而不有。补痴顽、鄙暗、俗佞、贪秽者，恶人所应亡，不必亡也。禅玄、象纬、草木、戎狄，限于史官所载，不敢旁及”❸，“首列伦序，忠孝之教也；次编兵政，经济之略也；备录文艺，黼黻之具也；侈言懿孅，磨砻德器之石也，兼收败类，针砭情欲之剂也”❹。首先，以孔门四科为统领，从“父子”至“方正”对应于“德行”及“伦序”；“言语”至“赏誉”，对应于“言语”；“政事”至“兵策”对应于“政事”；“文学”“艺术”，对应于“文学”。其次，“机警”至“伤逝”为“雅尚”，“简傲”至“鄙暗”为“凶德”。最后，“玄迹”至“鸟兽”，主要为人异、天地之异、物异，有广见闻。

当然，张墉《廿一史识余》曾命名为《竹香斋类书》，门类设置更多借鉴《焦氏类林》，实际上还是融合了《世说新语》和古代类书的部分类目。“父子”“母子”“君臣”“兄弟”“夫妇”“师友”“异域”“象纬”“形胜”“草木”“鸟兽”等是古代类书的常设类目。

二、《廿一史识余》与“正史”书写轶事分布形态

从《廿一史识余发凡》之“搜览”来看，张墉曾通过借阅遍览二十一史，“余家

❶ (明) 张墉:《廿一史识余》,《四库全书存目丛书》(史部第 150 册),齐鲁书社 1996 年版,第 577 页。
❷ 同上书,第 582 页。
❸ 同上书,第 577 页。
❹ 同上书,第 563 页。

鲜藏书，性耽成癖，庚午杪秋读两汉，遇快意，辄截缅尾疏之。或言《世说》止详汉晋，《语林》滥及稗官，盍遍收廿一史，撷其芳华，以振贫匮乎？阅数月，《史》《汉》告成。明年，借《三国志》《晋书》于柴云倩。久之门人方子济出所藏《齐》《梁》《陈书》，及《北齐》《周书》《五代史》见诒。壬申，读书绮石斋，从黄元辰借《魏书》，童禄如借《南史》，吴德符借《宋书》《隋书》《元史》，阅且竟。冬游金斗，得刘昫《旧唐》及《辽》《金史》于李郁卿家。吴芳麓复为余觅《新唐书》。口讽掌钞，合采数百则，春归值棘试，三冬方卒业，德符所借《宋史》《北史》，始竣役云。”❶

《廿一史识余》绝大多数条目都自注了征引书目，经统计，共征引《史记》161条、《史记注》96条、《史记补》4条、《汉书》174条、《汉书注》29条、《后汉书》325条、《后汉书注》47条、《三国志》141条、《三国志注》111条、《三国史注》14条、《晋书》364条、《宋书》151条、《宋书注》1条、《南齐书》110条、《梁书》133条、《陈书》52条、《魏书》116条、《北齐书》103条、《周书》54条、《隋书》71条、《南史》316条、《北史》172条、《旧唐书》7条、《唐书》384条、《五代史》118条、《宋史》387条、《辽史》36条、《金史》68条、《元史》45条。其中，征引较多的有《史记》及《史记注》《汉书》《后汉书》《三国志》及《三国志注》《晋书》《宋书》《南齐书》《北齐书》《梁书》《魏书》《南史》《北史》《新唐书》《宋史》。这实际上侧面反映了二十一史书写轶事的存在形态。作为叙事传统之一，“正史”对人物轶事或多或少都有所书写，但因各史籍编撰成书的情况有别，叙事详略、载录轶事多寡亦不同。相对而言，上述征引较多者一般叙事较为翔实，载录轶事较多。例如，关于《史记》，吴见思《史记论文》称“借轶事出色，是史公长技”❷；关于《晋书》，胡应麟《少室山房集》之《读晋书》称“李献吉极论《晋书》芜杂当修，而王元美以为稗官小说之伦，皆得之矣”❸；关于《南史》《北史》，王应麟《困学纪闻》“考史”称“李仲信(垕)为《南北史世说》，朱文公谓：《南北史》凡《通鉴》所不取者，皆小说也”❹；赵翼《廿二史札记》之“南史增梁书琐言碎事”称“李延寿修史，专以博采异闻，资人谈助为能事，故凡

❶ (明)张墉：《廿一史识余》，《四库全书存目丛书》(史部第150册)，齐鲁书社1996年版，第575页。
❷ (汉)司马迁原著，[日]芳本铁三郎、丁德科编校：《史记十传纂评》，商务印书馆2016年版，第106页。
❸ (明)胡应麟：《少室山房集》，《景印文渊阁四库全书》(集部第1290册)，台湾商务印书馆1986年版，第734—735页。
❹ (宋)王应麟著，栾保群、田松青校点：《困学纪闻》，上海古籍出版社2015年版，第423页。

稍涉新奇者，必罗列不遗，即记载相同者，亦必稍异其词，以骇观听”❶；牛运震《读史纠谬》称“南北诸史，多于琐悉事，不肯从简略，此大病也”❷；关于《新唐书》，吴缜《新唐书纠谬》之原《序》云“五曰多采小说而不精择”❸。

当然，这些史书选录轶事较多，与张墉之取舍标准和对其评价密切相关，《廿一史识余·发凡》之“舍取”条称：“龙门纪传百二十篇，读者尚不能遍，矧班、范以下诸史哉！余亡五行俱下之敏，读亦不甚解，上下千百载，纵横数十家，锄类夷荒，率意进退，壹似贫儿见宝，不知所割，故《史》《汉》《三国》，并及笺注。舍熟且闹者，不欲土羹尘饭，秽我琼羞；舍肤与俚者，不欲市曲村谣，乱我宫羽；舍《世说》《资治》稔见，及连篇冗浮者，不欲朝披之华，杂我姚魏，卫文之帛，间我濯江也。故五十余类，味则甘腴，佩则芬芳，视则锦绘，听则丝簧，刘舍人有言，获我心矣。”❹“品鉴”称：“国史野乘，失得均也，兰台之掌畸贵，名山之藏日湮，历祀相沿，廿一史尊与十三经等。夫腐令《史记》，未更笔削之经也，以固眡迁，《太玄》之拟《易》乎！过此，唯平阳兼有史家诸长。蔚宗、休文，畔逆操觚，恶能定是非准。然范犹小佳，沈芜陋矣。晋、齐五朝，骈丽乏风骨，而事多浮夸。《北书》秽冗弗伦，失均鲁、卫。李延寿二史，识者訾其南略北详，以世家体作列传，厥制未允，犹彼善也。《新唐》事增文省，谓胜于旧，然晦而不达，虽省何贵。欧公史笔，义严秋霜，惜是时事半禽行，人皆盗贼，否亦悍卒骁竖，取姗有余，轨法不足。《宋史》成于鞮译之世，庸熟支离，怒不能指人发，喜不堪解人颐，真邸报之极烂者。《金》《辽》《元史》，名号未雅，事亦庸碌，蒙气满缍矣。”❺

《廿一史识余》各门类甄选条目数量不一，较多者有“君臣”50 条、“师友”58 条、“长厚”56 条、“识鉴”64 条、“方正”73 条、“言语”68 条、“规箴”96 条、“赏誉”72 条、“政事”144 条、“干局”73 条、“兵策”83 条、“艺术”所附之“乐”65 条、“宠礼”57 条、“排调”89 条、“容止”69 条、“夙惠”56 条、“栖逸”87 条、“任诞”76 条、“惑溺”52 条、“诋毁”73 条、“残忍”54 条、“异域”87 条、“象纬”86 条、“鸟兽”

❶ (清) 赵翼著，王树民校证：《廿二史札记校证》，中华书局 1984 年版，第 226 页。
❷ (清) 牛运震著，李念孔等点校：《读史纠谬》，齐鲁书社 1989 年版，第 441 页。
❸ 王东、左宏阁校证：《唐书直笔校证　新唐书纠谬校证》，四川大学出版社 2014 年版，第 152 页。
❹ (明) 张墉：《廿一史识余》，《四库全书存目丛书》(史部第 150 册)，齐鲁书社 1996 年版，第 576 页。
❺ 同上书，第 575—576 页。

111 条。

《廿一史识余》各门类的条目分布形成上述格局,应主要源于编撰宗旨,如“阙里四科,考行之玉律也”,“而独详政事、干局、兵策、拳勇者,愧世所应有而不有”。同时,也与其借古讽今、针砭时弊、有感而发有关,如“师友”:“余尝语华茂氏曰:‘君亲之前,难以径直。兄弟夫妇之际,时有抵牾。能显美匡非者惟师友。师友益人,无古今一也。第古者委意师友,终其身严如父兄,存致敬。亡致思,不以显晦二厥志。故身安名显,通利不穷。今世惠庄鲜能终好,合则甘醴,弃犹土苴。岂俟迫穷祸害哉!操同室之戈,下在阱之石者,皆平居切劘游处俦也。于乎!绝交之广可再,则家拟刘朱。谷风之刺倘广,则人歌怀弃矣。我思古人,潸焉出涕。’”❶如“方正”:“方正之流,倘所谓今之矜者耶?亡论心存崖异,动与世牴,而不能谐于众。即其侃侃正辞,毅然行断,不相下偕者,多自见其为是也。夫书纪正直,诗咏和平,君子亦和平正直而已。甘为忿争,何哉?”❷如“政事”:“循吏不必皆煦妪,火烈涧峭,民鲜犯焉,足以治矣。末世巧黠刻削,眂人若菅,矜能伐功,取赫赫之声,厚自彰别,灾害流亡,所繇作也。”❸如“干局”:“今天下尤需干材矣。师中之败衄时闻。民上之抚循罔绩,天子惴惴矜矜,日在深薄,进廷臣以咨异能,不效,行保举法。又登经明者宠任之,开拔奇之蹊路,变诡获为贵人,无益,衹乱法耳。”❹如“兵策”:“西北用兵二十余年,岁縻金钱无虑数百万,寇至弗能遏,饱飏不能追,辱国丧威,维日益甚。迩者丹眉黄首之祸遍东南,民生蹙然,危同幕燕。昔人谓经失可增智,闻战可习勇。今每战辄失,智勇自如。监门添室之忧,不知其所底矣。”❺此外,这也与其浓厚的文人趣味密不可分,如“排调”:“正言庄语之不足,则嬉笑出之。微中解纷,何尝无小补哉。如徒恃机锋,恣其嘲谑,则拙者愧之、讷者畏之、辩博者嫉之已。”❻如“栖逸”:“闻之欲多者,其人得用亦多,无欲者,不可得用也。故老莱毛衣粒食,不屑荆楚之迎。庞公渊穴林巢,无羡景升之驾。孙登编草覆发,终身土窟之居。伯玉食木栖云,绝意郡阁之宿。虽

---

❶ (明)张墉:《廿一史识余》,《四库全书存目丛书》(史部第 150 册),齐鲁书社 1996 年版,第 616 页。
❷ 同上书,第 651 页。
❸ 同上书,第 697 页。
❹ 同上书,第 716 页。
❺ 同上书,第 730 页。
❻ (明)张墉:《廿一史识余》,《四库全书存目丛书》(史部第 151 册),齐鲁书社 1996 年版,第 12 页。

迹多诡越，性近矫亢。”❶如“任诞”：“苦悬漆园之旨，任诞之祖也。魏晋尤崇贵，故风斯为烈。迹其脱落形骸，捐弃名教，诚礼法之蠹，而方严者所仇嫉也。余风未殄，代有其人。依隐玩世，犹高明之流失乎。”❷如“鸟兽”：“鸟兽之狎人耳目者。可名呼指计也。其性情嗜欲，声音智力仁暴，亦无不可类别也。故艳异者所不贵，惟形殊名诡、产自荒远、耳未尝闻、目不经睹者，则侈言之。厥种无稽，其丽不亿。王人繇斯著端，词客用以光篇，而史氏不必尽纪。……襄邑之穴语，苻秦之市呼，江夏之牛犬，尤怪事，博物所遐览。”❸

三、《廿一史识余》与“正史”书写轶事性质

《廿一史识余》从正史中采撷之轶事，多具有一定独立性，从事件性质及其在传记中的位置来讲，主要有以下三类。

其一，反映历史事件或人物命运的场景片段、细节片段，例如“父子”：“(李)克用破孟方立于邢州，还军上党，置酒三垂冈，伶人奏百年歌，至于衰老之际，声辞甚悲，坐上皆凄怆。存勖在侧，方五岁，克用慨然捋须，指而笑曰：‘吾行老矣，此奇儿也，后二十年，其能代我战于此乎！’”❹如“君臣”：“秦缪公亡善马，岐下野人共得而食之者三百余人，吏逐得，欲法之。缪公曰：‘君子不以畜产害人。吾闻食善马肉不饮酒，伤人。’皆赐酒而赦之。三百人者闻秦击晋，求从，从而见缪公窘，皆推锋争死，以报食马之德。于是缪公虏晋君以归”❺；“沙苑之役，杜弼请除勋贵之掠夺万民者。高祖不答，令军人皆张弓挟矢，举刀按鞘夺道，使弼冒出曰：‘必无伤也。’弼战栗汗流。高祖谕之曰：‘箭虽注，不射；刀虽举，不击；稍虽按，不刺。尔犹顿丧魂胆。诸勋人触锋刃，百死一生，纵其贪鄙，不可

---

❶ (明)张墉：《廿一史识余》，《四库全书存目丛书》(史部第151册)，齐鲁书社1996年版，第32页。
❷ 同上书，第58页。
❸ 同上书，第183页。
❹ (明)张墉：《廿一史识余》，《四库全书存目丛书》(史部第150册)，齐鲁书社1996年版，第586页，取材于《新五代史》卷五《唐本纪第五》。
❺ 同上书，第594页，取材于《史记》卷五《秦本纪第五》。

同尝例也。’”❶这些场景片段和细节片段本身属于人物传记主体叙事的组成部分，但也具有一定相对独立性，或为一个完整历史事件过程中的某一个场景片段，或为人物命运过程中的某一细节片段。一般说来，这些场景片段或细节片段可鲜明地彰显人物品行和性格、性情等，具有一定典型性。

其二，反映人物性情、品格、嗜好、才华的日常琐事，例如“父子”：“（皇甫谧）不好学，游荡无度。所后叔母任曰：‘汝今年余二十，目不存教，心不入道，无以慰我。’因叹曰：‘昔孟母三徙成仁，曾父烹豕存教，岂我居不择邻，何尔鲁钝之甚也！修身笃学，自汝得之，于我何有！’因对之流涕。谧感激受书，勤力不怠。”❷如“长厚”：“房文烈性温柔，未尝嗔怒。霖雨绝粮，遣婢籴米，逃窜三四日方回。文烈徐谓曰：‘举家无食，汝何处来？’”❸如“清介”：“许衡家贫躬耕，粟熟则食，粟不熟则食糠核菜茹，人有愧遗，非其义，一介弗受也。姚枢被召，以所居雪斋命衡馆之。庭有果熟烂堕地，其童子过，亦不视。”❹此类日常琐事无关人物主要历史功业、重要人生经历，游离于传主主体叙事之外，在人物传记中大多属于追叙、补叙，常追补于篇末或首列于开篇。

其三，直接概述人物才行、品德、性情，如“夫妇”：“（刘凝之）妻梁州刺史郭铨女，遣送丰丽，凝之悉散亲属。妻亦能不慕荣华，与凝之共安俭苦。乘薄笨车，出市买易，周用之外，辄以施人。”❺如“兄弟”：“（屈突通）奉公正直，虽亲戚犯法，无所纵舍。弟盖为长安令，亦以严整知名。时为语曰：‘宁食三斗艾，不见屈突盖；宁服三斗葱，不见屈突通。’”❻如“慎审”：“范镇与司马光相得甚欢，议论如出一口，约生互为传，死则作铭。镇后铭光墓，辞颇峭峻。光子康属苏轼书之，轼曰：‘不辞书，惧非三家福。’乃易他铭。”❼如“政事”：“宋均性宽和，不喜文法，言吏能弘厚，虽贪污放纵，犹无所害；苛察之人，身或廉法，而巧黠刻削，毒加百姓，灾害

---

❶ （明）张墉：《廿一史识余》，《四库全书存目丛书》（史部第150册），齐鲁书社1996年版，第598页，取材于《北齐书》列传第十六《杜弼》。

❷ 同上书，第590页，取材于《晋书》列传第二十一《皇甫谧》。

❸ 同上书，第629页，取材于《北史》列传第二十七《房法寿》。

❹ 同上书，第635页，取材于《元史》列传第四十五《许衡》。

❺ 同上书，第611页，取材于《宋书》列传第五十三《隐逸》。

❻ 同上书，第605页，取材于《旧唐书》列传第九《屈突通》。

❼ 同上书，第650页，取材于《宋史》列传第九十六《范镇》。

流亡所由而作。”[1]

《史通·叙事》称:“盖叙事之体,其别有四:有直纪其才行者,有唯书其事迹者,有因言语而可知者,有假赞论而自见者。至如《古文尚书》称帝尧之德,标以‘允恭克让’;《春秋左传》言子太叔之状,目以‘美秀而文’。所称如此,更无他说,所谓直纪其才行者。”[2]此类轶事基本属于“直纪其才行”,概述人物才行、品德、性情等。

综上所述,《廿一史识余》采撷“正史”轶事,或从人物传记叙事主体中截取历史事件或人物命运的场景片段、细节片段,或从人物传记叙事主体之外的“闲笔”中选取彰显人物性情、品格、嗜好、才华的琐言细事,或从人物传记中选录概述人物才行、品德、性情的评语。这三种类型也基本囊括了“正史”轶事的主要形态和性质。

四、《廿一史识余》与“世说体”轶事小说

“世说体”是笔记体小说中的一种重要著述类型,以人物之品行、性情、精神等“风韵情致”为主要表现对象,以简约传神为主要叙事精神。在刘义庆《世说新语》影响下,产生了一代又一代的文人拟作、续作、仿作,主要有唐代王方庆《续世说新书》、刘肃《大唐新语》,宋代王谠《唐语林》、孔平仲《续世说》、李垕《南北史续世说》,明代李绍文《皇明世说新语》、何良俊《何氏语林》、王世贞《世说新语补》、焦竑《焦氏类林》《玉堂丛语》、林茂桂《南北朝新语》、郑仲夔《清言》、曹臣《舌华录》、赵瑜《儿世说》,清代梁维枢《玉剑尊闻》、吴肃公《明语林》、王晫《今世说》、章抚功《汉世说》、李清《女世说》、颜从乔《僧世说》、李文胤《续世说》、汪婉《说铃》等。

明清“世说体”小说的类目设置和叙事风格多追慕、模仿《世说新语》,如《四

[1] (明)张墉:《廿一史识余》,《四库全书存目丛书》(史部第150册),齐鲁书社1996年版,第705页,取材于《后汉书》卷七十一《第五钟离宋寒列传》。

[2] (唐)刘知幾著,(清)浦起龙通释,王煦华整理:《史通通释》,上海古籍出版社2009年版,第156页。

库全书总目》之《明世说新语》提要,“是书全仿宋刘义庆《世说新语》,其三十六门,亦仍其旧。所载明一代佚事、琐语,迄于嘉、隆,盖万历中作也”。❶如《何氏语林》提要:“其义例门目,则全以刘义庆《世说新语》为蓝本,而杂采宋、齐以后事迹续之。”❷如《玉剑尊闻》提要:“取有明一代轶闻琐事,依刘义庆《世说新语》门目,分三十四类,而自为之注,文格亦全仿之。然随意钞撮,颇乏持择。”❸如《明语林》提要:“是书凡三十七类,皆用《世说新语》旧目,其德行、言语、方正、雅量、识鉴、容止、俳调七类,又各有补遗数条,体格亦摹《世说》。”❹如《今世说》提要:“是书全仿刘义庆《世说新语》之体,以皆近事,故以今名。其分类亦从旧目。惟除自新、黜免、俭啬、谗险、纰漏、仇隙六类,惑溺一类,则择近雅者存焉。其中刻画摹拟,颇嫌太似,所称许亦多溢量。”❺如《汉世说》提要:“是书仿刘义庆《世说新语》体例,以纪汉人言行。大抵以《史记》《汉书》为主,而杂以他书附益之。”❻《廿一史识余》显然也深受这种创作倾向的影响,不仅在类目设置上模仿,而且在轶事取材标准上,舍弃那些“熟且闹”“肤与俚”“《世说》《资治》稔见”“连篇冗浮”者,选取“味则甘腴,佩则芬芳,视则锦绘,听则丝簧”者,也与“世说体”小说趣味相通。“世说体”小说特别注重通过轶事表现人物性情品格、精神风韵、神情意态等,如王思任《世说新语序》,“至读其正史,板质冗木,如工作瀛洲学士图,面面肥皙,虽略具老少,而神情意态,十八人不甚分别。前宋刘义庆撰《世说新语》,专罗晋事,而映带汉魏间十人,门户自开,科条另定。其中顿置不安,征传未的,吾不能为之讳。然而小摘短拈,冷提忙点,每凑一语,几欲起王、谢、桓、刘诸人之骨,一一呵活眼前,而毫无追憾者”。❼毛际可《今世说序》云:“昔人谓读《晋书》,如拙工绘图,涂饰体貌。而殷、刘、王、谢之风韵情致,皆于《世说》中呼之欲出。盖笔墨灵隽,得其神似,所谓颊上三毛者也。”❽例如,《廿一史识余》之“清介”云:“厍狄士

❶ (清) 纪昀、陆锡熊、孙士毅等:《钦定四库全书总目》,中华书局 1997 年版,第 1901 页。
❷ 同上书,第 1870 页。
❸ 同上书,第 1903 页。
❹ 同上书,第 1904 页。
❺ 同上书,第 1904 页。
❻ 同上书,第 1905 页。
❼ (南朝宋) 刘义庆著,(南朝梁) 刘孝标注,刘强会评辑校:《世说新语会评》,凤凰出版社 2007 年版,第 528—529 页。
❽ (清) 毛际可:《今世说序》,丁锡根编著:《中国历代小说序跋集》,人民文学出版社 1996 年版,第 471 页。

文入朝,遇隋文置酒高会,赐公卿入左藏,任取多少。人皆极重,士文独口衔绢一匹,两手各持一匹。上问其故,士文曰:'臣口手俱足,余无所须。'上叹异,别赉遗之。"❶如"雅量":"羊侃南还至连口,置酒,有客张孺才者,醉于船中失火,延烧七十余艘,所燔金帛不可胜数。侃闻之,都不挂意,命酒不辍。孺才惭惧,自逃匿,侃慰谕使还,待之如旧。"❷如"机警":"刘宽为太尉,灵帝引见,令讲经。宽于坐被酒睡伏。帝问:'太尉醉耶?'宽仰对曰:'臣不敢醉,但任重责大,忧心如醉。'"❸如"豪爽":"王巩访苏轼于滁,与客游泗水,登魋山,吹笛饮酒,乘月而归。轼待于黄楼上,谓巩曰:'李太白死,世无此乐三百年矣。'"❹如"夙惠":"麻九畴以神童召见,章宗问:'汝入宫殿中亦惧怯否?'对曰:'君臣,父子也。子宁惧父?'上大奇之。"❺

"世说体"编撰成书有取材"正史"之传统,例如,《世说新语》就已从《史记》《汉书》《三国志》中零星取材。孔平仲《续世说》,分 38 门编次南北朝至隋唐五代事迹,多取材《南史》《北史》《梁书》《旧唐书》《旧五代史》等。李垕《南北史续世说》,取材于《南史》《北史》,"惟取李延寿南北二史所载碎事,依《世说》门目编之"。❻何良俊《何氏语林》大部分条目取材于《隋书》《唐书》等。焦竑《焦氏类林》取材博洽,征引书目有《史记》《后汉书》《魏书》《宋史》《元史》等。林茂桂《南北朝新语》专门辑录南北朝事,基本取自《南史》《北史》。曹臣《舌华录》"采用书目"有《史记》《汉书》《三国志》《晋书》《南北史》《唐书》等。这与部分"史钞"作品存在相通之处。

《廿一史识余》既为"史钞",同时,也被归为"世说体"小说,反映了"正史"与"小说"之混杂。"正史"书写轶事常常取材"小说",部分轶事类"小说"多直接从"正史"取材,"正史"和"小说"书写轶事相互取材,实际上反映了古人心目中"正史"与"小说"书写轶事存在着一定程度混杂的"交集",两者在书写类型、轶事性

❶ (明) 张墉:《廿一史识余》,《四库全书存目丛书》(史部第 150 册),齐鲁书社 1996 年版,第 633 页,取材于《北齐书》列传第七《厍狄干》。
❷ 同上书,第 645 页,取材于《梁书》列传第三十三《羊侃》。
❸ 同上书,第 785 页,取材于《后汉书》卷五十五《卓鲁魏刘列传》。
❹ 同上书,第 793 页,取材于《宋史》列传第七十九《王素》。
❺ (明) 张墉:《廿一史识余》,《四库全书存目丛书》(史部第 151 册),齐鲁书社 1996 年版,第 32 页,取材于《金史》列传第六十四《麻九畴》。
❻ (清) 纪昀、陆锡熊、孙士毅等:《钦定四库全书总目》,中华书局 1997 年版,第 1889 页。

质、叙事旨趣上存在部分相通之处。

虽然在古人心目中，“正史”与“小说”文类定位相距甚远，文类界限整体上泾渭分明，就书写轶事而言，“小说”主体为远离“正史”内容性质、价值定位、功用追求的琐细之事，属于“正史”不宜书写者，是古人一种普遍而明确的观念。然而，从上述分析可见，“正史”亦有书写轶事之传统，而且也会载录大量旨在彰显人物性情、品行、嗜好、才干等琐言细事，实际上与“小说”书写轶事是相通的。

第六章 “小说”何以进入“正史”

——以《新唐书》传记增文采录“小说”为例

“正史”编撰可取材“小说”，基本成为传统史学之共识。那么，“小说”何以进入“正史”，仍有古人如何认识评价“正史”采录“小说”、何类“小说”文本进入“正史”、“正史”编纂以何旨趣采录“小说”文本、“正史”编纂以何方式加工处理所采录的“小说”文本等诸多基本问题需要深入全面研究，本书将以《新唐书》传记增文采录“小说”为例加以探讨。所谓《新唐书》传记增文，主要指《新唐书》本纪、列传中的传记文相对于《旧唐书》增加补充之内容（不包括《旧唐书》无传记而《新唐书》新增整篇传记者）。

《新唐书》相对于《旧唐书》而言，“其事则增于前，其文则省于旧”，“列传内所增事迹较旧书多二千余条”，[1]许多内容取材于杂史、传记，也有不少取材于“小说”。对于《新唐书》增文采录“杂史”“传记”“小说”，清代赵翼《廿二史札记》《陔余丛考》、钱大昕《廿二史考异》、王鸣盛《十七史商榷》等多有专门述评，另外，沈炳震《新旧唐书合钞》也以合钞形式全面展示了《新唐书》增文情况。现当代研究者从历史史料学角度对此亦多论述，如黄永年《唐史史料学》、谢保成《隋唐五代史学》、邹瑜《〈新唐书〉增补传记之史料来源考略——笔记小说部分》、解峰《〈新唐书〉增传史料来源研究》等，也有部分学者从笔记体小说研究视角对此有所涉及，如周勋初《唐人笔记小说考索》《唐人轶事汇编》、程国赋《唐五代小说的文化阐释》、严杰《唐五代笔记考论》等。章群《〈通鉴〉及〈新唐书〉引用笔记小说研究》

[1] （清）赵翼：《陔余丛考》，中华书局1963年版，第209页。

对《新唐书》引用笔记体小说有专章论述，以附表形式较全面梳理了《新唐书》采录笔记体小说的具体条目。上述研究，基本厘清了《新唐书》采录唐人笔记体小说的史料来源情况，并针对相关问题亦有所分析论述，但较少从“正史”与“小说”关系的角度来进行深入研究。

一、古人如何认识评价《新唐书》采录“小说”

宋人对《新唐书》增文采录“小说”轶事琐事，基本倾向于持批评态度，例如，吴缜《新唐书纠谬》之原《序》云：“揆之前史，皆未有如是者。推本厥咎，盖修书之初，其失有八：……五曰多采小说而不精择。……何谓多采小说而不精择？盖唐人小说，类多虚诞，而修书之初，但期博取，故其所载或全篇乖牾，岂非多采小说而不精择之故欤？”[1]陈振孙《直斋书录解题》之“《新唐书》二百二十五卷”云：“今唐史务为省文，而拾取小说私记，则皆附着无弃，其有官品尊崇而不预治乱，又无善恶可垂鉴戒者悉聚，徒繁无补，殆与古作者不侔。”[2]晁公武《郡斋读书志》“《新唐书》二百二十五卷”云：“故书成上于朝，自言曰‘其事则增于前，其文则省于旧’也。……采杂说既多，往往牴牾，有失实之叹焉。”[3]此类评价主要集中于《新唐书》增文采录“小说”过多过滥，没有经过精心择选，存在诸多失实、讹误之处，无关治乱殷鉴、人物褒贬、善恶劝惩。宋代笔记亦多对《新唐书》增文采录“小说”谬误之处有所辨正，实际上也暗合了上述评价，反映了一种比较普遍的认识，如王观国《学林》卷五“霓裳羽衣曲”云：“今《新唐书·王维传》，亦载此事，盖用《国史补》语也。……盖《国史补》虽唐人小说，然其记事多不实。修唐史者一概取而分缀入诸列传，曾不核其是否，故舛误类如此也。”[4]叶梦得《避暑录话》卷上：“郑处诲《明皇杂录》记张曲江与李林甫争牛仙客实封。……《新书》取载之本传。……此正君子大节进退，而一言之误，遂使善恶相反，不可不辨。乃知小说

---

[1] 王东、左宏阁校证：《唐书直笔校证　新唐书纠谬校证》，四川大学出版社 2014 年版，第 152—153 页。
[2] （宋）陈振孙撰，徐小蛮、顾美华点校：《直斋书录解题》，上海古籍出版社 1987 年版，第 104 页。
[3] （宋）晁公武撰，孙猛校证：《郡斋读书志校证》，上海古籍出版社 1990 年版，第 193 页。
[4] （宋）王观国撰，王建、田吉校点：《学林》，岳麓书社 2010 年版，第 162—163 页。

记事，苟非耳目所接，安可轻书也。”[1]洪迈《容斋随笔》之《容斋续笔》卷第六“严武不杀杜甫”云：“《旧史》但云：‘甫性褊躁，尝凭醉登武床，斥其父名，武不以为忤。’初无所谓欲杀之说，盖唐小说所载，而《新书》以为然。”[2]陆游《渭南文集》卷三十《跋松陵倡和集》云：“方吴越时，中原隔绝，乃有妄人造谤，以谓袭美隳节于巢贼，为其翰林学士。《新唐书》喜取小说，亦载之。岂有是哉！”[3]这也应与宋代历史考据学兴起密切相关。宋人治史之考据历史事实意识明显增强，出现了一批专事考据史事之专门著述，如吴缜《新唐书纠谬》《五代史纂误》、陈大昌《考古编》、叶大庆《考古质疑》、王应麟《困学纪闻》之《考史》、李心传《旧闻证误》、李大性《典故辩疑》等，其中，吴缜《新唐书纠谬》指摘《新唐书》之误，主要是考证其史事之误：“夫为史之要有三，一曰事实、二曰褒贬、三曰文采。有是事而如是书，斯谓事实；因事实而寓惩劝，斯谓褒贬；事实褒贬既得矣，必资文采以行之，夫然后成史。至于事得其实矣，而褒贬文采则阙焉，虽未能成书，犹不失为史之意。若乃事实未明，而徒以褒贬文采为事，则是既不成书而又失为史之意矣。”[4]历史考据学兴盛和考据历史事实意识增强，使得史家以更加审慎的态度对待“小说”之史料价值，例如李心传《旧闻证误》中相当一部分内容专论“小说”记事之误：“凡所见私史小说，上自朝廷制度沿革，下及岁月之参差，名姓之错互，皆一一详征博引，以折衷其是非。”[5]

清代许多学者则并不认同宋人之评价，对《新唐书》增文采录“小说”多持肯定态度，认为其采录“小说”并非滥收而是谨严的，算得上严格甄别挑选，符合史体规范，如赵翼《陔余丛考》卷十一“新唐书得史裁之正”：“吴缜《纠缪》谓《新书》多采唐人小说，但期博取，故所载或全篇乖牾。然李泌子繁，尝为泌著家传十篇，《新书》泌传虽采用之而传赞云，‘繁言多不可信，按其近实者著于传’，是《新书》未尝不严于别择。今按唐人小说，所记轶事甚多，而《新书》初不滥收者，如《王播传》不载其阇黎饭后钟之事。《杜牧传》不载其扬州狎游，牛奇章遣人潜护及湖州

[1] （宋）叶梦得撰，田松清、徐时仪校点：《避暑录话》，上海古籍出版社2012年版，第120页。
[2] （宋）洪迈著，穆公校点：《容斋随笔》，上海古籍出版社2015年版，第154页。
[3] （宋）陆游著，马亚中、涂小马校注：《渭南文集校注》，浙江古籍出版社2015年版，第294页。
[4] 王东、左宏阁校证：《唐书直笔校证 新唐书纠谬校证》，四川大学出版社2014年版，第153页。
[5] （清）纪昀、陆锡熊、孙士毅等：《钦定四库全书总目》，中华书局1997年版，第1168页。

水嬉、绿树成荫之事,《温廷筠传》不载其令狐绹问故事,答以出在南华,遂遭摈抑之事,《李商隐传》不载其见摈于绹,因作诗谓郎君官贵,东阁难窥之事。此皆载诗话及《北梦琐言》等书,脍炙人口,而《新书》一概不收,则其谨严可知。”❶王鸣盛《十七史商榷》卷九十一“卢携无拒王景崇事”:“新旧《景崇传》皆不载,可见《新书》虽好采小说,尚稍有裁断,未至极滥也。”❷钱大昕《十驾斋养新录附余录》卷六“唐书”云:“刘悚《隋唐嘉话》云:太宗谓尉迟公曰:‘朕将嫁女与卿,称意否?’敬德谢曰:‘臣妇虽鄙陋,亦不失夫妻情。’……《资治通鉴》亦采此事,而《唐书》无之。世人每讥宋子京好采小说,而此传不载辞尚公主事,却有斟酌。”❸或认为《新唐书》增文采录“小说”更好地彰显了人物评价、善恶劝惩,符合“正史”之价值追求,王鸣盛《十七史商榷》卷九十二“鱼朝恩传新旧互异”云:“宦者鱼朝恩恣横之状,《新书》描摹曲尽,大半皆《旧书》所无。至如朝廷裁决,或不预,輙怒曰:‘天下事有不由我乎?’养息令徽尚幼,服绿,与同列争,朝恩见帝,请得金紫,帝未答,有司已奉紫服于前,令徽称谢。此皆出苏鹗《杜阳杂编》卷上。《新书》好采小说,如此种采之却甚有益,《旧书》不采,使朝恩恶不著,固可恨。”❹

现在看来,从文本分析来说,《新唐书》传记增文采录“小说”轶事琐事的确是有所筛选甄别,甚至是经过精心选择的。例如,《新唐书》卷一百二十五列传第五十《张说传》从“小说”中甄选了两则轶事进行增补:“说既失执政意,内自惧。雅与苏瓌善,时瓌子颋为相,因作《五君咏》献颋,其一纪瓌也,候瓌忌日致之。颋览诗呜咽,未几,见帝陈说忠謇有勋,不宜弃外,遂迁荆州长史。”“后宴集贤院,故事,官重者先饮,说曰:‘吾闻儒以道相高,不以官阀为先后。大帝时修史十九人,长孙无忌以元舅,每宴不肯先举爵。长安中,与修《珠英》,当时学士亦不以品秩为限。’于是引觞同饮,时伏其有体。”❺前一则轶事采自《明皇杂录》卷下“张说之谪岳州也”条,既反映了张说从被谪贬岳州到复用荆州长史的仕途沉浮之历史细节及其原委,也表现了张说善于逢迎周旋之性格。后一则轶事采自《大唐新语》

❶ (清) 赵翼:《陔余丛考》,中华书局1963年版,第195页。
❷ (清) 王鸣盛著,陈文和主编:《嘉定王鸣盛全集》之《十七史商榷》,中华书局2010年版,第1329页。
❸ (清) 钱大昕著,陈文和主编:《嘉定钱大昕全集(增订本)》,凤凰出版社2016年版,第196页。
❹ (清) 王鸣盛著,陈文和主编:《嘉定王鸣盛全集》之《十七史商榷》,中华书局2010年版,第1339页。
❺ (宋) 欧阳修、宋祁等:《新唐书》,中华书局1975年版,第4407、4410页。

卷七“张说拜集贤学士于院厅”条，表现张说谦让、有礼之作风。然而，另有三则事关张说的“小说”轶事琐事却未被采纳，如：

明皇封禅泰山，张说为封禅使。说女婿郑镒，本九品官，旧例封禅后，自三公以下皆迁转一级，惟郑镒因说骤迁五品，兼赐绯服。因大脯次，玄宗见镒官位腾跃，怪而问之，镒无词以对。黄幡绰曰：“此乃泰山之力也。”❶

开元中，燕公张说当朝文伯，冠服以儒者自处。元宗嫌其异己，赐内样巾子、长脚罗幞头。燕公服之入谢，元宗大悦，因此令内外官僚百姓并依此服。❷

贺知章自太常少卿迁礼部侍郎，兼集贤学士，一日并谢二恩。时源乾曜与张说同秉政，乾曜问说曰：“贺公久著盛名，今日一时两加荣命，足为学者光耀。然学士与侍郎，何者为美？”说对曰：“侍郎，自皇朝已来，为衣冠之华选，自非望实具美，无以居之。虽然，终是具员之英，又非往贤所慕。学士者，怀先王之道，为缙绅轨仪，蕴扬、班之词彩，兼游、夏之文学，始可处之无愧。二美之中，此为最矣。”❸

《酉阳杂俎》《封氏闻见记》《大唐新语》都属《新唐书》传记增文的采录对象，编撰者应都曾过目这些条目，但为何弃而未取，应是经过一番甄别选择。相对于增补者而言，这三则被舍弃的轶事琐事，既无关朝廷大政和人物命运，也不能很好地表现张说之性情、品格。此类事例林林总总，不胜枚举。

古代史家采择“小说”史料编纂《新唐书》，实际上是一个选择、建构的过程。他必然是以一定的标准舍弃那些他认为并不重要或不真实的轶事琐事，而将那些他认为有价值者写入其中，而且，一般地说，这些被纳入的新材料要与《旧唐书》原有的传记共同构成一幅在他看来是统一而协调的历史画卷或人物形象。

❶ (唐) 段成式撰，方南生点校：《酉阳杂俎》前集卷十二，中华书局 1981 年版，第 118 页。
❷ (唐) 封演：《封氏闻见记》卷五“巾幞”条，中华书局 1985 年，第 63 页。
❸ (唐) 刘肃等撰，恒鹤等校点：《大唐新语》卷十一，上海古籍出版社 2012 版，第 92 页。

因此，如何认识古人对《新唐书》增文采录“小说”之评价，实际上主要针对两个方面的问题。其一，古人如何认识评价“小说”及其所载录之轶事琐事之价值。这一问题实际上主要涉及从宋代至清代小说观念的发展演化，特别是关于“小说”之文类性质、价值功用的认识。总体而言，清人之小说观念相对于宋人更强调小说“补史之缺”之性质，例如，《四库全书总目提要》就将一批原来一直归为“杂史”“传记”的著作划归“小说家”，而且，也更加强调“小说”具有不可替代之史料价值，如王鸣盛《十七史商榷》卷九十三“欧史喜采小说薛史多本实录”说：“实录中必多虚美，而各实录亦多系五代之人所修，粉饰附会必多。……欧阳子尽削去，真为快事，大约实录与小说互有短长，去取之际，贵考核斟酌，不可偏执。”❶其二，古人如何认识评价“正史”采录“小说”之标准。这一问题实际上主要涉及从宋代至清代史学思想的发展演化，特别是关于“正史”编纂之取材范围、入史标准等。总体而言，清人之史学思想相对于宋人更为开放且理性，对“正史”采录“小说”更易接纳理解，如徐乾学《修史条议》云：“集众家以成一是，所谓博而知要也。凡作名卿一传，必遍阅记载之书，及同时诸公文集，然后可以知人论世。”❷

二、何类“小说”进入《新唐书》

整体来看，唐人“小说”主要类型有笔记体之志怪小说、轶事（志人）小说和传记体之传奇体小说以及杂糅诸体之杂俎小说。❸笔记体之志怪小说主要为载录鬼神怪异之事的“异闻”“语怪”等，以神、仙、鬼、精、怪、妖、梦、灾异、异物等人物故事为主要取材范围。笔记体之轶事（志人）小说主要为载录历史人物逸闻琐事的“琐言”“杂事”等，以帝王、世家、士大夫、官员、文人及市井人物等各类人物的

❶ （清）王鸣盛著，陈文和主编：《嘉定王鸣盛全集》之《十七史商榷》，中华书局 2010 年版，第 1369—1370 页。

❷ （清）徐乾学：《憺园文集》，《四库全书存目丛书》（集部第 243 册），齐鲁书社 1997 年版，第 37 页。

❸ 参见宁稼雨：《中国文言小说总目提要》第二编“唐五代”（齐鲁书社 1996 年版）、程毅中《唐代小说史》第一章“序论”（人民文学出版社 2003 年版）的有关论述。

轶闻逸事为主要记述对象。传奇体小说主要指以曲折细致、文辞华艳、篇幅漫长之传记体叙述恋情、侠义等人物故事。杂俎小说主要指兼容并包志怪、轶事、传奇乃至非叙事性之杂家杂记者。其中,《新唐书》传记增文采录之"小说",主要为笔记体之轶事(志人)小说,且多属史学价值较高者,从史家眼光来看,算得上"小说"中之翘楚,采录之条目基本为人物轶事琐事。其中,仅有极少数条目为人物奇异言行或神怪之事,涉及笔记体之志怪小说或杂俎小说。

综合前人之相关研究,特别是章群先生《〈通鉴〉及〈新唐书〉引用笔记小说研究》之附录《〈新唐书〉传文引用笔记小说表》,进一步拓展考证,可见《新唐书》传记增文❶采录"小说"主要集中于:张鷟《朝野佥载》、刘餗《隋唐嘉话》、刘肃《大唐新语》、李肇《唐国史补》、李德裕《次柳氏旧闻》、韦绚《刘宾客嘉话录》、赵璘《因话录》、郑处诲《明皇杂录》、佚名《大唐传载》、张固《幽闲鼓吹》、李濬《松窗杂录》、康骈《剧谈录》、高彦休《阙史》、苏鹗《杜阳杂编》、胡璩《谭宾录》、段成式《酉阳杂俎》、李冗《独异志》、张读《宣室志》、孟棨《本事诗》、李绰《尚书故实》、封演《封氏闻见记》、孙棨《北里志》、佚名《玉泉子》、王定保《唐摭言》、王仁裕《玉堂闲话》、刘崇远《金华子》、孙光宪《北梦琐言》等。

其中,《新唐书》传记增文采录"小说"条目较多者主要有以下文献。《大唐新语》主要有:卷一"则天朝黙啜陷赵定等州"条(《吉顼传》)、"长安末张易之等将为乱"条(《桓彦范传》)、"姚崇以拒太平公主"条(《姚崇传》),卷二"安禄山天宝末请以蕃将三十人代汉将"条(《韦见素传》)、"宋璟则天朝以频论得失内不能容"条(《宋璟传》),卷四"李承嘉为御史大夫"条(《萧至忠传》)、卷七"皇甫文备与徐有功同案制狱"条(《徐有功传》)、"张说拜集贤学士于院厅燕会"条(《张说传》)、"牛仙客为凉州都督"条(《张九龄传》),卷十一"贞观末房玄龄避位归第"条(《房玄龄传》)等。《隋唐嘉话》主要有:卷上"太宗令卫公教侯君集兵法"条(《侯君集传》)、"英公虽贵为仆射"条(《李勣传》),卷中"征辽之役梁公留守西京"条(《房玄龄传》)、"虞监草行本师于释智永"条(《欧阳通传》)、"高宗之将册武后"条(《褚遂良传》)、"武后使阎知微与田归道使突厥"条(《阎知微传》),卷下"皇甫文备武后

❶ 所谓《新唐书》传记增文,主要指《新唐书》本纪、列传中的传记文,相对于《旧唐书》增加补充之内容(不包括《旧唐书》无传记而《新唐书》新增整篇传记者)。

时酷吏也”条（《徐有功传》）、“李昭德为内史”条（《娄师德传》）、“卢尚书承庆总章初考内外官”条（《卢承庆传》）、“刘仁轨为左仆射”条（《戴至德传》）、“元行冲宾客为太常少卿”条（《元行冲传》）、“太宗尝止一树下”条和“太宗使宇文士及割肉”条（《宇文士及传》）等。《明皇杂录》主要有：卷上“开元中上急于为理”条（《张嘉贞传》）、“元宗既用牛仙客为相”条（《牛仙客传》）、“王毛仲本高丽人”条（《王毛仲传》）、“杨国忠之子暄举明经”条（《杨国忠传》）、“开元中朝廷选用群臣”条（《倪若水传》），卷下“张说之谪岳州也”条（《张说传》）、“张九龄在相位”条（《张九龄传》）等。《唐国史补》主要有：卷上“张旭草书得笔法”条（《张旭传》）、“卢杞除虢州刺史”条（《卢杞传》）、“梨园弟子有胡雏者”条（《崔隐甫传》）、“汴州相国寺言佛有流汗”条（《刘玄佐传》）、“浑瑊太师年十一”条（《浑瑊传》）、“李马二家日出无音乐之声”条《李晟传》，卷中“王叔文以度支使设食于翰林中”条（《王叔文传》）、“襄州人善为漆器”条（《于頔传》）、“杜羔有至行”条（《杜羔传》）、“韦太尉在西川”条（《韦皋传》）等。《次柳氏旧闻》：“魏知古起家诸吏”条和“元宗初即位礼貌大臣”条（《姚崇传》）、“萧嵩为相引韩休为同列”条（《萧嵩传》）、“肃宗在东宫为李林甫所构”条（《章敬吴太后传》）。《刘宾客嘉话录》主要有：“卢杞为相令李揆入蕃”条（《李揆传》）、“率更令欧阳询行见古碑”条（《欧阳询传》）、“皇甫文备武后时酷吏也”条（《徐有功传》）、“昔中书令河东公开元中居相位”条（《张憬藏传》）等。《大唐传载》主要有：“阳道州城之为朝士也”条（《阳城传》）、“李相国程为翰林学士”条（《李程传》）、“魏齐公元中少时”条（《张憬藏传》）、“天宝中有书生旅次宋州”条（《李勉传》）等。《朝野佥载》主要有：“萧颖士开元中年十九擢进士第”条（《萧颖士传》）、“周郎中裴珪妾赵氏”条（《张憬藏传》）、“唐明崇俨有术法”条（《明崇俨传》）、“监察御史李嵩、李全交、殿中王旭京师号为三豹”条（《王旭传》）等。《酉阳杂俎》主要有：前集卷一“骆宾王为徐敬业作檄”条（《骆宾王传》），前集卷之二“武攸绪天后从子”条（《武攸绪传》），前集卷十二“唐王勃每为碑颂”条（《王勃传》），续集卷三“斌兄陟早以文学识度名于时”条（《韦陟传》）、“韦斌虽生于贵门而性颇厚质”条（《韦斌传》）等。《唐摭言》主要有：卷三“胡证尚书质状魁伟膂力绝人”条（《胡证传》）、卷五“王勃著滕王阁序”条（《王勃传》）、卷十“李贺字长吉唐诸王孙也”条（《李贺传》）等。《因话录》主要有：卷二“刘桂州栖楚为京兆尹”条(《刘栖楚传》)、卷二“柳元公初拜京兆尹”条(《柳公绰传》)、卷三“刘司徒玄佐滑州匡城人”条(《刘玄佐传》)等。《杜阳杂编》主要有:“代宗纂业之始”条(《常衮传》)、“二年夏五月”条(《朱泚传》)、“鱼朝恩专权使气”条(《鱼朝恩传》)。

《新唐书》采录条目较少者主要有以下文献。《谭宾录》主要有卷五“李光弼讨史思明”条(《李光弼传》)、“太宗征辽东驻跸于阵”条(《薛仁贵传》)。《玉堂闲话》主要有“成式多禽荒”条(《段成式传》)、“刘崇龟镇南海之岁”条(《刘崇龟传》)。《玉泉子》有“崔湜为中书令”条(《张嘉贞传》)、“杜宣猷大夫自陶中除宣城”条(《吐突承璀传》)。《北梦琐言》主要有卷一“唐大中末相国令狐绹罢相”条(《令狐滈传》)、卷二“王文懿公起三任节镇”条(《王起传》)。《独异志》主要有卷下“萧颖士开元中年十九擢进士第”条(《萧颖士传》)、“唐朝承周隋离乱”条(《李嗣真传》)。《剧谈录》主要有卷上“唐盛唐令李鹏过桑道茂”条(《桑道茂传》)。《尚书故实》主要有“陆畅字达夫常为韦南康作蜀道易”条(《韦皋传》)。《封氏闻见记》有“姜晦自兵部侍郎拜吏部”条(《姜晦传》)。《幽闲鼓吹》有“张长史释褐为苏州常熟尉”条(《张旭传》)。《北里志》附录有“胡证尚书”条(《胡证传》)。《金华子杂编》有卷上“崔雍为起居郎”条(《李景让传》)。《松窗杂录》有“玄宗何皇后始以色进”条(《王皇后传》)。《宣室志》有卷一“新昌里尚书温造宅”条(《桑道茂传》)。《本事诗》有“沈全期以罪谪”条(《沈全期传》)。

从历代主要官私书目著录情况来看,《新唐书》传记增文采录“小说”条目较多者,有相当一部分属于“小说”“传记”“杂史”混杂著录者,如《大唐新语》,《崇文总目》《新唐书·艺文志》《郡斋读书志》《通志·艺文略》《直斋书录解题》著录为“杂史”,《四库全书总目》著录为“小说”;《明皇杂录》,《崇文总目》《新唐书·艺文志》《郡斋读书志》《直斋书录解题》著录为“杂史”,《四库全书总目》著录为“小说”;《次柳氏旧闻》,《新唐书·艺文志》《郡斋读书志》《通志·艺文略》《直斋书录解题》著录为“杂史”,《崇文总目》《百川书志》著录为“传记”,《四库全书总目》著录为“小说”;《刘宾客嘉话录》,《崇文总目》著录为“传记”,《郡斋读书志》《直斋书录解题》《四库全书总目》著录为“小说”;《朝野佥载》,《新唐书·艺文志》《宋史·艺文志》著录为“传记”,《通志·艺文略》著录“杂史”,《郡斋读书志》《直斋书录解题》《四库全书总目》著录为“小说”。作为史之流别，“杂史”“传记”“小说”与“正史”之文类关系存在着明显的亲疏远近之别，其中，“杂史”载录内容与“正史”最为相关，多事关庙堂国政、人事善恶，“传记”次之，“小说”最远。“杂史”“传记”“小说”混杂著录者，多兼备三种或两种文类规定性，包括三类或两类性质内容，即事关庙堂国政、人事善恶，或近或远或大或小，但含有部分鬼神怪异之事、无关“朝政军国”的日常生活化的轶闻琐事、依托虚构之事等。不过，在宋代官私书目特别是《新唐书·艺文志》《崇文总目》中，此类作品多被归为“杂史”或“传记”，也反映出《新唐书》传记增文采录时，实际上还是将其作为史料价值较高的“杂史”“传记”看待的。此外，《新唐书》传记增文采录“小说”条目较多者，也有部分作品属于历代主要官私书目中主要著录为“小说”者，如《隋唐嘉话》《唐国史补》《唐摭言》《大唐传载》《因话录》等。但此类作品在古人心目中也属“小说”中之翘楚，从史家眼光看来，属史学价值较高者。如李肇《唐国史补自序》：“撰《国史补》，虑史氏或阙则补之意。”❶《四库全书总目》之《大唐传载》提要云：“所录唐公卿事迹，言论颇详，多为史所采用。”❷《因话录》提要云：“故其书虽体近小说，而往往足与史传相参。”❸《唐摭言》提要云：“是书述有唐一代贡举之制特详，多史志所未及。”❹《新唐书》采录“小说”主要集中于记载朝野人物之琐闻轶事、具有较高史学价值的轶事小说，实际上反映了“正史”与“小说”文类关联之处在于一小部分“补史之阙”者，其他大量的志怪小说、传奇体小说及距离史家旨趣较远的轶事小说大都与“正史”无缘，基本不符合“正史”编纂的取材范围和入史标准。

“小说”（笔记体小说）之叙事多标榜“据见闻实录”原则，虽然也与“正史”一样追求“实录”，但因“见闻”特别是“传闻”本身可能存在附会依托、敷演增饰、虚妄不实之处，不少内容真虚莫测。其中，有部分作品较多倾向于“伪”和“诬”，“率多舛误”。也有部分作品较多倾向于“真”和“信”，“信而有征”，具有高度的历史真实性。总体看来，《新唐书》采录的“小说”轶事琐事，大都倾向于“信而有征”者。

❶ （唐）李肇：《唐国史补》，上海古籍出版社 1979 年版，第 3 页。
❷ （清）纪昀、陆锡熊、孙士毅等：《钦定四库全书总目》，中华书局 1997 年版，第 1839 页。
❸ 同上书，第 1838 页。
❹ 同上书，第 1842 页。

三、《新唐书》以何旨趣采录“小说”

关于《新唐书》编纂者以何旨趣采录“小说”增补传文，赵翼《廿二史札记》卷十七“新书增旧书处”称：“试取《旧书》各传相比较，《新书》之增于《旧书》者有二种，一则有关于当日之事势，古来之政要，及本人之贤否，所不可不载者；一则琐言碎事，但资博雅而已。”❶从古代传统史学视角来看，所谓“有关于当日之事势，古来之政要，及本人之贤否，所不可不载者”，主要指《新唐书》传记增文之史家宗旨：事关重要历史事件发展过程、朝廷大政沿革、人物善善恶恶评价等。所谓“琐言碎事，但资博雅而已”，是从传统史家立场出发的一种批评，但恰恰反映了《新唐书》传记增文之文人旨趣：琐言碎事实际上富有表现力地展现了人物之性情、品格、文艺或学术才华等，与“小说”之趣味更为接近。

从文本分析来看，《新唐书》传记增文以史家旨趣采录“小说”具体表现为以下三个方面。

其一，传统史学强调，“正史”载事须“事关军国”“理涉兴亡”“殷鉴兴废”。《新唐书》传记增文采录“小说”轶事与朝廷大政密切相关，属于反映重要历史事件或重要人物命运转折之历史片段，例如《桓彦范传》：“后闻变而起，见中宗曰：‘乃汝耶？竖子诛，可还宫。’彦范进曰：‘太子今不可以归，往天皇弃群臣，以爱子托陛下，今久居东宫，群臣思天皇之德，不血刃，清内难，此天意人事归李氏，臣等谨奉天意，惟陛下传位，万世不绝，天下之幸。’后乃卧，不复言。”❷事关中宗复位的重要历史事件，展现了当时重要的一幕历史场景。如《萧嵩传》：“帝慰之曰：‘朕未厌卿，何庸去乎？’嵩伏曰：‘臣待罪宰相，爵位既极，幸陛下未厌，得以乞身，有如厌臣，首领且不保，又安得自遂？’因流涕，帝为改容曰：‘卿言切矣，朕未能决。弟归，夕当有诏。’俄遣高力士诏嵩曰：‘朕将尔留，而君臣谊当有始有卒者。’

❶（清）赵翼著，王树民校证：《廿二史札记校证》，中华书局1984年版，第358页。
❷（宋）欧阳修、宋祁等：《新唐书》，中华书局1975年版，第4310页，采自《大唐新语》。

乃授尚书右丞相，与休皆罢。是日，荆州进黄甘，帝以紫帕包赐之。”❶展示了萧嵩被罢黜丞相的历史过程细节，也关系其命运的重大转折。❷

其二，传统史学强调，“正史”载事须“辨人事之纪”“贤贤贱不肖”“表贤能”。《新唐书》传记增文采录“小说”轶事与人物治国理政之才干评价密切相关。例如《张嘉贞传》：“其始为中书舍人，崔湜轻之，后与议事，正出其上。湜惊曰：‘此终其坐。’后十年而为中书令。”❸通过崔湜对张嘉贞之态度由轻蔑到惊异而钦佩的转变，侧面表现了张嘉贞才能之出类拔萃。如《卢杞传》：“（稍迁吏部郎中，为虢州刺史）奏言虢有官豕三千为民患，德宗曰：‘徙之沙苑。’杞曰：‘同州亦陛下百姓，臣谓食之便。’帝曰：‘守虢而忧它州，宰相材也。’诏以豕赐贫民，遂有意柄任矣。”❹卢杞之议论，揭示了他胸怀天下、心有全局之宰相胸怀。如《薛仁贵传》：“（率兵击突厥元珍于云州）突厥问曰：‘唐将为谁？’曰：‘薛仁贵。’突厥曰：‘吾闻薛将军流象州死矣，安得复生？’仁贵脱兜鍪见之，突厥相视失色，下马罗拜，稍稍遁去。仁贵因进击，大破之。”❺突厥见薛仁贵惊恐失色而遁逸，凸显了他令敌人闻风丧胆的英武神勇。如《刘栖楚传》：“（改京兆尹，峻诛罚，不避权豪）先是，诸恶少窜名北军，凌藉衣冠，有罪则逃军中，无敢捕。栖楚一切穷治，不阅旬，宿奸老蠹为敛迹。一日，军士乘醉有所凌突，诸少年从旁噪曰：‘痴男子，不记头上尹邪？’”❻反映了刘栖楚治理恶少之患，敢作敢为的震慑之力。如《姚崇传》：“崇尝于帝前序次郎吏，帝左右顾，不主其语。崇惧，再三言之，卒不答，崇趋出。内侍高力士曰：‘陛下新即位，宜与大臣裁可否。今崇亟言，陛下不应，非虚怀纳诲者。’帝曰：‘我任崇以政，大事吾当与决，至用郎吏，崇顾不能而重烦我邪？’崇闻

❶ （宋）欧阳修、宋祁等：《新唐书》，中华书局 1975 年版，第 3954 页，采自《次柳氏旧闻》。

❷ 此类例证还有《牛仙客传》：“帝既用仙客，……翌以为实，喜甚。”（《明皇杂录》）《韦见素传》：“明年，禄山表请蕃将三十二人代汉将，……禄山反，从帝入蜀。”（《大唐新语》）《姚崇传》：“魏知古，崇所引，……然卒罢为工部尚书。”（《次柳氏旧闻》）《令狐滈传》：“谏议大夫崔瑄劾奏绹以十二月去位，……请委御史按实其罪。”（《北梦琐言》）《阎知微传》：“武后时，……于是骨断脔分，非要职者不能得。”（《隋唐嘉话》）

❸ （宋）欧阳修、宋祁等：《新唐书》，中华书局 1975 年版，第 4444 页，采自《玉泉子》。

❹ 同上书，第 6351 页，采自《唐国史补》。

❺ 同上书，第 4142、4143 页，采自《谭宾录》。

❻ 同上书，第 5246 页，采自《因话录》。

乃安。”[1]此轶事彰显了一种理想的君臣关系，“此见玄宗任相之专”[2]，体现了唐玄宗对姚崇的信任和姚崇的出众才干。[3]

其三，传统史学强调，“正史”载事须“善善恶恶”，“书美以彰善，记恶以垂戒”。《新唐书》传记增文采录“小说”轶事与历史人物品行操守的道德评价密切相关。例如《房玄龄传》：“（帝讨辽，玄龄守京师）有男子上急变，玄龄诘状，曰：‘我乃告公。’玄龄驲遣追帝，帝视奏已，斩男子，下诏责曰：‘公何不自信！’其委任类如此。”[4]既反映了唐太宗对房玄龄的信任，也表现了房玄龄对唐太宗的坦荡、忠诚。如《鱼朝恩传》：“养息令徽者，尚幼，为内给使，服绿，与同列争忿，归白朝恩。明日见帝曰：‘臣之子位下，愿得金紫，在班列上。’帝未答，有司已奉紫服于前，令徽称谢。帝笑曰：‘小儿章服，大称。’”[5]“会释菜，执易升坐，百官咸在，言鼎有覆餗象，以侵宰相。王缙怒，元载怡然。朝恩曰：‘怒者常情，笑者不可测也。’载衔之，未发。”[6]凸显了鱼朝恩之恶：藐视皇权、专横无理、飞扬跋扈。如《李勉传》：“勉少贫狭，客梁、宋，与诸生共逆旅，诸生疾且死，出白金曰：‘左右无知者，幸君以此为我葬，余则君自取之。’勉许诺，既葬，密置余金棺下。后其家谒勉，共启墓出金付之。”[7]彰显了李勉对朋友之诚信。如《徐有功传》：“与皇甫文备同按狱，诬有功纵逆党。久之，文备坐事下狱，有功出之，或曰：‘彼尝陷君于死，今生之，何也？’对曰：‘尔所言者私忿，我所守者公法，不可以私害公。’”[8]彰显了徐有功之大度宽容、公私分明。如《萧至忠传》：“始，至忠为御史，而李承嘉为大夫，尝让诸御史曰：‘弹事有不咨大夫，可乎？’众不敢对，至忠独曰：‘故事，台

---

[1] （宋）欧阳修、宋祁等：《新唐书》，中华书局 1975 年版，第 4384 页，采自《次柳氏旧闻》。

[2] （清）赵翼《廿二史札记》卷十七“新书增旧书有关系处”：“姚崇传，增玄宗欲相崇，崇先以十事邀帝。此为相业之始，而旧书不载。又增崇在帝前序进郎吏，帝不顾，后谓高力士曰：‘我任崇以大政，此小事，何必渎耶。’此见玄宗任相之专。”

[3] 此类例证还有《房玄龄传》：“帝悟，遽召于家……因载玄龄还宫。”（《大唐新语》）《崔隐甫传》：“梨园弟子胡雏善笛，……赐隐甫百缣。”（《唐国史补》）《吐突承璀传》：“是时，诸道岁进阉儿，……宣猷卒用群宦力徙宣歙观察使。”（《玉泉子》）《姚崇传》：“故事，天子行幸，……衮衮不知倦。”（《大唐新语》）《姜晦传》：“满岁，为吏部侍郎，……众乃伏。”（《封氏闻见记》）《柳公绰传》：“遣宣谕郓州，……帝乃解。”（《因话录》）

[4] （宋）欧阳修、宋祁等：《新唐书》，中华书局 1975 年版，第 3857 页，采自《隋唐嘉话》。

[5] 同上书，第 5865 页，采自《杜阳杂编》。

[6] 同上书，第 5864—5865 页，采自《杜阳杂编》。

[7] 同上书，第 4509 页，采自《大唐传载》。

[8] 同上书，第 4191 页，采自《隋唐嘉话》《刘宾客嘉话录》《大唐新语》。

无长官。御史，天子耳目也，其所请奏当专达，若大夫许而后论，即劾大夫者，又谁白哉？’”❶表现了萧至忠之不畏强权之耿直和忠于职守。❷

整体而言，“小说”属于“史官之末事”，载录历史人物轶事多为无关朝廷大政、善善恶恶的“琐细之事”。然而，从《新唐书》传记增文采录“小说”轶事有相当一部分直接事关朝廷大政、人物命运、善善恶恶之评价来看，“小说”还是载录有少量完全符合史家旨趣之轶事，与“正史”存在直接相通之处。《朝野佥载》《唐国史补》《大唐新语》《次柳氏旧闻》《明皇杂录》等一批唐人轶事小说中，载录有大量此类性质条目。有学者甚至认为，其中许多内容可能抄录自唐代国史“实录”。此类轶事小说还为后世确立起轶事小说之典范，宋人轶事小说向唐人学习，也载录了大量此类内容，如欧阳修《归田录》、司马光《涑水记闻》等，《四库全书总目》之《归田录》提要云：“多记朝廷轶事，及士大夫谈谐之言。……然大致可资考据，亦《国史补》之亚也。”❸宋人轶事小说中诸多此类轶事也被大量写入了《宋史》。

从文本分析来看，《新唐书》传记增文以文人旨趣采录“小说”具体表现为以下三个方面。

其一，《新唐书》传记增文采录“小说”琐事与历史人物之性情、品格、嗜好密切相关。例如《李程传》：“学士入署，常视日影为候，程性懒，日过八砖乃至，时号‘八砖学士’。”❹“八砖学士”绰号，彰显了李程性格之懒散。如《韦斌传》：“斌天性质厚，每朝会，不敢离立笑言。尝大雪，在廷者皆振裾更立，斌不徙足，雪甚，几至靴，亦不失恭。”❺彰显了韦斌性格之憨厚、拘谨。如《杜羔传》：“从弟羔，贞元初及进士第，有至性。父死河北，母更兵乱，不知所之，羔忧号终日。及兼为泽潞判官，鞫狱，有媪辨对不凡，乃羔母，因得奉养。而不知父墓区处，昼夜哀恸，它日

---

❶ （宋）欧阳修、宋祁等：《新唐书》，中华书局 1975 年版，第 4371 页，采自《大唐新语》。

❷ 此类例证还有：《韦陟传》：“穷治馔羞，……必允主之。”（《酉阳杂俎》）《段成式传》：“侍父于蜀，……众大惊。”（《玉堂闲话》）《王起传》：“帝题诗太子笏以赐，……其宠遇如此。”“起治生无检，……不克让。”（《北梦琐言》）《王毛仲传》：“尝生子，……今以婴儿顾云云。”（《明皇杂录》）《王叔文传》：“叔文母死，……闻者恟惧。”（《唐国史补》）《杨国忠传》：“子暄举明经，……犹咤官不进。”（《明皇杂录》）《宋璟传》：“诏按狱扬州，……非朝廷故事。”（《大唐新语》）《刘玄佐传》：“玄佐贵，……故待下益加礼。”（《因话录》）《李撰传》：“撰辞老，……还卒凤州。”（《刘宾客嘉话录》）《阳城传》：“常以木枕布衾质钱，……争售之。”（《大唐传载》）《于頔传》：“初，襄有髹器，……故方帅不法者号‘襄样节度’。”（《唐国史补》）

❸ （清）纪昀、陆锡熊、孙士毅等：《钦定四库全书总目》，中华书局 1997 年版，第 1848 页。

❹ （宋）欧阳修、宋祁等：《新唐书》，中华书局 1975 年版，第 4511 页，采自《大唐传载》。

❺ 同上书，第 4354 页，采自《酉阳杂俎》。

舍佛祠，观柱间有文字，乃其父临死记墓所在。羔奔往，亦有耆老识其垄，因是得葬。"[1]彰显了杜羔天性之纯孝。如《娄师德传》："尝与李昭德偕行，师德素丰硕，不能遽步，昭德迟之，恚曰：'为田舍子所留。'师德笑曰：'吾不田舍，复在何人？'其弟守代州，辞之官，教之耐事。弟曰：'人有唾面，洁之乃已。'师德曰：'未也，洁之，是违其怒，正使自干耳。'"[2]"唾面自干"已成为典故，表现了娄师德之隐忍。《李勣传》："（性友爱）其姊病，尝自为粥而燎其须。姊戒止。答曰：'姊多疾，而勣且老，虽欲数进粥，尚几何？'"[3]反映了李勣对姊妹之友爱。上述轶事，多被归为"性懒""天性质厚""有至性""性友爱"，主要反映了人物之性情。另有一类与上述体现性情之琐事相近者，但重在表现人物之品格，例如《宇文士及传》："其妻尝问向遽召何所事，士及卒不对。帝尝玩禁中树曰：'此嘉木也！'士及从旁美叹。帝正色曰：'魏徵常劝我远佞人，不识佞人为谁，乃今信然。'谢曰：'南衙群臣面折廷争，陛下不得举手。今臣幸在左右，不少有将顺，虽贵为天子，亦何聊？'帝意解。""又尝割肉，以饼拭手，帝屡目，阳若不省，徐啖之。其机悟率类此。"[4]如《刘崇龟传》："广有大贾，约倡女夜集，而它盗杀女，遗刀去。贾入倡家，践其血乃觉，乘艑亡。吏迹贾捕劾，得约女状而不杀也。崇龟方大飨军中，悉集宰人，至日入，乃遣。阴以遗刀易一杂置之。诘朝，群宰即庖取刀，一人不去，曰：'是非我刀。'问之，得其主名。往视，则亡矣。崇龟取它囚杀之，声言贾也，陈诸市。亡宰归，捕诘具伏，其精明类此。"[5]如《刘玄佐传》："汴有相国寺，或传佛躯汗流，玄佐自往大施金帛，于是将吏、商贾奔走输金钱，惟恐后。十日，玄佐敕止，籍所入得巨万，因以赡军。其权谲类若此。"[6]如《卢承庆传》："初，承庆典选，校百官考，有坐漕舟溺者，承庆以'失所载，考中下'。以示其人，无愠也。更曰：'非力所及，考中中'。亦不喜。承庆嘉之曰：'宠辱不惊，考中上。'其能著人善类此。"[7]"机悟率类此""精明类此""权谲类若此""著人善类此"，显然就是以此琐事典型地反映

[1] （宋）欧阳修、宋祁等：《新唐书》，中华书局 1975 年版，第 5205 页，采自《唐国史补》。
[2] 同上书，第 4093 页，采自《隋唐嘉话》。
[3] 同上书，第 3821 页，采自《隋唐嘉話》。
[4] 同上书，第 3935—3936 页，采自《隋唐嘉话》。
[5] 同上书，第 3769 页，采自《玉堂闲话》。
[6] 同上书，第 6000 页，采自《唐国史补》。
[7] 同上书，第 4048 页，采自《隋唐嘉话》。

这些人物鲜明的品格特征。此外，还有一些琐事重在表现人物之嗜好，例如《李晟传》："与马燧皆在朝，每宴乐恩赐，使者相衔于道。两家日出无钟鼓声，则金吾以闻，少选，使者至，必曰：'今日何不举乐？'"❶如《欧阳询传》："尝行见索靖所书碑，观之，去数步复返，及疲，乃布坐，至宿其傍，三日乃得去。其所嗜类此。"❷

此类反映人物之性情、品格、嗜好的琐事，在《新唐书》中大多属于追叙、补叙，以"尝""初""类此"等引导指示，基本上脱离了人物命运和历史功业之主体叙事。

其二，《新唐书》传记增文采录"小说"琐事与历史人物之文艺、学术才能密切相关，主要集中于文艺传和儒学传。例如《李贺传》："七岁能辞章，韩愈、皇甫湜始闻未信，过其家，使贺赋诗，援笔辄就如素构，自目曰'高轩过'，二人大惊，自是有名。"❸如《骆宾王传》："徐敬业乱，署宾王为府属，为敬业传檄天下，斥武后罪。后读，但嘻笑，至'一抔之土未干，六尺之孤安在'，矍然曰：'谁为之？'或以宾王对，后曰：'宰相安得失此人！'"❹上述二则轶事，以独特的方式分别凸显了李贺、骆宾王杰出的文学天才。如《张旭传》："初，仕为常孰尉，有老人陈牒求判，宿昔又来，旭怒其烦，责之。老人曰：'观公笔奇妙，欲以藏家尔。'旭因问所藏，尽出其父书，旭视之，天下奇笔也，自是尽其法。旭自言，始见公主担夫争道，又闻鼓吹，而得笔法意，观倡公孙舞剑器，得其神。"❺老人陈牒而尽其法、闻鼓吹得笔法意、观倡公孙舞剑器得其神，揭示了张旭书法技艺之渊源。如《元行冲传》："有人破古冢得铜器似琵琶，身正圆，人莫能辨。行冲曰：'此阮咸所作器也。'命易以木，

❶ (宋) 欧阳修、宋祁等：《新唐书》，中华书局 1975 年版，第 4872 页，采自《唐国史补》。

❷ 同上书，第 5646 页，采自《刘宾客嘉话录》。此类反映人物之性情、品格、嗜好的轶事琐事还有《王皇后》："先天元年，……终无肯谮短者。"(《松窗杂录》)《韦皋传》："善拊士，……死丧者称是。"(《唐国史补》)《浑瑊传》："瑊年十一，……'与乳媪俱来邪？'"(《唐国史补》)《侯君集传》："始，帝命李靖教君集兵法，……'此君集欲反耳。'"(《隋唐嘉话》)《倪若水传》："时天下久平，……吾恨不得为驺仆。"(《明皇杂录》)《戴至德传》："尝更日听讼，……人伏其长者。"(《隋唐嘉话》)《胡证传》："证旅力绝人，……故时人称其侠。"(《北里志》《唐摭言》)《刘玄佐传》："玄佐贵，……故待下益加礼。"(《因话录》)《李景让传》："母郑，……亟使闭坎。"(《金华子杂编》)《韦皋传》："朝廷欲追绳其咎，……畅更为蜀道易以美皋焉。"(《尚书故实》)《王旭传》："制狱械，率有名，……'若违教，值三豹。'"(《朝野佥载》)

❸ (宋) 欧阳修、宋祁等：《新唐书》，中华书局 1975 年版，第 5787—5788 页，采自《唐摭言》。

❹ 同上书，第 5742 页，采自《酉阳杂俎》。

❺ 同上书，第 5764 页，采自《幽闲鼓吹》《唐国史补》。

弦之，其声亮雅，乐家遂谓之‘阮咸’。”[1]展示了元行冲之多闻博识。[2]此类轶事，赵翼称之为“正以见其才”：“亦有琐言碎事，《旧书》所无，而《新书》反增之者，如《韦皋传》，李白为《蜀道难》以讥严武。……无他事迹可纪，此正以见其才，非好奇也。”[3]

其三，《新唐书》传记增文采录“小说”琐事，有少量条目属于特定人物非常奇异之言行或所遇超常神怪之事。整体而言，《新唐书》载录祥瑞、灾祸、神怪、变异之事，主要集中于《五行志》中，本纪、列传等传记中仅偶尔涉及超现实的神怪变异之事。《新唐书》传记增文采录“小说”为人物非常奇异之言行者，主要集中《方伎传》，描写方伎之士的占卜、作法等，所涉人物多为重要历史人物。例如《张憬藏传》：“郎中裴珪妻赵见之，憬藏曰：‘夫人目修缓，法曰‘豕视淫’，又曰‘目有四白，五夫守宅’，夫人且得罪。’俄坐奸，没入掖廷。”“魏元忠尚少，往见憬藏，问之，久不答，元忠怒曰：‘穷通有命，何预君邪？’拂衣去。憬藏遽起曰：‘君之相在怒时，位必卿相。’姚崇、李迥秀、杜景佺从之游，憬藏曰：‘三人者皆宰相，然姚最贵。’”“裴光庭当国，憬臧以纸大署‘台’字投之，光庭曰：‘吾既台司矣，尚何事？’后三日，贬台州刺史。”[4]张憬藏属方伎之士，其列传主要载录了其为蒋严、刘仁轨、靖贤、姚崇等人卜相的几则轶事，以此表现其准确预知生死、仕宦之神奇。《新唐书》采录“小说”补充轶事自然也多为此类性质内容。对此，钱大昕《廿二史考异》唐书十六“方技传”批评称：“小说家附会之说，不尽足信。”[5]《明崇俨传》：“（高宗召见，甚悦，擢冀王府文学）试为窟室，使宫人奏乐其中，召崇俨问：‘何祥邪？为我止之。’崇俨书桃木为二符，剸室上，乐即止，曰：‘向见怪龙，怖而止。’”[6]此则琐事反映明崇俨做法之神异。另外，还有个别琐事反映历史人物遭遇鬼神、怪异之事，例如《朱泚传》：“泚失道，问野人，答曰：‘朱太尉邪？’休曰：‘汉

[1] （宋）欧阳修、宋祁等：《新唐书》，中华书局1975年版，第5691页，采自《隋唐嘉话》。
[2] 此类轶事琐事还有《王勃传》：“初，道出钟陵，……请遂成文，极欢罢。”（《唐摭言》）“勃属文，初不精思，……尤喜著书。”（《酉阳杂俎》）《欧阳通传》：“褚遂良亦以书自名，……非是未尝书。”（《隋唐嘉话》）
[3] （清）赵翼：《陔余丛考》，中华书局1963年版，第196页。
[4] （宋）欧阳修、宋祁等：《新唐书》，中华书局1975年版，第5802页，采自《朝野佥载》《大唐传载》《刘宾客嘉话录》。
[5] （清）钱大昕著，陈文和主编：《嘉定钱大昕全集（增订本）》，凤凰出版社2016年版，第977页。
[6] （宋）欧阳修、宋祁等：《新唐书》，中华书局1975年版，第5806页，采自《朝野佥载》。

皇帝。’曰：‘天网恢恢，走将安所？’泚怒，欲杀之，乃亡去。”❶《章敬吴太后传》：“肃宗在东宫，宰相李林甫阴构不测，太子内忧，鬓发班秃。后入谒，玄宗见不悦，因幸其宫，顾廷宇不汛扫，乐器尘蠹，左右无嫔侍，帝愀然谓高力士曰：‘儿居处乃尔，将军叵使我知乎？’诏选京兆良家子五人虞侍太子，力士曰：‘京兆料择，人得以借口，不如取掖廷衣冠子，可乎？’诏可。得三人，而后在中，因蒙幸。忽寝厌不寤，太子问之，辞曰：‘梦神降我，介而剑，决我胁以入，殆不能堪。’烛至，其文尚隐然。生代宗，为嫡皇孙。生之三日，帝临澡之。”❷

“正史”借细小琐事为人物传神、表现人物性情精神的书写传统确立于《史记》，“史公每于小处著神”。❸相对于人物的历史大事业、大功绩来说，细小的轶事往往在表现人物性格方面，更富于表现力，如刘辰翁《班马异同评》评论文君夜奔之轶事：“赋成而王卒，而困，是临邛令哀故人之困，岂无他料理，顾相与设画，次第出此言，是一段小说耳。子长以奇著之，如闻如见，乃并与其精神意气，隐微曲折尽就。”❹《新唐书》传记增文采录“小说”中无关史家旨趣之琐言碎事，实际上也是遵从“正史”这一书写传统。对于“小说”而言，多载录人物之琐细轶事，本身就属自身的一种主要书写传统，从某种意义上说，这也正是“正史”与“小说”的相通之处。当然，“正史”与“小说”在载录轶事琐事方面，整体上还界限分明，大多数“小说”所载之琐细轶事无资格被“正史”所采。

“《唐书》欧阳修撰本纪、志、表，宋祁撰列传。”❺《新唐书》传文增文采录“小说”之史家旨趣和文人旨趣，与宋祁兼具史家与文人之双重身份与意识密切相关。曾公亮《进新修唐书表》称：“衰世之士，气力卑弱，言浅意陋，不足以起其文，而使明君贤臣俊功伟烈，与夫昏虐贼乱祸根罪首，皆不足暴其善恶，以动人耳目，诚不可以垂劝戒，示久远，甚可叹也。”❻《新唐书》增补诸多历史人物事迹之初

❶ (宋) 欧阳修、宋祁等：《新唐书》，中华书局 1975 年版，第 6448 页，采自《杜阳杂编》。
❷ 同上书，第 3499 页，采自《次柳氏旧闻》。此类轶事琐事还有：《桑道茂传》：“建中初，……赖以济。”“李晟为右金吾大将军，……晟为奏，原其死。”(《剧谈录》)“是时藩镇擅地无宁时，……后终司徒。”(《宣室志》)《李嗣真传》：“太常缺黄钟，……掘之得钟，众乐遂和。”(《独异志》)
❸ (汉) 司马迁著，(清) 姚苎田评：《史记菁华录》，上海古籍出版社 2007 年版，第 78 页。
❹ (宋) 刘辰翁：《班马异同评》，《四库全书存目丛书》(史部第 1 册)，齐鲁书社 1996 年版，第 244 页。
❺ (清) 钱大昕著，陈文和主编：《嘉定钱大昕全集(增订本)》，凤凰出版社 2016 年版，第 193 页。
❻ (宋) 欧阳修著，李之亮笺注：《欧阳修集编年笺注》，巴蜀书社 2007 年版，第 381 页。

衷，主要是为了更好地彰显人物之善善恶恶和历史功绩，揭示历史发展的成败盛衰之理，以史为鉴劝戒后世，显然，这种价值追求应源于宋祁之史家身份与意识。同时，宋祁在《新唐书》增补中表现出鲜明的文人色彩，以至于招致宋人批评，如吴缜《新唐书纠谬序》：“修传者则独以文辞华采为先。”[1]高似孙《纬略》：“仁宗诏重修《唐书》……十七年书成。韩魏公素不悦宋景文，以所上列传文采太过。”[2]晁公武《郡斋读书志》“《新唐书》二百二十五卷”称：“子京通小学，惟刻意文章。”[3]这应源于宋祁之文人身份与意识。

《新唐书》对《旧唐书》之删略、增补，暗含着一种批评对话关系。宋祁选择“小说”轶事琐事写入《新唐书》，首先必须符合他对传主的人生经历、思想才能、性情品格以及相关历史事件过程的整体理解和想象。也就是说，这些轶事琐事所反映的历史场景和细节、所表现的人物性情思想和品德才干应与他对传主的整体理解和想象保持一致、相互统一。其次，这也是他在按照自己的史学标准和新掌握的史料重新审视《旧唐书》，表达对《旧唐书》人物传记的质疑、不满和批评，补充、修正《旧唐书》对传主的整体理解和想象。《新唐书》传文增文采录“小说”之史家旨趣和文人旨趣，实际上就是这种批评对话关系之中心主题。

四、《新唐书》以何方式表述“小说”

《新唐书》传记增文表述“小说”轶事琐事，往往会对作为素材的“小说”轶事琐事进行一番加工处理。一般来说，“小说”载录轶事琐事较多描摹形容，包含大量的细节描写和场景化描述，但这些轶事琐事进入《新唐书》后，常常被简化处理而仅保留个别典型性细节或比较简略的场景化叙事。例如，《朝野佥载》记载萧颖士之仆人杜亮因爱其才屡受鞭打而不愿离开：“开元中，萧颖士方年十九，擢进士。至二十余，该博三教。其赋性躁忿浮戾，举无其比。常使一仆杜亮，每一决

[1] 王东、左宏阁校证：《唐书直笔校证　新唐书纠谬校证》，四川大学出版社 2014 年版，第 153—154 页。
[2] 左洪涛校注：《高似孙〈纬略〉校注》，浙江大学出版社 2012 年版，第 245 页。
[3] （宋）晁公武撰，孙猛校证：《郡斋读书志校证》，上海古籍出版社 1990 年版，第 193 页。

责，皆由非义。平复，遭其指使如故。或劝亮曰：‘子佣夫也，何不择其善主，而受苦若是乎？’亮曰：‘愚岂不知。但爱其才学博奥，以此恋恋不能去。’卒至于死。”❶《新唐书》采录此琐事写入《萧颖士传》，仅删节保留为：“有奴事颖士十年，笞楚严惨，或劝其去，答曰：‘非不能，爱其才耳。’”❷《明皇杂录》载录“唐玄宗用张嘉贞为相”条：“开元中，上急于为理，尤注意于宰辅，常欲用张嘉贞为相，而忘其名。夜令中人持烛于省中，访直宿者为谁，还奏中书侍郎韦抗，上即令召入寝殿。上曰：‘朕欲命一相，常记得风标为当时重臣，姓张而重名，今为北方侯伯。不欲访左右，旬日念之，终忘其名，卿试言之。’抗奏曰：‘张齐丘今为朔方节度。’上即令草诏，仍令宫人持烛，抗跪于御前，援笔而成，上甚称其敏捷典丽，因促命写诏敕。抗归宿省中，上不解衣以待旦，将降其诏书。夜漏未半，忽有中人复促抗入见。上迎谓曰：‘非张齐丘，乃太原节度张嘉贞。’别命草诏。上谓抗曰：‘维朕志先定，可以言命矣。适朕因阅近日大臣章疏，首举一通，乃嘉贞表也，因此洒然方记得其名。此亦天启，非人事也。’上嘉其得人，复叹用舍如有人主张。”❸《新唐书》采录此轶事入《张嘉贞传》，做了较多删节简化处理：“帝欲果用嘉贞，而忘其名。夜诏中书侍郎韦抗曰：‘朕尝记其风操，而今为北方大将，张姓而复名，卿为我思之。’抗曰：‘非张齐丘乎？今为朔方节度使。’帝即使作诏以为相。夜且半，因阅大臣表疏，举一则嘉贞所献，遂得其名。”❹这种简略化处理反映了“正史”与笔记体小说在叙事方式上的典型差异。“而叙事之工者，以简要为主。……然则文约而事丰，此述作之尤美者也。”❺“正史”之叙事追求简洁，反对“虚加练饰，轻事雕彩”，而《新唐书》更是特别追求叙事之简要，如《进唐书表》称：“其事则增于前，其文则省于旧。”《新唐书》对传记增文采录“小说”之轶事琐事进行简略化处理，实际上是一种“正史化”。不过，对于这种简略化处理虽符合“正史”之叙事原则，但因过度追求叙事简要，也招致不少古代史家、文人的批评，例如，顾炎武《日知录》“文章繁简”条云：“辞主乎达，不论其繁与简也，繁简之论兴

❶（唐）张鷟撰，赵守俨点校：《朝野佥载》，中华书局1979年版，第133页。
❷（宋）欧阳修、宋祁等：《新唐书》，中华书局1975年版，第5770页，采自《朝野佥载》《独异志》。
❸（唐）郑处诲：《明皇杂录》，中华书局1994年版，第12页。
❹（宋）欧阳修、宋祁等：《新唐书》，中华书局1975年版，第4442页，采自《明皇杂录》。
❺（唐）刘知幾著，（清）浦起龙通释，王煦华整理：《史通通释》，上海古籍出版社2009年版，第156页。

而文亡矣,《史记》之繁处必胜于《汉书》之简处,《新唐书》之简也,不简于事而简于文,其所以病也。……是故辞主乎达,不主乎简。刘器之曰:'《新唐书》叙事好简略其辞,故其事多郁而不明,此作史之病也。'"❶这里主要指《新唐书》叙事过分追求简略,删略了一些构成史实的必备细节要素如历史时间、地点、称谓等,事实反而晦涩不清了。

不过,《新唐书》传记增文采录"小说"轶事琐事做简略化处理,也有少部分片段还是保留了较完整细腻的场景化叙事,例如《吉顼传》:"及辞,召见,泣曰:'臣去国,无复再谒,愿有所言。然病棘,请须臾间。'后命坐,顼曰:'水土皆一盎,有争乎?'曰:'无。'曰:'以为涂,有争乎?'曰:'无。'曰:'以涂为佛与道,有争乎?'曰:'有之。'顼顿首曰:'虽臣亦以为有。夫皇子、外戚,有分则两安。今太子再立,而外家诸王并封,陛下何以和之?贵贱亲疏之不明,是驱使必争,臣知两不安矣。'后曰:'朕知之,业已然,且奈何?'"❷《李光弼传》:"光弼壁野水度,既夕还军,留牙将雍希颢守,曰:'贼将高晖、李日越,万人敌也,贼必使劫我。尔留此,贼至勿与战,若降,与偕来。'左右窃怪语无伦。是日,思明果召日越曰:'光弼野次,尔以铁骑五百夜取之,不然,无归!'日越至垒,使人问曰:'太尉在乎?'曰:'去矣。''兵几何?'曰:'千人。''将为谁?'曰:'雍希颢。'日越谓其下曰:'我受命云何,今顾获希颢,归不免死。'遂请降。"❸

总体看来,《新唐书》传记增文采录"小说"之轶事琐事,虽然都经历了程度不同的简略化处理,但最终写入的历史片段、生活片段还是或多或少进一步补充增强了《新唐书》的文学性。作为"史家之绝唱,无韵之离骚",《史记》是史笔、文笔相结合的典范之作。从叙事方式上来说,其文笔主要表现为:历史叙述中掺入了诸多描摹形容成分,包括细节描写、心理描写、场面描绘、氛围渲染、轶事传神、笔补造化等,不仅注重叙事,也注重写人,鲜明生动地刻画人物性情品格、深刻揭示人物思想灵魂,而且,注重凝练主题,寄托作者对历史人物的认识评价和情感态度、审美理想。"太史公叙事,必摹写尽情。如万石君孝谨,将其处家处乡处

❶ (清)顾炎武著,(清)黄汝成集释,栾保群、吕宗力校点:《日知录集释》,上海古籍出版社2014年版,第433页。

❷ (宋)欧阳修、宋祁等:《新唐书》,中华书局1975年版,第4259页,采自《大唐新语》。

❸ 同上书,第4588页,采自《谭宾录》。

朝，笔笔形容，如化工之画须眉，毫发皆备。”[1]“是故马迁之为文也，吾见其有事之巨者而括焉，又见其有事之细者而张皇焉，或见其有事之阙者而附会焉，又见其有事之全者而轶去焉，无非为文计，不为事计也。”[2]而且，其中不少描摹形容成分属于“笔补造化”，即为历史真实性可疑的想象虚构，如周亮工《尺牍新钞》三集卷二释道盛《与某》云：“余独谓垓下是何等时，虞姬死而子弟散，匹马逃亡，身迷大泽，此际亦何暇更作歌词！即有作，亦谁闻之而谁记之欤？吾谓此数语者，无论事之有无，应是太史公‘笔补造化’，代为传神。”[3]方中通《陪集》卷二《博论》下：“《左》《国》所载，文过其实者强半。即如苏、张之游说，范、蔡之共谈，何当时一出诸口，即成文章？而又谁为记忆其字句，若此其纤悉不遗也？”[4]随着史学发展，《汉书》已出现文史分流的倾向，更加注重纪事而淡化写人，常常删略历史叙述中的描摹形容成分，从而使其文学性大大削弱。《后汉书》《三国志》之后，文史异辙则更加明显，强调“文之与史，较然异辙”[5]，追求史体谨严实录而反对“文笔”叙事，甚至认为文采奕奕有害历史真实。从上述例证可见，这些写入《新唐书》的历史片段、生活片段大都包含了诸多人物的表情、动作、言语等细节描写，有些还算得上历史场面描摹，鲜明生动地刻画出历史人物的性格思想、性情才能。从某种意义上说，此类文字也算得上文学性较强之文笔。

“小说”属于“据见闻实录”，即使是“信而有征”者，实际上也是历史性想象和文学性想象相结合的产物，既追求纪实求真、真实客观地再现基本历史事实，又追求具体生动、形象化地展示历史事实之具体过程和细节，主要表现为以历史基本事实为基础的情节附会、细节增饰和臆测想象、场面铺叙等。钱锺书《管锥编》称：“史家追叙真人实事，每须遥体人情，悬想事势，设身局中，潜心腔内，忖之度之，以揣以摩，庶几入情合理。……《韩非子·解老》曰：‘人希见生象也，而得死象之骨，案其图以想其生也；故诸人之所以意想者，皆谓之象也。’斯言虽未尽想

[1] 王治皞：《史记榷参》（评论《万石张叔列传》），杨燕起、陈可青等编：《历代名家评〈史记〉》，北京师范大学出版社1986年版，第658页。
[2] （明）施耐庵著，（明）金圣叹评点：《第五才子书水浒传》，天津古籍出版社2006年版，第244页。
[3] （清）周在浚等辑：《结邻集》，《四库禁毁书丛刊》（集部第36册），北京出版社1998年版，第541页。
[4] （清）方中通：《陪集》，《清代诗文集汇编》（第133册），上海古籍出版社2010年版，第39页。
[5] （唐）刘知幾著，（清）浦起龙通释，王煦华整理：《史通通释》，上海古籍出版社2009年版，第232页。

象之灵奇酣放，然以喻作史者据往迹、按陈编而补阙申隐，如肉死象之白骨，俾首尾完足，则至当不可易矣。”❶其中，历史性想象更多倾向于建构大象之“白骨”框架，而文学性想象则更多倾向于建构大象之丰满“血肉”。总体看来，《新唐书》对“小说”轶事琐事进行加工处理，基本属于一定程度上消减其文学性想象、凸显其历史性想象。

❶ 钱锺书：《管锥编》（第1册），生活·读书·新知三联书店2001年版，第317—318页。

中编

“小说”与史部“传记”“杂史”之关联与互动

概　说

“小说”最易与史部之“杂史”“传记”相混淆，而“传记”尤甚，三者称得上关联最为紧密的文类。三者不仅文类起源具有同源共生性，而且在历代官私书目著录中存在大量混杂著录现象，大量作品文本内容相互羼杂、相互渗透，在文类性质、编撰方式、取材范围、体裁形式等诸多方面存在种种相通之处。当然，三者虽有着诸多混杂相通之处，但作为不同的文类，依然各自有着相对独立的文类规定性，古人对其间的文类区分和边界亦有着明确认识。

“小说”文类之起源发生与“杂史”“传记”之分化、分流密切相关。一方面，从“小说”之名来看，以史书艺文志为标志，“小说”文类观的确立，经历了《汉书·艺文志》《隋书·经籍志》《新唐书·艺文志》三座里程碑，在此过程中，“小说”作为一种文类概念，其内涵和指称也经历了一个由“子之末”到“史之余”的演化过程，其中最具标志性的是有一部分作品从《隋书·经籍志》“杂史”“杂传”类划归到了《新唐书·艺文志》“小说家”，实际上是一部分史学价值低下的“杂史”“杂传”作品在新的正统史学价值原则观照下逐渐为史部所不容，重新调整而归入“小说家”的结果。另一方面，从“小说”之实来看，唐前一批被后世称之为“小说”的作品多为“杂史”“传记”之分化、分流之作，或专门辑录史书中的“不经之说”而成，或专门载录异物、鬼怪、轶事琐语而成，或专门载录历史人物依托附会之传闻而成，实际上就是“杂史”“传记”发展分化中形成的多个史籍编纂的“支流”。从“小说”与“杂史”“传记”文类关系之视域来看待“小说”文类的发生，有助于沿着“名”“实”之辩与“名”“实”互动深刻理解把握其“史之余”的文类性质之来源，还原其起源的具体历史过程和文化语境。

“小说”“传记”“杂史”的同源共生，自然造就了诸多文类相通之处。从文类性质上来看，“小说”与“传记”“杂史”都属于“史之流别”，都属有别于官方史籍的私家撰述之野史、稗史、小史。从编撰方式来看，“小说”与“传记”“杂史”都属载录闻见或传闻而成，不少内容虚实莫测，甚至含有荒诞不经的委巷之说，体裁形式也共用笔记杂记体、传体等。在取材范围上，“杂史”载录之内容与“正史”最为相关，多事关庙堂国政、人事善恶，“小说”则多为载录各类历史人物无关史家旨趣的琐细轶事，而“传记”则介于两者之间，载录内容虽事关庙堂国政、人事善恶，但距离较远，且比较琐细。相对于“杂史”，“小说”与“传记”的文类性质更为接近，也更易相混，古人也常将两者相提并论。

宋代以降，历代官私书目之“小说”与“传记”“杂史”文类存在突出的混杂著录现象，即同一部作品被不同官私书目混杂著录于“小说”与“传记”，或“小说”与“杂史”，或“小说”与“杂史”“传记”。从历代主要官私书目著录情况来看，“小说”与“传记”混杂著录者数量最为庞大，有一百四十多部作品；其次为“小说”与“杂史”混杂著录者，有四十多部作品；“小说”与“杂史”“传记”混杂著录者数量最少，仅有三十多部作品。“小说”“传记”“杂史”文类在历代官私书目中形成混杂著录现象，有着多方面成因。首先，三者同源共生、存在诸多文类相通之处，部分作品文本性质非常相近，就容易造成文类归属的困惑。其次，这也与文类观念的历史变迁有关。随着“小说”“杂史”“传记”文类观念的演化变迁，其所指称的作品范围也会发生变化，也会造成不同时代书目著录的出入。再次，这源于这些混杂著录作品的文本性质。通常，这些混杂著录的作品兼有“小说”“传记”“杂史”的文类规定性，属于“小说”类中史学价值相对较高者，“正史”编纂采录“小说”，也主要集中于此类作品。此外，这也与书目编纂者的个人判断有关，同一时代的不同书目编纂者面对同一部作品，也会因个人认识差异而做出不同的归类。三者在官私书目中的混杂著录对于古代小说发展演化具有多重意义。其一，这无疑使得“小说”文类边界始终与相关文类有着一定的混杂交叉，给“小说”文类作品范围的界定带来一定困惑。其二，“小说”文类地位明显低于“杂史”“传记”，始终保持部分作品处于文类之交集，有利于通过文类攀附而提升“小说”的价值定位。其三，随着文类体系和文类观念发展演化，三者混杂交叉也发生变迁，凸显了“小说”与“杂史”“传记”的文类互动关系。

也有少量比较纯粹的“杂史”“传记”作品，虽然在历代官私书目中并未与“小说”文类混杂著录，但也会收录一些志怪志异、琐细轶事、荒诞传说等“小说”性质的作品，甚至个别著作整体上都与“小说”比较接近。此类“杂史”“传记”作品中杂糅“小说”成分，存在形态多种多样，或为编撰体例、题材性质及旨趣整体上与“小说”比较接近，或仅有局部内容在著述体例、题材性质上与“小说”接近，或各部分内容或多或少掺杂了一些“小说”成分。“杂史”“传记”掺杂之“小说”的题材性质主要有鬼神怪异之事、各类历史人物无关政教的“琐细之事”、历史人物依托附会的荒诞传说。“杂史”“传记”掺杂或多或少的“小说”成分，是由其本身的文类性质和成书方式所决定的，也反映了三者存在着难以割裂的相互联系。“杂史”“传记”掺杂的“小说”成分，也可看作“小说”文类的一种独特存在方式，理应将其纳入古代小说研究的视野。三者相互渗透、掺杂确属文类关系的本真状态，深入分析相互掺杂的文本内容，梳理其发展流变，有助于还原三者文类关系之历史原生态状况，更好地理解“小说”文类的发展演化过程。

“传记”是一种比较宽泛的史部文类概念，实际上包含多种著述类型，其中，“日记”与笔记体小说有着特别关联，值得专门探讨。以宋代为例，“日记”统称当时一种排日纪事的日记体叙事文类，朝中宰执或重臣等记载在朝亲历朝政要事及生活交际的日记作品，与专门载录朝中杂事的小说作品文本性质非常相近，使臣以及接伴、馆伴的官员出使辽、西夏、金、蒙古（元）载录行程的日记作品会载录一些日常琐事、奇风异俗等小说性质的内容，官员赴任、贬谪、入京、罢官等记述旅程见闻的日记作品载录的名胜古迹、风土人情、见闻景物、日常琐事亦有部分“小说”成分。“日记”排日记事，一日一则，载录一日之事。一日之事或多或少，自然会形成一则一事或一则数事的文体形态，其中，一则一事与笔记体小说之叙事方式非常接近。

古代文言小说丛书实际上极少仅仅专题性收录“小说”文类作品，绝大多数都是综合性混杂收录多种文类作品，涉及“小说”“杂家”“杂史”“传记”乃至“地理”“载记”“谱录”“艺术”“诗文评”等多种文类，有着突出的文类混杂现象。文言小说丛书收录“小说”“杂家”“杂史”“传记”等多种文类作品，也与这些文类的文类性质相近、相通，并在古代文类体系中存在相互混杂的文类关系密切相关，同时，也以丛书形式强化了这种文类混杂。明清主要官私书目一般多将这些文言小说丛书归为“小说”类，也有少部分书目归入“杂史”或“类书”，至《四库全书总目》则多归入“杂家”之“杂纂之属”。文言小说丛书与明清时期“小说”“说部”概念建构存在明显互动关系。文言小说丛书被普遍称为“说部”，“说部”概念指称的相关文类与文言小说丛书收录作品的文类归属具有高度一致性。文言小说丛书被普遍称为“说部”，同时被归为“小说”，自然就更容易造成广义的“小说”概念与“说部”概念的混同，这在一定程度上推动了“小说”文类概念泛化，广义的“小说”概念的内涵和指称对象与“说部”概念比较接近。

“小说”与“杂史”“传记”虽然关系密切，有着诸多相通、混杂之处，但作为不同的文类，依然有着畛域较为分明的相对独立的文类规定性，古人对此亦有着明确认识和辨析。

“小说”与“杂史”文类间的畛域划分主要体现为功用价值定位和题材取向。在功用价值定位方面，“小说”以“广见闻”“资谈助”“供诙嗍”为主，而兼有一定的“寓劝诫、资考证、助文章”功用，而“杂史”以“补阙遗”“备遗亡”“存掌故”“资考证”为主。相对“杂史”而言，“小说”虽然部分内容具有一定史学价值，但还是很低的。在题材取向方面，“杂史”载录之内容多事关庙堂国政、人事善恶，而“小说”所载主要为各类历史人物无关政教的“琐细之事”，大多数内容无关史家旨趣，因此载录与正史相关“朝廷大政”还是基本无关的“琐事杂言”就成为区分“杂史”和“小说”的主要标准，同时，是否以历史人物依托附会、虚妄不实、荒诞不经的传说为主，也成了区分“小说”与“杂史”的一种主要标准。述怪语异、搜神记鬼不仅作为“小说”的一种类型，也是界定“小说家言”的一种标准，成为“杂史”和“小说”的畛域分界线。

“小说”与“传记”畛域区分主要表现在功用价值定位、题材取向、主题旨趣、叙事方式等方面。虽然从史家的立场来看，相对于“杂史”而言，“传记”史学价值要低得多，但是与“小说”相比较，还是具有一定高下之别的。笔记体小说的“寓劝诫”“补史之阙”等价值要高于传奇体小说，与“传记”之价值定位更相近些。在题材取向、主题旨趣方面，“传记”载录之内容远不如“杂史”那样事关庙堂国政、人事善恶，而属于“史官之末事”，多为无资格填列“正史”的人物之传记或有资格填列“正史”的人物的外传、别传及逸闻轶事，题材内容极为广泛，包括先贤、耆旧、孝友、忠节、良吏、高逸、科录、家传、名士、文士、仙灵、高僧、列女等，其取材深受补史之缺、参考纪传等史家旨趣和儒学教义的影响。“小说”之取材则与史家旨趣相距甚远。其中，“传记”与笔记体小说的区分主要表现为：笔记体小说的取材范围和题材类型大体可分为两类，一种为载录鬼神怪异之事的“杂记”“志怪”“异闻”“语怪”等，以神、仙、鬼、精、怪、妖、梦、灾异、异物等人物故事为主要取材范围；另一种为载录历史人物轶闻琐事的“逸事”“琐言”“杂录”“杂事”等，以士大夫、文人及市井人物等各类人物无关“朝政军国”、日常生活化的轶闻逸事为主要记述对象。前者最易与“传记”区别开来，述怪语异、搜神记鬼不仅作为“小说”的一种类型，也成为判定“小说”的一种标准。后者易与“传记”相混淆，区分标准应为：关乎史家旨趣者入“传记”，基本无关史家旨趣者入“小说”。“传记”与传奇体小说的区分主要表现为以下两点。其一，传主同为可载入正史的历史人物，“传记”所传之事为这些历史人物的正史之外的逸闻轶事，虽也虚实难测，却具有一定“资考证”价值。传奇体小说所载之事则基本属于依托附会、虚妄不实之传说，几乎不具备“资考证”价值。其二，“传记”之传主多为表现“笃名教”“达道义”“表贤能”等史家旨趣的人物和释道人物，所传之事为这些人物的忠孝节义、风流韵事、传道布教等相关事迹，传奇体小说之传主多为无“资考证”价值、无关史家旨趣者，所传之事“大抵情钟男女，不外离合悲欢”❶，“无非奇诡妖艳之事”❷，以“资谈笑”“及怪及戏”“能悦诸心”为主要旨趣。在叙事方式方面，传奇体小说叙事多想象、增饰、附会，笔记体小说多持“据见闻实录”的原则，许多作品在序跋中反复强调，这些记载为耳闻目睹之传闻的“实录”，其中虽不免虚妄失真的讹传，却并非子虚乌有的杜撰。然而，因“传闻”本身可能存在附会依托、虚妄不实之处，故大都“率多舛误”“真伪相参”“未可全以为据，亦未可全以为诬”，但也有部分作品具有高度的历史真实性，被看作“信而有征”。“传记”之作也多为记载传闻而成，与笔记体小说在叙事方式上更为接近，而与传奇体小说区分明显。

❶ (清) 章学诚著，叶瑛校注：《文史通义校注》，中华书局 1985 年版，第 560 页。
❷ (清) 钱大昕著，陈文和主编：《嘉定钱大昕全集(增订本)》，凤凰出版社 2016 年版，第 490 页。

古人对“小说”与“杂史”“传记”混杂之处的深入辨析，从文类区分比较的角度明确了“小说”的文类规定性，划清了“小说”的文类界限，对我们理解和还原古人心目中的“小说”文类观念具有特别的意义。同时，这也在相互比较中凸显了各自的编纂方式、文类宗旨功用、题材内容取向、体裁体例、叙事方式，明确了三者之间的文类互补关系。

第一章 “小说”“传记”之文类关联与区分

“小说”最易与史部之“杂史”“传记”相混淆，而“传记”尤甚。作为不同的文类，“小说”与“传记”也都有着自己相对独立的文类规定性。对于“小说”与“传记”文类的混淆和区分，前人研究虽有所提及，但缺乏全面系统地清理和分析，本书试图以回归还原思路，全面梳理“小说”与“传记”文类混淆现象，以此为出发点，深入分析两者文类之间的相通联系，探讨厘清两者在文类规定性上的相互区分。

一、“传记”“杂史”分流与“小说”之起源发生

“小说”作为一种文类概念，其内涵和指称也经历了一个由“子之末”到“史之余”的演化过程，其中最具标志性的是有一部分作品从《隋书·经籍志》“杂史”“杂传”类划归到了《新唐书·艺文志》“小说家”。“小说”文类观的确立过程，实际上是一部分史学价值低下的杂史、杂传类作品在新的正统史学价值原则观照下逐渐为史部所不容，重新调整而归入“小说家”的结果，因此，从这一起源历史过程来看，“小说”文类本身就是“杂史”“杂传”的一个组成部分，是“杂史”“传记”分流、分化的产物。在此过程中，史部划归到“小说家”的主要为“杂传”类作品，从“杂史”“杂传”与“小说”文类观起源发生的联系来看，无疑“杂传”更为密切。

沿循“小说”文类之“实”，需从唐前最早一批“野史”性质“小说”作品起源发生来考察“小说”与史部“杂史”“杂传”之关系。所谓唐前最早一批与“杂史”“传

记”相近的“野史”性质的“小说”作品，主要指被唐前书目著录于史部“杂史”“杂传”“起居注”“地理”，而被后世书目重新划归“小说家”的“野史”性质作品，可看作“杂史”“传记”等分化分流的产物。刘知幾《史通·杂述》将“正史”之外的“偏记小说”分化分流划分为十类：“史氏流别，殊途并骛。榷而为论，其流有十焉：一曰偏纪，二曰小录，三曰逸事，四曰琐言，五曰郡书，六曰家史，七曰别传，八曰杂记，九曰地理书，十曰都邑簿。”❶这是对唐前史部分化分流进行全面总结，其中，“逸事”“琐言”“杂记”基本与后世所称“小说”文类的指称对象基本一致。

从这些作品的成书情况来看，其性质及与史部关系可划分为如下三种情况。

其一，专门辑录史书中的“不经之说”而成。“古今纪异之祖”《汲冢琐语》约成书于战国，绝大部分是关于卜、占梦、神怪一类的“卜梦妖怪”之作，如：“齐景公伐宋。至曲陵，梦见有短丈夫宾于前。晏子曰，君所梦何如哉？公曰，其宾者甚短，大上小下，其言甚怒，好俛。晏子曰，如是，则伊尹也。伊尹甚大而短，大上小下，赤色而髯，其言好俛而下声。公曰，是矣。晏子曰，是怒君师，不如违之。遂不果伐宋。”❷当时，此书应是从前代诸史书中专门辑录“卜梦妖怪”题材故事而成。梁代殷芸《小说》辑录杂史中不经之说而成，刘知幾《史通·杂说中》称：“刘敬升《异苑》称晋武库失火，汉高祖斩蛇剑穿屋而飞，其言不经。致梁武帝令殷芸编诸《小说》。”❸姚振宗《隋书经籍志考证》卷三十二也称：“梁武作通史时事，凡此不经之说为通史所不取者，……犹通史之外乘。”❹余嘉锡《殷芸小说辑证》云：“考芸所纂集，皆取之故书雅记，每条必注书名，体例谨严，与六朝人他书随手抄撮不注出处者不同。”❺当时，殷芸借“小说”为自己的著作命名，指称那些虚妄荒诞的历史传闻，应只是一种个人化的、富有新意的借用。同时，也表明史家有意区分、剥离此类成分的意识开始萌生发展。

其二，专门载录异物、鬼怪、轶事琐语而成。史部发展分化过程，形成一些专门的书写类型和传统。战国后期成书的《山海经》，长期被著录于为史部地理类，

❶ (唐) 刘知幾著，(清) 浦起龙通释，王煦华整理：《史通通释》，上海古籍出版社 2009 年版，第 253 页。
❷ (清) 严可均编：《全上古三代秦汉三国六朝文》，中华书局 1958 年版，第 216 页。
❸ (唐) 刘知幾著，(清) 浦起龙通释，王煦华整理：《史通通释》，上海古籍出版社 2009 年版，第 449 页。
❹ 二十五史刊行委员会编：《二十五史补编》，中华书局 1955 年版，第 5537 页。
❺ 余嘉锡著：《余嘉锡论学杂著》，中华书局 2007 年版，第 280—281 页。

以地理博物的形式，专门载录山川地理、远国异民、动植物产、精怪异象等，《史记·大宛列传》："至《禹本纪》《山海经》所有怪物，余不敢言之也。"❶汉末，在《山海经》传播影响下，出现了一批类似著作。《神异经》《括地图》《十洲记》基本可看作《山海经》传播和影响的结果，同时，也与神仙方术和道家思想有着密切的关系。魏晋南北朝，进一步打破地理型的篇章结构形式而趋于类书化，出现了张华《博物志》、郭璞《玄中记》、佚名《外国图》、任昉《述异记》等。

魏晋南北朝，在杂史、杂传分化过程中，出现一批专门以笔记形式杂记鬼怪之事的作品，如曹丕《列异传》云："魏文帝又作《列异》，以序鬼物奇怪之事。"❷干宝《搜神记》"以明神道之不诬也"❸，所录主要为神仙术士之事、神灵感应之事、天灾地妖、物怪变化、精怪故事等。此类作品还有刘义庆《幽明录》、刘敬叔《异苑》、东阳无疑《齐谐记》、祖冲之《述异记》《观世音应验记》三种、刘义庆《宣验记》、王琰《冥祥记》、颜之推《冤魂志》、吴均《续齐谐记》等。

同时，还分化出专门载录人物的琐言轶事的作品，有裴启的《语林》、郭澄之的《郭子》、刘义庆的《世说新语》等，例如，《世说新语》全书分三十六门，以类系事，共计一千一百余条人物言行，所录人物言行"皆轶事琐语，足为谈助"，❹此类作品在《隋书·经籍志》中就被明确归入"小说"。

其三，专门载录历史人物依托附会之传闻而成。传主虽为正史之重要历史人物，但所记之事明显属附会诞妄的传说。例如《穆天子传》，《隋书·经籍志》列入史部"起居注类"著录，《新唐书·艺文志》列入史部"实录类"，《四库全书总目》始入"小说家"，"编年类"叙称："《穆天子传》虽编次年月，类小说传记，不可以为信史。"❺《穆天子传》提要云："书中所纪，虽多夸言寡实"，"旧皆入起居注类，徒以编年纪月，叙述西游之事，体近乎起居注耳，实则恍惚无征，又非逸周书之比。以为古书而存之可也，以为信史而录之，则史体杂，史例破矣。今退置于《小说家》，义求其当，无庸以变古为嫌也"。❻《汉武故事》，记武帝传说，主要为求仙和

❶ (汉) 司马迁：《史记》，中华书局 2006 年版，第 720—721 页。
❷ (唐) 魏徵等：《隋书》，中华书局 1973 年版，第 982 页。
❸ (晋) 干宝撰，李剑国辑校：《搜神记辑校》，中华书局 2019 年版，第 17 页。
❹ (清) 纪昀、陆锡熊、孙士毅等：《钦定四库全书总目》，中华书局 1997 年版，第 1836 页。
❺ 同上书，第 645 页。
❻ 同上书，第 1872 页。

死后故事，司马光《资治通鉴考异》卷一：“《汉武故事》语多诞妄，非班固书，盖后人为之，托固名耳。”❶《四库全书总目》提要称：“所言亦多与《史记》《汉书》相出入，而杂以妖妄之语。”❷《汉武内传》，记汉武帝出生至崩葬始末，其中主要叙西王母会武帝事。如《汉武洞冥记》，《四库全书总目》提要云：“至于此书所载，皆怪诞不根之谈。”❸《燕丹子》，记燕太子丹邀荆轲刺秦王之事，《隋书·经籍志》《新唐书·艺文志》《宋史·艺文志》《文献通考·经籍考》《四库全书总目》均著录于“小说家”，《文献通考·经籍考》引周氏《涉笔》：“今观《燕丹子》三篇，与《史记》所载皆相合，似是《史记》事本也。然乌头白，马生角，机桥不发，《史记》则以怪诞削之；进金掷鼃，脍千里马肝，截美人手，《史记》则以过当削之；听琴姬，得隐语，《史记》则以征所闻削之。”❹《四库全书总目》之《燕丹子》提要云：“然其文实割裂诸书燕丹、荆轲事，杂缀而成，其可信者，已见《史记》，其他多鄙诞不可信，殊无足采。”❺这些载录“正史”人物荒诞不经传说、传闻的“杂史”“传记”，后世逐步为史家所不容而划归为“小说”。

另外，“小说”之传奇体作品也与“传记”之传体作品有着直接文体渊源。对此，王运熙先生《简论唐传奇与汉魏六朝杂传的关系》一文，明确提出唐传奇中的不少作品，“在体制上显然受到汉魏六朝杂传作品的影响”，孙逊、潘建国先生《唐传奇文体考辨》❻有着详细论证，明确提出唐代传奇体小说文体源于汉魏六朝的杂传，其他如熊明《六朝杂传与传奇体制》等也曾提出相同观点。汉魏六朝之史部“杂传”包括单篇人物传（有的学者称为“散传”），如别传、外传、内传等单个人物传记；合传或类传，即多个人物以类相从的传记集，如列女传、高士传、名士传、孝子传，同时，包括《范氏家传》《曹氏家传》等家传和《襄阳耆旧记》《会稽先贤传》等郡书。其中，单篇人物传数量巨大，两汉有二十三种左右，三国时期有五十种左右，两晋有一百五十种以上，南北朝则多道教人物传而其他散传则相对

❶ （宋）司马光：《资治通鉴考异》，《景印文渊阁四库全书》（史部第311册），台湾商务印书馆1986年版，第7页。
❷ （清）纪昀、陆锡熊、孙士毅等：《钦定四库全书总目》，中华书局1997年版，第1873页。
❸ 同上书，第1874页。
❹ （元）马端临：《文献通考》，中华书局2011年版，第6014页。
❺ （清）纪昀、陆锡熊、孙士毅等：《钦定四库全书总目》，中华书局1997年版，第1887页。
❻ 孙逊、潘建国：《唐传奇文体考辨》，《文学遗产》1999年第6期。

较少。[1]

唐传奇文体实际是对汉魏六朝杂传文体规范的超越和改造。浦江清先生："唐人所最重视的文学是诗，唐代的文人无不能诗者，以诗人的冶游的风度来摹写史传的文章，于是产生了唐人传奇。"[2]唐代文人中存在着讲说传闻故事，并录而传之的社会文化会风尚，在唐人眼里，传奇体小说是对奇闻异事等社会传闻的记载，如沈既济《任氏传》："浮颍涉淮，方舟沿流，昼宴夜话，各征其异说。众君子闻任氏之事，共深叹骇，因请既济传之，以志异云。"[3]元稹《莺莺传》："执事李公垂宿予于靖安里第，语及于是。公垂卓然称异，遂为《莺莺歌》以传之。"[4]李公佐《庐江冯媪传》云："宵话征异，各尽见闻。钺具道其事，公佐为之传。"[5]李复言《续幽怪录·尼妙寂》云："与进士沈田会于蓬州，田因话奇事，持以相示，一览而复之。"[6]唐人记载奇闻异事等社会传闻并非完全为了"雅登于太史氏"，为史家提供史料，还为了"资谈笑""及怪及戏""能悦诸心"，满足人们的审美娱乐需要。他们写作传奇，主要是为了显示自己在叙事和想象上的才华，为了耸动听闻以达到遣兴、逞才兼扬名的目的，如李公佐《南柯太守传》："辄编录成传，以资好事。"[7]因此，唐传奇大体可看作六朝杂传的文学化、审美娱乐化，是唐代文人的文化娱乐风尚的产物。[8]

二、"小说"与"传记"之文类混杂

相对于"杂史"，"小说"与"传记"的文类性质更为接近，也更易相混，古人也常将两者相提并论，如《直斋书录解题》之"《南唐近事》二卷"："工部郎江南郑文

---

[1] 详见熊明《汉魏六朝杂传研究》(中华书局 2014 年版)有关统计。
[2] 浦江清：《论小说》，《当代评论》1944 年第 8、9 期合刊。
[3] 鲁迅校录：《唐宋传奇集》，齐鲁书社 1997 年版，第 21 页。
[4] 同上书，第 90 页。
[5] 同上书，第 59 页。
[6] (宋) 李昉等编：《太平广记》，中华书局 1961 年版，第 908 页。
[7] 鲁迅校录：《唐宋传奇集》，齐鲁书社 1997 年版，第 57 页。
[8] 详见本书"下编"之第一章"宋人对唐传奇的文类、文体定位和归类"中有关论述。

宝撰。序云三世四十年，起天福己酉，终开宝乙亥。然泛记杂事，实小说传记之类耳。”❶如《类说》卷五十：“太府卿温陵曾慥端伯撰。所编传记小说，古今凡二百六十余种。”❷如周密《齐东野语》卷十四“食牛报”条：“余闻其说异之，且尝见传记小说所载食牛致疾事极众，然未有耳目所接如此者。”❸如胡应麟《少室山房笔丛》：“《燕丹子》三卷，当是古今小说杂传之祖。”❹有时甚至也存在明显的混称现象，即“传记”被统称为“小说”，例如，对《绀珠集》《太平广记》的指称，《直斋书录解题》提要说：“朱胜非钞诸家传记、小说，视曾慥《类说》为略”❺，“太平兴国二年，诏学士李昉、扈蒙等修《御览》，又取野史、传记、故事、小说撰集，明年书成，名《太平广记》”❻。《郡斋读书志》提要云：“朱胜非编百家小说成此书。”❼“诏李昉等取古今小说编纂成书，同《太平御览》上之。”❽全面系统地检索梳理古典文献，我们会发现古人将“小说”与“传记”并称、混称的现象极为普遍，反映了一种广泛共识，即：两者文类性质极为相近，乃至可看作性质相同的文类。

宋以降历代官私书目著录中“小说”与“传记”存在突出混杂现象，概而言之，主要有两类情况。

一类是基本为“小说”与“传记”混杂著录，主要有《神异经》、《十洲记》、《飞燕外传》、《汉武洞冥记》、《汉武帝内传》、《汉武故事》、《搜神记》、《搜神后记》、《孔氏志怪》、《志怪》、《灵鬼志》、《甄异传》、《鬼神列传》、《幽明录》、《齐谐记》、《异苑》、《近异录》、《古异传》、《感应传》、《述异记》、《冥祥记》、《续冥祥记》、《续齐谐记》、《神录》、《周子良冥通录》、《因果记》、《冤魂志》、《集灵记》、《谈薮》(《八代谈薮》)、《旌异记》、《冥报记》、《王氏神通记》、《补江总白猿传》、《国史异纂》、《纪闻》、《定命论》、《古异记》、《教坊记》、《离魂记》、《枕中记》、《常侍言旨》、《灵怪集》、《通幽记》、《朝廷卓绝事》、《龙城录》、《还魂记》、《周秦行纪》、《玄怪录》、《前定录》、《定命录》、《续玄怪录》、《集异记》、《博异志》、《卓异记》、《刘公嘉话录》、《三水小牍》、

❶ (宋) 陈振孙撰，徐小蛮、顾美华点校：《直斋书录解题》，上海古籍出版社 1987 年版，第 136 页。
❷ 同上书，第 333 页。
❸ (宋) 周密：《齐东野语》，齐鲁书社 2007 年版，第 178—179 页。
❹ (明) 胡应麟：《少室山房笔丛》，上海书店出版社 2001 年版，第 316 页。
❺ (宋) 陈振孙撰，徐小蛮、顾美华点校：《直斋书录解题》，上海古籍出版社 1987 年版，第 332 页。
❻ 同上书，第 325 页。
❼ (宋) 晁公武撰，孙猛校证：《郡斋读书志校证》，上海古籍出版社 1990 年版，第 595 页。
❽ 同上书，第 558 页。

《纂异记》、《宣室志》、《幽闲鼓吹》、《穷神秘苑》、《独异志》、《传奇》、《大唐奇事记》、《杜阳杂编》、《续卓异记》、《北里志》、《岚斋集》、《芝田录》、《小名录》、《女孝经》、《刊误》、《甘泽谣》、《潇湘录》、《闻奇录》、《诫子拾遗》、《诫女书》、《剑侠传》、《沈氏惊听录》、《稽神录》、《报应录》、《虬髯客传》、《录异记》、《妖怪录》、《湖湘神仙显异》、《湖湘灵怪实录》、《宾朋宴语》、《忠烈图》、《孝感义闻录》、《感应类从谱》、《奇应录》、《冥洪录》、《开河记》、《广卓异记》、《江淮异人录》、《南唐近事》、《科名定分录》、《洛阳搢绅旧闻记》、《祖异志》、《括异志》、《豪异秘纂》、《归田录》、《归田后录》、《洛中纪异》、《东坡乌台诗案》、《东斋记事》、《吉凶影响录》、《通籍录异》、《知命录》、《谈薮》、《文昌杂录》、《侯鲭录》、《闻见近录》、《搜神秘览》、《中山麟书》、《却扫编》、《骖鸾录》、《吴船录》、《绍陶录》、《卧游录》、《睽车志》、《艮岳记》、《好还集》、《侍儿小名录》、《古今前定录》、《古今家诫》、《异僧记》、《万柳溪边旧话》、《香台集》、《纪善录》、《景仰撮书》、《畜德录》、《使西日记》、《先进遗风》、《西吴里语》、《人伦佳事》、《衡门晤语》、《苏米谭史》、《书周文襄见鬼事》、《麟台野笔》、《米海岳遗事》、《名世类苑》等。

一类是"小说"与"杂史""传记"三者混杂著录，主要有《穆天子传》《西京杂记》《拾遗记》《朝野佥载》《封氏见闻记》《次柳氏旧闻》《松窗杂录》《玉泉子》《南楚新闻》《开天传信记》《南部烟花录》《尚书故实》《桂苑丛谈》《后史补》《皮氏见闻录》《王氏见闻集》《玉堂闲话》《开元天宝遗事》《中朝故事》《金华子》《丁晋公谈录》《南部新书》《涑水记闻》《春明退朝录》《朝野佥言》《松漠纪闻》《避戎夜话》《牛羊日历》《耳目记》《北梦琐言》《王文正公笔录》等。❶

其中，"小说"与"传记"混杂著录存在以下比较集中的情况：一是部分官私书目"传记"类集中收录"小说"之传奇体作品，如《百川书志》之"传记类"收《长恨传》《虬髯客传》《周秦行纪》《莺莺传》《东阳夜怪录》《嵩岳嫁女记》《柳氏传》《谢小娥传》《霍小玉传》《吕翁枕中记》《古镜记》《红线传》《李娃传》《白猿传》《南柯记》《杨娼传》《东城老父传》《无双传》《柳毅传》《韦安道传》《冥音录》《离魂记》《南岳魏夫人传》《非烟传》《蒋琛传》《崔少玄传》《高力士外传》等；《宝文堂书目》"传记

❶ 详见本章附录"历代主要官私书目'小说''传记''杂史'混杂著录情况一览表"，本书第184—204页。

类"收《虬髯客传》《柳毅传》《红线传》《长恨传》《篙岳嫁女记》《崔少玄传》《莺莺传》《南岳魏夫人传》《霍小玉传》《杨娼传》《步飞烟传》《无双传》《谢小娥传》《离魂记》《后土夫人》《南柯记》《古镜记》《蒋琛传》《冥音录》《东阳夜怪录》《白猿传》《东城老父传》《高力士外传》等。这种现象应与《百川书志》《宝文堂书目》著录体例有失严谨有关,在明清正统观念中,传奇体小说仅属"独秀的旁枝",甚至在"小说家"中也属于地位和价值相对较为低下者,一般不可能将其著录于史部"传记"类。当然,这也可能与明人对唐人传奇特别推崇的时代氛围有关。

二是个别书目"传记"类中的"冥异""祥异"中收录大量"小说"志怪类作品,如郑樵《通志·艺文略》"冥异":"《神异经》二卷(东方朔撰)、《宣验记》十三卷(刘义庆撰)、《应验记》一卷(宋光禄大夫傅亮撰)、《冥祥记》十卷(王琰撰)、《列异传》三卷(魏文帝撰)、《感应传》八卷(王延秀撰)、《古异传》三卷(宋袁王寿撰)、《甄异传》三卷(晋西戎主簿戴祚撰)、《述异记》十卷(祖冲之撰)、《异苑》十卷(宋给事刘敬叔撰)、《志怪》二卷(祖台之撰)、《志怪》四卷(孔氏撰)、《神录》五卷(刘之遴撰)、《齐谐记》七卷(宋散骑侍郎东阳无疑撰)、《续齐谐记》一卷(梁吴均撰)、《搜神记》三十卷(干宝撰)、《搜神后记》十卷(陶潜撰)、《灵鬼志》三卷(荀氏撰)、《幽明录》二十卷(刘义庆撰)、《补续冥祥记》一卷(王曼颖撰)、《汉武洞冥记》一卷(郭氏撰)、《研神记》十卷(萧绎撰)、《旌异记》十五卷(侯君素撰)、《近异录》二卷(刘质撰)、《鬼神列传》二卷(谢氏撰)、《集灵记》二十卷(颜之推撰)、《冤魂志》三卷(颜之推撰)、《因果记》十卷(刘泳撰)、《冥报记》二卷(唐临撰)、《王氏神通记》十卷(王方庆撰)、《大唐奇事记》十卷(李隐撰)、《穷神秘苑》十卷(焦潞撰)、《传奇》三卷(裴铏撰)、《还魂记》一卷(戴少平撰)、《灵怪集》二卷(张荐撰)、《集异记》三卷(薛用弱撰)、《纂异记》一卷(李玫撰)、《独异志》十卷(李元撰)、《博异志》三卷(谷神子撰)、《元怪录》十卷(牛僧孺撰)、《续元怪录》五卷(李复言撰)、《宣室志》十卷(唐张读撰)、《潇湘录》十卷(唐柳祥撰)、《纪闻》十卷(唐牛肃撰记释氏道家异事)、《通幽记》三卷(唐陈劭撰)、《古异记》二卷卓异记一卷(唐陈翱撰)、《续卓异记》一卷(唐裴紫芝撰)、《广卓异记》三卷(宋朝乐史撰)、《周子良冥通录》三卷(记梁隐士周子良与神仙感应事)、《补江总白猿传》一卷(记梁欧阳纥要事)、《感应类从谱》一卷(狐刚子撰)、《通籍录异》二十卷(刘振撰)、《湖湘神仙类异》三卷

（曹衍撰）、《闻奇录》三卷、《异僧记》一卷、《离魂记》一卷（陈元祐杂记张氏女事）、《妖怪录》五卷（皮光业撰）、《冥洪录》一卷、《稽神录》十卷（宋朝徐弦撰）、《洛中纪异》十卷（宋朝秦再思撰）、《新纂异要》一卷（唐段成式撰）、《黄靖国再生传》一卷（廖子孟撰）、《感应书》一卷、《甘泽谣》一卷（唐袁郊撰）、《录异诫》一卷（童蒙亨撰）、《虬须客传》一卷（记李卫公事）、《拾遗录》二卷（伪秦姚苌方士王子年撰）、《王子年拾遗记》十卷、《杜阳杂编》三卷（唐苏鹗撰）、《前定录》一卷（唐钟辂撰）、《定命论》十卷（唐赵自勤撰）、《定命录》二卷（唐吕道生撰）、《报应录》三卷（后唐王毂撰）、《广前定录》一卷（唐钟辂撰）、《警诫录》五卷（伪蜀周珽撰）、《奇应录》三卷（夏侯六珏撰）、《续定命录》一卷（唐温畬撰）、《感定命录》一卷、《科名定分录》七卷（宋朝张君房撰）。”❶如“祥异”：“《嘉瑞记》三卷（陆琼撰）、《祥瑞记》三卷《符瑞记》十卷（许善心撰）、《祥瑞录》十卷（魏徵撰）、《符瑞图》十卷（陈顾野王撰起三代止梁武）、《符瑞故实》一卷《符瑞图目》一卷（顾野王撰）、《稽瑞》一卷（刘赓撰）、《二十二国祥异记》三卷（宋朝张观撰起西晋包孙吴讫林邑国）、《祥瑞图》八卷（侯亶撰）、《张掖郡元石图》一卷（孟众撰）又一卷（高堂隆撰）、《瑞应图记》三卷（孙柔之撰）、《瑞应图赞》三卷（熊理撰）、《祥瑞图》十卷（顾野王撰）、《皇隋灵感志》十卷（王劭撰）、《皇隋瑞文》十四卷（许善心撰）、《灾异图》一卷（见隋志）、《灾祥》一卷（京房撰）、《灾祥集》七十六卷（见隋志）、《地动图》一卷、《祺祥记》一卷、《醴泉记》一卷、《瑞应翎毛图》一卷、《祥瑞格式》一卷、《獬豸记》一卷（颜师古撰）。”❷焦竑《国史经籍志》“传记”之“冥异”和“祥异”所著录作品与郑樵《通志·艺文略》之“冥异”“祥异”相类。“传记”类中的“冥异”“祥异”中收录大量“小说”志怪类作品应属一种回归，即对《隋书》和《旧唐书》“杂传类”曾收录鬼神传的回归，属于宋代以降官私书目著录“小说”“传记”作品的一种特例。

“小说”与周边文类在官私书目中混杂著录包含多个文类，其中，“小说”与“传记”混杂著录最为突出，涉及作品数量也最为庞大，充分反映了两者文类关系极其密切，也呈现出一个“小说”与“传记”文类相互交集的独特作品群体。现当代部分学者界定古代小说范围，以古人之“小说”观念为标准，基本上将历代官私

❶ （宋）郑樵撰，王树民点校：《通志二十略》，中华书局1995年版，第1567—1569页。
❷ 同上书，第1569页。

书目“小说家”著录的作品全部纳入，对于此类混杂著录的作品，一般也都将其纳入古代小说研究范围。然而，长期以来，学界虽然关注到“小说”与“传记”“杂史”存在混杂著录情况，但未作全面系统梳理，这一作品群体也就未完整呈现出来。历代官私书目混杂著录于“小说”与“传记”文类的作品，一般来说常常兼有“小说”“传记”的文类规定性，当然，也有个别作品属于书目著录时的个人主观评判。

“小说”与“传记”文类也普遍存在着文本内容相互掺杂、相互渗透的情况。在历代官私书目中基本归入“传记”类而从未归入“小说”的著作中，部分作品含有“小说”性质内容。[1]在历代官私书目基本归入“小说”而从未归入“传记”的著作中，部分作品中也会含有“传记”性质内容，如《四库全书总目》中《大唐传载》的提要：“所录唐公卿事迹，言论颇详，多为史所采用。”[2]《因话录》提要云：“故其书虽体近小说，而往往足与史传相参。”[3]《涑水记闻》云：“其中所记，国家大政为多，而亦间涉琐事。”[4]《唐语林》云：“是书虽仿《世说》，而所纪典章故实，嘉言懿行，多与正史相发明。”[5]

三、“小说”与“传记”之文类相通

“小说”与“传记”的文类混杂，应主要源于两者存在诸多相通之处。

从文类性质上来看，“小说”与“传记”都属于“史之流别”，都属有别于正史的野史、稗史之类。从史部类目体系来看，“传记”是与官方史著相对立的私家载记之“野史”，如马端临《文献通考》卷一百九十五《经籍考二十二》称：“杂史、杂传，皆野史之流，出于正史之外者。”[6]焦竑《国史经籍志》“传记类序”自注：“杂史、传记，皆野史之流。”[7]不过，相对而言，“传记”在史部类目体系中的地位要远远低

[1] 详见本书第三章“‘杂史’‘传记’掺杂之‘小说’”。
[2] （清）纪昀、陆锡熊、孙士毅等：《钦定四库全书总目》，中华书局1997年版，第1839页。
[3] 同上书，第1838页。
[4] 同上书，第1847页。
[5] 同上书，第1857页。
[6] （元）马端临：《文献通考》，中华书局2011年版，第5649页。
[7] （明）焦竑辑：《国史经籍志》，《四库全书存目丛书》（史部第277册），齐鲁书社1996年版，第363页。

于同为“野史”的“杂史”等，属于“史官之末事”，如《隋书·经籍志》“杂传小序”称：“古之史官，必广其所记，非独人君之举。……推其本源，盖亦史官之末事也。”❶《欧阳修集》卷一二五《崇文总目叙释》云：“古者史官，其书有法，大事书之策，小事载之简牍。至于风俗之旧，耆老所传遗言逸行，史不及书。则传记之说，或有取焉。”❷马端临《文献通考》卷一百九十五《经籍考二十二》云：“《宋三朝艺文志》曰：传记之作，盖史笔之所不及者，方闻之士，得以纪述而为劝戒。”❸焦竑《国史经籍志》“传记序”：“至于流风遗迹、故老所传，史不及书，则传记兴焉。……然其或具一时之所得，或发史官之所讳，旁搜互证，未必无一得焉。列之于篇，以广异闻。”❹以《新唐书·艺文志》为标志，“小说家”确立起有别于正史的野史传说的义界，成为与“传记”并列的一种史部类别，“至于上古三皇五帝以来世次，国家兴灭终始，僭窃伪乱，史官备矣。而传记、小说，外暨方言、地理、职官、氏族，皆出于史官之流也”。❺

从编撰方式来看，“小说”与“传记”大都属载录闻见或传闻而成，不少内容虚实莫测、真伪互陈。例如，关于“传记”，《隋书·经籍志》“杂传小序”称其“又杂以虚诞怪妄之说”。❻《新五代史》卷三十八《宦者传》云：“五代文章陋矣，而史官之职废于丧乱，传记小说多失其传，故其事迹，终始不完，而杂以讹缪。”❼马端临《文献通考》卷一百九十五之《经籍考二十二》云：“《宋两朝艺文志》曰：传记之作，……然根据肤浅，好尚偏驳，滞泥一隅，寡通方之用。”❽关于“小说”，洪迈《夷坚支丁序》云：“稗官小说家言不必信，固也。信以传信，疑以传疑。”❾《四库全书总目》之《剧谈录》提要云：“然稗官所述，半出传闻，真伪互陈，其风自古，未可全以为据，亦未可全以为诬。”❿当然，也有部分作品属于真实可信者。

❶（唐）魏徵等：《隋书》，中华书局1973年版，第981—982页。
❷（宋）欧阳修著，李之亮笺注：《欧阳修集编年笺注》，巴蜀书社2007年版，第85—86页。
❸（元）马端临：《文献通考》，中华书局2011年版，第5649页。
❹（明）焦竑辑：《国史经籍志》，《四库全书存目丛书》（史部第277册），齐鲁书社1996年版，第363页。
❺（宋）欧阳修、宋祁等：《新唐书》，中华书局1975年版，第1421页。
❻（唐）魏徵等：《隋书》，中华书局1973年版，第982页。
❼（宋）欧阳修撰，（宋）徐无党注：《新五代史》，中华书局1974年版，第406页。
❽（元）马端临：《文献通考》，中华书局2011年版，第5649页。
❾（宋）洪迈撰，何卓点校：《夷坚志》，中华书局2006年版，第967页。
❿（清）纪昀、陆锡熊、孙士毅等：《钦定四库全书总目》，中华书局1997年版，第1879页。

在取材范围上，相对于“杂史”而言，“小说”与“传记”非常接近，如晁公武《郡斋读书志》卷九《传记类》云：“《艺文志》以书之纪国政得失、人事美恶，其大者类为杂史，其余则属之小说。然其间或论一事、著一人者，附于杂史、小说皆未安，故又为传记类，今从之。”❶“杂史”载录之内容与“正史”最为相关，多事关庙堂国政、人事善恶，“小说”则多为载录各类历史人物无关史家旨趣的琐细轶事，而“传记”则介于两者之间，载录内容虽事关庙堂国政、人事善恶，但距离较远，且比较琐细。

在历代官私书目中“小说”与“传记”混杂著录者，数量庞大。从体裁形式来看，此类作品既有笔记杂记体，如《幽闲鼓吹》《松窗杂录》《南唐近事》《刘宾客嘉话录》《北梦琐言》《归田录》《广卓异记》《丁晋公谈录》《王文正公笔录》《侯鲭录》《先进遗风》等，又有传体，如《汉武帝内传》《汉武洞冥记》《飞燕外传》《甘泽谣》《洛阳搢绅旧闻记》《江淮异人录》《迷楼记》等。从题材内容来看，无论是笔记杂记体还是传体，大都事涉朝政、公卿士大夫或与“传记”之题材相类（先贤、耆旧、孝友、忠节、良吏、高逸、科录、家传、名士、文士、仙灵、高僧、列女），有裨考证，从史家眼光看来，属“小说”中史学价值较高者。例如，唐张固《幽闲鼓吹》，记唐代宗至宣宗朝公卿文人之轶事，《四库全书总目》提要称：“固所记虽篇帙寥寥，而其事多关法戒，非造作虚辞，无裨考证者比，唐人小说之中，犹差为切实可据焉。”❷唐李濬《松窗杂录》，记唐代中宗至武宗间宫廷轶事，《四库全书总目》提要称：“书中记唐明皇事，颇详整可观，载李泌对德宗语论明皇得失，亦了若指掌。”❸宋欧阳修《归田录》，收录“朝廷之遗事，史官之所不记，与士大夫谈笑之余而可录者”，多记朝廷轶事和士大夫嘉言懿行，《四库全书总目》提要称：“是偶然疏舛，亦所不免。然大致可资考据，亦《国史补》之亚也。”❹宋张齐贤《洛阳搢绅旧闻记》，收二十一篇传体作品，篇幅较长，所叙人物以帝王公卿为主，兼及剑客布衣，自序：“与正史差异者，并存而录之，则别传、外传比也。”❺《四库全书总目提要》称：“书中

❶ （宋）晁公武撰，孙猛校证：《郡斋读书志校证》，上海古籍出版社 1990 年版，第 359 页。
❷ （清）纪昀、陆锡熊、孙士毅等：《钦定四库全书总目》，中华书局 1997 年版，第 1840 页。
❸ 同上。
❹ 同上书，第 1848 页。
❺ （宋）张齐贤：《洛阳搢绅旧闻记》，中华书局 1985 年版，“序”第 1 页。

多据传说之词,约载事实以为劝戒。……其他佚事,亦颇有足资博览者。固可与《五代史阙文》诸书同备读史之考证也。”❶《江淮异人录》,所传“异人”大抵是历史真实人物,所载之事也非完全诞妄不经。《四库全书总目》称:“淑书所记,则《周礼》所谓‘怪民’,《史记》所谓‘方士’,前史往往载之,尚为事之所有。其中如‘耿先生’之类,马令、陆游二《南唐书》皆采取之,则亦未尽凿空也。”❷《洛阳搢绅旧闻记》和《江淮异人录》即与“传记”类之先贤、耆旧和高逸、高僧相通,又与“小说”之传奇相类。“传记”“收摭益细,而通之于小说”,“小说”与“传记”的混杂现象应主要源于两者文类性质相近、相同。

四、“小说”与“传记”之文类区分

“小说”与“传记”虽然关系密切,有着诸多相通、混杂之处,但作为不同的文类,依然有着畛域较为分明的相对独立的文类规定性,古人对此亦有明确认识,如焦竑《国史经籍志》“传记类”序:“杂史、传记皆野史之流,……若小说家与此二者易混,而实不同,当辩之。”❸因古代文言小说的文体类型大体可划分为笔记体、传奇体,且两者具有不同文体规范,即笔记体小说为随笔杂记而成,不拘体例,一事一则,篇幅短小,笔法简略,内容驳杂,以笔记形式所写的文言小说;传奇体小说为篇幅漫长,记叙委曲,文辞华艳,以传记体裁所写的文言小说。所以,“传记”与“小说”之区分亦分笔记体和传奇体分别加以论述。概言之,“小说”与“传记”文类间的畛域划分主要体现为功用价值定位和题材取向、叙事方式三个方面。

首先,在功用价值定位方面。虽然从史家的立场来看,相对于“杂史”而言,“传记”史学价值要低得多,但是与“小说”相比较,还是具有一定高下之别的。《四库全书总目》“史部总叙”云:“曰杂史,曰诏令奏议,曰传记,曰史抄,曰载记,

❶ (清) 纪昀、陆锡熊、孙士毅等:《钦定四库全书总目》,中华书局 1997 年版,第 1846 页。
❷ 同上书,第 1882 页。
❸ (明) 焦竑辑:《国史经籍志》,《四库全书存目丛书》(史部第 277 册),齐鲁书社 1996 年版,第 363 页。

皆参考纪传者也。”[1]《四库全书总目》“子部总叙”称：“稗官所述，其事末矣，用广见闻，愈于博弈。”[2]在古人心目中，“小说”之“寓劝诫”“补史之阙”等功用虽多被提及，如胡应麟《少室山房笔丛·九流绪论》言“小说者流，……其善者足以备经解之异同、存史官之讨核，总之有补于世，无害于时”，[3]《四库全书总目》之“小说家叙”称“中间诬谩失真，妖妄荧听者，固为不少，然寓劝戒、广见闻、资考证者，亦错出其中”[4]，但这并非此类作品最为突出的主导价值功用。相对而言，“游心寓目”“广见闻”“助谈柄”等娱乐消遣功用更占主导地位，如陈振孙《直斋书录解题》卷十一《夷坚志》云：“稗官小说，昔人固有为之者矣。游戏笔端，资助谈柄，犹贤乎已可也。”[5]曾慥《类说序》云：“小道可观，圣人之训也。……可以资治体，助名教，供谈笑，广见闻，如嗜常珍，不废异馔，下筯之处，水陆具陈矣。”[6]都穆《续博物志后记》：“小说杂记饮食之珍错也，有之不为大益，而无之不可，岂非以其能资人之多识而怪僻不足论邪！”[7]袁枚《新齐谐序》云：“文史外无以自娱，乃广采游心骇耳之事，妄言妄听，记而存之。”[8]相对而言，从经、史的价值立场看来，“笔记体小说”的“寓劝诫”“补史之阙”等价值要高于“传奇体小说”，与“传记”之价值定位更相近些。[9]

其次，在题材取向方面。相对而言，“传记”载录之内容远不如“杂史”那样事关庙堂国政、人事善恶，而属于“史官之末事”，多为无资格填列“正史”的人物之传记或有资格填列“正史”的人物的外传、别传及逸闻轶事，如《欧阳修集》卷一二五《崇文总目叙释》：“至于风俗之旧，耆老所传遗言逸行，史不及书。则传记之说，或有取焉。”[10]如焦竑《国史经籍志》“传记序”：“至于流风遗迹、故老所传，史不及书，则传记兴焉。……然其或具一时之所得，或发史官之所讳，旁搜互证，未

[1] （清）纪昀、陆锡熊、孙士毅等：《钦定四库全书总目》，中华书局1997年版，第611页。
[2] 同上书，第1191页。
[3] （明）胡应麟：《少室山房笔丛》，上海书店出版社2001年版，第283页。
[4] （清）纪昀、陆锡熊、孙士毅等：《钦定四库全书总目》，中华书局1997年版，第1834页。
[5] （宋）陈振孙撰，徐小蛮、顾美华点校：《直斋书录解题》，上海古籍出版社1987年版，第336页。
[6] （宋）曾慥编：《类说》，《北京图书馆古籍珍本丛刊》（子部第62册），书目文献出版社1988年版，第6页。
[7] （明）都穆：《续博物志后记》，丁锡根编著：《中国历代小说序跋集》，人民文学出版社1996年版，第91页。
[8] 同上书，第156页。
[9] 参见王庆华：《古代小说学中“传奇”之内涵和指称辨析》，《文艺理论研究》2014年第2期。
[10] （宋）欧阳修著，李之亮笺注：《欧阳修集编年笺注》，巴蜀书社2007年版，第85—86页。

必无一得焉。”❶

“传记”的题材内容极为广泛，也有着特定的类型概念，包括先贤、耆旧、孝友、忠节、良吏、高逸、科录、家传、名士、文士、仙灵、高僧、列女等，如《隋书·经籍志》“杂传小序”：“又汉时，阮仓作《列仙图》，刘向典校经籍，始作《列仙》《列士》《列女》之传，皆因其志尚，率尔而作，不在正史。后汉光武，始诏南阳，撰作《风俗》，故沛、三辅有耆旧节士之序，鲁、庐江有名德先贤之赞。郡国之书，由是而作。魏文帝又作《列异》，以序鬼物奇怪之事，嵇康作《高士传》，以叙圣贤之风。因其事类，相继而作者甚众，名目转广。”❷所列题材类型主要有列仙、列士、列女、高士，耆旧节士、名德先贤之郡书，鬼物奇怪之事等。《旧唐书》“杂传类”后序分为“褒先贤耆旧”“孝友”“忠节”“列藩”“良史(吏)”“高逸”“杂传”“科录”“文士”“仙灵”“高僧”“鬼神”“列女”，另外，“子部”之释、道二家分别设有“传”目，收录“僧传”“仙传”。郑樵《通志·艺文略》史类之“传记”有注：“耆旧、高隐、孝友、忠烈、名士、交游、列传、家传、列女、科第、名号、冥异、祥异。”❸马端临《文献通考·经籍考》称：“《隋志》曰杂传，《唐志》曰杂传类，有先贤、耆旧、孝友、忠节、列藩、良吏、高逸、科录、家传、文士、仙灵、高僧、鬼神、列女之别。今总为传记，事涉道、释者，各具于其事。”❹《国史经籍志》“传记序”云：“如先贤、耆旧、孝子、高士、列女，代有其书，即高僧、列仙、鬼神、怪妄之说，往往不废也。”❺

显然，“传记”之取材深受“正史”之“类传”和“笃名教”“达道义”“表贤能”等史家旨趣和儒学教义的影响，赵翼《廿二史札记》卷一“各史例目异同”条对正史“列传”之类传有着系统梳理：“《后汉书》于列传，‘儒林’‘循吏’‘酷吏’外，又增‘宦者’‘文苑’‘独行’‘方术’‘逸民’‘列女’等传。《三国志》名目有减无增。《晋书》改‘循吏’为‘良吏’，‘方术’为‘艺术’，不过稍易其名，又增‘孝友’‘忠义’二传，其逆臣则附于卷末，不另立‘逆臣’名目。《宋书》但改‘佞幸’为‘恩幸’。其二凶亦附卷末。(二凶：刘劭、刘浚)《齐书》改‘文苑’为‘文学’，‘良吏’为‘良政’，

❶ (明)焦竑辑：《国史经籍志》，《四库全书存目丛书》(史部第277册)，齐鲁书社1996年版，第363页。
❷ (唐)魏徵等：《隋书》，中华书局1973年版，第982页。
❸ (宋)郑樵撰，王树民点校：《通志二十略》，中华书局1995年版，第1559页。
❹ (元)马端临：《文献通考》，中华书局2011年版，第5649页。
❺ (明)焦竑辑：《国史经籍志》，《四库全书存目丛书》(史部第277册)，齐鲁书社1996年版，第363页。

‘隐逸’为‘高逸’，‘孝友’‘忠义’为‘孝义’，‘恩幸’为‘幸臣’，亦稍变其，其降敌国者亦附卷末。《梁书》改‘孝义’为‘孝行’，又增‘止足’一款。其逆臣亦附卷末。《陈书》及《南史》亦同，惟侯景等另立‘贼臣’名目。《后魏书》改‘孝行’为‘孝感’，‘忠义’为‘节义’，‘隐逸’为‘逸士’，‘宦者’为‘阉宦’，亦稍变其名，其刘聪、石勒，《晋》《宋》《齐》《梁》俱入外国传。《北齐》各传名目无所增改。《周书》增‘附庸’一款。《隋书》改‘忠义’为‘诚节’，‘孝行’又为‘孝义’，余与前史同，而以李密、杨玄感次列传后，宇文化及、王世充附于卷末。《北史》各传名目大概与前史同，增‘僭伪’一款。《旧唐书》诸传名目，亦与前史同，其安禄山等亦附卷末，不另立逆臣名目。《新唐书》增‘公主’‘藩镇’‘奸臣’三款。‘逆臣’中又分‘叛臣’‘逆臣’为二，亦附卷末。《薛五代史》增‘世袭’一款。《欧五代史》另立‘家人’‘义儿’‘伶官’等传。其历仕各朝者，谓之‘杂传’，又分‘忠义’为‘死节’‘死事’二款，又立‘唐六臣传’，盖五代时事多变局，故传名另创也。《宋史》增‘道学’一款及‘周三臣传’，余与前史同。《辽史》改‘良吏’为‘能吏’，余与前史同，另有‘国语解’。《金史》无‘儒学’，但改‘外戚’为‘世戚’，‘文苑’为‘文艺’，余与前史同，亦另有国语解。《元史》增‘释老’，余亦与前史同。《明史》各传名目，亦多与前史同，增‘阉党’‘流贼’及‘土司传’。”❶显然，“传记”之内部类型相当一部分来源于“正史”之“类传”。

“小说”之取材则与史家旨趣相距甚远，所载主要为无关史家旨趣的人物故事（志怪、传奇）或各类历史人物无关政教的更为琐细之小事（志人、杂录）。其中，“传记”与“笔记体小说”有区分，笔记体小说的取材范围和题材类型大体可分为两类，一种为载录鬼神怪异之事的“杂记”“志怪”“异闻”“语怪”等，另一种为载录历史人物轶闻琐事的“逸事”“琐言”“杂录”“杂事”等。前者最易与“传记”区别开来，述怪语异、搜神记鬼不仅作为“小说”的一种类型，也成为判定“小说”的一种标准。后者易与“传记”相混淆，区分标准应为：关乎史家旨趣者入“传记”，基本无关史家旨趣者入“小说”。

“传记”与“传奇体小说”的区分有如下三方面。

---

❶ （清）赵翼著，王树民校证：《廿二史札记校证》，中华书局1984年版，第5—6页。

其一,传主同为可载入正史的历史人物,“传记”所传之事为这些历史人物的正史之外的逸闻轶事,虽也虚实难测,却具有一定“资考证”价值。“传奇体小说”所载之事则基本属于依托附会、虚妄不实之传说,几乎不具备“资考证”价值,例如,《四库全书总目》中《飞燕外传》提要云:“此书记飞燕姊妹始末,实传记之类。然纯为小说家言,不可入之于史部,与《汉武内传》诸书,同一例也。”❶于《隋炀帝海山记》《隋炀帝迷楼记》《隋炀帝开河记》,《四库全书总目》提要称:“词尤鄙俚,皆近于委巷之传奇。同出依托。不足道也。”❷此类作品还有乐史《绿珠传》、《杨太真外传》(又题《杨妃外传》《杨贵妃外传》),秦醇《骊山记》《温泉记》,佚名《李师师外传》等。

其二,“传记”之传主多为表现“笃名教”“达道义”“表贤能”等史家旨趣的人物和释道人物,所传之事为这些人物的忠孝节义、风流韵事、传道布教等相关事迹,这一点从古人对“传记”内部类型的划分界定中就可反映出。“传奇体小说”之传主多为无“资考证”价值、无关史家旨趣者,所传之事“大抵情钟男女,不外离合悲欢。红拂辞杨,绣襦报郑,韩、李缘通落叶,崔、张情导琴心,以及明珠生还,小玉死报,凡如此类,……其始不过淫思古意,辞客寄怀,犹诗家之乐府古艳诸篇也”。❸“无非奇诡妖艳之事”❹以“资谈笑”“及怪及戏”“能悦诸心”为主要旨趣,在正统观念看来,不少作品内容淫艳荒唐,有悖儒家之风教。“传奇体小说”的题材类型大致可分为:艳情、豪侠、神怪、寓言等,如盐谷温《中国文学概论讲话》将唐传奇分为别传、剑侠、艳情、神怪,陈文新先生《文言小说审美发展史》第七章“‘至唐人乃作意好奇’”将唐传奇的题材概括为爱情、豪侠、隐逸三类。

传奇体小说集或选集一般多明确著录于“小说家”,很少与“传记”相混杂。例如,袁郊《甘泽谣》,《新唐书·艺文志》《郡斋读书志》《直斋书录解题》《宋史·艺文志》均著录于“小说家”;裴铏《传奇》,《崇文总目》《新唐书·艺文志》《郡斋读书志》《直斋书录解题》《宋史·艺文志》均著录于“小说家”;陈翰《异闻集》,《崇文

❶ (清)纪昀、陆锡熊、孙士毅等:《钦定四库全书总目》,中华书局1997年版,第1888页。
❷ 同上书,第1889页。
❸ (清)章学诚著,叶瑛校注:《文史通义校注》,中华书局1985年版,第560—561页。
❹ (清)钱大昕著,陈文和主编:《嘉定钱大昕全集(增订本)》,凤凰出版社2016年版,第490页。

总目》《新唐书·艺文志》《郡斋读书志》《直斋书录解题》《宋史·艺文志》均著录于"小说家";张君房《丽情集》,《郡斋读书志》谓"编古今情感事",《文献通考·经籍考》《百川书志》著录于"小说家";刘斧《青琐高议》前后集十八卷,《郡斋读书志》提要称"载皇朝杂事及名士所撰记传。然其所书,辞意颇鄙浅"❶,《郡斋读书志》《通志·艺文略》《宋史·艺文志》和《文渊阁书目》《近古堂书目》《万卷楼书目》《四库全书总目》均著录于"小说家",《四库全书总目》提要云"所纪皆宋时怪异事迹及诸杂传记,多乖雅驯。……《读书志》称其'词意鄙浅',良非轻诋";❷李献民《云斋广录》,《郡斋读书志》提要称其"记一时奇丽杂事,鄙陋无所稽考之言为多"❸,《郡斋读书志》《宋史·艺文志》和《也是园书目》《四库全书总目》等也均著录"小说家",《四库全书总目提要》称"所载皆一时艳异杂事,文既冗沓,语尤猥亵。……其书大致与刘斧《青琐高议》相类。然斧书虽俗,犹时有劝戒,此则纯乎诲淫而已。以向来诸家著录,今姑存其目焉";❹陆采《虞初志》,收录唐人传奇体小说,"罗唐人传记百十家",《近古堂书目》《脉望馆书目》《赵定宇书目》《千顷堂书目》均著录于"小说家"。

其三,在叙事方式方面,相对而言,"传奇体小说"叙事多想象、增饰、附会,"传闻而欲伟其事,录远而欲详其迹",如赵德麟《侯鲭录·辨传奇莺莺事》:"则所谓《传奇》者,盖微之自叙,特假他姓以自避耳。……不然,为人叙事,安能委曲详尽如此。"❺章学诚《文史通义·诗话》云:"唐人乃有单篇,别为传奇一类。……或附会疑似,或竟托子虚。"❻胡应麟《少室山房类稿·柳毅》称:"唐人传奇小说,如《柳毅》《陶岘》《红线》《虬髯客》诸篇,撰述浓至,有范晔、李延寿之所不及。"❼《四库全书总目》之《飞燕外传》提要云:"且闺帏媟亵之状,嫕虽亲狎,无目击理,即万一窃得之,亦无娓娓为通德缕陈理,其伪妄殆不疑也。"❽"笔记体小说"多持"据见闻实录"的原则,许多作品在序跋中反复强调,这些记载为耳闻

❶ (宋)晁公武撰,孙猛校证:《郡斋读书志校证》,上海古籍出版社 1990 年版,第 597 页。
❷ (清)纪昀、陆锡熊、孙士毅等:《钦定四库全书总目》,中华书局 1997 年版,第 1908 页。
❸ (宋)晁公武撰,孙猛校证:《郡斋读书志校证》,上海古籍出版社 1990 年版,第 597 页。
❹ (清)纪昀、陆锡熊、孙士毅等:《钦定四库全书总目》,中华书局 1997 年版,第 1909 页。
❺ (宋)赵令畤撰,傅成校点:《侯鲭录》,上海古籍出版社 2012 年版,第 93 页。
❻ (清)章学诚著,叶瑛校注:《文史通义校注》,中华书局 1985 年版,第 560—561 页。
❼ 汪辟疆校录:《唐人小说》,上海古籍出版社 1978 年版,第 69 页。
❽ (清)纪昀、陆锡熊、孙士毅等:《钦定四库全书总目》,中华书局 1997 年版,第 1888 页。

目睹之传闻的“实录”，其中虽不免虚妄失真的讹传，却并非子虚乌有的杜撰。也有部分作品具有高度的历史真实性，被看作“信而有征”，“传记”之作也多为记载传闻而成，与“笔记体小说”在叙事方式上更为接近，而与“传奇体小说”区分明显。

第二章 “小说”“杂史”之文类关联与区分

“小说”与史部之“杂史”容易混淆，“莫谬乱于史，盖有实故事而以为杂史者，实杂史而以为小说者。”❶“纪录杂事之书，小说与杂史，最易相淆。”❷然而，作为不同的文类，“小说”与“杂史”都有着自己相对独立的文类规定性。对于“小说”与“杂史”文类的混淆和区分情况，前人研究虽有所提及，但缺乏全面系统地清理分析，本书以全面梳理“小说”与“杂史”文类混杂现象为出发点，深入分析两者文类规定性之间的相联互通，探讨厘清两者在文类规定性上的相互区分尤其是混淆交集之处的边界分野。

一、“小说”与“杂史”之文类混杂

古代“杂史”与“小说”的混杂现象主要表现为历代官私书目中“小说”与“杂史”的混杂著录和“小说”与“杂史”类作品部分内容的羼杂。

唐以降历代官私书目著录“小说”与“杂史”存在一定混杂现象，概而言之，主要有两种情况。一类是基本为“小说”与“杂史”混杂著录，主要有《五代新说》《开元升平源》《大唐新语》《大唐说纂》《唐国史补》《大唐传载》《逸史》《明皇杂录》《阙史》《太平杂编》《碧云騢》《儒林公议》《铁围山丛谈》《闻见后录》《挥麈录》《陶朱新录》《续世说新语》《桯史》《四朝闻见录》《归潜志》《宣政杂录》《史遗》《三朝野史》

❶（元）马端临：《文献通考》，中华书局2011年版，第5651页。
❷（清）纪昀、陆锡熊、孙士毅等：《钦定四库全书总目》，中华书局1997年版，第1870页。

《樵史补遗》《蹇斋琐缀录》《立斋闲录》《维桢录》《双槐岁抄》《损斋备忘录》《翦胜野闻》《汉杂事秘辛》《孤树裒谈》《贤识录》《病逸漫记》《病榻遗言》《觚不觚录》《月山丛谈》《玉堂丛语》《涌幢小品》《闻见漫录》《林居漫录前集》《玉堂荟记》《朝野遗记》。另一类是"小说"与"杂史""传记"三者混杂著录者。[1]相对于"传记"而言，历代官私书目中"小说"与"杂史"混杂著录的作品数量明显较少，这与三者的文类定位有关，从史家立场来看，"杂史"文类地位最高，"传记"次之，"小说"最低，因此，"小说"与"杂史"文类的交集自然低于"传记"。

历代官私书目中"小说"与"杂史"混杂著录者，所录之事多有关朝政、有裨劝戒，例如《郡斋读书志》中《大唐新语》提要称："辑唐故事，起武德至大历，分为三十类。"[2]《直斋书录解题》中《明皇杂录》提要云："杂记明皇时事。"[3]其被同时混杂归入"小说家"，或因其中有少部分"小说"性质的内容，《四库全书总目》中《大唐新语》提要云："所记起武德之初，迄大历之末，凡分三十门，皆取轶文旧事，有裨劝戒者。……故《唐志》列之杂史类中。然其中《谐谑》一门，繁芜猥琐，未免自秽其书，有乖史家之体例。今退置小说家类，庶协其实。"[4]或因其中所录之事过于琐细，如《玉堂丛语》提要："是编仿《世说》之体，采摭明初以来翰林诸臣遗言往行，分条胪载。"[5]《阙史》提要云："然所载如周墀之对文宗，崔阛之对宣宗，郑薰判宦官之荫子，卢携之议镇州，皆足与史传相参订。李可及戏论三教一条，谓伶人不当授官，持论尤正。他如皇甫湜作《福先寺碑》，刘蜕辨齐桓公器，单长鸣非姓单诸事，亦足以资考证，不尽小说荒怪之谈也。"[6]相比较而言，"杂史"与"小说"混杂著录者数量较少，主要因"杂史"在史部门类中的地位较高，载录之内容与"正史"最为相关，多事关庙堂国政、人事善恶，与"小说"之距离较远。对于"杂史""小说"相互混杂的作品，目录学家一般都采取"姑举其重"的原则来归类。不过，目录学家在类属划分的具体操作过程中，依然会遇到许多困难。面对同一部作品，不同的目录学家对其题材性质和功用价值会有不同的判定，有人认定为无

---

[1] 详见本书"中编"第一章"'小说'与'传记'之文类关联"。
[2] （宋）晁公武撰，孙猛校证：《郡斋读书志校证》，上海古籍出版社 1990 年版，第 245 页。
[3] （宋）陈振孙撰，徐小蛮、顾美华点校：《直斋书录解题》，上海古籍出版社 1987 年版，第 144 页。
[4] （清）纪昀、陆锡熊、孙士毅等：《钦定四库全书总目》，中华书局 1997 年版，第 1836—1837 页。
[5] 同上书，第 1900 页。
[6] 同上书，第 1880 页。

关政教的琐碎之事，有人则认定为事关朝政军国，有人认定其以“杂史”为主，有人则认定其以“小说”为主，种种歧义混淆，实在难以避免。

历代官私书目中“小说”与“杂史”“传记”三者混杂著录者，从性质上来说，多同时具有“杂史”“传记”“小说”三种文类的规定性，即事关庙堂国政、人事善恶，或近或远，或大或小，或含有部分鬼神怪异之事，或含有历史人物无关“朝政军国”、日常生活化的轶闻逸事，或载录事迹多依托虚构。例如《直斋书录解题》中《次柳氏旧闻》提要：“记柳芳所闻于高力士者，凡十七条。上元中，芳谪黔中，力士徙巫州。芳从力士问禁中事。德裕父吉甫从芳子冕闻之。”❶《郡斋读书志》中《中朝故事》提要云：“记唐懿、昭、哀三朝故事，故曰‘中朝’。”❷《四库全书总目提要》中《杜阳杂编》提要云：“此编所记，上起代宗广德元年，下尽懿宗咸通十四年，凡十朝之事，皆以三字为标目。其中述奇技宝物，类涉不经。”❸《桂苑丛谈》提要云：“其书前十条皆载咸通以后鬼神怪异及琐细之事，后为史遗十八条，其十二条亦纪唐代杂事，余六条则兼及南北朝。”❹此类作品文本内容一般比较驳杂，上至“杂史”性事迹，下至“小说”类的志怪、轶事，官私书目著录时因宽严尺度把握不同，自然会形成不同归类。

“杂史”类著作本身就属“率尔而作”“体制不经”之作，许多作品载录的内容非常驳杂，不可避免地收录了一些志怪、琐事等“小说”性质的作品，历代官私书目中基本归入“杂史”而并未与“小说”混杂著录的著作，也有部分作品含有“小说”性质内容。❺历代官私书目基本归入“小说”而并未与“杂史”混杂著录的著作，有部分作品中也会含有“杂史”性质内容，如《四库全书总目》中《甲申杂记、闻见近录、随手杂录》提要：“三书皆间涉神怪，稍近稗官，故列之小说类中。然而所记朝廷大事为多，一切贤奸进退，典故沿革，多为史传所未详，实非尽小说家言也。”❻

“小说”“杂史”“传记”文本内容或多或少相互掺杂，可看作一种普遍存在的

❶ （宋）陈振孙撰，徐小蛮、顾美华点校：《直斋书录解题》，上海古籍出版社 1987 年版，第 147 页。
❷ （宋）晁公武撰，孙猛校证：《郡斋读书志校证》，上海古籍出版社 1990 年版，第 259 页。
❸ （清）纪昀、陆锡熊、孙士毅等：《钦定四库全书总目》，中华书局 1997 年版，第 1878 页。
❹ 同上书，第 1879 页。
❺ 详见本书“中编”第三章“‘杂史’‘传记’掺杂之‘小说’”。
❻ （清）纪昀、陆锡熊、孙士毅等：《钦定四库全书总目》，中华书局 1997 年版，第 1852 页。

文类现象。这既与三者文类性质相近、相通有关，也与三者相互影响渗透、关联互动密不可分。部分“小说”作品强调“补史之阙”的宗旨追求，载录人物事迹就会向“传记”乃至“杂史”靠拢，如宋敏求《春明退朝录自序》：“熙宁三年，予以谏议大夫奉朝请。每退食，观唐人洎本朝名辈撰著以补史遗者，因纂所闻见继之。”❶部分“杂史”“传记”作品特别追求兼容并蓄，也会大量收罗“小说”性质的琐细之事，如马端临《文献通考》卷一百九十五之《经籍考二十二》：“《宋两朝艺文志》曰：传记之作，近世尤盛，其为家者，亦多可称，采获削稿，为史所传。然根据肤浅，好尚偏驳，滞泥一隅，寡通方之用，至孙冲、胡讷，收摭益细，而通之于小说。”❷也有部分作品秉持有闻必录原则，“捡到篮子里都是菜”，并未明确遵循哪种文类的著述体例，如张端义《贵耳集自序》：“因追忆旧录，记一事，必一书，积至百，则名之《贵耳录》。”❸此外，“小说”“杂史”“传记”文类划分是相比较而言的，其中任何一种文类观念的发展演化都会引发其他两种文类观念的相应调整，例如《括异志》《知命录》等一批宋代“小说”作品，宋人官私书目多归为“小说”，明人则多归为“传记”，这显然与宋明“小说”“传记”文类观念的整体演化、调整有关。

二、“小说”与“杂史”之文类相通

“小说”与“杂史”的文类混杂，应主要源于两者存在诸多相通之处。

从文类性质上来看，“小说”与“杂史”都属于“史之流别”，都属有别于正史的野史、稗史之类。从史部类目体系来看，“杂史”是与“正史”“编年”“霸史”“实录”“起居注”等官方史著相对立的私家载记之“野史”，多由各记见闻而成，率尔而作，内容驳杂、体例不纯，如《隋书·经籍志》“杂史小序”：“其属辞比事，皆不与《春秋》《史记》《汉书》相似。盖率尔而作，非史策之正也。”❹马端临《文献通考》卷一百九十五《经籍考二十二》称：“《宋三朝志》曰：杂史者，正史、编年之外，别

❶ （宋）宋敏求撰，尚成等校点：《春明退朝录》，上海古籍出版社2012年版，第1页。
❷ （元）马端临：《文献通考》，中华书局2011年版，第5649页。
❸ （宋）张端义撰，李保民校点：《贵耳集》，上海古籍出版社2012年版，第89页。
❹ （唐）魏徵等：《隋书》，中华书局1973年版，第962页。

为一家。”❶焦竑《国史经籍志》“杂史类序”：“前志有杂史，盖出纪传编年之外，而野史者流也。”❷从命名角度而言，“杂史”之“杂”主要指其内容、体裁之兼包众体、繁杂多样，如《四库全书总目提要》“杂史类叙”：“盖载籍既繁，难于条析。义取乎兼包众体，宏括殊名。故王嘉《拾遗记》《汲冢琐语》得与《魏尚书》《梁实录》并列不为嫌也。”❸以《新唐书·艺文志》为标志，“小说家”确立起有别于正史的野史传说的义界，并成为宋代以降“小说”文类的主体观念。古人亦多将“稗史”“野史”“小史”作为“杂史”“小说”文类共有的称谓❹，也是着眼于其文类性质相同。

从编撰成书方式来看，“小说”与“杂史”大都属载录闻见或传闻而成，不少内容虚实莫测、真伪杂糅。关于“杂史”，《隋书·经籍志》“杂史小序”云：“博达之士，愍其废绝，各记闻见，以备遗亡。”❺《郡斋读书志》“杂史类”之“《汲冢书》十卷”：“以司马迁之博闻，犹采数家之言，以成其书，况其下者乎？然亦有闻见卑浅，记录失实，胸臆偏私，褒贬弗公，以误后世者，是在观者慎择之矣。”❻马端临《文献通考》卷一百九十五《经籍考二十二》云：“体制不纯，事多异闻，言或过实。”❼明代王世贞称：“野史之弊三：一曰挟郄而多诬。其著人非能称公平贤者，寄雌黄于睚眦，若《双溪杂记》《琐缀录》之类是也。二曰轻听而多舛。其人生长闾阎间，不复知县官事，谬闻而遂述之，若《枝山野记》《翦胜野闻》之类是也。三曰好怪而多诞。或创为幽异可愕，以媚其人之好，不核而遂书之，若《客坐新闻》《庚巳编》之类是也。”❽关于“小说”，沈括《梦溪笔谈》卷四《辨证二·蜀道难》云：“盖小说所记，各得于一时见闻，本末不相知，率多舛误，皆此文之类。”❾王观国《学林》卷四“王昭君”条云：“盖小说多出于传闻，不可全信。”❿当然，“杂史”“小

❶（元）马端临：《文献通考》，中华书局2011年版，第5647页。
❷（明）焦竑辑：《国史经籍志》，《四库全书存目丛书》（史部第277册），齐鲁书社1996年版，第340页。
❸（清）纪昀、陆锡熊、孙士毅等：《钦定四库全书总目》，中华书局1997年版，第711页。
❹参见刘晓军：《“稗史”考》，《中山大学学报（社会科学版）》2008年第4期。
❺（唐）魏徵等：《隋书》，中华书局1973年版，第962页。
❻（宋）晁公武撰，孙猛校证：《郡斋读书志校证》，上海古籍出版社1990年版，第238—239页。
❼（元）马端临：《文献通考》，中华书局2011年版，第5647页。
❽（明）王世贞撰，魏连科点校：《弇山堂别集》，中华书局1985年版，第361页。
❾（宋）沈括撰，金良年点校：《梦溪笔谈》，中华书局2015年版，第34页。
❿（宋）王观国撰，王建、田吉校点：《学林》，岳麓书社2010年版，第123页。

说”也有部分作品被认为“信而有征”，具有高度的真实性。

从编撰体裁形式来看，“杂史”作为一个兼包众体、宏括殊名的大杂烩，几乎包括了史部各体，以纪、志、编年以及笔记杂记为主，如焦竑《国史经籍志》“传记序”自注：“杂史传记，皆野史之流。然二者体裁自异。杂史纪志，编年之属也，纪一代若一时之事。传记，列传之属也，纪一人之事。”❶“杂史”与“小说”混杂著录的作品，大都为笔记杂记体。因此，“杂史”与“小说”体裁形式的相通之处，主要就是共用笔记杂记体。

在取材范围上，“小说”与“杂史”在载录各类历史人物之琐细轶事方面存在一定交集。相对于“正史”之外的其他史部流别而言，“杂史”载录之内容与“正史”最为相关，多事关庙堂国政、人事善恶，其中，也有部分内容属于各类历史人物之琐细的轶事，如张之洞《书目答问》将“杂史”进一步区分为“事实之属”“掌故之属”“琐记之属”，其中“琐记之属”即属载录各类历史人物与庙堂国政等距离较远的琐言轶事。“小说”也有一类作品为载录历史人物轶闻琐事的“杂录”“杂事”等，例如明代胡应麟《少室山房笔丛·九流绪论》：“小说家一类又自分数种：……一曰杂录，《世说》《语林》《琐言》《因话》之类是也。”❷《四库全书总目》“小说家”序：“迹其流别，凡有三派：其一叙述杂事，其一记录异闻，其一缀辑琐语也。”❸“杂录”“杂事”主要指载录历史人物逸闻琐事者。“小说”与“杂史”中此类性质的作品最易相混，如《四库全书总目》“小说家杂事之属”案：“纪录杂事之书，小说与杂史，最易相淆。诸家著录，亦往往牵混。”❹

三、“小说”与“杂史”之文类区分

“小说”虽然由“杂史”“传记”分化而来，与其有着诸多相通、混杂之处，但作为不同的文类，却也有着相对独立的文类规定性，焦竑《国史经籍志》“传记类”序

❶ (明) 焦竑辑：《国史经籍志》，《四库全书存目丛书》(史部第277册)，齐鲁书社1996年版，第363页。
❷ (明) 胡应麟《少室山房笔丛》，上海书店出版社2001年版，第282页。
❸ (清) 纪昀、陆锡熊、孙士毅等《钦定四库全书总目》，中华书局1997年版，第1834页。
❹ 同上书，第1870页。

云:“杂史传记,皆野史之流,……若小说家,与此二者易混而实不同,当辩之。”[1]《四库全书总目》“杂史类序”:“然既系史名,事殊小说,著书有体,焉可无分。”[2]概言之,“小说”与“杂史”文类间的畛域区分主要体现为功用价值定位和题材取向上。

在功用价值定位方面,“小说”以“广见闻”“资谈助”“供诙啁”为主,而兼有一定的“寓劝诫、资考证、助文章”,而“杂史”以“补阙遗”“备遗亡”“存掌故”“资考证”为主。

在历代官私书目之史部类目体系中,“杂史”一般仅列“正史”“编年”“霸史”“实录”等官修史著之后,因其具有十分重要的“备国史所未备”“广见闻”“存掌故”“资考证”等为正史编撰提供素材的史学价值,如马端临《文献通考》卷一百九十五《经籍考二十二》:“然借以质正疑谬,补缉阙遗,后之为史者,有以取资,如司马迁采《战国策》《楚汉春秋》,不为无益也。”[3]如《四库全书总目》“史部总叙”:“史之为道,撰述欲其简,考证则欲其详。……又称‘光作《通鉴》,一事用三四出处纂成,用杂史诸书,凡二百二十二家。’”[4]如“杂史类叙”:“要期遗文旧事,足以存掌故,资考证,备读史者之参稽云尔。”[5]

从史家的立场来看,正史编撰虽然也需要“遍阅旧史,旁采小说”,“并小说亦不遗”,但是相对于包括“杂史”在内的史部诸门类而言,“小说”仅部分内容具有一定史学价值,但还是很低的,与“杂史”相比较具有明显的高下之分,如《四库全书总目》“子部总叙”称:“稗官所述,其事末矣,用广见闻,愈于博弈,故次以小说家。”[6]如“杂史类序”称:“若夫语神怪,供诙啁,里巷琐言,稗官所述,则别有杂家、小说家存焉。”[7]所以,在古人心目中,“小说”之“寓劝诫”“补史之阙”等功用虽多被提及,但这并非此类作品最为突出的主导价值功用。相对而言,“游心寓目”“广见闻”“助谈柄”等娱乐消遣功能更占主导地位。

---

[1] (明)焦竑辑:《国史经籍志》,《四库全书存目丛书》(史部第277册),齐鲁书社1996年版,第363页。
[2] (清)纪昀、陆锡熊、孙士毅等:《钦定四库全书总目》,中华书局1997年版,第711页。
[3] (元)马端临:《文献通考》,中华书局2011年版,第5647页。
[4] (清)纪昀、陆锡熊、孙士毅等:《钦定四库全书总目》,中华书局1997年版,第611页。
[5] 同上书,第711页。
[6] 同上书,第1191页。
[7] 同上书,第711页。

此外,“小说”多为诗文创作所取材、征引,故“有助文章”也是派生出一种重要功用,《四库全书总目》中《西京杂记》提要云:“其中所述,虽多为小说家言,而摭采繁富,取材不竭。李善注《文选》、徐坚作《初学记》已引其文,杜甫诗用事谨严,亦多采其语。词人沿用数百年,久成故实。”❶《海内十洲记》提要云:“其词条丰蔚,有助文章。”❷《酉阳杂俎》提要云:“其书多诡怪不经之谈,荒渺无稽之物,而遗文秘籍,亦往往错出其中,故论者虽病其浮夸,而不能不相征引。”❸古人对于如何从“小说”取材用事、用典,采择辞藻,亦有着丰富论述,如魏了翁《王荆公诗大德旧本序》亦称王安石“博极群书,盖自经子百史,以及于凡将急就之文,旁行敷落之教,稗官虞初之说,莫不牢笼搜揽,消释贯融。故其为文,使人习其读而不知其所由来,殆诗家所谓秘藏者”。❹朱弁《风月堂诗话》云:“世间故实小说,有可以入诗者,有不可以入诗者。惟东坡全不拣择,入手便用,如街谈巷说,鄙俚之言,一经坡手,似神仙点瓦砾为黄金,自有妙处。”❺张邦基《墨庄漫录》卷五“介甫诗亦用小说事”云:“世谓子瞻诗多用小说中事,而介甫诗则无有也。予谓介甫诗亦为用之,比子瞻差少耳。”❻宋人笺注唐宋诗如《杜诗赵次公注》、李壁《王荆文公诗笺注》等,亦多从小说中引证词语和典故注解诗句。

其次,在题材取向方面。相对于“正史”之外的其他史部流别而言,“杂史”载录之内容与“正史”最为相关,多事关庙堂国政、人事善恶,如《隋书·经籍志》“杂史小序”:“然其大抵皆帝王之事。”❼晁公武《郡斋读书志》卷九《传记类》“《黄帝内传》一卷”云:“《艺文志》以书之纪国政得失、人事美恶,其大者类为杂史。”❽《四库全书总目提要》“杂史类叙”云:“大抵取其事系庙堂,语关军国。”❾“杂史”应多为与“正史”之人物、事件相关的历史记载。

述怪语异、搜神记鬼几乎成为判定“小说”的一种标准,载录鬼神怪异之事者

❶ (清)纪昀、陆锡熊、孙士毅等:《钦定四库全书总目》,中华书局1997年版,第1835页。
❷ 同上书,第1873页。
❸ 同上书,第1886页。
❹ (宋)王安石撰,(宋)李壁笺注:《王荆文公诗笺注》,中华书局1958年版,第717页。
❺ (宋)惠洪等:《冷斋夜话 风月堂诗话 环溪诗话》,中华书局1988年版,第106页。
❻ (宋)张邦基撰,丁如明校点:《墨庄漫录》,上海古籍出版社2012年版,第110页。
❼ (唐)魏徵等:《隋书》,中华书局1973年版,第962页。
❽ (宋)晁公武撰,孙猛校证:《郡斋读书志校证》,上海古籍出版社1990年版,第359页。
❾ (清)纪昀、陆锡熊、孙士毅等:《钦定四库全书总目》,中华书局1997年版,第711页。

最容易与“杂史”相区别开来，如冯镇峦《读聊斋杂说》：“千古文字之妙，无过《左传》，最喜叙怪异事。予尝以之作小说看。”[1]《四库全书总目》“小说家类叙”云：“然屈原《天问》，杂陈神怪，多莫知所出，意即小说家言。”[2]《山海经》提要云：“书中序述山水，多参以神怪……核实定名，实则小说之最古者尔。”[3]“孝经类”案：“虞淳熙《孝经集灵》，旧列经部，然侈陈神怪，更纬书之不若。今退列于小说家。”[4]

载录历史人物轶闻琐事的题材类型则较易与“杂史”相混淆，两者的主要区别为：“小说”所记“琐闻佚事”过于琐细，多无关“朝政军国”，无关“善善恶恶”之史家旨趣，如晁载之《续谈助·殷云小说跋》：“右钞殷芸小说，其书载自秦汉迄东晋江左人物，虽与诸史时有异同，然皆细事，史官所宜略。又多取刘义庆《世说》《语林》《志怪》等已详事，故钞之特略，然其目小说则宜尔也。”[5]李复《潏水集》卷七《杨氏言动家训序》：“小说记事，亦史之遗法也。史官取其大者著之于书，其于小者，虽或有取，然散落不录者，固亦多矣。好事纂缉，以广异闻，补遗逸，滋谈论，证讹谬。”[6]因此，是否有关“国政得失”“人事美恶”“朝政军国”，就成为区分“杂史”与“小说”的主要标准，如晁公武《郡斋读书志》卷九：“《艺文志》以书之纪国政得失、人事美恶，其大者类为杂史，其余则属之小说。”[7]《四库全书总目》“小说家杂事之属”案：“纪录杂事之书，小说与杂史，最易相淆。诸家著录，亦往往牵混。今以述朝政军国者入杂史；其参以里巷闲谈、词章细故者，则均隶此门。”[8]《书目答问》云：“以上杂史类琐记之属（注）：主记事者入此类。多参议论、罕关政事者入小说。”[9]

这种区分在《四库全书总目》相关著作提要中有着更为鲜明的体现：《南唐近事》提要区分“杂史”之《江表志》和“小说”之《南唐近事》：“文宝有《江表志》，已著录。……其体颇近小说，疑南唐亡后，文宝有志于国史，搜采旧闻，排纂叙次，

[1] （清）蒲松龄著，张友鹤辑校：《聊斋志异》，上海古籍出版社 2019 年版，第 9 页。
[2] （清）纪昀、陆锡熊、孙士毅等：《钦定四库全书总目》，中华书局 1997 年版，第 1824 页。
[3] 同上书，第 1871 页。
[4] 同上书，第 421 页。
[5] （宋）晁载之：《续谈助》，中华书局 1985 年版，第 87 页。
[6] （宋）李复：《潏水集》，《景印文渊阁四库全书》（集部第 1121 册），台湾商务印书馆 1986 年版，第 73 页。
[7] （宋）晁公武撰，孙猛校证：《郡斋读书志校证》，上海古籍出版社 1990 年版，第 359 页。
[8] （清）纪昀、陆锡熊、孙士毅等：《钦定四库全书总目》，中华书局 1997 年版，第 1870 页。
[9] （清）来新夏、韦力、李国庆汇补：《书目答问汇补》，中华书局 2011 年版，第 373 页。

以朝廷大政入《江表志》。至大中祥符三年，乃成其余丛谈琐事，别为缉缀，先成此编。一为史体，一为小说体也。”❶《四朝闻见录》提要区分“杂史”之《建炎以来朝野杂记》和“小说”之《四朝闻见录》：“南渡以后，诸野史足补史传之阙者，惟李心传之《建炎以来朝野杂记》号为精核，次则绍翁是书。……惟王士禛《居易录》谓其颇涉烦碎，不及李心传书。今核其体裁，所评良允。故心传书入史部，而此书则列小说家焉。”❷《癸辛杂识》提要区分“杂史”之《齐东野语》和“小说”之《癸辛杂识》：“《野语》多记朝廷大政，此则琐事、杂言居十之九，体例殊不相同，故退而列之小说家，从其类也。”❸《太平治迹统类前集》提要区分“杂史”之《太平治迹统类前集》和“小说”之《皇朝事实类苑》：“初，绍兴中江少虞作《皇朝事实类苑》、李攸又作《皇朝事实》与百川此书皆分门隶事。少虞书采摭虽富，而俳谐琐事，一一兼载，体例颇近小说。攸书于典制特详，记事颇略。惟此书于朝廷大政及诸臣事迹，条分缕析，多可与史传相参考。”❹上述对比都是文本性质相近之作，为什么两者被分别归入“杂史”“小说”文类，实际上凸显了“史体”“小说体”应当具备的文类规定性，即“杂史”载录“朝廷大政及诸臣事迹”，“小说”记载“丛谈琐事”“俳谐琐事”。古人注重文体之辨，亦强调文类之辨，文类之辨主要强调著述体例，从某种意义上说，所谓“体例”就是指文类规定性，“体”为文本题材内容，“例”为编撰体裁形式，如《四库全书总目》之《孤树裒谈》提要：“所引用群书凡三十种，例则编年，体则小说。”❺如《史取》提要：“盖史评之流，而其体则说部类也。”❻

此外，在体裁形式方面。“杂史”在体裁形式上大多为“纪、志、编年之属”，也有部分著作为笔记杂记体等。“小说”在体裁形式上以丛残小语的笔记体和传体为主，也有很少部分著作为“纪、志、编年之属”，如《四库全书总目》之《明遗事》提要：“编年、纪月，亦颇详悉。而多录小说、琐事，如以酒饮蛇之类，皆荒诞不足信，非史体也。”❼

---

❶ (清) 纪昀、陆锡熊、孙士毅等：《钦定四库全书总目》，中华书局 1997 年版，第 1844 页。
❷ 同上书，第 1865 页。
❸ 同上书，第 1865—1866 页。
❹ 同上书，第 718 页。
❺ 同上书，第 1897 页。
❻ 同上书，第 1180 页。
❼ (清) 纪昀、陆锡熊、孙士毅等：《钦定四库全书总目》，中华书局 1997 年版，第 1902 页。

综上所述,"小说"与"杂史"在功用价值定位、题材内容、体裁形式等各方面都有着相互区分的文类界限,这主要源于两者自身的文类规定性和著述体例,虽然两者存在着交叉混杂之处,但古人对其边界还是有着比较明确认识的。

附录　历代主要官私书目"小说""传记""杂史"混杂著录情况一览表[1]

书　名	小　说	传　记	杂　史
(战国)不著名氏《穆天子传》	《四库全书总目》	《崇文总目》 《郡斋读书志》	《宋史·艺文志》 《澹生堂藏书目》
(汉)东方朔《神异经》	《崇文总目》 《直斋书录解题》 《文献通考·经籍考》 《宋史·艺文志》 《四库全书总目》	《通志·艺文略》 《国史经籍志》	
(汉)东方朔《十洲记》	《直斋书录解题》 《文献通考·经籍考》 《四库全书总目》	《郡斋读书志》	
(汉)伶元《飞燕外传》	《四库全书总目》	《郡斋读书志》 《直斋书录解题》 《宋史·艺文志》 《百川书志》 《文献通考·经籍考》 《国史经籍志》 《澹生堂藏书目》	
(汉)郭宪《汉武洞冥记》	《文献通考·经籍考》 《宋史·艺文志》 《百川书志》 《四库全书总目》	《崇文总目》 《郡斋读书志》 《通志·艺文略》 《宋史·艺文志》 《国史经籍志》	

[1] 此表所列主要为宋代以降主要官私书目中"小说""传记""杂史"混杂著录情况。

续 表

书 名	小 说	传 记	杂 史
（汉）班固《汉武帝内传》	《四库全书总目》	《郡斋读书志》 《宋史・艺文志》 《文献通考・经籍考》 《国史经籍志》	
（汉）班固《汉武故事》	《四库全书总目》	《郡斋读书志》 《文献通考・经籍考》	
（晋）葛洪《西京杂记》	《四库全书总目》	《崇文总目》 《直斋书录解题》 《宋史・艺文志》	《郡斋读书志》 《文献通考・经籍考》 《百川书志》 《澹生堂藏书目》
（晋）干宝《搜神记》	《新唐书・艺文志》 《四库全书总目》	《通志・艺文略》 《国史经籍志》	
（晋）陶潜《搜神后记》	《四库全书总目》	《通志・艺文略》 《国史经籍志》	
（晋）孔约《孔氏志怪》	《新唐书・艺文志》	《通志・艺文略》 《国史经籍志》	
（晋）祖台之《志怪》	《新唐书・艺文志》	《通志・艺文略》 《国史经籍志》	
（晋）荀氏《灵鬼志》	《新唐书・艺文志》	《通志・艺文略》 《国史经籍志》	
（晋）戴祚《甄异传》	《新唐书・艺文志》	《通志・艺文略》 《国史经籍志》	
（南北朝）谢氏《鬼神列传》	《新唐书・艺文志》	《通志・艺文略》 《国史经籍志》	
（南北朝）王嘉《拾遗记》	《直斋书录解题》 《宋史・艺文志》 《百川书志》 《四库全书总目》 《文献通考・经籍考》	《崇文总目》 《郡斋读书志》 《通志・艺文略》 《国史经籍志》	《新唐书・艺文志》

续 表

书 名	小 说	传 记	杂 史
（南北朝）刘义庆《幽明录》	《新唐书·艺文志》	《通志·艺文略》 《国史经籍志》	
（南北朝）东阳无疑《齐谐记》	《新唐书·艺文志》 《国史经籍志》	《通志·艺文略》	
（南北朝）刘敬叔《异苑》	《四库全书总目》	《通志·艺文略》 《国史经籍志》	
（南北朝）刘质《近异录》	《新唐书·艺文志》	《通志·艺文略》 《国史经籍志》	
（南北朝）袁王寿《古异传》	《新唐书·艺文志》	《通志·艺文略》 《国史经籍志》	
（南北朝）王延秀《感应传》	《新唐书·艺文志》	《通志·艺文略》 《国史经籍志》	
（南北朝）祖冲之《述异记》	《新唐书·艺文志》	《通志·艺文略》 《国史经籍志》	
（南北朝）王琰《冥祥记》	《新唐书·艺文志》	《通志·艺文略》 《国史经籍志》	
（南北朝）王曼颖《续冥祥记》	《新唐书·艺文志》	《通志·艺文略》 （作《补续冥祥记》） 《国史经籍志》 （作《补续冥祥记》）	
（南北朝）吴均《续齐谐记》	《崇文总目》 《新唐书·艺文志》 《直斋书录解题》 《文献通考·经籍考》 《宋史·艺文志》 《百川书志》 《国史经籍志》 《四库全书总目》	《通志·艺文略》	
（南北朝）刘之遴《神录》	《新唐书·艺文志》	《通志·艺文略》 《国史经籍志》	

续 表

书 名	小 说	传 记	杂 史
(南北朝) 陶弘景《周子良冥通录》	《崇文总目》 《宋史·艺文志》	《通志·艺文略》 《国史经籍志》	
(南北朝) 刘泳《因果记》	《新唐书·艺文志》	《通志·艺文略》 《国史经籍志》	
(南北朝) 颜之推《冤魂志》	《新唐书·艺文志》	《通志·艺文略》 《国史经籍志》	
(南北朝) 颜之推《集灵记》	《新唐书·艺文志》	《通志·艺文略》 《国史经籍志》	
(隋) 阳玠《谈薮》(《八代谈薮》)	《崇文总目》 《通志·艺文略》 《遂初堂书目》(题为颜之推著) 《宋史·艺文志》(作《八代谈薮》) 《百川书志》 《国史经籍志》	《郡斋读书志》 《文献通考·经籍考》 《直斋书录解题》	
(隋) 侯白《旌异记》	《新唐书·艺文志》	《通志·艺文略》 《国史经籍志》	
(唐) 唐临《冥报记》	《新唐书·艺文志》 《直斋书录解题》 《文献通考·经籍考》 《宋史·艺文志》	《通志·艺文略》 《国史经籍志》	
(唐) 王方庆《王氏神通记》	《新唐书·艺文志》	《通志·艺文略》 《国史经籍志》	
(唐) 不著名氏《补江总白猿传》	《直斋书录解题》 《宋史·艺文志》 《新唐书·艺文志》(题为刘轲著) 《崇文总目》	《郡斋读书志》 《通志·艺文略》 《文献通考·经籍考》 《国史经籍志》	
(唐) 张询古《五代新说》	《宋史·艺文志》(题为张说著)		《郡斋读书志》 《文献通考·经籍考》 《宋史·艺文志》 《通志·艺文略》

续 表

书 名	小 说	传 记	杂 史
(唐) 张鹭《朝野佥载》	《郡斋读书志》 《直斋书录解题》 《四库全书总目》 《文献通考・经籍考》	《新唐书・艺文志》 《宋史・艺文志》	《国史经籍志》 《澹生堂藏书目》 《通志・艺文略》
(唐) 刘悚《国史异纂》	《新唐书・艺文志》 (作《传记》)	《宋史・艺文志》	
(唐) 吴兢 《开元升平源》	《新唐书・艺文志》 (题为陈鸿著)		《郡斋读书志》 《直斋书录解题》
(唐) 牛肃《纪闻》	《崇文总目》 《新唐书・艺文志》 《宋史・艺文志》	《通志・艺文略》 《国史经籍志》	
(唐) 赵自勤《定命论》	《新唐书・艺文志》	《通志・艺文略》	
(唐) 薛用弱《古异记》	《新唐书・艺文志》 (题为佚名著)	《通志・艺文略》 (题为佚名著) 《国史经籍志》 (题为佚名著)	
(唐) 封演 《封氏见闻记》	《郡斋读书志》 《直斋书录解题》 《文献通考・经籍考》 《宋史・艺文志》	《崇文总目》 《新唐书・艺文志》	《通志・艺文略》 《国史经籍志》 《澹生堂藏书目》
(唐) 崔令钦《教坊记》	《崇文总目》 《四库全书总目》	《澹生堂藏书目》	
(唐) 陈玄祐《离魂记》	《崇文总目》	《通志・艺文略》 《百川书志》 《国史经籍志》	
(唐) 沈既济《枕中记》	《直斋书录解题》 《文献通考・经籍考》	《百川书志》 (作《吕翁枕中记》)	
(唐) 柳珵《常侍言旨》	《新唐书・艺文志》 《郡斋读书志》 《通志・艺文略》 《直斋书录解题》 《文献通考・经籍考》 《宋史・艺文志》 《国史经籍志》	《崇文总目》	

续 表

书　名	小　说	传　记	杂　史
（唐）张荐《灵怪集》	《新唐书・艺文志》 《宋史・艺文志》	《通志・艺文略》 《国史经籍志》	
（唐）陈劭《通幽记》	《崇文总目》 《新唐书・艺文志》 《宋史・艺文志》	《通志・艺文略》 《国史经籍志》 （题为陈邵著）	
（唐）陈岠 《朝廷卓绝事》	《郡斋读书志》 《文献通考・经籍考》 《国史经籍志》	《宋史・艺文志》	
（唐）柳宗元《龙城录》	《直斋书录解题》 《文献通考・经籍考》 《宋史・艺文志》 《百川书志》 《澹生堂藏书目》 《四库全书总目》	《国史经籍志》	
（唐）戴少平《还魂记》	《新唐书・艺文志》	《通志・艺文略》 《国史经籍志》	
（唐）刘肃《大唐新语》	《四库全书总目》		《新唐书・艺文志》 《郡斋读书志》 《通志・艺文略》 《直斋书录解题》 《文献通考・经籍考》 《宋史・艺文志》 （作《唐新语》） 《国史经籍志》
（唐）牛僧孺 《周秦行纪》	《文献通考・经籍考》 《郡斋读书志》	《百川书志》 《澹生堂藏书目》 （题为韦瓘著）	
（唐）牛僧孺《玄怪录》	《崇文总目》 《新唐书・艺文志》 《郡斋读书志》 《直斋书录解题》 《文献通考・经籍考》 《宋史・艺文志》	《通志・艺文略》 《国史经籍志》	
（唐）李繁《大唐说纂》	《直斋书录解题》		《文献通考・经籍考》

续　表

书　名	小　说	传　记	杂　史
(唐) 李肇《唐国史补》	《四库全书总目》		《澹生堂藏书目》
(唐) 刘轲《牛羊日历》	《新唐书·艺文志》 《通志·艺文略》 《宋史·艺文志》 《国史经籍志》	《文献通考·经籍考》 《直斋书录解题》	《澹生堂藏书目》(题为皇甫松著)
(唐) 钟辂《前定录》	《崇文总目》 《新唐书·艺文志》 《文献通考·经籍考》 《宋史·艺文志》 《百川书志》 《四库全书总目》 《直斋书录解题》	《通志·艺文略》 《国史经籍志》	
(唐) 吕道生《定命录》	《崇文总目》 《新唐书·艺文志》	《通志·艺文略》 《国史经籍志》	
(唐) 不著名氏《大唐传载》(《传载》)	《宋史·艺文志》 《四库全书总目》		《新唐书·艺文志》
(唐) 李复言《续玄怪录》	《崇文总目》 《新唐书·艺文志》 《郡斋读书志》 《文献通考·经籍考》 《宋史·艺文志》 《四库全书总目》	《通志·艺文略》 《国史经籍志》	
(唐) 薛用弱《集异记》	《崇文总目》 《新唐书·艺文志》 《郡斋读书志》 《文献通考·经籍考》 《宋史·艺文志》 《百川书志》 《四库全书总目》	《通志·艺文略》 《国史经籍志》	
(唐) 李德裕《次柳氏旧闻》	《四库全书总目》	《崇文总目》 《文献通考·经籍考》 《百川书志》	《新唐书·艺文志》 《郡斋读书志》 《通志·艺文略》 《直斋书录解题》 《国史经籍志》 《澹生堂藏书目》

续 表

书 名	小 说	传 记	杂 史
（唐）郑还古（谷神子）《博异志》	《新唐书·艺文志》 《郡斋读书志》 《直斋书录解题》 《文献通考·经籍考》 《宋史·艺文志》 《百川书志》 《四库全书总目》 《崇文总目》	《通志·艺文略》 《国史经籍志》	
（唐）李翱《卓异记》	《郡斋读书志》 《直斋书录解题》 《文献通考·经籍考》 《宋史·艺文志》 《百川书志》 《新唐书·艺文志》	《通志·艺文略》 《国史经籍志》 《四库全书总目》	
（唐）卢肇《逸史》	《新唐书·艺文志》 《宋史·艺文志》		《通志·艺文略》 《国史经籍志》
（唐）郑处诲《明皇杂录》	《四库全书总目》		《新唐书·艺文志》 《郡斋读书志》 《通志·艺文略》 《直斋书录解题》 《文献通考·经籍考》 《国史经籍志》
（唐）韦绚《刘宾客嘉话录》	《新唐书·艺文志》 《郡斋读书志》 《通志·艺文略》 《直斋书录解题》 《文献通考·经籍考》 《宋史·艺文志》 《百川书志》 （作《刘宾客嘉话》） 《国史经籍志》 《四库全书总目》	《崇文总目》	
（唐）皇甫牧《三水小牍》	《直斋书录解题》 《文献通考·经籍考》 《宋史·艺文志》 《百川书志》 《国史经籍志》	《崇文总目》	

续 表

书 名	小 说	传 记	杂 史
（唐）李玫《纂异记》	《崇文总目》 《新唐书·艺文志》 《宋史·艺文志》	《通志·艺文略》 《国史经籍志》	
（唐）张读《宣室志》	《崇文总目》 《新唐书·艺文志》 《郡斋读书志》 《直斋书录解题》 《文献通考·经籍考》 《宋史·艺文志》 《四库全书总目》	《通志·艺文略》 《国史经籍志》	
（唐）张固《幽闲鼓吹》	《崇文总目》 《郡斋读书志》 《通志·艺文略》 《直斋书录解题》 《文献通考·经籍考》 《宋史·艺文志》 《国史经籍志》 《四库全书总目》 《新唐书·艺文志》	《百川书志》	
（唐）焦璐《穷神秘苑》	《崇文总目》 《新唐书·艺文志》	《通志·艺文略》 《国史经籍志》	
（唐）李伉《独异志》	《崇文总目》 《新唐书·艺文志》 《宋史·艺文志》 《四库全书总目》	《通志·艺文略》 《国史经籍志》	
（唐）李濬《松窗杂录》	《文献通考·经籍考》 《宋史·艺文志》 《国史经籍志》 《四库全书总目》 《新唐书·艺文志》 《通志·艺文略》	《崇文总目》 《百川书志》	《澹生堂藏书目》
（唐）高彦休《阙史》	《新唐书·艺文志》 《直斋书录解题》 《文献通考·经籍考》 《宋史·艺文志》 《四库全书总目》		《通志·艺文略》 《百川书志》 《国史经籍志》

续 表

书 名	小 说	传 记	杂 史
（唐）裴铏《传奇》	《崇文总目》 《新唐书·艺文志》 《郡斋读书志》 《直斋书录解题》 《文献通考·经籍考》 《宋史·艺文志》 《百川书志》	《通志·艺文略》 《国史经籍志》	
（唐）李隐《大唐奇事记》	《崇文总目》 《新唐书·艺文志》 《宋史·艺文志》 （作《大唐奇事》）	《通志·艺文略》 《国史经籍志》	
（唐）苏鹗《杜阳杂编》	《新唐书·艺文志》 《郡斋读书志》 《直斋书录解题》 《文献通考·经籍考》 《宋史·艺文志》 《国史经籍志》 《四库全书总目》	《崇文总目》 《通志·艺文略》 《百川书志》 《国史经籍志》	
（唐）裴紫芝《续卓异记》	《新唐书·艺文志》 《宋史·艺文志》	《通志·艺文略》 《国史经籍志》	
（唐）孙棨《北里志》	《郡斋读书志》 《直斋书录解题》 《文献通考·经籍考》 《宋史·艺文志》 《百川书志》 《国史经籍志》	《澹生堂藏书目》	
（唐）不著名氏《玉泉子》	《新唐书·艺文志》 《直斋书录解题》 《文献通考·经籍考》 《澹生堂藏书目》 《四库全书总目》	《崇文总目》	《通志·艺文略》 《国史经籍志》
（唐）李跃《岚斋集》	《新唐书·艺文志》 《通志·艺文略》 《国史经籍志》	《宋史·艺文志》	

续 表

书 名	小 说	传 记	杂 史
(唐) 尉迟枢《南楚新闻》	《新唐书・艺文志》 《宋史・艺文志》	《崇文总目》	《通志・艺文略》 《国史经籍志》 《澹生堂藏书目》
(唐) 丁用晦《芝田录》	《新唐书・艺文志》 《郡斋读书志》 《文献通考・经籍考》 《国史经籍志》	《崇文总目》	
(唐) 陆龟蒙《小名录》	《宋史・艺文志》	《崇文总目》 《新唐书・艺文志》 《通志・艺文略》 《国史经籍志》	
(唐) 郑棨《开天传信记》	《宋史・艺文志》 《四库全书总目》	《百川书志》	《新唐书・艺文志》 《郡斋读书志》 《通志・艺文略》 《直斋书录解题》 《文献通考・经籍考》 《国史经籍志》 《澹生堂藏书目》
(唐) 陈邈妻郑氏《女孝经》	《宋史・艺文志》	《国史经籍志》	
(唐) 颜师古《大业拾遗记》(《南部烟花录》)	《四库全书总目》	《宋史・艺文志》 《百川书志》	《郡斋读书志》 《通志・艺文略》 《澹生堂藏书目》 《文献通考・经籍考》
(唐) 李涪《刊误》	《崇文总目》 《新唐书・艺文志》 《通志・艺文略》 《国史经籍志》	《宋史・艺文志》	
(唐) 李绰《尚书故实》	《郡斋读书志》 《直斋书录解题》(作《尚书故实》) 《文献通考・经籍考》 《宋史・艺文志》	《崇文总目》 《新唐书・艺文志》 《通志・艺文略》 《国史经籍志》	《澹生堂藏书目》

续　表

书　名	小　说	传　记	杂　史
（唐）袁郊《甘泽谣》	《新唐书·艺文志》 《郡斋读书志》 《直斋书录解题》 《文献通考·经籍考》 《宋史·艺文志》 《四库全书总目》	《崇文总目》 《通志·艺文略》 《国史经籍志》	
（唐）柳祥《潇湘录》	《新唐书·艺文志》 《宋史·艺文志》	《国史经籍志》 《通志·艺文略》	
（唐）严子休 《桂苑丛谈》	《通志·艺文略》 《宋史·艺文志》 《四库全书总目》	《崇文总目》 《文献通考·经籍考》	《郡斋读书志》
（唐）不著名氏 《闻奇录》	《崇文总目》 《直斋书录解题》 《文献通考·经籍考》 《宋史·艺文志》	《通志·艺文略》 《国史经籍志》	
（唐）李恕《诫子拾遗》	《崇文总目》 《新唐书·艺文志》	《宋史·艺文志》	
（唐）李大夫《诫女书》	《宋史·艺文志》	《通志·艺文略》 《国史经籍志》	
（唐）不著名氏 《剑侠传》	《四库全书总目》	《澹生堂藏书目》	
（唐）不著名氏 《沈氏惊听录》	《宋史·艺文志》	《崇文总目》	
（五代）徐铉《稽神录》	《崇文总目》 《郡斋读书志》 《直斋书录解题》 《文献通考·经籍考》 《宋史·艺文志》 《四库全书总目》	《通志·艺文略》 《国史经籍志》	
（五代）王谷《报应录》	《崇文总目》 《宋史·艺文志》	《通志·艺文略》 《国史经籍志》	

续 表

书 名	小 说	传 记	杂 史
(五代) 杜光庭《虬髯客传》	《宋史·艺文志》 《国史经籍志》	《崇文总目》 (作《虬须客传》) 《百川书志》	
(五代) 杜光庭《录异记》	《崇文总目》 《宋史·艺文志》 《四库全书总目》	《国史经籍志》	
(五代) 高欲拙《后史补》	《直斋书录解题》 《文献通考·经籍考》	《宋史·艺文志》	《通志·艺文略》 《国史经籍志》
(五代) 皮光业《妖怪录》	《崇文总目》 《宋史·艺文志》	《通志·艺文略》 《国史经籍志》	
(五代) 皮光业《皮氏见闻录》	《郡斋读书志》 《文献通考·经籍考》 《宋史·艺文志》	《崇文总目》	《通志·艺文略》 《国史经籍志》
(五代) 王仁裕《王氏见闻集》	《宋史·艺文志》(作《见闻录》)	《崇文总目》	《通志·艺文略》 《国史经籍志》
(五代) 王仁裕《玉堂闲话》	《宋史·艺文志》	《崇文总目》	《通志·艺文略》 《国史经籍志》
(五代) 王仁裕《开元天宝遗事》	《四库全书总目》	《郡斋读书志》 《直斋书录解题》 《百川书志》	《通志·艺文略》 《文献通考·经籍考》 《国史经籍志》
(五代) 曹衍《湖湘神仙显异》	《崇文总目》 《宋史·艺文志》	《通志·艺文略》 《国史经籍志》	
(五代) 曹衍《湖湘灵怪实录》	《宋史·艺文志》	《崇文总目》	
(五代) 尉迟偓《中朝故事》	《四库全书总目》	《直斋书录解题》 《文献通考·经籍考》	《郡斋读书志》 《通志·艺文略》 《国史经籍志》 《澹生堂藏书目》
(五代) 刘崇远《耳目记》	《崇文总目》 《直斋书录解题》 《宋史·艺文志》	《文献通考·经籍考》	《郡斋读书志》 《通志·艺文略》(未题作者) 《国史经籍志》

续 表

书 名	小 说	传 记	杂 史
（五代）刘崇远 《金华子》	《郡斋读书志》 《直斋书录解题》 《文献通考·经籍考》 《宋史·艺文志》 《四库全书总目》	《崇文总目》	《通志·艺文略》 《国史经籍志》
（五代）丘旭 《宾朋宴语》	《通志·艺文略》 《国史经籍志》	《宋史·艺文志》	
（五代）徐温客 《忠烈图》	《崇文总目》	《通志·艺文略》 《国史经籍志》	
（宋）曹希达 《孝感义闻录》	《崇文总目》 《宋史·艺文志》	《通志·艺文略》 《国史经籍志》 《宋史·艺文志》	
（宋）狐刚子 《感应类从谱》	《崇文总目》	《通志·艺文略》 《国史经籍志》	
（宋）曹大钰 《奇应录》	《崇文总目》 （不著作者） 《宋史·艺文志》 （不著作者）	《通志·艺文略》 《国史经籍志》	
（宋）不著名氏 《冥洪录》	《崇文总目》	《通志·艺文略》 《国史经籍志》	
（宋）不著名氏 《开河记》	《四库全书总目》	《澹生堂藏书目》	
（宋）不著名氏 《海山记》	《国史经籍志》 《四库全书总目》	《澹生堂藏书目》	
（宋）不著名氏 《迷楼记》	《国史经籍志》 《四库全书总目》	《百川书志》 《澹生堂藏书目》	
（宋）孙光宪 《北梦琐言》	《郡斋读书志》 《直斋书录解题》 《文献通考·经籍考》 《宋史·艺文志》 《四库全书总目》	《崇文总目》	《通志·艺文略》 《国史经籍志》 《澹生堂藏书目》

续　表

书　名	小　说	传　记	杂　史
（宋）乐史《广卓异记》	《崇文总目》 《直斋书录解题》 《文献通考·经籍考》 《宋史·艺文志》	《通志·艺文略》 《国史经籍志》 《四库全书总目》	
（宋）吴淑 《江淮异人录》	《宋史·艺文志》 《百川书志》 《四库全书总目》	《崇文总目》 《澹生堂藏书目》	
（宋）郑文宝 《南唐近事》	《四库全书总目》	《百川书志》	
（宋）丁谓 《丁晋公谈录》	《百川书志》 《四库全书总目》	《直斋书录解题》 《文献通考·经籍考》	《郡斋读书志》 《澹生堂藏书目》
（宋）钱易《南部新书》	《宋史·艺文志》 《四库全书总目》	《直斋书录解题》 《文献通考·经籍考》	《郡斋读书志》 《国史经籍志》 《澹生堂藏书目》
（宋）张君房 《科名定分录》	《崇文总目》	《通志·艺文略》 《国史经籍志》	
（宋）张齐贤 《洛阳搢绅旧闻记》	《崇文总目》 《直斋书录解题》 《文献通考·经籍考》 《国史经籍志》 《四库全书总目》	《宋史·艺文志》	
（宋）张齐贤 《太平杂编》	《宋史·艺文志》		《国史经籍志》
（宋）聂田《祖异志》	《郡斋读书志》 《直斋书录解题》 《文献通考·经籍考》	《国史经籍志》	
（宋）王曾 《王文正笔录》	《四库全书总目》 《百川书志》 《国史经籍志》	《直斋书录解题》 《宋史·艺文志》	《澹生堂藏书目》

续 表

书名	小说	传记	杂史
(宋)张师正《括异志》	《郡斋读书志》《直斋书录解题》《文献通考・经籍考》《宋史・艺文志》《四库全书总目》	《国史经籍志》	
(宋)不著名氏《豪异秘纂》	《直斋书录解题》《文献通考・经籍考》	《宋史・艺文志》	
(宋)梅尧臣《碧云騢》	《直斋书录解题》《文献通考・经籍考》《百川书志》		《郡斋读书志》《澹生堂藏书目》
(宋)田况《儒林公议》	《千顷堂书目》(不著作者)《四库全书总目》		《澹生堂藏书目》(不著作者)
(宋)欧阳修《归田录》	《通志・艺文略》《直斋书录解题》《文献通考・经籍考》《国史经籍志》《四库全书总目》	《宋史・艺文志》	
(宋)朱定国《归田后录》	《直斋书录解题》《文献通考・经籍考》	《宋史・艺文志》	
(宋)秦再思《洛中纪异》	《郡斋读书志》《宋史・艺文志》	《通志・艺文略》《国史经籍志》	
(宋)朋九万《乌台诗案》	《直斋书录解题》《文献通考・经籍考》	《四库全书总目》	
(宋)司马光《涑水记闻》	《四库全书总目》	《文献通考・经籍考》	《直斋书录解题》
(宋)宋敏求《春明退朝录》	《郡斋读书志》《文献通考・经籍考》《百川书志》	《宋史・艺文志》	《澹生堂藏书目》
(宋)范镇《东斋记事》	《直斋书录解题》《文献通考・经籍考》《国史经籍志》《四库全书总目》	《宋史・艺文志》	

续 表

书名	小说	传记	杂史
(宋) 岑象求《吉凶影响录》	《郡斋读书志》 《文献通考·经籍考》 《宋史·艺文志》	《国史经籍志》	
(宋) 刘振《通籍录异》	《崇文总目》	《通志·艺文略》 《国史经籍志》	
(宋) 刘愿《知命录》	《文献通考·经籍考》 《宋史·艺文志》 《直斋书录解题》 《四库全书总目》 (不著作者)	《国史经籍志》 《澹生堂藏书目》	
(宋) 庞元英《文昌杂录》	《国史经籍志》	《直斋书录解题》 《文献通考·经籍考》	
(宋) 赵令畤《侯鲭录》	《百川书志》 《国史经籍志》 《四库全书总目》	《宋史·艺文志》	
(宋) 王巩《闻见近录》	《宋史·艺文志》 《国史经籍志》 (不著作者) 《四库全书总目》	《直斋书录解题》 《文献通考·经籍考》	
(宋) 章炳文《搜神秘览》	《直斋书录解题》 《文献通考·经籍考》 《宋史·艺文志》	《国史经籍志》	
(宋) 蔡絛《铁围山丛谈》	《直斋书录解题》 《文献通考·经籍考》 《国史经籍志》 《四库全书总目》		《澹生堂藏书目》
(宋) 汪藻《朝野佥言》	《国史经籍志》	《文献通考·经籍考》	《直斋书录解题》 《澹生堂藏书目》 (作《靖康朝野佥言》)
(宋) 洪皓《松漠纪闻》	《宋史·艺文志》	《百川书志》 《澹生堂藏书目》	《四库全书总目》
(宋) 汪若海《中山麟书》	《千顷堂书目》 (作《麟书》)	《宋史·艺文志》	

续 表

书 名	小 说	传 记	杂 史
（宋）邵氏《闻见后录》	《直斋书录解题》 《文献通考・经籍考》 《四库全书总目》		《澹生堂藏书目》
（宋）徐度《却扫编》	《直斋书录解题》 《文献通考・经籍考》 《国史经籍志》	《宋史・艺文志》	
（宋）范成大《骖鸾录》	《国史经籍志》	《宋史・艺文志》 《四库全书总目》	
（宋）范成大《吴船录》	《直斋书录解题》 《文献通考・经籍考》 《国史经籍志》	《四库全书总目》 《澹生堂藏书目》	
（宋）石茂良《避戎夜话》	《国史经籍志》	《文献通考・经籍考》	《直斋书录解题》 《澹生堂藏书目》 《四库全书总目》
（宋）杨万里《挥麈录》	《百川书志》 《国史经籍志》 《千顷堂书目》		《澹生堂藏书目》
（宋）马纯《陶朱新录》	《千顷堂书目》 《四库全书总目》		《澹生堂藏书目》
（宋）王质《绍陶录》	《千顷堂书目》	《四库全书总目》	
（宋）吕祖谦《卧游录》	《国史经籍志》	《文献通考・经籍考》	
（宋）郭象《睽车志》	《直斋书录解题》 《文献通考・经籍考》 《宋史・艺文志》 《四库全书总目》	《国史经籍志》	
（宋）李垕《续世说新语》	《澹生堂藏书目》		《千顷堂书目》
（宋）岳珂《程史》	《直斋书录解题》 《文献通考・经籍考》 《国史经籍志》 《四库全书总目》		《澹生堂藏书目》

续 表

书 名	小 说	传 记	杂 史
(宋) 叶绍翁《四朝闻见录》	《四库全书总目》		《千顷堂书目》
(元) 刘祁《归潜志》	《四库全书总目》		《国史经籍志》 《澹生堂藏书目》 《千顷堂书目》
(宋) 张淏《艮岳记》	《国史经籍志》	《宋史・艺文志》 《澹生堂藏书目》	
(宋) 娄伯高《好还集》	《宋史・艺文志》	《直斋书录解题》 《文献通考・经籍考》	
(宋) 洪炎《侍儿小名录》	《直斋书录解题》 《文献通考・经籍考》 《宋史・艺文志》	《国史经籍志》	
(宋) 尹国均《古今前定录》	《文献通考・经籍考》 《郡斋读书志》	《国史经籍志》	
(宋) 不著名氏《古今家诫》	《崇文总目》	《宋史・艺文志》	
(宋) 不著名氏《异僧记》	《崇文总目》 《宋史・艺文志》 (题为吴淑著)	《通志・艺文略》 《国史经籍志》	
(宋) 不著名氏《宣政杂录》	《国史经籍志》		《澹生堂藏书目》
(宋) 不著名氏《朝野遗记》	《国史经籍志》 《四库全书总目》		《澹生堂藏书目》
(元) 不著名氏《三朝野史》	《四库全书总目》		《澹生堂藏书目》
(元) 尤玘《万柳溪边旧话》	《千顷堂书目》	《四库全书总目》	
(明) 瞿佑《香台集》	《千顷堂书目》 《明史・艺文志》	《百川书志》	

续 表

书 名	小 说	传 记	杂 史
（明）秦约《樵史补遗》	《千顷堂书目》		《千顷堂书目》
（明）杜琼《纪善录》	《国史经籍志》	《千顷堂书目》 《明史·艺文志》 《四库全书总目》	
（明）王达《景仰撮书》	《国史经籍志》	《澹生堂藏书目》 《千顷堂书目》	
（明）尹直 《謇斋琐缀录》	《四库全书总目》		《千顷堂书目》
（明）宋端仪 《立斋闲录》	《四库全书总目》		《千顷堂书目》 《明史·艺文志》
（明）陈沂《畜德录》	《国史经籍志》 《千顷堂书目》	《明史·艺文志》 《四库全书总目》	
（明）赵弼《效颦集》	《千顷堂书目》 《四库全书总目》		
（明）黄瑜《双槐岁抄》	《四库全书总目》		《千顷堂书目》 《明史·艺文志》
（明）梅纯 《损斋备忘录》	《百川书志》 《国史经籍志》		《千顷堂书目》 《明史·艺文志》
（明）都穆《使西日记》	《百川书志》	《四库全书总目》	
（明）徐祯卿 《翦胜野闻》	《四库全书总目》		《千顷堂书目》
（明）杨慎 《汉杂事秘辛》	《四库全书总目》		《千顷堂书目》
（明）李默《孤树裒谈》	《四库全书总目》		《千顷堂书目》 （题为赵可与著）
（明）陆釴《贤识录》	《四库全书总目》		《千顷堂书目》
（明）陆釴《病逸漫记》	《四库全书总目》		《千顷堂书目》
（明）高拱《病榻遗言》	《四库全书总目》		《千顷堂书目》

续 表

书名	小说	传记	杂史
（明）耿定向《先进遗风》	《四库全书总目》	《明史·艺文志》 《千顷堂书目》	
（明）王世贞《觚不觚录》	《四库全书总目》		《千顷堂书目》
（明）凌迪知《名世类苑》	《四库全书总目》	《国史经籍志》 《千顷堂书目》	
（明）李文凤《月山丛谈》	《明史·艺文志》		《千顷堂书目》
（明）焦竑《玉堂丛语》	《千顷堂书目》 《明史·艺文志》 《四库全书总目》		《千顷堂书目》
（明）宋雷《西吴里语》	《四库全书总目》	《澹生堂藏书目》	
（明）孙令弘《人伦佳事》	《千顷堂书目》	《澹生堂藏书目》	
（明）朱国祯《涌幢小品》	《明史·艺文志》		《千顷堂书目》
（明）盛讷《闻见漫录》	《千顷堂书目》		《千顷堂书目》
（明）伍袁萃《林居漫录前集》	《四库全书总目》		《千顷堂书目》
（明）杨士聪《玉堂荟记》	《四库全书总目》		《明史·艺文志》
（明）潘京南《衡门晤语》	《千顷堂书目》	《四库全书总目》	
（明）郭化《苏米谭史》	《千顷堂书目》 （题为张师绎著）	《四库全书总目》	
（明）不著名氏《书周文襄见鬼事》	《千顷堂书目》	《国史经籍志》 （题《周王襄见鬼事》）	
（明）陶性《麟台野笔》	《百川书志》	《百川书志》	

第三章　“杂史”“传记”掺杂之“小说”

——以《四库全书总目》为例

在古代叙事文类体系中，“小说”最易与“杂史”“杂传”等史部相关文类混淆：一方面，一些作品因兼具“小说”“杂史”“传记”之文类性质，被历代官私书目混杂著录于“小说”“杂史”“传记”；另一方面，也有少量比较纯粹的“杂史”和“传记”作品，虽然在历代官私书目中并未与“小说”文类混杂著录，但也掺杂了部分“小说”性质的作品。前人研究很少关注后者，本书以《四库全书总目》著录“杂史”“传记”作品提及掺杂“小说”成分者为例[1]，探讨古人对“杂史”“传记”作品掺杂“小说”成分的存在形态、内容性质、题材类型的认知，并进而揭示其对拓展古代小说研究范围的意义和价值。

一、“杂史”“传记”掺杂“小说”之存在形态

“杂史”“传记”“小说”虽然有着各自相对独立的文类规定性，但也具有鲜明的同源共生、相互影响、互为补充的关系，三者都属野史之流，多由记载见闻、传闻或钞撮众书而成，率尔而作，内容驳杂，不少内容虚实莫测。除了因内容性质相近而被历代官私书目混杂著录于“杂史”“传记”“小说”的著作之外，一些历代官私书目普遍著录于“杂史”“传记”类的作品内容繁杂，也会收录一些志怪志异、

[1] 此类作品在古代官私书目中皆著录于“杂史”“传记”类，未被混杂著录于“小说”，也未被石昌渝《中国古代小说总目》等今人小说书目著录。

琐细轶事、荒诞传说等“小说”性质的作品，甚至个别著作整体上都与“小说”比较接近，古人对此亦有着清晰的认知。

《四库全书总目》著录“杂史”“传记”分析评论文本内容，对此类作品掺杂“小说”成分多有所涉及，如陶岳《五代史补》提要，“此书虽颇近小说，然叙事首尾详具，率得其实”。[1]其中，此类“杂史”之作还有佚名《咸淳遗事》、佚名《景命万年录》、佚名《三朝野史》、朱胜《南宋补遗》、刘一清《钱塘遗事》、佚名《小史摘抄》、佚名《建文事迹备遗录》、屠叔方《建文朝野汇编》、王世贞《弇山堂别集》、佚名《平倭录》、范守己《肃皇外史》、余继登《典故纪闻》、孙之騄《二申野录》等。另有“载记”实际上也算“杂史”，如赵晔《吴越春秋》、陈彭年《江南别录》、毛先舒《南唐拾遗记》等也被认为掺杂了“小说”成分。“传记”之作主要有蔡复赏《孔圣全书》、夏洪基《孔门弟子传略》、陆相《阳明先生浮海传》、朱维陛《东方类语》、徐缙芳《精忠类编》、毛晋《苏米志林》、焦竑《熙朝名臣实录》、吴伯与《宰相守令合宙》、王士骐《四侯传》、江盈科《明十六种小传》、王兆云《明词林人物考》、杨方晃《孔子年谱》等。这些作品大多数著录于“杂史”和“传记”的“存目”类。

此类“杂史”“传记”作品中杂糅“小说”成分，存在形态多种多样，可主要概括为以下三种类型。

其一，“杂史”“传记”之作的编撰体例、题材性质及旨趣整体上与“小说”比较接近。例如，陶岳《五代史补》为补正史之阙而撰，“宋初薛居正等《五代史》成，岳嫌其尚多阙略，因取诸国窃据、累朝创业事迹，编次成书，以补所未及。……所载梁二十一事、后唐二十事、晋二十事、汉二十事、周二十三事，共一百四事”。[2]书中所记一百零四则事迹，大都事关军国大政，“欧阳修《新五代史》、司马光《通鉴》多采用之”。[3]然而，此书不仅著述体制与“小说”相类，一事一则，篇幅短小，而且，所载事迹中多细琐轶事，题材性质及旨趣亦“颇近小说”，如卷一之“王建犯徒”“上蓝遗钟傅偈”“贯休与光庭嘲戏”“陈黯善对”，卷二之“黄滔命徐寅代笔”“敬新磨狎侮”“僧昭说踏钱”，卷三之“马希范奢侈”“罗邺王戏判”“石文德献挽

[1] (清) 纪昀、陆锡熊、孙士毅等：《钦定四库全书总目》，中华书局 1997 年版，第 717 页。
[2] 同上。
[3] 同上。

歌”“僧洪道”“僧齐己”，卷四之“李中令好戏”“李知损轻薄”“裴长官捕蝗对”，卷五之“冯吉好琵琶”“韩熙载帷箔不修”“何承裕诙谐”“僧赋牡丹诗”“契盈属对”，陶岳《五代史补序》亦自称：“虽同小说，颇资大猷，聊以备于阙遗，故不拘于类例，幸将来秉笔者，览之而已。”❶刘一清《钱塘遗事》著述体例也类似一事一则、篇幅短小的笔记体小说，而且，“大抵杂采宋人说部而成，故颇与《鹤林玉露》《齐东野语》《古杭杂记》诸书互相出入”。❷其中，不少条目多类“小说”轶事，如卷一之“十里荷花”“六和塔诗”“净慈寺罗汉”，卷二之“辛幼安词”“辛卯火”，卷三之“赵方威名”“刘雄飞”，卷四之“一担担”“雪词”，卷五之“半闲亭”，卷六之“戏文诲淫”“钱神献梦”等。周中孚《郑堂读书记》亦称此书：“故其中多有类于诗话、词话者，又体参小说，不全记军国大政。”❸此类作品还有《南宋补遗》《三朝野史》《苏米志林》等。为何此类作品整体性质接近“小说”而未被官私书目著录于“小说”呢？这应主要源于其文本内容“多史氏之所未备”，具有难以替代的补史价值。

其二，“杂史”“传记”之作采录史传、野史杂糅而成，各部分内容或多或少普遍掺杂了一些“小说”成分。例如，吴伯与《宰相守令合宙》载录历代宰相、守令的人物传记，“所录虽多采史传，而不免杂以稗官。又删节本传，往往遗其大而识其小，体例殊为冗琐”。❹部分传记含有人物轶事、琐事，亦可看作掺杂了“小说”之作，如王士骐《四侯传》，“编摭文成侯张良、忠武侯诸葛亮、武侯王猛、邺侯李泌四人行事，以正史及稗官野乘相参而成”。❺这也属于人物传记掺杂了“小说”成分。《孔门弟子传略》提要云：“是编各传首叙圣贤教学，次及行事，终以评语，于经史典确者大书，列为正传，事琐文异者小书附焉，诞妄者杂录备览。”❻朱维陛《东方类语》提要云：“是书皆辑录汉东方朔事迹。自列传、别传、外传以及《琐语》《神异经》《十洲记》诸书，无不采撮。创立十目，分为内、外二篇。《内篇》记其常事，《外篇》则涉神仙家言。……然其征引猥杂，究不能出小说之门径，不足据也。”❼焦

❶ 傅璇琮等主编：《五代史书汇编》，杭州出版社 2004 年版，第 2469 页。
❷ （清）纪昀、陆锡熊、孙士毅等：《钦定四库全书总目》，中华书局 1997 年版，第 719—720 页。
❸ （清）周中孚撰，黄曙辉、印晓峰标校：《郑堂读书记》，上海书店出版社 2009 年版，第 352 页。
❹ （清）纪昀、陆锡熊、孙士毅等：《钦定四库全书总目》，中华书局 1997 年版，第 867 页。
❺ 同上书，第 864 页。
❻ 同上书，第 826 页。
❼ 同上书，第 837 页。

竑《熙朝名臣实录》提要云:"然各传中多引《寓圃杂记》及《琐缀录》诸书,皆稗官小说,未可征信。"❶这属于编纂成书征引"小说"者。此类作品还有《江南别录》《小史摘抄》《建文朝野汇编》《二申野录》等。

其三,"杂史""传记"之作仅有局部内容在著述体例、题材性质上与"小说"接近或掺杂了"小说"成分。例如王世贞《弇山堂别集》,"是书载明代典故。凡盛事述五卷,异典述十卷,奇事述四卷,史乘考误十一卷,表三十四卷"。❷其中,"其盛事、奇事诸述,颇涉诙谐,亦非史体"❸,特别是"奇事述",见《奇事述叙》所言,"已乃复有遘之自天,而不可言盛;遘之自人,而不可言典。或人与事之巧相符者,或绝相悖者,为其稍奇而不忍遗之,别录成卷,以备虞初春明之一采,故不敢称稗史也"❹。许多条目基本可作"小说"看待,如"两壬午风水之变""烈妇俱妾媵""衍圣真人同坐事""癸丑壬戌三及第之异""生产右腹及肋""椓人妻"等条目,颇类志怪小说。此外,"史乘考误"引录《西樵野记》《枝山野记》《菽园杂记》《客坐新闻》《双溪杂记》《琐缀录》《复斋日记》之条目进行考辨、订误,所引内容也有不少"小说"之作。徐缙芳《宋忠武岳鄂王精忠类编》分为"表类""传类""遗翰类""家集类""诗类""文类"等,其中,"异感类"多鬼神之谈,如"灵隐魔谭""西湖冥报""钱宁魂异"等,"而异感类中如疯魔行者骂秦桧,胡迪入冥之类,尤类传奇演义"。❺此类作品还有《明十六种小传》的《四奇》之"隐类""怪类",《孔子年谱》的《卷尾》部分等。

"杂史""传记"掺杂或多或少的"小说"成分,是由其本身的文类性质和成书方式所决定的,实际上属于"杂史""传记"的一种普遍共性。"杂史""传记"都属与官方史著相对应的"野史",其成书方式主要为记载见闻、传闻或钞撮汇聚他人著述。"杂史"体裁大多为纪、志、编年,"杂史,纪、志、编年之属也,纪一代若一时之事"。❻也有部分著作为笔记杂记体等。"传记"体裁主要为传体和笔记杂记体,"杂传者,列传之属也,所纪者一人之事。然固有名为一人之事,而实关系一

❶ (清)纪昀、陆锡熊、孙士毅等:《钦定四库全书总目》,中华书局 1997 年版,第 864 页。
❷ 同上书,第 720 页。
❸ 同上书,第 721 页。
❹ (清)王世贞撰,魏连科点校:《弇山堂别集》,中华书局 1985 年版,第 283 页。
❺ (清)纪昀、陆锡熊、孙士毅等:《钦定四库全书总目》,中华书局 1997 年版,第 838 页。
❻ (明)焦竑辑:《国史经籍志》,《四库全书存目丛书》(史部第 277 册),齐鲁书社 1996 年版,第 363 页。

代一时之事者，又有参错互见者”❶，“传记者，总名也。类而别之，则叙一人之始末者为传之属，叙一事之始末者为记之属。”❷因“杂史”“传记”本身属于“体制不经”“为例不纯”“内容驳杂”之作，多包含大量的传闻，甚至荒诞不经的委巷之说，不少内容真虚莫测，不可避免会搜罗一些“小说”性质的志怪、琐事、传说之作，而且，有些“杂史”“传记”作者秉持求奇求异之旨趣，更易涉猎“小说”，甚至部分内容直接从他人的小说集中取材。“杂史”“传记”文类性质和成书方式，也决定了其所掺杂“小说”成分的存在形态自然会是多种多样的，或渗透于全书各部分之中，或集中掺杂于局部某一类或某一部分，或整体接近“小说”性质，或部分内容为“小说”之作。“杂史”“传记”直接记载个人见闻、社会传闻而成，掺杂“小说”则源于见闻、传闻之内容性质为无关史家旨趣的志怪、逸事、琐言、传说等。“杂史”“传记”抄撮汇聚他人著述而成，掺杂“小说”则多取材于小说集。

二、“杂史”“传记”掺杂“小说”之题材性质

古代“小说”取材范围可谓包罗万象，不过，总体看来，从古人对“小说”的内部类型划分及相关论述来看，其内容性质仍大体可分为三种主要题材类型：一种为载录鬼神怪异之事的“杂记”“志怪”“异闻”“语怪”等；另一种为载录历史人物琐细轶闻的“逸事”“琐言”“杂录”“杂事”等。此外，还有一种为载录各类历史人物依托附会、虚妄不实、荒诞不经的传说。当然，在许多“小说”文本中，三种题材类型的作品并非以单一纯粹的形式存在，而是并列简编或相互杂糅。同时，秉持三种题材类型意识，以鬼神怪异之事为“小说”，以各类历史人物无关政教的“琐细之事”为“小说”，以历史人物依托附会的荒诞传说为“小说”，也几乎成为古人判定“小说”的一种标准。❸

---

❶ (元) 马端临：《文献通考》，中华书局 2011 年版，第 5649 页。

❷ (清) 纪昀、陆锡熊、孙士毅等：《钦定四库全书总目》，中华书局 1997 年版，第 821 页。

❸ 参见王庆华《文言小说文类与史部相关叙事文类关系研究——“小说”在“杂史”“传记”“杂家”之间》之“上编”第三章“‘笔记’与‘笔记体小说’之文体观念”有关论述，华东师范大学出版社 2015 年版。

《四库全书总目》对"杂史""传记"掺杂"小说"的评判,也主要沿着上述"小说"题材意识而展开。其一,以述怪语异、搜神记鬼为"小说"是古人的共识,自然也成为判定"杂史""传记"中"小说"成分的一种标准,如《江南别录》提要:"其书颇好语怪,如'徐知诲妻吕氏为祟''陈仁杲得神助''赵希操闻鬼语'诸条,皆体近稗官。"❶又如《孔子年谱》提要:"卷尾泛引杂史,为身后异迹。如鲁人泛海见先圣,七十子游于海上,及唐韩滉为子路转生诸事,连篇语怪,尤属不经矣。"❷《二申野录》提要云:"是编采录明一代妖异之事,编年纪载。始于洪武元年戊申,终于崇祯十七年甲申,故以'二申'为名。与《明史·五行志》亦多相合。其诞者则小说家言也。"❸此类"杂史""传记"作品包含的"语怪""诞者"之作,基本可看作志怪小说,例如:

> 知询之弟娶吴功臣吕师造之女,非正嫡所出。知诲常切齿,因醉刺杀。后频见吕氏为祟,请僧诵经亦见之。僧为陈因果,吕曰:"吾不解此,志在报冤。"……岁余,不见吕氏,心中甚喜。有家人自淮南归,于江心遇彩舟,有妇人乃吕氏也。招家人曰:"为我谢相公,善自爱,我今他适矣。"又以绣履授之曰:"恐相公不信,谓尔诈,此殡时物,用以为信。"家人至江西,以履进,知诲熟视之,未毕,吕氏已在侧曰:"尔谓我的不来也。"少时,知诲卒。❹

对于"杂史""传记"性质文本中含有志怪较多者,《四库全书总目》多将其直接归入"小说家",如《燕山丛录》提要:"是编盖其官刑部时所作。多载京畿之事,故以'燕山'为名。凡分二十二类,大抵多涉语怪。"❺如《矩斋杂记》提要:"是书多记见闻杂事,兼涉神怪。"❻

其二,"杂史""传记"载录之内容多事关庙堂国政、人事善恶,而"小说"所载

---

❶ (清) 纪昀、陆锡熊、孙士毅等:《钦定四库全书总目》,中华书局 1997 年版,第 908 页。
❷ 同上书,第 827 页。
❸ 同上书,第 761 页。
❹ (宋) 陈彭年《江南别录》之"徐知诲妻吕氏为祟",《景印文渊阁四库全书》(史部第 464 册),台湾商务印书馆 1986 年版,第 122 页。
❺ (清) 纪昀、陆锡熊、孙士毅等:《钦定四库全书总目》,中华书局 1997 年版,第 1913 页。
❻ 同上书,第 1915 页。

主要为各类历史人物无关政教的“琐细之事”，大多数内容无关史家旨趣。这也成为判定“杂史”“传记”中“小说”成分的标准之一，《三朝野史》提要云：“记理、度、恭三朝轶事琐言，……词旨猥琐，殊不足观。”[1]《南宋补遗》提要云：“载南渡后将帅轶事，并采及诗词、书启，于韩、岳尤详，亦间及靖康时事。然多他书所习见，殊鲜异闻。殆亦抄撮宋人说部而成欤？”[2]《肃皇外史》提要云：“是编纪明世宗一代朝政，编年系月，立纲分目，颇见详备。而词近琐碎，不合史体。”[3]《苏米志林》提要云：“是书掇苏轼琐言、碎事，集中所遗者，编为二卷。”[4]此类“杂史”“传记”作品包含的“轶事”“琐言”，基本可看作轶事或杂事小说，例如，《五代史补》之“陈黯善对”条：“陈黯，东瓯人。才思敏速。时年十三，袖卷谒本郡牧，时面上有斑疮新愈，其痕炳然。郡牧戏之曰：‘藻才而花貌，何不咏歌？’黯应声曰：‘玳瑁宁堪比，班犀讵可加。天嫌未端正，敷面与装花。’”[5]对于一些“杂史”“传记”之作包含无关史家旨趣的轶事、琐事较多，《四库全书总目》将其直接归入“小说家”，如《明遗事》提要：“皆记明太祖初起之事。始于壬辰六月，为元顺帝之至正十二年。止于洪武元年四月壬戌，至正之二十八年也。编年、纪月，亦颇详悉。而多录小说、琐事，如以酒饮蛇之类。”[6]《读史随笔》提要：“是书前四卷杂论黄帝至宋、元事，后二卷皆论明事，叙述独详。盖年远则纪载多略，世近则见闻易悉，其势然也。然其中多采掇琐屑，类乎说部。”[7]

其三，传主为重要历史人物，但载录的事迹显然有违“传信”“征实”原则，也难以为史家所容。因此，历史人物依托附会、虚妄不实、荒诞不经的传说，也就成了判定“杂史”“传记”中“小说”成分的一种标准，如《建文事迹备遗录》提要：“《录》中皆纪建文死事诸臣，殊多传闻失实。其称太祖恒欲废燕王，赖廷臣力谏得免。又尝幽于别苑，不许进食，赖高后私食之，得不死。皆荒唐无稽之言，不足取信。”[8]《建文朝野汇编》提要云：“盖杂采野史传闻之说，裒合成编。大抵沿袭

[1] (清) 纪昀、陆锡熊、孙士毅等：《钦定四库全书总目》，中华书局 1997 年版，第 731 页。
[2] 同上书，第 732 页。
[3] 同上书，第 751、752 页。
[4] 同上书，第 839 页。
[5] 傅璇琮等主编：《五代史书汇编》，杭州出版社 2004 年版，第 2485 页。
[6] (清) 纪昀、陆锡熊、孙士毅等：《钦定四库全书总目》，中华书局 1997 年版，第 1902 页。
[7] 同上。
[8] 同上书，第 746 页。

讹传，不为信史。至摭典故辑遗之谬说，谓宣宗为惠帝之子，尤无忌惮矣。”❶《平倭录》提要云：“盖小说附会之谈，不足据也。”❷《阳明先生浮海传》提要云：“是书专纪王守仁正德初谪龙场驿丞，道经杭州，为奸人谋害，投水中，因漂至龙宫，得生还之事。说颇诡诞不经。……盖文人之好异久矣。”❸《小史摘抄》提要云：“皆载明太祖琐事，末附建文遗事八条。大抵多委巷之说。如李文忠纳款于张士诚，刘基死后焚尸扬灰，皆必无之事。其谬妄固不待辨也。”❹此类“杂史”“传记”作品包含的“附会之谈”“诡诞不经”“委巷之说”之作，基本可看作历史人物传说类的“小说”，例如，

> 太祖尝夜寝，梦二龙斗于殿。黄者胜，飞去，白者负，而如蝘蜓。明旦，太祖视朝，见帝居殿右角，燕王侍于左前，太祖见而怒，以位居帝上也。寻命幽之别宫，令不得进食。高后怜而私与之，得不死。久之，始释焉。懿文薨后，太祖欲立燕王。学士刘三吾谏曰：“皇孙见在，且上有秦、晋二王，将焉置之。”太祖曰：“晓，人当如是矣。”遂立建文。诸王皆会入殿门，燕王径前拍建文背曰：“吾儿，不想汝有今日。”上坐殿中遥见之，大声曰：“如何打我皇孙！”建文叩头言：“四叔爱臣，戏相拊耳。”上曰：“汝尚为之讳邪？”命拘宫中，禁馈侍七日。无恙，上怒亦解，乃释之。❺

如“杂史”“传记”性质的作品含此类内容较多，《四库全书总目》多将其直接归入“小说家”，如《明记略》提要：“所记皆正德以前旧闻。然如铁铉二女在教坊作诗，建文帝骑骡在黔国公第，王振尝为教官，永乐末以年满无功见阉，仁宗或云死于雷，或云为宫人所毒，或云为内官击杀之类，大抵委巷之传闻。”❻《螭头密语》提要云：“其书杂记明代时事，仅二十余条，而语多不经。如建文帝从隧道出

❶ (清) 纪昀、陆锡熊、孙士毅等：《钦定四库全书总目》，中华书局 1997 年版，第 751 页。
❷ 同上书，第 748 页。
❸ 同上书，第 834 页。
❹ 同上书，第 736 页。
❺ (明) 屠叔方：《建文朝野汇编》卷十九，《四库全书存目丛书》(史部第 51 册)，齐鲁书社 1995 年版，第 380 页。
❻ (清) 纪昀、陆锡熊、孙士毅等：《钦定四库全书总目》，中华书局 1997 年版，第 1894 页。

亡，仁宗中毒，宣宗微行，皆里巷无稽之谈。”❶《耳抄秘录》提要云：“所纪皆明代杂事，然无一非委巷之谈，如谓明成祖发刘基之墓，得一朱匣，中有贺永乐元年登极表；……其鄙俚荒唐，殆不足与辩。”❷这类作品载录事迹基本为不经之说、委巷传闻，显然难以跻身“杂史”“传记”之列了。

《四库全书总目》提要对“杂史”“传记”中“小说”成分的评述，从一个侧面集中反映了古人对“小说”文类规定性的认知，实际上在相互比较中回答了何谓“小说”之问。

仅以《四库全书总目》提要的相关评论为例，初步梳理出涉及掺杂“小说”成分的“杂史”“传记”二十九部，如果进一步对《文渊阁四库全书》《四库全书存目丛刊》《续修四库全书》《四库未收书辑刊》《四库禁毁书丛刊》等大型丛书中的“杂史”“传记”作品文本进行全面梳理，确定掺杂一定“小说”成分的作品，钩辑出其中的“小说”之作，必将拓展丰富古代文言小说的研究对象。例如，韩元吉《桐阴旧话》提要：“书中所记韩亿、韩综、韩绛、韩绎、韩维、韩缜杂事，共存十三条，皆其家世旧闻。”❸郑晓《今言》提要云：“凡三百四十四条，其中为宪言者十之四，为世言者十之二，为事言、品言者十之三，为证言、术言者十之一。盖据所见闻随笔记录，古杂史之支流也。”❹虽然未被《四库全书总目》指出含有“小说”成分，但其中所记人物之轶事、琐事也有部分与“小说”相近者，例如，

> 周颠仙，不知其名，自言建昌人。长壮奇崛，举止不类常人。年十余，病癞，尝操一瓢入南昌乞食。久之，至临川。未几，复还南昌，日施力于人，夜卧闾檐间，祁寒暑雨自若。尝趋省府曰“告太平”，人皆异其言，遂呼为“颠仙”。不数年天下果乱。❺

《四库全书总目》提要评论明确“杂史”“传记”所含“小说”成分，实际上仅属

❶ (清) 纪昀、陆锡熊、孙士毅等：《钦定四库全书总目》，中华书局 1997 年版，第 1897 页。
❷ 同上书，第 1911 页。
❸ 同上书，第 846 页。
❹ 同上书，第 745 页。
❺ (明) 郑晓：《今言》卷四，《四库全书存目丛书》(史部第 48 册)，齐鲁书社 1995 年版，第 750 页。

冰山一角，另有大量“杂史”“传记”文本中也包含“小说”性质的内容，只是未被指出。“杂史”“传记”类著作掺杂的“小说”成分，也反映了“小说”文类寄身其他文类的一种存在方式。现当代个别学者对于历代书目普遍著录于“杂史”“传记”的作品含有部分“小说”成分，亦有所关注，如程毅中《古体小说钞（宋元卷）》之“凡例”：“杂史、传记中具有故事性的作品亦酌量选录。”[1]不过，整体而言，这些研究多以现代“小说”观念来关照“杂史”“传记”，侧重于其中的虚构性、故事性内容，与古人眼中的“杂史”“传记”中的“小说”成分还是有着显著差异。

“杂史”“传记”掺杂“小说”成分反映了三者存在着难以割裂的相互联系，厘清这种独特存在的“小说”成分，有助于从相关叙事文类的相互联系中更深入地把握“小说”的文类规定性和“杂史”“传记”“小说”的文类关系。从“小说”文类的独立形成来看，可看作一部分史学价值低下的“杂史”“传记”类作品逐渐为史部所不容，归入“小说”文类，从而确立了文言小说观“史之余”的核心内涵，并直接形成了其具体指称对象。“小说”的发生起源，就形成了“杂史”“传记”“小说”难以割裂的相互联系。在长期发展演化过程中，“杂史”“传记”“小说”也始终处于相互混杂的状态，有些作品同时具有“杂史”“传记”“小说”三种文类的规定性。历代官私书目面对此类作品，可能对其功用价值和题材性质、著述体例有不同的判定，有人认定为无关政教的琐碎之事，有人则认定为事关朝政军国，有人认定其以“杂史”“传记”为主，有人则认定其以“小说”为主，种种歧义混淆，实在难以避免，也就出现了不同书目分别著录于“杂史”“传记”“小说”的现象。当然，也会出现未混杂著录的比较纯正的“杂史”“传记”类著作常含有部分“小说”成分的现象，以及比较纯正的“小说”类著作常含有部分“杂史”“传记”成分的现象，这种相互掺杂确属“杂史”“传记”“小说”之文类关系的本然状态，深入分析相互掺杂的文本内容，梳理其发展流变，有助于还原三者文类关系之历史原生态。

[1] 程毅中编：《古体小说钞》（宋元卷），中华书局 1995 年版，“凡例”第 1 页。

第四章 宋代笔记体小说与“日记”之文类关联

“日记”统称当时一种排日纪事的日记体叙事文类。学界对宋代“日记”的文献辑佚和作品研究已较为充分，然而原原本本地回归还原当时历史文化语境中来把握其文类规定性，还需进一步加以深入探讨。此类著述虽通用日记之体式，但编纂记述的宗旨功用、题材内容、价值取向及其关联的社会生活迥然有别，实际上可明确划分为几种不同著述类型。宋代“日记”与笔记体小说在官私书目著录、作品命名、叙事内容性质、文体形式、成书取材等多方面存在一定的文类交叉联系，“日记”作品亦或多或少含有“小说”成分，两者有着密切文类关联。

一、宋代“日记”之基本文类规定性

“日记”文类的作品之“实”起源于宋前❶，如俞樾称：“文章家排日纪行，始于东汉马第伯《封禅仪记》。”❷薛福成称：“日记及纪程诸书，权舆于李习之《来南录》、欧阳永叔《于役志》。”❸但最早以“日记”命名具体作品却始于宋代，如《直斋书录解题》著录司马光《温公日记》，《遂初堂书目》著录欧阳修《欧公日记》，《宋

❶ 参考陈左高《中国日记史略》第一章“绪言”第一节“日记的起源”中有关论述，中国书籍出版社 2016 年版。

❷ [日] 竹添井井著，冯岁平点校：《栈云峡雨稿》，三秦出版社 2006 版，第 31 页。

❸ (清) 薛福成：《出使英法义比四国日记》，中国旅游出版社、商务印书馆 2016 年版，第 5 页。

史·艺文志》著录《赵概日记》、佚名《德祐事迹日记》,周必大《癸未归庐陵日记》,李焘《续资治通鉴长编》征引钱惟演《日记》、刘挚《日记》,李心传《建炎以来朝野杂记》征引晁公遡《日记》,王明清《挥麈录》卷三云"明清顷有沈必先日记"❶,岳珂《宝真斋法书赞》卷一七收录有林希《元祐日记帖》《绍圣日记前帖》《绍圣日记后帖》,题跋有韩元吉《书朔行日记后》和周必大《跋吕伯恭日记》《跋蒋颖叔枢府日记》等。这些都是此类作品当时的原题。与"日记"最为相近的另一名称是"日录",《直斋书录解题》《郡斋读书志》《文献通考》《宋史·艺文志》著录有佚名《崔氏日录》、王安石《王氏日录》(亦称《舒王日录》《熙宁日录》)、曾布《绍圣甲戌日录》、黎良能《读书日录》、佚名《馆伴日录》、楼钥《北行日录》等,"日记""日录"有时还存在混称现象,如《宋史·艺文志》著录"司马光《日录》三卷"即《温公日记》,罗大经《鹤林玉露》乙编卷四:"山谷晚年作日录,题曰《家乘》。"❷陆游《老学庵笔记》卷三:"黄鲁直有日记,谓之《家乘》。"❸

随着"日记""日录"普遍用作著作名称,"日记""日录"进一步发展成为一种通称的文类概念,如周煇《清波杂志》卷六:"元祐诸公皆有日记,凡(榻)前奏对语,及朝廷政事、所历官簿、一时人材贤否,书之惟详。"❹范成大《论三朝国史札子》:"臣闻自古有国有家,虽盛衰不同,而未尝无一代之史策。以小喻之,譬如士庶之家,大则有家法,小则有日记,虽倥偬弗暇给之时,决不可一日而阙,非若其他翰墨文词空言无用之比也。"❺王明清《挥麈录》卷首云:"今来合要高宗皇帝朝曾任宰执、侍从、卿监、应职事等官,被受或收藏御制、御笔、手诏,及奏议、章疏、札子,并制诰、日记、家集、碑志、行状、谥议、事迹之类,委守臣躬亲询访。"❻卷一云:"自昔以来,大臣各有日录,以书是日君臣奏对之语。"❼周煇《清波杂志》卷九"行纪"云:"辉自四十以后,凡有行役,虽数日程,道路倥偬之际,亦有日记。"❽郑

❶ (宋)王明清:《挥麈录》,上海书店出版社2001年版,第198页。
❷ (宋)罗大经撰,王瑞来点校:《鹤林玉露》,中华书局1983年版,第181页。
❸ (宋)陆游撰,李剑雄、刘德权点校:《老学庵笔记》,中华书局1979年版,第33页。
❹ (宋)周煇撰,刘永翔校注:《清波杂志校注》,中华书局1994年版,第238页。
❺ (宋)范成大,孔凡礼辑:《范成大佚著辑存》,中华书局1983年版,第20页。
❻ (宋)王明清:《挥麈录》,上海书店出版社2001版,第257页。
❼ 同上书,第176页。
❽ (宋)周煇撰,刘永翔校注:《清波杂志校注》,中华书局1994年版,第406页。

思肖《大义略叙》云："虽闻隐南游北之士，多作日录书所闻见，游历纪述颇详。"[1]不过，这些通称的"日记""日录"术语，指称对象和内涵并不明确，或对应记载在朝亲历朝政要事及生活交际的日记，或对应记述旅程见闻的日记，或对应记录个人日常生活的日记等。

当然，除了冠以"日记""日录"之外，宋代日记体式的作品还多命名为"传记"常用的"志""记""录""笔录""语录""别录""家乘"等，如欧阳修《于役志》、陆游《入蜀记》、张舜民《郴行录》、范成大《吴船录》、陈襄《使辽语录》、赵鼎《建炎笔录》、黄庭坚《宜州乙酉家乘》等。

宋人"日记""日录"在编撰体例上具有鲜明共性：排日记事，标明日期，但因编纂记述的宗旨功用、题材内容、价值取向及其相关联的社会生活各具传统，实际上形成了几种著述类型。[2]

一种为朝中宰执者或重臣等官员记载在朝亲历朝政要事及生活交际的日记，有钱惟演《钱惟演日记》、赵概《赵康靖日录》、王安石《熙宁日录》、司马光《温公日记》、范祖禹《范太史日记》、刘挚《刘挚日记》、吕惠卿《吕吉甫日录》、林希《林文节绍圣日记》《林文节元祐日记》、曾布《曾公遗录》、王岩叟《王岩叟日录》、沈与求《沈必先日记》、周必大《思陵录》《亲征录》《龙飞录》、彭龟年《彭龟年日记》、李正民《己酉航海记》、赵鼎《丙辰笔录》《丁巳笔录》《建炎笔录》、晁公遡《箕山日记》、高永年《陇右日录》等。此类著述多明确命名为"日记""日录"，"凡朝廷政事、臣僚差除及前后奏对、上所宣谕之语，以及闻见杂事皆记之"[3]，其编纂虽为私家载录之私史，但记述内容与官方之起居注、时政记、日历等关系密切，如《直斋书录解题》著录《绍圣甲戌日录》《元符庚辰日录》称："记在政府奏对施行及宫禁朝廷事。"[4]著录《赵康靖日录》称："所记治平乙巳、丙午间在政府事。"[5]宋代官方修史制度完善，修史机构完备，记录本朝历史的载籍种类众多，先后设有起居院、日历所、编修院、实录院、国史院、会要所等，掌修起居注、日历、实录、国

[1] (宋) 郑思肖著，陈福康校点：《郑思肖集》，上海古籍出版社 1991 年版，第 384 页。
[2] 参见顾宏义、李文整理、标校：《宋代日记丛编 · 前言》，上海书店出版社 2013 年版。
[3] (宋) 陈振孙撰，徐小蛮、顾美华点校：《直斋书录解题》，上海古籍出版社 1987 年版，第 211 页。
[4] 同上。
[5] 同上。

史等。❶起居注和日历排日记事，如章如愚《山堂考索》续集卷三十五“官制门”：“夫日记起居，则为起居注。月记时政，则为时政记。排次起居、时政，则谓之日历。总集日历，则为一朝实录。积集累朝实录，则为一代全史。”❷又如续集卷十六“诸史门”：“起居注者，日记之史也。实录，则集日记而为一朝之史也。”❸此类日记显然受到了起居注和日历等载籍特别是日历的影响❹，宋代“日历”是由史官汇集整理起居注、时政记、皇帝谕令、各司政务资料、行状、传记而成，按日排纂，可看作朝廷或国家一日之大事记，而“日记”可看作个人一日之经历或见闻之大事记。

此类日记虽为官员个人修撰之私史，但在“国史”编修中却被看作重要史料，甚至被认为与官方之日历同等重要，这也引发了“国史”修撰中争论不休的公案，如徐绩《乞广取家藏记录修神宗正史奏》：“《神宗正史》，今更五闰矣，未能成书。盖由元祐、绍圣史臣好恶不同，范祖禹等专主司马光家藏记事，蔡京兄弟纯用王安石《日录》，各为之说，故论议纷然。当时辅相之家，家藏记录，何得无之？臣谓宜尽取用，参订是非，勒成大典。”❺《玉海》卷四八云：“元符三年五月，左正言陈瓘言：‘伏闻《王安石日录》七十余卷，具载熙宁中奏对议论之语，此乃人臣私录，非朝廷典册。自绍圣再修，凡日历、时政记及御集所不载者，往往专据此书追议刑赏，宗庙之美皆为私史所攘。愿诏史官别行删修，诏三省同参对闻奏。’”❻周煇《清波杂志》卷二“王荆公日录”条：“《王荆公日录》八十卷，毗陵张氏有全帙。顷曾借观，凡旧德大臣不附己者，皆遭诋毁；论法度有不便于民者，皆归于上；可以垂耀后世者，悉已有之。尽出其婿蔡卞诬罔。其详具载陈了斋莹中《四明尊尧集》。陈亦自谓‘岂敢以私意断其是非，更在后之君子审辩而已’。故《神宗实录》

❶ 参见谢保成：《增订中国史学史(中唐至清中期上)》第二编“修史制度演化与国史纂修”第一章“宋代修史制度与国史纂修”，商务印书馆 2016 年版；乔治忠：《中国史学史》第五章“隋唐至两宋：传统史学发展的成熟”第二节“唐朝至南宋的史馆建置与本朝史编纂”，中国人民大学出版社 2021 年版。

❷ (宋) 章如愚编撰：《山堂考索》，中华书局 1992 年版，第 1119 页。

❸ 同上书，第 1011 页。

❹ 参见邓建：《从日历到日记——对一种非典型文章的文体学考察》，《中山大学学报(社会科学版)》2014 年第 3 期。

❺ (元) 脱脱等：《宋史》，中华书局 1985 年版，第 11025 页。

❻ (宋) 王应麟辑：《玉海》，广陵书社 2003 年版，第 910 页。

后亦多采《日录》中语增修。”[1]因此类著述记载内容的特殊性，有人甚至提出禁止民间刊刻流传，如赵子昼《乞禁止民间出售王安石日录奏》：“窃闻神宗皇帝正史多取故相王安石《日录》以为根柢，而又其中兵谋、政术往往具存，然则其书固亦应密。近者，卖书籍人乃有《舒王日录》出卖，臣愚窃以为非便，愿赐禁止，无使国之机事传播闾阎，或流入四夷，于体实大。”[2]同时，此类著述也自然成为其他史籍编纂的取材对象，例如李焘《续资治通鉴长编》就大量征引宋人日记，其中相当一部分属于此类作品，“本朝国书有日历，有宝录，有正史，有会要，有敕令，有御集；又有司专行指挥典故之类；三朝以上，又有宝训；而百家小说、私史、与士大夫行状志铭之类，不可胜记。自李焘作《续通鉴》，起建隆元年，尽靖康元年，而一代之书萃见于此，可谓备矣”。[3]其中，“百家小说、私史”就包含宋人“日记”。综上所述，此类日记的文本性质与起居注、日历等存在相通之处，载录内容多为朝廷政务、奏对宣谕等朝政要事，具有服务“国史”编纂的鲜明宗旨，例如：

甲辰，法官、御史台坐前定夺归善县延年捕贼奖不当，取勘。李肃之知定州。文公复上言：“国家旧例，宰相压亲王、使相，或遇大朝会，臣在陈升之上，难以立班。”乃听在升之下。[4]

四月五日，张利一奏：“两属户不得青苗甚不足。”上曰：“如此是明青苗非抑配。”佥议沿边更不俵，已日晚，余不及议而退，当俟别奏。[5]

七月二十七日，以孟秋朝享致斋本省。是日早，延和奏事毕，留身请补外，谕以不可，哀祈切至，再拜而退，投表于通进司。随有旨：东府不许般出。明日，从上自景灵还至端门，即入，即返辔而南，寓泊曹氏园听命。[6]

第二种为使臣以及接伴、馆伴的官员出使辽、西夏、金、蒙古（元）载录行程

[1] （宋）周煇撰，刘永翔校注：《清波杂志校注》，中华书局1994年版，第545—546页。此类表述还见赵令畤《侯鲭录》卷三“王介甫日录”条，中华书局2002年版，第94页。

[2] 刘琳等校点：《宋会要辑稿》，上海古籍出版社2014年版，第8329页。

[3] （元）马端临：《文献通考》，中华书局2011年版，第5615页。

[4] 顾宏义、李文整理、标校：《宋代日记丛编·温公日录》，上海书店出版社2013年版，第42页。

[5] 顾宏义、李文整理、标校：《宋代日记丛编·熙宁日录》，上海书店出版社2013年版，第95—96页。

[6] 顾宏义、李文整理、标校：《宋代日记丛编·刘挚日记》，上海书店出版社2013年版，第204页。

的日记，有路振《乘轺录》、陈襄《使辽语录》、沈括《乙卯入国别录》、张舜民《甲戌使辽录》、吕希绩等《元祐七年正旦接送伴语录》、郑望之《靖康城下奉使录》、王绘《绍兴甲寅通和录》、范成大《揽辔录》、周煇《北辕录》、楼钥《北行日录》、程卓《使金录》、倪思《重明节馆伴语录》、严光大《祈请使行程记》、徐兢《使高丽录》等。宋与辽、西夏、金、蒙古（元）对峙，根据规定，在外交活动中出使的使臣以及接伴、馆伴的官员在完成使命归朝后，需递交一份例行的出使（或接伴、馆伴）语录，介绍行程途径山川地势、对方情况、交往言谈以及探知情报等。[1]因此，从此类"日记"编纂的历史背景来看，自可看作出使语录或行记的一部分。此类出使语录或行记作品除了日记体之外，还有其他各种体式，数量众多，如李德辉《论汉唐两宋行记的渊源流变》称："出使契丹的行记是北宋使蕃行记的主体。这方面的作品有王曙《戴斗奉使录》、路振《乘轺录》、宋抟《上虏中事》、王曾《上契丹事》、晁迥《虏中风俗》、薛映《虏中境界》、宋绶《虏中风俗》、寇瑊《奉使录》、余靖《奉使录》、富弼《奉使录》、范镇《使北录》、刘敞《奉使录》、宋敏求《入蕃录》、沈括《熙宁使虏图抄》、张舜民《使辽录》等。进入南宋以后，宋金交聘取代了宋辽交聘，这方面的行记更多更好。徽宗末至高宗朝，此类行记的创作达到了高潮，计有连鹏举《宣和使金录》、陶悦《使北录》、赵良嗣《燕云奉使录》、马扩《茆斋自叙》、钟邦直《旧帐行程录》、许亢宗《宣和乙巳奉使行程录》、李若水《山西军前奉使录》、郑望之《靖康城下奉使录》、沈琯《南归录》、杨应诚《建炎假道高丽录》等。宋金和议以后，使金行记的创作仍高潮不断。举其要者，有汪藻《金国行程》、洪皓《使金行程记》、楼钥《北行日录》、范成大《揽辔录》、姚宪《乾道奉使录》、韩元吉《朔行日记》、周煇《北辕录》、郑偭《奉使执礼录》、郑汝谐《聘燕录》、余嵘《使燕录》、程卓《使金录》、王大观《行程录》等，宋末又有邹伸之《使鞑日录》等使蒙古行记。辽、金、元以外，与宋室保持外交关系的还有高丽、大食、交州、回鹘、吐蕃、党项、高昌、于阗、大理及河西蕃部等，宋人也留下了这方面的行记，如陈靖《使高丽记》、徐兢《使高丽录》、佚名《高丽行程录》、王延德《西州使程记》、辛怡显《至道云南录》、刘涣《刘氏

[1] 参见赵永春：《宋人出使辽金"语录"研究》，《史学史研究》1996 年第 3 期；赵永春：《"语录"缘起与宋人出使辽金"语录"释义》，《辽金史论集（第 11 辑）》，内蒙古大学出版社 2009 年版；刘浦江：《宋代使臣语录考》，《10—13 世纪中国文化的碰撞和融合》，上海人民出版社 2006 年版；贾敬颜：《五代宋金元人边疆行记十三种疏证稿》，中华书局 2004 年版。

西行录》、檀林《大理国行程》、佚名《蒲甘国行程略》等。”❶作为出使语录或行记的一部分，此类日记作品的命名自然多用“语录”“别录”“录”“记”等，极少使用“日记”“日录”，载录内容也自然受制于出使“语录”作为公文的相关要求，一般多记述道路行程、交往言谈以及沿途见闻之山川地势、风俗物产等，例如：

十二日，自顺州东北行，至檀州八十里，路险，有丘陵。二十五里过白絮河，河源出太行山。七十里，道东有寨栅门，崖壁斗绝，此天所以限戎虏也。虏置榷场于虎北口而收地征。❷

十三日，知善等出饯，酒五盏。规中问臣咸融：“富相公今在何处?”答以见判河阳三城。又问臣等张升相公，答以昨判忠武军，近已致仕。将次良乡县，本县尉南应、范阳县尉梁克用道旁参候。臣等送接伴使、副私觌物。(已后七次依例送接伴使土物，并有回答，更不入《录》)❸

第三种是官员赴任、贬谪、入京、罢官等记述旅程见闻的日记，有欧阳修《于役志》、张舜民《郴行录》、郑刚中《西征道里记》、陆游《入蜀记》、范成大《骖鸾录》《吴船录》、周必大《奏事录》《归庐陵日记》《南归录》等。文人士大夫游览山水、探亲访友等描述行游经历的日记，有张礼《游城南记》、赵鼎臣《游山录》、周必大《闲居录》《泛舟游山录》、吕祖谦《入越录》《入闽录》等。此类日记作品很可能是受到了上述出使行程日记影响而产生的，但不同于出使行程日记明确的官方公文属性，载录内容较多私人随意性和个性，不少作品描摹沿途景色、记载名胜古迹和风土人情、抒写所思所感，文章色彩浓厚，《四库全书总目》之《入蜀记》提要：“游以乾道五年授夔州通判，以次年闰六月十八日自山阴启行，十月二十七日抵夔州，因述其道路所经，以为是记。游本工文，故于山川风土，叙述颇为雅洁，而于考订古迹，尤所留意。”❹例如：

---

❶ 李德辉：《论汉唐两宋行记的渊源流变》，《中华文史论丛》2010年第3期。

❷ 顾宏义、李文整理、标校：《宋代日记丛编·乘轺录》，上海书店出版社2013年版，第5页。

❸ 顾宏义、李文整理、标校：《宋代日记丛编·使辽语录》，上海书店出版社2013年版，第28页。

❹ (清)纪昀、陆锡熊、孙士毅等：《钦定四库全书总目》，中华书局1997年版，第819页。

四日，热甚，午后始稍有风。晚泊本觉寺前，寺故神霄宫也，废于兵火，建炎后再修，今犹甚草创。寺西庑有莲池十余亩，飞桥小亭，颇华洁。池中龟无数，闻人声，皆集，骈首仰视，儿曹惊之不去。亭中有小碑，乃郭功甫元祐中所作《醉翁操》，后自跋云“见子瞻所作未工，故赋之”，亦可异也。❶

丙戌，至燕山城外燕宾馆。燕至毕，与馆伴使、副并马行柳堤，缘城过新石桥，中以杈子隔绝。道左边过桥，入丰宜门，即外城门也。过石玉桥，燕石色如玉，上分三道，皆以栏楯隔之，雕刻极工。中为御路，亦栏以杈子。两头有小亭，中有碑曰“龙津桥”。入宣阳门，金书额，两头有小四角亭，即登门路也。楼下分三门。中门为御路，常阖，皆画龙。两旁门通行，皆画凤。入门，北望其阙。由西御廊首转西，至会同馆。❷

后人对此类作品的文学性非常推崇，“日记”选入文章总集，也以其为典范，贺复徵编《文章辨体汇选》卷六百三十九列有“日记”类：“日记者，逐日所书，随意命笔，正以琐屑毕备为妙。始于欧公《于役志》、陆放翁《入蜀记》，至萧伯玉诸录，而玄心远韵，大似晋人。”❸作品选录有欧阳修《于役志》、陆游《入蜀记》、萧士玮《南归日录》《春浮园偶录》《深牧庵日涉录》、无名氏《诏狱惨言》。《文章辨体汇选》卷六百四十存录萧士玮《南归日录序》称：“余读欧公《于役志》、陆放翁《入蜀记》，随笔所到，如空中之雨，小大萧散，出于自然。”❹现当代学者多将此类日记作品纳入古代游记研究，作为古代游记的众多体式之一。❺

第四种是记录个人日常生活的日记，有黄庭坚《宜州乙酉家乘》、吕祖谦《庚子辛丑日记》等。此类作品数量较少，但在文人中具有一定影响力，也可看作一种著述类型，例如，范寥《宜州乙酉家乘序》称：“凡宾客往来，亲旧书信，晦明寒

---

❶ (宋) 陆游著，柴舟校注：《入蜀记》，上海远东出版社 1996 年版，第 8 页。

❷ 顾宏义、李文整理、标校：《宋代日记丛编 · 揽辔录》，上海书店出版社 2013 年版，第 798—799 页。

❸ (明) 贺复徵编：《文章辨体汇选》，《景印文渊阁四库全书》(集部第 1409 册)，台湾商务印书馆 1986 年版，第 645 页。

❹ 同上书，第 652 页。

❺ 参见梅新林、俞樟华主编：《中国游记文学史》，学林出版社 2004 年版；王立群：《游记的文体要素与游记文体的形成》，《文学评论》2005 年第 3 期；梅新林、崔小敬：《游记文体之辨》，《文学评论》2005 年第 6 期。

暑，出入相居，先生皆亲笔以记其事，名之曰《乙酉家乘》。”[1]朱熹《跋吕伯恭日记》：“观伯恭病中《日记》，其翻阅论著，固不以一日懈。至于气候之暄凉，草木之荣悴，亦必谨焉。则其察物之勤，盖有非血气所能移者矣。”[2]周必大《跋吕伯恭日记》：“黄太史晚谪宜州，自崇宁四年起，但凡风雨寒暑，亲旧往复，以至日用饮食之类，皆系日书之，名曰《乙酉家乘》，止八月晦，九月则易箦矣。吕太史抱病东阳，亦有《日记》，起淳熙庚子春，尽辛丑七月壬寅，其明日遂卒，盖绝笔也。方病时，出入起居虽不逮山谷，而编《大事》，首周敬王，修《读诗记》，自《唐·无衣》，孜孜课程，所谓造次必于是者。两贤相去七十余载，何其相似也。”[3]黄庭坚将日记命名为“家乘”，显然是为了区分于第一种记载在朝亲历朝政要事及生活交际的日记，突出其私人性。此类日记的载录内容多为天气气候、饮食起居、造访侍陪、书信往来等个人日常生活[4]，例如：

> 十三日壬午，立春。晴又阴。从元明步出小南门，访崇宁道人文庆，卧于庆公之室。紫堂山人王渐、僧惠宗实同行。[5]
>
> 十五日甲申，晴。得嗣文书，送五缣，报嗣深自光山罢归，得先民辟通行交子司勾当。兄弟仕同郡而不阂法，可庆也。报知命长女与其婿钧及其姑之乳媪来，留半月。[6]
>
> 九日，《天保》四章至卒章。早湿热，午雷雨。申后晴，晚复雨，中夜止。[7]

对此类日记，宋人还试图明确其具体规范，如黄榦《勉斋先生黄文肃公文集》卷三七订立“日记式”，专门对此类作品的功用价值和记述体例进行论述：“圣贤

[1] 顾宏义、李文整理、标校：《宋代日记丛编》，上海书店出版社 2013 年版，第 596 页。
[2] 同上书，第 1179 页。
[3] 同上书，第 1180 页。
[4] 参见杨庆存：《中国古代传世的第一部私人日记——论黄庭坚〈宜州乙酉家乘〉》，《理论学刊》1991 年第 6 期。
[5] 顾宏义、李文整理、标校：《宋代日记丛编·宜州乙酉家乘》，上海书店出版社 2013 年版，第 582—583 页。
[6] 同上书，第 583 页。
[7] 顾宏义、李文整理、标校：《宋代日记丛编·庚子辛丑日记》，上海书店出版社 2013 年版，第 1157 页。

之教,曰博学于文,约之以礼。又曰日知其所亡,月无忘其所能,此录之所以作也。自旦至暮,自少至老,置之坐右,书以识之,文行相须,新故相寻,德进业广矣。”❶同时,界定了“日记式”具体内容:“记年月日”“记气节、寒暑、雨旸之变”“记所寓之地”“记所习经子史集四书多少,随力所及”“记所出入及所为大事”“记所闻善言,所见善行”“记所见宾友”。明清时期,此类著述类型发展成为“日记”文类的主流。❷

此外,还有个别偶尔为之、难以归为一种著述类型的日记体作品,有记录殿试过程的日记——赵抃《赵清献御试日记》,记录侍讲说书的日记——徐元杰《进讲日记》,等等。

宋代“日记”的文体形式为一日一条,但篇幅长短不一,短的仅几个字,长的有一千多字,例如《乘轺录》:“九日,虏遣使置宴于副留守之第,……其燕、蓟民心向化如此。”❸叙一日之事,内容丰赡,篇幅漫长。如《吴船录》:“辛未,登城西门楼。……两庑古画尚多,半已剥落,惟张果老、孙思邈二像无恙。”❹记一日游历,可看作一篇游记文章。整部日记所记日期有长有短,短者几天,长者数月乃至一年以上,整体篇幅也差异巨大。

上述几种著作类型,虽然从日记体式的视角可统一归入“日记”文类研究或笔记研究❺,但从编纂宗旨、题材内容、功用价值等著述规范及其关联的社会生活来看,各类型实际上自可看作一种相对独立的文类。因此,所谓宋代“日记”文类,应看作现当代学者从日记体式出发的一种概念界定,在宋人的文类概念中,并不存在这样一种统一规范的概念,实际上仅有相关的几种著述类型。

❶ (宋)黄榦:《勉斋先生黄文肃公文集》,《北京图书馆古籍珍本丛刊》(集部第90册),书目文献出版社1988年版,第749页。

❷ 参见陈左高:《中国日记史略》第三章“明代日记的发展”、第四章“清代前期日记的繁兴”、第五章“清代中后期日记的鼎盛”中有关论述,中国书籍出版社2016年版。

❸ 顾宏义、李文整理、标校:《宋代日记丛编》,上海书店出版社2013年版,第3—4页。

❹ 同上书,第838—839页。

❺ 参见顾宏义:《两宋笔记研究》第一章“笔记与宋代笔记”,将“语录与日记”作为宋代笔记的一种类型,大象出版社2020年版。

二、宋代“日记”与笔记体小说之交叉联系

宋代官私书目著录日记作品，大都归入史部之“传记”类，如陈振孙《直斋书录解题》“传记”著录《温公日记》《熙宁日录》《乘轺录》《北行日录》《揽辔录》，也有归入“杂史”类，如晁公武《郡斋读书志》“杂史”著录《王氏日录》。还有个别作品被归入小说类，如《直斋书录解题》“小说家”著录《吴船录》等。从日记体排日记事的体例来看，此类作品无疑最为符合史部“传记”的文类规范，自然被归入“传记”类。少部分作品被归入“杂史”或“小说家”，应主要源于著录者对文本内容性质和价值的评判，载录事迹多属朝政大事，自可入“杂史”，多属琐碎杂事，则贬入“小说家”，这与“杂史”“传记”“小说”文类混杂的情景相似。

宋代以“日记”命名的著述并不一定是日记体著作，如韩淲《涧泉日记》之类即属一般笔记杂著，而非逐日记事的日记，如《四库全书总目》之《涧泉日记》提要：“故多识旧闻，不同剿说。所记明道二年明肃太后亲谒太庙事，可证《石林燕语》之误。大观四年四月命礼部尚书郑允中等修《哲宗正史》事，亦可补史传之遗。其他议论，率皆精审。在宋人说部中，固卓然杰出者也。”❶佚名《雪浪斋日记》应为诗话类作品，该书被何士信《群英草堂诗余》、何溪汶《竹庄诗话》、胡仔《苕溪渔隐丛话》前后集、阮阅《诗话总龟》、魏庆之《诗人玉屑》、蔡正孙《诗林广记》等广泛征引，如《诗林广记》前集卷五：“《雪浪斋日记》云：古人下连绵字，不虚发。如老杜‘野日荒荒白，江流泯泯清’，退之云‘月吐窗冏冏’，皆造微入妙。”❷后集卷八：“《雪浪斋日记》云：少游诗甚丽，如‘青虫相对吐秋丝’之句是也。”❸《雪浪斋日记》也被用于宋人注宋诗如史容注《山谷外集诗注》等，还被王楙《野客丛书》、吴曾《能改斋漫录》等宋人笔记体小说或笔记杂著取材。

宋代“日记”的几种著述类型虽题材内容各异，但或多或少含有部分“小说”

---

❶ (清) 纪昀、陆锡熊、孙士毅等：《钦定四库全书总目》，中华书局 1997 年版，第 1620 页。
❷ (宋) 蔡正孙撰，常振国、降云点校：《诗林广记》，中华书局 1982 年版，第 95—96 页。
❸ 同上书，第 358 页。

成分，与“小说”文类存在诸多相通之处。

在宋人眼中，朝中宰执者或重臣记载在朝亲历朝政要事及生活交际的日记作品本身就是跟“小说”作品相通的，例如邵伯温《闻见前录》卷十一：“司马温公闲居西洛，著书之余，记本朝事为多，曰《斋记》、曰《日记》、曰《记闻》者不一也。”❶《文献通考》卷一九七存录李焘《温公日记跋》：“文正公初与刘道原共议，取实录、正史，旁采异闻，作《资治通鉴后纪》。属道原早死，文正起相，元祐后终，卒不果成。今世所传《记闻》及《日记》并《朔记》，皆《后纪》之具也。自嘉祐以前，甲子不详，则号《记闻》；嘉祐以后，乃名《日记》；若《朔记》，则书略成编矣。”❷无论“日记”还是笔记体小说，都是当时士大夫载录朝政见闻的一种载体，《涑水记闻》“其中所记，国家大政为多，而亦间涉琐事”❸，且多注明事件讲述者。只是相对而言，“日记”载录内容更为重要，可直接为国史编纂提供素材，而笔记体小说则仅具补史之用，因此，司马光《温公日记》与《涑水记闻》被看作同类性质的记事之作。《直斋书录解题》卷七著录《温公日记》称：“凡朝廷政事、臣僚差除及前后奏对、上所宣谕之语，以及闻见杂事皆记之。”❹其中，“闻见杂事”即为“小说”性质的成分。

此类作品中包含一些“小说”性质的条目被《诗话总龟》《苕溪渔隐丛话》等诗话、笔记体小说选本等征引，例如：

立春日悉剪彩为燕子以戴之。故欧(阳)永叔云：“不惊树里禽初变，共喜钗头燕已来。”郑毅天(夫)云：“汉阁(殿)斗簪双彩燕，并知春色上钗头。”皆春日贴子诗也。❺

章郇公得象为职方，知洪州罢归，丁晋公与杨文公博，召数人，皆不至。丁以为二人博无欢，杨曰：“有章职方者善博，可召之。”既至，丁不胜，输银器数百两。章初无喜色，亦不辞。他日又博，章输银器数百两，亦无

❶ (宋) 邵伯温著，康震校注：《邵氏闻见录》，三秦出版社 2005 年版，第 137 页。
❷ (元) 马端临：《文献通考》，中华书局 2011 年版，第 5683 页。
❸ (清) 纪昀、陆锡熊、孙士毅等：《钦定四库全书总目》，中华书局 1997 年版，第 1847 页。
❹ (宋) 陈振孙撰，徐小蛮、顾美华点校：《直斋书录解题》，上海古籍出版社 1987 年版，第 211 页。
❺ (宋) 阮阅编，周本淳校点：《诗话总龟》卷五〇引《荆公日记》，人民文学出版社 1987 年版，第 315 页。

吝色。丁由是佳其有度量，援引以至清显。杨亦尝称郇公他日必为公台，厚遇之。❶

翰林书待诏请春词，以立春日剪贴于禁中门帐，皇帝阁六篇，其一曰："漠然大造与时新，根着浮流一气均。万物不须雕刻巧，正如恭己布深仁。"皇后阁五篇，其一曰："春衣不用蕙兰熏，领缘何烦刺绣纹。曾在蚕宫亲织就，方知缕缕尽辛勤。"夫人阁四篇，其一曰："圣主终朝亲万机，燕居专事养希夷。千门永昼春岑寂，不用车前插竹枝。"❷

也常被笔记体小说编纂所取材，如周必大《玉堂杂记》卷上引《司马文正公日记》："初，除学士，待诏李尧卿宣召，设香案褥位于庭望阙，尧卿称有敕，光再拜。尧卿口宣云云。光每句应喏，毕，再拜舞蹈，又再拜，升阶，与待诏坐，啜茶。"❸这里需要特别指出的是，在宋人观念中，"诗话"，特别是以记事为主者，被明确归入"小说"文类，如《郡斋读书志》《宋史·艺文志》等均著录于"小说家"，《苕溪渔隐丛话·前集》卷二十四云："苕溪渔隐曰：小说记事，率多舛误，岂复可信；虽事之小者，如一诗一词，盖亦是尔。"❹

宋代笔记体小说中有专门载录朝中杂事者，与此类日记非常相近，如宋敏求《春明退朝录》"自序"："熙宁三年，予以谏议大夫奉朝请。每退食，观唐人洎本朝名辈撰著以补史遗者，因纂所闻见继之。"❺范镇《东斋记事》"自序"云："予尝与修《唐史》，见唐之士人著书以述当时之事，后数百年有可考正者甚多，而近代以来盖希矣，惟杨文公《谈苑》、欧阳永叔《归田录》，然各记所闻而尚有漏略者。予既谢事，日于所居之东斋燕坐多暇，追忆馆阁中及在侍从时交游语言，与夫里俗传说，因纂集之，目为《东斋记事》。"❻周必大《玉堂杂记》"自序"云："自权直院至

❶ (宋) 胡仔纂集，廖德明校点：《苕溪渔隐丛话》后集卷三六引《司马文正公日录》，人民文学出版社 1962 年版，第 288 页。

❷ (宋) 胡仔纂集，廖德明校点：《苕溪渔隐丛话》后集卷二二引《司马文正公日录》，人民文学出版社 1962 年版，第 158 页。

❸ (宋) 周必大撰，杨剑兵校笺：《玉堂杂记校笺》，陕西人民出版社 2018 年版，第 7 页。

❹ (宋) 胡仔纂集，廖德明校点：《苕溪渔隐丛话》，人民文学出版社 1962 年版，第 166 页。

❺ (宋) 宋敏求撰，尚成等校点：《春明退朝录》，上海古籍出版社 2012 年版，第 7 页。

❻ (宋) 范镇撰，汝沛点校：《东斋记事》，中华书局 1997 年版，第 1 页。

学士承旨皆遍为之，其荷两朝知遇至矣。岁月既久，凡涉典故及见闻可纪者辄笔之。”[1]此类作品，宋人亦看作“小说”，如张邦基《墨庄漫录》“自跋”：“稗官小说虽曰无关治乱，然所书者必劝善惩恶之事，亦不为无补于世也。唐人所著小说家流，不啻数百家，后史官采摭者甚众，然复有一种，皆神怪茫昧，肆为诡诞，如《玄怪录》《河东记》《会昌解颐录》《纂异》之类，盖才士寓言以逞辞，皆亡是公、乌有先生之比，无足取焉。近世诸公所记，可观而传者，如杨文公《谈苑》、欧文忠公《归田录》、沈存中《笔谈》、苏耆《闲谈录》、傅献简公《佳话》、张芸叟《画墁录》、王得臣《麈史》、王定国《甲申》《闻见》《随手》三录、孙君孚《谈圃》《吕氏家塾记》、陈无己《谈丛》、苏子由《龙川志》、叶少蕴《石林诗话》《避暑录》、魏道辅《东轩笔录》《碧云騢诗话》、王性之《四六录话》、赵德麟《侯鲭录》《章氏延满录》、李方叔《师友谈记》、钱申仲《照堂诗话》、王原叔《谈录》、孙少魏《东皋新录》、曾子固《杂志》、宋次道《春明退朝录》、文莹《湘山野录》《玉壶清话》、范蜀公《东斋旧事》、张师正《倦游录》、王辟之《渑水燕谈》、毕仲询《幕府燕闲录》、吴淑《秘阁闲谈》、惠洪觉范《冷斋夜话》《石门林间录》、王立之《诗话》、吴处厚《青箱杂记》、刘贡父《诗话》、潘淳《诗话补遗》、张文潜《明道杂志》、胡先生《贤惠录》《孝行录》、何子楚《春渚纪闻》、蔡约之《西清诗话》，不可概举。”[2]周必大《文忠集》卷一百八十四“诸家小说”选录有《春明退朝录》、胡仔《渔隐丛话》等。《春明退朝录》《东斋记事》分别著录于《郡斋读书志》《直斋书录解题》的“小说家”类中。

宋代部分笔记小说编撰直接受到此类“日记”影响，如周密《齐东野语》“自序”称其编撰深受“外大父日录”影响，“又出外大父日录及诸老杂书示之曰：‘某事与若祖所记同然也。其世俗之言殊，传讹也，国史之论异，私意也，小子识之’”。[3]文中诸多条目直接取材“日记”，如“当泰、禧间，大父为棘卿，外大父为兵侍，直禁林，皆得之耳目所接，俱有家乘、日录可信。用直书之，以告后之秉史笔者”[4]，“《刘氏日记》云：‘孝宗初立，张魏公用事，独付以恢复之任，公当之不辞，

[1] （宋）周必大：《玉堂杂记序》，曾枣庄、刘琳主编：《全宋文》，上海辞书出版社 2006 年版，第 196 页。
[2] （宋）张邦基撰，孔凡礼校点：《墨庄漫录》，中华书局 2002 年版，第 281 页。
[3] （宋）周密撰，张茂鹏点校：《齐东野语》，中华书局 1983 年版，第 4 页。
[4] 同上书，第 51—52 页。

朝廷莫敢违。……后魏公知之，极憾益公，然卒以轻举败事'"❶，"此事得之当时随军幕府日记，颇为详确"❷，"详见周平园、王季海日记"❸。而且，周密《癸辛杂识》亦有多条源自"日记"，如"陶裴双缢"条："至载之《周平园日记》，何前后盛情之事，皆生于陶氏门中邪！"又如"髯阉"条："《周益公日记》云：'杨存中人号为髯阉，以其多髯而善逢迎也。'"❹

宋代部分文人同时编创"日记"和笔记小说，其笔记小说作品有时会带有鲜明"日记"痕迹，如周必大《玉堂杂记》部分条目采取以日记事体式，可看作"日记"体掺入笔记小说，"淳熙三年十一月八日，必大被宣，草十二日冬祀赦"，"巳亥三月丁卯，诏今岁郊祀以例约束省费"，"乾道七年四月甲子，诏皇太子判临安府，用至道故事也"，"乾道七年七月二十六日，午后，快行家传旨"，"淳熙丙申八月庚辰，德寿宫遣大珰张去为至都堂传旨，立翟贵妃为今上皇后"。❺此外，《玉堂杂记》亦引证多条他人"日记"作品，如"《司马文正公日记》云：'熙宁二年五月癸巳，锁院，以奉安二御容。……明日丞相退朝，宣讫开院'"❻，"熙宁间，《司马文正公日记》云：'初，除学士，待诏李尧卿宣召，设香案褥位于庭望阙，尧卿称有敕，光再拜。尧卿口宣云云。光每句应喏，毕，再拜舞蹈，又再拜，升阶，与待诏坐，啜茶'"❼。

宋人参政类"日记"较为盛行，与杂事类笔记小说在编撰宗旨、叙事旨趣、载录内容等诸多方面存在相通之处，两者文类性质接近，而且，不少文人还兼有两种文类编创，这自然容易形成"日记"直接影响到笔记小说的文类现象。

使臣以及接伴、馆伴的官员出使辽、西夏、金、蒙古（元）载录行程的日记作品，也会载录一些日常琐事、奇风异俗等小说性质的内容，如张舜民《画墁集》卷六《投进〈使辽录〉〈长城赋〉劄子》："出疆往来，经涉彼土，尝取其耳目所得，排日

❶ （宋）周密撰，张茂鹏点校：《齐东野语》，中华书局 1983 年版，第 33 页。
❷ 同上书，第 80 页。
❸ 同上书，第 323 页。
❹ （宋）周密撰，吴企明点校：《癸辛杂识》，中华书局 1988 年版，第 223、255 页。
❺ （宋）周必大：《玉堂杂记》，《景印文渊阁四库全书》（第 595 册），台湾商务印书馆 1986 年版，第 552、554、556、559、560 页。
❻ （宋）周必大：《玉堂杂记》，《景印文渊阁四库全书》（第 595 册），台湾商务印书馆 1986 年版，第 552 页。
❼ 同上书，第 551—552 页。

纪录，因著为《甲戌使辽录》。其始以备私居宾友燕言之助，今偶尘圣选，辞不免行，因检括旧牍，此书尚在，其间所载山川、井邑、道路、风俗，至于主客之语言、龙庭之礼数，亦可以备清闲之览观。”❶《四库全书总目》之《使金录》提要云：“是书乃途中纪行所作，于山川道里及所见故迹，皆排日载之。中间如顺天军厅梁题名、光武庙石刻诗句之类，亦间可以广见闻。……所记惟道途琐事。”❷此类作品也多被小说选本收录，如曾慥《类说》卷十三引《使辽录》：“北人打围，一岁间各有所处：正月钓鱼海上，于水底钓大鱼。二月、三月放鹘号海东青打雁。四月、五月打麋鹿。六月、七月于凉淀处坐。八月、九月打虎豹之类，自此直至岁终。如南人趁时耕种也。”❸“形如方响，刻蕃书‘宣速’二字。使者执牌驰马，日行数百里，所至如北主亲到，须索更易，无敢违者。”❹此类作品亦被当时的笔记体小说取材，如周密《齐东野语》卷十六引浮休《使辽录》：“有令邦者，以其肉一脔，置之食物之鼎，则立糜烂，是以爱重。”❺吴曾《能改斋漫录》卷二引《使辽录》：“胡妇以黄物涂面如金，谓之佛妆。”❻

官员赴任、贬谪、入京、罢官等记述旅程见闻的日记作品载录的名胜古迹、风土人情、见闻景物、日常琐事亦有部分“小说”成分。《吴船录》被归入“小说家”应源于其载录内容更接近“小说”性质，此类成分主要有源于旅途所见古迹的各类传闻旧说和历史考证，如卷上：“壬午，发眉州。……旧说有天台僧，遇病僧与一木锁匙，曰：‘异日至眉之中岩，以此匙扣石笋，我当出见。’已而果然。天台僧怳然识为病僧，挈以赴海中斋会。既回，如梦觉。自此中岩之名遂显。三峰，土人谓之石笋。”❼卷下：“神女之事，据宋玉《赋》云以讽襄王，其词亦止乎礼义，如‘玉色頩以赪颜’‘羌不可兮犯干’之语，可以概见。后世不督，一切以儿女子亵之。”❽旅途见闻的种种奇异风俗，如卷上：“壬辰，早发苏稽，午过符文镇。两镇市井繁遝，类壮县。符文出布，村妇聚观于道，皆行而绩麻，无索手者。民皆束艾

❶ 顾宏义、李文整理、标校：《宋代日记丛编》，上海书店出版社 2013 年版，第 622 页。
❷ (清) 纪昀、陆锡熊、孙士毅等：《钦定四库全书总目》，中华书局 1997 年版，第 729 页。
❸ (宋) 曾慥编：《类说》，上海古籍出版社 1993 年版，第 237 页。
❹ 同上。
❺ (宋) 周密撰，张茂鹏点校：《齐东野语》，中华书局 1983 年版，第 299 页。
❻ (宋) 吴曾：《能改斋漫录》，中华书局 1979 年版，第 31 页。
❼ 顾宏义、李文整理、标校：《宋代日记丛编 · 吴船录》，上海书店出版社 2013 年版，第 842—843 页。
❽ 同上书，第 859 页。

蒿于门，燃之发烟，意者熏祓秽气，以为候迎之礼。”❶旅途所见的各种“异物”，如卷上：“草木之异，有如八仙而探紫，有如牵牛而大数倍，有如蓼而浅青。闻春时异花尤多，但是时山寒，人鲜能识之。草叶之异者，亦不可胜数。”❷显然，此类传闻故事、奇异风俗、非常异物，置身宋人小说中也并无二致，《吴船录》载录旅途见闻，重点关注此类内容，自然也就被看作“小说”了。大多数此类作品都或多或少掺入了上述性质的内容，例如：

旧闻戴子微云：“崇德有市人吴隐，忽弃家寓旅邸，终日默坐一室。室中惟一卧榻，客至，共坐榻上。或载酒过之，亦不拒，清谈竟日。隐初不学问，至是间与人言易数，皆造精微，亦能先知人吉凶寿夭，见者莫能测也。”因见吴令问之，云皆信然，今徙居村落间矣。❸

一井已眢，传以为太武所凿，不可知也。太武以宋文帝元嘉二十七年南侵至瓜步，建康戒严。太武凿瓜步出为蟠道，于其上设毡庐，大会群臣，疑即此地。❹

旧说枭矶有枭能害人，故得名。方郡县奏乞观额时，恶其名，因曰矶在水中，水常沃石，故曰浇矶。❺

宋代个别笔记小说编撰亦直接受到出使行游类日记作品影响，如周煇《清波杂志》追溯其随使节出疆，不少内容涉及其早年“日记”——《北辕录》，如“朔北气候”条：“绝江渡淮，过河越白沟，风声气俗顿异，寒暄亦不齐。煇淳熙丙申从使节出疆，回辕当三月中、下旬，一路红尘涨天，热不可耐，若江南五、六月气候。”❻如“朔庭苦寒”条：“使虏者，冬月耳白即冻堕，急以衣袖摩之令热，以手摩即触破。煇出疆时，以二月旦过淮，虽办绵裘之属，俱置不用。”❼如“牂牱”条：“至道元年，

❶ 顾宏义、李文整理、标校：《宋代日记丛编·吴船录》，上海书店出版社 2013 年版，第 845 页。
❷ 同上书，第 847 页。
❸ 顾宏义、李文整理、标校：《宋代日记丛编·入蜀记》，上海书店出版社 2013 年版，第 740 页。
❹ 同上书，第 748 页。
❺ 同上书，第 757 页。
❻ （宋）周煇撰，刘永翔校注：《清波杂志校注》，中华书局 1994 年版，第 100 页。
❼ 同上书，第 198—199 页。

西南牂牁诸蛮贡方物。牂牁在宜州之西，累世不朝贡，至是始通。……煇顷从使节出疆，抵燕，与渤海使先后入见。”❶

黄庭坚《宜州乙酉家乘》、吕祖谦《庚子辛丑日记》等记录个人日常生活的日记作品记述天气气候、饮食起居、造访侍陪、书信往来等个人日常生活，记述也非常简略，实际上很少有“小说成分”。

宋代“日记”排日记事，一日一则，载录一日之事。一日之事或多或少，自然会形成一则一事或一则数事的文体形态，其中，一则一事与笔记体小说之叙事方式非常接近，若去除标明的日期，自可看作一则笔记体小说。

❶（宋）周煇撰，刘永翔校注：《清波杂志校注》，中华书局1994年版，第510页。

第五章　文言小说丛书与“说部”“小说”概念建构

古代文言小说丛书收录作品涉及“小说”“杂家”“杂史”“传记”等多种文类，有着突出的文类混杂现象，与明清时期“小说”“说部”概念建构存在明显互动关系。然而，学界对此很少关注。❶本书围绕着文言小说丛书收录作品可划归为哪些文类，文言小说丛书在官私书目中的类目归属，“说部”概念具体指称哪些文类作品，文言小说丛书对明清“小说”“说部”概念建构发挥了何种作用等系列问题，做一深入探讨，以期揭示文言小说丛书文类混杂与“说部”“小说”概念建构之互动关系。

一、文言小说丛书收录作品之文类归属

中国古代文言小说总集主要有两种形式，一种是以分门别类的类书形式从众多作品中选录而成，设置类目体系以类相从进行分类编排，如《太平广记》《宋朝事实类苑》《分门古今类事》《稗史汇编》《异物汇苑》《宋稗类钞》等，一般称为文言小说类书。此类文言小说类书选录作品，有些完整保留了原文，有些则割裂琐碎，仅选择了作品片段，或对原文进行了浓缩概述。一种是以汇刻单独著作的丛

❶ 关于“说部”概念专题研究，主要参见刘晓军：《“说部”考》，《学术研究》2009 年第 2 期；何诗海：《〈弇州四部稿〉“说部”发微》，《文学遗产》2015 年第 5 期；王炜：《“说部”之概念辨析》，《中国社会科学院研究生院学报》2017 年第 1 期。

书形式集合多种作品而成，所汇集的书籍有的首尾完整地保存了原本，有的也进行了删节选录甚至仅摘抄了一些零星的作品片段，多称为文言小说丛书，也是中国古籍丛书的重要组成部分。❶不过，所谓文言小说丛书，实际上极少仅仅专题性收录“小说”文类作品，绝大多数都是综合性混杂收录多种文类作品，以丛书中较多收录“小说”文类作品为标准来看，主要有左圭《百川学海》、吴永《续百川学海》、冯可宾《广百川学海》、陶宗仪《说郛》、佚名《五朝小说》(《魏晋小说》《唐人百家小说》《宋人百家小说》《皇明百家小说》)、陆楫《古今说海》，佚名《古今说钞》、佚名《名贤说海》、顾元庆《顾氏文房小说》《顾氏明朝四十家小说》《广四十家小说》、袁褧《前四十家小说》《后四十家小说》、王志坚《王氏说删》、佚名《今贤汇说》、邓士龙《国朝典故》、范钦《烟霞小说》、高鸣凤《新刊皇明小说今献汇言》、吴琯《古今逸史》、李栻《历代小史》、商濬《稗海》《续稗海》、佚名《稗统》《稗统后编》《稗统续编》、黄昌龄《稗乘》、佚名《历代小说》、杨仪《雪窗谭异》、佚名《说集》、冰华居士《合刻三志》、吴震方《说铃》、陈世熙《唐人说荟》等。❷

以《四库全书总目》文类归属为参照系来看，这些丛书所收录作品大部分集中于“小说”“杂家”“杂史”“传记”等，并涉及“地理”“载记”“谱录”“艺术”“诗文评”等文类(详见附录《文言小说丛书所收作品文类分布情况一览表》)。此类丛书大多数被《中国丛书综录》《中国古籍总目·丛书部》归入“汇编”之“杂纂类”而非专题性的“类编”，即被看作收录了跨“四分法”部类的多种文类的综合性丛书。

例如，《说郛》所收录的《朝野佥载》、《博物志》、《续博物志》、《剧谈录》、《渑水闲谈录》(《渑水燕谈录》)、《明皇杂录》、《稽神录》、《归田录》、《东轩笔录》、《云斋广录》、《松窗杂录》、《四朝闻见录》等大批作品归入“小说”；《经子法语》《梁溪漫

❶ 参见秦川：《中国古代文言小说总集研究》，上海古籍出版社 2006 年版。

❷ 上述作品梳理主要参考中国古籍总目编纂委员会编：《中国古籍总目·丛书部》，中华书局、上海古籍出版社 2009 年版；潘建国：《中国古代小说书目研究》之第三章“古代文言小说专科目录的萌芽、创建与完善”，上海古籍出版社 2005 年版。部分作品已佚，另有曾慥《类说》、朱胜非《绀珠集》等虽以丛书形式编纂，但主要着眼于寻章摘句，择取辞藻和典故，兼有类书和丛书特色但以类书为主，故算作文言小说类书。此外，《虞初志》《虞初新志》等主要选录单篇作品而成者，算作文言小说选本，不列入丛书范围。

志》《宾退录》《仇池笔记》《封氏闻见记》《笔记》《野客丛书》《贵耳集》《梦溪笔谈》《纬略》《扪虱新话》等大批作品归入“杂家”;《东观奏记》、《钱塘遗事》、《松漠记闻》(《松漠纪闻》)、《圣武亲征录》、《燕翼诒谋录》等归入“杂史”;《吴越春秋》、《江南别录》、《江南野录》(《江南野史》)、《邺中记》、《楚史梼杌》、《华阳国志》、《三楚新录》、《蜀梼杌》、《五国故事》、《江表志》等归入“载记”;《晏子春秋》、《韩忠献别录》(《韩魏公别录》)、《绍陶录》、《高士传》、《桐阴旧话》、《骖鸾录》、《吴船录》、《韩魏公遗事》(《韩忠献遗事》)、《范文正公遗事》(《范文正公言行拾遗录》)等归入“传记”;《北户录》、《庐山记》、《洛阳伽蓝记》、《中吴纪闻》、《长安志》、《方外志》(《天台山方外志》)、《溪蛮丛笑》、《洛阳名园记》、《北边备对》、《真腊风土记》、《桂海虞衡志》、《三辅黄图》等归入“地理”;《画鉴》、《乐府杂录》、《山水纯全集》、《羯鼓录》、《翰墨志》、《书诀墨薮》(《墨薮》)、《续书谱》、《海岳名言》、《书断》等归入“艺术类”;《云林石谱》、《宣和石谱》、《渔阳公石谱》(《石谱》)、《蟹略》、《师旷禽经》(《禽经》)、《酒经》(《北山酒经》)、《品茶要录》、《宣和北苑贡茶录》、《北苑别录》、《金漳兰谱》、《酒谱》、《竹谱》等归入“谱录”;《娱书堂诗话》、《诗谈》、《临汉隐居诗话》、《庚溪诗话》、《王公四六话》(《四六话》)、《后山诗话》等归入“诗文评”;《实宾录》《初学记》等归入“类书”。《五朝小说》除了收录大批“小说”作品外,还有《金楼子》《颜氏家训》《尚书故实》《梁溪漫志》《春渚纪闻》《仇池笔记》《青溪暇笔》《绿雪亭杂言》《戏瑕》等大批作品可归入“杂家”;《卓异记》、《篷栊夜话》(《礼白岳记》)、《云林遗事》、《国宝新编》、《吴中往哲记》等归入“传记”;《松漠纪闻》《否泰录》《天顺日录》《今言》《北还录》《使北录》《北征事迹》《南巡日录》《朝鲜纪事》等可归入“杂史”;《禽经》《鼎录》《竹谱》《茶经》《煎茶水记》《宣和北苑贡茶录》《北苑别录》《品茶要录》《茶录》等可归入“谱录”;《书品》《古画品录》《画学秘诀》《续画品录》《贞观公私画史》《五木经》《乐府杂录》《羯鼓录》等可归入“艺术”;《洛阳伽蓝记》、《佛国记》、《荆楚岁时记》、《南方草木状》、《岭表录异记》(《岭表录异》)、《北户录》、《吴地记》、《北边备对》、《艮岳记》等可归入“地理”;《诗品》、《诗谱》(《诗小谱》)、《本事诗》、《二十四诗品》等可归入“诗文评”;《小名录》《鸡肋》《侍儿小名录》等可归入“类书”。《古今说海》除收录大批“小说”作品外,还有《孔氏杂说》、《话腴》(《藏一话腴》)、《文昌杂录》、《碧湖杂记》、《霏雪录》、《损斋备忘录》等可归入“杂家”;《西使记》《桐阴旧话》《靖难功臣录》《备遗录》等可归入“传记”;《北征录》、《北征后录》(《后北征录》)、《辽志》(《契丹国志》)、《青溪寇轨》、《复辟录》等可归入“杂史”;《溪蛮丛笑》《北边备对》《桂海虞衡志》《真腊风土记》《北户录》《艮岳记》等可归入“地理”。

个别文言小说丛书也对收录作品进一步做了内部类型划分,例如,《五朝小说》之《魏晋小说》分为传奇、志怪、偏录、杂传、外乘、杂志、训诫、品藻、艺术;《唐人百家小说》分为偏录、纪载、琐记、传奇;《宋人百家小说》分偏录、琐记和传奇;《古今逸史》分为分志、合志、逸志、列传、世家;《合刻三志》分为志怪、志奇、志异、志妖、志幻、志鬼、志寓。《四库全书总目》之《古今说海》提要云:“是编辑录前代至明小说,分四部七家:一曰说选,载小录、编记二家,二曰说渊,载别传家,三曰说略,载杂记家,四曰说纂,载逸事、散录、杂纂三家。”❶《稗乘》提要云:“其类凡四:曰史略,曰训诂,曰说家,曰二氏。”❷显然,个别内部类型概念术语在一定程度上跟上述文类归属存在一定对应关系。

明清主要官私书目一般多将这些文言小说丛书归为“小说”类,也有少部分书目归入“杂史”或“类书”,至《四库全书总目》则多归入“杂家”之“杂纂之属”,“杂纂之属”案:“以上诸书,皆采摭众说以成编者。以其源不一,故悉列之杂家。”❸例如,《百川学海》著录于《国史经籍志》的“类家”和《万卷堂书目》《脉望馆书目》的“小说家”;《说郛》著录于《国史经籍志》《近古堂书目》《澹生堂藏书目》《脉望馆书目》《玄赏斋书目》《赵定宇书目》的“小说”、《四库全书总目》《万卷楼书目》的“杂家”和《千顷堂书目》的“类书”;《古今说海》著录于《澹生堂藏书目》《明史·艺文志》《万卷堂书目》《近古堂书目》《玄赏斋书目》《赵定宇书目》的“小说”、《四库全书总目》《续文献通考·经籍考》《万卷楼书目》的“杂家”和《千顷堂书目》的“类书”;《前四十家小说》《后四十家小说》《广四十家小说》著录于《澹生堂藏书目》《明史·艺文志》的“小说”和《千顷堂书目》的“类书”;《烟霞小说》著录于《澹生堂藏书目》的“小说”、《千顷堂书目》的“类书”和《四库全书总目》的“杂家”;《古

❶ (清)纪昀、陆锡熊、孙士毅等:《钦定四库全书总目》,中华书局1997年版,第1644页。
❷ 同上书,第1684页。
❸ 同上书,第1645页。

今逸史》著录于《脉望馆书目》的“小说”和《千顷堂书目》的“类书”;《历代小史》著录于《赵定宇书目》《近古堂书目》《玄赏斋书目》《脉望馆书目》的“小说”、《千顷堂书目》的“别史”、《澹生堂藏书目》的“史类杂录”、《世善堂藏书目录》的“稗史野史并杂记”和《四库全书总目》《续文献通考·经籍考》的“杂家”;《稗海大观》《续稗海》著录于《明史·艺文志》的“小说”和《千顷堂书目》的“类书”;《稗乘》著录于《澹生堂藏书目》的“小说家”和《四库全书总目》的“杂家”。

此类丛书收录作品形成如此格局,应是深受《百川学海》《说郛》影响的产物。❶虽然学界普遍认定第一部古籍丛书为《儒学警悟》❷,但古人标举丛书之始一般多追溯至《百川学海》,如钱大昕《跋〈百川学海〉》:“荟粹古人书并为一部,而以己意名之,始于左禹锡《百川学海》。”❸王鸣盛《蛾术编》中“说录”之“合刻丛书”条云:“取前人零碎著述难以单行者,汇刻为丛书。其在宋,则石庐龚士卨有《五子》合刻,鄮山左圭禹锡有《百川学海》,温陵曾慥端伯有《类说》,秀水朱胜非藏一有《绀珠集》。”❹《百川学海》《说郛》对明清文言小说丛书的编纂影响深远,这些丛书大体仿照《百川学海》《说郛》体例,收录作品性质自然基本相同。当然,文言小说丛书收录“小说”“杂家”“杂史”“传记”等多种文类作品,也与这些文类的文类性质相近、相通,并在古代文类体系中存在相互混杂的文类关系密切相关,其中,有不少作品本身就属于“小说”与“杂家”或“小说”与“杂史”“传记”混杂著录者。

不过,从另一个角度来讲,作为流行甚广的大型古籍丛书,文言小说丛书普遍收录“小说”“杂家”“杂史”“传记”等多种文类作品,也强化了这种文类混杂现象,它与明清官私书目著录“小说”“杂家”“杂史”“传记”时的文类混杂可看作一种相互影响的互动关系。

❶ 《百川学海》的起源深受类书影响,参见谢国桢:《丛书刊刻源流考》,《明清笔记谈丛》,上海古籍出版社1981年版,第202页。

❷ 参见《中国丛书综录·前言》,上海古籍出版社2019年版。

❸ (清)钱大昕著,陈文和主编:《嘉定钱大昕全集(增订本)》,凤凰出版社2016年版,第487页。

❹ (清)王鸣盛著,顾美华整理标校:《蛾术编》,上海书店出版社2012年版,第204页。

二、“说部”概念指称之相关文类

“说部”一词，首见于明代王世贞《弇州四部稿》，所谓“四部”者，即《赋部》《诗部》《文部》《说部》。“弇州说部”广为流播、备受推崇，“升庵别集、弇州说部衣被天下”❶。其后，“说部”逐步发展成为一个包含多种文类的庞杂的类目概念。当前，学界对“说部”内涵考释已较为充分，如刘晓军《“说部”考》指出“说部”概念既包括阐释义理、考辨名物的论说体，如论、说、议、辨、诗文评、说书体、学术性笔记等，也包括记载史实、讲述故事的叙事体，如史料性笔记、故事性笔记、说话、小说等，是众多文章、文体、文类的汇聚与集合，而非单一的文体概念。❷然而，前人虽然对“说部”的指称对象也有所论述，却对其对应的古代文类体系中的具体文类缺乏深入分析。

从两种“说部”典范之作来看，《弇州四部稿》之《说部》收录《札记内编》《札记外编》为有关经史的读书札记，可归入“杂家”，《左逸》《短长》为《左传》《战国策》逸文(后人伪托)，可归入“杂史”，《艺苑卮言》《卮言附录》《宛委余编》为诗文评论、考证，可归入“诗文评”。清初王士禛“渔洋说部”备受推崇、影响广泛，王澍《南村随笔序》称其“直追汉魏、媲美唐宋，为本朝说部之冠”❸，汪切轩在《寄闲斋杂志》称“近来说部无虑数十百种，吾家钝翁以为莫逾渔洋、绵津两家”❹。“渔洋说部”主要指《池北偶谈》《皇华纪闻》《居易录》《陇蜀余闻》《分甘余话》《香祖笔记》《古夫于亭杂录》等，主要为“杂家”“小说家”“传记”。另外，李日华《李竹懒先生说部全书》、许焞《说部新书》等明确称之为“说部”的丛书，所收录作品之文类也大体与此相类。

作为《四库全书总目》常见概念术语，“说部”所指称的作品涉及“小说”“杂家”“杂史”“传记”“地理”“类书”“诗文评”“史评”“谱录”等文类，大部分集中于

❶ (明) 徐枋著，黄曙辉、段晓峰点校：《居易堂集》，华东师范大学出版社 2009 年版，第 109 页。
❷ 参见刘晓军：《“说部”考》，《学术研究》2009 年第 2 期。
❸ (清) 王澍：《南村随笔》，《续修四库全书》(子部第 1137 集)，上海古籍出版社 2002 年版，第 101 页。
❹ (清) 朱淞：《寄闲斋杂志》卷六，清嘉庆二年(1797)刻本，第 1 页。

"杂家"和"小说"文类。❶如下表：

《四库全书总目》"说部"分类提要整理表

类目		作品	提要
杂史		《钱塘遗事》	大抵杂采宋人说部而成
		《南宋补遗》	殆亦抄撮宋人说部而成欤
传记	杂录之属	《吴船录》	为他说部所未载，颇足以广异闻
		《弇州史料》	是书皆采掇王世贞文集说部中有关朝野记载者，裒合成书
地理	杂记之属	《吴中旧事》	今以永乐大典所载互校补正，备元人说部之一种
	游记之属	《广志绎》《杂志》	故其体全类说部，未可尽据为考证也
史评		《史取》	盖史评之流、而其体则说部类也
谱录	草木鸟兽鱼虫	《蟥衣生马记》	较明人他说部、颇有根据
杂家	杂考之属	《猗觉寮杂记》	在宋人说部中、不失为《容斋随笔》之亚
		《能改斋漫录》	在南宋说部之中要称佳本
		《容斋随笔》《续笔》《三笔》《四笔》《五笔》	南宋说部终当以此为首焉
		《考古质疑》	在南宋说部之中，可无愧淹通之目
		《爱日斋丛抄》	凡前人说部如赵德麟、王直方、蔡絛、朱翌、洪迈、叶梦得、陆游、周必大、龚颐正、何薳、赵彦卫诸家之书，无不博引繁称，证核同异
		《湛园札记》	犹说部之有根柢者

❶ "说部"在《四库全书总目》中的用法比较复杂，不能仅仅以出现"说部"一词为标志来判定该作品被认作"说部"。这里仅指基本整体看作"说部"的作品，不包含"体兼说部""参以说部"等涉及说部的作品。

续　表

类　目		作　品	提　要
杂家	杂考之属	《订讹杂录》	大抵采集诸家说部而参以己说
		《灼薪剧谈》	然杂钞唐宋说部之文
		《修洁斋闲笔》	大抵从说部中录出
		《天禄识余》	是书杂采宋明人说部，缀缉成编
		《畏垒笔记》	在近时说部之中，犹为秩然有条理者
		《西圃丛辨》	是书杂采诸家说部，分类排比
	杂说之属	《封氏闻见记》	唐人说部、自颜师古《匡谬正俗》、李匡乂《资暇集》、李涪《刊误》之外，固罕其比偶矣
		《笔记》	然大致考据精详，非他说部游谈者比
		《文昌杂录》	王士禛称此书为说部之佳者
		《麈史》	非他家说部惟载琐事者比
		《紫微杂说》	非诸家说部所能方驾
		《墨庄漫录》	宋人说部之可观者也
		《游宦纪闻》	宋末说部之佳本也
		《密斋笔记》	要亦说部之善本也
		《涧泉日记》	在宋人说部中，固卓然杰出者也
		《隐居通议》	至于论诗论文，尤多前辈绪余，皆出于诸家说部之外
		《湛渊静语》	在元人说部之中，固不失为佳本矣
		《敬斋古今黈》	有元一代之说部，固未有过之者也
		《霏雪录》	以其可取者多，录备明初说部一家耳
		《胡文穆杂著》	此书在明初说部之中则犹为可取

续　表

类　目		作品	提　要
杂家	杂说之属	《井观琐言》	在明人说部中尚称典核
		《采芹录》	胜明人所作诸说部
		《蕉窗杂录》	钞合明人说部，诡题此名也
		《鹤山笔录》	古人于说部，往往历年成书，各种而后并归一部，此当是初本也
		《袖中锦》	其书杂抄说部之文
		《次麓子集》	是书虽以集名，实说部之类
		《览古评语》	是书师所自撰者不及十分之一，余皆杂抄宋、元、明人说部
		《厌次琐谈》	其书杂取古人说部而评论之
		《宙合编》	明代说部，大都捋扯断烂，游谈无根。兆珂又摭明人之说部而以己见断之
		《累瓦三编》	然大都钞撮说部，亦无所心得也
		《涌幢小品》	在明季说部之中，犹为质实
		《紫桃轩杂缀》	书中惟论书画，用其所长，余多剽取古人说部而隐所自来，殊无足取
		《吕氏笔奕》	大抵捃摭杨慎、王世贞、陈耀文、胡应麟、焦竑诸家说部
		《天都载》	又往往采自说部
	杂纂之属	《古今艺苑谈概》（上集、下集）	当为无知书贾钞撮说部，伪立新名也
		《初潭集》	此乃所集说部，分类凡五
		《灼艾集》	采辑唐宋以来说部
		《古今名贤说海》	所录皆明人说部，分为十集

续　表

类　目		作　品	提　要
杂家	杂纂之属	《宋贤事汇》	是编杂采史书说部所载宋人行事，分为四十三类
		《说类》	是书摘唐宋说部之文，分类编次
		《续说郛》	是编增辑陶宗仪《说郛》，迄于元代。复杂抄明人说部五百二十七种以续之，其删节一如宗仪之例。然正嘉以上，淳朴未漓，犹颇存宋元说部遗意
		《清寤斋欣赏编》	皆摭明人说部为之，犹陈继儒诸人之习气也
		《稗史汇编》	是书搜采说部，分类编次
		《洹词记事钞》	今春裒诸说部梓行之
		《掌录》	其书杂抄说部，漫无体例
		《广百川学海》	是编于正续《百川学海》之外，捃拾说部以广之
		《九朝谈纂》	辑明太祖至武宗九朝说部杂事，共为一书
		《丰暇观颐》	皆杂引文集说部，不分门目
		《寄园寄所寄》	是编采掇诸家说部，分十二门
		《绀珠集》	其书皆抄撮说部，摘录数语，分条件系，以供獭祭之用
		《事实类苑》	王士禛《居易录》称为宋人说部之宏构
		《言行龟鉴》	宋元说部诸书，每杂述诙谐，侈陈神怪，以供文士之谈资。是编所记虽平近无奇，而笃实切理，足以资人之感发
	杂品之属	《韵石斋笔谈》	犹近代说部之可观者

续 表

类目		作品	提要
杂家	杂编之属	《俨山外集》	在明人说部之中，犹为佳本
		《广快书》	所采皆取明人说部，每一书为一卷
		《溪堂丽宿集》	盖庸陋书贾抄合说部
类书		《说略》	其书杂采说部，件系条列，颇与曾慥《类说》、陶宗仪《说郛》相近
小说家	杂事之属	《因话录》	在唐人说部之中，犹为善本焉
		《铁围山丛谈》	亦说部中之佳本矣
		《南窗记谈》	盖宋人说部之通例，固无庸深诘者矣
		《闻见后录》	宋人说部，完美者稀，节取焉可矣
		《桯史》	在宋人说部之中，亦王明清之亚也
		《随隐漫录》	尤非他说部所及也
		《东南纪闻》	然大旨记述近实，持论近正，在说部之中犹为善本
		《菽园杂记》	盖自唐宋以来说部之体如是也
		《谈薮》	书中凡载杂事二十五条，皆他说部所有
		《养疴漫笔》	亦书贾从说部录出，托为旧本者也
		《三朝野史》	书仅十九条，率他说部所有
		《愿丰堂漫书》	此则所著说部也
		《客座赘语》	仍为说部体例耳
		《癸未夏钞》	其书钞撮诸家说部
		《砚北丛录》	皆杂采唐宋元明及近时说部
		《读史随笔》	然其中多采掇琐屑，类乎说部

续 表

类目		作品	提要
小家说	异闻之属	《芙蓉镜孟浪言》	本说部无稽之谈
		《鄚署杂钞》	是特说部之流，非图经之体也
诗文评		《佘山诗话》	然其文皆摭拾继儒他说部而成，殆非其本书
		《浩然斋雅谈》	其书体类说部，所载实皆诗文评
		《艺苑雌黄》 《苕溪渔隐丛话》 《诗人玉屑》 《草堂诗话》	又宋时说部诸家如胡仔《苕溪渔隐丛话》、蔡梦弼《草堂诗话》、魏庆之《诗人玉屑》之类，多有征引《艺苑雌黄》之文

作为《四库全书总目》成书过程一种稿本，翁方纲《说部杂记》收录《铁围山丛谈》《芦浦笔记》《井观琐言》《梁溪漫志》《敝帚轩剩语》《余庵杂录》《宋景文笔记》《珩璜新论》《曲洧旧闻》《寒夜录》《佩韦斋辑闻》《北轩笔记》《岁时广记》《二老堂杂志》《木笔杂抄》《湘素杂记》《肯綮录》《渔洋诗话》《师友诗传录》《诗传续录》等❶，也与最后成书使用的“说部”概念基本一致。

“说部”是一个如此庞杂的综合性文类概念，以致被看作“四部”之外可独立成部，如陈继儒《陈眉公集》卷五《藏说小萃序》：“经史子集，譬诸粱肉，读者习为故常。而天厨禁脔、异方杂俎，咀之使人有旁出之味，则说部是也。”❷王士禛《居易录自序》云：“古书目录，经史子集外厥有说部，盖子之属也。《庄》《列》诸书为《洞冥》《搜神》之祖，亦史之属也。《左传》《史》《汉》所纪述，识小者钩纂剪截，其足以广异闻者亦多矣。刘歆《西京杂记》二万许言，葛稚川以为《汉书》所不取，故知说者史之别也。唐四库书乙部史之类十三有故事杂传记，丙部子之类十七有小说家，此例之较然者也。”❸赵翼《陔余丛考》卷二十二“经史子集”条云：“近代说部之书最多，或又当作经史子集说五部也。”❹“说部”与“经史子集”并列，本身

❶ 参见张玄：《翁方纲稿本〈说部杂记〉考略》，《新世纪图书馆》2017 年第 11 期。
❷ (明) 陈继儒：《陈眉公集》，《续修四库全书》(集部第 1380 册)，上海古籍出版社 2002 年版，第 63 页。
❸ (清) 王士禛著，袁世硕主编：《王士禛全集》，齐鲁书社 2007 年版，第 3673 页。
❹ (清) 赵翼：《陔余丛考》，中华书局 1963 年版，第 423 页。

就说明它是一个包罗多种文类的部类概念。不过,它并非跟“经史子集”一样自身有着独立的文类体系,而是集中了“经史子集”中的部分文类。

《四库全书总目》“说部”与相关文类的对应关系也与古人的相关论述高度一致,如李光廷《蕉轩随录序》:“自稗官之职废,而说部始兴。唐、宋以来,美不胜收矣。而其别则有二:穿穴罅漏、爬梳纤悉,大足以抉经义传疏之奥,小亦以穷名物象数之源,是曰考订家,如《容斋随笔》《困学纪闻》之类是也;朝章国典,遗闻琐事,巨不遗而细不弃,上以资掌故而下以广见闻,是曰小说家,如《唐国史补》《北梦琐言》之类是也。作者朋兴,更相出入,编书者第从其多以归其类,而大纲既定,罕出范围。至于立言垂训,卓然自必其可传,则第视乎其书,而不系乎其体。”❶陈弘绪《寒夜录》下卷云:“说部诸书,如沈存中《梦溪笔谈》、洪容斋《随笔》、王伯厚《困学纪闻》,博极载籍,兼之辨析精当,直是案头三种大书,非他稗官家之可拟也。东坡《志林》、景纶《玉露》、《经鉏堂杂志》、《石林避暑录》,随意点染,饶有风韵,亦令读者靡靡忘倦。若岳珂之《桯史》、高似孙之《纬略》,臃肿饾饤,绝少生动,真所谓詅痴符耳。”❷近代学者刘师培界定“说部”也主要延续、总括清人之说,如《论说部与文学之关系》称“说部”:“一曰考古之书,于经学则考其片言,于小学或详其一字,下至子史,皆有诠明,旁及诗文,咸有纪录,此一类也。一曰记事之书,或类辑一朝之政,或详述一方之闻,或杂记一人之事,然草野载笔,黑白杂淆,优者足补史册之遗,下者转昧是非之实,此又一类也。一曰稗官之书,巷议街谈,辗转相传,或陈福善祸淫之迹,或以敬天明鬼为宗,甚至记坛宇而陈仪迹,因祠庙而述鬼神,是谓齐东之谈,堪续《虞初》之著,此又一类也。”❸显然,这些论述与《四库全书总目》“说部”概念指称的文类也基本吻合,即主要指“杂家”“小说”以及“杂史”“传记”等,实际上反映了清人的一种共识。当然,除了“小说”之外,“说部”指称对应的“杂家”“杂史”“传记”等文类,并非其全部作品,而往往特指其中某一部分,如“杂家”主要指其中的“杂考”“杂说”“杂编”,“杂史”“传记”主要指其中的琐碎、妄诞之作。

❶ (清)方濬师撰,盛冬铃点校:《蕉轩随录》,中华书局1995年版,第1页。
❷ (明)陈弘绪:《寒夜录》,《续修四库全书》(子部第1134册),上海古籍出版社2002年版,第719页。
❸ 汪宇编:《刘师培学术文化随笔》,中国青年出版社1999年版,第21页。

“说部”概念指称的相关文类对象有助于深入理解其内涵，“说部”指称的“杂家”大体界定为文人学者考证议论、叙述杂事、辑录杂纂的多种类型的笔记杂著、杂编，如“杂家”的“杂考”“杂说”“杂编”：“辨证者谓之‘杂考’，议论而兼叙述者谓之‘杂说’，……类辑旧文、涂兼众轨者谓之‘杂纂’。”❶“杂考之属”案：“考证经义之书，始于《白虎通义》。蔡邕《独断》之类，皆沿其支流。至唐而《资暇集》《刊误》之类为数渐繁，至宋而《容斋随笔》之类动成巨帙。其说大抵兼论经、史、子、集，不可限以一类，是真出于议官之杂家也。”❷“杂说之属”案：“杂说之源，出于《论衡》。其说或抒己意，或订俗讹，或述近闻，或综古义，后人沿波，笔记作焉。大抵随意录载，不限卷帙之多寡，不分次第之先后。兴之所至，即可成编。故自宋以来，作者至夥，今总汇之为一类。”❸“杂纂之属”案：“以上诸书，皆采摭众说以成编者。以其源不一，故悉列之杂家。《吕览》《淮南子》《韩诗外传》《说苑》《新序》亦皆缀合群言。然不得其所出矣，故不入此类焉。”❹“说部”指称的“小说”“传记”“杂史”等基本都属于“正史”之外载录各类人物事迹、传闻的野史、稗史，文类性质具有高度相通性，文人学者也基本将其看作性质相通的大文类，如参寥子《唐阙史序》：“故自武德、贞观而后，吮笔为小说小录、稗史野史、杂录杂纪者，多矣。”❺又如：“莫谬乱于史，盖有实故事而以为杂史者，实杂史而以为小说者。”❻总体来看，“说部”应统称文人学者通用的个体性较强的各类议论、考证、叙事的杂著、杂编。

三、文言小说丛书对于“小说”“说部”概念建构的作用

明清时期，文言小说丛书被普遍称为“说部”，如顾千里《重刻古今说海序》：

❶ （清）纪昀、陆锡熊、孙士毅等：《钦定四库全书总目》，中华书局 1997 年版，第 1563 页。
❷ 同上书，第 1600 页。
❸ 同上书，第 1636 页。
❹ 同上书，第 1645 页。
❺ （唐）高彦休：《唐阙史》，陈尚君、杨国安整理，车吉心总主编：《中华野史 · 唐朝卷》，中国戏剧出版社 2002 年版，第 795 页。
❻ （元）马端临：《文献通考》，中华书局 2011 年版，第 565 页。

"说部之书,盛于唐、宋,凡见著录,无虑数千百种,而其能传者则有赖汇刻之力居多。盖说部者,遗闻轶事,丛残璅屑,非如经义、史学、诸子等各有专门名家,师承授受,可以永久勿坠也。独汇而刻之,然后各书之势常居于聚,其于散也较难。储藏之家,但费收一书之劳,即有累若干书之获,其搜求也较便。各书各用,而用乎此者亦不割弃乎彼,牵连倚毗,其流布也较易。故自左禹圭以下,汇刻一途,日增月辟,完好具存,而唐、宋说部书之传不在汇刻中者,固已屈指寥寥矣。"❶吴震方《说铃》卷首之徐倬《序》云:"盖说家之书,自周秦历汉,由来已久。后此作者纷挐,奇闻异见,汗漫无稽,遂有好学深思之士汇而集之,裒成巨帙,所传《唐语林》,集唐小说五十家,今已不可见。其灼灼昭人耳目者,则陶南邨之《说郛》,杨升庵之《丹铅录》,陈仲醇之《秘笈》,毛子晋之《津逮秘书》,皆卓然称大观焉。"❷褚人获《增删坚瓠集》卷首之汪士通《序》云:"自《汉魏丛书》行,唐宋元明以来说家踵之。其博综以成一家言者,如《说海》《说郛》等类是也。近则有《说铃》,荟萃本朝诸名家说部矣。"❸桑调元《放歌奉赠翟晴江(灏)即留别》有句云:"经史子集列四库,祸首说部标郛铃。"❹王文濡《古今说部丛书序》云:"仿《说荟》《说海》《说郛》《说铃》《朝野汇编》之例,汇而集之,俾成巨帙。"❺此类文言小说丛书在《四库全书总目》中也被统称为取材"说部",如《续说郛》提要:"是编增辑陶宗仪《说郛》,迄于元代,复杂抄明人说部五百二十七种以续之。"❻《稗史汇编》提要云:"是书搜采说部,分类编次,……是直割裂说部诸编,苟盈卷帙耳。"❼《广百川学海》提要云:"是编于正、续《百川学海》之外,捃拾说部以广之。"❽《古今名贤说海》提要云:"所录皆明人说部,分为十集。"❾这实际上将这些文言小说丛书整体看作"说部"。

这应源于"说部"概念指称的相关文类与文言小说丛书收录作品的文类归属具有高度一致性,两者应是一种相互建构的互动关系。一方面,"说部"概念指称

❶ (清)顾广圻著,王欣夫辑:《顾千里集》,中华书局2007年版,第163页。
❷ (清)徐倬:《修吉堂文稿》,《清代诗文集汇编》(第86册),上海古籍出版社2010年版,第566页。
❸ (清)褚人获著,(清)汪燮辑,(清)师善堂编:《增删坚瓠集》,清乾隆二十一年(1756)刊本,第1页。
❹ (清)桑调元、林旭文点校:《桑调元集》,浙江古籍出版社2016年版,第1315页。
❺ 国学扶轮社辑:《古今说部丛书》,上海文艺出版社1991年版,第2页。
❻ (清)纪昀、陆锡熊、孙士毅等:《钦定四库全书总目》,中华书局1997年版,第1743页。
❼ 同上书,第1744页。
❽ 同上书,第1747页。
❾ 同上书,第1738页。

的相关文类与文言小说丛书所收录作品大体吻合，因此，文言小说丛书被普遍称为“说部”。另一方面，文言小说丛书被称为“说部”，又会强化人们对“说部”概念所指称文类的认识，从某种意义上说，“说部”概念的指称对象就是在两者互动中逐步建构起来的。

“说部”概念还曾进一步泛化，不但文言小说类书被称为“说部”，如黄晟《重刊太平广记序》云：“内之可以参性命之精，外之可以通术数之用，远之可以周应世之务，近之可以供吟咏之资，洵哉说部之弁冕也。”❶而且，综合性类书也被个别文人学者称为“说部”，如沈德潜称：“说部之书，昉于宋临川王《世说新语》。后，虞世南《北堂书钞》、徐坚《初学记》、白居易《六帖》继之。而宋代《太平御览》……尤称一代大观。”❷此外，白话通俗小说也被称为“说部”，如王韬《海上尘天影叙》：“历来章回说部中，《石头记》以细腻胜，《水浒传》以粗豪胜，《镜花缘》以苛刻胜，《品花宝鉴》以含蓄胜，《野叟曝言》以夸大胜，《花月痕》以情致胜。是书兼而有之，可与以上说部家分争一席，其所以誉者如此。”❸“说部”概念泛化，充分说明其模糊性以及变动拓展性。其中，“说部”指称白话通俗小说还发展成为一个比较流行的用法。

文言小说丛书与“小说”概念建构也有着明确互动关系。绝大多数文言小说丛书并非单纯收录“小说”文类，而是并收“小说”“杂家”“杂史”“传记”以及“地理”“载记”“谱录”“艺术”“诗文评”等多种文类，刊刻流行后被官私书目著录于“小说家”，在部分私家书目中还特称为“说汇”“说丛”，如《澹生堂藏书目》“小说家·说汇”著录有《类说》《说郛》等，“小说家·说丛”著录有《稗海大观》《古今说海》《前四十家小说》《广四十家小说》《后四十家小说》《烟霞小说》《名贤说海》《稗乘》等。❹祁理孙《奕庆藏书楼书目》卷三“稗乘家·说丛”著录有《唐人百家小说》《宋人百家小说》《皇明百家小说》《魏晋百家小说》等。显然，官私书目将文言小说丛书著录于“小说”会一定程度推动“小说”文类概念泛化。“小说”概念本身就

❶ 丁锡根编著：《中国历代小说序跋集》，人民文学出版社 1996 年版，第 1771—1772 页。

❷ （清）袁栋：《书隐丛说》，《续修四库全书》（子部第 1137 册），上海古籍出版社 2002 年版，第 399 页。

❸ （清）邹弢：《海上尘天影》，《古本小说集成》（第 2 辑），上海古籍出版社 2017 年版，第 2 页。

❹ 《澹生堂藏书目》另在子类设置有“丛书”，“丛书”之下亦设有“说汇”，与“小说家”之“说丛”收录部分作品相同。

是一个或宽或严的具有一定模糊性的文类概念，如胡应麟《少室山房笔丛·九流绪论下》将“小说”分为“志怪”“传奇”“杂录”“丛谈”“辨订”“箴规”等六家，《澹生堂藏书目》“小说家”分为“说汇”“说丛”“佳话”“杂笔”“闲适”“清玩”“记异”“戏剧”，就是一个相对比较宽泛的概念，而且“小说”与“杂史”“传记”“杂家”存在比较突出的文类混杂现象，其指称对象也涉及这些相关文类。因此，广义的“小说”概念的内涵和指称对象本身就与“说部”概念比较接近。文言小说丛书被普遍称为“说部”，同时被归为“小说”，自然就更容易造成广义的“小说”概念与“说部”概念的混同，如叶向高、林茂槐《说类》，其《序》称：“偶得一书，皆唐宋小说数十种，摘其可广闻见、供谈资者。”❶《四库全书总目》则称：“是书摘唐、宋说部之文，分类编次，每类之下，各分子目。”❷不过，需要指出的是，“小说”被称为“说部”，或是广义的“小说”概念等同于“说部”，或是狭义的“小说”文类仅仅作为“说部”的一个组成部分，实际上存在两种不同情况。

明清时期，大量谱录、小品之作被官私书目明确著录于“小说”，一方面是延续《新唐书·艺文志》《崇文总目》《宋史·艺文志》中“小说家”著录谱录之作的传统，另一方面，也应可看作文言小说丛书与“小说”“说部”概念建构互动的结果，如《山林经济籍》被《澹生堂藏书目》《千顷堂书目》《明史·艺文志》著录于“小说家”，收录《叙籍原起》《隐逸首策》《群书品藻》《书画金汤》《护书》《山林友议》《处约》《隐览》《食时五观》《文字饮》《闲人忙事》《燕闲类纂》《韦弦佩》《广放生论》《卦玩》《读书十六观》《燕史固书》《曲部觥述》《牡丹荣辱志》《瓶史索隐》《香聯》《茗笈》《野菜谱》《五子谐策》《园阁谈言》。《山居杂志》被《澹生堂藏书目》著录于“小说家”，收录《南方草木状》《笋谱》《竹谱》《梅谱》《洛阳牡丹记》《牡丹荣辱志》《天彭牡丹记》《亳州牡丹记》《芍药谱》《海棠谱》《荔枝谱》《橘谱》《百菊杂谱》《茶经》《茶谱》《酒谱》《蔬食谱》《菌谱》《野菜谱》《蟹谱》《禽虫述》。《欣赏编》和《欣赏续编》被《澹生堂藏书目》著录于“小说家”，前者收录《集古考图》《汉晋印章图谱》《文房图赞》《续文房图赞》《茶具图赞》《砚谱》《燕几图》《古局象棋图》《谱双》《打

❶ (明) 叶向高、林茂槐：《说类·说类序》，《四库全书存目丛书》(子部第132册)，齐鲁书社1995年版，第1页。

❷ (清) 纪昀、陆锡熊、孙士毅等：《钦定四库全书总目》，中华书局1997年版，第1741页。

马图》，后者收录《诗法》《奕选》《绘妙》《词评》《曲藻》《大石山房十友谱》《茶谱》《除红谱》《牌谱》《保生心鉴》。自《遂初堂书目》始设立“谱录”类之后，官私书目一般多将此类作品著录于“谱录”，明清部分书目将其归入“小说”，应与其普遍收入文言小说丛书被时人看作“小说”密切相关。此类作品也被明确称为“说部”，也被看作“说部”的组成部分，如屠继《考槃余事·跋》称：“唐宋以来，文人学士耳闻目见，俱以说部相尚，其间详艺苑之闲情，志山家之清供，惟赵氏《洞天清录》、曹氏《格古要论》，为别成一格。”❶

附录　文言小说丛书收录作品文类分布情况一览表❷

<table>
<tr><td rowspan="5">《百川学海》一百种（宋）左圭编</td><td>小说家</td><td>《前定录》《续前定录》《河东先生龙城录》(《龙城录》)《开天传信记》《孙公谈圃》《可谈》(《萍洲可谈》)《王文正公笔录》(《王文正笔录》)《国老谈苑》《苏黄门龙川略志》(《龙川略志》)《牡丹荣辱志》《道山清话》《丁晋公谈录》</td></tr>
<tr><td>杂家</td><td>《中华古今注》(《古今注》)《善诱文》《释常谈》《厚德录》《东坡先生志林集》(《东坡志林》)《晁氏客语》《欧阳文忠公试笔》(《试笔》)《鼠璞》《萤雪丛说》(《萤雪丛书》)《济南先生师友谈记》(师友谈记)《东谷所见》《春明退朝录》《祛疑说》《独断》《宋景文公笔记》(《笔记》)《挥麈录》(《诚斋挥麈录》)《学斋占毕》《栾城先生遗言》(《栾城遗言》)《西畴老人常言》(《西畴常言》)</td></tr>
<tr><td>谱录</td><td>《梅谱》(《范村梅谱》)《茶经》《酒谱》《竹谱》《洛阳牡丹记》《香谱》《菊谱》(《范村菊谱》范成大)《东溪试茶录》《菊谱》(《史氏菊谱》史正志)《煎茶水记》《菊谱》(《刘氏菊谱》)《菌谱》《笋谱》《本心斋疏食谱》(《疏食谱》)《砚史》《古今刀剑录》(《刀剑录》)《海棠谱》《蟹谱》《歙州砚谱》《歙砚说》《辨歙石说》《茶录》《师旷禽经》(《禽经》)《橘录》《端溪砚谱》</td></tr>
<tr><td>艺术</td><td>《高宗皇帝御制翰墨志》(《翰墨志》)《书谱》《续书谱》《米元章书史》(《书史》)《宝章待访录》《海岳名言》</td></tr>
<tr><td>诗文评</td><td>《庚溪诗话》《竹坡老人诗话》(《竹坡诗话》)《许彦周诗话》(《彦周诗话》)《后山居士诗话》(《后山诗话》)《四六谈麈》《珊瑚钩诗话》《王公四六话》(《四六话》)《刘攽贡父诗话》(《中山诗话》)《东莱吕紫微诗话》(《紫微诗话》)《石林诗话》《六一居士诗话》(《六一诗话》)</td></tr>
</table>

❶ (明) 屠隆撰，秦躍宇点校：《考槃余事》，凤凰出版社 2017 年版，第 131 页。
❷ 文言小说丛书收录作品以《中国古籍总目·丛书部》(中华书局、上海古籍出版社 2013 年版) 著录作品为准，其文类归属以《四库全书总目》(中华书局 1997 年版) 著录为准。

续表

丛书	类别	子类	书目
《百川学海》一百种（宋）左圭编	其他	小学类	《九经补韵》
		杂史类	《宋朝燕翼诒谋录》(《燕翼诒谋录》)
		传记类	《文正王公遗事》(《王文正公遗事》) 《韩忠献公遗事》(《韩忠献遗事》)
		地理类	《南方草木状》
		职官类	《官箴》《昼帘绪论》《翰林志》《淳熙玉堂杂纪》(《玉堂杂记》)
		目录类	《法帖刊误》《子略四卷目》(《子略》)《法帖释文》
		儒家类	《圣门事业图》《渔樵对问》
		类书类	《鸡肋》
		道家类	《名山洞天福地记》(《洞天福地岳渎名山记》)
		总集类	《选诗句图》(《文选句图》)
		别集类	《献丑集》《骚略》
《续百川学海》一百三十一种（明）吴永编	小说家		《五色线》《幽闲鼓吹》《南唐近事》《开元天宝遗事》《朝野佥载》《桂苑丛谈》《乐郊私语》《国老谈苑》《孙公谈圃》《道山清话》《刘宾客嘉话录》《养疴漫笔》《遂昌杂录》《铁围山丛谈》《归田录》《还冤记》《博异志》(《博异记》)《集异记》《集异志》《教坊记》
	杂家		《古今考》《中华古今注》(《古今注》)《兼明书》《两同书》《鼠璞》《蠡海录》(《蠡海集》)《萤雪丛说》(《萤雪丛书》)《晁氏客语》《碧湖杂记》《卧游录》《厚德录》《乐善录》《麟书》
	传记		《西使记》《桐阴旧话》《吴船录》《骖鸾录》《入蜀记》
	杂史		《焚椒录》《东观奏记》《松漠纪闻》《续松漠纪闻》《青溪寇轨》
		载记类	《晋史乘》《楚史梼杌》《蜀梼杌》《邺中记》《三楚新录》《江南野录》(《江南野史》)《江南别录》
		别史类	《辽志》(《契丹国志》)《金志》(《大金国志》)
	谱录		《煎茶水记》《墨经》《鼎录》
	艺术		《书品》《衍极》《续画品录》《贞观公私画史》《名画记》(《历代名画记》)《画梅谱》(《华光梅谱》)《画竹谱》(《竹谱详录》)《乐府杂录》《羯鼓录》《丸经》《五木经》

丛书	类别	子类	书目
《续百川学海》一百三十一种（明）吴永编	诗文评		《深雪偶谈》《诗式》《诗品》《二十四诗品》(《诗品》)
	类书		《小名录》《侍儿小名录》
	地理		《北边备对》《溪蛮丛笑》《北户录》《吴地记》《岁华纪丽谱》(《记丽谱》)《蜀锦谱》《蜀笺谱》(《笺纸谱》)
	其他	诗类	《毛诗草木鸟兽虫鱼疏》
		小学类	《小尔雅》
		儒家类	《女孝经》
《广百川学海》一百十八种（明）冯可宾编	小说家		《玉堂漫笔》《金台纪闻》《翦胜野闻》《觚不觚录》《谿山余话》《昨梦录》《括异志》《杜阳杂编》《双溪杂记》
	杂家		《正朔考》《蜩笑偶言》《玉笑零音》《春雨杂述》《病榻寤言》《韦弦佩》《枕谭》(《枕谈》)《群碎录》《物异考》《空同子》《长者言》(《安得长者言》)《岩栖幽事》《交友论》
	传记		《掾曹名臣录》《备遗录》《贫士传》
	谱录		《古奇器录》《茶疏》《觞政》《瓶花谱》《学圃杂疏》
	艺术		《丹青志》(《吴郡丹青志》)《书画史》《画说》《画禅》《竹派》(《湖州竹派》)《学古编》《古今印史》《奕律》(《弈律》)
	地理		《使高丽录》(《宣和奉使高丽图经》)《蜀都杂抄》《泉南杂志》《海槎余录》《瀛涯胜览》《闽部疏》
	其他	儒家类	《圣学范围图说》(《圣学范围图》)
		天文算法类	《戊申立春考证》
		杂史类	《复辟录》
		载记类	《滇载记》
		农家类	《农说》
		道家类	《真灵位业图》《香案牍》
		医家类	《褚氏遗书》
		诗文评类	《艺圃撷余》
		词曲类	《词旨》《乐府指迷》

《说郛》一百卷五百三十五种（元）陶宗仪编	小说家		《朝野佥载》《博物志》《续博物志》《剧谈录》《渑水闲谈录》（《渑水燕谈录》）《明皇杂录》《稽神录》《归田录》《东轩笔录》《云斋广录》《松窗杂录》《四朝闻见录》《随隐漫笔》（《随隐漫录》）《西京杂记》《述异记》《搜神记》《续搜神记》（《搜神后记》）《古杭杂记》（《古杭杂记诗集》）《汉武内传》（《汉武帝内传》）《桂苑丛谈》《玉壶清话》（《玉壶野史》）《贾氏谈录》《中朝故事》《步里客谈》《鉴戒录》《金华子杂录》（《金华子》）《教坊记》《茅亭客话》《博异志》（《博异记》）《因话录》《幽怪录》《续幽怪录》《泊宅编》《洞冥记》（《汉武洞冥记》）《遂昌山樵杂录》（《遂昌杂录》）《甘泽谣》《铁围山丛谈》《儒林公议》《南唐近事》《幽闲鼓吹》《刘宾客嘉话录》《渔樵问话》（《渔樵闲话》）《昨梦录》《杜阳杂编》《鸡肋编》《宣室志》《独异志》《云溪友议》《云仙散录》（《云仙杂记》）《高斋漫录》《山房随笔》《朝野遗记》《拾遗记》《侯鲭录》《汉孝武故事》（《汉武故事》）《酉阳杂俎》《酉阳杂俎续集》《陶朱新录》《投辖录》《次柳氏旧闻》《炀帝开河记》（《开河记》）《括异志》《钱氏私志》《默记》《北梦琐言》《过庭录》《洛阳搢绅旧闻记》（《洛阳缙绅旧闻记》）《清异录》《开颜录》（《开颜集》）《续齐谐记》《孙公谈圃》《龙城录》（《河东先生龙城录》）《国史补》（《唐国史补》）《甲申杂记》《闻见近录》《随手杂录》《道山清话》《青箱杂记》《世说》（《世说新语》《新语》）《桯史》《国老谈苑》《夷坚志阴德》（《夷坚支志》）《效颦集》《前定录》《续前定录》
	杂家		《经子法语》《梁溪漫志》《宾退录》《仇池笔记》（《仇池笔谈》）《封氏闻见记》《笔记》《野客丛书》《贵耳集》（《贵耳录》）《梦溪笔谈》《纬略》《扪虱新话》《乙卯避暑录话》（《避暑录话》）《兼明书》《志雅堂杂抄》《吹剑录》《西溪丛语》《嫩真子录》（《懒真子》）《冷斋夜话》《缃素杂记》（《靖康缃素杂记》）《意林》《洞天清录集》（《洞天清录》）《却扫编》《游宦纪闻》《芥隐笔记》《爱日斋丛钞》《刘子》《淮南子》《石林燕语》《鹤林玉露》《藏一话腴》（《话腴》）《坦斋通编》《碧湖杂记》《昭德新编》《岩下放言》《困学斋杂录》《慎子》《春渚纪闻》《化书》《涧泉日记》《子华子》《尹文子》《公孙龙子》《鬻子》《墨子》《五总志》《识遗》《演繁露》《灌畦暇语》《景行录》《释常谈》《善诱文》《萤雪丛书》（《萤雪丛说》）《鬼谷子》《祛疑说》《东谷所见》《栾城遗言》《西畴常言》《云麓漫抄》《樵谈》《学斋占哔》（《学斋占毕》）《试笔》（《欧阳文忠公试笔》）《资暇集》《独断》《物类相感志》《晁氏客语》《乐善录》《皇朝类苑》（《事实类苑》）《鼠璞》《中华古今注》（《古今注》）《论衡》《随笔》（《容斋随笔》）
	传记		《晏子春秋》《韩忠献别录》（《韩魏公别录》）《绍陶录》《高士传》《桐阴旧话》《骖鸾录》《吴船录》《韩魏公遗事》（《韩忠献遗事》）《范文正公遗事》（《范文正遗迹》）
	杂史		北征记（《后北征记》）《东观奏记》《钱塘遗事》《松漠记闻》（《松漠纪闻》）《圣武亲征录》（《皇元圣武亲征录》）《诒谋录》（《燕翼诒谋录》）
		载记类	《吴越春秋》《江南别录》《江南野录》（《江南野史》）《邺中记》《楚史梼杌》《华阳国志》《三楚新录》《蜀梼杌》《五国故事》《江表志》

续 表

《说郛》一百卷五百三十五种（元）陶宗仪编	谱录	《云林石谱》《宣和石谱》《渔阳公石谱》(《石谱》)《蟹略》《师旷禽经》(《禽经》)《酒经》《品茶要录》《宣和北苑贡茶录》《北苑别录》《金漳兰谱》《酒谱》《竹谱》《菊谱》(《刘氏菊谱》)《刀剑录》(《古今刀剑录》)《橘录》《荔枝谱》《砚史》《砚谱》《端溪砚谱》《茶录》《煎茶水记》《茶经》《香谱》	
	艺术	《画鉴》《乐府杂录》《山水纯全集》《羯鼓录》《翰墨志》《书诀墨薮》(《墨薮》)《续书谱》《海岳名言》《书断》	
	诗文评	《娱书堂诗话》《诗谈》《临汉隐居诗话》《庚溪诗话》《王公四六话》(《四六话》)《后山诗话》《碧溪诗话》(《溪诗话》)	
	类书	《实宾录》《初学记》	
	地理	《北户录》《庐山记》《洛阳伽蓝记》《中吴纪闻》《长安志》《方外志》(《天台山方外志》)《溪蛮丛笑》《洛阳名园记》《北边备对》《真腊风土记》《桂海虞衡志》《三辅黄图》《梦华录》(《东京梦华录》)	
	其他	春秋类	《春秋繁露》
		编年类	《大事记》(《大事纪》)
		史钞类	《史记法语》
		职官类	《官箴》《玉堂杂记》《翰林志》《续翰林志》
		政书类	《建炎以来朝野杂记》
		目录类	《兰亭博议》(《兰亭考》)
		儒家类	《曾子》《辨惑论》(《辨惑编》)《孔丛子》《傅子》
		法家类	《邓析子》《折狱龟鉴》《管子》
		医家类	《褚氏遗书》
		术数类	《京房易传》(《京氏易传》)
		释家类	《神僧传》
		道家类	《列仙传》《神仙传》《续仙传》(《续神仙传》)《集仙传》《关尹子》《真诰》《席上腐谈》《抱朴子》《天隐子》《庚桑子》(《亢仓子》)《文子》
		别集类	《鲸背吟集》《献丑集》
		诗类	《韩诗外传》
		词曲类	《碧鸡漫志》

续　表

《五朝小说》五百二十三种（明）□□编	小说家		《穆天子传》《汉武帝内传》《续齐谐记》《还冤记》（《还冤志》）《搜神记》《搜神后记》《别国洞冥记》（《汉武洞冥记》）《述异记》《异苑》《西京杂记》《汉杂事秘辛》《海内十洲记》《拾遗名山记》（《拾遗记》）《神异经》《次柳氏旧闻》《松窗杂录》《龙城录》（《河东先生龙城录》）《朝野佥载》《中朝故事》《杜阳杂编》《幽闲鼓吹》《刘宾客嘉话录》《桂苑丛谈》《迷楼记》《集异记》《博异志》（《博异记》）《海山记》《幽怪录》《续幽怪录》《前定录》《开元天宝遗事》《开河记》《剑侠传》《教坊记》《钱氏私志》《渑水燕谈录》《茅亭客话》《清夜录》《玉壶清话》（《玉壶野史》）《儒林公议》《桯史》《默记》《谈薮》《铁围山丛谈》《东轩笔录》《陶朱新录》《投辖录》《剧谈录》《昨梦录》《拊掌录》《睽车志》《道山清话》《鸡肋编》《泊宅编》《鉴戒录》《括异志》《菽园杂记》《碧里杂存》《西樵野记》《二酉委谭》（《二酉委谈》）《病逸漫记》《高坡异纂》《春风堂随笔》《寓圃杂记》《近峰闻略》《翦胜野闻》《觚不觚录》《谿山余话》《见闻纪训》《先进遗风》《快雪堂漫录》
	杂家		《金楼子》《颜氏家训》《尚书故实》《梁溪漫志》《春渚纪闻》《曲洧旧闻》（《曲消旧闻》）《话腴》（《藏一话腴》）《贵耳录》（《贵耳集》）《吹剑录》《仇池笔记》《仇池笔记》《石林燕语》《岩下放言》《避暑录话》《游宦纪闻》《嬾真子录》（《懒真子》）《东谷所见》《齐东埜语》（《齐东野语》）《西溪藂语》（《西溪丛语》）《云谷杂记》《坦斋通编》《释常谈》《物类相感志》《古穰杂录》《田居乙记》《三馀赘笔》《听雨纪谈》《推篷寤语》《书肆说铃》《意见》《琅琊漫抄》《震泽长语》《青岩丛录》《东谷赘言》《雨航杂录》《晁采清课》（《晁采馆清课》）《脚气集》《青溪暇笔》《绿雪亭杂言》《群碎录》《戏瑕》
	传记		《英雄记钞》（《汉末英雄记》）《卓异记》《篷栊夜话》（《礼白岳记》）《云林遗事》《国宝新编》《吴中往哲记》
	杂史		《避戎嘉话》（《避戎夜话》）《松漠纪闻》《否泰录》《天顺日录》《今言》《北还录》《北使录》（《出使录》《使北录》）《北征事迹》《南巡日录》《朝鲜纪事》《抚安东夷记》（《抚安辽东记》）《哈密国王记》（《兴复哈密记》）《逊国记》（《革除逸史》）
		载记类	《邺中记》《江南野录》（《江南野史》）
	谱录		《刀剑录》（《古今刀剑录》）《禽经》《鼎录》《竹谱》《茶经》《煎茶水记》《宣和北苑贡茶录》《北苑别录》《品茶要录》《茶录》《蔬食谱》（《疏食谱》）
	艺术		《书品》《古画品录》《后画品录》（《续画品》）《画学秘诀》《续画品录》《贞观公私画史》《五木经》《乐府杂录》《羯鼓录》
	诗文评		《诗品》《诗谱》（《诗小谱》）《本事诗》《二十四诗品》（《诗品》）《深雪偶谈》
	类书		《小名录》《鸡肋》《侍儿小名录》《侍儿小名录》（《补侍儿小名录》）《侍儿小名录》（《续补侍儿小名录》）《侍儿小名录》（《侍儿小名录拾遗》）
	地理		《洛阳伽蓝记》《佛国记》《荆楚岁时记》《南方草木状》《岭表录异记》（《岭表录异》）《北户录》《吴地记》《北边备对》《艮岳记》《六朝事迹》（《六朝事迹编类》）

《五朝小说》五百二十三种（明）□□编	其他	小学类	《輶轩绝代语》（《方言》）
		史评类	《登涉符箓》（《涉史随笔》）
		儒家类	《后渠漫记》（《后渠庸书》）
		农家类	《齐民要术》《耒耜经》
		医家类	《褚氏遗书》
		天文算法类	《星经》
		类书类	《群辅录》（《圣贤群辅录》）
		释家类	《神僧传》
		道家类	《冥通记》《真灵位业图》《列仙传》《神仙传》《续神仙传》（《续仙传》）《席上腐谈》
		别集类	《唵呓集》《登西台恸哭记》（《西台恸哭记注》）
《王氏说删》一百十八种（明）王志坚编	小说家	《归田录》《龙川别志》《后山谈丛》《可谈一卷》《清虚杂记》（《甲申杂记》）《画墁录》《南唐近事》《因话录》《南部新书》《玉泉子》《道山清话》《国老谈苑》《渑水燕谈录》《青箱杂记》《东轩笔录》《儒林公议》《随隐漫录》《泊宅编》《桯史》《墨客挥犀》《侯鲭录》《遂昌杂录》《乐郊私语》《清波杂志》《辍耕录》《癸辛杂识》《水东日记》《菽园杂记》《谿山余话》《金台纪闻》《愿丰堂漫书》《玉堂漫笔》《摭言》（《唐摭言》十五卷）《觚不觚录》《二酉委谭》	
	杂家	《尚书故实》《东坡志林》《师友谈记》《贵耳集》《梦溪笔谈一卷补笔谈一卷》（《梦溪笔谈二十六卷补笔谈二卷续笔谈一卷》）《石林燕语》《避暑录话》《岩下放言》《梁溪漫志》《寓简》《宾退录》《墨庄漫录》《冷斋夜话》《云麓漫钞》《鼠璞》《晁氏客语》《乐善录》《嬾真子录》（《懒真子》）《经外杂钞》《心传录》《能改斋漫录》《野客丛谈》（《野客丛书》）《鹤林玉露》《困学纪闻》《齐东野语》《雨航杂录》《蜩笑偶言》《笔畴》《说储》《余冬序录》《长水日钞》《寤言》（《病榻寤言》）《耄余杂识》《震泽长语》《七修类稿》《澹思子》《窥天外乘》《焦氏笔乘》	
	诗文评	《六一诗话》《后山诗话》《珊瑚钩诗话》《竹坡诗话》《庚溪诗话》《许彦周诗话》（《彦周诗话》）《石林诗话》《林下偶谭》（《荆溪林下偶谈》）《艺圃撷余》	
	其他	杂史类	《世庙识余录》
		史评类	《史通》
		儒家类	《说苑》《袁氏世范录》（《袁氏世范》）
		释家类	《道院集要》
		道家类	《席上腐谈》

续 表

丛书	类别	子类	书目
《阳山顾氏文房小说》（明）顾元庆编撰	小说家		《博异志》《松窗杂录》《次柳氏旧闻》《集异记》《幽闲鼓吹》《开元天宝遗事》《续齐谐记》《海内十洲记》《汉武帝别国洞冥记》（《汉武洞冥记》四卷）《刘宾客嘉话录》
	杂家		《古今注》（《中华古今注》）《卧游录》《宜斋野乘》《芥隐笔记》《资暇集》
	诗文评		《文录》（《唐子西文录》）《深雪偶谈》《钟嵘诗品》（《诗品》）《本事诗》
	其他	小学类	《小尔雅》（《崔氏小尔雅》）
		杂史类	《松漠记闻二卷补遗一卷》（《松漠纪闻》《续》一卷）
		传记类	《卓异记》
		地理类	《洛阳名园记》
		艺术类	《德隅斋画品》
		谱录类	《鼎录》
《顾氏明朝四十家小说》四十种（明）顾元庆编	杂家		《读书笔记》《听雨纪谈》《琅琊漫抄》《青溪暇笔》《景仰撮书》
	传记		《稗史集传》（《稗传》）《西征记》《云林遗事一卷附录一卷》《国宝新编》《七人联句诗记》《吴郡二科志》（《二科志》）《吴中往哲记》
	其他	杂史类	《避戎夜话》《否泰录》
		目录类	《瘗鹤铭考》
		儒家类	《近言》
		艺术类	《寓意编》
		小说家类	《剪胜野闻》《病逸漫记》
		别集类	《谈艺录》
		诗文评类	《夷白斋诗话》《存余堂诗话》
《广四十家小说》四十种（明）顾元庆编	小说家		《渔樵闲话》《云仙散录》（《云仙杂记》）《贾氏谈录》《陶朱新录》《冀越集》（《冀越集记》）《石田杂记》《桂苑丛谈》《江淮异人录》《清夜录一卷》《中朝故事》《杜阳杂编》《苹野纂闻》《东方朔神异经》（《神异经》）《开颜集》
	杂家		《读书笔记》《景仰撮书》《拘虚晤言》（《拘墟晤言》）
	杂史		《避戎夜话》《西征石城记》（《马端肃三记》之一）《兴复哈密国王记》（《兴复哈密记》）《否泰录》
	其他	地理类	《吴中旧事》《平江纪事》
		道家类	《天隐子》

续 表

《国朝典故》六十种（明）邓士龙编	小说家		《剪胜野闻》(《翦胜野闻》)《野记四卷》《立斋闲录》《謇斋琐缀录》(《蹇斋琐缀录》)《前闻记》《寓圃杂记》《病逸漫记》《蓬轩类纪》(《蓬窗类记》)《菽园杂记》
	杂家		《损斋备忘录》《青溪暇笔》《琅琊漫抄》
	传记		《钦定滁阳王庙碑岁祀册》(《滁阳王庙岁祀册》)《三家世典》《畜德录》
	杂史		《国初事迹》《国初礼贤录》《平吴录》《北平录》《洪武圣政记》《奉天靖难记》《壬午功臣爵赏禄》《壬午功赏别录》(《壬午功臣爵赏录》《壬午功臣别录》)《北征前录》(一卷)《后录》(一卷)(《北征录》一卷、《后北征录》一卷)《革除遗事录》(《革除遗事节本》)《正统临戎录》《李侍郎使北录》(《出使录》一名《使北录》)《否泰录》《三朝圣谕录》《天顺日录》《燕对录》《朝鲜纪事》《安南奏议》《议处安南事宜》《平蛮录》《东征纪行录》《马端肃公三记》(《马端肃三记》)《使琉球录》《平番始末》《云中纪变》《后鉴录》《天潢玉牒》(“别史”)
	地理		《朝鲜赋》《日本考略》《瀛涯胜览》
	其他	小学类	《华夷译语》
		职官类	《御制官箴》(《官箴》)
《古今说海》一百三十五种（明）陆楫等编	小说家		《知命录》《默记》《墨客挥犀》《山房随笔》《谐史》《昨梦录》《铁围山丛谈》《谈薮》《睽车志》《朝野佥载》《古杭杂记》(《古杭杂记诗集》)《钱氏私志》《遂昌山樵杂录》(《遂昌杂录》)《高斋漫录》《东园友闻》《拊掌录》《汉武故事》《炀帝海山记》(《海山记》)《炀帝迷楼记》(《迷楼记》)《炀帝开河记》(《开河记》)《养疴漫笔》《教坊记》
	杂家		《孔氏杂说》(孔氏谈苑)(《珩璜新论》是书一曰《孔氏杂说》)《话腴》(《藏一话腴》)《蒙斋笔谈》(《岩下放言》)《文昌杂录》《碧湖杂记》《霏雪录》《损斋备忘录》
	传记		《西使记》《桐阴旧话》《靖难功臣录》《备遗录》
	杂史		《北征录》《北征后录》(《后北征录》)《辽志》(《契丹国志》)(“别史”)《金志》(《大金国志》)(“别史”)《青溪寇轨》《复辟录》
	地理		《溪蛮丛笑》《北边备对》《桂海虞衡志》《真腊风土记》《北户录》《艮岳记》
	其他	艺术类	《乐府杂录》
《今贤汇说》□□种（存二十八种）（明）□□编	小说类		《可斋杂记》《篷轩类纪》(《蓬窗类记》)《志怪录》《近峰闻略》《玉堂漫笔》《野纂闻》(《苹野纂闻》)《西樵野记》
	杂家		《古穰杂录》《霏雪录》《琅琊漫抄》《听雨纪谈》《绿雪亭杂言》
	其他	传记类	《纪善录》《畜德录》

续 表

<table>
<tr><td rowspan="3">《新刊皇明小说今献汇言》二十五种（明）高鸣凤编</td><td colspan="2">小说家</td><td>《贤识录》《可斋杂记》《双溪杂记》《謇斋琐缀录》（《蹇斋琐缀录》）《菽园杂记》《西樵野记》《石田杂记》</td></tr>
<tr><td colspan="2">杂家</td><td>《损斋备忘录》《琅琊漫抄》《听雨纪谈》《青溪暇笔》《绿雪亭杂言》《竹下寤言》</td></tr>
<tr><td colspan="2">杂史</td><td>《否泰录》《西征石城记》《兴复哈密记》</td></tr>
<tr><td rowspan="11">《古今逸史》四十二种（明）吴琯编</td><td colspan="2">小说家</td><td>《博物志》《续博物志》《山海经》《海内十洲记》《教坊记》《穆天子传》《西京杂记》《别国洞冥记》（《汉武洞冥记》）《剑侠传》《续齐谐记》《博异记》《集异记》</td></tr>
<tr><td colspan="2">杂家</td><td>《白虎通德论》（《白虎通义》）《风俗通义》《独断》《古今注》</td></tr>
<tr><td colspan="2">杂史</td><td>《松漠纪闻》《辽志》（《契丹国志》）（“别史”）《金志》（《大金国志》）（“别史”）</td></tr>
<tr><td colspan="2">地理</td><td>《吴地记一卷　后集一卷》《岳阳风土记》《桂海虞衡志》《洛阳名园记》《北边备对》《真腊风土记》《三辅黄图》《洛阳伽蓝记》《六朝事迹编类》</td></tr>
<tr><td rowspan="7">其他</td><td>易类</td><td>《三坟》（《古三坟》）</td></tr>
<tr><td>小学类</td><td>《辅轩使者绝代语释别国方言》《释名》《小尔雅》（《崔氏小尔雅》）《九经补韵》</td></tr>
<tr><td>艺术类</td><td>《乐府杂录》</td></tr>
<tr><td>编年类</td><td>《竹书纪年》</td></tr>
<tr><td>传记类</td><td>《高士传》</td></tr>
<tr><td>道家类</td><td>《列仙传》</td></tr>
<tr></tr>
<tr><td>《历代小史》一百六种（明）李栻编</td><td colspan="2">小说家</td><td>《王子年拾遗记》（《拾遗记》）《西京杂记》《汉武故事》《世说新语》《炀帝海山记》（《海山记》）《炀帝开河记》（《开河记》）《炀帝迷楼记》（《迷楼记》）《唐语林》《松窗杂录》《次柳氏旧闻》《朝野佥载》《开天传信录》（《开天传信记》）《开元天宝遗事》《中朝故事》《龙城录》（《河东先生龙城录》）《幽闲鼓吹》《北梦琐言》《杜阳杂编》《集异记》《默记》《孙公谈圃》《铁围山丛谈》《高斋漫录》《钱氏私志》《王氏挥麈录》（《挥麈前录》四卷、《后录》十一卷、《第三录》三卷、《余话》二卷）《晋公谈录》（《丁晋公谈录》）《王文正笔录》《古杭杂记》（《古杭杂记诗集》）《国老谈苑》《清夜录》《朝野遗记》《程史》《南村辍耕录》（《辍耕录》）《遂昌山樵杂录》（《遂昌杂录》）《东园友闻》《翦胜野闻》《野记》《病逸漫记》《皇明纪略》（《明记略》）《可斋杂记》《謇斋琐缀录》（《蹇斋琐缀录》）《复斋日记》</td></tr>
</table>

续表

丛书	类别	子类	书目
《历代小史》一百六种（明）李栻编	杂家		《路史》《春明退朝录》《挥麈录》（《诚斋挥麈录》）《贵耳集》《齐东野语》《自警篇》（《自警编》）《厚德录》《清溪暇笔》（《青溪暇笔》）《琅琊漫钞》（《琅琊漫抄》）《古穰杂录》《损斋备忘录》
	传记		《卓异记》《桐阴旧话》《西使记》《韩忠献遗事》《王文正遗事》（《王文正公遗事》）《稗史集传》（《稗传》）《靖难功臣录》《备遗录》
	杂史		《燕翼贻谋录》《避戎嘉话》《松漠纪闻》《北征录》《西征石城记》《兴复哈密记》《复辟录》《否泰录》《继世纪闻》《辽志》（《契丹国志》）
		别史类	《金志》（《大金国志》）
	地理		《艮岳记》《北边备对》《真腊风土记》
	其他	职官类	《翰林志》《玉堂杂记》
		纪事本末类	《炎徼纪闻》
《稗海》四十六种 《续稗海》二十四种（明）商濬编	小说家		《博物志》《西京杂记》《王子年拾遗记》（《拾遗记》）《搜神记》《述异记》《续博物志》《摭言》（《唐摭言》）《云溪友议》《独异志》《杜阳杂编》《大唐新语》《北梦琐言》《玉泉子》《因话录》《过庭录》《泊宅编》《括异志》《东轩笔录》《青箱杂记》《画墁录》《归田录》《苏黄门龙川别志》（《龙川别志》）《渑水燕谈录》《清波杂志》《墨客挥犀》《异闻总录》《遂昌杂录》《酉阳杂俎》《宣室志十卷　补遗一卷》《儒林公议》《侯鲭录》《睽车志》《癸辛杂识》一卷《外集》一卷《新集》一卷《后集》一卷（《癸辛杂识前集》一卷、《后集》一卷、《续集》二卷、《别集》二卷）《桯史》《随隐漫录》《山房随笔》《枫窗小牍》《孙公谈圃》《龙城录》（《河东先生龙城录》）
	杂家		《乐善录》《蠡海集》《搜采异闻录》（《搜采异闻集》）《蒙斋笔谈》（《岩下放言》）《游宦纪闻》《梦溪笔谈》《墨庄漫录》《嬾真子》（《懒真子》）《东坡先生志林》（《东坡志林》）《冷斋夜话》《云麓漫抄》《石林燕语》《鹤林玉露》《厚德录》《西溪丛语》《补笔谈》（《梦溪笔谈》二十六卷、《补笔谈》二卷、《续笔谈》一卷）《野客丛书》《萤雪丛说》《学斋占毕纂》（《学斋占毕》）《储莘谷祛疑说纂》（《祛疑说》）
	类书		《小名录》《侍儿小名录拾遗》《补侍儿小名录》《续补侍儿小名录》
	其他	杂史类	《东观奏记》
		诗文评类	《许彦周诗话》（《彦周诗话》）《后山居士诗话》（《后山诗话》）

续 表

<table>
<tr><td rowspan="9">《说集》六十种（明）□□编</td><td colspan="2">小说家</td><td>《复斋日记》《穆天子传》《西京杂记》《次柳氏旧闻》《南唐近事》《开元天宝遗事》《山房随笔》《东园客谈》《刘宾客嘉话录》《松窗杂录》《投辖录》《开颜集》《海内十洲记》《神异经》《幽闲鼓吹》《青箱杂记》《述异记》《后山先生谈丛》(《后山谈丛》)《月河所闻集》《画墁录》《续齐谐记》《还冤志》《续幽怪录》</td></tr>
<tr><td colspan="2">杂家</td><td>《朝野类要》《澄怀录》《岩下放言》《宜斋野乘》《书斋夜话》《灌畦暇语》《王氏谈录》《杨公笔录》《补笔谈》(《梦溪笔谈》二十六卷、《补笔谈》二卷、《续笔谈》一卷)《青溪暇笔》</td></tr>
<tr><td rowspan="7">其他</td><td>杂史类</td><td>《国初事迹》《皇明平吴录》(《平吴录》)</td></tr>
<tr><td>传记类</td><td>《卓异记》</td></tr>
<tr><td>地理类</td><td>《瀛涯胜览》《北户录》</td></tr>
<tr><td>道家类</td><td>《玄真子外篇》(《玄真子》一卷附《天隐子》一卷)</td></tr>
<tr><td>类书类</td><td>《姬侍类偶》</td></tr>
<tr><td>别集类</td><td>《登西台恸哭记》(《西台恸哭记注》)</td></tr>
<tr><td colspan="2" style="display:none"></td></tr>
<tr><td rowspan="8">《说铃前集》三十三种《后集》十九种《续集》七种（清）吴震方编</td><td colspan="2">小说家</td><td>《陇蜀余闻》《觚賸》《板桥杂记》《见闻录》《冥报录》《信征录》《旷园杂志》《述异记》</td></tr>
<tr><td colspan="2">杂家</td><td>《冬夜笺记》《分甘余话》《天禄识余》《救文格论》《杂录》(《救文革论》一卷、《杂录》一卷)《天香楼偶得》《言鲭》</td></tr>
<tr><td colspan="2">传记</td><td>《扈从西巡日录》《塞北小钞》(《塞北小抄》)《松亭行纪》《使琉球纪》《滇行纪程》《滇行纪程续抄》《东还纪程》(《东还纪程》一卷、《续钞》一卷)《粤西偶记》</td></tr>
<tr><td colspan="2">杂史</td><td>《封长白山记》《守汴日志》《谈往》</td></tr>
<tr><td colspan="2">地理</td><td>《金鼇退食笔记》(《金鳌退食笔记》)《粤述》《滇黔纪游》《京东考古录》《山东考古录》《台湾纪略》(《台湾记略》)《安南纪游》《峝谿纤志》(《峒溪纤志》三卷、《余志》一卷)《泰山纪胜》《匡庐纪游》《湖壖杂记》(《湖堧杂记》)《瓯江逸志》《岭南杂记》</td></tr>
<tr><td rowspan="3">其他</td><td>杂说类</td><td>《筠廊偶笔》《二笔》(《筠廊二笔》)</td></tr>
<tr><td>史评类</td><td>《读史吟评》</td></tr>
<tr><td>释家类</td><td>《现果随录》</td></tr>
</table>

下编

“小说”与集部“传记”之关联与互动

概　说

作为集部之文章概念，“传记”主要指集部的记事写人之文，包括“传”“记”“述”“书事”“纪事”“行状”“墓志”“祭文”“诔文”“哀辞”“碑文”等多种文体。[1]“小说”与集部“传记”（以下简称传记文）存在着相关影响、相互渗透、相互取材、文类混杂等文类关系，两者的直接关联与互动体现在多个方面，如：部分作品的文类定位介于两者之间而存在一定交叉；传奇体小说亦被看作“传记文”；部分“传记文”或多或少受到“小说”影响渗透；记载奇人异事而具有“小说气”的“传体文”也被认定为“小说”；从“辨体”出发批评古文传记“小说气”而形成一种理论批评现象；部分“记体文”和“书事”文体与笔记体小说存在诸多相通之处；“寓言”文类定位于集部之“文”和子部之“小说”之间。

“小说”文类以笔记体小说为主体、主干，传奇体小说可看作一种“独秀的旁枝”，“小说到了唐人传奇，在体裁和宗旨两方面，古意全失。所以我们与其说它们是小说的正宗，无宁说是别派，与其说是小说的本干，无宁说是独秀的旁枝吧”。[2]陈寅恪先生也曾指出，《长恨歌传》等传奇文“乃一种新文体”，属于“当时诸文士之各竭其才智，竞造胜境”[3]之结果。实际上，古人对于传奇体小说特别是单篇传奇文的文类、文体定位和归类，也存在着“小说”、史部“传记”、集部“传记文”交叉混杂的困惑，其中唐人传奇文被宋人看作“传记文”应是一种比较流行的观念，例如，宋人编纂的唐人诗文总集《文苑英华》和《沈下贤文集》等文人别集

[1] 参见（明）吴讷、（明）徐师曾著，于北山、罗根泽校点：《文章辨体序说　文体明辨序说》，人民文学出版社 1962 年版。

[2] 浦江清：《论小说》，《浦江清文录》，人民文学出版社 1958 年版，第 186 页。

[3] 陈寅恪：《元白诗笺证稿》，生活・读书・新知三联书店 2001 年版，第 9 页。

都曾收录部分唐人传奇文。张君房《丽情集》编纂传奇文，多“传”与“歌行”相配，还收录了一批唐人诗歌并序，两者并列反映了选编者将长篇诗序相配诗歌与传奇文相配歌行看作文体性质相近的作品，该书被《秘书省续编到四库阙书目》著录于集部“总集类”。宋人笔记杂著谈及唐人传奇文，也有不少地方将其看作集部之文。在宋人看来，唐人传奇文介于集部“传记文”和“小说”之间，一方面，其文体与叙事艺术、语言形式方面具有鲜明的传记文章特性，可看作集部之文章，另一方面，其价值功用定位低下，“非文章正轨”，又难以纳入正统集部，属于“小道”，理应归入“小说”。明清时期，这种观念逐渐淡化，但依然存在一定影响，如屠隆《鉅文》增收录个别传奇文，董诰编辑《全唐文》以《唐文》为底本，《唐文》原曾将唐人传奇文收录其中。传奇文被同时认作史部“传记”和集部“传记文”，显然有助于提升传奇体小说的价值定位，特别是被认作“传记文”更有利于从传记文章的角度增强传奇体小说的文学性，推动传奇体小说的发展。明清时期，《剪灯新话》等“剪灯”系列和《聊斋志异》等“聊斋”系列中的传奇体小说就具有突出的文章化色彩。

不过，虽然传体文与传奇文的文体相近，古人也多以“传记”来指称传奇体小说，但两者的文体规范却迥然有别。从宋代来看，传体文的写作宗旨更加注重“立意”，记述人物事迹更多关注借此传达作者的思想和评论，多含议论文字也成为一种常态，写作方式和文体形态也特别注重叙事本身“简古”和“简质”。在传主选择上，传体文更多关注正史之外、不具入史资格的地位低下的人物，为此类人物作传，主要因其人其事本身多具贤德、道义之品性，值得称颂效法。传奇体小说载录当时之人与事，主要以追求奇异为旨趣，以文化娱乐为功用，“灵怪新说”“丽情新说”“奇异新说”“神仙新说”，代表了整个宋代传奇的几种主要类型，所谓“灵怪”主要指遭遇鬼怪，“丽情”主要指青年男女情爱婚姻，“奇异”主要指各类奇人异事，“神仙”主要指得道仙人、道士，其中，相当一部分作品被看作鄙俗、妄诞之作。这与集部传体文之写作宗旨、题材类型和文体地位形成了鲜明对比。从叙事方式上来看，传奇体之叙事者始终表现为“驰骋想象”的记述姿态，较多细节的增饰和具体场面的铺叙，甚至具体情节之编造，这也与集部传记文之叙事简古迥然有别。通过传体文与传奇体小说文体特征的对比区分，可更加深入把握两者的文体规定性及其互补关系。

文人别集记载奇人异事而具有“小说气”的传体文，也被同时认作“小说”，实际上处于“小说”与“传记文”的交叉地带。此类作品始于唐代，《文苑英华》收录柳宗元《李赤传》、沈亚之《歌者叶记》、长孙巨泽《卢陲妻传》、温造《瞿童述》等。宋代进一步发展，涌现出石介《赵延嗣传》、王禹偁《瘖髡传》《唐河店妪传》、欧阳修《桑怿传》、苏辙《巢谷传》《孟德传》《丐者赵生传》、曾巩《洪渥传》《秃秃记》、沈辽《任社娘传》、苏舜钦《爱爱传》、秦观《眇倡传》《魏景传》、张耒《任青传》、韦骧《向拱传》等一大批作品。不过，唐宋传记载录奇人异事，遵循古文传记之文体规范，大多还是借助人与事寄托议论、阐明观点，实际上与传奇体小说的宗旨趣味和文体规范相距甚远。

明清时期，许多文人别集载录奇人异事，则大都以人与事之奇异性为主要旨趣，而不再以寄托议论为落脚点，“小说”意味更为凸显，如黄宗羲所编《明文海》“传类”之“方伎”“奇士”“独行”“诡异”“杂传”等集中收录大量“奇人”“怪人”“异事”类作品。明人已有传奇文选本收录传体文现象，如孙一观辑《志林》主要选录唐人传奇文，也收入苏轼《僧圆泽传》、宋濂《竹溪逸民传》等。张潮《虞初新志》从明末清初文人之别集、文集以及总集中选录了一批颇具“小说气”的传体文，风靡一时，后人仿之体例有郑澍若所编《虞初续志》、黄承增所辑《广虞初新志》、朱承鈇所编《虞初续新志》等，形成了一个“虞初”系列。“虞初”系列被整体归属定位于“小说家”，更加强化了清人对此类作品“小说”文类的定位。同时，还出现此类作品共载于文集和小说集的跨类现象，如王士禛《带经堂集》卷四十四“渔洋文”与《池北偶谈》交叉收录一批作品。个别文人别集在著述体例上出现了“小说集化”的现象，如宋懋澄《九籥别集》卷二至卷四专录“稗”类，徐芳《悬榻编》卷三至卷六收录大量《化虎记》《奇女子传》《乞者王翁传》等，与其小说集《诺皋广志》著述体例非常接近。同一人物故事传闻，有时会被多位文人以不同文类和文体载录书写后广为流传，传体文和小说集直接混杂，还表现在同一人物故事均被两者共同载录，小说集中有一些条目直接取材于传体文。

文人别集中载录奇人异事而颇具“小说气”的传体文，成为兼有“小说”和“传记文”文类属性的一类特殊作品，可看作两者文类互动、相互影响渗透的产物，也反映了两者相互贯通的文类相通性，对于“小说”文类的发展演化具有特别的意义价值。

对于集部之文章，古人特别注重文体之辨，区分古文与多种相近或相关文体之界限分野。针对“小说”对古文传记的文体渗透，为了维护古文传记自身的文体规范和纯洁性，古人从“辨体”出发批评其中的“小说气”“以小说为古文词”等，指责古文有违“雅洁”风格规范而沾染了“小说”俗鄙之气，有违叙事尚简原则而运用了“小说”之“笔法”，有违语言典雅标准而掺入“小说”词句等，也形成了古文传记理论批评史暨小说理论批评史上一个独特现象。

集部传体文之“小说化”是古代“小说”与周边文体关联互动中的一种突出文体现象，对此文体现象之界定，实际上涉及传体文和“小说”之文体规范、“小说化”之文体特征、“小说化”之发展演化等。首先，对于传体文而言，其“小说化”可看作突破自身文体规范的一种“破体”，因此，对其“小说化”之界定必然以其原有文体规范为基础，须明确传体文文体规范本身的规定性。同时，传体文之“小说化”是“小说”文体对传体文影响、渗透的产物，还须明确“小说”之文体规范。其次，传体文之“小说化”是“小说”文体渗透影响传体文而形成的跨文体现象，须全面梳理由此而形成的具体文体特征，并深入分析其成因。此外，传体文之“小说化”是一个历史发展演化过程，不同历史时期的具体表现和文体特征存在着很大差异，不可一概而论。最后，需要特别指出的是，集部传体文之“小说化”界定应避免以现代小说观念来理解“小说化”，即以“虚构”“想象”“情节性”等小说观念观照传体文，以此来确定其中的小说因素，而应回归还原古代“小说”原有文类观念，以古人对“小说”文体特性的理解来确定何为集部传体文之“小说化”。

记体文创作起源于魏晋南北朝时期，但作为集部之文还未取得独立地位，严可均所辑的《全上古三代秦汉三国六朝文》收录记体文九十余篇，大多数作品都属与佛教相关的解经记、翻译记和造像记等。唐代记体文创作开始走向兴盛，至宋初，李昉《文苑英华》将“记”独立设目，并分为宫殿、厅壁、公署、馆驿、楼、阁、城、城门、水门、桥、井、河渠、祠庙、祈祷、学校、文章、释氏、观、尊像、童子、宴游、纪事、刻候、歌乐、图画、灾祥、质疑、寓言和杂记等，其题材极其广泛。宋代以降，记体文成为集部主流文体之一。部分记体文包含有“小说”因素，有的作品甚至记述志怪之事，如顾况《华亭县令延陵包公壁记》"颇符干宝《搜神》之事"，无名氏《龙池石块记》记李继安路遇神人，杜楚宾《雷乡县白石鹿记》记白鹿化石等。"杂记类，所以记杂事者。……后世古文家修造宫室有记，游览山水有记，以及记器物、记琐事皆是。"❶其中，"记琐事者"与"小说"接近且易混杂者，特别标题为"记某某"或"记某某事"者，相当一部分可看作笔记体小说之一事一则的片段，其文体起源发生与笔记体小说关系密切。

"小说"与记体文相关联的还有"书事"文体。书事文最早出现于唐代，宋代题"书某某""书某某事"的书事文创作数量较多，达六十多篇，逐步形成一种相对独立的文章之一体，归于"题跋""书跋""杂著""杂书"，仅有极个别别集专门设置了"书事"类。宋代书事文大多以缘事而生发议论、寄予感慨为基本写作方式，也有少部分作品以记述人物、事件的叙事性为主，篇幅普遍较短小。明清时期特别是清代，书事文创作兴盛，共有三百三十多篇，逐步成为一种完全独立的文体，叙事性大大增强，绝大部分作品都属记述人物、事件为主者，且其中单纯记事者亦占相当比例，篇幅普遍增长，载录当时人物事迹主要集中于贤臣廉吏、文苑儒林、烈妇贞女、孝子义士等人物之事迹或轶事，且多底层身份卑微者。明清文集或总集收录书事文多归入"传""记"类或独立设置的"书事"类，至清后期文体学专论其文体特征多将其看作"杂记"之一体。"书事"与笔记体小说存在诸多相通之处，如书事文也可看作笔记体小说一事一则的散篇别行，部分求奇求异的书事文"小说"意味浓厚，许多书事文记载人物事迹也多为一两则轶事，与载录历史人物轶闻琐事的笔记体小说极为相似。"书事"与"小说"还存在一定文类交叉，书事文所记述的人物事件亦见载于小说集，部分书事文亦被小说选本收录。从某种意义上说，"记某某"或"记某某事"和"书某某""书某某事"者，可看作子部之笔记体小说遁入集部之"传记文"而形成的两种特殊文体，是"小说"文类直接影响"传记文"文体类型发展演化的突出例证。

"传记文"亦有个别边缘性的"寓言"文类与"小说"关系密切。"寓言"指称具体作品，涉及先秦诸子部分作品片段，文、赋、史传、小说、戏曲中的部分具有鲜明

❶ (清) 曾国藩撰，余兴安等译注：《经史百家杂钞》，中华书局 2018 年版，第 5 页。

虚构幻设性或寄寓性的作品等，实际上形成了“寓言”作品谱系，可看作一种幻设虚拟、谐谑戏拟、寓意寄托的叙事方式和艺术手法运用传承于不同的文类文体而成。宋代，“寓言”开始作为文章内部类型概念，明代进一步发展成为宽泛而混杂的文类概念，指称“假传”“托传”“寓传”，假托性的“自传”，俳谐性的“赋”，以及其他讽喻性俳谐杂文等。其中，“假传”是将器、物拟人作“传”，肇始于《毛颖传》，宋元明清历朝皆有大量文人模拟写作；“托传”指依托下层小人物之事迹或言论而缘事而发、借题发挥、讽喻议论，所依托之人物事迹往往真伪难辨，发端于韩愈、柳宗元，历代亦有仿作相继；“寓传”指拟人化虚构动物故事，滥觞于先秦诸子以动物为主人公的“寓言”，承接汉魏六朝之《神乌赋》《鹞雀赋》等动物赋而来，唐宋以来亦皆有作者；假托性“自传”指文人借虚拟人物自述志趣、吟咏情怀；俳谐性“赋”多为俳谐性的咏物讽喻之作。古人将“寓言”文类定位于集部之文和子部“小说”之间，多部作品选本被官私书目著录于集部之“总集”“逸文”或子部之“小说家”。古代文体的正变中亦有品位雅俗、高下之分，戏谑化的变体、破体之作，自然容易被看作品格鄙俗、地位低下者。在贬抑“寓言”文类者看来，此类俳谐作品自然属于难登大雅之堂的“小道”，将其看作“小说”也顺理成章。

除了上述比较突出的文类关联与互动现象之外，“传记文”受到“小说”影响渗透而或多或少沾染了“小说”色彩也涉及其他文体，甚至个别墓志文亦有“小说”色彩，如韩愈《试大理评事王君墓志铭》书写王适娶妻亦被看作“小说”笔法。墓志文载录“家人里巷之碎事”，也是一种被认可的文体规范，如唐顺之《按察司照磨吴君墓表》称墓志文：“义主于兼载，则虽家人里巷之碎事可以广异闻者，亦或採焉，故其为体也不嫌于详。”❶

此外，大全性文人别集收录“小说”之作，“诗话”两栖于集部之“文史类”“诗文评”和子部之“小说”，也可看作集部与“小说”的一种关联。

文人别集搜罗汇集个人全部著作始于宋代，如周必大编欧阳修《欧阳文忠公集》、周纶编周必大《文忠集》等，明清多称为“全集”或“全书”。这类大全性文人别集以保存文献为编纂宗旨，收录了个人撰述的各类著述，也被称为独撰类“丛

---

❶ (明) 唐顺之著，马美信、黄毅点校：《唐顺之集》，浙江古籍出版社 2014 年版，第 713 页。

书”[1]，其中也自然会包含“小说”作品，如《欧阳文忠公集》收录《归田录》，《文忠集》收录《玉堂杂记》，元好问《元遗山先生全集》收录《续夷坚志》等。另外，也有个别文人诗文别集附收“小说”作品，如《四库全书总目》著录《矩斋杂记》称：“是书多记见闻杂事，兼涉神怪。旧载闰章《外集》中，盖《河东集》后附《龙城录》之例。”[2]

“诗话者，辨句法，备古今，纪盛德，录异事，正讹误也。”[3]（许频《彦周诗话》自序）“诗话”大体分为“论诗而及事”和“论诗而及辞”两类，其中前者可看作关于诗歌的轶事，“集以资闲谈”，最易与“小说”混杂，如胡仔《苕溪渔隐丛话·前集》称：“苕溪渔隐曰：‘小说记事，率多舛误，岂复可信；虽事之小者，如一诗一词，盖亦是尔。’”[4]早在诗话兴起之宋代，时人就将其混杂归属于“文史类”和“小说”之间，如《遂初堂书目》《直斋书录解题》多著录于“文史类”，《郡斋读书志》《宋秘书省续编到四库阙书目》多著录于“小说”，文人笔记杂著提及“诗话”，也多称之为“小说”，如张邦基《墨庄漫录自跋》将多种“诗话”作品称为稗官小说。《宋史·艺文志》在“小说”和“文史类”都著录了一批诗话作品。许多汇辑型诗话多从“小说”取材，小说集中专设“诗话”，也反映了两者文本内容性质之相通，如宋人汇辑《唐宋名贤诗话》取材唐人小说《唐摭言》等十余种，《玉壶诗话》《侯鲭诗话》《老学庵诗话》分别从释文莹《玉壶清话》、赵令畤《侯鲭录》、陆游《老学庵笔记》辑出，阮阅《诗话总龟》征引书目多小说集，王得臣《麈史》、吴曾《能改斋漫录》专列“诗话”类。明清时期，“诗话”多被官私书目归入“诗文评”类，但依然被同时认作“小说”，如郎瑛撰《七修类稿》：“若夫近时苏刻几十家小说者，乃文章家之一体，诗话、传记之流也。”[5]胡应麟《少室山房笔丛·九流绪论》云：“他如孟棨《本事》，卢环《抒情》，例以诗话、文评，附见集类，究其体制，实小说者流也。”[6]《四库全书总目》“诗文评类”总序云：“刘攽《中山诗话》、欧阳修《六一诗话》，又体兼说部。”[7]

---

[1] 参见上海图书馆编：《中国丛书综录》，上海古籍出版社 2019 年版。
[2] （清）纪昀、陆锡熊、孙士毅等：《钦定四库全书总目》，中华书局 1997 年版，第 1915 页。
[3] （清）何文焕辑：《历代诗话》，中华书局 2004 年版，第 378 页。
[4] （宋）胡仔纂集，廖德明校点：《苕溪渔隐丛话》，人民文学出版社 1962 年版，第 166 页。
[5] （明）郎瑛：《七修类稿》，上海书店出版社 2001 年版，第 229 页。
[6] （明）胡应麟：《少室山房笔丛》，上海书店出版社 2001 年版，第 283 页。
[7] （清）纪昀、陆锡熊、孙士毅等：《钦定四库全书总目》，中华书局 1997 年版，第 2736 页。

"小说"是无关于政教的"小道"之义界，使其成为范围非常宽泛的概念，成了容纳无类可归或不登大雅之堂的"小道"之作的渊薮，这不仅是针对史部、子部而言，对于集部之文也是如此。"传记文"中部分作品被同时认定为"小说"，一方面源于受"小说"影响渗透而具有鲜明"小说"文类规定性，另一方面，也与其价值低下而被看成"小道"有关。

第一章　宋人对唐传奇的文类、文体定位和归类

——集部之“传记文”抑或史部之“传记”、子部之“小说”

对于宋人而言，唐传奇作为一种新文类、文体，如何确定其在当时文类、文体系统中的位置和归属，实际上是存在一定困惑的。这种文类、文体定位和归类，既反映了宋人对唐传奇的文类性质、特征、价值及其与相关文类关系的认识，也揭示了唐传奇作为一种独特文类、文体的规范特征。前人在唐宋传奇研究和唐宋散文研究的相关论著中对此问题或多或少有所涉及❶，但未做全面系统的专门梳理探讨，更未对唐传奇所涉及的集部“传记文”、史部“传记”、子部“小说”之关系进行综合融通研究。

一、现当代学者对唐人传奇作品范围界定之困惑

现当代学者界定唐传奇的文体特征并以此为标准圈定其作品范围亦存在着

❶ 唐宋传奇研究和唐宋散文研究有众多论著零散涉及此问题者，论述比较集中者主要有李宗为：《唐人传奇》之第一章“绪论”，中华书局 1985 年版；程毅中：《唐代小说史》之第一章“序论”，人民文学出版社 2003 年版；李剑国：《唐五代志怪传奇叙录》之“唐稗思考录——代前言”，南开大学出版社 1993 年版；凌郁之：《走向世俗——宋代文言小说的变迁》之第一章“唐宋文言小说的嬗变”，中华书局 2007 年版；罗宁：《汉唐小说观念论稿》之第四章“唐代小说观念”，巴蜀书社 2009 年版；李军均：《传奇小说文体研究》之第一章“传奇小说名实考”，华中科技大学出版社 2009 年版；孙逊、潘建国：《唐传奇文体考辨》，《文学遗产》1999 年第 6 期；赵维国：《传奇体的确立与宋人古体小说的类型意识》，《宁夏大学学报(哲学社会科学版)》1999 年第 3 期。

种种困惑。在古代文类或文体体系中，“唐人传奇”并非一个独立存在、界限分明的文类或文体类型，从某种意识上说，它是以近现代形成的“传奇”文体概念甄别具体作品建构而成的，实际上涉及唐代单篇传奇文、小说集、史部之“传记”以及“杂史”、集部之“传记文”等多种文类、文体，而且也面临着如何将这些相关或相近文体区分开来的问题。

(一) 唐人传奇作品文体特征界定之理论困惑

20 世纪二三十年代中国小说史学科创立之初，鲁迅明确将“传奇”界定为文言小说的一种文体概念，并对其文体规范特征进行了专门表述，如《中国小说史略》之《唐之传奇文》《唐之传奇集及杂俎》和《且介亭杂文二集》之《六朝小说和唐代传奇文有怎样的区别》等，“虽尚不离于搜奇记逸，然叙述宛转，文辞华艳，与六朝之粗陈梗概者较，演进之迹甚明，而尤显者乃在是时则始有意为小说”❶，“文笔是精细的，曲折的，至于被崇尚简古者所诟病；所叙的事，也大抵具有首尾和波澜，不止一点断片的谈柄；而且作者往往故意显示着这事迹的虚构，以见他想象的才能了”❷。之后，此文体概念被学界广泛认同接受，一批现当代研究唐人传奇的学者进一步沿此概念界定或有所拓展丰富，或有所修订补充。其中，专题论述界定唐人传奇或传奇体小说文体规范的代表性论著主要有胡怀琛《中国小说概论》之《唐人的传奇》、刘开荣《唐代小说研究》之《唐传奇小说是城市文学的表现形式之一》、李宗为《唐人传奇》之《绪论》、程毅中《唐代小说史》之《序论》、李剑国《唐五代志怪传奇叙录》之《唐稗思考录》、石昌渝《中国小说源流论》之《传奇小说》、董乃斌《中国古典小说的文体独立》之《唐传奇与小说文体的独立》、吴志达《中国文言小说史》之《唐人小说发展概貌》、薛洪勣《传奇小说史》之《绪说》、侯忠义《唐人传奇》之《什么是传奇》、周绍良《唐传奇笺证》之《唐传奇简说》、石麟《传奇小说通论》之“导论”、李军均《传奇小说文体研究》之《传奇小说名实考》以及孙逊、潘建国《唐传奇文体考辨》、熊明《六朝杂传与传奇体制》、陈文新《传、记辞章化：从中国叙事传统看唐人传奇的文体特征》等，其中，有不少论述界定是面向

❶ 鲁迅：《中国小说史略》，上海古籍出版社 1998 年版，第 44 页。
❷ 鲁迅：《且介亭杂文二集》，人民文学出版社 2006 年版，第 115 页。

作品范围划分而言的。例如，胡怀琛称“每件少则几百字，多则一二千字”，“每件包涵一个故事”，“独立成篇的，每篇自首至尾，有很精密的组织”，“词藻很华丽，很优美”，“和纪事的‘古文’不同。古文中的事‘真’的部分多，‘假’的部分少。传奇则和他相反，‘真’的部分少，‘假’的部分多，甚至全是假的”。❶李宗为称“传奇与志怪最根本的区别是在于作者的创作意图上”，“传奇小说的创作意图，却主要是为了显露作者的才华文采，一方面谴兴娱乐、抒情叙志，另一方面也带有扩大名声、提高声誉的目的”。❷薛洪勣称，“相当于近现代的中、短篇小说。它具备了或基本上具备了小说这种文体的各种基本要素。它和其他写人叙事的文学作品的首要区别，是它具有小说的虚构性；其次，也有描述方式和篇幅长短的不同”。❸周绍良称，“具有一定内容的奇情故事，并且故事是想象中可能有的，但其情节曲折，又不是一般的发展和结果”，“故事内容上要有一定的真实性，但同时也带有一些理想和虚构”，“有丰富的词藻和文采”。❹石麟称：“其一，作者是自觉的而非无意的；其二，内容是完整的而非片段的；其三，结构是曲折的而非平直的；其四，人物是鲜活的而非干瘪的；其五，语言是清丽的而非朴拙的；其六，细节是虚构的而非真实的；其七，篇幅是宏大的而非短小的。”❺刘世德主编《中国古代小说百科全书》界定称：“一般说传奇小说的文学性较强，故事情节委婉，人物形象鲜明，细节描写较多，从而篇幅也较长。作者注重文采和意想，有自觉的艺术构思。”❻

总体上看，这些面向唐人传奇作品畛域界定的文体规范特征概括，大体还是比较一致且明确的，主要集中于作品篇幅、情节结构、文笔描摹、想象虚构等，然而，以此标准甄别界定具体作品，还是显得比较笼统且存在歧义，常常会面临种种困惑。例如，一篇作品篇幅多长，才能算得上“传奇”。唐代单篇传奇通常有两三千字，个别达到了四五千字，而传奇体小说集中篇幅较长的作品大都一千字左右，极个别达到两三千字，也有不少作品仅几百字，以何为具体标准？从情节结

❶ 胡怀琛：《中国小说概论》，世界书局 1944 年版，第 15 页。
❷ 李宗为：《唐人传奇》，中华书局 2003 年版，第 12、13 页。
❸ 薛洪勣：《传奇小说史》，浙江古籍出版社 1998 年版，第 1 页。
❹ 周绍良：《唐传奇笺证》，人民文学出版社 2000 年版，第 3—4 页。
❺ 石麟：《传奇小说通论》，中州古籍出版社 2005 年版，第 6 页。
❻ 刘世德主编：《中国古代小说百科全书》，中国大百科全书出版社 1993 年版，第 37—38 页。

构来看，一篇作品包含多少事件算得上“叙事宛转”，也难以精确计算；从文笔描摹来看，怎样才可称为“文笔精细”“笔法细腻”“文辞华艳”，似乎也只能依靠艺术感觉判断，“所谓描写的精细，曲折，宛转，华艳，在较长的作品中看得明显，一篇几百字的小说，又如何判定呢？只能作大概的判定，只能作直感的判定”。❶从叙事虚实来看，传闻想象、虚构幻设的成分占多大比例，才配得上“艺术虚构”。而且，一篇作品需要同时具备篇幅、情节、文笔、虚实几方面的文体特征才能划定为“传奇”，还是仅具备某一方面文体特征就可，也很难达成共识。为此，有个别学者甚至刻意回避使用“传奇”概念，“为什么有些研究者和编者宁可采用‘唐人小说’这样一个笼统含混的名称呢？我认为至今传奇的范围还不太明确、大家对‘传奇’名称的概念还有些含混不清有以使然”。❷

虽然从古人对唐传奇和传奇体小说文体的相关评论来看，他们普遍将唐传奇以及传奇体小说作为“小说家”中一种独特存在，但对其文体特征的理解本身也是笼统模糊的。总体看来，古人对其文体特征的概括要集中于多依托附会、虚妄不实，有悖史家之征实；内容淫艳、荒唐，有悖儒家之风教；多富有情致、文采。❸显然，现当代学者对唐人传奇文体特征界定虽然也承继了古人的相关理解和认识，但更多是受到西方或现当代小说观念的影响而建构起来的。从情节结构、文笔描摹、想象虚构等维度来认知唐人传奇文体，界定作品范围，并以此为标准对作品进行价值评判，深受西方小说观念影响。

（二）唐代单篇传奇作品范围之分歧出入

唐人传奇作品范围界定作为研究之基础，自然会涉及几乎所有相关论著，不过相对而言，最为集中反映在唐人传奇作品选本或总集编选中。因此，本书以鲁迅《唐宋传奇集》、汪辟疆《唐人小说》、袁闾琨、薛洪勣《唐宋传奇总集》、李剑国《唐五代传奇集》等为代表，并结合相关论著，探讨现当代学者圈定唐人传奇作品范围的分歧出入和困惑。

---

❶ 李剑国：《唐五代志怪传奇叙录（增订本）》，中华书局 2017 年版，第 7 页。
❷ 李宗为《唐人传奇》，中华书局 2003 年版，第 10 页。
❸ 参见王庆华：《古代小说学中“传奇”之内涵和指称辨析》，《文艺理论研究》2014 年第 2 期。

现当代学者甄别作品、界定唐人传奇范围，总体上是一个不断扩充而日臻完善、后出转精的过程。鲁迅先生《唐宋传奇集》之“序例”称“本集所取，专在单篇”❶，收录唐宋单篇传奇四十五篇，其中，唐五代作品三十六篇。当然，鲁迅先生并未否认传奇小说集中的“传奇”作品，只是未收而已。汪辟疆《唐人小说》延续《唐宋传奇集》标准，收录单篇传奇三十篇，同时拓展选录了《玄怪录》《续玄怪录》《纪闻》《集异记》《甘泽谣》《传奇》《三水小牍》等传奇小说集中的作品三十八篇。袁闾琨、薛洪勣《唐宋传奇总集》承接《唐宋传奇集》《唐人小说》编纂体例，进一步做了较大扩充，“以传奇和准传奇为限”，全书共收录单篇传奇作品八十篇，传奇小说集七十多种，从其中选文三百二十多篇，其中，唐五代部分共有单篇传奇作品三十九篇，从三十五部传奇小说集中选文二百十八篇。李剑国先生是唐代小说研究的著名专家，治学严谨、成就卓著，其《唐五代传奇集》可谓集大成之作，辑录作品六百九十二篇，包括单篇传奇和小说丛集中的传奇作品，其中，小说丛集中的传奇作品，以传奇小说集、志怪传奇小说集（或亦含有杂事）中符合传奇文体特征的作品为大宗，也包括杂事小说集中品格近传奇者。然而，这四部先后相继而作的传奇小说作品选集或总集并非完全属于后来者居上的叠加扩充，其中亦有不同编者对篇目斟酌选择的分歧出入，而且，更重要的是，在不断扩充丰富的过程中，出现了唐人小说集、文集之传记文、史部“传记”等几种不同的取材指向。本书拟从单篇传奇界定和小说集中甄选传奇作品两方面对其中诸多问题加以辨析探讨，首先来看单篇传奇作品。

《唐宋传奇集》之李吉甫《编次郑钦悦辨大同古铭论》、李公佐《古岳渎经》、陈鸿《开元升平源》、佚名《隋遗录》（《大业拾遗记》），《唐人小说》则不取。其中，李吉甫《编次郑钦悦辨大同古铭论》，鲁迅亦认为其“文亦原非传奇”，但是因其被《异闻集》选录，唐宋人看作“小说”，故采入其中，“《广记》注云出《异闻记》，盖其事奥异，唐宋人固已以小说视之，因编于集”。❷《开元升平源》混杂著录于宋元书目的“小说家”和“杂史”，《新唐志》《崇文总目》著录于“小说家”，《郡斋读书志》《直斋书录解题》《文献通考》著录于“杂史”。《隋遗录》在《崇文总目》《遂初堂书

❶ 鲁迅校录：《唐宋传奇集》，齐鲁书社 1997 年版，第 3 页。
❷ 同上书，第 221 页。

目》《郡斋读书志》《文献通考》《通志·艺文略》中均著录于"杂史"。

沈亚之《冯燕传》、佚名《秀师言记》不载于《唐宋传奇集》《唐宋传奇总集》，而见于《唐人小说》《唐五代传奇集》。关于《冯燕传》，"鲁迅《唐宋传奇集》未收此传，殆以其纪实，非幻设之故耳。然事奇文隽，视作传奇正可"。❶《唐宋传奇总集》《唐五代传奇集》所收柳宗元《李赤传》《河间传》和韩愈《石鼎联句诗序》、何延之《兰亭记》、郭湜《高力士外传》、郑权《三女星精传》、萧时和《杜鹏举传》等，不见于《唐宋传奇集》《唐人小说》。从《河东先生集》甄选《李赤传》《河间传》，应主要考虑更近"传奇笔意"。❷从《韩昌黎全集》中甄选《石鼎联句诗序》，或因其"全用小说描写笔法"。❸古人也应视《兰亭记》为集部之文，收录《全唐文》卷三〇一。对于《高力士外传》，《崇文总目》《新唐志》《通志·艺文略》《直斋书录解题》《遂初堂书目》多著录于史部"传记"类，然而"此传……宜以传奇小说视之"，或因其"多缀细事，言语娓娓"，"行文亦具稗家意绪"。❹

《唐五代传奇集》作为后出集大成之作，进一步收录了阙名《黄仕强传》、胡慧超《晋洪州西山十二真君内传》、阙名《忏悔灭罪金光明经冥报传》、张说《梁四公记》《镜龙图记》《绿衣使者传》《传书燕》、顾况《仙游记》、郑辂《得宝记》、刘复《周广传》、郑伸《稚川记》、赵业《魂游上清记》、元稹《感梦记》《崔徽歌序》、白居易《记异》、李象先《卢逍遥传》、沈亚之《感异记》、王建《崔少玄传》、长孙滋《卢陲妻传》、柳珵《刘幽求传》、温造《瞿童述》、卢弘止《昭义军记室别录》、孟弘微《柳及传》、陆藏用《神告录》、阙名《后土夫人传》、阙名《达奚盈盈传》、阙名《曹惟思》、阙名《齐推女》、阙名《神异记》、阙名《王生》、阙名《贾笼》、阙名《仆仆先生》、阙名《独孤穆》、阙名《薛放曾祖》、阙名《白皎》、崔龟从《宣州昭亭山梓华君神祠记》、张文规《石氏射灯檠传》、罗隐《中元传》、崔致远《双女坟记》、阙名《余媚娘叙录》、阙名《郮侯外传》、皇甫枚《玉匣记》、李琪《田布神传》、沈彬《张灵官记》、王仁裕《蜀石》等，这些作品均不见于《唐宋传奇集》《唐人小说》《唐宋传奇总集》，较大拓展了单篇传奇作品范围。这些篇目大部分属于唐宋时期基本被看作"小说"者，如《镜龙

❶ 李剑国：《唐五代志怪传奇叙录（增订本）》，中华书局 2017 年版，第 454 页。
❷ 同上书，第 390 页。
❸ 同上书，第 402 页。
❹ 同上书，第 105 页。

图记》《杜鹏举传》《刘幽求传》《周广传》《后土夫人传》《达奚盈盈传》《玉匣记》等，但也有部分篇目应属集部之传记文，如《记异》从《白氏长庆集》甄选，因其“本为虚诞，而叙述细微有若目见”❶。《感梦记》《崔徽歌序》虽原文已佚，仅节存片段或梗概，但从作品性质来说，也应属于《元氏长庆集》阙载者。《感异记》也应为“沈集所不载者，盖今本脱去耳”❷。《仙游记》《瞿童述》《卢陲妻传》，分别载于《全唐文》卷五百二十九、卷七三零、卷七一七。此外，个别作品应属史部“传记”，如《梁四公记》，《崇文总目》《新唐志》《通志·艺文略》《中兴馆阁书目》《遂初堂书目》《直斋书录解题》著录于“传记”，“用传奇笔法，精心经营，铸成伟构”❸。当然，这些选入的集部传记文和史部“传记”大都曾被《太平广记》收录，从更宽泛的意义上说，也可看作“小说”类性质的作品。

也有部分学者将韩愈《毛颖传》、柳宗元《谪龙说》《种树郭橐驼传》《宋清传》《童区寄传》等划入“传奇小说”，如卞孝萱《唐传奇新探》收录《毛颖传》《谪龙说》，石麟《传奇小说通论》附录《现存单篇传奇小说目录》录有《毛颖传》《种树郭橐驼传》《宋清传》《童区寄传》。

综上所述，现当代学者划定唐人单篇传奇作品范围存在着“小说”与集部之传记文、史部“传记”以及“杂史”等文类混杂出入的情况，这绝非现当代学者刻意扩大范围，而应源于唐人单篇传奇在古代文类或文体体系中，原本就非一个界限分明的独立存在。一方面，在唐人小说文类内部，部分作品是否曾单篇散行，如何界定，存在一定困难。另一方面，更为复杂的是，部分作品的文类归属在古代文类体系中就存在着子部“小说家”、集部“传记文”、史部“传记”之间的混杂出入情况。❹因此，“有些作品介乎志怪与传奇或传记与传奇之间，究竟能否算作传奇作品，看法很不一致”❺。这种状况其实自古而然，也就是，在古人心目中，不少单篇传奇实际上就是处于文类或文体定位混杂不清的状态。因此，现当代学者界定唐人单篇传奇不可避免地面临着出入集部“传记文”、史部“传记”之困惑，面

❶ 李剑国：《唐五代志怪传奇叙录（增订本）》，中华书局 2017 年版，第 418 页。
❷ 同上书，第 479 页。
❸ 同上书，第 76 页。
❹ 详见下文分析。
❺ 石麟：《传奇小说通论》，中州古籍出版社 2005 年版，第 6 页。

对具体作品斟酌选择，自然见仁见智。

当然，以现代学者对唐人传奇文体特征的界定为依据，不断扩大甄选单篇传奇作品的范围，有些作品甄别界定也存在过于宽泛之嫌，例如，对于韩愈《毛颖传》、柳宗元《谪龙说》《种树郭橐驼传》《宋清传》《童区寄传》等划入"传奇小说"，就有不少学者提出质疑。将部分富有传奇色彩的道家之神仙传归入单篇传奇，也值得商榷。

（三）唐人小说集中甄选传奇作品之取舍困难

对于唐人小说集中的"传奇"作品而言，如何区分笔记体与传奇体或志怪、杂事与传奇，更令人难以把握。唐人传奇的起源和兴盛是从单篇散行的传奇文开始的，大约在唐代中期流行近二百年之后开始逐渐进入小说集❶，"造传奇之文，荟萃为一集者，在唐代多有"❷。的确，唐人小说集特别是一批传奇小说集中包含"传奇"作品应是毋庸置疑的。李剑国《唐五代志怪传奇叙录》根据唐人小说集含有传奇体小说比例，将其划分为"传奇集""传奇志怪集""志怪传奇集"和"志怪传奇杂事集"等。然而，如何根据唐人传奇的文体规范特征将唐人小说集中的传奇作品甄选出来，却是一个非常棘手的问题，如李宗为《唐人传奇》称："区别志怪与传奇的问题主要集中在小说集上。单篇的唐人小说属于传奇类，这似乎是为大家所公认的。……所以要把志怪和传奇截然区分，在某些具体的小说集上还是有一定困难的。对这些作品，我们只能就其基本倾向来判断其归属。"❸《中国古代小说百科全书》"传奇"条称："但有些偏重纪实的作品，与传记文相近；有些神怪题材的作品，又与志怪小说类似。而且古代小说集里往往兼收众体，很难截然划分界限。对于具体作品的分类，研究者尚有不同意见。"❹李剑国《唐五代传奇集》之"凡例"称："顾志怪、杂事与传奇之体，涉及具体作品二者每难区别，时或首鼠两端，颇费思量，是故取舍或有不当，自属难免。"❺例如，关于牛肃《纪闻》，

❶ 参见李剑国《唐五代志怪传奇叙录》之"唐稗思考录——代前言"中有关论述，中华书局 2017 年版。
❷ 鲁迅：《中国小说史略》，上海古籍出版社 1998 年版，第 58 页。
❸ 李宗为：《唐人传奇》，中华书局 2003 年版，第 10—13 页。
❹ 刘世德主编：《中国古代小说百科全书》，中国大百科全书出版社 1993 年版，第 38 页。
❺ 李剑国辑校：《唐五代传奇集》，中华书局 2015 年版，第 1—2 页。

《唐宋传奇总集》选录《水珠》,《唐五代传奇集》未录,《唐五代传奇集》选录《稠禅师》《仪光禅师》《洪昉禅师》《李思元》《李虚》《牛腾》《刘洪》《窦不疑》《李强名妻》《叶法善》《郑宏之》,《唐宋传奇总集》未录。关于张荐《灵怪集》,《唐宋传奇总集》选录《关司法》,《唐五代传奇集》未录,《唐五代传奇集》选录《王生》,《唐宋传奇总集》未录。此类分歧出入情况,比比皆是。整体看来,《唐五代传奇集》作为后出转精的集大成之作,从唐人小说集中选录传奇作品要远远多于《唐宋传奇总集》,不仅从两书共有的一批小说丛集如《玄怪录》《河东记》《原化记》《博异志》《集异记》《续玄怪录》《纂异记》《甘泽谣》《传奇》《潇湘录》等选录传奇作品数量大增,而且新增了不少《唐宋传奇总集》未曾关注的小说丛集,如句道兴《搜神记》、萧瑀《金刚般若经灵验记》、唐临《冥报记》、孟献忠《金刚般若经集验记》、钟辂《前定录》、吕道生《定命录》、阙名《会昌解颐录》、陆勳《陆氏集异记》、李隐《大唐奇事记》、黄璞《闽川名士传》、严子休《桂苑丛谈》、杜光庭《神仙感遇传》《仙传拾遗》《墉城集仙录》、沈汾《续仙传》、王仁裕《王氏见闻集》、何光远《鉴诫录》、隐夫玉简《疑仙传》。当然,也有尉迟枢《南楚新闻》等个别小说丛集是《唐宋传奇总集》收录却不见于《唐五代传奇集》的。从《唐宋传奇总集》和《唐五代传奇集》来看,学者依据传奇文体特征从同一部小说丛集中甄选传奇作品,常常会有分歧出入,而且,对于哪些小说丛集包含传奇作品也会有不同判断。有的学者甚至否认将《原化记》《甘泽谣》《集异记》等所谓的传奇集归入传奇小说,“早则有《唐人小说》,近则有《唐宋传奇选》,事实上他们是没有认识到鲁迅所划定传奇的特征。如张读的《宣室志》、皇甫氏的《原化记》等只是‘志怪’一类的小说,袁郊的《甘泽谣》、薛用弱的《集异记》、皇甫枚的《三水小牍》等只能算‘纪录异闻’的小说,虽然它已经比前代的这类作品在篇幅上加长许多,但从实质上看不是传奇”。❶

明清时期就有一批小说丛书《虞初志》《古今说海》《五朝小说》《唐人说荟》等以篇为单位从《纪闻》《广异记》《玄怪录》《通幽记》《河东记》《博异志》《集异记》《续玄怪录》《纂异记》《甘泽谣》《宣室志》《传奇》等唐人小说集中选录作品,有些还明确归于“传奇家”“别传家”类目之下。❷这实际上就是从唐人小说丛集中甄

❶ 周绍良:《唐传奇笺证》,人民文学出版社2000年版,第4页。
❷ 参见王庆华:《古代小说学中“传奇”之内涵和指称辨析》,《文艺理论研究》2014年第2期。

选与单篇传奇风格接近的作品。

虽然现当代学者依据传奇体小说文体规范区分唐人小说集中的作品古已有之,但或多或少存在一定程度的"削足适履"。所谓传奇体小说、笔记体小说是近现代学者受到西方小说文体观念影响,对古代的"小说"进行文体类型划分界定而提出的。[1]在古代小说文类、文体的本然状态中,并不存在纯粹以笔记体、传奇体的文体类型为标准的创作类型,而且古人也并未严格秉持两类文体观念进行叙事书写。唐人小说集中确实出现了一批深受单篇传奇影响的作品,然而,如果深入比较单篇传奇与传奇集中的作品,还是会发现两者在篇幅、情节结构、叙事方式等文体特征方面存在一定差距,一般说来,单篇传奇更多倾向于"文笔",而传奇集中的传奇作品更多倾向于"史笔"。例如,《任氏传》《李娃传》《柳毅传》《南柯太守传》《莺莺传》《霍小玉传》等单篇传奇与《纪闻》《集异记》《玄怪录》《甘泽谣》《传奇》《三水小牍》中代表性传奇作品《吴保安》《李清》《魏先生》《红线》《杜子春》《崔书生》《昆仑奴传》《聂隐娘传》《非烟传》等相比,在篇幅、情节结构、叙事方式等方面就有着较为明显的"文笔"和"史笔"之别。前者篇幅明显较长,在叙述中掺加了诸多描摹形容成分,包括细节描写、场面铺陈、氛围渲染等;情节曲折,且注重写人,鲜明生动地刻画人物性情品格。后者相对而言,篇幅明显较短,更多追求叙事简洁,而仅保留个别典型性细节或比较简略的场景化叙事。传奇小说集之外的其他唐人小说集,虽然也或多或少含有个别类似传奇体小说的作品,但实际上整体看来,主要延续了唐前小说集的书写传统,例如,干宝《搜神记》中也不乏《胡母班》《赵公明参佐》《成公智琼》《李娥》《白水素女》等篇幅较长、情节曲折、文笔较精细者。例如,《胡母班》讲述胡母班受太山府君之邀,送书与河伯之事,故事曲折,描摹细腻:"胡母班,曾至太山之侧,忽于树间逢一绛衣驺,呼班云:'太山府君召。'班惊愕,逡巡未答。复有一驺出,呼之,遂随行。数十步,驺请班暂瞑目。少顷,便见宫室,威仪甚严。班乃入阁拜谒,主者为设食,语班曰:'欲见君无他,欲附书与女婿耳。'班问:'女郎何在?'曰:'女为河伯妇。'班曰:'辄当奉书,不知何缘得达?'答曰:'今适河中流,便扣舟呼青衣,当自有取书者。'班乃

[1] 参见王庆华:《古代文类系统中"笔记"之内涵指称》,《华东师范大学学报(哲学社会科学版)》2010 年第 5 期;王庆华:《古代小说学中"传奇"之内涵和指称辨析》,《文艺理论研究》2014 年第 2 期。

辞出。”❶

其实，唐人小说集多由记载传闻而成，文随事立，若传闻本身事件简略，载文自然也简短，传闻曲折，载文自然篇幅漫长，文笔之简洁抑或细腻，也常与传闻性质相关。因此，现当代学者不可避免地面临着两难选择，如果以比较接近单篇传奇为标准从小说集中甄选作品，似乎数量太少；如果以比较宽泛的标准来界定，似乎又容易混淆唐人传奇文体规定性而混同于一般的古代小说作品。因此，学界对于从唐人小说集中甄选传奇作品，自然很难达成普遍共识。笔者认为，相对而言，如果将传奇体界定为与笔记体相对应的文体概念，强调两者之文体区分，理应以单篇传奇为标准进行比较严格的筛选，同时，可将明清时期小说丛书以篇为单位从唐人小说集中选录的作品作为重要参考。否则，以比较宽泛标准选录的大量所谓“传奇”作品很难与一般笔记体小说篇幅较长者区分开来，实际上就混淆了传奇体与笔记体的文体界限。

现当代学者对唐人传奇文体规范和相关作品范围的界定不仅称得上古代小说研究的典型个案，而且在整个古代文学研究中也具有一定代表性，其研究范式面临的种种困惑和进退失据的两难选择对于古代小说研究乃至古代文学研究无疑具有重要启示意义。一方面，中国小说史学科创立之初形成一批基本概念术语，大都以古已有之的相关概念术语为基础重新界定而成，古代文献原有内涵、指称与近现代学界赋予的新内涵、指称之间存在相互纠葛的种种困惑。这种情况包括“传奇”在内的“志怪”“志人”“变文”“话本”“平话”“笔记小说”“章回小说”等一批概念。显然，“传奇”在古典文献中的原有内涵和指称与近现代学者的相关界定存在诸多不一致，这常给研究者带来依违于新旧之间的困惑。我们也需要对此类基本概念术语因新旧内涵纠缠而产生的种种理论困惑进行梳理反思，以便使我们的研究建立在更加坚实的理论基础上。一方面，对这些概念术语在古典文献中的指称对象和范围、命名角度和理论内涵、指称与理论内涵之演化以及相关历史语境等做一全面系统梳理。另一方面，对其在近现代学界的命名依据、理论背景、内涵演化、学术影响等做一深入探讨。此外，现代人文学术的研究

❶（晋）干宝撰，李剑国辑校：《搜神记辑校》卷六《感应篇》，中华书局2019年版，第96—97页。

范式强调研究概念本身的明确清晰、研究对象范围划分的界限分明，然而，古代文类、文体体系本身却存在着比较普遍的界限模糊、相互混杂的状况。唐人传奇在古代文类体系介于小说、集部“传记文”、史部“传记”等文类之间，作品范围界限更是相当模糊，因此，近现代学界力求清晰明确地界定唐人传奇不可避免会面临种种困惑。从研究范式、研究方法、理论视域更好地贴近研究对象从而充分揭示其特征来看，我们的研究理应充分尊重古代文类、文体本身的混杂性、模糊性，将其作为历史实在加以揭示，而不应无视回避其存在，更不应削混杂性、模糊性之“足”而适现代人文学术研究明确性、清晰性之“履”。

考虑到现当代学者界定唐传奇的文体特征并以此为标准圈定其作品范围存在着种种困惑。因此，关于宋人对唐传奇的文类、文体定位和归类研究，以最具代表性和共识性的唐人单篇传奇文和传奇集为例。

二、唐人单篇传奇文归入集部之“传记文”

唐人多将当时流行的单篇传奇文称为“传”或“记”，宋人也基本延续了唐人之称谓。在宋代文类、文体概念系统中，“传记”既为史部之“传记”或“杂传”类目概念，同时，又为集部之“传记”文章概念，如《文苑英华》之“传”“记”类，《郡斋读书志》著录《文苑英华》称：“‘传’五卷，‘记’三十八卷。”❶《唐文粹》选录作品有“传”“录”“纪事”类等。刘敞《彭城集》卷三十四《公是先生集序》云：“内集二十卷，诸议论、辩说、传记、书序、古赋、四言、文词、箴赞、碑刻、铭志、行状皆归之内集。”❷汪应辰《文定集》卷二十《御史中丞常公墓志铭》云：“公晚年自号虚闲居士，有古律诗、表、启、词、疏、外制、札状、书序、题跋、序跋、传记、碑、铭二十卷，名曰《虚闲集》。”❸因此，所谓“传记”，应为介于两者之间的一种文类、文体概念。那么，此类单篇行世之传奇文被称之“传记”，是定位于史部之“传记”还是集部之

❶（宋）晁公武撰，孙猛校证：《郡斋读书志校证》，上海古籍出版社 1990 年版，第 1215 页。
❷（宋）刘攽撰，逯铭昕点校：《彭城集》，齐鲁书社 2018 年版，第 901 页。
❸（宋）汪应辰：《文定集》，学林出版社 2009 年版，第 228 页。

"传记文"呢？从部分唐人单篇传奇文被明确定位于集部来看，宋人应更倾向于将其看作集部之"传记文"。

宋人编纂唐人诗文总集和别集，曾收录部分唐人传奇作品。《文苑英华》之"传类""记类""杂文类"选录个别唐传奇作品，如卷七九二至七九六之"传"类收录沈亚之《冯燕传》、陈鸿《长恨歌传》❶，卷八三三"记"类收录沈既济《枕中记》，卷三五八"杂文"类收录沈亚之《湘中怨解》。作为诗文总集，《文苑英华》所选作品在文体、文类界定上应具有一定典范意义。《文苑英华》收录《长恨歌传》《冯燕传》，同时也收录了《长恨歌》(卷三四六)、《冯燕歌》(卷三四九)。此类传奇文与歌行珠联璧合，还有沈既济《任氏传》与白居易《任氏行》、元稹《莺莺传》与李绅《莺莺歌》、白行简《李娃传》与元稹《李娃行》、蒋防《霍小玉传》与佚名《霍小玉歌》等。传文与歌行相配而行是唐代中期单篇传奇文创作的一种独特文体现象，从类型意义上来说，《文苑英华》中的《长恨歌传》《冯燕传》以及《长恨歌》《冯燕歌》应代表此类作品。这也与叙事性诗序与诗歌相伴而行颇为相似，如韩愈《石鼎联句诗序》、元稹《崔徽歌并序》等。在《文苑英华》中，沈既济《枕中记》被列入"记"类的"寓言"之属，同时收录的还有王绩《醉乡记》、李华《鹗执狐记》，都为典型的文章之作。在宋人眼中，沈既济《枕中记》与李公佐《南柯太守传》、佚名《樱桃青衣》亦属同一类型作品，如洪迈《夷坚支甲》卷二《卫师回》："唐人记南柯太守、樱桃青衣、邯郸黄粱，事皆相似也。"❷因此，《枕中记》《南柯太守传》等一批"寓言"性质的传奇文，也都应算作集部之文。"怨"属"歌行"性质的文体，"解"属诗序性质之文体，两者都非通行文体，沈亚之《湘中怨解》因而被收录在《文苑英华》之"杂文"类。

宋人所编沈亚之《沈下贤文集》❸卷二"杂著"收录《湘中怨解》《秦梦记》，卷四"杂著"收录《异梦录》《冯燕传》。卷二同时收录的还有《为人撰乞巧文》《祝楠木神文》《文祝延》《杂记》等，实为各类"杂"文体。卷四同时收录的还有《李绅传》《郭常传》《嘉子传》《谊鸟录》，因《沈下贤集》未另立"传"类，所以，卷四相当于其

❶ 陈鸿《长恨歌传》亦载《白氏长庆集》卷一二，《四部丛刊》景即日本翻宋大字本。

❷ (宋)洪迈撰，何卓点校：《夷坚志》，中华书局 2006 年版，第 727 页。

❸ 据《四部丛刊初编》之涵芬楼景印明翻宋本。

他别集之"传"。在宋人看来,《秦梦记》属于叙述奇遇之文,与此相类者,还有多篇传奇文,如刘克庄《后村集》卷一百七十三:"唐人叙述奇遇,如后土夫人事,托之韦郎,无双事托之仙客,莺莺事虽元稹自叙,犹借张生为名。惟沈下贤《秦梦记》、牛僧孺《周秦行记》、李群玉《黄陵庙诗》,皆揽归其身,名检扫地矣。"❶显然,《沈下贤集》可收录此类作品,其他文人文集也应可录入,如李德裕《李文饶外集》卷四《穷愁志》附《周秦行纪》,陈振孙《直斋书录解题》卷十六著录《会昌一品集》二十卷、《别集》十卷、《外集》四卷,称:"《周秦行纪》一篇,奇章怨家所为,而文饶遂信之尔。"❷

宋人笔记杂著谈及部分唐人传奇文,也将其看作集部之文,如赵令畤《侯鲭录》卷五"元微之崔莺莺商调蝶恋花词":"夫《传奇》者,唐元微之所述也。以不载于本集而出于小说,或疑其非是。今观其词,自非大手笔,孰能与于此?"❸此处"本集"显然应指《元氏长庆集》,也就是说,《传奇》(《莺莺传》)原本应载于《元氏长庆集》❹,之所以未载,应主要是有所忌讳。《直斋书录解题》卷十六"元氏长庆集"称:"今世所传《李娃》《莺莺》《梦游春》《古决绝句》《赠双文》《示杨琼》诸诗,皆不见于六十卷中。意馆中所谓'逸诗'者,即其艳体者耶。"❺《李娃行》等属于艳体诗,魏庆之《诗人玉屑》卷十七云:"诗人写人物态度,至不可移易。元微之《李娃行》云:'髻鬟峨峨高一尺,门前立地看春风。'此定是娼妇。"❻宋人对于文人别集录此尚有避讳,与之相关之《莺莺传》《李娃传》等,虽属于应载者,也一定在回避之列了。胡仔《苕溪渔隐丛话》后集卷十八《罗隐》引《艺苑雌黄》云:"唐人作《后土夫人传》,予始读之,恶其渎慢而且诬也;比观陈无已《诗话》云:'宋玉为《高唐赋》,载巫山神女遇楚襄王,盖有所讽也;而文士多效之,又为传记以实之,而天地百神,举无免者。'"❼《后土夫人传》也列为"文士"之"传记"。

《太平广记》卷四八四至卷四九二将所录传奇文《李娃传》《东城老父传》《柳

---

❶ (宋)刘克庄著,辛更儒笺校:《刘克庄集笺校》,中华书局 2011 年版,第 6699 页。

❷ (宋)陈振孙撰,徐小蛮、顾美华点校:《直斋书录解题》,上海古籍出版社 1987 年版,第 482 页。

❸ (宋)赵令畤撰,傅成校点:《侯鲭录》,上海古籍出版社 2012 年版,第 97 页。

❹ 李剑国《唐五代志怪传奇叙录》称:"然《永乐大典》卷二七四二《崔莺莺》条下引元稹《长庆集》之《崔莺莺传》,则至晚元明间传世之《元氏长庆集》已收入此传。"中华书局 2017 年版,第 336 页。

❺ (宋)陈振孙撰,徐小蛮、顾美华点校:《直斋书录解题》,上海古籍出版社 1987 年版,第 478—479 页。

❻ (宋)魏庆之:《诗人玉屑》,上海古籍出版社 1959 年版,第 385 页。

❼ (宋)胡仔纂集,廖德明校点:《苕溪渔隐丛话》,人民文学出版社 1962 年版,第 126 页。

氏传》《长恨传》《无双传》《霍小玉传》《莺莺传》《周秦行记》《冥音录》《东阳夜怪录》《谢小娥传》《杨娼传》《非烟传》《灵应传》等十四篇，特称为“杂传记”。《太平广记》类目划分主要借鉴宋前之类书、史书如《五行志》《世说新语》等分类，以题材内容性质为主，例如：各种人物类型，如方士、异人、异僧、将帅、妇人、儒行等；各种神怪类型，如神仙、女仙、神、鬼、夜叉、神魂、妖怪、精怪、灵异等；各种博物类型，如器玩、酒、雷、雨、山、石、水、草木、龙、虎、昆虫等；各种人物品性类型，如气义、幼敏、器量、诡诈、诙谐、轻薄等；各种情节类型，如报应、感应、定数、再生、悟前生等。“杂传记”显然是游离于主体分类之外的独特类目，从内容性质上来看，这些作品实际上都可纳入上述类目体系，正如《古镜记》在器玩类、《李章武传》在鬼类、《柳毅传》在龙类、《任氏传》在狐类、《南柯太守传》在昆虫类一样，《霍小玉传》《莺莺传》也自可纳入“妇人”等。因此，“杂传记”单列一类，应主要从文体角度考虑，而且区别于通常所称之史部“传记”类概念。《太平广记》本身就是大量采录史部“传记”“小说”而成，如《直斋书录解题》著录《太平广记》称：“又取野史、传记、故事、小说撰集，明年书成，名《太平广记》。”❶因此，就没有必要再从史部“传记”角度指称此类作品为“杂传记”。如果联系宋人将部分唐代单篇传奇文归入集部之“传记文”来看，《太平广记》从文体学角度将唐代单篇传奇文命名为“杂传记”，可能更倾向于集部之“传记文”。

张君房《丽情集》编纂唐人传奇，多“传”与“歌行”相配，如《任氏传》《长恨歌传》《莺莺传》《燕女坟记》《李娃传》《烟中怨解》《湘中怨解》《冯燕传》《霍小玉传》《无双传》《非烟传》《余媚娘叙录》等，配有《任氏行》《长恨歌》《莺莺歌》《李娃行》《冯燕歌》《小玉歌》《无双歌》等歌行，同时，还收录了一批唐人诗歌并序，如顾况《宜城放琴客歌并序》、元稹《崔徽歌并序》、崔珏《灼灼歌并序》、刘禹锡《秦娘歌并引》、杜牧《杜秋娘诗并序》《张好好诗并序》、卢硕《真真歌并序》等，长篇诗序详叙诗歌本事之始末，与传奇文颇相类似。❷两者并列，也反映了选编者将长篇诗序相配诗歌与传奇文相配歌行看作文体性质相近的作品。而且，该书被《秘书省续编到四库阙书目》著录于总集类，也揭示了宋人将唐人单篇传奇定位于集部“传

❶（宋）陈振孙撰，徐小蛮、顾美华点校：《直斋书录解题》，上海古籍出版社1987年版，第325页。
❷参见李剑国《宋代志怪传奇叙录（增订本）》对《丽情集二十卷》之考证，中华书局2018年版，第117页。

记文"的文体性质的判别。陈翰《异闻集》是以单篇传奇文为主之选集，目前考证收录四十四篇，《郡斋读书志》称："以传记所载唐朝奇怪事，类为一书。"❶此处所称"传记"，也应更倾向于集部"传记文"之文体概念。此外，也有极个别唐人传奇集中的作品析出进入宋人文集，如《甘泽谣》之《圆观》被苏轼删改为《僧圆泽传》收入《东坡全集》卷三九，末有附注："此出袁郊所作《甘泽谣》，以其天竺故事，故书以遗寺僧。旧文烦冗，颇为删改。"❷

唐传奇文体主要源于魏晋六朝杂传，与魏晋六朝杂传一脉相承的唐人传奇，宋人为何就将其部分作品归入集部之"传记文"呢？这应主要源于以下两个方面。

一方面，唐传奇文体虽源于魏晋六朝杂传，但又是对杂传之文体规范的超越和改造。唐人写作传奇文，相当一部分是为了彰显作者历史叙事和文学想象的才华，因此，这就赋予了传奇文浓厚的"文章"色彩，"著文章之美，传要妙之情"。❸陈寅恪早就指出，《长恨歌传》等传奇文"乃一种新文体"，属于"当时诸文士之各竭其才智，竞造胜境"❹之结果。近年来，陈文新提出唐传奇的基本文体特征就是"传、记辞章化"，传、记融合了辞章的旨趣和手法，创造了一种全新的文体。❺如果深入比较单篇传奇文与传奇集中的作品，还是会发现两者在篇幅、情节结构、叙事方式等文体特征方面存在一定差距，单篇传奇文更多倾向于"文笔"而传奇集中的传奇作品更多倾向于"史笔"。

另一方面，宋人面对唐代史部"传记"之单篇传记显著衰落和集部之传体文兴起之演化，也自然倾向于从集部之传记文的角度来理解唐人单篇传奇文。

汉魏六朝史部"杂传"之单篇人物传数量巨大，两汉有二十三种左右、三国时期有五十种左右，两晋有一百五十种以上，南北朝则多道教人物传而其他散传则相对较少。❻唐代史部"传记"之单篇人物传记创作显著衰退，仅有十六种，主要

❶ (宋) 晁公武撰，孙猛校证：《郡斋读书志校证》，上海古籍出版社 1990 年版，第 548 页。
❷ 张志烈、马德富、周裕锴主编：《苏轼全集校注》，河北人民出版社 2010 年版，第 1354 页。
❸ (宋) 李昉等编：《太平广记》，中华书局 1961 年版，第 3697 页。
❹ 陈寅恪：《元白诗笺证稿》，生活・读书・新知三联书店 2001 年版，第 9 页。
❺ 陈文新、王炜：《传、记辞章化：从中国叙事传统看唐人传奇的文体特征》，《武汉大学学报(人文科学版)》2005 年第 2 期。
❻ 参见熊明：《杂传与小说：汉魏六朝杂传研究》，辽海出版社 2004 年版。

包括贾闰甫《李密传》、王方庆《文贞公事录》、宗楚客《薛怀义传》、李邕《狄仁杰传》、徐浩《庐陵王传》、马宇《段公别传》、刘复《周广传》、佚名《王义传》等。❶唐前之文集虽有《大人先生传》《五柳先生传》《邱乃敦崇传》《任府君传》等传体文，但尚未形成独立文体，至唐代，文集中的传体文作为独立文体开始兴起❷，传体文展现出多种富有创造性的类型，其中亦有一批载录异人奇事的传体文，如柳宗元《李赤传》、沈亚之《歌者叶记》、长孙巨泽《庐陲妻传》、温造《瞿童述》等。显然，相对于唐代史部为数不多的单篇"传记"而言，以单篇形式流传的传奇文自然更接近于集部之传体文，或也可看作一种"变体"类型。❸

将唐人传奇看作集部"传记文"，应为宋朝独有的一种观念。明清时期，仅有极个别文章总集收录唐人传奇作品，例如，明代屠隆《鉅文》增收录个别传奇文，《四库全书总目》批评称："是集杂选经传及古文词，分宏放、悲壮、奇古、闲适、庄严、绮丽六门，仅八十篇。以《考工记》《檀弓》诸圣贤经典之文与稗官小说如《柳毅传》《飞燕外传》等杂然并选，殊为谬诞。"❹清代董诰编辑《全唐文》以《唐文》为底本，《唐文》原曾将唐人传奇文收录其中，《全唐文》则因其事关风化或猥琐诞妄而削删未录，"凡例"称："唐人说部最夥，原书所载，如《会真记》之事关风化，谨遵旨削去。此外，如《柳毅传》《霍小玉传》之猥琐，《周秦行记》《韦安道传》之诞妄，亦概从删。"❺不过，《全唐文》亦收录《东城老父传》《谢小娥传》《异梦录》等传奇文。

三、唐人传奇归入史部之"传记"

在宋代官私书目中，唐传奇明确被著录于史部之"传记"类，实际上仅涉及极

❶ 参见武丽霞《唐代杂传研究》中的有关统计，博士学位论文，四川大学，2004 年。

❷ 参见罗宁、武丽霞：《论文传的产生与演变》，《新国学》第六卷，巴蜀书社 2006 年版。

❸ (清) 王士禛撰，靳斯仁点校：《池北偶谈》卷十六"沈下贤集"条云："唐吴兴沈亚之《下贤集》十二卷，古赋诗一卷，杂文、杂著如《湘中怨》《秦梦记》《冯燕传》之类三卷，……《下贤》文大抵近小说家，如记弄玉、邢凤等事。"中华书局 1982 年版，第 391 页。

❹ (清) 纪昀、陆锡熊、孙士毅等：《钦定四库全书总目》，中华书局 1997 年版，第 2700 页。

❺ (清) 董诰等编：《全唐文》，中华书局 1983 年版，第 15 页。

个别特例作品，主要有张说《梁四公记》、郭湜《高力士外传》、佚名《补江总白猿传》、裴铏《虬髯客传》、袁郊《甘泽谣》等。

从宋代官私书目著录情况来看，这几篇（部）作品被归入"传记"主要有两种情况，一种是宋代官私书目均著录于史部"传记"类，也就是说，宋人基本将其看作史部之"传记"，例如，《梁四公记》，被著录于《崇文总目》之"传记类"、《新唐志》之"杂传记类"、《通志·艺文略》之"传记类"下"名士"条、《中兴馆阁书目》之"杂传类"、《遂初堂书目》之"杂传类"、《直斋书录解题》之"传记类"。《高力士外传》，被著录于《崇文总目》之"传记类"、《新唐志》之"杂传记类"、《通志·艺文略》"传记类"下"名士"条，《直斋书录解题》之"传记类"、《遂初堂书目》之"杂传类"。

《梁四公记》《高力士外传》被宋代官私书目一致归入史部之"传记"类，反映了一种共识性的文类观念：历史人物传闻性的传记作品，基本相当于"别传""外传"，"与正史差异者，并存而录之，则别传、外传比也"❶，一般多归入"传记"类。在宋人看来，"传记"属于史学价值较低、为"正史"编纂提供素材、补史之缺的"野史"，如《欧阳修集》卷一二四《崇文总目叙释》："古者史官，其书有法，大事书之策，小事载之简牍。至于风俗之旧，耆老所传，遗言逸行，史不及书，则传记之说，或有取焉。然自六经之文，诸家异学，说或不同。况乎幽人处士，闻见各异，或详一时之所得，或发史官之所讳，参求考质，可以备多闻焉。"❷马端临《文献通考》卷一百九十五《经籍考二十二》："《宋三朝艺文志》曰：传记之作，盖史笔之所不及者，方闻之士，得以纪述而为劝戒。"❸"传记"载录之事或多或少与朝政大事、历史人物事迹、人事善恶等史家旨趣相关，因此，载录历史人物传闻性的"外传""别传"之类自然应归入"传记类"，宋代官私书目有着诸多此类证例，如《汉武内传》《赵飞燕外传》《杨太真外传》《绿珠传》《则天外传》被归入《郡斋读书志》《直斋书录解题》之"传记类"或《遂初堂书目》之"杂传类"。

另一种则属宋代官私书目混杂著录者，例如，《补江总白猿传》，著录于《郡斋读书志》之"传记类"、《通志·艺文略》"传记类"之"冥异"，在《崇文总目》《新唐

❶（宋）张齐贤：《洛阳搢绅旧闻记·序》，《笔记小说大观》（第 2 册），江苏广陵古籍刻印出版社 1983 年版，第 1 页。

❷（宋）欧阳修著，李之亮笺注：《欧阳修集编年笺注》，巴蜀书社 2007 年版，第 85—86 页。

❸（元）马端临：《文献通考》，中华书局 2011 年版，第 5649 页。

志》《遂初堂书目》《直斋书录解题》中则均著录于“小说家类”。《虬髯客传》，被著录于《崇文总目》之“传记类”、《通志·艺文略》之“传记类”中“冥异”条，陈翰《异闻集》曾收录《虬髯客传》，《异闻集》被收入“小说家”，也应算一种混杂。《甘泽谣》，被著录于《崇文总目》之“传记类”、《通志·艺文略》之“传记类”中“冥异”条，在《新唐志》《郡斋读书志》《直斋书录解题》中均著录于“小说家”。其中，《通志·艺文略》之“传记类”下“冥异”条著录了一大批“小说”志怪性质作品，承袭了《隋书·经籍志》《旧唐书·经籍志》中“杂传类”之著录体例，在宋代官私书目“传记类”著录中可作为一种特例。

在宋人看来，史部之“传记”与子部之“小说”文类性质非常接近，如晁公武《郡斋读书志》卷九“传记类”之《黄帝内传一卷》：“《艺文志》以书之纪国政得失、人事美恶，其大者类为杂史，其余则属之小说，然其间或论一事著一人者，附于杂史、小说皆未安，故又为传记类，今从之。”❶作为“史之流别”，两者都属载录闻见或传闻而成的野史、稗史之类，只是相对而言，“小说”载录之事距离庙堂国政、人事善恶更远一些，也更为琐细一些。因文类性质非常接近，宋人常将“传记”与“小说”相提并论，如欧阳修《五代史伶官传论》：“五代文章陋矣，而史官之职废于丧乱，传记小说多失其传，故其事迹，终始不完，而杂以讹谬。”❷史绳祖《学斋占毕》卷二“纸笔不始于蔡伦、蒙恬”云：“传记、小说多失实。”❸

《补江总白猿传》《虬髯客传》《甘泽谣》被著录于“传记类”和“小说家”，应主要为“传记”与“小说”文类相近而造成的文类混杂。当然，从具体作品来看，也与其兼有两者之文类规定性密不可分。从“传记类”文类规定性来看，与《梁四公记》《高力士外传》相类，它们都涉及历史人物之传闻或传说，例如，《补江总白猿传》事关欧阳询、江总，《虬髯客传》事关李靖、唐太宗等，《甘泽谣》事关狄仁杰、薛嵩等。从“小说”文类规定性来看，这些作品又都含有不少荒诞怪妄内容，如《直斋书录解题》称《补江总白猿传》：“欧阳纥者，询之父也。询貌类猕猿，盖尝与长孙无忌互相嘲谑矣。此传遂因其嘲，广之以实其事，托言江总，必无名子所为

❶ (宋) 晁公武著，孙猛校证：《郡斋读书志校证》，上海古籍出版社 1990 版，第 359 页。
❷ (宋) 欧阳修撰，(宋) 徐无党注：《新五代史》，中华书局 1974 年版，第 406 页。
❸ (宋) 史绳祖：《学斋占毕》，上海古籍出版社 1992 年版，第 25 页。

也。”❶大概因各官私书目对这些传闻或传说真实性的判断见仁见智，故倾向于较为真实可信者则归入“传记类”，而较为荒诞不经者则归入“小说家”。

在宋人官私书目著录中，唐人“传记”与“小说”之混杂主要集中于以笔记体为主、载录朝野见闻的“小说”作品，如张鷟《朝野佥载》（《新唐书・艺文志》中著录于“传记”，《郡斋读书志》《直斋书录解题》中著录于“小说”）、苏鹗《杜阳杂编》（《崇文总目》中著录于“传记”，《通志・艺文略》中著录于“小说”）、皇甫牧《三水小牍》（《崇文总目》中著录于“传记”，《直斋书录解题》《遂初堂书目》中著录于“小说”）、佚名《玉泉子》（《崇文总目》中著录于“传记”，《直斋书录解题》中著录于“小说”）、冯翊子《桂苑丛谈》（《崇文总目》中著录于“传记”，《通志・艺文略》中著录于“小说”）、王仁裕《王氏见闻集》（《崇文总目》中著录于“传记”，《秘书省续编到四库阙书目》中著录于“小说”）、王仁裕《玉堂闲话》（《崇文总目》中著录于“传记”，《遂初堂书目》中著录于“小说”）、刘崇远《金华子》（《崇文总目》中著录于“传记”，《郡斋读书志》《直斋书录解题》中著录于“小说”）等。显然，在宋代官私书目中，唐人传奇与史部“传记”整体还是泾渭分明的。

此外，也有极个别唐人传奇文在宋代官私书目中归入史部之“杂史类”，如陈鸿《开元升平源》著录于《郡斋读书志》《直斋书录解题》之“杂史类”，佚名《隋炀帝开河记》著录于《遂初堂书目》之“杂史类”。佚名《大业拾遗记》（《隋遗录》）著录于《崇文总目》《遂初堂书目》《郡斋读书志》之“杂史类”。相对于“传记”而言，“杂史”与史家旨趣更为密切，史学价值也更高些，如《郡斋读书志》称《开元升平源记》：“载姚崇以十事要明皇。”❷

从上文分析可见，宋人将个别唐人传奇归入史部之“传记”，实际上仅仅涉及载录历史人物传闻性的“外传”“别传”之类作品。明代个别私家书目如晁瑮《宝文堂书目》、高儒《百川书志》中的“传记”类收录了一批经典传奇文。有些学者据此认定，古人普遍将唐人传奇看作史部之“传记”，这应为一种误读。一方面，从官私书目著录情况来看，《文献通考・经籍考》《宋史・艺文志》《国史经籍志》《千

❶（宋）陈振孙撰，徐小蛮、顾美华点校：《直斋书录解题》，上海古籍出版社 1987 年版，第 317 页。
❷（宋）晁公武著，孙猛校证：《郡斋读书志校证》，上海古籍出版社 1990 版，第 250 页。

顷堂书目》《明史·艺文志》等，一般均将唐传奇以及后来之传奇体小说归入“小说家”。《四库全书总目》“小说家”甚至对传奇体小说作品黜而不录，多处提及传奇体小说时，也多从正统价值立场出发的鄙薄之词，如“其文淫艳”“词多鄙俚”“同出依托”等。另一方面，《百川书志》《宝文堂书目》著录体例有失严谨，如周中孚《郑堂读书记》称《百川书志》：“然以道学编入经志，以传奇为外史，琐语为小史，俱编入史志，可乎？”❶这种著录应为一种明清个别书目的特例。在明清正统观念中，传奇体小说仅属“独秀的旁枝”，甚至在“小说家”中也属于地位和价值相对较为低下者，一般不可能将其著录于史部“传记”类。

四、唐人传奇归入子部之“小说”

宋代官私书目极少以篇为单位对单篇传奇文进行著录，从《太平广记》《类说》《绀珠集》《锦绣万花谷》《全芳备祖》等文言小说总集、类书转录、摘录和《详注片玉集》《施注苏诗》《山谷诗集注》等诗注征引情况来看，唐人单篇传奇文在宋代主要通过陈翰编《异闻集》、张君房编《丽情集》流传行世。《异闻集》收录《神告录》《镜龙记》《古镜记》《韦仙翁》《柳毅传》《离魂记》《韦安道》《周秦行记》《任氏传》《上清传》《柳氏传》《李娃传》《霍小玉传》《莺莺传》《谢小娥传》《东城老父传》《枕中记》《南柯太守传》《樱桃青衣传》等一批单篇传奇文名篇，现在可考者约四十四篇。从作品题材类型来看，或为描写神仙鬼怪、奇异之事，或为现实人事之男女情爱、豪士侠客，或为梦幻寓言，远离庙堂国政、人事善恶，史家旨趣极为淡薄，个别作品涉及史事，也多被宋人认为虚诞难信，如《资治通鉴考异》质疑《上清传》：“信如此说，则参为人所劫，德宗岂得反云‘蓄养侠刺’！况陆贽贤相，安肯为此！就使欲陷参，其术固多，岂肯为此儿戏！全不近人情。今不取。”❷质疑《虬髯客传》：“又叙靖事极怪诞无取。”❸陈振孙《直斋书录解题》称《霍小玉传》：“岂

❶ (清) 周中孚撰，黄曙辉、印晓峰标校：《郑堂读书记》，上海书店出版社 2009 年版，第 483 页。
❷ (宋) 司马光编著，(元) 胡三省音注，标点资治通鉴小组校点：《资治通鉴》，中华书局 1956 年版，第 7530 页。
❸ 同上书，第 5762 页。

小玉将死，诀绝之言果验耶？抑好事者因其有此疾，遂为此说以实之也？”[1]程大昌《考古编》卷九云：“虬髯传言：‘靖得虬髯客资助，遂以家力佐太宗起事。’此文士滑稽而人不察耳。”[2]洪迈《容斋随笔》卷一二云：“又有杜光庭《虬髯客传》云，……此一传，大抵皆妄云。”[3]《异闻集》《丽情集》被《崇文总目》《新唐书·艺文志》《郡斋读书志》《直斋书录解题》《宋史·艺文志》著录于“小说家”。王观国《学林》卷五云：“近世有小说《丽情集》者。”[4]这反映出宋人实际上同时将唐代单篇传奇文也普遍看作“小说”。[5]

唐人传奇集也普遍著录于子部之“小说家”。牛僧儒《玄怪录》、薛渔思《河东记》，皇甫氏《原化记》，郑还古《博异志》、薛用弱《集异记》、李复言《续玄怪录》、李玫《纂异记》、袁郊《甘泽谣》、裴铏《传奇》、李隐《大唐奇事记》、柳祥《潇湘录》等传奇集，除了《通志·艺文略》或著录于“传记类”之“冥异”之外，《崇文总目》《新唐书·艺文志》《郡斋读书志》《直斋书录解题》等宋代官私书目均著录于“小说家”。

宋人笔记杂著中提及唐人单篇传奇文和传奇集，也普遍称之为“小说”，刘克庄《后村集》卷一百七十三：“欧阳率更貌寝，长孙无忌嘲之云：‘谁令麟阁上，画此一猕猴。’好事者遂造白猿之说，谤及其亲。郑畋名相，父亚亦名卿，或为《李娃传》，诬亚为元和，畋为元和之子。小说因谓畋与卢携并相不咸，携诟畋身出倡妓。按畋与携皆李翱甥，畋母携姨母也。安得如《娃传》及小说所云？”[6]胡仔《苕溪渔隐丛话·前集》卷二十八云：“石林诗话云：‘开帘风动竹，疑是故人来’，与‘徘徊花上月，空度可怜宵’，此两联虽唐人小说，其实佳句也。”[7]陈师道《后山诗话》云：“传奇，唐裴铏所著小说也。”[8]洪迈《容斋随笔》卷第十三“东坡罗浮诗”条

[1] （宋）陈振孙撰，徐小蛮、顾美华点校：《直斋书录解题》，上海古籍出版社 1987 年版，第 563 页。

[2] （宋）程大昌撰，刘尚荣校证：《考古编》，中华书局 2008 年版，第 153 页。

[3] （宋）洪迈著，穆公校点：《容斋随笔》，上海古籍出版社 2015 年版，第 85 页。

[4] （宋）王观国撰，王建、田吉校点：《学林》，岳麓书社 2010 年版，第 168 页。

[5] 宋人亦将叙述怪异之诗序称为“小说”，如《韩愈文集汇校笺注》称：“小说：韩吏部序石鼎联句，其事颇怪。”（唐）韩愈著，刘真伦、岳珍校注，中华书局 2010 年版，第 1267 页。

[6] （宋）刘克庄撰，王蓉贵、向以鲜校点，刁忠民审订：《后村先生大全集》，四川大学出版社 2008 年版，第 4430—4431 页。

[7] （宋）胡仔纂集，廖德明校点：《苕溪渔隐丛话》，人民文学出版社 1962 年版，第 197 页。

[8] （清）何文焕辑：《历代诗话》，中华书局 1981 年版，第 310 页。

云："唐小说薛用弱《集异记》。"❶《容斋三笔》卷九云："唐小说《纂异记》载。"❷

唐代，"小说"已确立起"正史之外的野史、传说"之义界，如刘知幾《史通·杂述》："是知偏记小说，自成一家。而能与正史参行，其所由来尚矣。"❸参寥子《阙史序》云："故自武德、贞观而后，吮笔为小说、小录、稗史、野史、杂录、杂纪者多矣。贞元、大历已前，捃拾无遗事。"❹唐人"史之余""小说"文类观可理解为"传其所闻而载之"❺，是对传闻或见闻的记载；"虑史氏或阙则补之意"❻，以补史之阙为主要宗旨，是对"正史"不屑载录内容的拾遗补阙。当然，也有部分作品"大率皆鬼神变怪荒唐诞妄之事。不然，则滑稽诙谐以为笑乐之资"❼，而仅仅"为夸尚""资谈笑"。宋人基本上承继了唐人"小说"文类观，如《欧阳修集·居士外集》卷十七《与尹师鲁第二书》："今若便为正史，尽宜删削，存其大要，至如细小之事，虽有可纪，非干大体，自可存之小说，不足以累正史。"❽《郡斋读书志》卷十三《周卢注博物志》云："《西京赋》曰：'小说九百，起自虞初。'周人也，其小说之来尚矣，然不过志梦卜、纪谲怪、记谈谐之类而已。其后史臣务采异闻，往往取之。"❾《直斋书录解题》卷十一《夷坚志》云："稗官小说，昔人固有为之者矣。游戏笔端，资助谈柄，犹贤乎已，可也。"❿叶梦得《避暑录话》云："士大夫作小说，杂记所闻见，本以为游戏，而或者暴人之短，私为喜怒，此何理哉！"⓫总体说来，除了载录细小之事"补史之阙"外，宋代小说文类观还进一步凸显了游戏笔端、资助谈柄、有广见闻等娱乐消遣功用，如欧阳修《归田录》记载钱惟演："平生惟好读书，坐则读经史，卧则读小说，上厕则阅小辞。"⓬张邦基《墨庄漫录》卷二云："因阅《太平广

❶ (宋) 洪迈著，穆公校点：《容斋随笔》，上海古籍出版社 2015 年版，第 93 页。

❷ 同上书，第 292 页。

❸ (唐) 刘知幾撰，(清) 浦起龙通释，王煦华整理：《史通通释》，上海古籍出版社 2009 年版，第 253 页。

❹ (唐) 参寥子：《阙史序》，丁锡根编著：《中国历代小说序跋集》，人民文学出版社 1996 年版，第 316 页。

❺ (清) 董诰等编纂，孙映达等点校：《全唐文》，中华书局 1983 年版，第 10199 页。

❻ 陈尚君辑校：《全唐文补编》，中华书局 2005 年版，第 949 页。

❼ (清) 董诰等编纂，孙映达等点校：《全唐文》，中华书局 1983 年版，第 8552 页。

❽ (宋) 欧阳修著，李之亮笺注：《欧阳修集编年笺注》，巴蜀书社 2007 年版，第 284 页。

❾ (宋) 晁公武著，孙猛校证：《郡斋读书志校证》，上海古籍出版社 1990 版，第 543 页。

❿ (宋) 陈振孙撰，徐小蛮、顾美华点校：《直斋书录解题》，上海古籍出版社 1987 年版，第 336 页。

⓫ (宋) 叶梦得撰，田松青、徐时仪校点：《避暑录话》，上海古籍出版社 2012 年版，第 125 页。

⓬ (宋) 欧阳修撰，李伟国点校：《归田录》，中华书局 1981 年版，第 24 页。

记》。每过予兄子章家夜集，谈记中异事，以供笑语。”❶宋代官私书目著录唐人小说，其题材类型大体可分为两类：一种为载录鬼神怪异之事的“志怪”“异闻”等，以神、仙、鬼、精、怪、妖、梦、灾异、异物等人物故事为主；另一种为载录历史人物轶闻琐事的“逸事”“琐言”“杂事”等，以帝王、士大夫、文人等朝野人物轶闻琐事为主。前者重在资助谈柄、有广见闻，后者重在“补史之阙”。从宋人对唐人传奇集的相关评论来看，将其著录于“小说”，因其载录之事多“谲异”“奇怪”者，如晁公武《郡斋读书志》称《甘泽谣》：“载谲异事九章。”❷《传奇》称：“所记皆神仙诙谲事。”❸《异闻集》称：“以传记所载唐朝奇怪事。”❹《集异记》称：“集隋唐间谲诡之事。”❺《周秦行纪》称：“自叙所遇异事。”❻《河东记》称：“记谲怪事。”❼这说明，宋人著录唐人传奇，基本将其看作远离“补史之阙”史家旨趣而与“志怪”更为相近。因此，唐人传奇集的主要功用价值自然也被定位为“资谈暇”，如洪迈《夷坚支癸序》称：“若牛奇章、李复言之《玄怪》、陈翰之《异闻》……薛渔思之《河东记》耳，余多不足读。然探赜幽隐，可资谈暇。”❽宋人将唐人单篇传奇文和传奇集普通看作“小说”应主要属于对文本内容性质的价值判断，在古人的价值评判体系中，此类仅可资谈助、广见闻之作自然属于地位低下之“小道”。当然，宋人也开始初步认识到唐人传奇迥别于一般“小说”的特性，如“文备众体”所展示之史才与文采，赵彦卫《云麓漫钞》卷八云：“唐之举人，先借当世显人，以姓名达之主司，然后以所业投献；逾数日又投，谓之温卷，如《幽怪录》《传奇》等皆是也。盖此等文备众体，可以见史才、诗笔、议论。”❾不过，总体看来，宋人还未将唐人传奇作为“小说”中一种独特类型进行专门的命名和界定。

直到元代，学者们才开始明确拈出“传奇”一词来专门指称唐人传奇，并对其文类特征进行概括，将其作为“小说家”中一种独特存在。如虞集《道园学古录》

❶ (宋)张邦基撰，丁如明校点：《墨庄漫录》，上海古籍出版社2012年版，第76页。
❷ (宋)晁公武撰，孙猛校证：《郡斋读书志校证》，上海古籍出版社1990年版，第553页。
❸ 同上书，第555页。
❹ 同上书，第548页。
❺ 同上书，第549页。
❻ 同上书，第552页。
❼ 同上书，第553页。
❽ (宋)洪迈撰，何卓点校：《夷坚志》，中华书局2006年版，第1221页。
❾ (宋)赵彦卫撰，傅根清点校：《云麓漫钞》，中华书局1996年版，第135页。

卷三十八《写韵轩记》云:“盖唐之才人,于经艺道学有见者少,徒知好为文辞。闲暇无所用心,辄想像幽怪遇合、才情恍惚之事,作为诗章答问之意,传会以为说。盍簪之次,各出行卷以相娱玩。非必真有是事,谓之‘传奇’。元稹、白居易犹或为之,而况他乎!”❶陶宗仪《南村辍耕录》云:“唐有传奇。宋有戏曲、唱诨、词说。金有院本、杂剧、诸宫调。”❷夏庭芝《青楼集志》云:“唐时有‘传奇’,皆文人所编,犹野史也,但资谐笑耳。”❸这实际上是将唐人传奇看作汉魏六朝“小说”之外另辟之新文类。沿至明代,“传奇”一词则进一步延伸为“小说家”内部类型概念,如胡应麟《少室山房笔丛·九流绪论》:“小说家一类又自分数种:……一曰传奇,《飞燕》《太真》《崔莺》《霍玉》之类是也。”❹《五朝小说》之《魏晋小说》《唐人百家小说》《宋人百家小说》设有“传奇家”之类型,茗上野客《魏晋小说序》云:“如传奇有《飞燕》《秦女》,而后《崔莺》《霍玉》祖之。”❺章学诚《文史通义·诗话》对“传奇”作为小说中的一种独特类型,有着十分清晰的表述:“小说出于稗官,委巷传闻琐屑,虽古人亦所不废。然俚野多不足凭,大约事杂鬼神,报兼恩怨,《洞冥》《拾遗》之篇,《搜神》《灵异》之部,六代以降,家自为书。唐人乃有单篇,别为传奇一类。大抵情钟男女,不外离合悲欢。……或附会疑似,或竟托子虚,虽情态万殊,而大致略似。……其始不过淫思古意,辞客寄怀,犹诗家之乐府古艳诸篇也。”❻总体看来,元明清时期,文人学者对其文类特征的概括也比较一致,主要集中于两个方面:一方面,正如虞集、章学诚所言,此类作品多依托附会、虚妄不实,有悖史家之征实;内容淫艳、荒唐,有悖儒家之风教。另一方面,从叙事艺术角度来看,此类作品多富有情致、文采,如胡应麟《少室山房笔丛·二酉缀遗》中的一段论述:“惟《广记》所录唐人闺阁事咸绰有情致,诗词亦大率可喜。”❼桃源居士《唐人小说序》云:“唐三百年,文章鼎盛,独律诗与小说,称绝代之奇,……文

---

❶ (元)虞集:《道园学古录》,《景印文渊阁四库全书》(集部第1207册),台湾商务印书馆1986年版,第544页。
❷ (元)陶宗仪:《南村辍耕录》,文化艺术出版社1998年版,第346页。
❸ (元)夏庭芝著,孙崇涛、徐宏图笺注:《青楼集笺注》,中国戏剧出版社1990年版,第43页。
❹ (明)胡应麟:《少室山房笔丛》,上海书店出版社2001年版,第282页。
❺ (明)佚名辑:《魏晋百家短篇小说》,北京图书馆出版社1998年版,第1页。
❻ (清)章学诚著,叶瑛校注:《文史通义校注》,中华书局1994年版,第560、561页。
❼ (明)胡应麟:《少室山房笔丛》,上海书店出版社2001年版,第371页。

多征实，唐人于小说摛词布景，有翻空造微之趣。”[1]这一时期，文人学者指称唐人传奇，列举作品多为单篇传奇文，小说总集、选集中的“传奇类”“传奇家”多以单篇为基本单位，所选录作品不少是从小说集中析出单行的。这实际上反映了时人普遍以篇为单位认知唐人传奇，与笔记体小说集“比类为书”迥然有别。[2]元明以降，人们对传奇体小说文体规范的认知应主要继承了宋人从集部“传记文”角度看待唐人单篇传奇的观念。

综上所述，宋人明确将部分唐人单篇传奇文归入集部之“传记文”，同时，将唐人单篇传奇文和传奇集亦看作“小说”，以资谈暇、广见闻的价值定位为主，而将唐人传奇著录于史部之“传记”，实际上仅涉及极个别作品，多因其与历史人物传闻性“传记”相类。这实际上从文类或文体界定角度，反映了宋人对唐传奇的文类性质、特征、价值的认识判断，也揭示了唐传奇作为一种独特文类的文体规范。在宋人看来，单篇传奇文介于集部“传记文”和“小说”之间：一方面，其文体与叙事艺术、语言形式方面具有鲜明的传记文章特性，可看作集部之文章；另一方面，其价值功用定位低下，“非文章正轨”，又难以纳入正统集部，属于“小道”，理应归入“小说”。当然，与传统笔记体小说相比，此类作品无疑又属于“小说”中的“另类”。宋人对唐传奇的文类、文体归类为后世理解、认知唐传奇以及整个传奇体小说类型奠定了基础，产生了深远影响。同时，唐人传奇介于集部“传记文”和“小说”之间的文体、文类定位，也开创了集部之文与子部之“小说家”交叉混杂之传统。

[1] (明) 桃源居士:《唐人小说》,上海文艺出版社 1992 年版,第 1 页。
[2] 参见王庆华:《古代小说学中“传奇”之内涵和指称辨析》,《文艺理论研究》2014 年第 2 期。

第二章　宋代集部传体文之“小说化”

——兼论传体文与“小说”之混杂与区分

现当代学者对宋代集部传体文研究，偶尔论及其中的“小说化”现象，一般聚焦于记述奇人异事之作，多为笼统粗略分析，缺乏系统全面的探讨。本书以系统梳理宋代集部传体文之作品类型为基础和背景，深入辨析其中具有一定“小说化”色彩的作品分布和文体特征，同时，对于宋代集部传体文与“小说”的混杂情况和文体规范区分进行深入分析，以期以此揭示传体文与小说之文体关系。

一、古人对集部传体文之类型划分

唐代，文集中的传体文开始作为独立文体兴起❶，“然自唐以前，子史著述专家，故立言与记事之文不入于集，辞章诗赋所以擅集之称也。自唐以后，子不专家而文集有论议，史不专家而文集有传记，亦著述之一大变也”❷。至宋代，集部中传体文进一步走向兴盛，蔚为大观。❸如何对其进行类型划分，无疑是认知把握其总体特征的基础。当代学者因研究目的、依据标准之别，对此问题亦见仁见智，或将宋代集部传体文划分为高士、名臣、僧传、列女、先贤、家传、仙传、孝子、

❶ 参见罗宁、武丽霞：《论文传的产生与演变》，《新国学》第六卷，巴蜀书社2006年版。

❷ （清）章学诚著，王重民通解，傅杰导读，田映曦补注：《校雠通义通解》，上海古籍出版社2009年版，第166页。

❸ 据孙文起《宋代传记研究》（博士学位论文，南京大学，2017年）统计，宋代集部之传体文共二百五十多篇。

异士、武将、逆臣、自传、假传、寓传、物传❶，或界定为自传、他传和传异❷，或分为正体之传（细分为家传、僧道传、神仙传、孝子传、列女传、前代名人传、名臣良吏传、忠义勇烈传、文人传、学者传、隐士传、底层人物传）、变体之传（细分为自传、讽喻传、拟人传、传物、传奇）。❸总体而言，当前学界的类型划分研究虽部分参考了古人的相关论述，但更多还是秉持了今人的题材类型观念。本书首先系统梳理一下古人对集部传体文的类型划分，以期以此为参照系来划分宋代集部传体文之类型，并辨析其中的“小说化”传体文。

《文苑英华》作为最早独立设置“传”类的文章总集，其收录之传体文不仅全面反映了唐人创作总体情况，也确立了传体文的基本类型观念，古人对此亦有论述。章学诚《文史通义》卷三“传记”辨正《文苑英华》“传”之类例称：“《文苑英华》有传五卷，盖七百九十有二，至于七百九十有六，其中正传之体，公卿则有兵部尚书梁公李岘，节钺如东川节度卢坦（皆李华撰传），文学如陈子昂（卢藏用撰传），节操如李绅（沈亚之撰传），贞烈如杨妇（李翱）、窦女（杜牧），合于史家正传例者，凡十余篇，而谓《文苑》无正传体，真丧心矣！宋人编辑《文苑》，类例固有未尽，然非佥人所能知也。即传体之所采，盖有排丽如碑志者（庾信《邱乃敷敦崇传》之类），自述非正体者（《陆文学自传》之类），立言有寄托者（《王承福传》之类），借名存讽刺者（《宋清传》之类），投赠类序引者（《强居士传》之类），俳谐为游戏者（《毛颖传》之类），亦次于诸正传中。”❹由此可见，唐代集部之传体文展现出多种富有创造性的类型。所谓“正传之体”，有李华《故相国兵部尚书梁国公李岘传》、李翱《故东川节度使卢公传》《杨烈妇传》、卢藏用《陈子昂别传》、沈亚之《李绅传》《郭常传》、杜牧《窦烈女传》、皮日休《赵女传》等一批作品，不仅与“正史”之“列传”相类，而且与史部“传记”之属也非常接近。“正传之体”之外，亦有“排丽如碑志者”“自述非正体者”“立言有寄托者”“借名存讽刺者”“投赠类序引者”“俳谐为游戏

❶ 参见孙文起：《宋代传记研究》，博士学位论文，南京大学，2017 年。
❷ 参见曾枣庄：《宋文通论》第二十六章“宋人的传状碑志”第一节“传”，上海人民出版社 2008 年版。
❸ 参见朱迎平：《唐宋传体文流变论略》，《学术研究》2010 年第 5 期。
❹ （清）章学诚著，叶瑛校注：《文史通义校注》，中华书局 1985 年版，第 250 页。

者"等多种类型的"变体",有些还属以文为戏"间以滑稽之术杂焉"。❶其中,亦有一批载录异人奇事的传体文,如柳宗元《李赤传》、沈亚之《歌者叶记》、长孙巨泽《卢陲妻传》、温造《瞿童述》等。姚铉《唐文粹》设置"传录纪事"收录集部各类纪事性文体,其中,为"传"单立卷目,收录传体文十二篇,类型基本与《文苑英华》相同,如"正传之体"者有《李绅传》《杨烈妇传》《窦烈妇传》《李贺小传》《负苓者传》《江湖散人传》,"变体之传"有《毛颖传》《下邳侯革华传》《荣成侯传》《梓人传》《种树郭橐驼传》《李赤传》。

《唐文粹》"传录纪事"收录传体文分为"假物""忠烈""隐逸""奇才""杂伎""妖惑"等,其中,"假物"指韩愈《毛颖传》等,"忠烈"指沈亚之《李绅传》等,"隐逸"指陆龟蒙《江湖散人传》等,"奇才"指李商隐《李贺小传》等,"杂伎"指柳宗元《梓人传》等,"妖惑"指柳宗元《李赤传》等。这是明确以人物和题材类型对传体文进行分类。

真德秀《文章正宗》总分为"辞命""议论""叙事""诗歌"等四大类,"叙事"类分"纪事本末""传""墓志""行状"和"记",其中"传"收录了《史记》之《伯夷传》《屈原传》《孟子荀卿传》以及韩愈《王承福传》《何蕃传》、柳宗元《宋清传》《郭橐传》《梓人传》,更加凸显了为地位卑微者立传而"立言有寄托者,借名存讽刺者"。❷

宋人所选的宋代文章选本未对传体文作明确类型划分,《宋文鉴》共选录十七篇传体文,有柳开《补亡先生传》、种放《退士传》、欧阳修《六一居士传》、邵雍《无名公传》、王向《公默先生传》、曾巩《洪渥传》、石介《赵延嗣传》、欧阳修《桑怿传》、司马光《范景仁传》、司马光《文中子补传》、章望之《曹氏女传》、苏轼《方山子传》、程颐《上谷郡君家传》、苏辙《巢谷传》、林希《孙少述传》、刘跂《钱一传》《玉友传》等。真德秀《续文章正宗》收录欧阳修《六一居士传》《桑怿传》、曾巩《徐复传》《洪渥传》、苏轼《陈公弼传》《方山子传》、苏辙《巢谷传》等。

明代,文体学论著对文体分类日趋细密,开始对集部传体文从内部文体进行明确分类。徐师曾《文体明辨序说》:"自汉司马迁作史记,创为《列传》以纪一人

❶ (明)吴讷、(明)徐师曾著,于北山、罗根泽校点:《文章辨体序说 文体明辨序说》,人民文学出版社1998年版,第153页。
❷ (清)章学诚著,叶瑛校注:《文史通义校注》,中华书局1985年版,第250页。

之始终，而后世史家卒莫能易。嗣是山林里巷，或有隐德而弗彰，或有细人而可法，则皆为之作传以传其事，寓其意；而驰骋文墨者，间以滑稽之术杂焉，皆传体也。故今辩而列之，其品有四：一曰史传（有正、变二体），二曰家传，三曰托传，四曰假传。”❶其中，“史传”例文为司马迁《管仲传》《司马穰苴传》《平原君传》等、班固《倪宽传》、范晔《王丹传》《黄宪传》，“家传”例文为曾巩《洪渥传》《徐复传》、苏轼《方山子传》、欧阳修《桑怿传》，“假传”例文为韩愈《毛颖传》、秦观《清和先生传》，“托传”例文为柳宗元《梓人传》、韩愈《圬者王承福传》。贺复徵《文章辨体汇选》：“按传之品有七，一曰史传，二曰私传，三曰家传，四曰自传，五曰托传，六曰寓传，七曰假传。”❷其中，史传例文为左丘明《鲁昭公》《晋献公》《晋惠公》等、司马迁《伯夷列传》《管晏列传》《老庄列传》等、班固《陈胜传》《倪宽传》《张安世传》等、范蔚宗《贾复传》《邓训传》《王丹传》等、陈寿《臧洪传》《田畴传》《典韦传》等、欧阳修《晋家人传》《王朴传》《王彦章传》等；“私传”例文为皇甫谧《庞娥亲传》等、王绩《仲长先生传》、柳宗元《宋清传》、欧阳修《桑怿传》、石守道《赵延嗣传》、刘政《钱一传》、苏轼《方山子传》、苏辙《巢谷传》等；“家传”例文为李梦阳《大传》；“自传”例文为阮籍《大人先生传》、陶潜《五柳先生传》、王绩《无心子传》《五斗先生传》、陆羽《陆文学自传》、白居易《醉吟先生传》等；“假传”例文为韩愈《毛颖传》、司空图《容成侯传》、苏轼《万石君罗文传》、秦观《清和先生传》；“托传”例文为韩愈《圬者王承福传》、柳宗元《种树郭橐驼传》《梓人传》、司马光《圉人传》；“寓传”例文为柳宗元《蝜蝂传》、陶九成《雕传》、杨慎《仓庚传》。此处“史传”指正史中人物列传；“私传”“家传”指正史之外文人为他人所作单篇散传；“自传”多为借虚拟名称人物自述志趣、吟咏情怀，也有个别作品为自述个人经历；“假传”指将器、物拟人作“传”；“托传”指依托下层小人物之事迹或言论缘事而发，借题发挥，讽喻议论；“寓传”指拟人化虚构动物故事，以动物为主人公作传。

清人基本承袭了明人对集部传体文的内部文体分类体系，如全祖望《鲒埼亭集外编》卷四十七《答沈东甫徵君文体杂问》：

❶ (明) 吴讷、(明) 徐师曾著，于北山、罗根泽校点：《文章辨体序说　文体明辨序说》，人民文学出版社1998年版，第153页。

❷ (明) 贺复徵编：《文章辨体汇选》，《景印文渊阁四库全书》(集部第1408册)，台湾商务印书馆1986年版，第63页。

立传之例有六，其一则史传是也。史传之外有家传，《隋书经籍志》中所列六朝人家传之目，则八家以前多有之，盖或上之史馆，或存之家乘者也。又有特传，盖不出于其家之请，而自为之，如欧公之《桑怿》，南丰之《徐复》《洪渥》是也。又有别传，则或其事为正史所未尽，如《太平御览》所列古人别传之类；或举人一节以见其全体，如韩公于《何蕃》，东坡于《陈慥》是也。又其次始为寄托之传，如韩公《圬者》，柳州《梓人》《种树》之类是也。又其次为游戏之传，如韩公之《毛颖》是也。❶

黄本骥《读文笔得》云：

作传之体有六：一盖棺论定，有事迹可纪传示后人，如历代史书列传是也。一其人已殁，勋业烂然，私为立传，为异日入史张本，如诸家集中私传是也。一其人现存，于史法不应为传，而言行有关于世道人心，不可无传。如韩之《何蕃传》、苏之《方山子传》是也。一本人自为作传，以写其闲居自得之致，如陶渊明之《五柳先生传》、白香山之《醉吟先生传》是也。一借市井细人，抒写己议，类庄生寓言，如韩之《圬者传》、柳之《梓人》《宋清》等传是也。一借物行文，仿乌有子虚之例，如韩之《毛颖传》、苏之《黄甘》《陆吉》等传是也。❷

明清时期，在文体学论著从文体角度对传体文细分之外，个别文章总集亦从人物类型或题材内容角度对传体文进行子目划分，如何乔远《皇明文徵》卷六二至卷六五“传”类分为古贤、名臣、道德、文章、孝烈、节烈、义烈、奇节、独行、笃行、厚德、清德、自述、闺德、艺术、支离、贤阉、物类。黄宗羲《明文海》卷三八七至卷四二八“传”类分为名臣、功臣、能臣、文苑、儒林、忠烈、义士、奇士、名将、名士、隐逸、气节、独行、循吏、孝子、列女、方伎、仙释、诡异、物类、杂传等二十一类子目。显然，《皇明文徵》《明文海》对传体文分类显然受到了史部之“正史”的“类传”和

❶（清）全祖望撰，朱铸禹汇校集注：《全祖望集汇校集注》，上海古籍出版社 2018 年版，第 1768 页。
❷（清）黄本骥撰，刘范弟点校：《黄本骥集》，岳麓书社 2009 年版，第 264—265 页。

"传记"类型划分的影响。

综上所述，古人特别是明清文人学者对集部传体文的类型划分，基本可归结为文体分类和人物题材分类两个方面，前者为"私传""家传""自传""托传""寓传""假传"，后者将"私传""家传"进一步分为"名臣""循吏""文苑""儒林""忠烈""节烈""孝子""义士""列女""名士""隐逸""独行""异人""奇士""仙释"等。

二、宋代集部传体文之分类与"小说化"作品辨析

以明清时期文体学论著和文章总集对传体文的分类为参照系，对宋代集部传体文进行类型划分，可从内部文体角度将其划分为"自传""假传""托传""寓传""私传""家传"。❶

"自传"有柳开《东郊野夫传》《补亡先生传》、种放《退士传》、释智圆《中庸子传》《病夫传》、欧阳修《六一居士传》、邵雍《无名公传》、王向《公默先生传》、苏辙《颍滨遗老传》、洪适《盘洲老人小传》、吕皓《云豁逸叟自传》、郑思肖《一是居士传》、程珌《愚翁自传》等。文人借虚拟名称的人物自述志趣和为人处世之道、吟咏性情和胸怀，亦实亦虚撰为"自传"，宋前已形成了源远流长的创作传统，如阮籍《大人先生传》、陶潜《五柳先生传》、王绩《无心子传》《五斗先生传》、陆羽《陆文学自传》、白居易《醉吟先生传》、陆龟蒙《甫里先生传》《江湖散人传》等。宋代"自传"创作也基本承袭了此传统，仅有极个别作品自述其生平经历，亦被称为"不知体"，如王若虚《滹南遗老集》卷三七一："古人或自作传，大抵姑以托兴云尔。如《五柳》《醉吟》《六一》之类可也。子由著《颍滨遗老传》，历述平生出处言行之详，且诋訾众人之短以自见，始终万数千言，可谓好名而不知体矣。"❷

"假传"有张咏《木伯传》、王禹偁《乌先生传》、丁谓《天香传》、苏轼《杜处士传》《万石君罗文传》《江瑶柱传》《黄甘陆吉传》《叶嘉传》《温陶君传》、吕南公《平凉夫人传》、秦观《清和先生传》、刘跂《玉友传》、张耒《竹夫人传》、唐庚《陆谓传》、

❶ 对相关类型作品篇目的梳理，参见孙文起：《宋代传记研究》，博士学位论文，南京大学，2017年。

❷（金）王若虚著，胡传志、李定乾校注：《滹南遗老集校注》，辽海出版社2005年版，第419页。

程俱《龙亢侯传》、李纲《方城侯传》《文城侯传》《武刚君传》、曹勋《荔子传》《棋局传》、李石《罗蛜传》、周必大《即墨侯传》、杨万里《豆卢子柔传》《敬侏儒传》、李洪《石偈传》、陈造《蕲处士传》《无长叟传》、王质《承元居士传》《平舒侯传》《曲生传》《玉女传》、蔡戡《青奴传》、陈宓《卫君子传》、区士衡《金银传》、吴应紫《孔元方传》、金履祥《深衣小传》《深衣外传》、连文凤《冰壶先生传》、洪刍《陶洪传》、刘子翚《苍庭君传》、高似孙《郭索传》、王柏《大庾公世家传》、林景熙《汤婆传》《春声君传》、邢良嗣《黄华传》、马揖《菊先生传》、王义山《金少翁传》《香山居士传》《甘国老传》、胡长儒《元宝传》等。在宋代传体文创作中,"假传"最为流行,周必大《即墨侯传序》云:"自昌黎先生为毛颖立传,大雅宏达多效之,如罗文、陶泓之作,妙绝当世,下至包祥、杜仲、黄甘、陆吉、饮食果窳,亦有述作。"❶以拟人手法为器、物立传,"传主"包括笔、墨、纸、砚、靴、镜、桑、杜仲、柑橘、菊花、荔枝、萝卜、干贝、酒、竹几、竹枕、汤婆、棋局、铜钱等,题材范围不断扩展。此类作品也有学者称之为"寓言小说",但实际上作为俳谐文,完全不同于叙事性"小说"文类。

"托传"有王禹偁《痞髡传》《唐河店妪传》《滁州五伯马进传》《休粮道士传》、司马光《张行婆传》《圉人传》、曾巩《洪渥传》、石介《赵延嗣传》、秦观《眇倡传》、苏辙《孟德传》、周行己《乐生传》、苏辙《丐者赵生传》、谢逸《匠者周艺多传》、周南《刘先生传》。此类作品基本沿袭了唐代古文借卑微小人物以寄托议论的写作范式,数量大增,传主人物类型也更加丰富。总体来看,这些作品之传主多为"店妪""痞髡""圉人""丐者""眇倡""匠人""道士""仆人"等微贱者,且所记人物行迹多非常之奇事、异行,因此,不少研究者将其视为"小说化"传体文,但此类作品实际上并非旨在传写奇人奇事,作者特别注重借其人其事或人物言论来寓意寄托、发表议论,常常叙事简略,重在大段议论。此类作品实际上延续了韩愈、柳宗元的"托传"传统。章学诚《修志十议》云:"《圬者》《橐驼》之作,则借传为议论。"❷林纾《韩柳文研究法》云:"凡善为寓言者,只手写本事,神注言外,及最后收束一语始作画龙之点睛,翛然神往,方称佳笔。子厚之《宋清传》《郭橐驼传》《梓人传》均发露无余,似宋清、橐驼、梓人皆论说之冒子,其后乃一一发明之,即为此题之

❶ 王蓉贵、[日]白井顺点校:《周必大全集》,四川大学出版社2017年版,第275页。
❷ (清)章学诚著,叶瑛校注:《文史通义校注》,中华书局1985年版,第845页。

注脚。”❶

如《痦髡传》记特立独行的行乞僧人“痦髡”，乞人仅求一钱之惠、一饭之费，文末曰：

> 痦之时义大矣哉！且髡果持行，乃髡中之矫世者，礼之宜矣；果病痦，亦髡中之无告者，哀之又宜矣；果为诈一钱一食之费，无大过矣。与夫崇冠高车，扬扬君门，睹国非政失则诈痦而不语者，得不为斯髡之罪人乎？❷

《唐河店妪传》记唐河店妪佯助辽虏汲水，趁其不备推其坠井，文末有一大段关于边事的议论：

> 今“骁犍”“厅子”之号尚存而兵不甚众，虽加召募，边人不应，何也？盖选归上都，离失乡土故也；又月给微薄，或不能充；所赐介胄鞍马，皆脆弱羸瘠，不足御胡；其坚利壮健者，悉为上军所取；及其赴敌，则此辈身先，宜其不乐为也。诚能定其军，使有乡土之恋；厚其给，使得衣食之足；复赐以坚甲健马，则何敌不破！如是得边兵一万，可敌客军五万矣。谋人之国者，不于此而留心，吾未见其忠也。❸

《张行婆传》记行婆张氏七岁时被继母偷偷卖给范家，命运多舛，却对继母以德报怨，并在父亲去世后恪尽孝道奉养继母。后来，她弃家修行，乡里争相捐资，亦将所有捐助转赠古寺以兴佛事，文末感叹：

> 呜呼！世之服儒衣冠，读《诗》《书》，以君子自名者，其忠孝廉让能如张氏者几希，岂得以其微贱而忽之邪？闻其风者，能无作乎？向使生于刘子政

❶ 林纾撰，武晔卿、陈小童校注：《韩柳文研究法校注》，北京联合出版公司 2019 年版，第 129 页。
❷ （宋）王禹偁：《小畜外集》，《四库提要著录丛书》（集部第 87 册），北京出版社 2010 年版，第 231—232 页。
❸ （宋）王禹偁：《小畜集》，《钦定四库全书荟要》，吉林出版集团 2005 年版，第 533 页。

之前，使子政得而传之，虽古烈女，何以尚之？惜乎为浮屠所蔽，不得入于礼义之途，然其处心有可重者，余是敢私记之。❶

《洪渥传》记小吏洪渥得禄以奉兄，为其年迈哥哥买田养老，文末议论：

予观古今豪杰士传，论人行义，不列于史者，往往务摭奇以动俗，亦或事高而不可为继，或伸一人之善而诬天下以不及，虽归之辅教警世，然考之《中庸》或过矣。如渥之所存，盖人之所易到，故载之云。❷

《眇倡传》记盲一目的倡妓因生活困顿赴京遇一少年而极受宠爱，文末议论：

前史称刘建康嗜疮痂，其门下二百人，常递鞭之，取痂以给膳。夫意之所蔽，以恶为美者多矣，何特眇倡之事哉？❸

《赵延嗣传》记仆人赵延嗣独自恤养舍人赵邻几的遗孤三女，一直到他们长大成人出嫁，展现其恤孤之贤，文末介绍作文之旨：

若然，则延嗣有古君子之行，古烈士之操，古仁人之心，岂特仆夫之贤，天下之贤也！昔在汉，有为翟公之客者，翟公免，客皆去。延嗣独不去，复为养其孤，虽去千载，客视延嗣，亦当羞于地下矣。鲁有颜叔子者，尝独居一室，中夜暴风雨，邻家女投叔子宿，叔子使执烛以达晓，以免其嫌，后人称其廉。延嗣亲养三孤女，长且适人，终不识其面，其节岂下叔子哉！唐韩吏部凡嫁内外及朋友孤子仅十人，天下服其义，延嗣嫁赵氏三女，无少吏部者。噫！翟公之客，皆当时士大夫，视延嗣远不及也。叔子，鲁贤者；吏部，唐大儒。延嗣为贱仆夫，其风操懔焉，其行义卓焉，与颜侔韩并，延嗣可谓仆名而

❶（宋）司马光撰，李之亮笺注：《司马温公集编年笺注》，巴蜀书社2009年版，第231页。
❷（宋）曾巩撰，陈杏珍、晁继周点校：《曾巩集》，中华书局1984年版，第652页。
❸（宋）秦观撰，徐培均笺注：《淮海集笺注》，上海古籍出版社2000年版，第823页。

儒行者矣。吁！仆名儒行，见之延嗣。夫儒名而仆行者，或有其人焉，得不愧于延嗣哉！延嗣所为如此，有可以厉天下，因传之云。❶

《孟德传》记"退卒"孟德隐居山林，不畏猛兽的"奇伟"事迹，文末评论：

夫孟德可谓有道者也。世之君子皆有所顾，故有所慕，有所畏。慕与畏交于胸中未必用也，而其色见于面颜，人望而知之。故弱者见侮，强者见笑，未有特立于世者也。今孟德其中无所顾，其浩然之气发越于外，不自见而物见之矣。推此道也，虽列于天地可也，曾何猛兽之足道哉？❷

《匠者周艺多传》记工匠周艺多世代制作器具，技艺高超，豪门贵族争相邀约，

艺多不肯屑就，必择其待之以礼者，与夫能辨器用良窳者，往归焉，否则倍其佣，不顾也。既往必求静室、远嚣尘者居之。❸

也有部分此类作品主要是作者借助其中人物之言论寄托议论，如《休粮道士传》记一道士数月不食，以不食为乐，有人向他请教不食之术，道士就此发表一番议论，论述了士大夫受百姓供养就应造福百姓，否则就是人中蠹虫。《丐者赵生传》记敝衣蓬发、好饮酒乞丐赵生，与人相遇，虽不相识，亦能道其宿疾与平生善恶，有人称其为得道之人。他探讨地狱、养气、养性之说：

生尝告予："吾将与君夜宿于此。"予许之。既而不至，问其故，曰："吾将与君游于他所，度君不能无惊，惊或伤神，故不敢。"予曰："生游何至？"曰："吾常至太山下，所见与世说地狱同，君若见此，归当不愿仕矣。"予曰："何故？"生曰："彼多僧与官吏。僧逾分，吏暴物故耳。"予曰："生能至彼，彼人亦

❶ （宋）石介撰，陈植锷点校：《徂徕石先生文集》，中华书局1984年版，第109—110页。
❷ （宋）苏辙著，曾枣庄、马德富点校：《栾城集》，上海古籍出版社2009年版，第530页。
❸ （宋）谢逸、谢迈：《匠者周艺多传》，上官涛校勘：《〈溪堂集〉〈竹友集〉校勘》，中山大学出版社2011年版，第210页。

知相敬耶?"生曰:"不然,吾则见彼,彼不吾见也。"因叹曰:"此亦邪术,非正道也。君能自养,使气与性俱全,则出入之际将不学而能,然后为正也。"予曰:"养气请从生说为之,至于养性,奈何?"生不答。一日遽问曰:"君亦尝梦乎?"予曰:"然。""亦尝梦先公乎?"予曰:"然。"方其梦也,亦有存没忧乐之知乎?"予曰:"是不可常也。"生笑曰:"尝问我养性,今有梦觉之异,则性不全矣。"予矍然异其言。自此知生非特挟术,亦知道者也。❶

《刘先生传》记刘先生少尝为儒,后弃学以卖药为生,"日膏一药,计所得以活妻子,辄闭门不交人事",因相貌奇特"肩高于项,颐隐于脐"遭到伶人、恶少年的效仿嘲弄。他一番言论而另令伶人、恶少年"骇然而散退,而相与聚言曰'是言有理'","里父兄何笑我为,且其效我二年矣。众见之亦厌矣,必又择其可笑者而效之,计非吾里中人,人不见彼不学,则吾忧某人者必代我矣"。❷

个别作品所叙人物甚至虚实难辨,富有虚拟幻设性,基本可视为寓言之作,如《圉人传》记善于驯马的圉人,任以国政,以驯马之术治国,洊国大治。《乐生传》记乐生以卖水为生,得百钱辄止,归家鼓笛而歌,怡然自乐,与富有而身心疲惫的邻里刘氏形成鲜明对比。

"私传"可进一步根据人物题材类型划分为"贤臣、良吏""高士、隐逸""孝子""列女""僧传""仙传""异人"。

"贤臣、良吏"有欧阳修《桑怿传》、蔡襄《耿谏议传》、司马光《范景仁传》、苏轼《陈公弼传》、吕南公《孙甫传》、沈辽《东上合门使康州刺史陶公传》、王令《段秀实太尉传》、吕南公《重修韩退之传》、毕仲游《欧阳叔弼传》、晁补之《张洞传》、晁说之《李挺之传》、叶梦得《贺铸传》、汪藻《郭永传》、胡寅《子产传》《诸葛孔明传》《陆棠传》、范浚《汉忠臣翟义传》《徐忠壮传》、晁公溯《师公传》《刘汲传》、陆游《姚平仲小传》、周必大《忠义李君传》、杨万里《张魏公传》《张左司传》《李侍郎传》、周南《康伯可传》、杜范《黄灏传》《王蔺传》《詹体仁传》《蔡元定传》、王柏《宗忠简公传》、王灼《李彦仙传》。此类作品主要记述朝臣、武将、官吏中贤良人物之生平事

❶ (宋)苏辙著,曾枣庄、马德富点校:《栾城集》,上海古籍出版社 2009 年版,第 531—532 页。
❷ (宋)周南:《山房集》,《景印文渊阁四库全书》(集部第 1169 册),台湾商务印书馆 1986 年版,第 47 页。

迹或轶事、遗事等，其中，仅有《桑怿传》《李挺之传》《姚平仲小传》等个别作品被看作具有一定求奇嗜异的“小说”色彩，其实，这几篇作品更多关注贤臣、良吏的奇节品格，如《桑怿传》记桑怿作为地方小吏善于捕盗、平定交趾獠叛等，不仅展示了其智勇双全，而且写出了其体恤民情、功成不居等品格：

> 会交趾獠叛，杀海上巡检，昭、化诸州皆警，往者数辈不能定，因命怿往，尽手杀之。还，乃授阁门祗候。怿曰：“是行也，非独吾功，位有居吾上者，吾乃其佐也。今彼留而我还，我赏厚而彼轻，得不疑我盖其功而自伐乎？受之徒惭吾心。”将让其赏归己上者，以奏藁示予。予谓曰：“让之必不听，徒以好名与诈取讥也。”怿叹曰：“亦思之，然士顾其心何如尔，当自信其心以行，讥何累也！若欲避名，则善皆不可为也已！”余惭其言。卒让之，不听。❶

文末称其作之旨在写其“奇节”：“余固喜传人事，尤爱司马迁善传，而其所书皆伟烈奇节，士喜读之。欲学其作，而怪今人如迁所书者何少也。”❷

《李挺之传》还有为史传提供素材的鲜明宗旨：

> 嵩隐昆说之曰：“士生而不能以其所学及乎世，死又不得以名觉乎后之人，岂大雅君子之志哉？李先生者，师事穆伯长，友石曼卿、尹子渐、师鲁，其为弟子者曰邵康节、刘仲更。侧闻史氏为六人者立传，独不及李先生，何耶？辄论次以待他日史官采择。”❸

“高士、隐逸”有释契嵩《陆蟾传》《韩旷传》、曾巩《徐复传》、林希《孙少述传》、苏轼《方山子传》《率子廉传》、范祖禹《康节先生传》《王延嗣传》、黄庭坚《董隐子传》、秦观《陈偕传》、毕仲游《陈子思传》、华镇《越州跛鳖先生赵万宗传》、陈师道《贺水部传》、杨时《陈居士传》、刘发《广陵先生传》、邹浩《冯贯道传》、周行己《包

❶ (宋) 欧阳修著，李之亮笺注：《欧阳修集编年笺注》，巴蜀书社 2007 年版，第 236—237 页。
❷ 同上书，第 237 页。
❸ (宋) 晁说之撰：《嵩山文集》，上海书店出版社 1985 年版，第 635—636 页。

端睦忠孝传》、周紫芝《刘高尚传》、胡舜陟《章望之传》、陆游《陈氏老传》《族叔父元焘传》、杨万里《蒋彦回传》《刘国礼传》、朱熹《刘子和传》、薛季宣《袁先生传》、王应麟《大隐杨先生传》《慈溪杜先生传》《鄞江王先生传》《城南楼先生传》《桃源王先生传》《广平舒先生传》《定州沈先生传》《慈湖杨先生传》《絜斋袁先生传》《李猷传》。此类作品主要记述品行节操高尚、隐居避世的高士、隐士、逸民等人物的生平事迹或轶事❶,其中,《孙少述传》《徐复传》《方山子传》《率子廉传》《陈偕传》《冯贯道传》《董隐子传》《越州跛鳖先生赵万宗传》《陈居士传》《陈氏老传》《蒋彦回传》《刘国礼传》《大隐杨先生传》《慈溪杜先生传》《鄞江王先生传》等部分作品被认为或多或少具有一定求奇求异色彩,但这种奇异色彩更多源于高士、隐逸者本身的超逸品格或神奇道术,如《徐复传》记徐复隐于乡里,恬淡自守,博学多才尤精通星历五行数术,受仁宗赏识赐号"冲晦处士",但坚决推辞授官,为其作传主要赞其"不矜世取宠","自拔污浊之中,隐约于闾巷,久而不改其操,可谓乐之者矣"。❷《方山子传》记陈慥少年时爱慕古之英雄,行侠仗义,后隐居黄州,为人豪放洒脱、超然物外。《率子廉传》记道士率子廉未卜先知、死而复生等异行。《蒋彦回传》记叙黄庭坚被贬宜州,士大夫惧党禁,都不敢与之交往,蒋彦回与其交往,游山赋诗,黄死后还为其"贾棺以殓",文末赞叹彦回:"于死生之际而不变,此古之仁且贤者,族且亲者,恩且旧者,犹或难焉,彦回能之,可不谓贤矣哉?"❸《董隐子传》记董隐子隐于乞丐,爱饮酒、狂而不悖,仅记载了他为刘格治病一则轶事。《大隐杨先生传》所记隐于大隐山的杨适、《慈溪杜先生传》所记慈溪的杜醇、《邓江王先生传》所记隐于邓江的王致,均为淡泊名利、品行高洁的隐士。也有部分作品是借助人物发表议论,如《陈偕传》记精于书画而以之为业的陈偕,对画境、画技之高论:"其言曰:'予从事于兹有年矣,凡古今之画,不见则已;苟有见焉,虽敝缣裂素之余,未尝不学。一不可于意,辄复易之。舐笔濡墨,欣然忘劳。盖是时余方以画为事,固其势不得不然。乃今思之,亦良苦矣。且物之有形,如浮埃聚沫,来无所从,去无所诣,一兴一偾于无穷之中。而我方汩汩然随而画之,

❶ 蒋星煜《中国隐士与中国文化》(上海人民出版社 2009 年版)梳理中国古代隐士称谓有"隐士、高士、处士、逸士、幽人、高人、处人、逸民、遗民、隐者、隐君子"等。

❷ (宋)曾巩撰,陈杏珍、晁继周点校:《曾巩集》,中华书局 1984 年版,第 651 页。

❸ (宋)杨万里撰,辛更儒笺校:《杨万里集笺校》,中华书局 2007 年版,第 4468 页。

可不惑欤？彼好事者又从而玩之，至藏于巾笥，目不欲以数阅，可不谓大惑者欤？嘻，今老矣！顾家贫无以给衣食之奉，聊复俯仰于其间。至于得失精粗，不复经意也。'"❶《陈氏老传》记陈氏老一家，躬耕自足，崇尚质朴平淡的农家生活："凡兼并之事，抵质贾贩以取赢者，一切不为。""子孙但略使识字，不许读书为士。婚姻悉取农家，非其类皆拒不与通。"文末议论道："予尝悲士之仕者，若苟名位而已，则为负国。必无负焉，则危身害家，忧其父母，有所不免。耕稼之业，一舍而去之，复其故甚难。予先世本鲁墟农家，自祥符间去而仕，今且二百年，穷通显晦所不论，竟无一人得归故业者。室庐、桑麻、果树、沟池之属，悉已芜没。族党散徙四方，盖有不知所之者。过鲁墟，未尝不太息兴怀至于流涕也。闻陈氏事，因为述其梗概传之，庶观者有感焉。"❷

"孝子"有石介《郑元传》、胡瑗《许孝子俞传》、苏舜钦《杜宜孝子传》、蔡襄《许迥传》、孙处《赵孝子传》、范浚《蔡孝子传》、胡铨《孝逸先生传》、杨万里《李台州传》。此类作品以推崇儒家孝道为宗旨，主要记述人物孝行，很少奇异化色彩。

"列女"有蔡襄《曹女传》、章望之《曹氏女传》、吕夏卿《淮阴节妇传》、沈辽《任社娘传》、王令《烈妇倪氏传》、韦骧《阮女传》、赵鼎臣《武氏姊传》、王之望《桂女传》、陈长方《二烈妇传》、陈亮《二列女传》、张侃《蔡媪传》、郑思肖《欧阳梦桂忠妾柔柔传》。此类作品主要记述各类符合儒家妇德规范和道德理想的贞孝节义之女子、妇人的事迹，其中，《任社娘传》《淮阴节妇传》颇具"小说"意味，如沈辽《云巢编》卷八《杂文》载《任社娘传》（据《四部丛刊三编》之《沈氏三先生文集》之《云巢编》）叙陶谷学士出使吴越遇任社娘，富有传奇色彩，记陶侍郎出使吴越，吴越王韩熙载命任社娘诈为驿卒之女诱惑他，陶侍郎与狎并赠词一首，吴越王宴请陶侍郎，任社娘出拜歌其词。庄绰《鸡肋编》云："余家故书，有吕缙叔夏卿文集，载《淮阴节妇传》云。"❸该传记妇人为夫报仇之事，情节曲折富有传奇性：妇人年轻貌美，丈夫从商，里人心怀不轨，趁其不备将其夫推入水中溺死，里人如儿子一般对待他父母，婆婆遂将妇人嫁给里人。几年后，妇人已与里人生儿育女，里人偶

❶（宋）秦观撰，徐培均笺注：《淮海集笺注》，上海古籍出版社 2000 年版，第 819 页。
❷（宋）陆游著，马亚中、涂小马校注：《渭南文集校注》，浙江古籍出版社 2015 年版，第 39 页。
❸（宋）庄绰撰，萧鲁阳点校：《鸡肋编》，中华书局 1983 年版，第 98 页。

然泄露杀害其前夫的真相，妇人告发里人，自己投河自尽。

《曹女传》《曹氏女传》《桂女传》《阮女传》《欧阳梦桂忠妾柔柔传》更多凸显女子非凡之品格，如《曹女传》记曹氏女在父亲死后一贫如洗，但以清节自立，临财不苟，拒绝其父下属以三十万钱资助出嫁。《桂女传》叙李桂之家遭强人抢劫，以死赎父、坚贞不屈被贼所杀，文末议论道："贼入其家而身不避，刃加其颈而色不变，知惟父之免而不知死之可畏，不亦绝人远也哉。""食君之禄，身载高位，德不称而谋不臧，陷君于难，顾安视之，或更役于仇人以扇其祸，其故率由于畏死。"❶《阮女传》记婢女阮女割股取肉为主母治病，对于此事，"闻者无贤不肖，毋不蹙额而嗟叹也"❷，作者感叹："于今之时，孝道衰薄。"❸《欧阳梦桂忠妾柔柔传》记柔柔誓死不再嫁的坚贞品格。

"僧传"有释元照《湖州八圣寺鉴寺主传》《杭州祥符寺九阇梨传》、孙觌《圆悟禅师传》、释居简《熹华严传》《菩提简宗师传》等。"仙传"有李廌《张拱传》、孙应时《余安世斩蛊传》、白玉蟾《旌阳许真君传》《续真君传》《逍遥山群仙传》等。此类作品主要记述高僧和得道仙人的事迹，虽因人物本身是方外之人，其事迹不可避免带有一定奇幻性，但这基本属于僧传、仙传的自身特点，很难归为"小说化"。

"异人"有韦骧《白廷诲传》《向拱传》、苏辙《孟德传》《巢谷传》、秦观《魏景传》、吕大临《汤保衡传》、刘跂《钱乙传》、张耒《任青传》。此类作品多记述各类奇人异士，普遍"小说"意味比较浓厚，如《白廷诲传》记述中书令的长子白廷诲和其堂兄白廷让与处士剑客交往而被骗，情节曲折。《向拱传》记述侠士向拱传奇经历，年少时刚勇过人，善射，重义轻财，不拘小节，与潞民的妻子有私情。潞民发现后，其妻密谋害死其夫，反被向拱仗义所杀，向拱后在汉周对峙中建立功勋，情节类似唐人传奇《冯燕传》。《任青传》记颇具仁侠之风的盗贼任青被招抚后捕捉各地强梁之事，传奇色彩浓厚。《钱乙传》记名医钱乙童年不幸经历和为神宗之女、皇子义国公治病以及好酒等轶事，作者赞其"其笃行似儒，其奇节似侠，术行

❶ (宋) 王之望：《汉滨集》，上海书店出版社 1994 年版，第 206—207 页。

❷ (宋) 韦骧：《钱塘韦先生文集》，《四库提要著录丛书》(集部第 44 册)，北京出版社 2010 年版，第 465 页。

❸ 同上书，第 465 页。

而身隐约，又类夫有道者”。❶《巢谷传》记巢谷弃文习武，与“熙河名将”韩存宝交好，协助其讨伐乞弟，并在韩存宝获罪后受托将钱财移交其妻儿。

“寓传”仅有岳柯《义驹传》，记一忠义之马，赋予其忠诚品格。“家传”也仅有唐庚《资政韩公家传》、吕祖谦《东莱公家传》等极个别作品。

综上所述，宋代集部传体文之“小说化”界定，绝不能仅仅以“奇人异事”为标准，简单划定其中的相关作品，这些撰写所谓“奇人异事”之作，大都与传体文自身的类型规范密切相关，可看作传体文自身的文体规定性而并非是受到“小说”文体影响的产物，很难认定为“小说化”作品。仅有“异人”类之《白廷诲传》《向拱传》《孟德传》《巢谷传》《魏景传》《汤保衡传》《钱乙传》《任青传》、“列女”类之《任社娘传》《淮阴节妇传》等很少一部分作品，或多或少受到“小说”之影响，具有比较突出的“小说”意味，可基本认定为“小说化”作品。这种文体现象应源于宋代集部传体文与传奇体小说整体上畛域分明，文体规定性相距甚远，很少交叉融合之处。

三、宋代集部传体文与传奇体小说之畛域区分

虽然集部之传体文与传奇体小说具有相近的文体，宋人也多以“传记”来指称传奇体小说，但两者的文体规范却迥然有别。

从上文分析来看，宋代传体文主要分为“自传”“假传”“托传”“寓传”“私传”“家传”，其中“私传”进一步分为“贤臣、良吏”“高士、隐逸”“孝子”“列女”“僧传”“仙传”“异人”，实际上形成了自成体系的传主和题材类型。这些传主大多为无法位列正史的地位低下者，有些甚至身份卑微。传体文为其作传，主要因其人其事本身多具贤德、道义之品性，值得称颂效法，“嗣是山林里巷，或有隐德而弗彰，

❶ (宋) 刘跂：《学易集》，《景印文渊阁四库全书》(集部第 1121 册)，台湾商务印书馆 1986 年版，第 599 页。

或有细人而可法，则皆为之作传以传其事”[1]，“于史法不应为传，而言行有关于世道人心，不可无传”[2]。当然，“贤臣、良吏”中也有一些传主还是具备入史之资格的，但在整个传体文中所占比例极为有限。古人对于集部传体文不同于史家之传，有着清晰的认识，如顾炎武《日知录》中“古人不为人立传”云：

列传之名始于太史公，盖史体也。不当作史之职，无为人立传者，故有碑、有志、有状而无传。梁任昉《文章缘起》言传始于东方朔作《非有先生传》，是以寓言而谓之传。韩文公集中传三篇：《太学生何蕃》《圬者王承福》《毛颖》，柳子厚集中传六篇：《宋清》《郭橐驼》《童区寄》《梓人》《李赤》《蝜蝂》。《何蕃》仅采其一事而谓之传，王承福之辈皆微者而谓之传，《毛颖》《李赤》《蝜蝂》则戏耳而谓之传，盖比于稗官之属耳。若《段太尉》，则不曰传，曰“逸事状”，子厚之不敢传段太尉，以不当史任也。自宋以后，乃有为人立传者，侵史官之职矣。[3]

姚鼐《古文辞类纂序》云：

传状类者，虽原于史氏，而义不同。刘先生云：“古之为达官名人传者，史官职之。文士作传，凡为圬者、种树之流而已。其人既稍显，即不当为之传，为之行状，上史氏而已。[4]

章学诚《修史十议》云：

史传之作，例取盖棺论定，不为生人立传。历考两汉以下，如《非有先

[1] （明）吴讷、（明）徐师曾著，于北山、罗根泽校点：《文章辨体序说　文体明辨序说》，人民文学出版社1962年版，第153页。

[2] （清）黄本骥撰，刘范弟校点：《黄本骥集》，岳麓书社2009年版，第264页。

[3] （清）顾炎武著，（清）黄汝成集释，栾保群、吕宗力校点：《日知录集释》，上海古籍出版社2014年版，第436页。

[4] （清）姚鼐编，边仲仁标点：《古文辞类纂》，岳麓书社1988年版，第3页。

生》《李赤》诸传，皆以传为游戏。《圬者》《橐驼》之作，则借传为议论。至《何蕃》《方山》等传，则又作贻赠序文之用。沿至宋人，遂多为生人作传，其实非史法也。❶

这些论述实际上都是在强调集部"传记"与"正史"列传之区别，两者在功用宗旨、传主类型、叙述方式等方面都有着自身的文体规定性。

传体文的写作宗旨更加注重"立意"，这也是古文本身的创作传统，陈骙《文则》云："文之作也，以载事为难；事之载也，以蓄意为工。"❷黄震《黄氏日钞·读文集》卷二《柳文"传"》曰："《郭橐驼传》戒烦苛之扰"，"《梓人传》喻为相者之道也。"❸传体文记述人物事迹更多关注借此传达作者的思想和评论，多含议论文字也成为一种常态，如李耆卿《文章精义》："传体前叙事，后议论。独退之《圬者王承福传》，叙事议论相间，颇有太史公《伯夷传》之风。"❹归有光《归震川先生论文章体则》之《譬喻则》云："或以彼物、正意相半发挥者，如韩退之《后十九日复上宰相书》、柳子厚《种树郭橐驼传》《梓人传》、苏子瞻《稼说》是也。"❺同时，传体文的写作方式和文体形态也特别注重叙事本身"简古""简质"，如张谦宜《絸斋论文》卷三云："叙事以简古为难。"❻张伯行《唐宋八大家文钞》中引评《洪渥传》："南丰特为传以风世，文愈简质，而其愈可思焉。"❼这种"简古""简质"多表现为文字简洁而避免铺排描摹，直叙其事而避免记述曲折，篇幅较短等。

宋代传奇体小说与集部传体文相比较而言，有着迥然有别的人物故事类型和编创宗旨、叙事方式。参照李剑国《宋代志怪传奇叙录》《宋代传奇集》，全面系统梳理宋代单篇传奇体小说，主要有以下作品：荆伯珍《神告传》、乐史《李白外传》《绿珠传》《杨太真外传》《唐滕王外传》、曾致尧《绿珠传》、佚名《魏大谏见异录》、钱易《桑维翰》《越娘记》《乌衣传》、苏舜卿《爱爱歌序》、丘濬《孙氏记》、张亢

❶ (清) 章学诚著，叶瑛校注：《文史通义校注》，中华书局1985年版，第844页。
❷ (宋) 陈骙著，刘彦成注译：《文则注译》，书目文献出版社1988年版，第15页。
❸ (宋) 黄震：《黄氏日钞》，《景印文渊阁四库全书》(子部第708册)，台湾商务印书馆1986年版，第495页。
❹ (宋) 李涂撰，王利器校点：《文章精义》，人民文学出版社1960年版，第64页。
❺ 王水照编：《历代文话》，复旦大学出版社2007年版，第1721页。
❻ (清) 张谦宜：《絸斋论文》，《续修四库全书》(集部第1714册)，上海古籍出版社2002年版，第443页。
❼ (清) 张伯行选评：《唐宋八大家文钞》，中华书局2010年版，第206页。

《郎君神传》、任信臣《书仙传》、胡微之《芙蓉城传》、佚名《女仙传》、张实《流红记》、王拱辰《张佛子传》、庞觉《希夷先生传》、杜默《用城记》、萧氏《孝猿传》、夏噩《王魁传》、崔公度《金华神记》《陈明远再生传》、陈道光《蔡筝娘记》、吕夏卿《淮阴节妇传》、佚名《玄宗遗录》、沈辽《任社娘传》、柳师尹《王幼玉记》、苏辙《梦仙记》、清虚子《甘棠遗事》、刘颁《三异记》、秦观《录龙井辩才事》、廖子孟《黄靖国再生传》、王纲《猩猩传》、李注《李冰治水记》、佚名《灵惠治水记》、秦醇《骊山记》《温泉记》《赵飞燕别传》《谭意哥记》、黄裳《燕华仙传》、陆元光《回仙录》、佚名《苏小卿》、佚名《张浩》、佚名《戴花道人传》、黄庭坚《李氏女》《尼法悟》、舒亶《天宫院记》、穆度《异梦记》、吴可《张文规传》、郑总《罗浮仙人传》、佚名《屠牛阴报录》、王蕃《褒善录》、佚名《玉华记》、佚名《鸳鸯灯传》、佚名《大禹治水玄奥录》、佚名《虎僧传》、佚名《则天外传》、岷山叟《杨贵妃遗事》、佚名《陕西于仙姑传》、耿延禧《林灵素传》、何悫《何悫入冥记》、张寿昌《赵三翁记》、刘望之《毛烈传》、赵鼎《林灵蘁传》、佚名《李氏还魂录》、余嗣《出神记》、陈世材《乱汉道人记》、魏良臣《黄法师醮记》、赵彦成《飞猴传》、晁公溯《高俊入冥记》、关耆孙《解三娘记》、秦绛《黄十翁入冥记》、王禹锡《海陵三仙传》、郭端友《感梦记》、薛季宣《志过》、陆维则《海神灵应录》、钟将之《义娼传》、郑超《郑超入冥记》、陈鹄《曾亨仲传》、裴端夫《红衣丱女传》、佚名《李师师外传》、佚名《柳胜传》、吴操《蒋子文传》等。

另外，有些小说集也收录了大量宋人传奇体小说，有张君房《丽情集》之《爱爱》《任生娶天上书仙》《黄陵庙诗》《酥香》，王山《笔奁录》之《吴女盈盈》《长安李妹》，刘斧《青琐高议前后集》之《群玉峰仙籍》《高言》《王寂传》《异鱼记》《程说》《陈叔文》《仁鹿记》《朱蛇记》《楚王门客》《西池春游》《小莲记》《远烟记》《长桥怨》《梦龙传》《韩湘子》《慈云记》《龚球记》《王实传》《任愿》《琼奴记》《卜起传》《刘辉》《大姆记》，刘斧《翰府名谈》之《莱公倩桃》《李珣》，刘斧《青琐摭遗》之《玉溪梦》《崔庆成》《胡大婆》《红梅传》，李献民《云斋广录》之《丁生佳梦》《双桃记》《西蜀异遇》《四和香》《钱塘异梦》，廉布《清尊录》之《兴元民》《王生》《大桶张氏》《狄氏》，王明清《投辖录》之《贾生》《玉条脱》《猪嘴道人》，佚名《摭青杂说》之《阴兵》《守节》《盐商厚德》《茶肆还金》《夫妻复旧约》等。

上述作品中的历史题材，多"荟萃稗史成文"，并称之为"外传""别传"等，实际上与史部之“传记”更为接近，如《李白外传》《绿珠传》《杨太真外传》《唐滕王外传》《玄宗遗录》《骊山记》《温泉记》《赵飞燕别传》《则天外传》《杨贵妃遗事》等。吴淑《江淮异人录》、张齐贤《洛阳搢绅旧闻记》也被不少学者看作传奇体小说，但其文体特性实际上更接近史部之“传记”，与“传记”类之先贤、耆旧和高逸、高僧相通，如《直斋书录解题》称《江淮异人录》：“所纪道流、侠客、术士之类，凡二十五人。”❶《洛阳搢绅旧闻记》自序称：“与正史差异者，并存而录之，则别传、外传比也。”❷《江淮异人录》著录于《崇文总目》“传记类”、《遂初堂书目》“杂传类”、《直斋书录解题》“伪史类”，《洛阳搢绅旧闻记》著录于《宋史·艺文志》“传记类”。这与集部传体文之人物取材和文体规范有着鲜明区分。

宋代传奇体小说载录当时之人与事，主要以追求奇异为旨趣，以文化娱乐为功用，李献民《云斋广录》自序之表述就很有代表性：“故尝接士大夫绪余之论，得清新奇异之事颇多，今编而成集，用广其传，以资谈宴，览者无诮焉。”❸其卷四“灵怪新说”、卷五卷六“丽情新说”、卷七“奇异新说”、卷八“神仙新说”之类型界定，实际上代表了整个宋代传奇的几种主要类型，所谓“灵怪”主要指遭遇鬼怪，“丽情”主要指青年男女情爱婚姻，“奇异”主要指各类奇人异事，“神仙”主要指得道仙人、道士。这些作品大都被看作鄙俗、妄诞之作，如赵与时《宾退录》卷六：“韩公事见刘斧《青琐高议》，吕公事见斧《翰府名谈》。斧著书多诞妄，故观者例不敢信。”❹晁公武《郡斋读书志》著录《青琐高议》称：“载皇朝杂事及名士所撰记传。然其所书，辞意颇鄙浅。”❺著录《云斋广录》称：“记一时奇丽杂事，鄙陋无所稽考之言为多。”❻胡仔《苕溪渔隐丛话》引《艺苑雌黄》称：“比观刘斧摭遗载乌衣传，乃以王谢为一人姓名，其言既怪诞，遂托名钱希白，终篇又取梦得诗实其事；希白不应如此谬，是直刘斧之妄言耳。大抵小说所载事，多不足信，而青琐摭遗，诞妄尤多。”❼吴曾《能改斋漫录》卷四《辩误》之“王谢燕”条云：“近世小说，尤可

❶ (宋) 陈振孙撰，徐小蛮、顾美华点校：《直斋书录解题》，上海古籍出版社 1987 年版，第 135 页。
❷ (宋) 张齐贤：《洛阳搢绅旧闻记·序》，《笔记小说大观》(第 2 册)，江苏广陵古籍刻印出版社 1983 年版，第 1 页。
❸ (宋) 李献民：《云斋广录》，《续修四库全书》(子部第 1264 册)，上海古籍出版社 2002 年版，第 571 页。
❹ (宋) 赵与时著，齐治平校点：《宾退录》，上海古籍出版社 1983 年版，第 80 页。
❺ (宋) 晁公武撰，孙猛校证：《郡斋读书志校证》，上海古籍出版社 1990 年版，第 597 页。
❻ 同上。
❼ (宋) 胡仔纂集，廖德明校点：《苕溪渔隐丛话》，人民文学出版社 1962 年版，第 93 页。

笑者，莫如刘斧摭遗集所载乌衣传。……摭遗之小说，亦何谬邪。”❶庞元英《谈薮》：“刘斧《青琐》中有御沟流红叶记，最为鄙妄，盖窃取前说而易其名为于祐云。本朝词人罕用此事，惟周清真乐府两用之。”❷这与集部传体文之写作宗旨、题材类型和文体地位形成了鲜明对比。此外，从叙事方式上来看，传奇体之叙事者始终表现为“驰骋想象”的记述姿态，较多细节的增饰和具体场面的铺叙，甚至具体情节之编造，这也与集部传记文之叙事简古迥然有别。

四、宋代集部传体文与“小说”之混杂

集部传体文与小说集直接混杂，主要是同一人物故事均被两者载录，如张齐贤《洛阳搢绅旧闻记》记叙帝王公卿、剑客、布衣之流的人物传记以及鬼灵怪异之事，其序称：“余未应举前十数年中，多与洛城搢绅旧老善，为余说及唐梁已还五代间事，往往褒贬陈迹，理甚明白，使人终日听之忘倦，退而记之，旋失其本。……摭旧老之所说，必稽事实，约前史之类例，动求劝诫，乡曲小辨，略而不书，与正史差异者并存而录之，则别传、外传比也。”❸其中，《向中令徙义》《白万州遇剑客》两篇作品，就又见于韦骧《钱塘韦先生文集》卷一七《向拱传》《白廷诲传》，《向中令徙义》的事迹还见载于上官融《友会谈丛》卷中。吴淑《江淮异人录》载录江淮地区的道流、侠客、方士、怪民等人的非常奇异事迹，“所纪道流侠客术士之类，凡二十五人”❹。其中，《聂师道》又见于罗愿《鄂州小集》卷六《聂真人师道传》，《瞿童》录自唐温造《瞿童述》一文。晁说之《李挺之传》见载于赵与时《宾退录》卷二，彭乘《郝逢传》见于黄休复《茅亭客话》卷七，苏舜钦《爱爱传》见于张邦畿《侍儿小名录拾遗》，苏轼《率子廉传》见于吴曾《能改斋漫录》卷十一，陆游《姚平仲小传》见于赵与时《宾退录》卷八，王默《资政庄节王公家传》见于刘昌诗

❶ （宋）吴曾：《能改斋漫录》，中华书局 1985 年版，第 71 页。
❷ （宋）庞元英：《谈薮》，中华书局 1991 年版，第 5 页。
❸ （宋）张齐贤：《洛阳搢绅旧闻记 · 序》，《笔记小说大观》（第 2 册），江苏广陵古籍刻印 1983 年版，第 1 页。
❹ （宋）陈振孙撰，徐小蛮、顾美华点校：《直斋书录解题》，上海古籍出版社 1987 年版，第 135 页。

《芦浦笔记》卷八，黄伯思《杨凝式传》见于《游宦纪闻》卷十。著名道士林灵素事迹，见载于耿延禧《灵素传》、赵与时《宾退录》卷一、洪迈《夷坚志》卷十八等。

当然，也有可能，小说集中此类条目直接取材于传体文，如周密《齐东野语》卷十二“捕猿戒”条：“范蜀公载吉州有捕猿者，杀其母之皮，并其子卖之龙泉萧氏。示以母皮，抱之跳踯号呼而毙。萧氏子为作《孝猿传》。”❶《夷坚乙志》卷四《张文规》末注：“临川人吴可尝作传，文规之孙平传之。”❷《夷坚志补》卷二《义倡传》云：“京口人钟明，将之常州校官，以闻于郡守李次山结，既为作传，又系赞曰。”❸章炳文《搜神秘览》卷下《燕华仙》云：“黄裳为《燕华仙传》，因书其大略曰。”❹张邦基《墨庄漫录》卷十云：“曲辕先生又尝作传，记陈明远再生事。”❺

多位文人以不同文类文体载录、书写同一社会传闻，是宋代比较流行的一种文学现象，黄裳《演山先生文集》卷十三之《秀橘记》称记载同一事件“或歌之以诗，或绘之以图，或文之以记，传之天下后世”。❻集部传体文与小说集共载同一人物故事，应与此密切相关。例如，宋人关于“陈留市隐”之书写，陈献章撰《白沙子》卷二称：“陈留市隐，使不遇陈后山、黄涪翁，一市佣而已耳。”❼陈留市中一位刀镊工，被看作有道的“隐者”，其人其事有江端礼作传，陈师道、黄庭坚赋诗。陈师道《后山诗注》卷七《陈留市隐者引》：“陈留市有工力，随其所得为一日费。父子日饮于市，醉负以归，行歌道上，女子抵手为节，有问之者，不对而去。江季恭以为达，为作传，请予赋之。”❽黄庭坚《豫章黄先生文集》卷九《陈留市隐序》云：“陈留市中有刀镊工，与小女居，得钱，父子饮于市，醉则负其子行歌，不通名姓。江端礼传其事，以为隐者。吾友陈无已为赋诗，庭坚亦拟作。”❾卷六《题〈刀镊民

❶ (宋) 周密著，高心露、高虎子校点：《齐东野语》，齐鲁书社 2007 年版，第 149 页。
❷ (宋) 洪迈撰，何卓点校：《夷坚志》，中华书局 2006 年版，第 214 页。
❸ 同上书，第 1561 页。
❹ (宋) 章炳文：《搜神秘览》，《续修四库全书》(子部第 1264 册)，上海古籍出版社 2002 年版，第 624 页。
❺ (宋) 张邦基撰，丁如明校点：《墨庄漫录》，上海古籍出版社 2012 年版，第 147 页。
❻ (宋) 黄裳撰：《演山集》，《景印文渊阁四库全书》(集部第 1120 册)，台湾商务印书馆 1986 年版，第 107 页。
❼ (明) 陈献章：《白沙子》，《景印文渊阁四库全书》(集部第 1246 册)，台湾商务印书馆 1986 年版，第 60 页。
❽ (宋) 陈师道著，(宋) 仁渊注，冒广生补笺，冒怀辛整理：《后山诗注补笺》，中华书局 1995 年版，第 265 页。
❾ (宋) 任渊、史容、史季温等注，刘尚荣校点：《黄庭坚诗集注》，中华书局 2003 年版，第 231 页。

传〉后》云:“陈留江端礼季共曰:陈留市上有刀镊工,年四十余,无室家子姓,惟一女,年七八岁矣,日以刀镊所得钱与女子醉饱,醉则簪花,吹长笛,肩女而归,无一朝之忧,而有终身之乐。疑以为有道者也。”❶王子高遇仙人周瑶英之事,胡微之作《王子高传》、苏轼作《芙蓉城诗并序》,也被传为《六幺曲》,如《东坡诗集注》卷十六《芙蓉城诗序》:“世传王迥子高与仙人周瑶英游芙蓉城。元丰元年三月,余始识子高,问之信然,乃作此诗,极其情而归之正,亦变风止乎礼义之意也。”❷王次公注:“按胡微之作《王子高传》,子高,虞部员外郎正路之次子。载其所遇周氏甚详,人用其传为《六幺曲》。”❸叶梦得《避暑录话》卷下云:“世传王迥芙蓉城鬼仙事,或云无有,盖托为之者。迥字子高。苏子瞻与迥姻家,为作歌,人遂以为信。”❹赵彦卫《云麓漫钞》卷十:“旧有周琼姬事,胡徽之为作传,或用其传作《六幺》,东坡复作《芙蓉城诗》,以实其事。”❺王魁负桂英之事,被同时作为《王魁传》《王魁歌并引》等,如周密《齐东野语》卷六《王魁传》:“世俗所谓王魁之事殊不经,且不见于传记杂说,疑无此事。……康侯既死,有妄人托夏噩姓名作王魁传,实欲市利于少年狎邪辈。”❻李献民撰《云斋广录》卷六《王魁歌并引》云:“贤良夏噩尝传其事,余故作歌以伤悼之云尔。”❼淮阴节妇事,徐积《节孝集》卷三《淮阴义妇》诗及序述此事,亦有人为其做传,如《鸡肋编》:“余家故书,有吕缙叔夏卿文集,载《淮阴节妇传》云。”❽多位文人以不同文类文体载录、书写同一社会传闻,自然就会形成同一人物故事被记载于集部传体文和小说集的现象。

❶ (宋) 黄庭坚著,屠友祥校注:《山谷题跋》,上海远东出版社 1999 年版,第 177 页。
❷ (宋) 苏轼著,(清) 冯应榴辑注,黄任轲、朱怀春校点:《苏轼诗集合注》,上海古籍出版社 2001 年版,第 777 页。
❸ 同上。
❹ (宋) 叶梦得撰,田松青,徐时仪校点:《避暑录话》,上海古籍出版社 2012 版,第 136 页。
❺ (宋) 赵彦卫撰,傅根清点校:《云麓漫钞》,中华书局 1996 年版,第 168 页。
❻ (宋) 周密:《齐东野语》,齐鲁书社 2007 年版,第 69—70 页。
❼ (宋) 李献民:《云斋广录》,《续修四库全书》(子部第 1264 册),上海古籍出版社 2002 年版,第 583 页。
❽ (宋) 庄绰:《鸡肋编》,上海书店出版社 1990 年版,第 135 页。

第三章　清人对古文传记“小说气”之批评

清人从“辨体”出发强调古文传记自身的文体规范和纯洁性，批评其中的“小说气”“以小说为古文词”等，实际上形成了古文传记理论批评史暨小说理论批评史上一个独特的现象。在清代散文和小说研究的相关论著中，前人对此理论批评现象已或多或少有所涉及，也有个别论文专门进行论述。[1]但是，总体看来，前人研究尚未将此理论批评个案现象独立出来，做一全面系统的探讨，更未对其所涉及的古文传记与“小说”关系进行综合融通研究。本书以回归还原古人之原生思想观念为旨归，全面梳理相关史料，深入揭示此个案现象蕴含的丰富理论内涵，从古文传记与“小说”文体之辨的角度探讨其话语背景，进而揭示其对理解古文传记与“小说”之文体分野与混杂的启示。

一、清人批评古文传记“小说气”之理论蕴含

对于集部之文章，古人特别注重文体之辨，“词人之作也，先看文之大体”[2]，“论诗文当以文体为先”[3]，作为最早之文章选本，挚虞《文章流别集》“又撰古文章，类聚区分”[4]，其《文章流别论》论述每一种文体的源流、功能、特征，体现出鲜

[1] 参见陈平原：《中国散文小说史》之第一章“绪论：中国散文与中国小说”，上海人民出版社 2004 年版；李金松：《论明末清初的“以小说为古文”》，《广东社会科学》2012 年第 2 期；邓心强：《桐城派古文创作对小说笔法的吸纳与运用》，《中国文学研究》2016 年第 1 期。

[2] ［日］遍照金刚：《文镜秘府论》，人民文学出版社 1975 年版，第 151—152 页。

[3] （宋）张戒：《岁寒堂诗话》，丁福宝辑：《历代诗话续编》，中华书局 1983 年版，第 459 页。

[4] （唐）房玄龄等：《晋书》，中华书局 1974 年版，第 1427 页。

明的辨体意识，其后之《昭明文选》《文苑英华》《宋文鉴》《元文类》等历代文章选本或总集，一贯以辨体为先，同时，陆机《文赋》、任昉《文章缘起》、刘勰《文心雕龙》、陈骙《文则》、陈绎曾《文筌》等历代文章学理论批评论著，明确各类文体之规范、特色，亦多辨体之论。降至明清，文章辨体之风尤盛，“文莫先于辩体，体正而后意以经之，气以贯之，辞以饰之。体者，文之干也”❶，出现了吴讷《文章辨体》、徐师曾《文体明辨》、贺复徵《文章辨体汇选》等一批专门著述。古人辨析古文传记与“小说”之文体分野，批评古文传记的“小说气”最早可追溯至宋代，方苞《古文约选评文》指出：“范文正公《岳阳楼记》，欧公病其词气近小说家，与尹师鲁所议不约而同。”❷所谓“词气近小说家”，即陈师道《后山诗话》，“范文正公为《岳阳楼记》，用对语说时景，世以为奇。尹师鲁读之曰：‘《传奇》体尔。’《传奇》，唐裴铏所著小说也”。❸批评《岳阳楼记》为“《传奇》体”，意即强调文各有体，古文叙事不宜多用《传奇》等“小说”惯用之骈俪语句和铺陈形容笔法。明人也有此类辨析之论，不过较为零散而难成体系，如于慎行《穀山笔麈》卷八：“先年士风淳雅，学务本根，文义源流皆出经典，是以粹然统一，可示章程也。近年以来，厌常喜新，慕奇好异，《六经》之训目为陈言，刊落芟夷，惟恐不力。陈言既不可用，势必归极于清空，清空既不可常，势必求助于子史，子史又厌，则宕而之佛经，佛经又同，则旁而及小说。”❹方应祥《青来阁初集》卷九“杂著”之《与子将论文》云：“一切稗官小说之言无所不阑入，而文之坏极矣。”❺费元禄《甲秀园集》卷三十九文部“胡永嘉”条云：“今海内方以诡文、稗史、小说、短记、偏部无不入义，柄文者不得不取盈之，遂用以成风。足下标然大义，一统以醇正，可为中流之砥柱矣。”❻江用世辑《史评小品》云：“今日之文，举业之余也，譬之花朝荣而夕瘁矣。操觚者不读古文，偶一为之，则剽六朝小说以为苍秀，纵有文章，其不堪采取一也。”❼

❶ (明) 吴讷、(明) 徐师曾著，于北山、罗根泽校点：《文章辨体序说　文体明辨序说》，人民文学出版社1962年版，第80页。

❷ (清) 方苞：《古文约选评文》，王水照编：《历代文话》(第4册)，复旦大学出版社2007年版，第3977页。

❸ (宋) 陈师道：《后山诗话》，(清) 何文焕辑：《历代诗话》，中华书局1981年版，第310页。

❹ (明) 于慎行：《穀山笔麈》，中华书局1984年版，第86页。

❺ (明) 方应祥：《青来阁初集》，《四库禁毁书丛刊》(集部第40册)，北京出版社2000年版，第691页。

❻ (明) 费元禄：《甲秀园集》，《四库禁毁书丛刊》(集部第62册)，北京出版社2000年版，第585页。

❼ (明) 江用世：《史评小品》，《四库未收书辑刊》(第一辑第21册)，北京出版社2000年版，第179页。

清人对于古文之辨体主要针对明代以来古文创作中的诸多弊病而发，从凸显古文地位、维护古文规范和纯洁性等角度，区分古文与多种相近或相关文体之界限分野，"小说"即为其中重要文体，如李绂《古文辞禁八条》："有明嘉靖以来，古文中绝，非独体要失也，其辞亦已弊矣。……一禁用儒先语录。……一禁用佛老唾余。……一禁用训诂讲章。……一禁用时文评语。……一禁用四六骈语。……一禁用颂扬套语。……一禁用传奇小说。……一禁用市井鄙言。"❶《方苞集》附沈廷芳《书〈方望溪先生传〉后》云："古文中不可入语录中语，魏、晋、六朝人藻丽俳语、汉赋中板重字法、诗歌中隽语、《南北史》佻巧语。"❷袁枚《小仓山房文集》卷三十五《与孙俌之秀才书》云："因此体最严：一切绮语、骈语、理学语、二氏语、尺牍词赋语、注疏考据语，俱不可以相侵。"❸吴德旋《初月楼古文绪论》："古文之体，忌小说，忌语录，忌诗话，忌时文，忌尺犊；此五者不去，非古文也。"❹吴铤《文翼》："作古文当先辨体制，有不可不戒者：一曰语录气，二曰尺牍气，三曰词赋气，四曰小说气，五曰诗话气，六曰时文气。去此诸病，然后可以作古文。"❺李慈铭评论黄宗羲编《明文授读》时称："至明文之病，非特时文之为害也。盖始之创为者，潜谿华川正学三家，皆起于草茅，习为迂阔之论，不知经术，其源已不能正。故其后谈道学者，以语录为文，其病僿；沿馆阁者，以官样为文，其病廓；夸风流者，以小说为文，其病俚；习场屋者，以帖括为文，其病陋。盖流为四端，而趋日下。国朝承之，于是四病不除而又加厉焉。道学为不传之秘，而僿之甚者，舍语录而钞讲章矣。馆阁无一定之体，而廓之甚者，舍官样而用吏牍矣。小说不能读，而所习者十余篇游戏之文。"❻总体看来，清人对古文辨体涉及的禁戒文体集中于"小说""语录""时文""尺牍""诗话""词赋"等。❼虽然古人既注重区分文体界限的"辨体"，也可包容不同文体间相互吸纳融合的"破体"，既倡导文

❶ (清) 李绂：《古文辞禁八条》，王水照编：《历代文话》(第 4 册)，复旦大学出版社 2007 年版，第 4007—4009 页。
❷ (清) 方苞著，刘季高校点：《方苞集》，上海古籍出版社 1983 年版，第 890 页。
❸ (清) 袁枚著，王英志主编：《袁枚全集》(第 2 册)，江苏古籍出版社 1993 年版，第 642 页。
❹ (清) 吴德旋：《初月楼古文绪论》，人民文学出版社 1959 年版，第 19 页。
❺ (清) 吴铤：《文翼》，余祖坤编：《历代文话续编》，凤凰出版社 2013 年版，第 595 页。
❻ (清) 李慈铭撰，由云龙辑：《越缦堂读书记》，中华书局 2006 年版，第 605 页。
❼ 清人对古文辞与相关文体、语体区分而提出的"古文辞禁"，有着丰富理论内涵，参见潘务正：《清代"古文辞禁"论》，《文学评论》2018 年第 4 期。

体谨严规范的“正体”，也可宽容文体创新之“变体”❶，但是其中的尊卑之别、雅俗之辨、高下之分还是不容混淆的，“若古文则经国之大业也，小说岂容阑入！明嘉、隆以后，轻隽小生，自诩为才人者，皆小说家耳，未暇数而责之”❷。

清人批评古文之“小说气”主要就传记文而言，所列举典型作品也多以侯方域、王猷定等明末清初文人创作之传文为例，如黄宗羲《陈令升先生传》载其言：“又言侯朝宗、王于一，其文之佳者，尚不能出小说家伎俩，岂足名家。”❸汪琬《跋王于一遗集》云：“夫以小说为古文辞，其得谓之雅驯乎？……夜与武曾论朝宗《马伶传》、于一《汤琵琶传》，不胜叹息，遂书此语于后。”❹吴德旋《初月楼古文绪论》云：“侯朝宗天资雅近大苏，惜其文不讲法度，且多唐人小说气。”❺李祖陶《国朝文录》之《四照堂集文录引》云：“四照堂集者，南昌王于一先生之所著也。……他家又有讥先生文为不脱小说家习气者。”❻《壮悔堂集文录序》云：“壮悔堂文集，商邱侯朝宗先生著。……朝宗天负异禀，……然而，后之讥之者则亦多矣。有谓其本领浅薄者，有谓其是非失情实者，有谓其火色未老尚不脱小说家习气者，其言皆切中其病，非文士相轻之可比。”❼李慈铭《越缦堂读书记》评论《壮悔堂集》时讲到“王（王于一）太近小说”❽，又评论《西河合集》时称毛奇龄：“西河文笔警秀，而时堕小说家言。”❾李祖陶《国朝文录》评点《汤琵琶传》时特别指出：“近人讥侯朝宗、王于一文为不脱小说家习气，殆指此等文而言。”❿对于“奏议”等治国理政之文，则一般不会沾染“小说家习气”，李祖陶评点侯朝宗《代司徒公

---

❶ 参见王水照主编：《宋代文学通论·文体篇》第三章“尊体与破体”，河南大学出版社1997年版；吴承学：《辨体与破体》和《破体之通例》，《中国古代文体形态研究》，中山大学出版社2002年版；蒋寅：《中国古代文体互参中“以高行卑”的体位定势》，《中国社会科学》2008年第5期。

❷ （清）李绂：《古文辞禁八条》，王水照编：《历代文话》（第4册），复旦大学出版社2007年版，第4009页。

❸ （清）黄宗羲著，平善惠校点：《黄宗羲全集》（第10册），浙江古籍出版社2005年版，第599页。

❹ （清）汪琬著，李圣华笺校：《汪琬全集笺校》，人民文学出版社2010年版，第907页。

❺ （清）吴德旋：《初月楼古文绪论》，人民文学出版社1959年版，第30页。

❻ （清）李祖陶辑：《国朝文录》，《续修四库全书》（集部第1669册），上海古籍出版社2003年版，第486页。

❼ 同上书，第428页。

❽ （清）李慈铭：《越缦堂读书记》，中华书局1963年版，第727页。

❾ 同上书，第730页。

❿ （清）李祖陶辑：《国朝文录》，《续修四库全书》（集部第1669册），上海古籍出版社2002年版，第505页。

屯田奏议》称:“近人讥朝宗者,谓根抵浅薄,谓不脱小说家习气,若见此等文,吾知其必免于议矣。”❶

清人批评古文传记之“小说气”主要集中于有违古文“雅洁”风格规范而沾染了“小说”俗鄙之气,有违古文叙事尚简原则而运用了“小说”之“笔法”,有违古文语言典雅标准而掺入“小说”词句等。

唐宋古文创作就已标举“雅洁”之风格,如柳宗元以“峻洁”称赞《史记》,“太史公甚峻洁”❷,“参之太史公以著其洁”❸。柳开《河东先生集》卷一《应责》云:“古文者,非在辞涩言苦,使人难读诵之;在于古其理,高其意,随言短长,应变作制,同古人之行事,是谓古文也。”❹清人更是将“雅洁”作为古文的核心文体规范或理想风格,一方面,统治者积极倡导醇正、古雅之正统文论,如康熙在《古文渊鉴序》中提出“精纯”和“古雅”的文章准则。方苞《钦定四书文》之“凡例”称:“故凡所录取,皆以发明义理、清真古雅、言必有物为宗”,“文之清真者,惟其理之是而已,即翱所谓‘创意’也。文之古雅者,惟其辞之是而已,即翱所谓‘造言’也”。❺另一方面,古文大家多推崇“雅洁”之风格❻,如方苞《望溪集》之《书萧相国世家后》:“柳子厚称太史公书曰洁,非谓辞无芜累也,盖明于体要,而所载之事不杂,其气体为最洁耳。”❼罗汝怀《绿漪草堂集》卷十八《读东方朔传》云:“望溪文以雅洁为宗。”❽此外,古文选家亦鼓吹“雅洁”之文章标准,如姚椿辑《国朝文录》之《自序》称其选文:“其意以正大为宗,其辞以雅洁为主。”❾

“小说气”的古文传记则违背了“雅洁”之原则,汪琬《跋王于一遗集》云:“小说家与史家异。古文辞之有传也,记事也,此即史家之体也。前代之文有近于小

❶ (清)李祖陶辑:《国朝文录》,《续修四库全书》(集部第1669册),上海古籍出版社2002年版,第451页。
❷ (唐)柳宗元:《柳河东集》,上海人民出版社1974年版,第547页。
❸ 同上书,第543页。
❹ (宋)柳开著,李可风点校:《柳开集》,中华书局2015年版,第12页。
❺ (清)方苞编,王同舟、李澜校注:《钦定四书文校注》,武汉大学出版社2015年版,第1页。
❻ 参见慈波:《文话流变研究》之“中编”第四章“义理之外:桐城文派的文法论·方苞的古文“雅洁”说”,复旦大学出版社2020年版。
❼ (清)方苞著,刘季高校点:《方苞集》,上海古籍出版社1983年版,第56页。
❽ (清)罗汝怀撰,赵振兴校点:《罗汝怀集》,岳麓书社2013年版,第269页。
❾ (清)姚椿:《国朝文录自序》,转引自任继愈编:《中华传世文选》,吉林人民出版社1998年版,第332页。

说者，盖自柳子厚始，如《河间》《李赤》二传、《谪龙说》之属皆然。然子厚文气高洁，故犹未觉其流宕也。至于今日，则遂以小说为古文辞矣。太史公曰：'其文不雅驯，缙绅先生难言之。'夫以小说为古文词，其得谓之雅驯乎？"❶沈廷芳《书〈方望溪先生传〉后》援引方苞语："南宋、元、明以来，古文义法不讲久矣。吴、越间遗老尤放恣，或杂小说，或沿翰林旧体，无雅洁者。"❷古代文体学讲究文体品位秩序，主张不同类型文体之间的雅俗、尊卑、高下之区分，古文崇"雅"，特别注重与"野""鄙""俗"之辨，如沈德潜《卓雅集序》："唐殷璠论诗，谓诗有野体、鄙体、俗体，唯文亦然。文之野体，横驰议论，不娴律令者也；文之鄙体，发言庸偎，邻于佞谀者也；文之俗体，荒弃经籍，略同里巷者也。三者虽殊，受弊则一，一言蔽之，曰伤于雅而已。"❸姚鼐《惜抱先生尺牍》卷六《与陈硕士》云："大抵作诗、古文，皆急须先辨雅俗；俗气不除尽，则无由入门，况求妙绝之境乎？"❹古文的雅俗之辨，也特别注重化俗为雅，如吴铤《文翼》："惜抱云：'诗文先须辨雅俗，俗气不除，则无由入门。'仲伦先生谓：'避俗如仇尚易，化俗为雅尤难。'王介甫、曾子固，避俗如仇者也。永叔在夷陵，《与尹师鲁书》似街谭巷说，无一句不入雅，然不是小说家境界；子瞻《答秦太虚书》，叙琐屑事如家常说话，自是雅人深趣；子固《越州救灾记》，叙荒杂琐碎事，而不入于俚，望溪谓似商子文格；晋望先生《与毕莘农书》文境亦仿佛似之：皆化俗为雅者也。"❺

在古代文类、文体体系中，"古文"与"小说"之品位存在着明显的古雅与俗野之别，"小说"特别是容易与古文传记相混之传奇体小说，多被定位为"鄙浅""鄙俚"之作，如晁公武《郡斋读书志》称《青琐高议》："载皇朝杂事及名士所撰记传。然其所书，辞意颇鄙浅。"❻钱大昕《十驾斋养新录》卷十八《文人浮薄》称："唐士大夫多浮薄轻佻，所作小说，无非奇诡妖艳之事，任意编造，诳惑后辈。"❼《四库全书总目》之《海山记、迷楼记、开河记》提要云："《开河记》述麻叔谋开汴河事，词

❶ (清) 汪琬著，李圣华笺校：《汪琬全集笺校》，人民文学出版社 2010 年版，第 907 页。
❷ (清) 方苞著，刘季高校点：《方苞集》，上海古籍出版社 1983 年版，第 890 页。
❸ (清) 沈德潜著，潘务正、李言校点：《沈德潜诗文集》，人民文学出版社 2011 年版，第 1578 页。
❹ (清) 姚鼐：《惜抱先生尺牍》，余祖坤编：《历代文话续编》，凤凰出版社 2013 年版，第 402 页。
❺ (清) 吴铤：《文翼》，余祖坤编：《历代文话续编》，凤凰出版社 2013 年版，第 607—608 页。
❻ (宋) 晁公武撰，孙猛校证：《郡斋读书志校证》，上海古籍出版社 1990 年版，第 597 页。
❼ (清) 钱大昕撰，陈文和主编：《嘉定钱大昕全集(增订本)》，凤凰出版社 2016 年版，第 490 页。

尤鄙俚。”❶古文尚“洁”，实际上强调其恪守古文“义法”，保持文体规范之纯粹性，所谓“多唐人小说气”“不脱小说家习气”“或杂小说”，即指其在作文旨趣、叙事笔法、语言词句等方面掺杂了“小说”之文体特征。

从具体批评指向来看，清人指摘古文传记之“小说气”集中于叙事笔法和语言词句，如张谦宜《絸斋论文》卷五：“《书戚三郎事》，纯用琐细事描写情状，是史法却不入史品。正当于结构疏密处辨之。此只如古小说之隽者耳。”❷王昶《春融堂集》卷三十一《与陆耳山侍讲书》云：“渔洋之负重望，……惟古文间纂入唐宋间小说语。”❸罗汝怀《绿漪草堂集》文集卷二十二《与马岱青书》云：“近世《小仓山集》纪述多诬，而描写每近于小说，出语又多习气，笃实者弗尚也。”❹

从叙事笔法来看，古文叙事尚简，欧阳修《尹师鲁墓志铭》称赞其文“简而有法”❺，范仲淹推崇尹洙之文“其文谨严，辞约而理精”❻，王安石作文主张“词简而精，义深而明”❼，陈骙《文则》云：“事以简为上，言以简为当。言以载事，文以著言，则文贵其简也。”❽张谦宜《絸斋论文》卷三云：“叙事以简古为难。”❾刘大魁《论文偶记》：“文贵简。凡文笔老则简，意真则简，辞切则简，理当则简，味淡则简，气蕴则简，品贵则简，神远而含藏不尽则简，故简为文章尽境。”❿然而，“小说”特别是传奇体小说文笔精细而讲究铺叙描摹，桃源居士《唐人小说序》：“唐人于小说，摛词布景，有翻空造微之趣。”⓫胡应麟《少室山房类稿·柳毅》称：“唐人传奇小说，如《柳毅》《陶岘》《红线》《虬髯客》诸篇，撰述浓至，有范晔、李延寿之所不及。”⓬因此，古文传记描摹较多，就容易混同于“小说”之叙事笔法，如张谦宜《絸斋论文》卷四：“王彦章画像记，表其大节，凛凛如生，此画所难传之神也。若

❶ (清) 纪昀、陆锡熊、孙士毅等：《钦定四库全书总目》，中华书局 1997 年版，第 1889 页。
❷ (清) 张谦宜：《絸斋论文》，王水照编：《历代文话》(第 4 册)，复旦大学出版社 2007 年版，第 3935 页。
❸ (清) 王昶：《春融堂集》，《续修四库全书》(集部第 1438 册)，上海古籍出版社 2003 年版，第 13 页。
❹ (清) 罗汝怀撰，赵振兴校点：《罗汝怀集》，岳麓书社 2013 年版，第 338 页。
❺ (宋) 欧阳修著，李之亮笺注：《欧阳修集编年笺注》，巴蜀书社 2007 年版，第 436 页。
❻ (宋) 范仲淹著，李勇先、王蓉贵校点：《范仲淹全集》，四川大学出版社 2002 年版，第 183 页。
❼ (宋) 王安石：《临川先生文集》，中华书局 1959 年版，第 798 页。
❽ (宋) 陈骙著，刘彦成注译：《文则注译》，书目文献出版社 1988 年版，第 12 页。
❾ (清) 张谦宜：《絸斋论文》，《续修四库全书》(集部第 1714 册)，上海古籍出版社 2003 年版，第 443 页。
❿ (清) 刘大魁：《论文偶记》，人民文学出版社 1998 年版，第 8 页。
⓫ (明) 桃源居士：《唐人小说》，上海文艺出版社 1992 年版，第 1 页。
⓬ (明) 胡应麟：《少室山房类稿》，转引自汪辟疆：《唐人小说》，上海古籍出版社 1978 年版，第 69 页。

详其面之长短黑白、眉目须发之稀密、颊纹瘢靥之有无，便是小说手段。”❶平步青《霞外攟屑》卷七“小说不可用”云：“古文写生逼肖处。最易涉小说家数。宜深避之。”❷例如，对于汪琬《西郊泛雪倡和诗序》，“予在郎署十余岁，每遇雨雪，则京师道上，马牛车驴相蹂践，中间泥泞逾数尺，左右冰陵如山濒。晨入署，辙有颠仆之恐。又尝奏事行殿。夜半抵南海子，风雪甚猛大，声发林木间，几于螭啼鬼啸，镫火扑灭几尽，迷不知路，旁皇良久，遇骑者援之，始得免。及请告归里，冬杪过盱眙，寒云四集，弥望无人烟。予方乘肩舆，积雪覆舆盈寸，舆人力倦不能荷，衣装皆湿，手足至僵冻欲裂，上下齿搏击砉砉有声，气色悉沮丧。幸而前达逆旅，则僮仆无不置酒相贺，以为更生。甚矣予之畏雪也！至今偶一追维，犹不寒而栗”❸，叶燮《汪文摘谬》评论称其“若论文笔，则铺叙形容处，无一非俗笔；章法、句法、字法极似小说，又似烂恶尺牍”❹。相反，张谦宜《絸斋论文》所论欧阳修《王彦章画像记》，作为古文叙事的典范，可谓叙事简古传神而绝无铺叙描摹之处：

> 太师王公讳彦章，字子明，郓州寿张人也。事梁为宣义军节度使，以身死国，葬于郑州之管城。晋天福二年，始赠太师。公在梁以智勇闻，梁、晋之争数百战，其为勇将多矣，而晋人独畏彦章。自乾化后，常与晋战，屡困庄宗于河上。及梁末年，小人赵岩等用事，梁之大臣老将多以谗不见信，皆怒而有怠心，而梁亦尽失河北，事势已去。诸将多怀顾望，独公奋然自必，不少屈懈，志虽不就，卒死以忠。公既死，而梁亦亡矣。悲夫！五代终始才五十年，而更十有三君，五易国而八姓，士之不幸而出乎其时，能不污其身，得全其节者鲜矣。公本武人，不知书，其语质，平生尝谓人曰：“豹死留皮，人死留名。”盖其义勇忠信，出于天性而然。❺

当然，清人并非一概反对古文叙事描摹之细节描写和场景铺陈，而是强调要

❶（清）张谦宜：《絸斋论文》，《续修四库全书》（集部第 1714 册），上海古籍出版社 2003 年版，第 447 页。
❷（清）平步青著：《霞外攟屑》，中华书局 1982 年版，第 559 页。
❸（清）汪琬著，李圣华笺校：《汪琬全集笺校》，人民文学出版社 2009 年版，第 1447 页。
❹（清）叶燮：《汪文摘谬》，余祖坤编：《历代文话续编》，凤凰出版社 2013 年版，第 32 页。
❺（宋）欧阳修著，李之亮笺注：《欧阳修集编年笺注》，巴蜀书社 2007 年版，第 73—74 页。

简洁传神，如黄宗羲《论文管见》："叙事须有风韵，不可担板。今人见此，遂以为小说家伎俩。不观《晋书》《南北史》列传，每写一二无关系之事，使其人之精神生动，此颊上三毫也。"❶方苞《书归震川文集后》评论归有光书写亲人日常生活之文："至事关天属，其尤善者，不俟修饰，而情辞并得，使览者恻然有隐，其气韵盖得之子长。"❷李祖陶《国朝文录》评点彭端淑《陈烈女传》："此等题，今人作之者多矣。然往往有议论而无神味，又或过于描画未能恰如其人，惟此文写其嫂之微笑，写其母之痛诃，写其女之骤闻而神夺、久郁而志坚，如灯取影，毫发毕肖而又笔笔高简，无小说家渲染习气技也，而入于神且进于道矣。"❸彭端淑《陈烈女传》有着比较细腻的细节点染，形同"小说"笔法，但能于细节点染中传达人物道德品格，亦被古文家认可：

> 郏城陈烈女者，生自农家，许聘邻人徐姓子，未冠而死。讣至，女执薪方爨，闻之，薪自灶中燃及外，达于手始解。须臾入内，撤其头绳足带，易以素，出复爨，忽大恸。其嫂见之，微笑言于母。母曰："闺中女，奈何作此态。"女遂止。女父农人，难与言。舅某，邑诸生，素奇女，适他出，女口中念曰："安得舅氏至乎？"久之乘间语母曰："儿已许聘徐郎，便终身不易。闻郎伯兄有两子，得一子抚之，便毕儿愿。"母正色叱之曰："唉，是何言！汝母自为妇来，未闻有此，止恐为外人羞也。且毋令若父知，知则当重怒汝。"女不再言。他日，母怪其形骨立，潜视卧处，则泪湿枕有血痕。惊曰："此子乃一痴至此耶！"倩邻妪代解之。女度母终不可行己志，而又不敢达于父，但日俟舅至，而舅终不至，遂自经死。❹

古人文章辨体亦多强调用语之规范，如刘祁《归潜志》称："文章各有体，本不可相犯欺，故古文不宜蹈袭前人成语，当以奇异自强。四六宜用前人成语，复不

---

❶ (清) 黄宗羲著，沈善洪主编：《黄宗羲全集》(第10册)，浙江古籍出版社2005年版，第668—669页。
❷ (清) 方苞著，刘季高校点：《方苞集》，上海古籍出版社1983年版，第117页。
❸ (清) 李祖陶辑：《国朝文录》，《续修四库全书》(集部第1670册)，上海古籍出版社2002年版，第375页。
❹ (清) 彭端淑：《陈烈女传》，转引自(清) 钱仪吉纂，靳斯校点：《碑传集》，中华书局1993版，第4548—4549页。

宜生涩求异。如散文不宜用诗家语，诗句不宜用散文言，律赋不宜犯散文言，散文不宜犯律赋语，皆判然各异。如杂用之，非惟失体，且梗目难通。然学者闇于识，多混乱交出，且互相诋诮，不自觉知此弊，虽一二名公不免也。”❶从语言词句来看，古文语言以典雅为则，自然禁入“小说”之词句，吴德旋《初月楼古文绪论》云：“国初如汪尧峰文，非同时诸家所及，然诗话尺牍气尚未去净，至方望溪乃尽净耳。诗赋字虽不可有，但当分别言之：如汉赋字句，何尝不可用？六朝绮靡，乃不可也。正史字句，亦自可用；如《世说新语》等太隽者，则近乎小说矣。公牍字句，亦不可阑入者。此等处，辨之须细须审。”❷吴铤《文翼》云：“柳州《与韦中立书》中有俳优语，近于小说。”❸例如，对于汪琬《金孝章墓志铭》：“予尝走诣先生，老屋数间，尘埃满案，与客清坐相对，久之自起焚香沦茗，出其书画与所录本，娱客而已。”叶燮《汪文摘谬》评论称：“‘清坐’二字俗，且似小说。”❹其实，时人不仅反对对古文传记用语沾染“小说气”，甚至对史传引入“小说”语词，亦持批评态度，如李邺嗣《世说遗录序》：“著书家各自有体，宁取史传语入稗篇中，不得取稗篇语入史传中。”❺

此外，清人批评古文传记之“小说气”，亦有从文章立意角度指责其“用意纤刻”，如吴德旋《初月楼古文绪论》：“《史记》未尝不骂世，却无一字纤刻。柳文如《宋清传》《蝜蝂传》等篇，未免小说气，故姚惜抱于诸传中只选《郭橐驼》一篇也。所谓小说气，不专在字句。有字句古雅，而用意太纤太刻，则亦近小说。看昌黎《毛颖传》，直是大文章。”❻这应与古文特别注重“立意”之创作传统密切相关，杜牧《樊川文集》卷十三《答庄充书》云：“凡为文以意为主，气为辅，以辞彩章句为之兵卫。”❼释智圆《送庶幾序》云：“夫所谓古文者，宗古道而立言，言必明乎古道也”，“今其辞而宗于儒，谓之古文可也；古其辞而倍于儒，谓之古文不可也”。❽陈

❶（金）刘祁撰，崔文印点校：《归潜志》，中华书局 1983 年版，第 138 页。
❷（清）吴德旋：《初月楼古文绪论》，人民文学出版社 1959 年版，第 19 页。
❸（清）吴铤：《文翼》，余祖坤编：《历代文话续编》，凤凰出版社 2013 年版，第 605 页。
❹（清）叶燮：《汪文摘谬》，余祖坤编：《历代文话续编》，凤凰出版社 2013 年版，第 24 页。
❺（明）李邺嗣著，张道勤校点：《杲堂诗文集》，浙江古籍出版社 2013 版，第 634 页。
❻（清）吴德旋：《初月楼古文绪论》，人民文学出版社 1959 年版，第 25 页。
❼（唐）杜牧著，吴在庆校注：《杜牧集系年校注》，中华书局 2008 版，第 884 页。
❽（宋）释智圆：《送庶幾序》，郭绍虞主编：《中国历代文论选》（中），中华书局 1962 年版，第 11—12 页。

骙《文则》云："文之作也，以载事为难：事之载也，以蓄意为工。"❶张谦宜《絸斋论文》卷一云："古文不在字句而在立意。"❷

从上述理论批评的作者来看，清人批评古文传记之"小说气"既有一批桐城派古文家如方苞、刘大魁、吴德旋、吴铤等，也包括桐城派之外的其他古文家如汪琬、张谦宜、李绂、王昶、李祖陶等，实际上应看作清代古文家比较普遍的认识判断。从批评者相关言论的时间分布来看，清人批评古文传记"小说气"贯穿于整个清代，如清初之汪琬、张谦宜，清中期之方苞、李绂、刘大魁、王昶，清后期之吴德旋、李祖陶、吴铤。

以颇具"小说气"的王猷定《四照堂诗文集》文集卷四之"传""记"、侯方域《侯方域集》卷五之"传"、毛奇龄《西河集》卷七十三至八十三之"传"中有关作品为例，可见古文传记之"小说气"在具体作品中主要表现为以下几个方面：传主和事迹以身份低微之"奇人""怪人""异事"为旨趣，如王猷定《李一足传》《樗叟传》《孝贼传》《汤琵琶传》《义虎记》、侯方域《李姬传》《马伶传》、毛奇龄《陈老莲别传》《桑山人传》《鲁颠传》《尼演传》《湖中二客传》，人物故事的传奇色彩浓厚，有的还事涉神怪，多有失"雅驯"，如《汤琵琶传》："偶泛洞庭，风涛大作，舟人惶扰失措。应曾匡坐，弹《洞庭秋思》。稍定，舟泊岸，见一老猿，须眉甚古，自丛箐中跳入蓬窗，哀号中夜。天明，忽报琵琶跃水中，不知所在。自失故物，辄惆怅不复弹。已，归省母，母尚健，而妇已亡，惟居旁坯土在焉。母告以妇亡之夕有猿啼户外，启户不见。"❸同时，在叙事方面，写生描摹，笔法细腻、琐屑，语言口语化，有失"琐碎"，如周亮工《书戚三郎事》："戚心独朗朗，念虔事帝，得死楹下足矣。然度难死，帝显赫，或有以援我。日且暮，觉祠中有异，纠臂带忽裂，裂声如弓弦，作霹雳鸣。戚臂左受创，纠缚既断，因得以右扶首，首将堕，喉固未绝，因宛转正之"，"戚乃携子，先恳之郝，郝与俱来。戚直前跪曰：'连觅妻所在，闻即在府中，愿悯之。'张即询：'所系妇，首王氏，即戚妇耶？'呼之出，真戚妇也。戚见妇，惊悸错愕，未敢往就，摇摇不知悲。其子见母出，突奔母怀，仰视大痛。妇亦俯捧儿，哭

❶ （宋）陈骙著，刘彦成注译：《文则注译》，书目文献出版社1988年版，第15页。
❷ （清）张谦宜：《絸斋论文》，《续修四库全书》（集部第1714册），上海古籍出版社2003年版，第427页。
❸ （清）王猷定：《四照堂文集》，《四库未收书辑刊》（第五辑第27册），北京出版社2000年版，第253页。

失声，戚至是始血泪迸落。戚、成跪张前，戚妇亦遥跪听命。”❶

上述分析与清人对韩愈《试大理评事王君墓志铭》的评论非常吻合，如黄本骥《读文笔得》：

> 昌黎志王适墓云：“妻上谷侯氏处士高女，高固奇士，自方阿衡太师，世莫能用吾言。再试吏，再怒去，发狂，投江水。初，处士将嫁其女，惩曰：吾以龃龉穷，一女怜之，必嫁官人，不以与凡子。君曰：吾求妇氏久矣，惟此翁可人意，且闻其女贤，不可以失。即谩谓媒妪，吾明经及第，且选即官人侯，翁女幸嫁，若能令翁许我，请进百金为妪谢。许诺白翁，翁曰：诚官人耶，取文书来。君计穷，吐实，妪曰：无苦，翁大人，不疑人欺我。得一卷书，粗若告身者，我袖以往，翁见未必取视，幸而听我行其谋。翁望见文书衔袖，果信不疑，曰：足矣。以女与王氏。”按此文计六百字，而叙此一事，乃多至二百字。赂媒骗妇何等事也，乃大书特书于勒石铭幽之作耶，在今人必以为鄙琐似小说矣，然实古大家作文之枕秘也。❷

所谓“鄙琐似小说”即指其题材内容有失雅驯，叙事笔法描摹琐屑。

二、清人对“小说气”古文传记之文类文体定位

清人对古文“小说气”批评主要集中于《马伶传》《汤琵琶传》等一批以下层人士之奇人异事为旨归的传文，从明清的文人别集、文章总集和小说选本的选文收录以及官私书目相关著录情况来看，对此类作品的文类、文体定位实际上也介于集部之传文和子部之“小说”之间。

明清之文人别集、文集颇多载录奇人异事而具有“小说气”的古文传记，此类

❶ （明）周亮工：《书戚三郎事》，转引自（清）张潮辑，王根林校点：《虞初新志》，上海古籍出版社2012年版，第82、85页。

❷ （清）黄本骥撰，刘范弟点校：《黄本骥集》，岳麓书社2009年版，第268页。

作品首先归属集部之文。例如，袁中道《珂雪斋集》前集卷十六“文”收录《关木匠传》《一瓢道士传》《回君传》，汪道昆《太函集》卷二十七“传”至卷四十“传”类收录《庖人传》《江山人传》《陈宜人传》《却姬传》，周亮工《赖古堂集》卷十八“传”类收录《盛此公传》《书戚三郎事》。同时，还存在着个别作品同时载入文集和小说集的跨类现象，例如，王士禛《带经堂集》卷四十四之“渔洋文”六中《书剑侠二事》，同时也收入了王士禛《池北偶谈》卷二十三“剑侠”条、卷二十六“女侠”条。而且，个别文人别集甚至在著述体例上出现了“小说集化”的现象，如宋懋澄《九籥别集》，《明史》将其著录于集部，但卷二至卷四题名为“稗”，既有《吕翁事》《飞虎》《侠客》等笔记杂记，也有《耿三郎》《珠衫》《吴中孝子》《刘东山》等传记，全类“小说”，这些作品也被同时收录于《九籥集》，王士禛《池北偶谈》卷二十二“宋孝廉数学”称其“如稗官家刘东山、杜十娘等事，皆集中所载也”。❶徐芳《悬榻编》，虽属文人别集，如文德翼《求是堂文集》卷二《悬榻编序》：“因评选其文集以行，曰《悬榻编》云。”❷徐乾学《传是楼书目》将《悬榻编》著录于集部之别集类，但卷三至卷六收录《太行虎记》《化虎记》《怪病记》等杂记或《奇女子传》《乞者王翁传》《月峰山人传》《柳夫人小传》等传，与其小说集《诺皋广志》著述体例非常接近。显然，这种混杂不同于一般的文人大全性的别集收录小说类著作，如钮琇《临野堂诗集》（十三卷，文集十卷，尺牍四卷，诗余一卷）：“原集尚有《觚賸》正续编八卷附刊于后，今析出别记于小说类中。”❸

清人选编之明代文章总集或选本以黄宗羲《明文案》《明文海》《明文授读》和薛熙《明文在》、顾有孝《明文英华》最具代表性。黄宗羲所编明代文章总集《明文海》以保存一代文献为旨归，故“小说气”之古文亦收录无遗，卷三八七至卷四二八“传”类，分为名臣、功臣、能臣、文苑、儒林、忠烈、义士、奇士、名将、名士、隐逸、气节、独行、循吏、孝子、列女、方伎、仙释、诡异、物类、杂传等二十一类子目，其中，“方伎”“奇士”“独行”“诡异”“隐逸”“物类”“杂传”等多以下层人士中的异人、奇人、怪人为传主，载录之事也多求奇嗜异趣味，如袁中道《回君传》、陈鹤《乞市

❶ （清）王士禛撰，靳斯仁点校：《池北偶谈》，中华书局 1982 年版，第 520—521 页。
❷ （明）文德翼：《求是堂文集》，《四库禁毁丛刊》（集部第 141 册），北京出版社 1998 年版，第 329 页。
❸ （清）周中孚著，黄曙辉、印晓峰标校：《郑堂读书记》，上海书店出版社 2009 年版，第 1150 页。

者传》、汪道昆《庖人传》、侯一麟《鲍奕士传》、何白《方汤夫传》、车大任《潘屠传》、侯方域《马伶传》、王宠《张琴师传》、何伟然《马又如传》、汪道昆《查八十传》、王猷定《汤琵琶传》《李一足传》、丘云霄《楚人传》、沈一贯《抟者张松溪传》、戴良《袁廷玉传》、陈谟《乘槎客传》、刘伯燮《日者蒋训传》、朱右《滑樱宁传》、戴良《吕复传》、祝允明《韩公传》、慎蒙《汉章凌先生传》、徐显卿《盛少和先生传》、黄巩《拙修小传》、丘云霄《山人操舟传》、徐敬《朱山人传》、徐芳《太行虎记》《柳夫人小传》、张凤翼《张越吾轮回传》、戴士琳《李翠翘传》等。《四库全书总目》评黄宗羲《明文海》:"又欲使一代典章人物俱借以考见大凡,故虽游戏小说家言亦为兼收并采,不免失之泛滥。"❶当然,严谨的古文选本多有所甄别,黜而不录"小说气"古文,如《明文在》之"传"类仅收文二十篇,全无此类作品。

清代编纂之清人古文选本主要有陆燿《切问斋文钞》、徐斐然《国朝二十四家文钞》、王昶《湖海文传》、姚椿《国朝文录》、吴翌凤的《国朝文徵》、朱珔《国朝古文汇钞》、李祖陶《国朝文录》及《续编》等,一般很少收录"小说气"之古文,例如《湖海文传》其编选宗旨则是以讲求实学,兼顾词章之美为主,卷六十一至卷六十六之"传"类,未收录异人奇事之作。《国朝文录》及《续编》选文以醇雅为尚,"有明道之文而近肤者不录,有论事之文而大横者不录,有纪功述德之文而过谀者不录,有言情写景之文而涉浮者不录"。❷其中,《四照堂文录》仅选《汤琵琶传》,《壮悔堂文录》选《贾生传》《徐作霖张渭传》,而未收《马伶传》《李姬传》等。徐斐然《国朝二十四家文钞》收录个别"小说气"古文,亦被批判,"以王于一之《李一足》《汤琵琶传》,侯朝宗之《马伶》《李姬传》,为近俳不录,而采王之《孝贼传》《义虎记》,侯之《郭老仆墓志》,乃弥近小说。勺庭、刘文炳、江天一诸传,最为出色,乃屏不收,而取其《大铁椎传》,则俚率游戏,直是《水浒传》中文字"。❸清代编纂之清人古文选本极少收录"小说气"的古文传记,一方面应与清代古文批评强调古文与小说的文类文体区分相关,另一方面,也应与"虞初"系列小说选本的流行密不可分。

❶ (清)纪昀、陆锡熊、孙士毅等:《钦定四库全书总目》,中华书局 1997 年版,第 2661 页。
❷ (清)李祖陶辑:《国朝文录》,《续修四库全书》(集部第 1669 册),上海古籍出版社 2003 年版,第 300 页。
❸ (清)李慈铭撰,由云龙辑:《越缦堂读书记》,中华书局 2006 年版,第 624 页。

明人已有传奇文选本收录传体文现象，如孙一观辑《志林》主要选录《柳毅传》《红线传》《长恨传》《周秦行纪》《莺莺传》《柳氏传》《杜牧传》《李谟传》《崔玄微传》《独孤遐叔传》《昆仑奴传》《却要传》《妖柳传》等，也收入苏轼《僧圆泽传》、宋濂《竹溪逸民传》等。张潮《虞初新志》以“事奇而核，文隽而工”“任诞矜奇，率皆实事”“表彰轶事，传布奇文”❶为旨趣，从明末清初文人之别集、文集以及总集中选录了一批颇具“小说气”的传文❷，“其事多近代也，其文多时贤也”❸，如魏禧《姜贞毅先生传》《大铁椎传》《卖酒者传》《吴孝子传》、侯方域《马伶传》《李姬传》、王猷定《汤琵琶传》《李一足传》《孝贼传》、周亮工《盛此公传》《书戚三郎事》、吴伟业《柳敬亭传》《张南垣传》、毛奇龄《陈老莲别传》《桑山人传》、顾彩《焚琴子传》《髯樵传》、秦松龄《过百龄传》、毛际可《李丐传》、方亨咸《武风子传》、李清《鬼母传》、宗元鼎《卖花老人传》等，显然，其中许多作品亦曾被明人文集和《明文海》收录。同时，《虞初新志》有部分传记文源自子部之“小说”，如《人觚》《事觚》《物觚》《燕觚》《豫觚》《秦觚》《吴觚》源自钮琇《觚剩》，《唐仲言传》《李公起传》源自周亮工《因树屋书影》卷三“唐仲言”条、“李公起”条。此外，《虞初新志》也有部分传记可看作史部之“传记”，如陈鼎《八大山人传》《活死人传》《狗皮道士传》《薜衣道人传》《彭望祖传》《雌雌儿传》《毛女传》《王义士传》《爱铁道人传》，亦被陈鼎编入《留溪外传》，而此书被归入史部之“传记”，如《四库全书总目》著录于“传记类总录之属”：“是书凡分十三部：曰忠义、曰孝友、曰理学、曰隐逸、曰廉能、曰义侠、曰游艺、曰苦节、曰节烈、曰贞孝、曰阐德、曰神仙、曰缁流，所纪皆明末国初之事。其间畸节卓行，颇足以阐扬幽隐。……其间怪异诸事，尤近于小说家言，不足道也。”❹《虞初新志》将“小说气”之古文传记、“小说”、史部之“传记”并列收录，将其看作性质相同或相类之作，混淆了三者之文类界限。

在清人看来，《虞初新志》整体上还是归属于子部之“小说家”。张潮明确提出《虞初新志》接踵《虞初志》而作，其《自叙》称：“此《虞初》一书，汤临川称为小说

❶ （清）张潮辑，王根林校点：《虞初新志》，上海古籍出版社 2012 年版，“自序”“凡例十则”，第 1—2 页。
❷ 参见陆学松：《小说、传记与传记体小说——从〈虞初新志〉重审“虞初体”内涵》，《社会科学家》2017 年第 8 期；朱柳斌：《从〈虞初新志〉看传记文与传奇小说的互渗》，硕士学位论文，湖南师范大学，2018 年。
❸ （清）张潮辑，王根林校点：《虞初新志》，上海古籍出版社 2012 年版，“自叙”第 1 页。
❹ （清）纪昀、陆锡熊、孙士毅等：《钦定四库全书总目》，中华书局 1997 年版，第 877 页。

家之‘珍珠船’，点校之以传世，洵有取尔也。独是原本所撰述，尽摭唐人轶事，唐以后无闻焉，……予是以慨然有《虞初后志》之辑，需之岁月，始可成书，先以《虞初新志》授梓问世。”❶“凡例”亦称：“兹集效《虞初》之选辑，效若士之点评。”❷《虞初志》为“小说家之‘珍珠船’”，《虞初新志》自然也同属“小说家”。田秫《如意君传序》亦将《虞初新志》与《聊斋志异》等并列称为“稗官小说”：“降而稗官小说，如《三国志》《西游》《水浒》《西厢》《聊斋》《红楼》《虞初新志》，《齐谐志怪》种种不可胜数者。”❸王用臣《斯陶说林》卷前“斯陶说林例言”：“《虞初新志》等书，率以文章为小说，又是一种笔墨。”❹

清人对《虞初新志》的著录主要见于方志，也多将其归入“小说”，如赵宏恩《(乾隆)江南通志》著录于“杂说类”，“杂说”相当于“杂家”“小说家”。何绍基《(光绪)重修安徽通志》著录于“小说类”。当然，也有《八千卷楼书目》将其著录于史部之“传记类总录之属”。《虞初新志》风靡一时，“几于家有其书矣”，仿之体例而继续辑录明末至清代文人文集中载录奇人异事之传文，有郑澍若所编《虞初续志》、黄承增所辑《广虞初新志》、朱承鉽所编《虞初续新志》等，“取国朝各名家文集，暨说部等书”❺，形成了一个“虞初”系列。《虞初新志》以及“虞初”系列被整体归属定位于“小说家”，实际上进一步凸显了载录奇人异事之古文传记的“小说”性。

三、清代古文传记“小说气”溯源

从明清文体学来看，时人实际上将“正史”列传、史部“传记”、集部“传体文”看作相联相通的文类、文体谱系。吴讷《文章辨体序说》：“太史公创史记列传，盖以载一人之事，而为体亦多不同。迨前后两《汉书》、《三国》、《晋》、《唐》诸史，则

❶ (清) 张潮辑：《虞初新志》，上海古籍出版社 2012 年版，“自叙”第 1 页。
❷ 同上书，“凡例十则”第 1 页。
❸ (清) 田秫：《如意君传序》，丁锡根编著：《中国历代小说序跋集》，人民文学出版社 1996 年版，第 1581 页。
❹ (清) 王用臣辑：《斯陶说林》，中国书店 1991 年版，第 1 页。
❺ (清) 郑澍若辑：《虞初续志》，中国书店 1986 年版，“序”第 1 页。

第祖袭而已。厥后世之学士大夫,或值忠孝才德之事,虑其湮没弗白;或事迹虽微而卓然可为法戒者,因为立传,以垂于世:此小传、家传、外传之例也。”[1]徐师曾《文体明辨序说》:“自汉司马迁作《史记》,创为‘列传’,以纪一人之始终,而后世史家卒莫能易。嗣是山林里巷,或有隐德而弗彰,或有细人而可法,则皆为之作传以传其事,寓其意;而驰骋文墨者,间以滑稽之术杂焉,皆传体也。故今辩而列之,其品有四:一曰史传(有正、变二体),二曰家传,三曰托传,四曰假传。”[2]自唐代古文运动至清代桐城派,古文家多以《史记》等史传文为学习、师法对象,然而《史记》等史传文之“文笔”本身蕴含了诸多“小说”笔法,因此,古文传记之“小说气”自可看作源于《史记》之“文笔”。

《昭明文选》不录《左传》《史记》等“正史”记事之文,萧统《文选序》云:“至于记事之史,系年之书,所以褒贬是非,纪别异同,方之篇翰,亦已不同。”[3]唐代古文运动,韩愈、柳宗元等就已倡导学习《左传》《史记》记事之法,韩愈《进学解》云:“上规姚、姒,浑浑无涯”,“下逮《庄》《骚》,太史所录”。[4]降至宋代,古文家已将《左传》《史记》作为“作文之式”,如真德秀《文章正宗》“叙事类”选录《左传》《史记》《汉书》叙事之文,并在“叙事类序”称:“又有纪一人之始终者,则先秦盖未之有,而昉于汉司马氏。后之碑志、事状之属似之。今于《书》之诸篇,与《史》之纪传,皆不复录,独取《左氏》《史》《汉》叙事之尤可喜者,与后世记序、传志之典则简严者,以为作文之式。”[5]明代一大批古文家如唐顺之、归有光、茅坤、王慎中、陈继儒等,极其推崇《史记》叙事之法,将其奉为文章之经典范本,茅坤《史记钞·读史记法》云:“屈、宋以来,浑浑噩噩,如长川大谷,探之不穷,揽之不竭,蕴藉百家,包括万代者,司马子长之文也。”[6]清代桐城派倡导古文“义法”,也都从《春秋》《史记》而来,如方苞《又书货殖传后》:“《春秋》之制义法,自太史公发之,而后之

---

[1] (明)吴讷、(明)徐师曾著,于北山、罗根泽校点:《文章辨体序说　文体明辨序说》,人民文学出版社1962年版,第49页。

[2] 同上书,第153页。

[3] (南朝梁)萧统编,(唐)李善注:《文选》,上海古籍出版社1986年版,第3页。

[4] (唐)韩愈著,刘真伦、岳珍校注:《韩愈文集汇校笺注》,中华书局2010年版,第147页。

[5] (宋)真德秀:《文章正宗》,转引自曾枣庄:《中国古代文体学卷》(第一卷),上海人民出版社2012年版,第801页。

[6] (明)茅坤:《读史记法》,转引自张大可、丁德科主编:《史记论著集成》(第六卷),商务印书馆2015年版,第171页。

深于文者亦具焉。”[1]《答申谦居书》:“若夫《左》《史》以来相承之义法。”[2]《书五代史安重诲传后》:“记事之文,唯《左传》《史记》各有义法。”[3]明清诸多文章总集或古文选本,如吴讷《文章辨体》、徐师曾《文体明辨》、贺复徵《文章辨体汇选》、林云铭《古文析义》、徐乾学《古文渊鉴》,蔡世远《古文雅正》、余诚《重订古文释义》等皆将《史记》等史传之文与集部之传体文并列收录。

然而,作为“史家之绝唱,无韵之离骚”,《史记》是史笔、文笔相结合的典范之作。清人多认为《史记》之文笔中就蕴含了诸多后世之“小说”笔法,如吴见思《史记论文》评《司马相如列传》:“史公写文君一段,浓纤宛转,为唐人传奇小说之祖。”[4]牛运震《空山堂史记评》卷八云:“写范雎微行诳须贾一段,极委曲,极琐碎事,悉力装点,将炎凉恩怨、世态人情一一逼露,绝似小说传奇,而仍不失正史局度。此太史公专擅之长,自古莫二者也。”[5]梁玉绳《史记志疑》卷三十四评《淮南衡山列传第五十八》之句“于是王气怨结而不扬,涕满匡而横流,即起,历阶而去”:“案《汉书》作‘被因流涕而起’,是也。刘辰翁曰:‘《史记》游谈如赋,近乎小说矣。’王若虚亦讥其失史体。”[6]冯镇峦《读聊斋杂说》云:“《聊斋》以传记体叙小说之事,仿《史》《汉》遗法。”[7]所以,从某种意义上说,《史记》等史传文之“文笔”实际上可看作古文传记“小说气”之渊源。

清代具有“小说气”的古文传记实际上也是承继唐宋以来的古文传统而来的。古代文集中的传体文勃兴于唐代[8],至宋而走向繁盛,明清则蔚为大观,“及宋元以来,文人之集,传记渐多,史学文才,混而为一”[9]。在唐代古文传记兴起之初,就已出现了一批以载录异人奇事、体近“小说”之文,个别传记如沈亚之《秦梦记》《冯燕传》等甚至跟传奇体小说相混杂,王士禛《池北偶谈》卷十六“沈下贤集”条云:“唐吴兴沈亚之《下贤集》十二卷,古赋诗一卷,杂文杂著如《湘中怨》《秦

[1] (清)方苞著,刘季高校点:《方苞集》,上海古籍出版社 1983 年版,第 58 页。
[2] 同上书,第 165 页。
[3] 同上书,第 64 页。
[4] (清)吴见思著,陆永品点校:《史记论文》,上海古籍出版社 2008 年版,第 70 页。
[5] (清)牛运震撰,崔凡芝校释:《空山堂史记评注校释》,中华书局 2012 年版,第 446 页。
[6] (清)梁玉绳撰,贺次君点校:《史记志疑》,中华书局 1981 年版,第 1429 页。
[7] (清)蒲松龄著,张友鹤辑校:《聊斋志异》,上海古籍出版社 2019 年版,第 16 页。
[8] 参见罗宁、武丽霞:《论文传的产生与演变》,《新国学》第六卷,巴蜀书社 2006 年版。
[9] (清)章学诚著,刘公纯标点:《校雠通义》,古籍出版社 1956 年版,第 80 页。

梦记》《冯燕传》之类三卷，……《下贤》文大抵近小说家，如记弄玉、邢凤等事。”❶宋代，此类传记进一步发展，涌现出石介《赵延嗣传》、王禹偁《痦髡传》《唐河店妪传》、欧阳修《桑怿传》、苏轼《方山子传》《子姑神记》《天篆记》、苏辙《巢谷传》《孟德传》《丐者赵生传》、曾巩《洪渥传》《秃秃记》、沈辽《任社娘传》、苏舜钦《爱爱传》、秦观《眇倡传》《魏景传》《录龙井辩才事》、张耒《任青传》、韦骧《向拱传》、谢逸《匠者周艺多传》等一大批作品，其中，《爱爱传》《任社娘传》等个别作品甚至与传奇体小说旨趣相近而相互混杂。此类古文传记被明代多种小说选集《古今说海》《五朝小说》《虞初志》等选入，亦被看作“准小说”，在文类文体定位上介于古文传记和传奇体小说之间。因此，部分古文传记带有“小说气”本身就是唐宋以来古文创作自身的一种传统。

❶ (清) 王士禛撰，靳斯仁点校：《池北偶谈》，中华书局 1982 年版，第 391 页。

第四章　集部之“书事”文体

——兼论其与笔记杂著、笔记体小说之关系

现当代学者对中国古代文人别集之叙事性文体研究，多集中于“传”“记”“行状”“墓志”“祭文”“碑文”等主流性文体，常忽略一些边缘性文体。古代集部之“书事”文体，起源于唐宋，至明清兴盛而蔚为大观，其创作延绵千载、代不绝书、自成一体，但作品数量不多，是典型的边缘性文体，亦很少受到研究者关注，目前仅有极个别研究论文对此文体有专题论述。[1]本书通过全面系统地梳理现存的古代别集和总集之书事文作品，结合古人相关论述评论，综合研究其文体之起源发生、发展演化，同时，从文体之关联互动的角度，探讨“书事”文体与子部的笔记杂著、笔记体小说和集部的题跋、记体文、传体文等相互混杂、相互交叉、相互联系、相互影响等种种关系，力求将“书事”文体放置在相关文类、文体体系中回归还原其起源发生、发展演化的历史文化语境。

一、“书事”之词义——“书事”文体命名的语义背景

“书”与“事”连用作为相对独立固定的一词，较早出现于汉代，主要指史籍或史家书写、记载历史事实、人物行迹，如董仲舒《春秋繁露》卷三，“《春秋》之书事

---

[1] 参见罗宁：《唐宋书事文述论》，王水照、侯体健主编：《中国古代文章学的阐释与建构——中国古代文章学三集》，复旦大学出版社 2017 年版；罗宁：《东坡书事文考论——兼谈东坡集中收入小说文字的问题》，《中国苏轼研究》2016 年第 2 期。

时，诡其实以有避也”[1]，荀悦《申鉴》云“左史记言，右史书事”[2]。其中，“事”之词义有着广狭之别，或泛指历史史实，或专指人物之行动，与“言”相对。之前，“书”已通行书写、记载之义，如《说文解字》：“书，箸也。”[3]《说文解字叙》：“箸于竹帛，谓之书。”[4]《礼记·玉藻》卷九：“动则左史书之，言则右史书之。”[5]显然，“书”与“事”连用，就是这两个字原有含义的自然组合。

唐代，“书事”一词基本延续了此内涵和指称，如《史通》卷第十一外篇“史官建置”中“夫为史之道，其流有二。何者？书事记言”[6]，显然承续了“左史记言，右史书事”。权德舆《黔州观察使新厅记》云“书事以志美，其古史记之遗乎”[7]，基本沿袭了广义的书写历史事实之义。《史通》还专列了“书事”篇，“昔荀悦有云：‘夫立典有五志焉：一曰达道义，二曰彰法式，三曰通古今，四曰著功勋，五曰表贤能。’干宝之释五志也，‘体国经野之言则书之，用兵征伐之权则书之，忠臣烈士孝子贞妇之节则书之，文诰专对之辞则书之，才力技艺殊异则书之’。于是采二家之所议，征五志之所取，盖记言之所网罗，书事之所总括，粗得于兹矣”[8]。浦起龙《史通通释》解释称，“首引旧志论史家书事之体，必其重大有关系者乃书之也”[9]，“《书事》与《叙事》篇各义。《叙事》以法言，《书事》以理断。法戒浮华，理归体要，用意尤尊严也”[10]。此处之“书事”专门论述史家记载各类历史事实的宗旨、对象及其主要法则，对史籍编撰提供指导。

宋代，“书事”一方面继续沿用前人之义并广泛指称各类史籍，如沈作喆《寓简》卷三“史氏书事之法，为其事关大体则书之”[11]，费衮《梁溪漫志》卷第五“晋史

[1] (汉) 董仲舒著，(清) 苏舆撰，钟哲点校：《春秋繁露义证》，中华书局 1992 年版，第 82 页。
[2] (南朝宋) 范晔撰，(唐) 李贤等注：《后汉书》，中华书局 1965 年版，第 2061 页。班固《汉书·艺文志》亦曰：“左史记言，右史记事，事为《春秋》，言为《尚书》。”
[3] (汉) 许慎撰，(清) 段玉裁注：《说文解字注》，上海古籍出版社 1981 年版，第 117 页。
[4] 同上。
[5] (汉) 郑玄注，(唐) 孔颖达等正义：《礼记正义》，上海古籍出版社 1990 年版，第 543 页。
[6] (唐) 刘知幾著，(清) 浦起龙通释，王煦华整理：《史通通释》，上海古籍出版社 2009 年版，第 301 页。
[7] (清) 董诰等编纂，孙映达等点校：《全唐文》，中华书局 1983 年版，第 5040 页。
[8] (唐) 刘知幾著，(清) 浦起龙通释，王煦华整理：《史通通释》，上海古籍出版社 2009 年版，第 212—213 页。
[9] 同上书，第 213 页。
[10] 同上书，第 217 页。
[11] (宋) 沈作喆：《寓简》，中华书局 1985 年版，第 23 页。

书事鄙陋”条“《晋史》书事鄙陋可笑者非一端”❶，章如愚《群书考索》卷八《六经门》之《六经总论下》，“史官尤备纪言书事，靡有阙遗”❷，蔡绦《铁围山丛谈》卷三云，“国朝实录、诸史，凡书事皆备《春秋》之义”❸。另一方面，进一步泛化为各类叙事性文类、文体书写记载人物、事件，如欧阳修《集古录跋尾》卷八《唐于夐神道碑》“卢景亮撰。其文辞虽不甚雅，而书事能不没其实”❹，韩淲《涧泉日记》卷下云“徐师川作李先之墓志，书事极简而有要”❺。洪迈《容斋随笔》有“列子书事”条，阮阅《诗话总龟》设置有“书事门”。书事文的篇章命名大都以人物为中心，“书某某事”之“某某”多为人物名称，可理解为叙述某某人物之事迹或议论某某人物之事迹，这显然与“书事”之史学概念相通。

唐代还出现了一批专门以“书事”为题的诗歌创作，如白居易《病中书事》(三载卧山城，闲知节物情)、《书事咏怀》(官俸将生计，虽贫岂敢嫌)、王维《书事》(轻阴阁小雨，深院昼慵开)、杜牧《书事》(自笑走红尘，流年旧复新)、杜荀鹤《闲居书事》(竹门茅屋带村居，数亩生涯似有余)等。宋人延续唐人之风，“书事”诗创作更加繁盛、题材内容也更为丰富，如陈师道《夏日书事》(花絮随风尽，欢娱过眼空)、戴复古《书事》(喜作羊城客，忘为鹤发翁)、黄庭坚《鄂州南楼书事四首》(四顾山光接水光，凭栏十里芰荷香)、陆游《书事》(生长江湖狎钓船，跨鞍塞上亦前缘)，等等。有些作品叙事性更加鲜明，如郭祥正《漳南书事》：“元丰五年秋七月十九日。猛风终夜发，拔木坏庐室。须臾海涛翻，倒注九溪溢。湍流崩重城，万户竞仓卒。马牛岂复辨，涯渚恍已失。”❻唐宋以降，元明清一直延续着“书事”诗创作，成为古代诗歌创作一个独特的内部类型。“书事”诗所书之“事”，范围极广，可状目前之景、当下心境，也可叙自身一段经历或见闻，还可记述当时社会历史事件、吟咏前代史事，等等。唐宋“书事”诗广为流行，其功用宗旨与“书事”文

❶ (宋) 费衮撰，金圆校点：《梁溪漫志》，上海古籍出版社 1985 年版，第 52 页。
❷ (宋) 章如愚：《群书考索》，《景印文渊阁四库全书》(子部第 936 册)，台湾商务印书馆 1986 年版，第 119 页。
❸ (宋) 蔡绦撰，冯惠民、沈锡麟点校：《铁围山丛谈》，中华书局 1983 年版，第 57 页。
❹ (宋) 欧阳修：《集古录跋尾》，上海古籍出版社 2020 年版，第 339 页。
❺ (宋) 韩淲撰：《涧泉日记》，《景印文渊阁四库全书》(子部第 864 册)，台湾商务印书馆 1986 年版，第 792 页。
❻ (宋) 郭祥正撰，孔凡礼点校：《郭祥正集》，黄山书社 2014 年版，第 95 页。

体非常接近，因此，书事文命名也很有可能是受到了“书事”诗启发。

二、唐宋“书事”文体之起源

学界通常认为“书事文”最早出现于唐代，唐人集部文章明确以“书某某”“书某某事”命名篇章者，仅有孙樵《书田将军边事》《书何易于》等极个别作品。[1]《书何易于》记载益昌县何易于县令亲为刺史崔朴背纤挽舟以避其扰民，纵火焚烧诏书以拒朝廷苛政等事迹，文末感慨议论其生前不得重用。《书田将军边事》则主要为孙樵与田在宾将军议论应对南蛮侵扰之策的对话。显然，这些作品数量极少，也未形成相对固定的文体规范和书写模式，基本属于个别作家偶尔为之的创新性“杂著”。宋人编刊孙樵《孙可之文集》，这两篇文章与《书褒城驿屋壁》并列于卷二“书”类。两者收入《文苑英华》，《书何易于》被归入卷三百七十一“纪述二”，并列之文有独孤及《金刚经报应述并序》、欧阳詹《甘露述》、沈亚之《表医者郭常》、李翱《陆歙州述》、周墀《国学官事书》等。《书田将军边事》则被归入卷三百七十五“论事”，与沈亚之《西边患对》、李甘《叛解》、杜牧《罪言》等并列。《唐文粹》则将两者收录于卷一百“传录纪事”类，“传录纪事”除了传体文外，亦收多种叙事性杂文。

宋代，题“书某某”“书某某事”的书事文创作数量较多，逐步形成一种相对独立的文章文体，经全面检索梳理宋人别集和总集，并借鉴当代学者的宋文整理集成之作《全宋文》，共确定宋代书事文六十余篇，详见本书附录“宋代书事文作家、作品一览表”。

宋人别集收录书事文，归于“题跋”或“书跋”者较多，如汪应辰之《书刘忠肃公事》《书节行王夫人》《书吴忠烈遗事》归入《文定集》卷十至卷十二“题跋”类，张耒《书司马槱事》《书道士齐希庄事》归入《张耒集》卷五十三、卷五十四“题跋”类，薛季宣《书赵烈侯事》《书郑威愍公骧遗事》《书丹徒五百事》归入《浪语集》卷二十

[1] 罗宁《唐宋书事文述论》提出韩愈《太学生何蕃传》原题应为《书太学生何蕃》《书何蕃》，可备一说。

七“书跋”类。总集收录书事文，也多归入“题跋”，如吕祖谦《宋文鉴》卷一百三十至卷一百三十一之“题跋”收录了王回《书种放事》《书襄城公主事》、晁咏之《书张生客遗事》。黄震《黄氏日钞·读文集》论及《书新安事》《书舒蕲二事》，亦归入“跋”类。

也有部分宋人别集归入“杂著”“杂书”，如李之仪《书赵凤事》《书牛李事》《书杨绾事》《书刘元平事》归入《姑溪居士集》前集卷十七“杂书”类，陆游《书浮屠事》《书渭桥事》《书屠觉笔》《书神仙近事》《书二公事》归入《渭南文集》卷二十五“杂书”类，吕南公《书刘瑾事》归入《灌园集》卷十八“杂著”类。也有极个别作品被归入“记”“赠”类，如刘安上《书方潭移溪事》归入《刘给谏文集》卷四之“记”，魏了翁《书龙协惠事》归入《重校鹤山先生大全文集》卷之九十二之“赠”。

有极个别别集专门设置了“书事”类，如李纲《梁溪集》卷一百六十“书事”收录《书僧伽事》《书范文正公事》《书杜祁公事》《书韩魏公事》《书章子厚事》《书曾子宣事》，高斯得《耻堂存稿》卷五“书事”类收录了《书咸淳五年事》《书留梦炎见逐本末》。

宋代书事文大多以缘事而生发议论、寄予感慨为基本写作方式。或整篇以议论为主，如曾巩《书虏事》：“妾之移人，自至也者，人弗自知其身之至也。如知之，古今岂有败哉？予尝悲汉高帝之英伟绝特，光武之仁明，而至于爱恶于其子。以及魏武，忮险绝世，其心非复人也，至其且终，眷眷于所昵，与小夫懦竖无异。此二谊主、一暴臣，皆非常之人也，及蔽之来，虽英伟之量、仁明之器、忮险之性皆不能免，况中材乎？故曰：妾女之移人自至也。自至也者，人弗自知其身之至也，非信哉？及观向之书虏事，则又知虏之陆梁，暴恣而蔽于帷帐之间，不能自知，死之日卒大乱其国，然后知妾女之祸，非特甚于中国也。吁，可畏哉！吁，可畏哉！”[1]此类作品还有周行己《书吕博士事》、谢迈《书元稹遗事》、李纲《书范文正公事》、邓肃《书扬雄事》、汪应辰《书刘忠肃公事》、薛季宣《书郑威愍公骧遗事》、高斯得《书咸淳五年事》等。

或前半篇叙事后半篇议论，有丁谓《书异》、苏轼《书刘昌事》、李之仪《书杨绾

[1] (宋) 曾巩撰，陈杏珍、晁继周点校：《曾巩集》，中华书局 1984 年版，第 734 页。

事》、刘安上《书方潭移溪事》、李纲《书章子厚事》、邓肃《书乐天事》、陆游《书浮屠事》等;或夹叙夹议、叙议交杂,如晁咏之《书张主客遗事》、晁补之《书王蠋后事》、汪应辰《书节行王夫人事》《书吴忠烈遗事》、文天祥《书钱武肃王事》等,例如陆游《书渭桥事》:

中大夫贯若思,宣和中知京兆栎阳县,夏夜,以事行三十里,至渭桥,夜漏欲尽,忽见二三百人驰道上,衣帻鲜华,最后车骑旌旄,传呼甚盛。若思遽下马,避于道傍民家,且使从吏询之,则曰:"使者来按视都城基,汉唐故城,王气已尽,当求生地。此十里内已得之,而水泉不壮,今又舍之矣。"语毕,驰去如飞。时方承平,若思大骇。明日还县,亟使人访诸府,则初无是事也。若思,河朔人,自栎阳从蔡靖辟为燕山安抚司管勾机宜文字。靖康中,自燕遁归,入尚书省,为司封郎而卒。陆某曰:河渭之间,奥区沃野,周、秦、汉、唐之遗迹隐辚故在。自唐昭宗东迁,废不都者三百年矣。山川之气,郁而不发,艺祖、高宗皆尝慨然有意焉,而群臣莫克奉承。予得此事于若思之孙逸祖。岂关中将复为帝宅乎?夷暴中原,积六七十年,腥闻于天,王师一出,中原豪杰必将响应,决策入关,定万世之业,兹其时矣。予老病垂死,惧不获见,故私识若思事以示同志。安知士无脱挽辂以进说者乎?❶

也有少部分作品以记述人物、事件的叙事性为主。或以叙事为主体而文末附以简单议论,有李之仪《书牛李事》、王回《书襄城公主事》、李纲《书僧伽事》《书杜祁公事》《书曾子宣事》、薛季宣《书赵烈侯事》《书丹徒五百事》、楼钥《书老牛智融事》、魏了翁《书龙协惠事》、高斯得《书留梦炎见逐本末》等,如陆游《书包明事》:

包明者,不知其乡里。少为兵,事汤岐公,自枢密至左相,明常在府。绍兴末,岐公以御史论罢。故例,一府之人皆罢,遇拜执政,则往事焉。久之,

❶ (宋)陆游著,马亚中、涂小马校注:《渭南文集校注》,浙江古籍出版社2015年版,第118页。

御史中丞汪公澈拜参知政事，一府皆往。汪公，盖前日劾岐公者也。于是，明独不肯往，曰："是尝论击吾公者，持何面目事之！"虽妻子饥寒，不之顾。未几，以病死。方岐公贵时，所荐达士大夫多矣；至其失势，不反噬以媚权门者几人？且岐公平日待明，非有异于众人也；汪公之拜，一府俱往，非独明也。明而往事汪公，非有负也；泥涂贱隶，又非清议所及，而其自信毅然不移如此，盖有古烈士之风矣。书其始末，使读者有感焉。❶

或基本上属于单纯记事之作，例如李纲《书韩魏公事》：

欧阳永叔尝问玉局曰："魏公立朝，大节孰为难？"玉局曰："莫难于定策。"永叔曰："使吾辈处此时，当如何？"玉局曰："想亦当然。"永叔曰："吾辈皆能为之，何难之有！"玉局曰："然则孰为难？"永叔曰："当英庙初立，母后垂帘，一日帘中出文字一卷，皆诉宫禁中事，其辞甚切。公以文字置怀中，徐曰：'是必有内侍交构两宫者。'帘中曰：'有之。'因举其姓名。公曰：'容臣退处置。'既归省，取怀中文字焚之，命堂吏书空头谪降敕，遍签执政，且命开封府择使臣一员，步军司差禁卒二十人。呼帘中所举姓名内侍至都堂，立庭中，面责之，填敕编置岭外，使臣禁卒即日押行。来日见上，具道所以，于是两宫遂宁。若此者乃所谓难。故予作《昼锦堂记》，言公不动声色，而措天下于泰山之安，盖谓此也。"王岩叟著《魏公别录》，逸此一事，因书其后。❷

此类作品还有苏轼《书狄武襄事》《书刘庭式事》、李之仪《书刘元平事》、米芾《书吕溱事》、张耒的《书司马槱事》《书道士齐希庄事》、陆游《书神仙近事》《书二公事》等。

宋代书事文载录之事大部分为当时的人物轶事、遗事、传闻，且主要为士大夫官员、文人、隐士等，其中有一些人物还与作者有直接交往，如苏轼《书刘庭式事》、米芾《书吕溱事》、张耒《书司马槱事》、晁咏之《书张主客遗事》、周行己《书吕

❶ (宋) 陆游著，马亚中、涂小马校注：《渭南文集校注》，浙江古籍出版社 2015 年版，第 119—120 页。
❷ (宋) 李纲：《李纲全集》，岳麓书社 2004 年版，第 1479—1480 页。

博士事》、李纲《书范文正公事》《书杜祁公事》《书韩魏公事》《书章子厚事》《书曾子宣事》、汪应辰《书吴忠烈遗事》《书刘忠肃公事》、陆游《书渭桥事》《书包明事》《书二公事》、薛季宣《书郑威愍公骧遗事》、楼钥《书魏丞相奉使事实》、魏了翁《书龙协惠事》、高斯得《书咸淳五年事》《书留梦炎见逐本末》等。有个别作品记述社会下层身份卑微的小人物，如苏轼《书狄武襄事》、薛季宣《书丹徒五百事》、楼钥《书老牛智融事》等。此类书事文所记人事多源于作者的见闻或经历，其写作宗旨主要为推崇人物道德品格，如苏轼《书刘庭式事》："予昔为密州，殿中丞刘庭式为通判。庭式，齐人也。而子由为齐州掌书记，得其乡闾之言以告予，曰：庭式通礼学究。未及第时，议娶其乡人之女，既约而未纳币也。庭式及第，其女以疾，两目皆盲。女家躬耕，贫甚，不敢复言。或劝纳其幼女。庭式笑曰：'吾心已许之矣。虽盲，岂负吾初心哉！'卒娶盲女，与之偕老。"❶周行己《书吕博士事》云："于美乎哉，师弟子之风兴矣！先生之赐甚厚，非特太学化之，将亦四方化之；非特今世化之，将亦后世化之。先生之赐甚厚也！且将歌其风，倡之天下，布之伶官，而上之天子也。故书。"❷李纲《书范文正公事》："予得此事于吴元中给事，因书之，使后进知前辈所为，皆有深意。"❸陆游《书二公事》云："二公，皆予所乡慕也。予贫甚，欲学介夫办五杯千钱亦复未易，又不解奕棋，或可力贫学昌国耳。书之座右，当徐图之。"❹魏了翁《书龙协惠事》云："夫即新而弃故，趋利而辟害，耆进而耻退，乐嚣而恶闲，往往士大夫有不免，而一郡史能守之不渝，此岂亡见而然哉！协惠方守其说，而余惧其以是取憎于俗也，遣之使归，而识其事于册云。"❺薛季宣《书丹徒五百事》云："观其所立，几于古之真人，方士服而师之，为得师矣。私不自胜，迄示其方。所谓知之非难，行之惟艰，讵不信然。员冠之儒，少长于圣人之学，及其行事能弗戾者几希，闻五百之风，足少愧矣。走惧其以方之没也，故书。"❻少部分作品具有浓厚的"小说"意味，如《书司马槱事》记司马槱恍惚间见

❶ 张志烈等校注：《苏轼全集校注》，河北人民出版社 2010 年版，第 7359 页。
❷ （宋）周行己撰，陈小平点校：《周行己集》，浙江古籍出版社 2015 年版，第 90—91 页。
❸ （宋）李纲：《李纲全集》，岳麓书社 2004 年版，第 1479 页。
❹ （宋）陆游著，马亚中、涂小马校注：《渭南文集校注》，浙江古籍出版社 2015 年版，第 126 页。
❺ （宋）魏了翁：《书龙协惠事》，曾枣庄、刘琳主编：《全宋文》（第 309 册），上海辞书出版社 2006 年版，第 468 页。
❻ （宋）薛季宣撰，张良权点校：《薛季宣集》，上海社会科学院出版社 2003 年版，第 367 页。

一美妇人，歌阕而去，遂成一曲。《书道士齐希庄事》记道士齐希庄与王屋山猴相处之事。《书张主客遗事》记开国名臣张主客传奇事迹。《书渭桥事》记贾若思于渭桥疑见鬼事。

也有部分作品属于记述前代历史人物事迹或历史事件，如李之仪《书牛李事》《书杨绾事》《书刘元平事》、王回《书襄城公主事》、邓肃《书乐天事》、谢迈《书元稹遗事》所记为唐代人物故事，邓肃《书扬雄事》、欧阳守道《书叶监酒庆元封事》为汉代人物故事，晁补之《书王蠋后事》、薛季宣《书赵烈侯事》为战国人物故事。此类书事文写作主要是为了表达对历史人物事件的评论、感慨，例如晁补之《书王蠋后事》：

> 始予读《史记》至此，未尝不为蠋废书而泣，以谓推蠋之志，足以无憾于天，无怍于人，无欺于伯夷比干之事。太史公当特书之，屡书之，以破万世乱臣贼子之心；奈何反不为蠋立传！其当时事迹，乃微见于田单之传尾，使蠋之名仅存以不失传，而不足以暴于天下，甚可恨也！❶

邓肃《书扬雄事》：

> 屈原、伍子胥、晁错，皆死国之士，不当更訾之。盖事君以忠为主，才智不足论也。扬雄一切讥之，谓非智者之事，是知扬雄胸中所蕴，欲作《美新》之书久矣，岂迫于不得已而后为乎？迨莽以符命捕刘棻、甄丰等，雄自投阁，班固便谓棻尝从雄学，故雄不得不惧。殊不知《美新》、符命，一体也。莽既怒符命，则亦《美新》何有乎？雄身为叛臣，无所容于天地之间，故忿然捐躯，期速死耳。此扬雄之徒所谓智也。❷

整体而言，宋代书事文篇幅普遍较短小，绝大多数作品多为二百字至四百字

❶（宋）秦观撰，徐培均笺注：《淮海集笺注》，上海古籍出版社 2000 年版，第 1115 页。

❷（宋）邓肃：《栟榈集》，《景印文渊阁四库全书》（集部第 1133 册），台湾商务印书馆 1986 年版，第 357 页。

左右。有少部分作品仅一百字左右甚至几十字，如《书焦隐事》《书刘昌事》《书狄武襄事》《书牛李事》《书杨绾事》《书刘元平事》《书紫金研事》《书司马槱事》《书乐天事》《书扬雄事》《书刘忠肃公事》《书节行王夫人事》《书吴忠烈遗事》《书张待制使虏遗事》《书郑威愍公骧遗事》等。篇幅在五百字以上的作品仅有《书王蠋后事》《书张主客遗事》《书僧伽事》《书林舍人逸事》《书东坡宜兴事》《书老牛智融事》《书咸淳五年事》。

宋代书事文作为一个相对独立的文体，多被归入“题跋”或“杂著”，与其文体特性密切相关。集部的题跋文起源于唐宋，“古人跋语不多见，至宋始盛。观欧、苏、曾、王诸作，则可知矣”❶，“汉晋诸集，题跋不载。至唐韩柳始有读某书及读某文题其后之名。迨宋欧曾而后，始有跋语，然其辞意亦无大相远也，故《文鉴》《文类》总编之曰‘题跋’而已”❷，“题、读始于唐；跋、书起于宋。曰题跋者，举类以该之也”❸。古人基本将此类文体看作因观览书籍、字画等而题写于书籍卷帙之后的随笔札记之类，“跋者，随题以赞语于后者也”❹，“按题跋者，简编之后语也。凡经传子史诗文图书之类，前有序引，后有后序，可谓尽矣。其后览者，或因人之请求，或因感而有得，则复撰词以缀于末简，而总谓之题跋”❺。此类作品之篇名多为“读某某”“读某某后”“跋某某”“某某跋”“跋某某后”“某某跋尾”“书某某”“书某某后”“记某某”“记某某后”“题某某”“题某某后”“某某后序”等，其写作形式灵活多样，或品评议论，或记述叙事，或说明内容，或考证辨订，或生发感慨等，一般篇幅短小，风格简峭精炼，“至综其实则有四焉：一曰题，二曰跋，三曰书某，四曰读某。夫题者，缔也，审缔其义也。跋者，本也，因文而见本也。书者，书其语。读者，因于读也”❻，“当掇其有关大体者，立论以表章之。须要明白简严，不可堕入窠臼”❼，“其词考古证今，释疑订谬，褒善贬恶，立法垂戒，各有所为，而

---

❶ 王水照编：《历代文话》，复旦大学出版社2007年版，第1484页。

❷ (明)吴讷、(明)徐师曾著，于北山、罗根泽校点：《文章辨体序说　文体明辨序说》，人民文学出版社1962年版，第45页。

❸ 同上书，第136页。

❹ 王水照编：《历代文话》，复旦大学出版社2007年版，第1484页。

❺ (明)吴讷、(明)徐师曾著，于北山、罗根泽校点：《文章辨体序说　文体明辨序说》，人民文学出版社1962年版，第136页。

❻ 同上。

❼ 王水照编：《历代文话》，复旦大学出版社2007年版，第1484页。

专以简劲为主，故与序引不同”❶，“‘故跋语不可太多，多则冗；尾语宜峭拔，使不可加。’若然，则跋比题与书，尤贵乎简峭也”❷，在集部文章诸体中，题跋文体地位低下，属于“小道”之文，但优秀之作亦受到不少文人推崇，如楼钥《攻媿集》卷九十四《少傅观文殿大学士致仕益国公赠太师谥文忠周公神道碑》：“公之文不待赞扬微至，题跋之语，考古证今，岁月先后，通彻明白，读者叹服。”❸钟惺《隐秀轩集》之《隐秀轩文余集》中“题跋一”中《摘黄山谷题跋语记》云：“看山谷题跋，当以此数条推之。知题跋非文章家小道也。其胸中全副本领，全副精神，借一人、一事、一物发之。落笔极深、极厚、极广，而于所题之一人、一事、一物，其意义未尝不合，所以为妙。”❹宋代书事文归入“题跋”主要因其缘事而生发议论、寄予感慨的写作方式与题跋之品评议论非常接近，而且书事文中相当一部分属于读史书的随笔札记，本身就与题跋性质相同。此外，书事文“书某某事”的命名方式，也与题跋之“书某某”“书某某后”容易混淆。

宋代书事文被归入“杂著”“杂文”，应主要源于对其创新性文体归类的困惑。一般来说，“杂著”“杂文”主要是容纳那些种类驳杂、体式不一、无法明确文体归属的作品，徐师曾《文体明辨序说》云：“按杂著者，词人所著之杂文也；以其随事命名，不落体格，故谓之杂著。然称名虽杂，而其本乎义理，发乎性情，则自有致一之道焉。刘勰所云：‘并归体要之词，各入讨论之域。’正谓此也。”❺吴讷《文章辨体序说》云：“文而谓之杂者何？或评议古今，或详论政教，随所著立名，而无一定之体也。文之有体者，既各随体裒集；其所录弗尽者，则总归之杂著也。”❻因此，“杂著”也往往成了各类前无古人的创新性文体的容身之处。书事文作为一种数量较少的创新性文体，宋人不可避免会面临归类之困惑，归入“杂著”“杂文”也就是一种便宜处理方式。

---

❶ (明) 吴讷、(明) 徐师曾著，于北山、罗根泽校点：《文章辨体序说 文体明辨序说》，人民文学出版社1962年版，第137页。

❷ 同上书，第45页。

❸ (宋) 楼钥《攻媿集》，《景印文渊阁四库全书》(集部第1153册)，台湾商务印书馆1986年版，第460页。

❹ (明) 钟惺著，李先耕、崔重庆标校：《隐秀轩集》，上海古籍出版社2017年版，第652页。

❺ (明) 吴讷、(明) 徐师曾著，于北山、罗根泽校点：《文章辨体序说 文体明辨序说》，人民文学出版社1962年版，第137页。

❻ 同上书，第45—46页。

三、明清“书事”文体之发展演化

元代书事文创作低落，现存作品数量极少。经全面梳理元代文人别集和诗文总集，借鉴《全元文》等当代学者古籍整理成果，共发现书事文五篇。明清时期特别是清代，书事文创作兴盛，作品数量大增，经梳理明清文人别集，得三百三十余篇。详见附录中的《元明书事文作家、作品一览表》《清代书事文作家、作品一览表》。

明清时期特别是清代，书事文逐步发展成为一种完全独立的文体。在文人别集中，“书事”开始普遍作为一个独立类目。有的与“传”“行状”“祭文”“事略”等叙事性文体并列，如周亮工《赖古堂集》卷十八“传、书事”(《书戚三郎事》)，戴名世《南山集》卷九“传、书事附”(《书光给谏轶事》《书许翁事》《书许荣事》《书全上选事》)，焦循《雕菰集》卷二十三“事略、书事”(《书谢少宰遗事》《书王鹭亭事》《书裔烈娥事》《书江都两生》《书家奴陶裕妇杜氏与张芰塘》)，王芑孙《渊雅堂全集》卷十六“事略、书事”(《书袁惕三轶事》《书华亭县学邵祭田》)，张贞《杞田集》卷五“志、题名、纪行、书事、说、表、书、碑”(《书二公事》《书傅道士事》《书两节女事》)，邵长蘅《邵子湘全集》之《青门簏稿》卷十四“行状、行述、书事、祭文”(《书先府君遗事》《书崔太守事》《书赵一桂事》《书牧子先生遗事》《书龚先生事》)，陆继辂《崇百药斋文集》卷十六“书事、传、家传、别传、传论”(《述先府君逸事》《书杨贞妇》《郎中谷君遗事述》《书仇孝子庐墓事》《书崔钧事》《记恽子居语》《记庖人》《记胡德》)等，汪由敦《松泉集》文集卷十九“传、书事、行状、神道碑”(《书田赠公事》)，唐仲冕《陶山文录》卷八“墓志、墓表、传状、书事”(《书富平县贞妇温王氏事》)，石韫玉《独学庐稿》三稿卷三“赞、颂、书事、疏、札子”(《书威勤公平苗事》《书张尚书平定海寇事》)，吴荣光《石云山人集》文集卷三“记叙、书事、檄谕”(《书宝鸡令徐公遗事》)。也有些书事文虽未单列一类，但也与叙事性作品排列在一起，如王世贞《弇州四部稿》卷七十七文部收录《书吴大夫事》《书应生事》《书二馆人事》等，与“记”“纪事”“纪行”等文并列。

有的则与“跋”“题跋”“杂著”“书后”等并列，如桂馥《晚学集》卷五“书后、书事”（《书汉书南粤王传后》《书朱万年守城事》），钱维乔《竹初诗文钞》卷四“跋、书事”（《书段改斋遗事》《书刘先生事》），王昶《春融堂集》卷六十八“书事、杂著”（《书黄公缵事》《书奎公遗事》），王元启《祇平居士集》卷二十三“书事、题跋”，吴肃公《街南文集》卷十九“跋、书事”等。

也有部分文集将“书事”完全独立单列，如吴应箕《楼山堂集》卷十九之“书事”（《杭州书某孝廉事》《虎邱书禅僧讲经事》《书木末亭酒闲语》），董沛《正谊堂文集》卷二十二“书事”（《书殷孝子》《书贞孝应氏女事》《书吴家山遗事》《书癸卯水灾事》），郝懿行《晒书堂集》文集卷五“书事”（《记先曾祖遗事》《五君政迹记》《王再门》《老道人》《许琯遗事》《书缝衣者言》），张澍《养素堂文集》卷二十二“书事”（《书张抚军靖叛事》《书王贞女事》《书吴之异事》《书江南生事》《书建威将军浙江提督三等壮烈伯李忠毅公事》《书刘默园观察蚶洋出险事》《书王恒一葬棺事》），路德《柽华馆文集》卷四“书事”（《书三原杜孝子事》《书高高祖妣轶事》），沈大成《学福斋集》文集卷十九“书事”（《书王氏女事》）。

朱筠自道其书事文创作，明确称为“书事”，《笥河文集》卷十五《书歙程密事》文末称：“余在江南时，试有闻，后来京师，手写君诗之仅存者为一卷，而乞余书其行，作书事。”❶《书萧山汪氏二节妇事》文末称：“余亦以其理信而书之，作书事。”❷钱林《文献征存录》卷十《李良年》谈到文集编次分类亦明确将“书事”作为一类：“尝欲罗当代人文甄录为一集，曰文纬。先诗、次骚、次赋、次奏疏、次制策策问、次经旨、次论、次议、次碑表志铭、次记、次颂赞、次书、次叙、次考、次辨、次解、次说、次祭文哀辞诔、次传、次书事、次题跋、次杂著，为类二十有一，为体三十，盖略取文粹例也。”❸

在清人文章总集或选集中，书事文的收录归类情况也基本与文人别集一致。黄宗羲编《明文海》收录明人之书事文归入“记”“传”，卷三百四十一之“记”十五至卷三百五十二之“记”二十六“纪事”录王祎《书闽中死事》、周复俊《书方岳徐公

❶（清）朱筠：《笥河文集》，中华书局1985年版，第296页。
❷ 同上书，第298页。
❸（清）钱林辑，王藻编：《文献征存录》，台北文海出版社1986年版，第1630—1631页。

事》、周思兼《书张御史事》、徐学谟《书盗杀周皇亲事》、徐应雷《书时大彬事》，卷四百三之“传”十七录高启《书博鸡者事》，卷四百十四之“传”二十八“列女”录归有光《书张贞女死事》，卷四百二十之“传”三十四“仙释”录程敏政《书济宁王翁事》。薛熙编《明文在》卷九十一之“录、书事”收录高启《书博鸡者事》、归有光《书郭义官事》《书张贞女死事》，刘肇虞辑评《元明八大家古文》卷七之“记、书、传、说、书事、书后、墓表、墓碣、铭、行状”收录归有光《书郭义官事》《书张贞女死事》。沈兆沄辑《篷窗随录》卷十三“书事、书后”收录赵一清《书徐贞明遗事》、朱筠《书烈妇景事》、施闰章《书报恩寺浮屠事》、方苞《记张彝叹梦》，王昶辑《湖海文传》卷六十六之“传、书事”收录邵志纯《书潘孝子》《书王贞妇》、张庚《书焦存儿事》、朱筠《书罗烈妇李事》《书烈妇景事》、杭世骏《书赵氏老婢事》。贺复徵编《文章辨体汇选》卷三百七十二“书一”(“书”与“题”“跋”相邻)收录李德裕《书大孤山》、孙樵《书褒城驿壁》《书田将军边事》《书何易于》、陆龟蒙《书李贺小传》，卷六百三十六之“纪事”收录李东阳《书某节妇事》、孙樵《书田将军边事》《书何易于》，卷六百三十六“纪事三”收录高启《书博鸡者事》。

不过，从文体学上对“书事”文体做专门论述，要到清后期了，张谦宜撰《絸斋论文》卷三“细论二”：“书某事，偶记某事、读某书有所见，并入杂文部。”❶吴曾祺《涵芬楼文谈》附录《文体刍言》将古代文体分为十三大类，每类下又有若干小类，其第九类为“杂记”包含“记”“后记”“笏记”“书事”“纪”“志”“录”“序”“题”“述”“经”等十一小类，专论“书事”称：“自始至终，直书一事者，此为书事之正体。若旁及他事，及杂以议论者，皆破体也。其与碑志之体似之而实不同，故入之杂记为是。凡曰‘书某事’‘书某人事’者，则入之；其曰‘某人事略’，则入之传状类。”❷林纾《春觉斋论文》称谈“记”类文体分类称：“记琐细奇骇之事，不能入正传者，其名为‘书某事’，又别为一类。”❸孙学濂《文章二论》之《溯源第一》云：“故曰文中之诏令、疏笺、传状、碑志、书事、志录、表谱，其源出于《尚书》《春秋传》，其体主质重事，其用则史也。”❹

❶ (清) 张谦宜：《絸斋论文》，《续修四库全书》(集部第1714册)，上海古籍出版社2002年版，第440页。
❷ 王水照编：《历代文话》，复旦大学出版社2007年版，第6658—6659页。
❸ 林纾著，范先渊校点：《春觉斋论文》，人民文学出版社1959年版，第70页。
❹ 余祖坤编：《历代文话续编》，凤凰出版社2013年版，第810—811页。

明清书事文的文体形态基本上承袭了宋人的写作模式。以缘事而生发议论、寄予感慨为主者，或整篇以议论为主，或前半篇叙事后半篇议论，或夹叙夹议、叙议交杂。以记述人物、事件的叙事性为主者，或以叙事为主体而文末附以简单议论，或基本上单纯记事。相对宋人而言，明清书事文的叙事性大大增强，绝大部分作品都属记述人物、事件为主者，且其中单纯记事者亦占相当比例。这首先表现在此类作品的文体归类上，大量文集、总集中，“书事”与“传”“行状”“祭文”“事略”等叙事性文体并列，或被直接归入“记”“纪事”“记事”等。其次，从文本内容来看，以缘事而生发议论、寄予感慨为主者，仅有钱谦益《书瀛国公事实》《书武林穰夷事》、王铎《书甘侯事》、朱鹤龄《书史仲彬事》《书王公可大事》《书阁学周公事》《书张烈妇事》、张履祥《书宋理宗事》《书里士事》、余缙《书萧长源事》、魏禧《书碧澜妾事》、朱彝尊《书戴贞女事》、屈大均《书邓许二女事》《书叶氏女事》《书林节妇事》、邵长蘅《书龚先生事》、储大文《书杨复庵遗事》、杭世骏《书赵氏老婢事》、刘大櫆《书田氏封股事》《书汪节妇事》、程晋芳《书吴贞女事》、翁方纲《书徐节母事略》、汪中《书周义仆事》、张云璈《书仁和令近事》、庄述祖《书邢节妇事》、杨凤苞《书凌孝女事》、王芑孙《书袁惕三轶事》、沈钦韩《书杨德祖事》《书柳仲涂事》《书汪孝子事》、张澍《书王贞女事》《书王恒一葬棺事》、郭尚先《书邓贞女事》、戴熙《书丁烈妇事》、吴敏树《书义猴事》、左宗棠《书外孙陶镜莹事》、戴钧衡《书张秀才事》、龙启瑞《书潜山侯孝子事》《书李守备殉节事》《书孔母徐孺人守节事》、薛福成《书过善人事》《书游击过君殉难事》《书沔阳陆帅失陷江宁事》等很少一部分作品。绝大多数作品为载录当时各类人物事迹、轶事、传闻等叙事性作品。

相对宋代书事文多为二百字至四百字而言，明清书事文篇幅普遍增长，绝大多数作品多为四百字至七百字左右。这应与明清书事文的叙事性功能大大增强密切相关，一般来说，题跋类的议论性文体以缘事议论为主，重在寄托发挥，篇幅一般不会过长，而传记类的叙事性文体以记叙人物事迹、历史事件为主，载录人物经历和轶事、事件过程，篇幅一般会稍长一些。

也有少部分作品篇幅非常短小，仅有两三百字左右，如《书里泾张氏妾事》《书二馆人事》《书守城纪事》《书盛公斯徵事》《书王公可大事》《书阁学周公事》

《书赵公蹇卿事》《书宋理宗事》《书靳庄事》《书两烈妇死事》《书徐华国遗事》《书碧澜妾事》《书王叔明画旧事》《书邓许二女事》《书锈头道人事》《书宁海木工事》《书谢良琦事》《书宋孝廉事》《书化鹤事》《书诸暨陈氏女子事》《书盗发修武伯墓事》《书杨复庵遗事》《书万烈妇某氏事》《书谭半城事》《书居乙事》《书李淑媛事》《书汪节妇事》《书曾孝女事》《书程孝子事》《书赵资事》《书张贞女事》《书周烈妇事》《书徐烈女事》《书姜烈女事》《书徐节母事略》《书朱万年守城事》《书周义仆事》《书齐少宗伯轶事》《书唐县知县伍君绍熺事》《书龚铨安事》《书蒋经元遗事》《书烈妇郭杨氏事》《书李元旦事》《书王鹭亭事》《书李鼎祚轶事》《书汪孝子事》《书张孝妇事》《书顾氏事》《书章佳文成公轶事》《书杨德祖事》《书某氏妇事》《书高高祖妣轶事》《书杨氏婢事》《书二孝女事》《书丁烈妇事》《书罗提督轶事》《书义猴事》《书邠州惠氏三生事》《书潜山侯孝子事》《书村民廖凤粲事》《书陈提督充保正事》《书蒋心余先生轶事》《书周诚事》《书郭氏妾事》《书李当事》。此类作品篇幅短小,多为书写一两件轶事,类似笔记体小说之一则,例如:

> 南昌府驿路旁有精舍,距江跬步,溪水回绕,修竹万个,风景清幽。康熙初,忽有伟丈夫,襆被来宿,貌甚雄奇,语操西音。居止旬日,自言爱此地风土,欲为僧,寺僧难之。曰:"吾橐中有百金装,尽以相付,但仰饘粥于此足矣。"从之,随落发。每日粥饭外,即面壁不语,或竟夕不卧,亦不诵经参禅,如是六七年。初不解衣,或窃视其两臂,皆有铜圈束之,莫测也。一日日夕,与侪辈立江干。有数人泊舟登岸,望见之,大惊,趋前揖。则挥手止之,耳语移时别去。戊申岁,忽沐浴礼佛,遍别寺僧云:"明日当涅槃。"众以为妄,漫应之。至期,敷坐江岸,顷之,火自鼻中出,烟焰满空,有白鹤自顶中飞出,旋绕空际,久之始没。周伯衡时为南昌监司,述其事,作化鹤记。❶

有少部分作品篇幅较长,长达一千字左右,如《书张贞女死事》《书张御史事》《书盗杀周皇亲事》《书富林二曹先生遗事》《书沈伯和逸事》《书郑仰田事》《书邹

❶ (清)王士禛:《带经堂集》之《书化鹤事》,《清代诗文集汇编》(第134册),上海古籍出版社2010年版,第791页。

平赵于城事》《书史仲彬事》《书宋九青逸事》《书钱美恭寻亲事》《书吴潘二子事》《书文安孝子王原事》《书赵一桂事》《书牧子先生遗事》《书乡人进香普陀事》《书刘君士断鸡头事》《书光给谏轶事》《书许翁事》《书宝鸡军事》《书华豫原事》《书黄公缵事》《书萧山汪氏二节妇事》《书黔阳决狱事》《书章孺人事》《书刘文正遗事》《书李恭勤遗事》《书毕宫保遗事》《又书三友人遗事》《续书亡弟吕堰殉难事》《书张尚书平定海寇事》《书裔烈娥事》《书张抚军靖叛事》《书王贞女事》《书建威将军浙江提督三等壮烈伯李忠毅公事》《书刘默园观察蚶洋出险事》《书潘工部事》《书辽太祖事》《书裕靖节公死节事略》《书刘军门逸事》《书张振之师遗事》《书破地雷事》《书谢贞烈妇彭氏降神事》《书平江唐孝妇》《书长沙余高氏升仙事》《书廖许两知县事》《书益阳胡文忠公与辽阳官文恭公交欢事》《书陈玉成苗沛霖二贼伏诛事》《书剧寇石达开就擒事》《书懿安皇后事》《三书懿安皇后事》《书两张少保事》。此类作品篇幅较长，类似于传记，或比较完整叙述人物经历或多件轶事或遗事，或比较完整地记述一个历史事件。例如，戴名世《书许翁事》：

翁姓许氏，名登云，字亦凌，庐州舒城人。十世祖荣。元至正间，江淮起兵，州郡骚然，荣散家财起义兵，保障乡里，民之全活者数万人。传八世为士北君，翁之大父也。士北君为人任侠好气，然事其亲孝谨，抚诸弟有恩。诸弟壮大，顾皆诟其兄，往往群谋殴之，君辄踰垣走。其子曰在兹君，即翁之父也。治博士业，为诸生，好与道家者游，得黄白之术。既卒，其术不传。生两子，翁其长也。年二十一，为诸生。是时流寇起，蔓延江以北，祖、父相继殁，翁秉家政，经营拮据，群从兄弟十余人，俯仰皆依翁，即族人子弟亦多赖翁者矣。

翁为人豪迈，其才又俊，多艺能，少即工骑射，旁及刀槊击刺之术无不精。流寇之至也，翁挈其家走山寨。寨破，翁挟弓持矛而下，望见数贼与一人战于山麓，即翁父也，翁前救之，贼即释其父前搏翁。时有二仆负一箧随翁父，贼疑箧中有金，故力战不肯释。翁呼仆置箧于地，且以足踏其箧使破，以示无有，仓卒不得破而战益力，贼遂弃去。

翁家故饶裕于资，奴仆凡数百人，自贼至家破，资且尽，桀黠奴往往叛去。当是时，桐城有守将，领数千人防贼。舒与桐接壤，翁家奴一人亡抵营中，小校周某收之。翁自往捕，奴知之，以告周某，某使卒诱翁至门，则盛侍卫，列剑戟，且多设缚具以慑翁。翁未入，适一校来谒周某，乃某约以来欲共辱翁以謔其金者也。校先与翁语，翁固有口辨，洒洒数千言，辞气激昂，面无惧色。校大惊，为礼，貌甚恭，入骂周某曰："是人宁可辱耶。"翁遂得脱。以状谒兵使者，兵使者即逮周某，治以法。

寇既平，乡里逃死者略尽，田土荒芜。翁募耕者，垦田数百顷，悉收其群从兄弟于家，衣食之，且延师教之，已而尽以所垦田分给之。或有后言不知德翁者，翁置不校。翁轻财好施，不沾沾治生产，然家亦复振。治西冲别墅，极精丽，晚年徙家焉。或曰翁以他故徙，非轻去其家者也，然翁亦卒不言云。

翁敦一本之谊甚笃，有侮其族子弟者，不难破产救之，然负翁者亦往往而有，翁卒不以此惰志焉。一族老贫无依，或告之曰："盍往亦凌氏，斯得所矣。"诣翁，翁养之终身。已而得恶疾，见者皆欲呕，翁自督僮仆左右之甚勤。其人死，丧葬皆极厚。其敦本尚义如此。亲知故人有急难，得翁之计画皆立解，其断决明敏，披肝沥胆，人皆服其才而信其诚，虽乡党之贤豪皆自愧莫及。

年五十余，即谢去诸生服，习音律，挟少年数辈歌舞，自吹洞箫，执檀板，声音节奏，响振林木。客至，布氍毹，管弦杂作，出歌者数人行歌侑酒，客无不极欢而去。如此者十余年，复厌之，歌者先后散去。笃信空门，日读佛氏书，意气盖少衰矣。然而酒阑灯灺，长笛一声，山谷皆应，其风流蕴藉，故态犹存焉。

余客翁家两载。尝与余登高山，驰马直腾，回翔上下，趫健如少壮，见者不知其为七十余人也。翁季子从余游，请书梗概，余故书以付之。❶

极个别作品篇幅更加漫长，甚至达二千字至四千字，如《书戚三郎事》《书贵州赤水张氏事》《书张郎湖臬使逸事》《书米脂令边大绶事》《书刘松斋先生轶事》《书滑县平贼事》《辛丑河决大梁守城书事》《书桐城程忠烈公遗事》《书沔阳陆帅

❶（清）戴名世撰，王树民编：《戴名世集》，中华书局1986年版，第189—191页。

失陷江宁事》《书昆明何帅失陷苏常事》《书左侍郎使北事》。此类作品篇幅漫长，多为叙述人物丰富经历或一个重大历史事件。《书西宁等卫故明边事》篇幅近万字，记载西宁卫相关的多种奇闻异事，“范子作蕃族志，其事实得之西宁官署故册中，又质诸土人，故其言详覈。余节其要并书之”❶。《书福王时异事》近五千字，记载福王在位时的系列异事，“福王以甲申六月中即位，乙酉五月中咄奔，首尾约一年，而异事颇多，今列其有关于国者于左”❷。

明清书事文大多数为载录当时人物事迹，具有鲜明的同时代性，主要集中于贤臣廉吏、文苑儒林、烈妇贞女、孝子义士等人物类型之事迹或轶事，且多底层身份卑微者，这实际上与传体文的人物类型和取材倾向比较接近，存在一定程度“同频共振”，如何乔远《皇明文徵》卷六二至卷六五“传”类分为古贤、名臣、道德、文章、孝烈、节烈、义烈、奇节、独行、笃行、厚德、清德、自述、闺德、艺术、支离、贤阉、物类。黄宗羲《明文海》卷三八七至卷四二八“传”类分为名臣、功臣、能臣、文苑、儒林、忠烈、义士、奇士、名将、名士、隐逸、气节、独行、循吏、孝子、列女、方伎、仙释、诡异、物类、杂传等。从某种意义上说，书事文书写人物事迹选择深受传体文的人物类型影响，两者的取材倾向存在鲜明相通之处。明清书事文的写作宗旨延续了宋人传统，也主要为推崇人物道德品格、操守节气，如陆以湉《冷庐杂识》卷四“表章苦节”条：“归太仆《书张贞女死事》，悯其为强暴戕害，而邑令不为申雪。”❸

当然，其中也有一些求奇求异之“小说”意味浓厚者，如徐应雷《书时大彬事》、钱谦益《书郑仰田事》、王士禛《书剑侠二事》《书锈头道人事》《书宋道人事》《书宁海木工事》《书化鹤事》、郭善邻《书刘君士断鸡头事》、陈锦《书友人王某述梦事》等，如王士禛《书宁海木工事》：“康熙三十年，宁海州有木工十数人，浮海至大洋，忽沉舟，其家皆已绝望矣。八年乃俱归，言舟初入洋，倏有夜叉四辈，掣其四角入水。至一处，宫阙巍焕，如王者之居，曰：‘此龙宫也。王欲造宫殿而匠役缺，故召尔辈至此。无恐也。’寻，传王命令入，亦不见王，遂至工所。各使饮酒一

❶ (清) 宋征舆撰：《林屋文稿》，《四库全书存目丛书》(集部第 215 册)，齐鲁书社 1997 年版，第 385 页。
❷ 同上书，第 387 页。
❸ (清) 陆以湉撰，崔凡芝点校：《冷庐杂识》，中华书局 1984 年版，第 233 页。

瓯，即不饥渴。如是八年，不思饮食，而工作不辍。工既竣，夜叉复传命：'尔辈久役于此，今可归矣。王有犒直，已在舟中，可自取之。'各令饮蜜浆一碗，夜叉引入舟，复撮其四角，舟已出水上，其行甚驶。顷之抵岸，忽觉饥渴，乃觅酒肆饮食，而舟中先已有钱数百千，持以归。舟主，杨御史也。操舟者得珊瑚树一株于洋中，持以献。盖亦龙王所酬也。"[1]这篇作品基本可看作一篇志怪小说。

明清时期特别是清代，出现了一大批对书事文兴趣浓厚而撰文较多的作者，如归有光、王世贞、袁中道、钱谦益、朱鹤龄、宋征舆、朱彝尊、王士禛、李骥、邵长蘅、戴名世、王元启、黄达、朱筠、秦瀛、洪亮吉、杨凤苞、恽敬、张澍、梅曾亮、龙启瑞、李元度、董沛、黎庶昌、薛福成等，如归有光《书安南事》《书郭义官事》《书张贞女死事》《书里泾张氏妾事》，王世贞《书与于鳞论诗事》《书鸡鹤事》《书吴大夫事》《书应生事》《书二馆人事》《书龚可学事》，朱鹤龄《书袁杞山事》《书盛公斯徵事》《书张烈妇事》《书史仲彬事》《书王公可大事》《书阁学周公事》《书赵公蹇卿事》，李骥《书懿安皇后事》《续书懿安皇后事》《三书懿安皇后事》《书左侍郎使北事》《书太守傅公事》《书两张少保事》《书四烈妓事》《书宋娄钤辖事》，朱筠《书罗烈妇李事》《书烈妇景事》《书歙程密事》《书萧山汪氏二节妇事》《书罗烈妇事》《书烈妇景事》《书赵有庆侧室王氏事》《书吴节妇事》等。

明清时期，书事文发展成为一种以叙事性为主的完全独立文体，且创作兴盛，涌现出大量作品，应主要源于以下原因：一方面，相对宋元时期而言，明清时期集部之"传""记"等文体创作明显更为兴盛，不但整体作品数量大幅增加，而且有不少文人一人书写很多篇作品，这实际上表明，明清集部的叙事功能整体增强，文人借助集部之文体叙事写人的需求更为强烈。另一方面，集部的记事写人文体主要包括"传""记""述""书事""纪事""行状""墓志""祭文""诔文""哀辞""碑文"等，其中，"行状""墓志""祭文""诔文""哀辞""碑文"等有着特定的功用宗旨和具体繁琐的文体规范，古代文体学对其行文规范有着非常深入细致论述。"传""记"之文体规范虽相对比较灵活，但也有着多方面限定，如明清文体学对其文体规范就有多种争论。"书事"文体无疑称得上集部叙事文体中最为自由灵活

[1] (清) 王士禛撰，宫晓卫等点校：《蚕尾续文集》，齐鲁书社 2007 年版，第 2113 页。

者，文人借此文体叙写人物之事迹、轶事可随笔载录，较少受到特定文体规范之限制。

四、"书事"与记体文之关联

明清"书事"文体多与叙事性文体并列，至清后期文体学专论其文体特征时多将其直接归入"杂记"类，由此可见书事文与杂记文关系十分密切。

集部之记体文创作起源于魏晋南北朝时期，清人严可均所辑的《全上古三代秦汉三国六朝文》收录记体文九十余篇，不过大多数作品都属与佛教相关的解经记、翻译记和造像记，其他类型的记体文仅有孔安国《秘记》、马第伯《封禅仪记》、葛龚《丧伯父还传记》、无名氏《益州太守高联修周公礼殿记》、诸葛亮《黄陵庙记》、王羲之《游四郡记》、陶潜《桃花源记》、李嵩《行事记》、释慧远《庐山记》《游山记》、贺道养《浑天记》、薛泰《舆驾东行记》、沈约《湘洲枳园寺刹下石记》、王筠《云阳记》、沈炯《林屋馆记》、于子建《武德郡建沁水石桥记》、祖鸿勋《晋祠记》、郑述祖《重登云峰山记》等十几篇作品。当时，作为文章的记体文似乎还未取得独立地位，挚虞《文章流别论》、萧统《文选》均未单独设立类目。唐代记体文创作开始走向兴盛，徐师曾《文体明辨序说》："《禹贡》《顾命》，乃记之祖；而记之名，则昉于《戴记》《学记》诸篇。厥后扬雄作《蜀记》，而《文选》不列其类，刘勰不著其说，则知汉魏以前，作者尚少；其盛自唐始也。"❶唐人集序普遍将记作为独立文体，如独孤及《唐故殿中侍御史赠考功郎中萧府君文章集录序》："缉其遗札，得诗、赋、赞、论、表、启、序、颂、铭、诔、志、记凡若干篇，编为五卷，以为集录。"❷许孟容《穆公集序》云："大凡碑志文册铭赞记序六十五首，共成十卷。"❸权德舆《比部郎中崔君元翰集序》："其他诗赋赞论铭诔序记等，合为三十卷。"❹至宋初，李昉《文苑

❶ (明) 吴讷、(明) 徐师曾撰，于北山、罗根泽校点：《文章辨体序说　文体明辨序说》，人民文学出版社1962年版，第145页。
❷ (唐) 独孤及：《毗陵集》，上海古籍出版社1993年版，第104页。
❸ 周绍良主编：《全唐文新编》，吉林文史出版社2000年版，第5627页。
❹ 同上书，第5809页。

英华》将“记”独立设目，并分为宫殿、厅壁、公署、馆驿、楼、阁、城、城门、水门、桥、井、河渠、祠庙、祈祷、学校、文章、释氏、观、尊像、童子、宴游、纪事、刻候、歌乐、图画、灾祥、质疑、寓言和杂记等二级子目，其中厅壁、释氏、宴游三类以下又有三级分类。《唐文粹》亦将“记”按题材分为古迹、陵庙、水石岩穴、外物、府署、堂楼亭阁、兴利、卜胜、馆舍、桥梁、井、浮图、灾沴、燕会、燕犒、书画、琴故物、种植等近二十类。由此，可见记类题材内容之丰富。据统计，唐代的记体文总数将超过两千篇。❶宋代以降，记体文创作更是蔚为大观，作品数量远超唐代，成为集部主流文体之一。

古今学者对杂记文的分类，基本还是比较一致的，曾国藩《经史百家杂钞·序例》：“杂记类所以记杂事者。……后世古文家修造宫室有记，游览山水有记，以及记器物、记琐事皆是。”❷林纾《春觉斋论文》：“然勘灾、浚渠、筑塘、修祠宇、纪亭台，当为一类；记书画、记古器物，又别为一类；记山水又别为一类；记琐细奇骇之事，不能入正传者，其名为‘书某事’，又别为一类；学记则为说理之文，不当归入厅壁；至游宴觞咏之事，又别为一类：综名为记，而体例实非一。”❸褚斌杰《中国古代文体概论》分为台阁名胜记、山水游记、书画杂物记和人事杂记。曾枣庄《宋文通论》分为建筑物记（含楼记、台记、亭记、阁记、堂记、斋记、轩记、室记、院记、祠记、寺观记、园记、堤记、桥记、井记、磨记、厅壁题名记）、学记、山水记、书画记。其中，与书事文比较接近且易混杂者，主要是专以记人叙事为主要内容的人事杂记。人事杂记中有一类作品特别标题为“记某某”或“记某某事”，“至其题或曰某记，或曰记某，则惟作者之所命焉”❹，唐彪《读书作文谱》卷十一《诸文体式·记》云：“记者，纪事之文也。有单叙事者，有纯议论者，有半叙事半议论者。又有托物以寓意者。有首之以序，而以韵语为记者。有篇末系以诗歌者。皆为别体，其题或曰某记，或曰记某，命题虽不同，而体未尝异也。”❺此类记体文标题为“记某某”“记某某事”，不仅与书事文命名相类，而且与其文体性质也非常

❶ 参见何李《唐代记体文研究》（博士学位论文，华东师范大学，2010 年）有关统计。

❷ （清）曾国藩撰，余兴安等译注：《经史百家杂钞》，中华书局 2018 年版，第 5 页。

❸ 林纾著，范先渊校点：《春觉斋论文》，人民文学出版社 1959 年版，第 70 页。

❹ （明）吴讷、（明）徐师曾著，于北山、罗根泽校点：《文章辨体序说　文体明辨序说》，人民文学出版社 1962 年版，第 146 页。

❺ 王水照编：《历代文话》，复旦大学出版社 2007 年版，第 3561—3562 页。

接近。

此类作品最早源于唐代，如韩愈《记宜城驿》、白居易《记画》《记异》、陆龟蒙《记稻鼠》《记锦裾》等，但数量很少，很难称之为文之一体。宋代，此类作品创作逐渐增多，主要有王禹偁《记孝》《记蜂》《记马》、孔武仲《记言》《记鼠》《记舍中樱桃》、王回《记客言》、张耒《记异》、吕颐浩《记陈彦升事》、程俱《记梦》、曹勋《记翟望话》《记施逵事》、王十朋《记蛙》《记人说前生事》、洪适《记梦》、陆游《记太子亲王尹京故事》、吴儆《记鼠》、范成大《记雷孝子事》、罗颂《记程叔清女死节事》、朱熹《记和靖先生五事》《记孙觌事》《记濂溪传》、张栻《记甘露李文饶事》《记宋退翁齐愈被祸事》、陈造《记病》《记岳侯事》《记王尚书事》、方大琮《记后塘福平长者八祖遗事》、刘凤《记任公事迹》等。这些作品一般多归入别集中的"杂著""杂文"，如王禹偁《小畜集》卷第十四之"杂文"、王遽编《清江三孔集》卷十八之"杂著"、王十朋《梅溪先生文集》卷第十九之"杂著"、朱熹《晦庵先生朱文公文集》卷第七十一之"杂著"、吕祖谦编《宋文鉴》卷第一百二十七之"杂著"。也有少部分作品归入"记""记事"，如张耒《张右史文集》卷五十之"记、传"、陆游《渭南文集》卷第二十二之"记事"、陈造《江湖长翁集》卷二十二之"记"。

明清时期特别是清代，此类作品创作走向兴盛，有些作家还饶有兴趣地一人书写多篇作品，主要有马祖常《记河外事》、胡广《记徐元、张旺、史整》、刘玉《又记宣府事》、祝允明《记钱长史答邹处士书事》、顾清《记周太仆遇贼事》、崔铣《记王忠肃公翱三事》《记韩魏公事》、殷云霄《靖江县记李公御寇事》、郑真《记失鸡事》《记高昌国五婴儿事》、姚舜牧《记释窃盗十四人事》、万国钦《记台中事》、张师绎《记钱屯田郎事》、袁翼《记励节妇合葬事》《记胡公异事》《记刘将军事》、彭而述《记邓道人事》、金堡《记雪櫥改余襄公法堂碑事》、施闰章《记歙县孙公活民事略》、汪琬《记志铭石刻事》、姜宸英《记周孝廉两世改葬事》、王士禛《记陈氏再生事》、陈廷敬《记女奴景事》、冯景《记祥峰出世始事》、李塨《记杜紫峰传青主轶事》《记李氏翁媪已事》、方苞《记长洲韩宗伯逸事》《记徐司空逸事》《记太守沧洲陈公罢官事》《记张彝叹梦岳忠武事》《记吴绍先求二弟事》、陈梓《记从兄载青公遗事》《记王令事》《记潘氏疑棺事》《记徐孝廉遗事》《记老呰王氏女事》《记四明虎事》、刘大櫆《记方节妇事》《记杨节妇陆氏事》、全祖望《记王荆公三经新义事附宋史经籍志》《记先少师事》《记宋湖心寺浮屠妙莲治钱唐江事》《记王之明事》《记马士英南奔事》《记许都事》《记方翼明事》《记范孝子事》《记李烈妇事》、黄达《记赵舟子事》、袁枚《记富察中丞四事》、程晋芳《记艺菊事》、纪昀《记李守敬事》、汪缙《记义乌金公一门殉节事》、钱大昕《记汤烈女事》《记侯黄两忠节公事》《记先大父逸事》、姚鼐《记萧山汪氏两节妇事》《记江宁李氏五节妇事》、江濬源《记郑节妇胡氏事》、纪大奎《记什邡龚孝子事》《记三弟雨民擒担匪事》、张云璈《记还金事》、郝懿行《记先曾祖遗事》、李兆洛《记孝女武端姑事》《记陈贞妇事》、查揆《记上元韩君妻死事》、陈寿祺《记刘贞节事》、包世臣《记畿南事》、刘逢禄《记董文恭公遗事》、管同《记颍上张烈女事》、钱仪吉《记嵇文恭公逸事》《记强忠烈事》《记嘉定李公守漳事》、梅曾亮《记日本国事》《记棚民事》、朱骏声《记宋助教遗事》、钱泰吉《记曹文学葬兄事》《记瑞安项氏二孺人事》《记外祖祖母墓祭事》、丁晏《记唐孝子事》、何绍基《记邓完伯先生遗事》、汪士铎《记张夫人逸事》《记江乐峰大令事》《记达什巴事》《记吴木斋蒋文若事》《记李太守事》《记唐贞女事》、邵懿辰《记汶上刘公抚浙事》、王拯《记周孝子事》、许奉恩《记海鹿门别驾少时事》、黄彭年《记谢大黄把总事》《记何氏三世刲股事》、罗汝怀《记竹坨季谱二事》、萧穆《记黟县老节妇郑氏事略》《记宋绍兴十八年戊辰科榜首王佐事》《记宁化雷贯一副宪遗事》《记开化戴简恪公轶事》《记方恪敏公轶事二则》《记海宁陆辛斋处士逸事》《记吴文节公遗事一则》《记通州徐清惠公遗事》《记嘉庆戊午科湖南乡试事》、陈衍《记先君子遗事》《记先妣事》。这些作品一般多归入别集的"记""记事""纪事""传",如万国钦《万二愚先生遗集》卷二"记"、王士禛《带经堂集》卷八十一蚕尾续文九"论、辩、说、记事"、方苞《望溪集》外文卷六"纪事"、陈梓《删后文集》卷五"记"、刘大櫆《海峰文集》卷六"传"、纪昀《纪文达公遗集》文集卷十五"传"、钱大昕《潜研堂集》文集卷二十二"纪事"、姚鼐《惜抱轩诗文集》文集卷十四"记"、萧穆《敬孚类稿》卷十四"记事"等。也有个别作品归入"杂著""书事",如胡广撰《胡文穆公文集》卷十九"杂著"、全祖望《鲒埼亭集外编》卷四十九"杂著"、汪琬《尧峰文钞》卷三十六"书事"、郝懿行《晒书堂集》文集卷五"书事"。

记体文之"记某某事"者载录人物杂事,明清时期亦涌现出大量作品,也应与"书事"文体创作兴盛有着同样的历史文化成因。

五、"书事"与笔记杂著、笔记体小说之关联

根据书写方式、内容性质、文体归属，书事文可分为题跋议论类和纪事类，前者与子部之笔记杂著、后者与笔记体小说，存在诸多相通、混杂之处。

整体上看，集部之题跋文与子部之笔记杂著存在诸多相通之处。唐宋时期，特别是宋代，文人笔记杂著勃兴，此类著述多命名为"笔记""随笔""笔谈""笔录""笔丛""丛说""丛谈""漫录""杂记"等，如《密斋笔记》《老学庵笔记》《容斋随笔》《梦溪笔谈》《杨公笔录》《萤雪丛说》《桂苑丛谈》《云麓漫钞》《缃素杂记》等，大都为随笔札记的形式，体例随意驳杂，内容包罗万象，多以议论杂说、考据辨证为主，而兼记述见闻、叙述杂事，"其说或抒己意，或订俗讹，或述近闻，或综古义。后人沿波，笔记作焉。大抵随意录载，不限卷帙之多寡，不分次第之先后，兴之所至，即可成编。故自宋以来，作者至夥"❶。此类著作，晁公武《郡斋读书志》、陈振孙《直斋书录解题》、焦竑《国史经籍志》、黄虞稷《千顷堂书目》等历代书目多将归入"杂家"，但也有相当一部分内容体例、功用价值定位较为低下者归入"小说家"。至《四库全书总目》，则基本统一归入"杂家类"之"杂考之属"或"杂说之属"。从某种意义上说，题跋就是依附在书籍字画上的读书随笔、学术札记，收入文集时，命名为"题某某""跋某某"等，独立以成文。笔记杂著中相当一部分内容也属于读书随笔或学术考证札记，两者内容性质基本相同，甚至从某种意义上说，笔记杂著中一则则随笔札记就是未独立拟题成篇的题跋文。洪迈撰《容斋随笔》之《容斋四笔》卷第五时说："因忆德甫在东莱静治堂，装褾初就，芸签缥带，束十卷作一帙，日校二卷，跋一卷，此二千卷，有题跋者五百二卷耳。"❷这五百多处题跋文字，何尝不可看作读书笔记。宋代黄伯思之笔记杂著《东观余论》，就是以《法帖刊误》为基础辑录日常所作题跋而成。李之仪撰《姑溪居士集》文集卷十五序题跋之"杂题跋"收录两则未特别命名的题跋："作诗要字字有来处，但将老杜

❶ (清)纪昀、陆锡熊、孙士毅等：《钦定四库全书总目》，中华书局1997年版，第1636页。
❷ (宋)洪迈著，穆公校点：《容斋随笔》，上海古籍出版社2015年版，第378页。

诗细考之，方见其工，若无来处，即谓之乱道亦可也”❶，“晋右将军王逸少善草书，为古今之魁。尝为越州内史，永和九年三月上巳日，同子侄辈游山阴之兰亭”❷。前一则属诗话，后一则评论书法，完全可看作笔记之文。《南溪笔录群贤诗话》专列有“东坡题跋”，直接将题跋中的论诗之作收入。苏轼大量题跋杂记，也被宋人收录于《东坡志林》《仇池笔记》以及《诗话总龟》《苕溪渔隐丛话》等❸，如钱谦益《跋〈东坡志林〉》：“世所传《志林》，则皆琐言小录，杂取公集外记事跋尾之类，捃拾成书，而讹伪者亦阑入焉。”❹明人搜辑和重编东坡集时，则又大量从《东坡志林》《仇池笔记》中取材，拟题为“书事”“书后”等，而归入“题跋”。❺明代毛晋《津逮秘书》编纂《东坡题跋》《山谷题跋》《放翁题跋》《容斋题跋》等宋人题跋集二十部，其中不少题跋集亦从其人之笔记杂著取材，如洪迈《容斋题跋》取材于《容斋随笔》。因此，部分书事文作为题跋之细类，自然会与笔记杂著存在相通乃至混杂之处。从某种意义上说，宋代“书事”文体之起源，也可看作笔记杂著遁入文人别集而形成的特殊文体，是笔记杂著直接影响集部之叙事文体类型发展演化的产物。

集部之题跋、子部之笔记杂著的兴盛，与唐宋时期特别是宋代社会文化发展直接相关。随着科举制度、文官制度的发展，庶族士人取代门阀士族，社会教育水平整体提升、科举选拔促进社会阶层流动，造就了数以百万计的新型士人阶层。伴随新兴士人群体形成和发展，一种新型文化也孕育而生，形成新型士人阶层和士人文化。其中，印刷术的提高与普及、书肆图书刊刻业的盛行繁荣，有力促进了文化传播和学术、文化、艺术的发展。对于新型士人阶层而言，广泛阅读书籍，以题跋或笔记杂著来随笔载录读书心得、作品评论、学术考证，蔚然成为一种士人文化风尚。

纪事类书事文与笔记体小说的关联则更为密切。笔记体小说杂记见闻，大

---

❶ (宋) 李之仪：《姑溪居士后集》，《景印文渊阁四库全书》(集部第 1120 册)，台湾商务印书馆 1986 年版，第 695 页。

❷ 同上。

❸ 参见孔凡礼：《苏轼文集》之“点校说明”，中华书局 1986 年版。

❹ (清) 钱谦益撰，潘景郑辑校：《绛云楼题跋》，上海古籍出版社 2005 年版，第 38—39 页。

❺ 参见罗宁：《东坡书事文考论——兼谈东坡集中收入小说文字的问题》，《中国苏轼研究》2016 年第 2 期。

体可分为两类：一种为载录鬼神怪异之事的“杂记”“志怪”“异闻”“语怪”等，以神、仙、鬼、精、怪、妖、梦、灾异、异物等人物故事为主要取材范围；另一种为载录历史人物轶闻琐事的“逸事”“琐言”“杂录”“杂事”等，以帝王、世家、士大夫、官员、文人及市井人物等各类人物无关“朝政军国”、日常生活化的轶闻逸事为主要记述对象。篇幅短小的书事文记载人物事迹也多为人物轶事，常常一篇作品记述一两件轶事，与载录历史人物轶闻琐事的笔记体小说极为相似。有些作品甚至就直接命名为“书某某轶事”，如戴名世《书光给谏轶事》、袁枚《书张郎湖臬使逸事》、秦瀛《书齐少宗伯轶事》、王芑孙《书袁惕三轶事》、李富孙《书李鼎祚轶事》、路德《书高高祖妣轶事》、蒋湘南《书刘松斋先生轶事》、戴熙《书罗提督轶事》，盛大士《书章佳文成公轶事》：“偶纪文成轶事，俾后之为名臣言行录者，有所采择焉。”❶郭嵩焘《书湘乡易龙长先生轶事》：“友人易君良翰述其曾大父龙长先生轶事，多可听。”❷方濬颐《书蒋心余先生轶事》：“先生非常人，故少而敏慧机警若此。”❸

而且，也多有书事文载录人物事迹同见于笔记体小说的情况，如张耒《书司马槱事》见何薳《春渚纪闻》卷七，《书道士齐希庄事》见洪迈《夷坚丙志》卷十六，苏轼《书刘庭式事》见谢采伯撰《密斋笔记》卷一，李之仪《书刘元平事》见陈善撰《扪虱新话》上集卷一，王回《书种放事》见王辟之撰《渑水燕谈录》卷四，陆游《书浮屠事》见陆游《老学庵笔记》卷三，程敏政《书济宁王翁事》见都穆《都公谈纂》卷下，董应举《书李公时勉事》见周亮工撰《因树屋书影》卷三，钱谦益《书郑仰田事》见褚人获《坚瓠集》广集卷一。王士禛《书谢良琦事》《书宋孝廉事》《书诸暨陈氏女子事》《书化鹤事》分别见于其《香祖笔记》卷四，《池北偶谈》卷二十二、卷二十四、卷二十五。部分书事文被收录“虞初”系列小说选本，如周亮工《书戚三郎事》收入张潮《虞初新志》，王士禛《书宋道人事》、陈祖范《书谭半城事》收入郑澍若《虞初续志》，冯景《书女将军事》《书明亡九道人事》《书江阴广福寺狐事》《书十义事》《书义犬事》《书萧震妻事》收入黄承增《广虞初新志》等。

❶（清）盛大士：《蕴愫阁文集》，《清代诗文集汇编》（第 501 册），上海古籍出版社 2010 年版，第 298 页。
❷（清）郭嵩焘著，杨坚点校：《郭嵩焘诗文集》，岳麓书社 1984 年版，第 528 页。
❸（清）方濬颐：《二知轩文存》，《清代诗文集汇编》（第 661 册），上海古籍出版社 2010 年版，第 373 页。

纪事类书事文写作宗旨，亦多与笔记体小说相通，如《书韩魏公事》，“王岩叟著《魏公别录》，逸此一事，因书其后”❶，邵长蘅《书赵一桂事》，“余惧后世史失其详，辄据一桂语稍加删润”❷，强调书事着眼于补史之遗。张贞《书两节女事》云“故泚笔记之，以愧夫世之为臣而不克终其节者”❸，吴敏树《书义猴事》云“书猴之事将以感于人也”❹，凸显书事重在劝诫。这与笔记体小说相关论述如出一辙。

此外，纪事类书事文与笔记体小说成书方式也存在相通之处。笔记小说成书过程多为一事一则独立书写，积久整理成稿，如王灼《碧鸡漫志》自序：“追思平时论说，信笔以记。积百十纸，混群书中，不自收拾。今秋开篋偶得之，残脱逸散，仅存十七，因次比增广成五卷，目曰《碧鸡漫志》。”❺张端义《贵耳集》自序云：“因追忆旧录，记一事，必一书，积至百，则名之《贵耳录》。”❻王辟之《渑水燕谈录》自序云：“闲接贤士大夫谈议，有可取者，辄记之，久而得三百六十余事，私编之为十卷。”❼洪迈《夷坚三志己序》云：“一话一首，入耳辄录。”❽《夷坚支庚序》云：“盖每闻客语，登辄纪录，或在酒间不暇，则以翼旦追书之。”❾显然，笔记体小说成书过程中独立书写的一事一则，未尝不可看作未加标题的书事文，某种意义上说，笔记体小说可看作丛集形式的书事文，书事文也可看作笔记体小说一事一则的散篇别行。有时还存在难以判断其文本属性的情况，如张邦基撰《墨庄漫录》卷第八：“文忠公又有《杂书》一卷，不载于集中，凡九事，今亦附于此。云：秋霖不止，文书颇稀，丛竹萧萧，似听愁滴。顾见案上故纸数幅，信手学书，枢密院东厅。”❿王明清《投辖录》之“蒲恭敏”条收录《李氏女》《尼法悟》后称：“右二事，黄太史鲁直子书云尔，不改易也。真迹在周渤惟深家，绍兴初献于御府。”⓫李璘

❶ (宋) 李纲：《李纲全集》，岳麓书社 2004 年版，第 1480 页。
❷ (清) 邵长蘅：《邵子湘全集》，《四库全书存目丛书》(集部第 247 册)，齐鲁书社 1997 年版，第 822 页。
❸ (清) 张贞：《杞田集》，《清代诗文集汇编》(第 147 册)，上海古籍出版社 2010 年版，第 447 页。
❹ (清) 吴敏树撰，张在兴校点：《吴敏树集》，岳麓书社 2012 年版，第 378 页。
❺ (宋) 王灼著，岳珍校正：《碧鸡漫志》，巴蜀书社 2000 年版，第 1 页。
❻ (宋) 张端义撰，李保民校点：《贵耳集》，上海古籍出版社 2012 年版，第 89 页。
❼ (宋) 王辟之撰，吕友仁点校：《渑水燕谈录》，中华书局 1981 年版，第 3 页。
❽ 朱易安、傅璇琮等主编：《全宋笔记》(第一编)，大象出版社 2003 年版，第 196 页。
❾ (宋) 洪迈撰，何卓点校：《夷坚志》，中华书局 1981 年版，第 1135 页。
❿ (宋) 张邦基撰，丁如明校点：《墨庄漫录》，上海古籍出版社 2012 年版，第 135 页。
⓫ (宋) 王明清撰，汪新森、朱菊如校点：《投辖录　玉照新志》，上海古籍出版社 2012 年版，第 15 页。

《书宋娄钤辖事》云:“忆七年前,偶于友人几上他书内见载此一则,录以片纸持归,拟书其事以传,使海内尽知。”❶《书四烈妓事》:“吾于明季得四烈妓焉,曰琼枝,见于嘉善徐季方《见闻录》者也。”❷李元度《书程允元暨妻刘贞女事》:“余览近人笔记述其事,谨铨次书之。”❸此类载录杂事之作,可入文人别集,也可归入小说集。此外,许多书事文成书源于传闻,也与笔记体小说记载传闻相通,如戴名世《书全上选事》:“吾友宣城王耕书初在有司幕中,知其所鞫之详,为余言之如是,因执笔记之。”❹黄达《书姜烈女事》:“阜学博陈君淡圃为余言其颠末,因乐得而书之。”❺朱筠《书烈妇景事》:“余姚进士邵晋涵为余言之。”❻

因此,古人也有书事文“近小说”之论,如林纾《春觉斋论文》:“至于琐细不入正传者,如望溪《书逆旅小子》、袁子才《书马僧》之类,则事近小说,不能归入正传,又非记事之体,则称之曰书。”❼“书事”文体作为集部之最为灵活自由的叙事文体之一,与笔记体小说存在诸多相通、混杂之处,从某种意义上说,部分作品完全可看作文集中的笔记体小说,或者说文人借助“书事”文体实现了笔记体小说的功用。

附录　书事文作家、作品一览表

1. 宋代书事文作家、作品一览表

作　家	作　　品	收　录　情　况
王禹偁	《书蝗》	王禹偁《小畜集》卷第十四之“杂文”
丁　谓	《书异》	吕祖谦编《宋文鉴》卷第一百二十五之“杂著”

❶ (清)李驎撰:《虬峰文集》,《四库禁毁书丛刊》(集部第131册),北京出版社2000年版,第642—643页。
❷ 同上书,第641页。
❸ (清)李元度撰,王澧华点校:《天岳山馆文钞·诗存》,岳麓书社2009年版,第406页。
❹ (清)戴名世撰,王树民编:《戴名世集》,中华书局1986年版,第196页。
❺ (清)黄达:《一楼集》,《四库未收书辑刊》(拾辑第15册),北京出版社2000年版,第747页。
❻ (清)朱筠:《笥河文集》,中华书局1985年版,第302页。
❼ 林纾著,范先渊校点:《春觉斋论文》,人民文学出版社1959年版,第70页。

续 表

作家	作品	收录情况
张舜民	《书焦隐事》	赵与时《宾退录》卷九
苏轼	《书狄武襄事》	苏轼《苏文忠公全集》之《东坡集》卷二十三之“杂文二十二首”
	《书刘庭式事》	苏轼《苏文忠公全集》之《东坡集》卷二十三之“杂文二十二首”
	《书刘昌事》	曾枣庄、刘琳主编《全宋文》卷一九三二（辑录自《苏文忠公全集》卷六六）
	《书外曾祖程公逸事》	曾枣庄、刘琳主编《全宋文》卷一九七一（辑录自《苏文忠公全集》卷六六）
	《书南华长老重辩师逸事》	陈天定辑《古今小品》卷八
	《书郭文语》	曾枣庄、刘琳主编《全宋文》卷一九七二（辑录自《苏文忠公全集》卷六六）
	《书徐则事》	
	《书梦中靴铭》	
	《书刘梦得诗记罗浮半夜见日事》	曾枣庄、刘琳主编《全宋文》卷一九七五（辑录自《苏文忠公全集》卷七一）
吕南公	《书刘瑾事》	吕南公《灌园集》卷十八之“杂著”
李之仪	《书赵凤事》	李之仪《姑溪居士集》前集卷十七之“杂书”
	《书牛李事》	
	《书杨绾事》	
	《书刘元平事》	
曾巩	《书虏事》	曾枣庄、刘琳主编《全宋文》卷一二五九（辑录自《曾子固集》卷五）
王回	《书种放事》	吕祖谦编《宋文鉴》卷第一百三十之“题跋”
	《书襄城公主事》	

续 表

作家	作品	收录情况
米芾	《书吕溱事》	米芾《宝晋英光集》卷八之“杂著”
	《书紫金研事》	曾枣庄、刘琳主编《全宋文》卷二六〇三（辑录自《宝晋英光集补遗》）
	《书异石》	
	《书梦》	
晁补之	《书王蠋后事》	晁补之《鸡肋集》卷第三十三之“题跋”
张耒	《书司马槱事》	张耒《张右史文集》卷四十七之“题跋”
	《书道士齐希庄事》	张耒《张右史文集》卷四十八之“题跋”
晁咏之	《书张主客遗事》	曾枣庄、刘琳主编《全宋文》卷二九〇九（辑录自《皇朝文鉴》卷一三一）
周行己	《书吕博士事》	周行己《浮沚集》卷六之“杂著”
刘安上	《书方潭移溪事》	刘安上《刘给谏文集》卷四之“记”
谢迈	《书元稹遗事》	谢迈《谢幼槃文集》卷九之“题跋赞颂铭”
李纲	《书僧伽事》	李纲《梁溪集》卷一百六十之“书事”
	《书范文正公事》	
	《书杜祁公事》	
	《书韩魏公事》	
	《书章子厚事》	
	《书曾子宣事》	
邓肃	《书乐天事》	邓肃《栟榈集》卷十九之“题跋”
	《书扬雄事》	
胡铨	《书林舍人逸事》	曾枣庄、刘琳主编《全宋文》卷四三一八（辑录自《胡澹庵先生文集》卷四）

续　表

作　家	作　　品	收 录 情 况
汪应辰	《书刘忠肃公事》	汪应辰《文定集》卷十之“题跋”
	《书节行王夫人事》	汪应辰《文定集》卷十二之“题跋”
	《书吴忠烈遗事》	
陆　游	《书浮屠事》	陆游《渭南文集》卷第二十五之“杂书”
	《书渭桥事》	
	《书包明事》	
	《书神仙近事》	
	《书二公事》	
范成大	《书新安事》	黄震《黄氏日钞》卷六七之“跋” 曾枣庄、刘琳主编《全宋文》卷四九八五（辑录自《范成大佚著辑存》）
	《书舒蕲二事》	
	《书事　一》	
	《书事　二》	
周必大	《书东坡宜兴事》	曾枣庄、刘琳主编《全宋文》卷五一二八（辑录自《省斋文稿》卷一九）
王齐舆	《书张待制使虏遗事》	曾枣庄、刘琳主编《全宋文》卷五四一三（辑录自《三台文献录》卷一三）
薛季宣	《书赵烈侯事》	薛季宣《浪语集》卷二十七之“书跋”
	《书郑威愍公骧遗事》	
	《书丹徒五百事》	
楼　钥	《书魏丞相奉使事实》	楼钥《攻媿集》卷七十之“题跋”
	《书老牛智融事》	楼钥《攻媿集》卷七十九之“杂著”
任　燮	《书虞雍公守唐邓事》	杜大珪《名臣碑传琬琰集》下卷二十五

续　表

作　家	作　　品	收　录　情　况
魏了翁	《书龙协惠事》	魏了翁《重校鹤山先生大全文集》卷九十二之“赠”
高斯得	《书咸淳五年事》	高斯得《耻堂存稿》卷五之“书事”
	《书留梦炎见逐本末》	
欧阳守道	《书叶监酒庆元封事》	欧阳守道《巽斋文集》卷十九之“跋”
文天祥	《书钱武肃王事》	曾枣庄、刘琳主编《全宋文》卷八三一六 （辑录自《钱氏家书》第二种）

2. 元明书事文作家、作品一览表

作　家	作　　品	收　录　情　况
程鉅夫	《书徐氏二女事》	程鉅夫《雪楼集》卷二十五之“杂著”
吴　澂	《书邢氏贤行》	苏天爵编《元文类》卷三十九之“题跋”
袁　桷	《书胡评事梦昱印纸》	袁桷《清容居士集》卷第四十八之“题跋”
	《书孙孝子事实》	袁桷《清容居士集》卷第五十之“题跋”
虞　集	《书王贞言事》	苏天爵编《元文类》卷三十九之“题跋”
胡　翰	《书常九成事》	胡翰《胡仲子集》卷三
宋　濂	《书前定三事》	宋濂《宋学士文集》卷第二十三《翰苑续集》卷之三
	《书畦乐翁事》	宋濂《宋学士文集》卷第三十九《翰苑别集》卷第九
	《书刘真人事》	宋濂《宋学士文集》卷第五十五《芝园后集》卷第五
王　袆	《书闽中死事》	王袆《王忠文公集》卷十八之“杂著” 黄宗羲编《明文海》卷三百四十一“记”十五“纪事”
高　启	《书博鸡者事》	周立编《凫藻集》卷五之“杂著” 贺复徵编《文章辨体汇选》卷六百三十六之“纪事” 程敏政辑《明文衡》卷之五十二“杂著” 顾有孝辑《明文英华》卷二 黄宗羲编《明文海》卷四百三传十七“义士” 薛熙辑《明文在》卷九十一“录、书事”

续　表

作　家	作　品	收 录 情 况
王　直	《书刘昱义事》	王直《抑庵文集》卷十三之"题跋"
	《书祖母李夫人遗事》	王直《抑庵文后集》卷三十六之"题跋"
吴　宽	《书俞烈妇事》	吴宽《家藏集》卷第五十四之"题跋"
程敏政	《书济宁王翁事》	程敏政《篁墩集》卷四十九"传" 黄宗羲编《明文海》卷四百二十"传"三十四"仙释"
李东阳	《书某节妇事》	李东阳《怀麓堂集》卷七十二《文后稿》十二之"说、杂著、策问" 贺复徵编《文章辨体汇选》卷六百三十六之"纪事" 顾有孝辑《明文英华》卷四
唐顺之	《书医施氏妇事》	唐顺之《荊川集》文集卷十七之"杂著"
归有光	《书安南事》	归有光《震川集》卷四之"杂文"
	《书郭义官事》	归有光《震川集》卷四之"杂文" 顾有孝辑《明文英华》卷七 刘肇虞辑评《元明八大家古文》卷七"记、书、传、说、书事、书后、墓表、墓碣、铭、行状" 薛熙编《明文在》卷九十一"录、书事"
	《书张贞女死事》	归有光《震川集》卷四之"杂文" 黄宗羲编《明文海》卷四百十四"传"二十八"列女" 刘肇虞辑评《元明八大家古文》卷七"记、书、传、说、书事、书后、墓表、墓碣、铭、行状" 薛熙编《明文在》卷九十一"录、书事"
	《书里泾张氏妾事》	归有光《震川集》卷四"杂文" 顾有孝辑《明文英华》卷七
欧大任	《书墨竹事》	欧大任《欧虞部集十五种》文集卷十九之"跋"
恽绍芳	《书初年事》	恽绍芳《林居集不分卷》
方逢时	《书平惠州花贼事》	方逢时《大隐楼集》卷十六"杂著"
	《书平长乐叶贼事》	

续 表

作　家	作　品	收 录 情 况
王世贞	《书与于鳞论诗事》	王世贞《弇州四部稿》卷七十七文部 贺复徵编《文章辨体汇选》卷三百七十六之“书”
	《书鸡鹤事》	王世贞《弇州山人四部续稿》卷六十六文部之“纪”
	《书吴大夫事》	王世贞《弇州四部稿》卷七十七文部
	《书应生事》	王世贞《弇州四部稿》卷七十七文部 顾有孝辑《明文英华》卷八
	《书二馆人事》	王世贞《弇州四部稿》卷七十七文部 顾有孝辑《明文英华》卷八
	《书龚可学事》	王世贞《弇州四部稿》卷七十七文部
冯时可	《书富林二曹先生遗事》	顾有孝编《明文英华》卷九
虞淳熙	《书沈樵仙事》	虞淳熙《虞德园先生集》文集卷二十二之“杂著”
董应举	《书李公时勉事》	董应举《崇相集》卷十七“杂文一”
叶向高	《书黄孝子割肝事》	叶向高《苍霞余草》卷十四
万国钦	《书二烈遗事》	万国钦《万二愚先生遗集》卷五之“杂著”
孙慎行	《书王公事》	孙慎行《玄晏斋集》玄晏斋文抄卷三
袁中道	《书王伊辅事》	袁中道《珂雪斋集》前集卷二十文
	《书骂坐》	
	《书族兄事》 (《书继洲及对山事》)	
	《书游山豪爽语》	
	《书王尚甫事》	
钟　惺	《书放鹿事》	钟惺《隐秀轩集》隐秀轩文律集“书事一”

续 表

作 家	作 品	收 录 情 况
魏大中	《书朱君三事》	魏大中《藏密斋集》卷十三"杂著"
姚希孟	《书孙太宰事》	姚希孟《松瘿集》卷二之"杂著"
	《书周司理事》	
	《书程州守事》	
黄尊素	《书宛上事》	黄尊素《黄忠端公集》文略卷二
宋应昇	《书射龙将军事》	宋应昇《方玉堂集》续文稿卷二"序"
吴应箕	《杭州书某孝廉事》	吴应箕《楼山堂集》卷十九之"书事"
	《虎邱书禅僧讲经事》	
	《书木末亭酒闲语》	
张　溥	《书俞良策事》	张溥《七录斋诗文合集》文集近稿卷三
周之夔	《书高监遗事》	周之夔《弃草文集》卷三
周复俊	《书方岳徐公事》	黄宗羲编《明文海》卷三百四十四记十八"纪事"
徐学谟	《书盗杀周皇亲事》	黄宗羲编《明文海》卷三百四十八记二十二"纪事"
徐应雷	《书时大彬事》	黄宗羲编《明文海》卷三百五十二纪二十六"纪事"

3. 清代书事文作家、作品一览表

作 家	作 品	收 录 情 况
钱谦益	《书沈伯和逸事》	钱谦益《牧斋初学集》卷二十五"杂文五"
	《书卢孔礼事》	
	《书郑仰田事》	
	《书武林禳夷事》	钱谦益《牧斋初学集》卷二十七"杂文七"
王　铎	《书甘侯事》	王铎《拟山园选集》卷二十五"论(二)、书事"

续 表

作　家	作　品	收 录 情 况
金之俊	《书邹平赵于城事》	金之俊《金文通公集》卷十
	《书浔南沈姓事》	
熊文举	《书守城纪事》	熊文举《雪堂先生文集》卷十六"东湖题跋"
朱鹤龄	《书袁杞山事》	朱鹤龄《愚庵小集》卷十四"杂著二"
	《书盛公斯徵事》	
	《书张烈妇事》	
	《书史仲彬事》	
	《书王公可大事》	
	《书阁学周公事》	
	《书赵公蹇卿事》	
傅占衡	《书曾吏部事》	傅占衡《湘帆堂集》卷十"赋附杂文表"
吴伟业	《书宋九青逸事》	吴伟业《梅村家藏稿》卷二十四"文集二杂文"
黄宗羲	《书神宗皇后事》	黄宗羲《南雷文定前后三四集》南雷文定卷十一
	《书钱美恭寻亲事》	黄宗羲《南雷文定前后三四集》南雷文定后集卷四
张履祥	《书宋理宗事》	张履祥《杨园先生全集》卷二十"题跋、书后"
	《书里士事》	张履祥《杨园先生全集》卷二十三"杂著"
周亮工	《书戚三郎事》	周亮工《赖古堂集》卷十八"传、书事"
顾炎武	《书吴潘二子事》	顾炎武《亭林诗文集》亭林文集卷之五
归　庄	《书吴绍素事》	归庄《归玄恭遗著不分卷》
余　缙	《书萧长源事》	余缙《大观堂文集》卷二十一"杂说"
宋征舆	《书西宁等卫故明边事》	宋徵舆《林屋诗文稿》文稿卷十一
	《书文安孝子王原事》	宋徵舆《林屋诗文稿》文稿卷十二

续　表

作　家	作　品	收 录 情 况
宋征舆	《书福王时异事》	宋徵舆《林屋诗文稿》文稿卷十二
	《书贵州赤水张氏事》	
吴肃公	《书张菊水二仆事》	吴肃公《街南文集》卷十九“跋、书事”
	《书义犬事》	
施闰章	《书靳庄事》	施闰章《学余堂集》文集卷二十六杂著“引、疏、跋、书后、纪事”
	《书报恩寺浮屠事》	施闰章《学余堂集》文集卷二十六杂著“引、疏、跋、书后、纪事” 沈兆沄辑《篷窗随录》卷十三“书事书后”
何　絜	《书两烈妇死事》	何絜《晴江阁集》卷二十九“杂著”
	《书三节妇死节事》	
魏　禧	《书徐华国遗事》	魏禧《魏叔子文集外篇》文集卷十三“书后”
	《书碧澜妾事》	魏禧《魏叔子文集外篇》文集卷二十二“杂著”
朱彝尊	《书钱武肃王造金涂塔事》	朱彝尊《曝书亭集》卷第四十六“跋”
	《书万岁通天帖旧事》	朱彝尊《曝书亭集》卷第五十三“跋”
	《书戴贞女事》	
	《书王叔明画旧事》	朱彝尊《曝书亭集》卷第五十四“秀跋”
屈大均	《书邓许二女事》	屈大均《翁山文钞》卷八 屈大均《翁山文外》卷十“书后”
	《书叶氏女事》	屈大均《翁山文外》卷十“书后”
	《书林节妇事》	屈大均《翁山文外》卷十一“杂著”
徐乾学	《书王君诏事》	徐乾学《憺园文集》卷三十六“杂著”
王士禛	《书剑侠二事》	王士禛《带经堂集》卷四十四《渔洋文》六“传、辩、记事”

续　表

作　家	作　品	收录情况
王士禛	《书锈头道人事》	王士禛《带经堂集》卷六十七《蚕尾文》三"解、辩、记事、铭、尺牍"
	《书宋道人事》	
	《书亳州女子王氏事》	
	《书宁海木工事》	王士禛《带经堂集》卷八十一《蚕尾续文》九"论、辩、说、记事"
	《书谢良琦事》	
	《书宋孝廉事》	
	《书化鹤事》	
	《书诸暨陈氏女子事》	
	《书盗发修武伯墓事》	
李　骥	《书懿安皇后事》	李骥《虬峰文集》卷十八"杂著"
	《书左侍郎使北事》	
	《书太守傅公事》	
	《续书懿安皇后事》	
	《三书懿安皇后事》	
	《书两张少保事》	
	《书四烈妓事》	
	《书宋娄钤辖事》	
张　贞	《书二公事》	张贞《杞田集》卷五"志、题名、纪行、书事、说、表、书、碑"
	《书傅道士事》	
	《书两节女事》	
邵长蘅	《书先府君遗事》	邵长蘅《邵子湘全集》青门簏稿卷十四"行状、行述、书事、祭文"
	《书崔太守事》	

续　表

作　家	作　品	收　录　情　况
邵长蘅	《书牧子先生遗事》	邵长蘅《邵子湘全集》青门簏稿卷十四"行状、行述、书事、祭文"
	《书龚先生事》	
	《书赵一桂事》	
李光地	《书吴伯宗寻弟事》	李光地《榕村集》卷三十三"传"
郭善邻	《书乡人进香普陀事》	郭善邻《春山先生文集》卷四
	《书刘君士断鸡头事》	
黄中坚	《书节孝妇陆氏事》	黄中坚《蓄斋二集》卷八
	《书安喜事》	
戴名世	《书光给谏轶事》	戴名世《南山集》卷九"传，书事附"
	《书许翁事》	
	《书全上选事》	
	《书先世遗事》	
	《书许荣事》	
储大文	《书杨复庵遗事》	储大文《存砚楼二集》卷十七"杂著"
	《书白贵遗事》	储大文《存砚楼二集》卷二十三"杂著"
方　苞	《书万烈妇某氏事》	方苞《望溪集》文集卷九"纪事"
	《书罗音代妻佟氏守贞事》	方苞《望溪集》外文卷六"纪事"
陈祖范	《书谭半城事》	陈祖范《司业文集》卷三
	《书居乙事》	
张　庚	《书焦存儿事》	王昶编《湖海文传》卷六十六"传、书事"
汪由敦	《书田赠公事》	汪由敦《松泉集》文集卷十九"传、书事、行状、神道碑"

续 表

作　家	作　品	收 录 情 况
韩　骐	《书李淑媛事》	韩骐《补瓢存稿》卷二
杭世骏	《书赵氏老婢事》	杭世骏《道古堂全集》"文集"卷三十七"记事、谥议、祭文" 王昶编《湖海文传》卷六十六"传、书事"
胡天游	《书赵万全事》	胡天游《石笥山房集》"文集"卷五"杂著"
刘大櫆	《书田氏刲股事》	刘大櫆《海峰文集》卷一"论著"
	《书汪节妇事》	
沈大成	《书王氏女事》	沈大成《学福斋集》"文集"卷十九"传、书事"
郑虎文	《书程孝子事》	郑虎文《吞松阁集》卷三十六"文十二、题跋、书后"
王元启	《书宝鸡军事》	王元启《祇平居士集》卷二十三"书事、题跋"
	《书赵资事》	
	《书济宁王勷事》	
	《书徐贞女事》	
	《书杨连氏事》	
黄　达	《书张贞女事》	黄达《一楼集》卷十八
	《书周烈妇事》	
	《书徐烈女事》	
	《书姜烈女事》	
袁　枚	《书悔轩观察五事》	袁枚《小仓山房集》小仓山房文集卷二十七
	《书张郎湖臬使逸事》	袁枚《小仓山房集》小仓山房文集卷三十五
程晋芳	《书吴贞女事》	程晋芳《勉行堂文集》卷四
方黎如	《书华豫原事》	李祖陶辑《国朝文录续编》集虚斋文录

续 表

作家	作品	收录情况
王昶	《书黄公缵事》	王昶《春融堂集》卷六十八"书事杂著"
	《书奎公遗事》	
朱筠	《书罗烈妇李事》	王昶编《湖海文传》卷六十六"传、书事"
	《书烈妇景事》	朱筠《笥河文集》卷十五 王昶编《湖海文传》卷六十六"传、书事"
	《书歙程密事》	朱筠《笥河文集》卷十五
	《书萧山汪氏二节妇事》	
	《书罗烈妇事》	
	《书赵有庆侧室王氏事》	
	《书吴节妇事》	
周广业	《书董静芳负骨信阳事》	周广业《蓬庐文钞》卷八"杂著"
吴兰庭	《书黔阳决狱事》	吴兰庭《胥石诗文存》文存
余廷灿	《书米脂令边大绶事》	余廷灿《存吾文稿》
桂馥	《书朱万年守城事》	桂馥《晚学集》卷五"书后、书事"
钱维乔	《书段改斋遗事》	钱维乔《竹初诗文钞》"文钞"卷四"跋、书事"
	《书刘先生事》	
戚学标	《书张忠烈妾事》	戚学标《鹤泉文钞续选》卷八
邵晋涵	《书章孺人事》	邵晋涵《南江诗文钞》"文钞"卷九
汪中	《书周义仆事》	汪中《述学》别录
秦瀛	《书高明招殉节事》	秦瀛《小岘山人集》"文集"卷一
	《书支贞女事》	
	《书王氏妹事》	

续 表

作　家	作　品	收 录 情 况
秦　瀛	《书齐少宗伯轶事》	秦瀛《小岘山人集》续"文集"补编
	《书嵇文恭遗事》	
	《书安南黎倜事》	
武　亿	《书李敬堂先生逸事》	武亿《授堂诗文钞》"文钞"卷六
沈赤然	《书唐县知县伍君绍熺事》	沈赤然《五研斋诗文钞》"文钞"卷六
洪亮吉	《书裘文达遗事》	洪亮吉《更生斋集》"文甲集"卷四
	《书提督花连布遗事》	
	《又书三友人遗事》	
	《书朱学士遗事》	
	《书毕宫保遗事》	
	《书杭检讨遗事》	
	《书李恭勤遗事》	
	《书文成公阿桂遗事》	
	《书刘文正遗事》	
赵怀玉	《书龚铨安事》	赵怀玉《亦有生斋集》"文集"卷十二"书事、状"
	《书蒋经元遗事》	
	《书袁烈妇死事》	
刘大绅	《书烈妇郭杨氏事》	刘大绅《寄庵诗文钞》"文钞"卷二
	《书昆明周张氏殉节事》	
	《书太和张尹氏事》	刘大绅《寄庵诗文钞》"文钞续"卷一
张云璈	《书仁和令近事》	张云璈《简松草堂诗文集》"文集"卷六
庄述祖	《书邢节妇事》	庄述祖《珍艺宧文钞》卷七

续 表

作家	作品	收录情况
孙星衍	《书阿文成公遗事》	孙星衍《孙渊如先生全集》"嘉谷堂集"卷一
唐仲冕	《书富平县贞妇温王氏事》	唐仲冕《陶山文录》卷八"墓志、墓表、传状、书事"
杨凤苞	《书孔孟文事》	杨凤苞《秋室集》卷五"文"
	《书李元旦事》	
	《书鲍辛甫遗事》	
	《书凌孝女事》	
王芑孙	《书袁愓三轶事》	王芑孙《渊雅堂全集》卷十六"事略、书事"
	《书华亭县学邵祭田事》	
石韫玉	《书威勤公平苗事》	石韫玉《独学庐稿》三稿卷三"赞、颂、书事、疏、札子"
	《书张尚书平定海寇事》	
陈庚焕	《书薛文清争于忠肃狱事》	李祖陶辑《国朝文录》"惕园初稿文"卷一
恽敬	《书山东知县事》	恽敬《大云山房文稿》初集卷三
	《书王丽可事》	
	《书获刘之协事》	
	《书图钦宝事》	恽敬《大云山房文稿》补编
张惠言	《书山东河工事》	张惠言《茗柯文补编》补编卷上
	《书左仲甫事》	张惠言《茗柯文编》三编 王先谦辑《续古文辞类纂》卷二十五"杂记类二"
焦循	《书谢少宰遗事》	焦循《雕菰集》卷二十三"事略、书事"
	《书王鹭亭事》	
	《书裔烈娥事》	
张琦	《书汤阴令丰公事》	张琦《宛邻集》宛邻文三

续 表

作家	作品	收录情况
李富孙	《书李鼎祚轶事》	李富孙《校经庼文稿》卷十八
李兆洛	《书汪孝子事》	李兆洛《养一斋集》"文集"卷十九"杂著"
	《书张孝妇事》	
	《书顾氏事》	
孙尔准	《书李方伯事》	孙尔准《泰云堂集》"文集"卷二
盛大士	《书章佳文成公轶事》	盛大士《蕴愫阁文集》卷四
吴荣光	《书宝鸡令徐公遗事》	吴荣光《石云山人集》"文集"卷三"记、叙、书事、檄谕"
沈钦韩	《书柳仲涂事》	沈钦韩《幼学堂诗文稿》"文稿"卷四
	《书汪孝子事》	
黄本骥	《书某氏妇事》	黄本骥《三长物斋文略》卷四
张澍	《书张抚军靖叛事》	张澍《养素堂文集》卷二十二"书事"
	《书王恒一葬棺事》	
	《书王贞女事》	
	《书吴之异事》	
	《书江南生事》	
	《书建威将军浙江提督三等壮烈伯李忠毅公事》	
	《书刘默园观察蚶洋出险事》	
钱仪吉	《书潘工部事》	钱仪吉《衎石斋记事稿》"续稿"卷一
路德	《书三原杜孝子事》	路德《柽华馆文集》卷四"书事"
	《书高高祖妣轶事》	

续 表

作家	作品	收录情况
郭尚先	《书邓贞女事》	郭尚先《郭大理遗稿》卷六“文四”
梅曾亮	《书杨氏婢事》	梅曾亮《柏枧山房全集》“文集”卷八“传”
	《书邓中丞决狱事》	
	《书二孝女事》	
	《书李林孙事》	梅曾亮《柏枧山房全集》“文集”卷八“传” 王先谦编《续古文辞类纂》卷二十七“杂记”类四
魏源	《书辽太祖事》	魏源《古微堂集》“外集”卷三
蒋湘南	《书刘松斋先生轶事》	蒋湘南《七经楼文钞》卷五
	《书获刘之协事》	
	《书滑县平贼事》	
戴熙	《书丁烈妇事》	戴熙《习苦斋集》卷四“古文”
	《书罗提督轶事》	
鲁一同	《书裕靖节公死节事略》	鲁一同《通甫类稿》卷四
	《书事》	鲁一同《通甫类稿》续编下
吴敏树	《书义猴事》 (《吴南屏书义猴事》)	吴敏树《柈湖文集》卷十一 王先谦编《续古文辞类纂》卷三十“杂记”类七
张文虎	《书刘军门逸事》	张文虎《舒艺室杂箸》“乙编”卷下
曾国藩	《书何母陈恭人事》	曾国藩《曾文正公诗文集》“文集”卷二
左宗棠	《书郴州惠氏三生事》	左宗棠《左文襄公集》“文集”卷四
	《书外孙陶镜莹事》	
史梦兰	《书贞孝女董氏事》	史梦兰《尔尔书屋文钞》卷上
戴钧衡	《书戈照邻事》	戴钧衡《味经山馆文钞》卷四
	《书张秀才事》	

续 表

作家	作品	收录情况
冯志沂	《书吴佳安人事》	冯志沂《适适斋文集》卷二
龙启瑞	《书周孝子复仇事》	龙启瑞《经德堂文集》卷三内集“杂记十六首、书十三首”
	《书潜山侯孝子事》	
	《书李守备殉节事》	
	《书孔母徐孺人守节事》	
	《书村民廖凤粲事》	
方濬颐	《书陈提督充保正事》	方濬颐《二知轩文存》卷二十四
	《书麻城彭氏六世同居事》	
	《书蒋心余先生轶事》	
郭嵩焘	《书湘乡易龙长先生轶事》	郭嵩焘《养知书屋集》“文集”卷二十六
陈锦	《书颊口桥人灾事》	陈锦《勤余文牍》卷六
	《书友人王某述梦事》	
李元度	《书吴妙应事》	李元度《天岳山馆文钞》卷十八
	《书程允元暨妻刘贞女事》	
	《书沈兵备守广信事》	
	《书游击毕君死贼事》	
	《书邹叔绩遗事》	
	《书破地雷事》	
	《书张振之师遗事》	
	《书张文和公逸事》	
	《书衢州文庙圣像事》	李元度《天岳山馆文钞》卷十九
	《书长沙余高氏升仙事》	

续　表

作　家	作　品	收　录　情　况
李元度	《书江南黄烈女事》	李元度《天岳山馆文钞》卷十九
	《书谢贞烈妇彭氏降神事》	
	《书平江唐孝妇》	
	《书乳源令冒公死节及其子诛贼复仇事》	
黄彭年	《书周诚事》	黄彭年《陶楼文钞》卷六
	《书郭氏妾事》	
董　沛	《书殷孝子》	董沛《正谊堂文集》卷二十二“书事”
	《书贞孝应氏女事》	
	《书吴家山遗事》	
	《书癸卯水灾事》	
陆心源	《书蔡贞女事》	陆心源《仪顾堂集》卷十五
	《书张念哉大令遗事》	
	《书郑东里遗事》	
施补华	《书廖许两知县事》	施补华《泽雅堂文集》卷五
	《书吴守备事》	
黎庶昌	《书朱军门克金陵城事》	黎庶昌《拙尊园丛稿》卷二“内编”
	《书张敬堂轶事》(《又书张敬堂事》)	黎庶昌《拙尊园丛稿》卷四“外编”
	《书全总戎轶事》	
	《书高松保郎断腕事》	《拙尊园丛稿》卷五“余编之内”

续　表

作　家	作　品	收　录　情　况
薛福成	《书过善人事》	薛福成《庸庵文编》卷四
	《书益阳胡文忠公与辽阳官文恭公交欢事》	
	《书桐城程忠烈公遗事》	
	《书游击过君殉难事》	
	《书太监安得海伏法事》	薛福成《庸庵文编》"续编"卷下
	《书陈玉成苗沛霖二贼伏诛事》	
	《书金宝圩团练御贼事》	
	《书剧寇石达开就擒事》	
	《书方烈妇事》	薛福成《庸庵文编》"外编"卷四
	《书沔阳陆帅失陷江宁事》	薛福成《庸庵文编》"海外文编"卷四
	《书昆明何帅失陷苏常事》	
缪荃孙	《书杨爽泉大令逸事》	缪荃孙《艺风堂文集》卷一
陶方琦	《书诸某事》	陶方琦《汉孳室文钞》补遗
贺　涛	《书大名国太守事》	贺涛《贺先生文集》卷一
	《书故城沈氏孙氏先世事》	贺涛《贺先生文集》卷二
陈　衍	《书仲容六姊事》	陈衍《石遗室文集》卷四
	《书姚石甫张亨甫两先生事》	
	《书张广雅相国逸事》	

第五章　中国古代作为文类概念之“寓言”

——兼论其与“小说”文类之混杂

在中国古典文献中，“寓言”一词有着传统文化语境下特定的内涵和指称，近代以来，随着伊索寓言的传入，“寓言”在中西文学与文化交流中，逐步转换为与西方“Fable”相对应的文体概念。[1]近现代以来，中国古代寓言研究也主要以或宽或窄的“寓言”文体概念来甄别界定古代文献中符合相关文体特征的作品或作品片段，并依此来建构所谓中国古代“寓言”的历史。[2]近年来，一些学者开始提出“追寻历史上实际发生的对寓言的认知和定位”[3]，力求还原呈现中国古代文献中“寓言”之名与实的本然状态。同时，在古代小说、散文研究特别是古代俳谐文、假传、笑话等文体研究中，也或多或少涉及古人之“寓言”概念问题。[4]然而，总体看来，前人研究还原古人“寓言”之名与实，主要按照理论批评术语加以探讨，偶有涉及作为文类概念之“寓言”，亦多零散之论。其实，在中国古代文类文

---

[1] 参见王庆华：《“寓言”考》，谭帆等：《中国古代小说文体文法术语考释》，上海古籍出版社 2013 年版。

[2] 如胡怀琛《中国寓言研究》（商务印书馆 1930 年版）对应西方之“Fable”文体概念，将中国古代寓言界定为：“寓言，是用文学的方式，说一个故事；但是，这个故事是暗示真理，或是包含一个道德的训条。”“寓言的实质，是真理，或道德的训条。又可以说：寓言的形式，是文学的；寓言的实质，是哲学的，或伦理学的。”并依此概念来界定古代寓言之具体作品。之后，王焕镳《先秦寓言研究》（古典文学出版社 1957 年版）、陈蒲清《中国古代寓言史》（湖南教育出版社 1983 年版）、公木《先秦寓言概论》（齐鲁书社 1984 年版）、吴秋林《中国寓言史》（福建教育出版社 1999 年版）、白本松主编《先秦寓言史》（河南大学出版社 2001 年版）等古代寓言研究基本延续了此研究思路，基本上是以或宽或窄的“寓言”文体概念来甄别古代相关作品建构而成的，当然，因“寓言”文体概念本身的模糊性以及具体界定的差异性，划定古代相关作品范围也存在一定出入。

[3] 常森：《中国寓言研究反思及传统寓言视野》，《文学遗产》2011 年第 1 期。

[4] 参见谭家健：《六朝诙谐文述略》，《中国文学研究》2001 年第 3 期；王毅：《古代的俳谐文学观》，《古典文学知识》2007 年第 3 期；刘成国：《宋代俳谐文研究》，《文学遗产》2009 年第 5 期；张振国：《中国古代假传文体发展史述论》，《华南师范大学学报（社会科学版）》2012 年第 2 期。

体系统中，不仅“寓言”指称的具体作品自成谱系，而且“寓言”亦曾作为宽泛而混杂的文类概念。本书通过全面梳理辨析古典文献中“寓言”之“实”及其变迁，还原其所指称的作品谱系，揭示其作为文类概念的指称与内涵以及文类定位，助力于建构中国原有文化语境中的“寓言”历史。

一、“寓言”指称之作品谱系

“寓言”一词最早见于《庄子》之《寓言篇》《天下篇》。《庄子·寓言》称：“寓言十九，借外论之。亲父不为其子媒。亲父誉之，不若非其父者也；非吾罪也，人之罪也。与己同则应，不与己同则反；同于己为是之，异于己为非之。”❶郭象《庄子注》注“寓言十九”：“寄之他人，则十言而九见信。”❷陆德明《经典释文》：“寓，寄也。以人不信己，故托之他人，十言而九见信也。”❸这里，“寓言”指通过假托他人的言论来论说自己的观点，或者说是将自己的观点寄托在他人的言论当中，其原义应为特指“假借他人之口来表达思想观点的一种言说方式”❹。《庄子·天下》云：“古之道术有在于是者。庄周闻其风而悦之，以谬悠之说，荒唐之言，无端崖之辞，时恣纵而不傥，不以奇见之也。以天下为沉浊，不可与庄语，以卮言为曼衍，以重言为真，以寓言为广。”❺结合《天下》篇整体来看，庄子认为，由于世人沉迷不悟，不能用端庄而诚实的言辞向他们讲述“寂漠无形，变化无常”的大道，必须用“谬悠”“荒唐”“无端崖”的“卮言”“重言”“寓言”来讲述。可见，“寓言”同“卮言”“重言”一起，是与“庄语”相对的一种论说大道的方式，具有虚构的特点，用它能够广泛地阐发事理。把《寓言》《天下》结合起来考察可知，《庄子》之“寓言”是指一种出于虚设、具有寄寓性质的论说方式，用这种方式来阐发事理更容易为人所接受。

---

❶ (清) 郭庆藩撰，王孝鱼点校：《庄子集释》，中华书局 2012 年版，第 948 页。
❷ 同上书，第 947 页。
❸ 同上。
❹ 参见饶龙隼：《先秦诸子寓言正义》，《中国学术》2002 年第 1 辑；张松辉：《庄子疑义考辨》，中华书局 2007 年版，第 276—277 页。
❺ (清) 郭庆藩撰，王孝鱼点校：《庄子集释》，中华书局 1961 年版，第 1098 页。

然而，《庄子》"寓言"之本义很快被引申为虚构幻设、寄托寓意之义，如司马迁《史记·老子韩非列传》："（庄子）故其著书十余万言，大抵率寓言也。作《渔父》《盗跖》《胠箧》，以诋訿孔子之徒，以明老子之术。《畏累虚》《亢桑子》之属，皆空语无事实。"[1]桓谭《新论》云："庄周寓言，乃云'尧问孔子'，《淮南子》云'共工争帝，地维绝'，亦皆为妄作。"[2]张湛《列子注》："真人无往不忘乃当不眠，何梦之有。此亦寓言以明怪也。"[3]后世，这种以虚构性和寄寓性为核心的引申义广泛用于论史、论文、论赋、论诗、论小说、论戏曲等，成为"寓言"作为理论批评术语最为通行之含义。[4]同时，"寓言"一词从不同角度指称具体作品，涉及《庄子》《列子》以及其他先秦诸子的部分作品片段，文、赋、史传、小说、戏曲中的部分具有鲜明虚构幻设性或寄寓性的作品或作品片段等，实际上形成了一系列古代"寓言"作品谱系。当然，这一作品谱系并非一个完整独立的文类概念，而仅可看作共有"寓言"特性的作品类型概念。

《庄子》的部分作品片段被古人明确称作"寓言"，实际主要指称那些明显幻设虚构的人物、故事，如刘知幾《史通》："此何异庄子述鲋鱼之对……施于寓言则可，求诸实录则否矣。"[5]王观国《学林》卷十云："《庄子》啮缺、王倪、婀荷甘之属，皆寓言，非真有是人也。"[6]从史家传信求真的眼光来看，《庄子》讲述的诸多历史人物故事绝非史实而多属假托编造者。古人将《庄子》整体看作"寓言"，也主要着眼于其诙诡荒诞之幻设性，如罗璧《识遗》卷一"孔子师"条："孔子师老聃之说，肇于《庄子》。……不知《庄子》一书多驾空寓言。"[7]黄震《黄氏日钞》卷五十五"读诸子"之"庄子"条："庄子以不羁之材、肆跌宕之说，创为不必有之人，设为不必有之物，造为天下所必无之事。……固千万世诙谐小说之祖也。"[8]

---

❶ （汉）司马迁：《史记》，中华书局2006年版，第394页。
❷ （汉）桓谭：《新论》，上海人民出版社1977年版，第1页。
❸ （晋）张湛：《列子注》，《诸子集成》（第3册），中华书局2006年版，第35页。
❹ 详见王庆华：《"寓言"考》，《求是学刊》2011年第4期。
❺ （唐）刘知幾著，（清）浦起龙通释，王煦华整理：《史通通释》，上海古籍出版社2009年版，第476—477页。
❻ （宋）王观国撰，王建、田吉校点：《学林》，岳麓书社2010年版，第307页。
❼ 同上书，第5页。
❽ （宋）黄震：《黄氏日钞》，钟肇鹏选编：《读书记四种》（第16册），北京图书馆出版社1998年版，第566页。

早在汉代，《列子》就已被定性为多含“寓言”，刘向《列子书录》云：“孝景皇帝时贵黄老术，此书颇行于世，及后遗落，散在民间，未有传者，且多寓言，与庄周相类。”❶后世将《列子》部分作品片段指称为“寓言”，也与《庄子》命名角度相似，亦从幻设虚构人物故事而言，如张湛《列子注》称：“管仲功名人耳。相齐致霸，动因威谋。任运之道既非所宜，且于事势不容此言。又上篇复能劝桓公适终北之国，恐此皆寓言也。”❷刘克庄《后村集》卷一百四云：“极西仪渠之国，亲死则取柴焚之，然后为孝子。盖荒唐之寓言。”❸黄震《黄氏日钞》卷五十一《读杂史》：“造父御穆王见西王母，《史记》载而古史删之。按：此列子寓言也。”❹李翀《日闻录》“三代后惟佛为盛”条：“因《列子》寓言西极化人，遂生西方极乐。”❺《庄子》《列子》作为中国古代“寓言”之源头，古人常常将其固定并称，“庄列寓言”作为习惯用法，也主要指称幻设虚构、怪诞不实之义，如章如愚《山堂考索》之别集卷五《经籍门》：“同庄列寓言，大概谲怪如此。”❻胡应麟《少室山房笔丛》之《二酉缀遗中》：“二书（《庄子》《列子》）固极诙诡，第寓言为近，纪事为远。”❼焦竑《焦氏笔乘》续集卷五“禹举益”条云：“此《庄》《列》寓言之流，非实录也。”❽许奉恩《里乘》卷九云：“大抵不过《庄》《列》寓言，未必实有其事。”❾综上所述，《庄子》《列子》中部分作品片段被称“寓言”，并非泛指一般性的借事喻理的人物故事，而是特指其中那些具有鲜明幻设虚构特征者。《宋史·艺文志》著录《庄子寓言类要》一卷，此书已佚，应为专门辑录《庄子》“寓言”作品而成。

除了《庄子》《列子》之外，也有其他先秦诸子的部分作品片段被称为“寓言”，如冯梦龙《古今谭概》“专愚部”卷四：“此（刻舟求剑）与胶柱鼓瑟、守株待兔，皆战

❶（汉）刘向：《列子书录》，（清）严可均校辑：《全上古三代秦汉三国六朝文》，中华书局 1958 年版，第 667 页。
❷（晋）张湛：《列子注》，《诸子集成》（第 3 册），中华书局 2006 年版，第 79 页。
❸（宋）刘克庄撰，王蓉贵、向以鲜校点，刁忠民审订：《后村先生大全集》，四川大学出版社 2008 年版，第 2687 页。
❹（宋）黄震：《黄氏日钞》，钟肇鹏选编：《读书记四种》（第 16 册），北京图书馆出版社 1998 年版，第 390 页。
❺（元）李翀：《日闻录》，中华书局 1985 年版，第 11 页。
❻（宋）章如愚编撰：《山堂考索》，中华书局 1992 年版，第 1296 页。
❼（明）胡应麟：《少室山房笔丛》，上海书店出版社 2001 年版，第 362 页。
❽（明）焦竑撰，李剑雄点校：《焦氏笔乘》，中华书局 2008 年版，第 405 页。
❾（清）许奉恩：《里乘》，齐鲁书社 2004 年版，第 251 页。

国策士之寓言也。”[1]古人统称战国诸子或策士寓言，多从借人物故事以说理的角度而言[2]，刘知幾《史通》云：“战国之时，游说之士，寓言设理，以相比兴”[3]，“战国虎争，驰说云涌，人持弄丸之辩，家挟飞钳之术，剧谈者以谲诳为宗，利口者以寓言为主”[4]。王若虚《滹南遗老集》卷之三十“议论辨惑”：“甚矣，中道之难明也！战国诸子托之以寓言假说。”[5]陈绍箕《鉴古斋日记》卷一云：“战国时人好为寓言，所谓罕譬而喻，使人易晓，则其言易入也。孟子书亦多寓言。”[6]先秦诸子和策士论辩中有着大量当时被称为“说”的历史故事、民间故事，以《韩非子》的《说林》《储说》为代表[7]，后世多将其笼统称为“喻”，如刘勰《文心雕龙》之《诸子》称：“韩非著博喻之富。”[8]借故事以喻意的修辞表达方式被称为“设喻”，如罗璧《识遗》卷七“庄子”条：“文章设喻则深婉，而于喻最难，至一字数喻尤难。”[9]从宽泛意义上来看，“喻言”与“寓言”都为借事寓意，两者无疑存在相通之处，如崔述《唐虞考信录》卷四十二：“刘向之书，诬者多矣……皆以策士喻言记为实事。”[10]但是，一般说来，古人心目中的“喻”之义相对“寓言”更为宽泛，甚至可泛指一切譬喻之言，如徐元太所编《喻林》，“汇喻为林”，辑录各类譬喻之言。“寓言”一般则仅指其中的幻设虚构之作。

赋类作品被称为“寓言”，最早见于班固评价司马相如《天子游猎赋》：“文艳用寡，子虚乌有，寓言淫丽，托风终始，多识博物，有可观采，蔚为辞宗，赋颂之首。”[11]这也应主要指称汉大赋的虚构幻设性，包括假设问答、幻设人物、铺陈夸饰等，顾炎武《日知录》卷十九“假设之辞”条云：“古人为赋，多假设之辞。序述往事，以为点缀，不必一一符同也。子虚、亡是公、乌有先生之文，已肇始于相如矣。

[1] (明) 冯梦龙编著，栾保群点校：《古今谭概》，中华书局2007年版，第52页。
[2] 参见过常宝：《先秦寓言源流及其修辞功能》，《中国文学研究》2007年第3期。
[3] (唐) 刘知幾著，(清) 浦起龙通释，王煦华整理：《史通通释》，上海古籍出版社2009年版，第482页。
[4] 同上书，第138页。
[5] (金) 王若虚著，胡传志、李定乾校注：《滹南遗老集校注》，辽海出版社2006年版，第345页。
[6] (清) 陈绍箕撰，皮锡瑞评：《鉴古斋日记》，《四库未收书辑刊》（第十辑第7册），北京出版社2000年版，第66页。
[7] 参见廖群：《“说”“传”“语”：先秦说体考索》，《文学遗产》2006年第6期。
[8] (南朝梁) 刘勰撰，戚良德校注：《文心雕龙校注通译》，上海古籍出版社2008年版，第203页。
[9] (宋) 王观国撰，王建、田吉校点：《学林》，岳麓书社2010年版，第92页。
[10] (清) 崔述撰著，顾颉刚编订：《崔东壁遗书》，上海古籍出版社1988年版，第82页。
[11] (汉) 班固著，(唐) 颜师古注：《汉书》，中华书局1962年版，第4255页。

后之作者实祖此意。”[1]钟嵘《诗品》用“寓言”来界定作为“诗之三义”的“赋”，《诗品序》：“故诗有三义焉：一曰兴，二曰比，三曰赋。文已尽而意有余，兴也；因物喻志，比也；直书其事，寓言写物，赋也。”[2]此处之“寓言”应主要是从寓意寄托界定“赋”作为表现手法之特征，如刘熙载《艺概·赋概》：“钟嵘《诗品》所由竟以‘寓言写物’为赋也。赋兼比兴，则以言内之实事，写言外之重旨。”[3]唐代以降，古人多从“寓言”角度将先秦屈原、宋玉之辞赋与庄子、列子并称，如《白氏长庆集》卷七十一《禽虫十二章序》称：“庄列寓言、风骚比兴，多假虫鸟以为筌蹄。”[4]祝尧《古赋辩体》卷七“唐体”称：“后人以庄比骚，实以庄、骚皆是寓言。”[5]章学诚《校雠通义》内篇卷三：“古之赋家者流，原本诗骚，出入战国诸子。假设问对，庄列寓言之遗也。”[6]《离骚》《高唐赋》《神女赋》等作品多被明确指称为“寓言”，如洪迈《容斋随笔》之《容斋三笔》卷三之“高唐神女赋”条：“宋玉高唐、神女二赋，其为寓言托兴甚明。”[7]陈振孙《直斋书录解题》卷十五著录《龙冈楚辞说》云：“兴寄高远，登昆仑、历阆风、指西海、陟升皇，皆寓言也。”[8]陈士元《名疑》卷四：“宋玉高唐、神女赋，寓言托兴以讽襄王，非必实事。”[9]胡应麟《少室山房笔丛》：“夫《九歌》屈氏之寓言，而《秋水》庄生之幻说，本未尝谓实有。”[10]胡应麟《诗薮》内编一：“餐秋菊之落英，谈者穿凿附会、聚讼纷纷，不知三闾但托物寓言。”[11]黄汝亨《寓林集》卷一《楚辞序》云：“马迁读庄生书而归之寓言，此可与言骚也已矣。”[12]从上述材料来看，先秦辞赋被称为“寓言”，也主要是从虚构和寄寓两方面来界定的。陈康祺《郎潜纪闻二笔》卷十六：“赋体本有子虚亡是之称，大抵皆寓言，似不必有

---

[1] (清) 顾炎武著，(清) 黄汝成集释，栾保群、吕宗力校点：《日知录集释》，上海古籍出版社 2014 年版，第 438 页。
[2] (南北朝) 钟嵘《诗品》，(清) 何文焕辑：《历代诗话》，中华书局 1981 年版，第 3 页。
[3] (清) 刘熙载撰，袁津琥校注：《艺概注稿》，中华书局 2009 年版，第 454 页。
[4] (唐) 白居易撰，谢思炜校注：《白居易诗集校注》，中华书局 2006 年版，第 2824 页。
[5] (元) 祝尧：《古赋辩体》，《景印文渊阁四库全书》(集部第 1366 册)，台湾商务印书馆 1986 年版，第 805 页。
[6] (清) 章学诚著，叶瑛校注：《文史通义校注》，中华书局 1985 年版，第 1064 页。
[7] (宋) 洪迈著，穆公校点：《容斋随笔》，上海古籍出版社 2015 年版，第 305 页。
[8] (宋) 陈振孙撰，徐小蛮、顾美华点校：《直斋书录解题》，上海古籍出版社 1987 年版，第 436 页。
[9] (明) 陈士元：《名疑》，《丛书集成新编》(第 99 册)，新文丰出版公司 1999 年版，第 378 页。
[10] (明) 胡应麟：《少室山房笔丛》，上海书店出版社 2009 年版，第 413 页。
[11] (明) 胡应麟：《诗薮》，中华书局 1958 年版，第 5 页。
[12] (明) 黄汝亨：《寓林集》，《续修四库全书》(集部第 1368 册)，上海古籍出版社 2002 年版，第 622 页。

实指也。”[1]屈宋辞赋之外，也有许多其他赋体作品被称为“寓言”，如刘克庄《后村集》卷一百七十三：“《洛神赋》，子建寓言也。”[2]黄景昉《国史唯疑》卷八：“汤显祖《嗤彪赋》，同是文士寓言，阴有所况，殆毛颖、黔驴之喻。”[3]清代陈元龙辑《历代赋汇》卷一百十三、卷一百十四列有“寓言”类，收录《草上之风赋》《螳螂拒辙赋》《蟭螟巢蟊睫赋》《梦为鱼赋》《痀偻丈人承蜩赋》《蚌鹬相持赋》《以德为车赋》《得鱼忘筌赋》《鸟择木赋》《乘桴浮于海赋》《筌蹄赋》《任公子钓鱼赋》《游刃赋》《烹小鲜赋》《大巧若拙赋》《起病鹤赋》等四十八篇作品，此类作品被归入“寓言”，或因其源于庄列寓言故事，或因其具有鲜明幻设性。

史传作品被称为“寓言”，主要与“实录”相对，如刘知幾《史通·采撰》：“嵇康《高士传》，好聚七国寓言；玄晏《帝王纪》，多采《六经》图谶，引书之误，其萌始于此矣。”[4]又《史通·杂说下》云：“嵇康撰《高士传》，取《庄子》《楚辞》二渔父事，合成一篇。夫以园吏之寓言，骚人之假说，而定为实录，斯已谬矣。”[5]司马光《资治通鉴考异》卷第十一“二月杀僧怀义”考异称：“此盖文士寓言，今从实录。”[6]陈瓘《四明尊尧集》征引《王安石日录》设置有“寓言门”：“编类王安石日录语凡八段”，“虚无不实，故臣以为寓言也”。[7]袁枚《随园随笔》卷二十三“文人寓言”条：“文人寓言不可为典要者，如《晏子春秋》一桃杀三士。”[8]一般来说，史传作品内容被称为“寓言”，主要因为其内容性质具有明显假托性，包括假托人物和人物言语、事迹等，如钱大昕《廿二史考异》卷二十二“晋书”条：“不知赋家寓言，多非其实。”[9]崔适《史记探源》卷一“传记寓言”条：“又有误认传记寓言为实录。……寓言之类有三：曰托名，曰托言，曰托事。”[10]当然，也有学者从寄寓深意出发，以“寓言”指

[1] （清）陈康祺撰，晋石点校：《郎潜纪闻》，中华书局1984年版，第621页。
[2] （宋）刘克庄撰，王蓉贵、向以鲜校点，刁忠民审订：《后村先生大全集》，四川大学出版社2008年版，第4425页。
[3] （明）黄景昉著，陈士楷、熊德基点校：《国史唯疑》，上海古籍出版社2002年版，第234页。
[4] （唐）刘知幾著，（清）浦起龙通释，王煦华整理：《史通通释》，上海古籍出版社2009年版，第107页。
[5] 同上书，第487页。
[6] （宋）司马光编著，（元）胡三省音注，标点资治通鉴小组校点：《资治通鉴》，中华书局1956年版，第6502页。
[7] （宋）陈瓘：《宋忠肃陈了斋四明尊尧集》，《续修四库全书》（史部第448册），上海古籍出版社2002年版，第395页。
[8] （清）袁枚撰，王英志主编：《袁枚全集》（第5册），江苏古籍出版社1993年版，第405页。
[9] （清）钱大昕著，方诗铭、周殿杰校点：《廿二史考异》，上海古籍出版社2004年版，第385页。
[10] （清）崔适著，张烈点校：《史记探源》，中华书局1986年版，第14—15页。

称史传作品，如曾国藩读《史记》后说："太史（司马迁）传庄子曰：'大抵率寓言也。'余读《史记》亦'大抵率寓言也'。列传首伯夷，一以寓天道福善之不足据，一以寓不得依圣人以为师。"❶

小说作品被称为"寓言"，较早见于李肇《唐国史补》卷下："沈既济撰《枕中记》，庄生寓言之类。"❷《枕中记》讲述穷困不适的卢生梦中历经人间富贵荣华，梦觉黄粱未熟，遂大彻大悟，人物故事具有鲜明的幻设性和寄托性，应是作为小说的一个特殊类型而被称为"寓言"，如洪迈《夷坚志补》卷二一《蚁穴小亭》："乃知唐人记南柯太守事，虽为寓言，亦固有之也。"❸唐人传奇的想象虚构实际上主要表现为以传闻为基础的情节、细节增饰和场面铺叙，而非人物故事的自觉虚构，此类完全幻设性作品可看作一种独特类型，与《庄子》《列子》之"寓言"创作方法一脉相承："四是寓言家的小说。所谓寓言类似《庄子》'寓言十九'（《寓言》）的含义，它不是现代文体概念的寓言，而是真正的传奇作品。与传奇家的传奇不同之处，是它把沉重的理性思考凝铸在一个假托的形式中（如《枕中记》《南柯太守传》），或者是在虚拟形式中述怀或讽刺（如《纂异记》）"。❹

宋以降，在小说领域，"寓言"更多用于泛指虚妄难信的虚构性内容，如洪迈《夷坚乙志序》："夫《齐谐》之志怪，庄周之谈天，虚无幻茫，不可致诘。逮干宝之《搜神》，奇章公之《玄怪》，谷神子之《博异》，《河东》之记，《宣室》之志，《稽神》之录，皆不能无寓言于其间。"❺赵与时《宾退录》卷五云："前二事盖寓言，以资笑谑，而后一事乃真有之。"❻张邦基《墨庄漫录跋》："唐人所著小说家流，不啻数百家，后史官采摭者甚众；然复有一种，皆神怪茫昧，肆为诡诞，如《玄怪录》《河东记》《会昌解颐录》《纂异》之类，盖才士寓言以逞辞，皆亡是公、乌有先生之比，无足取焉。"❼罗璧《识遗》卷五"自古有死"条云："况其事不经见，皆寓言稗说之录乎。"❽惠洪《林间录》四卷提要："记高僧嘉言善行，谢逸为之序。然多寓言，如谓

---

❶ （清）曾国藩：《曾国藩全集·读书录》，岳麓书社 2012 年版，第 130—131 页。
❷ （唐）李肇：《唐国史补》，上海古籍出版社 1979 年版，第 55 页。
❸ （宋）洪迈撰，何卓点校：《夷坚志》，中华书局 2006 年版，第 1749 页。
❹ 李剑国：《唐五代志怪传奇叙录（增订本》，中华书局 2017 年版，第 38 页。
❺ （宋）洪迈撰，何卓点校：《夷坚志》，中华书局 2006 年版，第 185 页。
❻ （宋）赵与时著，齐治平校点：《宾退录》，上海古籍出版社 1983 年版，第 63 页。
❼ （宋）张邦基撰，丁如明校点：《墨庄漫录》，中华书局 2002 年版，第 281 页。
❽ （宋）王观国撰，王建、田吉校点：《学林》，岳麓书社 2010 年版，第 63 页。

杜祁公、张安道皆致仕居睢阳之类，疏阔殊可笑。”❶王若虚撰《滹南遗老集》卷三十三“谬误杂辨”：“予谓此皆小说寓言，纵有所出，亦何足信哉。”❷杨仪《重校甘泽谣序》评价《甘泽谣》：“所载事，亦皆诡怪难信，盖多寓言。”❸同时，也用于指称自觉虚构幻设之作，如吴植《剪灯新话序》：“余观宗吉先生《剪灯新话》，其词则传奇之流，其意则子氏之寓言也。”❹祝允明《野记》云：“少时曾作《剪灯余话》，虽寓言小说之靡，其间多讥失节，有为作也。”❺陈霆《两山墨谈》卷十四云：“南平赵弼著《效颦集》，其钟离叟一传，盖寓言以詈安石，尝喜其幻设之妙。”❻张竹坡《金瓶梅寓意说》云：“稗官者，寓言也。其假捏一人，幻造一事，虽为风影之谈，亦必依山点石，借海扬波。故《金瓶》一部有名人物，不下百数，为之寻端竟委，大半皆属寓言。”❼

中国古代文言小说特别是作为主体的笔记体小说普遍以实录见闻或传闻为主要编创方式。❽明代之前，有意识地自觉虚构编造人物故事而编创小说，仅仅算得上偶然为之的个别现象，直到瞿佑《剪灯新话》等才真正开创了传奇体小说自觉虚构的创作方式。❾古人表述“小说”自觉虚构编造人物故事，除了“寓言”之外，还使用“幻设”“虚构”等，如胡应麟《少室山房笔丛》：“凡变异之谈，盛于六朝，然多是传录舛讹，未必尽幻设语。至唐人乃作意好奇，假小说以寄笔端，如《毛颖》《南柯》之类尚可，若《东阳夜怪录》称成自虚，《玄怪录》元无有，皆但可付之一笑，其文气亦卑下亡足论。宋人所记，乃多有近实者，而文彩无足观。本朝新、余等话，本出名流，以皆幻设，而时益以俚俗，又在前数家下”❿，“《树萱录》，宋王铚性之撰。盖幻设怪语以供抵掌，取忘忧之义”⓫。赵翼《陔余丛考》卷三十五“钟

❶ （元）马端临：《文献通考》，中华书局2011年版，第6236页。
❷ （金）王若虚著，胡传志、李定乾校注：《滹南遗老集校注》，辽海出版社2006年版，第376页。
❸ （唐）袁郊撰，李军评注：《〈甘泽谣〉评注》，中国社会科学出版社2013年版，第3页。
❹ （明）瞿佑著，周夷校注：《剪灯新话》，古典文学出版社1957年版，第5页。
❺ （明）祝允明：《野记》，中华书局1985年版，第86页。
❻ （明）陈霆：《两山墨谈》，中华书局1985年版，第116页。
❼ （清）张竹坡：《金瓶梅寓意说》，黄霖编：《金瓶梅资料汇编》，中华书局1987年版，第58页。
❽ 参见罗宁：《记录见闻：中国文言小说写作的原则与方法》，《文艺理论研究》2018年第5期。
❾ 参见王庆华：《古代小说学中“传奇”之内涵和指称辨析》，《文艺理论研究》2014年2期。
❿ （明）胡应麟：《少室山房笔丛》，上海书店出版社2001年版，第371页。
⓫ 同上书，第378页。

馗”条云：“唐人戏作《钟馗传》，虚构其事，如毛颖、陶泓之类也。”❶

戏曲作品被称为“寓言”，或指称其有意虚构幻设，如徐复祚《曲论》：“要之传奇皆寓言，未有无所为者，正不必求其人与事以实之也。”❷李渔《闲情偶寄》卷一《词曲部·结构第一·审虚实》称：“传奇无实，大半皆寓言耳。”❸李渔《曲部誓词》称：“余生平所著传奇，皆属寓言，其事绝无所指。”❹平步青《小栖霞说稗》云：“梨园戏剧所演人之事。十九寓言。”❺或指称其寄寓主体思想、抒写作者情怀，如顾起元《坐隐先生传》：“有乐府传奇十数种，……率借人以写己怀，得寓言比兴之意。”❻丘濬《伍伦全备记》称：“这本《伍伦全备记》，分明假托扬传，一本戏里五伦全备，他时世曲寓我圣贤言”，“这戏文一似庄子的寓言”。❼“寓言”一词作为古代戏曲的文体术语概念，实际上彰显了古代戏曲文体之自觉虚构意识和思想情感寄寓意识的生成过程和发展脉络。

古代诗作被称为“寓言”，主要集中于以“寓言”为题者。此类作品始于唐代，如孟郊《寓言》（“谁言碧山曲”）、李白《寓言三首》（“周公负斧扆”）等，其后代有作者，如王安石《寓言四首》（“不得君子居”）、陆游《寓言》（“济剧人材易”）等，此类作品以“寓言”为题，应主要为了申明寄托有深意或人物故事纯属子虚乌有，如朱谏《李诗选注》卷十三称：“寓言者，以己之意寓于歌咏之词也。白被谗，乃以周公之事而寓言之。”❽乔亿《剑溪说诗》云：“寓言诗如海市蜃楼，空中结撰。”❾另外，也有其他寄寓性较强的诗歌被称为“寓言”，如《文选》李善注引班固的“寓言淫丽，托讽终始”评价阮籍的“五言诗咏怀八十余篇”❿，郎锳《七修类稿》卷十九“辩

❶ （清）赵翼：《陔余丛考》，中华书局1963年版，第768页。
❷ （明）徐复祚：《曲论》，《中国古典戏曲论著集成》（四），中国戏剧出版社1959年版，第234页。
❸ （清）李渔：《李渔全集》（第三卷），浙江古籍出版社1991年版，第15页。
❹ （清）李渔：《李渔全集》（第一卷），浙江古籍出版社1991年版，第130页。
❺ （清）平步青：《霞外捃屑》，上海古籍出版社1982年版，第652页。
❻ （明）顾起元《坐隐先生传》，转引自（明）吕天成撰，吴书荫校注：《曲品校注》，中华书局2006年版，第68页。
❼ （明）丘濬：《伍伦全备忠孝记》，《古本戏曲丛刊初集》，商务印书馆1954年版，第4、157页。
❽ （唐）李白撰，（明）朱谏选注：《李诗选注》，《续修四库全书》（集部第1306册），上海古籍出版社2002年版，第170—171页。
❾ 郭绍虞编选，富寿荪校点：《清诗话续编》，上海古籍出版社1983年版，第1130页。
❿ （南朝梁）萧统编，（唐）李善注：《文选》，上海古籍出版社1986年版，第1008页。

证类”之“锦瑟无端五十弦”条云:“《锦瑟》诗玉溪生作也,……此篇皆寓言。”❶

此外,也有个别幻设譬喻性的文人杂著如苏轼《艾子杂说》、刘基《郁离子》、陈相《百感录》、沈恺《夜灯管测》等被称为“寓言”,如《广谐史》卷九收录杨攀龙《艾同世家》称:“世传艾子书,又寓言驾说。”❷陈霆《两山墨谈》卷六云:“《郁离子》本皆寓言,用以讽切时弊,警悟世主。”❸《钦定续文献通考》卷一百七十六经籍考著录陈相《百感录》称:“是书仿庄子寓言,多假虫鱼鸟兽以寄其意”❹,著录沈恺《夜灯管测》称“是书乃恺为宁波知府防倭海上时所作,凡一百篇,借事寓言以示劝戒,大致规摹郁离子”。❺一般来说,此类杂著的人物故事多具有鲜明的虚拟性、寄寓性。

除了上述作品系列之外,古代“寓言”直接指称的作品谱系还有一类集中于文人文集中的文章之作,并且发展成为一种明确的文类概念,下面将对此做专门论述。

二、作为文类概念之“寓言”

文章之作被明确称为“寓言”,较早源于韩愈、柳宗元的戏拟、俳谐、讽喻之作《毛颖传》《三戒》《郭橐驼传》《河间传》《李赤传》等,如魏仲举编《五百家注昌黎文集》注《毛颖传》引洪庆善言:“退之《毛颖传》,柳子厚以为怪。予以为子虚、乌有之比,其流出于庄周寓言。”❻赵与时《宾退录》云:“寓言以贻训诫,若柳子厚《三戒》《鞭贾》之类,颇似以文为戏,然亦不无补于世道。吾阅近世文集,得二文焉,朱希真《东方智士说》、萧东夫《吴五百》是也。”❼史照《资治通鉴释文》卷二十五

---

❶ (明) 郎锳:《七修类稿》,上海书店出版社 2001 年版,第 196 页。
❷ (明) 陈邦俊辑:《广谐史》,《四库全书存目丛书》(子部第 252 册),齐鲁书社 1995 年版,第 494 页。
❸ (明) 陈霆:《两山墨谈》,中华书局 1985 年版,第 47 页。
❹ (清) 清高宗敕撰:《续文献通考》,浙江古籍出版社 1988 年版,第 4220 页。
❺ 同上书,第 4221 页。
❻ (唐) 韩愈撰,(宋) 魏仲举集注,郝润华、王东峰整理:《五百家注韩昌黎集》,中华书局 2019 年版,第 1403 页。
❼ (宋) 赵与时著,齐治平校点:《宾退录》,上海古籍出版社 1983 年版,第 73 页。

称:“柳宗元作《郭橐驼传》,盖寓言以为讽。”❶陈师《禅寄笔谈》卷四“艺文”云:“《河间传》,寓言耳。”❷郎瑛《七修类稿》卷二十辩证类“韩柳非寓言”条云:“柳文载《李赤传》,人以柳州寓言讥嘲时人,以文为戏。”❸

宋代开始,“寓言”也开始作为一种文章内部类型概念,如李昉《文苑英华》中“记”类有宫殿、厅壁、公署、馆驿、楼阁、城、城门、水门、桥、井、河渠、祠庙、祈祷、学校、文章、释氏、观、尊像、童子、宴游、纪事、歌乐、图画、灾祥、质疑、寓言和杂记等子目,其中,“寓言”类收录王绩《醉乡记》、李华《鹗执狐记》、沈既济《枕中记》。此外,还出现了以“寓言”命名的专书,如罗隐《淮海寓言》,《崇文总目》《通志・艺文略》《宋史・艺文志》著录有“罗隐《淮海寓言》七卷”,陈振孙《直斋书录解题》卷十六著录罗隐著作时也曾提及:“隐又有《淮海寓言》《谗书》等,求之未获。”❹《新唐书・艺文志》著录有张大玄《平台百一寓言》三卷。可惜,这些标称“寓言”之作,均已亡佚,无从得知其具体内容。明代,“寓言”作为文类概念进一步明确,出现了以“寓言”题名的作品选集,如詹景凤《古今寓言》、佚名《游翰寓言》❺等,另外,类书及笔记杂著中也出现了“寓言”之类目,如《绣谷春容》列有“寓言摭粹”,徐元太《喻林》卷十九“人事门”设有“寓言”类,王晫《丹麓杂著十种》列有“寓言”类,“五曰《寓言》,假禽虫以示劝戒”。❻

《四库全书总目》之《古今寓言》提要云:“其书钞撮诸家文集中托讽、取譬之作,分十二类。体近俳谐,颇伤猥杂。”❼全书以题材类型分为:卷一天文类、卷二地理类、卷三人物类、卷四身体类、卷五人事类、卷六神鬼类、卷七器用类、卷八饮食类、卷九鸟兽类、卷十珍宝类、卷十一文具类、卷十二草木类,凡十二类 135 篇。这些作品的托讽取譬对象多为“物”,或以物拟人,或借物俳谐游戏。从明代文类文体谱系来看,《古今寓言》所谓“寓言”应包括以下几种文体。

---

❶ (宋) 史照:《资治通鉴释文》,中华书局 1985 年版,第 549 页。
❷ (明) 陈师:《禅寄笔谈》,《四库全书存目丛书》(子部第 103 册),齐鲁书社 1995 年版,第 644 页。
❸ (明) 郎锳:《七修类稿》,上海书店出版社 2001 年版,第 211 页。
❹ (宋) 陈振孙撰,徐小蛮、顾美华点校:《直斋书录解题》,上海古籍出版社 1987 年版,第 486 页。
❺ (明) 祁承㸁《澹生堂藏书目》著录有“《游翰寓言》四卷”,今佚。参见(明) 祁承㸁撰,郑诚整理:《澹生堂藏书目》,上海古籍出版社 2020 年版,第 647 页。
❻ (清) 纪昀、陆锡熊、孙士毅等:《钦定四库全书总目》,中华书局 1997 年版,第 1767 页。
❼ 同上书,第 1920 页。

一是“假传”“寓传”“托传”。徐师曾《文体明辨序说》云：“皆传体也。故今辩而列之，其品有四：一曰史传（有正、变二体），二曰家传，三曰托传，四曰假传。”❶其中，“假传”例文为韩愈《毛颖传》和秦观《清和先生传》，“托传”例文为柳宗元《梓人传》和韩愈《圬者王承福传》。贺复徵《文章辨体汇选》：“按传之品有七，一曰史传，二曰私传，三曰家传，四曰自传，五曰托传，六曰寓传，七曰假传。”❷其中，“假传”例文为韩愈《毛颖传》、司空图《容成侯传》、苏轼《万石君罗文传》、秦观《清和先生传》；“托传”例文为韩愈《圬者王承福传》、柳宗元《种树郭橐驼传》《梓人传》、司马光《圉人传》；“寓传”例文为柳宗元《蝜蝂传》、陶九成《雕传》、杨慎《仓庚传》。此处“假传”主要是将器、物拟人作“传”，肇始于《毛颖传》，宋元明清历朝皆有大量文人模拟写作，蔚为大观，周必大《即墨侯传序》云：“自昌黎先生为毛颖立传，大雅宏达多效之，如罗文、陶泓之作，妙绝当世，下至包祥、杜仲、黄甘、陆吉、饮食果蓏，亦有述作。”❸“假传”之“传主”从唐代之笔、墨、纸、砚、靴、镜，到宋代之桑、杜仲、柑橘、菊花、荔枝、萝卜、干贝、酒、竹儿、竹枕、汤婆、棋局、铜钱，再到明代之杏、柿、桃、李、枣、栗、蚕、鼠、虎、蟹、蝇、蚊、虱、蚤、取灯儿、扇、梳等，题材不断拓展。❹“托传”主要指依托下层小人物之事迹或言论而缘事而发、借题发挥、讽喻议论，所依托之人物事迹往往真伪难辨，发端于韩愈、柳宗元，历代亦有仿作相继。“寓传”主要指拟人化虚构动物故事，滥觞于先秦诸子以动物为主人公的“寓言”，承接汉魏六朝之《神乌赋》《鹞雀赋》等动物赋而来，唐宋以来亦皆有作者。《古今寓言》选录了大量“假传”“托传”“寓传”等作品，如《毛颖传》《下邳侯革华传》《容成侯传》《清和先生传》《温陶君传》《叶嘉传》《万石君罗文传》《黄甘陆吉传》《墨姬传》《锡姬传》《汤媪传》《元安传》《方温传》《竹夫人传》《石钟传》《孔元方传》《黄华先生传》《梓人传》《种树郭橐驼传》《负苓者传》《中山狼传》《龙精子

❶ (明) 吴讷、(明) 徐师曾著，于北山、罗根泽校点：《文章辨体序说　文体明辨序说》，人民文学出版社 1962 年版，第 153 页。

❷ (明) 贺复徵编：《文章辨体汇选》，《景印文渊阁四库全书》(集部第 1402 册)，台湾商务印书馆 1986 年版，第 63 页。

❸ (宋) 周必大：《即墨侯传(并序)》，曾枣庄、刘琳主编：《全宋文》(第 232 册)，上海辞书出版社 2006 年版，第 201 页。

❹ 参见刘成国：《以史为戏：论中国古代假传》，《江海学刊》2012 年第 4 期；黄小菊：《唐宋假传研究》，硕士学位论文，华东师范大学，2015 年；俞樟华、娄欣星：《古代假传和类传研究》，黑龙江人民出版社 2015 年版；林艺红：《明代假传研究》，硕士学位论文，华东师范大学，2016 年。

传》等。明代通俗类书《绣谷春容》列有“寓言摭粹”，主要收录《东郭生传》《倾国生传》《孔方生传》《忿戾生传》《墨姬传》《温姬传》《二士传》《三友传》《清虚先生传》《飞白散人传》等二十篇“假传”“托传”类作品。清人延续明人之说，如唐秉钧《文房肆考图说》：“若退之《毛颖传》及《圬者传》，子厚之《梓人传》则有寓意而驰骤于文墨，迂斋谓其以文滑稽，而又变体之变者乎。故有史传、家传、托传、假传四者之分焉。”❶王之绩《铁立文起》亦称：“托传如韩愈《圬者王承福传》、柳宗元《梓人传》。假传如韩愈《毛颖传》、秦观《清和先生传》。”❷此类作品多被时人明确指称为“寓言”，如曾异《纺授堂集》文集卷五《谢潘昭度师为母立传书》：“然而《梓人》《橐驼》诸传，皆感事寓言。”❸宋存标《秋士偶编》之《韩柳论》云：“《毛颖》《郭驼》传，各以寓言为滑稽。”❹

二是假托性的“自传”，文人借虚拟人物自述志趣、吟咏情怀。贺复徵《文章辨体汇选》称：“按传之品有七，……四曰自传。”❺“自传”例文有阮籍《大人先生传》、陶潜《五柳先生传》、王绩《无心子传》《五斗先生传》、陆羽《陆文学自传》、白居易《醉吟先生传》、陆龟蒙《甫里先生传》《江湖散人传》、邵雍《无名公传》、欧阳修《六一居士传》等。《古今寓言》选录了不少此类作品中的假托性文章，如《甫里先生传》《江湖散人传》《醉吟先生传》《无心子传》《五斗先生传》等。假托性的“自传”，时人亦多明确称为“寓言”，如胡助《纯白斋类稿》卷十八《纯白先生自传》：“尝著《大拙先生小传》，寓言以自况。”❻顾炎武《日知录》卷十九“古人不为人立传”条云：“梁任昉《文章缘起》言传始于东方朔作《非有先生传》，是以寓言而谓之传。”❼

三是俳谐性的“赋”。《古今寓言》选录有宋玉《钓赋》、左思《白发赋》、廖道南

❶ (清) 唐秉均著，虞晓白点校：《文房肆考图说》，浙江人民美术出版社 2018 年版，第 238—239 页。
❷ (清) 王之绩：《铁立文起》，王水照编《历代文话》(第 4 册)，复旦大学出版社 2007 年版，第 3658 页。
❸ (明) 曾异撰著，何立民点校：《纺授堂诗文集》，商务印书馆 2017 版，第 348 页。
❹ (明) 宋存标：《秋士偶编》，《四库禁毁书丛刊》(集部第 11 册)，北京出版社 1998 年版，第 75 页。
❺ (明) 贺复徵编：《文章辨体汇选》，《景印文渊阁四库全书》(集部第 1402 册)，台湾商务印书馆 1986 年版，第 63 页。
❻ (元) 胡助：《纯白斋类稿》，《景印文渊阁四库全书》(集部第 1214 册)，台湾商务印书馆 1986 年版，第 662 页。
❼ (清) 顾炎武著，(清) 黄汝成集释，栾保群、吕宗力校点：《日知录集释》，上海古籍出版社 2014 年版，第 436 页。

《天游赋》、欧阳修《红鹦鹉赋(并序)》、苏轼《黠鼠赋》、卢照邻《穷鱼赋》,多为俳谐性的咏物讽喻之作,与陈元龙辑《历代赋汇》所列之“寓言”类作品相类。

四是其他讽喻性的俳谐杂文,《古今寓言》选录有韩愈《送穷文》《杂说马》《杂说龙》、柳宗元《乞巧文》《罴说》《黔之驴》、贝琼《土偶对》、罗隐《风雨对》、苏东坡《日喻》、宋濂《琴喻》、王世贞《猱说》等。

明代,与《古今寓言》性质相同或相近的作品选集还有佚名《滑稽小传》、徐常吉《新刊谐史》、佚名《游翰稗编》、胡文焕《谐史粹编》《寓文粹编》、邹迪光《文府滑稽》、周子文《滑稽文传》、贾三近《滑耀编》、陈邦俊《广谐史》、闵文振《游文小史》、钱翼之《滑稽文传》、陈斗《滑稽文传》及《续集》《别集》、朱维藩《谐史集》、陈禹谟《广滑稽》、佚名《文章滑稽》等。这些作品选本也常被混称为“寓言”,如仁和庄汝敬修甫《寓文粹编序》:“寓言者,谓有所假借而寄托之意也。”❶古杭许令典《文府滑稽序》:“每读奇文至寓言、游戏、排调、诙谐之处,更眉舞肉飞,不能自已,则又嗜在滑。”❷黄虞稷《千顷堂书目》卷三十一著录《游文小史》称:“辑古今寓言之文。”❸《四库全书总目》之《广谐史》提要云:“夫寓言十九,原比诸史传之滑稽。一时游戏成文,未尝不可少资讽谕。”❹《滑稽小传》提要云:“所载皆《毛颖传》、《容成侯传》之类,大抵寓言。”❺也就是说,此类作品选集虽然未标“寓言”之题名,但也可看作“寓言”文类。从这些选本收录的作品类型来看,既有以选录“假传”为主者,如《谐史》《广谐史》,也有集各类俳谐文于一体者,如《游翰稗编》《谐史粹编》等,还有兼收文言笑话者,如《滑稽小传》《文府滑稽》《滑耀编》等。

此外,也有个别集部之传记文因其鲜明突出的虚构性或寄托性而被泛称为“寓言”,如陈继儒《游桃花记》称陶渊明《桃花源记》:“昔陶徵君以避秦数语,输写心事,借桃源为寓言,非有真桃源也。”❻邓球《闲适剧谈》卷二:“尝观王绩《醉乡记》,虽若寓言。”❼

---

❶ (明) 胡文焕辑:《寓文粹编》,《北京图书馆古籍珍本丛刊》(子部第 80 册),书目文献出版社 1988 年版,第 461 页。
❷ (明) 邹迪光编:《文府滑稽》,《四库全书存目丛书》(集部第 322 册),齐鲁书社 1997 年版,第 332 页。
❸ (清) 黄虞稷撰,瞿凤起、潘景郑整理:《千顷堂书目》,上海古籍出版社 2001 年版,第 761 页。
❹ (清) 纪昀、陆锡熊、孙士毅等:《钦定四库全书总目》,中华书局 1997 年版,第 1921 页。
❺ 同上书,第 1918 页。
❻ (明) 陈继儒著,胡绍棠选注:《陈眉公小品》,文化艺术出版社 1996 版,第 55 页。
❼ (明) 邓球:《闲适剧谈》,《续修四库全书》(子部第 1127 册),上海古籍出版社 2002 年版,第 566 页。

以上论述主要循着“寓言”之名对其直接指称对象进行了全面系统梳理，基本揭示出“寓言”指称的作品谱系，其实，有些作品虽未被直接称为“寓言”，但与那些被称为“寓言”的作品属于同一性质、同一类型，亦可看作“寓言”之“实”。因此，若依此进一步推演，在古典文献中，“寓言”之作品谱系无疑属于一个庞大存在。

三、“寓言”文类及相关概念之内涵

“寓言”作为理论批评术语的内涵相对较为明确单一，即寄寓性和虚构性，其作为文类概念的基本内涵也与此一致，一方面，强调所述人物与事迹的虚拟性、假托性，如陈栎《定宇集》卷一《庄子节注序》：“寓言者，寄寓于事物与人而言也。故凡所言之事与物，未必真有此事物。所言之人与其人之所言，未必真有此人此言。”❶仁和庄汝敬修甫《寓文粹编序》：“寓言者，谓有所假借而寄托之意也。”❷另一方面，强调人物与事迹之内在意蕴的寄寓性，如陶泽《六物传序》：“君子之立言，有正有寓，易之象、诗之比、荀子赋、庄子书、太史公滑稽传，率是寓也。”❸罗泌《路史》卷十二《后纪》三云：“夫寓言者，谓寓其理于言，借事以寄吾之理尔。”❹仁和庄汝敬修甫《寓文粹编序》称：“寓言者，……是编或取兴于彼，或寓意于此，……观者能引而伸之，触类而通之，则言言皆理。”❺陈世宝《叙古今寓言》称：“若寓言斯，又讽之支流而比之滥觞也。……于凡托讽取譬，足当罕譬旁通者，裒为一编，题曰：古今寓言。明言之所寓，观者不可不深省也。”❻

对于“寓言”文类之功用价值，古人亦多从“扶世教、正人心”“羽翼六经”等方

❶ (元) 陈栎：《定宇集》，《景印文渊阁四库全书》(集部第 1205 册)，台湾商务印书馆 1986 年版，第 163 页。

❷ (明) 胡文焕辑：《寓文粹编》，《北京图书馆古籍珍本丛刊》(子部第 80 册)，书目文献出版社 1988 年版，第 461 页。

❸ (明) 陈邦俊辑：《广谐史》，《四库全书存目丛书》(子部第 252 册)，齐鲁书社 1995 年版，第 377 页。

❹ (宋) 罗泌：《路史》，《景印文渊阁四库全书》(史部第 383 册)，台湾商务印书馆 1986 年版，第 90 页。

❺ (明) 胡文焕辑：《寓文粹编》，《北京图书馆古籍珍本丛刊》(子部第 80 册)，书目文献出版社 1988 年版，第 461 页。

❻ (明) 詹景凤辑：《古今寓言》，《四库全书存目丛书》(子部第 252 册)，齐鲁书社 1995 年版，第 4、6 页。

面予以肯定,如季光盛《寓文粹编跋》:“自世之偷薄也,士君子喜为隐言,寄规刺之意云。……于世道不无裨也。”❶又如王宗载《古今寓言叙》:“经亡教衰,百家竞起,庄生之学同于老列,著书数万言,用以眇末宇宙,戏薄圣贤,茫无涯涘,大抵寓言为广而已。诙谐者流转相祖尚,率皆悬象曲证,设难发端,理不必天地有,意不必古今道,而要归于扶世教、正人心。……谓寓言羽翼六经可矣。”❷《古今寓言》之“凡例”云:“古人箴铭之作,往往近取诸物,非以其触目儆心而然耶?是辑类多草木鸟兽、服食器用之名,间有设难发端,涉于谑且怪者,顾义蓄渊宏,词兼规讽,读之自兴起其长善救失之心,即与经传之教,并存可也。”❸当然,古人也并不回避“寓言”文类的娱乐消遣功能,如陈继儒《广谐史序》:“天以笔与舌付之文人,二者不慎皆足以取愆垢、招悔尤。而又不能闷闷焉如无口之瓠,则姑且游戏谐史中以为乐。”❹

古人多将“寓言”文类之起源追溯至“《易》象”“《诗》比兴”,王宗载《古今寓言叙》称:“语本出庄生,庄生世所称雄辩,汪洋自恣,宗仲尼者诎焉。是编所纪言,人人殊统之为寓言也。……是知易象、诗比,盖寓言之宗祖也。”❺戴君恩《剩言》卷九云:“五经中惟《诗》与《易》多寓言其寄旨幽远,其托象精微。”❻章学诚《文史通义·易教下》云:“《易》象虽包六艺,与《诗》之比兴,尤为表里。……然战国之文,深于比兴,即其深于取象者也。《庄》《列》之寓言也,则触蛮可以立国,蕉鹿可以听讼。《离骚》之抒愤也,则帝阙可上九天,鬼情可察九地。他若纵横驰说之士,飞钳捭阖之流,徙蛇引虎之营谋,桃梗土偶之问答,愈出愈奇,不可思议。”❼同时,也多将“庄列寓言”看作“寓言”文类之直接源头,如韩愈《五百家注昌黎文集》魏仲举注《毛颖传》引洪庆善曰:“退之《毛颖传》,柳子厚以为怪。予以为子

❶ (明)胡文焕辑:《寓文粹编》,《北京图书馆古籍珍本丛刊》(子部第80册),书目文献出版社1988年版,第511页。
❷ (明)詹景凤辑:《古今寓言》,《四库全书存目丛书》(子部第252册),齐鲁书社1995年版,第2—3页。
❸ 同上书,第6页。
❹ (明)陈继儒:《陈眉公先生集》,《原国立北平图书馆甲库善本丛书》(第900册),国家图书馆出版社2013年版,第1044页。
❺ (明)詹景凤辑:《古今寓言》,《四库全书存目丛书》(子部第252册),齐鲁书社1995年版,第1—3页。
❻ (明)戴君恩:《剩言》,《四库全书存目丛书》(子部第91册),齐鲁书社1995年版,第77—78页。
❼ (清)章学诚著,叶瑛校注:《文史通义校注》,中华书局1985年版,第19页。

虚、乌有之比，其流出于庄周寓言。”❶陈世宝《叙古今寓言》云：“顾其言率，抅合于战国策士，迄庄列而掞以为文辞。唐兴，昌黎韩子起八代而豹变之作《毛颖传》，柳子厚文变而作《乞巧文》，二文既出，操觚之士，竞相摸拟篇章，自是富矣，然多借以游戏乎？”❷在古人心目中，《易》之象、《诗》之比兴、庄列之寓言相通，具有鲜明共性，如耿定向《耿天台先生文集》卷六《书牍》称：“余尝谓佛乘中语，多犹易之象、诗之兴比、庄列之寓言也。”❸“立象尽意”作为《易》之表达方式，“或有实象，或有假象。……虽有实象、假象，皆以义示人，总谓之象也。”❹《易》之“立象尽意”与“寓言”之借事寓理相通，特别是“假象”为“人心营构之象”❺，更是跟“寓言”之幻设虚拟相类。《诗》之“比兴”，“比者，比方于物也。兴者，托事于物”。❻这实际上也是一种联类譬喻，亦与“寓言”相通。

“寓言”文类概念相近相通的术语还有“滑稽”或“以文滑稽”，“俳谐”或“俳谐文”，“游文”或“以文为戏”，以及“设词”等，存在混称现象。首先，正如前文所述，“寓言”文类作品选集之题名反映出“寓言”“滑稽”“游文”“谐史”之混称，“游文，字寓言，号滑耀子”。❼其次，这些术语之间常互相阐释，实际上也是一种混称，如《说文解字》：“俳，戏也。”段玉裁注：“以其戏言之谓之俳。”❽成玄英《南华真经注疏》称《庄子》：“虽寓言托事，时代参差，而諔诡滑稽，甚可观阅也。”❾周紫芝《滑稽小传序》云：“孔子大圣人，犹以言戏子游。卫武公周之大臣，尚作《抑》诗以戒厉王，且以自警，想其为人严肃端毅，非滑稽谐谑之流，而诗人美之曰：‘善戏谑兮，不为虐兮。’司马迁作《史记》一书，上下数千载，而特为滑稽立传。东方曼倩目如悬珠，齿如编贝，胸中有书四十四万言，而以滑稽自雄。岂非俳谐之中自有

---

❶ (唐) 韩愈撰，(宋) 魏仲举集注，郝润华、王东峰整理：《五百家注韩昌黎集》，中华书局 2019 年版，第 1403 页。
❷ (明) 詹景凤辑：《古今寓言》，《四库全书存目丛书》(子部第 252 册)，齐鲁书社 1995 年版，第 4 页。
❸ (明) 耿定向：《耿天台先生文集》，《四库全书存目丛书》(集部第 131 册)，齐鲁书社 1995 年版，第 169 页。
❹ (魏)王弼、魏康伯注，(唐) 孔颖达等正义：《周易正义》，上海古籍出版社 1990 年版，第 15 页。
❺ (清) 章学诚著，叶瑛校注：《文史通义校注》，中华书局 1985 年版，第 18 页。
❻ (清) 孙诒让撰，王文锦、陈玉霞点校：《周礼正义》，中华书局 1987 年版，第 1845 页。
❼ (明) 贾三近编：《滑耀编序》，《四库全书存目丛书》(集部第 321 册)，齐鲁书社 1997 年版，第 353 页。
❽ (汉) 许慎撰，(清) 段玉裁注：《说文解字注》，上海古籍出版社 1981 年版，第 380 页。
❾ (晋) 郭象注，(唐) 成玄英疏，曹礎基、黄兰发点校：《南华真经注疏》，中华书局 1998 年版，第 618 页。

箴讽，或能感动人情，使之改过，是以有取焉耳。”[1]黄彻《碧溪诗话》云：“子建称孔北海文章多杂以嘲戏，子美亦戏效俳谐体，退之亦有寄诗杂诙俳，不独文举为然。自东方生而下，祢处士张长史颜延年辈，往往多滑稽语。”[2]杨慎《升庵全集》卷七十二《优孟为孙叔敖》云：“以‘滑稽’为名，乃优孟自为寓言。”[3]高儒《百川书志·文史》收录《游文小史》卷十三称：“以文滑稽圣门者也。”[4]李开先《追先法史录序》云：“邵天和称陆奎章，豪隽奇诡，寓言于物，而托义于人；移之以称竹村，亦不为过。纵横文章之府，戏游翰墨之场，时出机警之辞，而兼滑稽之论。”[5]《四库全书总目》之《文府滑稽》提要云：“是书选周秦迄于唐宋寓言、俳谐之文，故以滑稽为名。”[6]

这些“寓言”文类概念相通相近的概念术语也很早就用以指称相关作品。南北朝时期，“俳谐文”就已成为戏拟公文及其他文体的文类概念，如《隋志》著录南北朝有《俳谐文》三卷（不著撰人）、袁淑《俳谐文》十卷、《续俳谐文集》十卷（不著撰人）、沈宗之《俳谐文》一卷。袁淑《俳谐文》在《初学记》《艺文类聚》保存数篇，有《劝进笺》《鸡九锡文》《常山王九命文》《大兰王九锡文》《驴山公九锡文》等，多将动物拟人化，戏仿官场。[7]宋人也曾将《毛颖传》之类“假传”笼统归入“俳谐文”，如叶梦得《避暑录话》卷下：“韩退之作《毛颖传》，……俳谐文虽出于戏，实以讥切当世封爵之滥。”[8]郑樵《通志·艺文略》将文章划分为楚辞、历代别集、总集、诗总集、赋、赞颂、箴铭、碑碣、制诰、表章、启事、四六、军书、案判、刀笔、俳谐、奏议、论、策、书、文史、诗评等二十二类，其中，“俳谐”类收录《俳谐文》三卷（无名氏撰）、《俳谐文》十卷（袁淑撰）、《俳谐文》一卷（沈宗之撰）、《任子春秋》一卷（杜嵩撰）、《博阳春秋》一卷（宋零陵令辛邕之撰），共五部十六卷。[9]与“俳谐”相近，

[1] （宋）周紫芝：《滑稽小传序》，曾枣庄、刘琳主编《全宋文》（第162册），上海辞书出版社2006年版，第167页。
[2] （宋）黄彻：《碧溪诗话》，丁福保辑：《历代诗话续编》，中华书局1983年版，第395页。
[3] （明）杨慎：《升庵集》，上海古籍出版社1993年版，第710页。
[4] （明）高儒：《百川书志》，上海古籍出版社2005年版，第82页。
[5] （明）李开先著，卜键点校：《李开先全集》，文化艺术出版社2004年版，第452—453页。
[6] （清）纪昀、陆锡熊、孙士毅等：《钦定四库全书总目》，中华书局1997年版，第2699页。
[7] 参见秦伏男：《论汉魏六朝俳谐杂文》，《青海师范大学学报（社会科学版）》1990年第1期；谭家健：《六朝诙谐文述略》，《中国文学研究》2001年第3期。
[8] （宋）叶梦得撰，田松青、徐时仪校点：《避暑录话》，上海古籍出版社2012年版，第170页。
[9] 参见（宋）郑樵撰，王树民点校：《通志二十略》，中华书局1995年版，第1795页。

明代部分文言笑话也称“谐史”，如江盈科《雪涛谐史》、钟惺《谐丛》、孙一观《谐史》等。当然，在古典文献中，广义的俳谐文学包括俳谐文、俳谐赋、俳谐诗、俳谐词等众多文体中的戏谑诙谐之作。❶

“滑稽”一词最早见于《庄子》，《史记·滑稽列传》专门被用来指称以戏言巧言劝谏君主的俳优。司马贞索隐：“滑，乱也；稽，同也。言辩捷之人言非若是，说是若非，言能乱异同也。……又姚察云：‘滑稽犹俳谐也。滑，读如字；稽，音计也。言谐语滑利，其知计疾出，故云滑稽。”❷后世遂以“滑稽”指称那些以文为戏的俳谐之作，如陈长方《步里客谈》卷下：“余尝疑《三器论》非退之文章，又疑《下邳侯传》是后人拟作，退之传毛颖，以文滑稽耳。”❸楼昉《崇古文诀》评论《毛颖传》：“笔事收拾得尽善，将无作有，所谓以文滑稽者。”❹褚人获《坚瓠集》九集卷一评申涵光《毛颖后传》：“广平申和孟作《毛颖后传》，微有寄托，亦滑稽之笔。”❺

自唐宋始，“以文为戏”或“游戏之文”也就已普遍指称“寓言”之作。裴度《寄李翱书》云：“恃其绝足，往往奔放。不以文立制，而以文为戏。”❻洪迈《容斋随笔》卷七：“《毛颖传》初成，世人多笑其怪，虽裴晋公亦不以为可，惟柳子独爱之。韩子以文为戏，本一篇耳。”❼王柏《大庾公世家传》云：“托物作史，以文为戏，自韩昌黎传毛颖始。”❽全祖望《鲒埼亭集外编》卷四八《答沈东甫徵君文体杂问》谓：“‘史传’之外有‘家传’……又有‘特传’……又有‘别传’……又其次为游戏之传，如韩公之《毛颖》是也。”❾

清人还将“设词”与“寓言”并称或混称，如牛运震《空山堂史记评注》：“《陶朱公附传》，设词寓言也，飘忽逸宕，别一种笔法。”❿谭献《谭献日记》云：“予谓《策》

---

❶ 参见王毅：《古代的俳谐文学观》，《古典文学知识》2007 年第 3 期。
❷ (唐) 司马贞撰，王璐、赵望秦整理：《史记索隐》，陕西师范大学出版社 2018 年版，第 434—435 页。
❸ (宋) 陈长方：《步里客谈》，中华书局 1991 年版，第 6 页。
❹ (宋) 楼昉编：《崇古文诀》，上海古籍出版社 1993 年版，第 81 页。
❺ (清) 褚人获辑撰，李梦生校点：《坚瓠集》，上海古籍出版社 2012 年版，第 659 页。
❻ (宋) 李昉等编：《文苑英华》，中华书局 1966 年版，第 3508 页。
❼ (宋) 洪迈著，穆公校点：《容斋随笔》，上海古籍出版社 2015 年版，第 60 页。
❽ (宋) 王柏：《大庾公世家传》，曾枣庄、刘琳主编：《全宋文》(第 338 册)，上海辞书出版社 2006 年版，第 371 页。
❾ (清) 全祖望撰，朱铸禹汇校集注：《全祖望集汇校集注》，上海古籍出版社 2000 年版，第 1766 页。
❿ (清) 牛运震撰，崔凡芝校释：《空山堂史记评注校释》，中华书局 2012 年版，第 277 页。

纪多设词，如诸子之寓言，非可以实事求之。”❶

显然，无论是“俳谐”“以文滑稽”，还是“以文为戏”“游戏之文”，实际上都是从不同角度彰显“寓言”文类的类型特征，“夫设文之体有常，变文之数无方”，这类作品大都属于“雅正”相对的戏谑化“变体”“破体”，其创作旨趣是以戏拟、戏仿、谐谑手法追求诙谐滑稽之效果。❷当然，戏谑化“变体”“破体”几乎遍布古代各类文体，可看作古代文人的游戏、幽默精神的投射外溢，并非所有俳谐游戏之作都为“寓言”，“寓言”有着自己幻设虚拟、寄托寓意等自身规定性，但是，“寓言”之作大都具有俳谐游戏之戏谑化特色。

“寓言”之“名”与“实”结合起来看，实际上可看作一种幻设虚拟、谐谑戏拟、寓意寄托的艺术精神、叙事方式、艺术手法运用、传承于不同的文类文体而形成的作品谱系，从先秦之庄列及诸子寓言和《离骚》《高唐赋》《神女赋》等寓言性辞赋，到汉代《子虚赋》《上林赋》等虚拟性大赋和《非有先生传》等假托性自传、《逐贫赋》等拟人戏仿之文，南北朝《鸡九锡文》《大兰王九锡文》等戏拟俳谐文，再到唐代《毛颖传》等“假传”和《种树郭橐驼传》《蝜蝂传》等“托传”“寓传”、《送穷文》《乞巧文》等俳谐杂文、《草上之风赋》《螳螂拒辙赋》等俳谐赋、《枕中记》《南柯太守传》等寓言小说，以及唐以降的各类传承创作等。古人对其中的传承演化关系亦多有论述，如叶梦得《避暑录话》卷下：“韩退之作《毛颖传》，此本南朝俳谐文《驴九锡》《鸡九锡》之类而小变之耳。”❸洪迈《容斋随笔》卷十五“逐贫赋”条云：“韩文公《送穷文》柳子厚《乞巧文》，皆拟杨子云《逐贫赋》。”❹胡应麟《少室山房笔丛》：“子虚、上林不已而为修竹、大兰，修竹、大兰不已而为革华、毛颖，革华、毛颖不已而为后土、南柯，故夫庄、列者诡诞之宗而屈、宋者玄虚之首也。”❺“寓言”作为文类概念并非因其具有统一规范的文体形式，而是因不同文体中的部分作品集中使用了同一种艺术构思方式、表现手法，如取譬幻设、拟人假托、戏仿俳谐、托事寓理等。因此，从中国古代叙事传统与叙事学视域来看，“寓言”的名实

❶（清）谭献著，范旭仑、牟晓朋整理：《谭献日记》，中华书局 2013 年版，第 107 页。
❷ 参见刘成国：《宋代俳谐文研究》，《文学遗产》2009 年第 5 期。
❸（宋）叶梦得撰，田松青、徐时仪校点：《避暑录话》，上海古籍出版社 2012 年版，第 170 页。
❹（宋）洪迈著，穆公校点：《容斋随笔》，上海古籍出版社 2015 年版，第 269 页。
❺（明）胡应麟：《少室山房笔丛》，上海书店出版社 2001 年版，第 283 页。

之辨及其传承演化对于揭示自觉虚构幻设意识、戏拟俳谐意识及其艺术表现方式的起源、发展演化无疑具有独特的意义和价值。

四、“小说”抑或“文章”——“寓言”文类之定位和归属

从文人别集、文章总集和选本收录以及官私书目著录的情况来看，“寓言”文类的定位实际上也介于集部之文和子部之“小说”之间。

多部“寓言”文类性质的作品选本被明清官私书目著录于集部之“总集”或“逸文”之属，如《文府滑稽》著录于《徐氏家藏书目》“集部—总集类”、《澹生堂藏书目》“集类—逸文”、《四库全书总目》“集部—总集类”；《游翰稗编》《滑稽文传》著录于《澹生堂藏书目》“集类—逸文”。同时，此类作品选本也被著录于子部之“小说家”，如《新刊谐史》著录于《国史经籍志》《千顷堂书目》之“小说家”；《滑耀编》著录于《脉望馆书目》《国史经籍志》之“小说家”；《滑稽小传》《古今寓言》《谐史集》《广谐史》著录于《四库全书总目》之“小说家”。

对于此类选本同时跨类著录于集部之“总集”和子部之“小说家”，古人亦有困惑，如《四库全书总目》之《谐史集》提要：“据其体例，当入总集，然非文章正轨，今退之小说类中。”[1]的确，从编纂体例来说，此类选本多采自集部之文人别集，自当归入“总集”，如《广谐史总目》之“撰著姓氏”称其来源：唐代《韩文公全集》、宋代《苏忠文公全集》《淮海闲居集》《屏山集》《稼村类稿》、元代《杨铁崖文集》《东维子集》以及明代贝琼《贝清江文集》、唐肃《丹崖集》、何文渊《东园遗稿》等。通常，此类作品在文人文集中多归属于“传”类（主要指“假传”“寓传”“托传”“自传”等）或“杂文”“杂著”类。例如，宋元时期，《毛颖传》分别归入文谠注《详注昌黎先生文集》卷三十六“传”和魏仲举编《五百家注昌黎文集》卷三六“杂文”，司空图《容成侯传》归入《司空表圣文集》卷一“杂著”，张咏《木伯传》归入《乘崖集》卷六“杂著”，杨万里《豆卢子柔传》归入《诚斋集》卷一一七“传”。明清时期，何乔新

---

[1] （清）纪昀、陆锡熊、孙士毅等：《钦定四库全书总目》，中华书局1997年版，第1920页。

《梅伯华传》归入《椒邱文集》卷二十“传”，程敏政《石钟传》归入《篁墩集》卷四十九“传”，罗玘《胡液楮传》归入《圭峰集》卷二十一“杂录”，孙承恩《桐君传》归入《文简集》卷三十五“传”，吴伟业《叶公传》归入《梅村家藏稿》卷二十六“杂文”，侯方域《蹇千里传》归入《侯方域集》卷十“杂著”，梅曾亮《墨生传》归入《柏枧山房全集》文集卷八“传”，铁保《壶中君传》《秦娘子传》归入《梅庵文钞》卷八“杂文”。在文章总集中，此类作品或附于相应的“传”“记”等文体，或因文体驳杂难以归类而归入“杂文”，如《文苑英华》“传”类收录《毛颖传》《下邳侯革华传》《梓人传》《种树郭橐驼传》等“立言有寄托者”“俳谐为游戏者”❶，“记”类收录《醉乡记》《鹗执狐记》等，“杂文”类收录柳宗元《三戒》《罴说》《捕蛇者说》《蝜蝂传》，陆龟蒙《告白蛇文》《纪稻鼠》等。

对于俳谐之文，古人很早就认识到其具有“辞虽倾迴，意归义正”和“本体不雅，其流易弊”之两面性，如刘勰《文心雕龙·谐隐》：“及优旃之讽漆城，优孟之谏葬马，并谲辞饰说，抑止昏暴。是以子长编史，列传《滑稽》，以其辞虽倾回，意归义正也。但本体不雅，其流易弊。”❷对于文人别集是否应收录此类作品，应当附于相应文体，还是归入“杂文”，古人亦有所辩说，如《四库全书总目》之《去伪斋文集》提要：“是集亦多有裨世道之文，而出于后人之编录，一切俳谐笔墨，无不具载。夫韩愈《杂说》仅数条耳，其他寓言惟《毛颖传》《石鼎联句》编入集中，《革华传》《嘲鼾睡》诸篇即不编入，李汉所以为有识。惜编是集者昧此也。”❸章学诚《校雠通义》外篇云：“《石鼎联句诗序》，乃是以文滑稽，例当编入杂文，今亦编于序类，非也。”❹这应与古人对“寓言”文类褒贬不一的价值判断密切相关，如林駉《源流至论》卷二：“韩昌黎《毛颖传》，旧史鄙其讥戏不近人情。小宋复谓《送穷文》《毛颖传》，皆古人意思未到，可以名家。其抑扬之不一如此。”❺因此，对“寓言”作品褒扬者，自然将其编入别集中，并附于相应文体，相反，对其贬抑者，却会将其归入“杂文”“杂著”，甚至黜而不录。当然，在文人别集中，“杂文”“杂著”实

❶ (清) 章学诚著，叶瑛校注：《文史通义校注》，中华书局 1985 年版，第 250 页。

❷ (南朝梁) 刘勰撰，戚良德校注：《文心雕龙校注通译》，上海古籍出版社 2008 年版，第 168 页。

❸ (清) 纪昀、陆锡熊、孙士毅等：《钦定四库全书总目》，中华书局 1997 年版，第 2485 页。

❹ (清) 章学诚著，刘公纯标点：《校雠通义》，古籍出版社 1956 年版，第 70 页。

❺ (宋) 林駉撰：《新笺决科古今源流至论》，《中华再造善本丛书》，北京图书馆出版社 2005 年版，第 43—44 页。

际上还成了容纳文体新、变之作的“特区”，这些作品或属于难以归入原有文体体系的创新之体，或属于突破固有文体规范的变体之作。“寓言”文类涉及的俳谐之文，也大都可看作文体新、变之作。古代文体的正变中亦有品位雅俗、高下之分，戏谑化的变体、破体之作，自然容易被看作品格鄙俗、地位低下者。

古代“小说”一词歧义丛生，乃古代文学文体术语中指称范围最为复杂者之一。“小说”是无关于政教的“小道”之义界，使其成为范围非常宽泛的概念，成了容纳无类可归或不登大雅之堂的“小道”之作的渊薮。集部之文与子部之“小说家”的交叉混杂，也主要集中于部分价值定位低下者。“寓言”文类被看作“小说”亦属此类情况。在贬抑“寓言”文类者看来，此类俳谐作品自然属于难登大雅之堂的“小道”，将其看作“小说”也顺理成章，常常径直称其为“小说”，如徐常吉《谐史序》：“齐谐者，志怪者也；又谐者，谑也。何言乎怪与谑也？”❶又如《滑稽小传序》：“虽街谈巷语，小说不载，稗官不录者，时有可观，辄采而书之，号《滑稽小传》。”❷李维桢《广滑稽序》称：“已采两汉以来至宋元本朝人稗官小说家数十百种，语类滑稽者集之，凡二十六卷。”❸顾炎武《日知录》卷十九“古人不为人立传”条云：“《毛颖》《李赤》《蝜蝂》则戏耳而谓之传，盖比于稗官之属耳。”❹《庄子》之“寓言”亦被称为“诙谐小说之祖”，如黄震《黄氏日钞》：“庄子以不羁之才，肆跌宕之说，创为不必有之人，设为不必有之物，造为天下所必无之事，用以眇末宇宙，戏薄圣人，走弄百出，茫无定踪，固千万世诙谐小说之祖也。”❺这种认识也与部分明清官私书目将其归类于子部“小说家”完全一致。近现代以来的古代小说研究也多将此类纳入其中，有的学者还将其专门界定为“寓言小说”“谐谑小说”。❻

通过全面系统梳理“寓言”作品谱系和文类概念，我们实际上揭示出一个中国古代自己的“寓言”系统。以回归还原的思路尽量贴近历史本然的文类、文体

❶ 黄清泉主编，曾祖荫等辑录：《中国历代小说序跋辑录》，华中师范大学出版社 1989 年版，第 346 页。

❷ （宋）周紫芝：《滑稽小传序》，曾枣庄、刘琳主编：《全宋文》（第 162 册），上海辞书出版社 2006 年版，第 167 页。

❸ 黄清泉主编，曾祖荫等辑录：《中国历代小说序跋辑录》，华中师范大学出版社 1989 年版，第 351 页。

❹ （清）顾炎武著，（清）黄汝成集释，栾保群、吕宗力校点：《日知录集释》，上海古籍出版社 2014 年版，第 436 页。

❺ （宋）黄震：《黄氏日钞》，钟肇鹏选编：《读书记四种》（第 16 册），北京图书馆出版社 1998 年版，第 566 页。

❻ 参见宁稼雨：《中国文言小说总目提要 · 前言》，齐鲁书社 1996 年版。

定位来梳理中国古代作为文类概念的“寓言”，有利于我们更好地站在古人原有的文类、文体谱系的立场上贴近古人原有的观念认识来审视研究相关文体和作品，建构中国“寓言”自己的历史，呈现那些根植于中国传统文化语境的独有之作品形态、表现方式、艺术手法、精神趣味。

主要参考书目

（按作者姓名拼音音序排列，不署作者名者按书名音序排列）

B

白寿彝主编：《中国史学史》，上海人民出版社 2006 年版

（汉）班固著，（唐）颜师古注：《汉书》，中华书局 1962 年版

《北京图书馆古籍珍本丛刊》，书目文献出版社 1988 年版

《笔记小说大观》，广陵书社 2007 年版

C

（宋）蔡正孙撰，常振国、降云点校：《诗林广记》，中华书局 1982 年版

仓修良、魏得良编：《中国古代史学史简编》，黑龙江人民出版社 1983 年版

（宋）晁公武撰，孙猛校证：《郡斋读书志校证》，上海古籍出版社 1990 年版

（宋）晁载之：《续谈助》，中华书局 1985 年版

陈才训：《源远流长：论〈春秋〉〈左传〉对古典小说的影响》，中国社会科学出版社 2008 年版

陈高华、陈智超等：《中国古代史史料学》，中华书局 2016 年版

陈功甫等撰，王东、李孝迁主编，王传编校：《中国史学史未刊讲义四种》，上海古籍出版社 2018 年版

陈洪：《中国小说理论史（修订本）》，天津教育出版社 2005 年版

陈侃理：《儒学、数术与政治：灾异的政治文化史》，北京大学出版社 2015 年版

（宋）陈骙著，刘彦成注译：《文则注译》，书目文献出版社 1988 年版

陈兰村主编：《中国传记文学发展史》，语文出版社 1999 年版

陈兰村、张新科：《中国古典传记论稿》，陕西人民教育出版社 1991 年版
陈其泰主编：《中国历史编纂学史》，国家图书馆出版社 2018 年版
陈尚君：《宋元笔记述要》，中华书局 2019 年版
（明）陈霆：《两山墨谈》，中华书局 1985 年版
陈文新：《文言小说审美发展史》，武汉大学出版社 2007 年版
陈晓芬：《中国古典散文理论史》，华东师范大学出版社 2010 年版
陈寅恪：《元白诗笺证稿》，生活·读书·新知三联书店 2001 年版
（宋）陈振孙撰，徐小蛮、顾美华点校：《直斋书录解题》，上海古籍出版社 1987 年版
陈柱：《中国散文史》，江西教育出版社 2017 年版
陈左高：《中国日记史略》，中国书籍出版社 2016 年版
程国赋：《唐五代小说的文化阐释》，人民文学出版社 2002 年版
程千帆：《闲堂文薮》，齐鲁书社 1984 年版
程毅中：《古小说简目》，中华书局 1981 年版
程毅中：《宋元小说研究》，江苏古籍出版社 1998 年版
程毅中：《唐代小说史》，人民文学出版社 2003 年版
褚斌杰：《中国古代文体概论》，北京大学出版社 1998 年版
（清）褚人获辑撰，李梦生校点：《坚瓠集》，上海古籍出版社 2012 年版

D

（清）戴名世撰，王树民编：《戴名世集》，中华书局 1986 年版
（清）董诰等编纂，孙映达等点校：《全唐文》，中华书局 1983 年版
董乃斌：《中国古典小说的文体独立》，中国社会科学出版社 1994 年版
（汉）董仲舒著，（清）苏舆撰，钟哲点校：《春秋繁露义证》，中华书局 1992 年版
丁锡根编著：《中国历代小说序跋集》，人民文学出版社 1996 年版
杜维运：《中国史学史》，商务印书馆 2010 年版

E

《二十五史补编》，中华书局 1955 年版

F

（宋）范成大：《吴船录》，浙江人民美术出版社 2016 年版

（晋）范宁注，（唐）杨士勋疏：《春秋穀梁传注疏》，上海古籍出版社 1990 年版
（南朝宋）范晔撰，（唐）李贤等注：《后汉书》，中华书局 1965 年版
（清）方苞著，刘季高校点：《方苞集》，上海古籍出版社 1983 年版
方朝晖：《“中学”与“西学”：重新解读现代中国学术史》，河北大学出版社 2002 年版
（清）方濬师撰，盛冬铃点校：《蕉轩随录》，中华书局 1995 年版
方师铎：《传统文学与类书之关系》，天津古籍出版社 1986 年版
方正耀：《中国小说批评史略》，中国社会科学出版社 1990 年版
（唐）房玄龄等：《晋书》，中华书局 1974 年版
冯尔康：《清史史料学》，沈阳出版社 2004 年版
冯友兰著，邵汉明编选：《冯友兰文集第二卷：中国哲学史》，长春出版社 2008 年版
傅振伦：《中国史学概要》，史学书局 1944 年版

G

（晋）干宝撰，李剑国辑校：《搜神记辑校》，中华书局 2019 年版
（晋）葛洪著，王明校释：《抱朴子内篇校释》，中华书局 2002 年版
龚书铎、瞿林东主编：《中华大典·史学理论与史学史分典》，上海古籍出版社 2007 年版
《古本小说丛刊》，中华书局 1990 年版
《古本小说集成》，上海古籍出版社 1990 年版
顾宏义、李文整理、标校：《宋代日记丛编》，上海书店出版社 2013 年版
顾宏义：《两宋笔记研究》，大象出版社 2020 年版
顾宏义：《宋代笔记录考》，中华书局 2021 年版
（清）顾炎武著，（清）黄汝成集释，栾保群、吕宗力校点：《日知录集释》，上海古籍出版社 2014 年版
（清）郭庆藩撰，王孝鱼点校：《庄子集释》，中华书局 2012 年版
郭英德：《中国古代文体学论稿》，北京大学出版社 2005 年版
郭预衡：《中国散文史》，上海古籍出版社 2011 年版

H

（唐）韩愈著，刘真伦、岳珍校注：《韩愈文集汇校笺注》，中华书局 2010 年版

韩云波：《唐代小说观念与小说兴起研究》，四川民族出版社 2002 年版

韩兆琦：《中国传记艺术》，内蒙古教育出版社 1998 年版

韩兆琦主编：《中国传记文学史》，河北教育出版社 1992 年版

何炳松：《通史新义》，上海古籍出版社 2015 年版

（清）何焯：《义门读书记》，上海古籍出版社 1992 年版

何春根：《类书与中国古代小说研究》，江西人民出版社 2018 年版

（明）何良俊撰，李剑雄校点：《四友斋丛说》，上海古籍出版社 2012 年版

（清）何文焕辑：《历代诗话》，中华书局 2004 年版

何悦玲：《中国古代小说中的“史传”传统及其历史变迁》，中华书局 2020 年版

（宋）洪迈著，穆公校点：《容斋随笔》，上海古籍出版社 2015 年版

（宋）洪迈撰，何卓点校：《夷坚志》，中华书局 2006 年版

侯忠义编：《中国文言小说参考资料》，北京大学出版社 1985 年版

侯忠义、刘世林：《中国文言小说史稿》，北京大学出版社 1993 年版

侯忠义：《唐人传奇》，春风文艺出版社 1999 年版

胡宝国：《汉唐间史学的发展》，商务印书馆 2003 年版

胡道静：《中国古代的类书》，上海人民出版社 2020 年版

胡怀琛：《中国小说概论》，世界书局 1944 年版

胡怀琛：《中国小说研究》，商务印书馆 1929 年版

（明）胡应麟：《少室山房笔丛》，上海书店出版社 2001 年版

（宋）胡仔纂集，廖德明校点：《苕溪渔隐丛话》，人民文学出版社 1962 年版

（清）黄本骥撰，刘范弟点校：《黄本骥集》，岳麓书社 2009 年版

黄霖：《古小说论概观》，上海文艺出版社 1986 年版

黄霖、韩同文编：《中国历代小说论著选》，江西人民出版社 2000 年版

黄清泉主编，曾祖荫等辑录：《中国历代小说序跋辑录》，华中师范大学出版社 1989 年版

黄一农：《制天命而用——星占、术数与中国古代社会》，四川人民出版社 2018

年版
黄永年、贾宪保：《唐史史料学》，陕西师范大学出版社 1989 年版
（清）黄虞稷撰，瞿凤起、潘景郑整理：《千顷堂书目》，上海古籍出版社 1990 年版
（清）黄宗羲著，沈善洪主编，吴光执行主编：《黄宗羲全集》，浙江古籍出版社 2005 年版

J

（清）纪昀、陆锡熊、孙士毅等：《钦定四库全书总目》，中华书局 1997 年版
姜涛、赵华：《古代传记文学史稿》，辽宁大学出版社 1990 年
金毓黻：《中国史学史》，河北教育出版社 2004 年版
景新强：《〈四库全书存目丛书〉宋代杂史研究——兼论史部杂史类目的演变》，博士学位论文，陕西师范大学，2007 年

K

可咏雪编著：《史记文学成就论稿》，内蒙古教育出版社 1991 年版

L

（明）郎瑛：《七修类稿》，上海书店出版社 2001 年版
（清）李慈铭撰，由云龙辑：《越缦堂读书记》，中华书局 2006 年版
（宋）李纲撰，王瑞明点校：《李纲全集》，岳麓书社 2004 年版
李剑国：《宋代志怪传奇叙录（增订本）》，中华书局 2018 年版
李剑国：《唐前志怪小说史》，天津教育出版社 2005 年版
李剑国：《唐五代志怪传奇叙录（增订本）》，中华书局 2017 年版
李剑国辑校：《唐五代传奇集》，中华书局 2015 年版
李军均：《传奇小说文体研究》，华中科技大学出版社 2007 年版
李少雍：《略论六朝正史的文学特色》，《文学遗产》1998 年第 3 期
李少雍：《史传里的琐事记载——〈晋书〉文学特色脞说》，《文学遗产》2008 年第 1 期
李少雍：《司马迁传记文学论稿》，重庆出版社 1987 年版
李士彪：《魏晋南北朝文体学》，上海古籍出版社 2004 年版
（宋）李献民：《云斋广录》，中华书局 1991 年版

李祥年：《汉魏六朝传记文学史稿》，复旦大学出版社 1995 年版
李勇进：《史部杂史类研究》，硕士学位论文，兰州大学，2011 年
（清）李渔：《李渔全集》，浙江古籍出版社 1991 年版
（唐）李肇：《唐国史补》，上海古籍出版社 1979 年版
李贞慧：《历史叙事与宋代散文研究》，中国社会科学出版社 2015 年版
李之亮笺注：《司马温公集编年笺注》，巴蜀书社 2009 年版
（宋）李之仪：《姑溪居士集》，中华书局 1985 年版
李宗为：《唐人传奇》，中华书局 2003 年版
（清）梁玉绳：《史记志疑》，中华书局 1981 年版
廖菊楝：《宋人考据笔记研究》，博士学位论文，北京大学，2003 年
林纾著，范先渊校点：《春觉斋论文》，人民文学出版社 1961 年版
凌郁之：《走向世俗——宋代文言小说的变迁》，中华书局 2007 年版
刘节：《中国史学史稿》，中州书画出版社 1982 年版
刘开荣：《唐代小说研究》，商务印书馆 1947 年版
（宋）刘克庄撰，王蓉贵、向以鲜校点，刁忠民审订：《后村先生大全集》，四川大学出版社 2008 年版
刘琳等校点：《宋会要辑稿》，上海古籍出版社 2014 年版
刘全波：《类书研究通论》，甘肃文化出版社 2018 年版
刘世德主编：《中国古代小说百科全书》，中国大百科全书出版社 1993 年版
刘天振：《明代通俗类书研究》，齐鲁书社 2006 年版
（南朝梁）刘勰撰，戚良德校注：《文心雕龙校注通译》，上海古籍出版社 2008 年版
刘衍：《中国古代散文史》，高等教育出版社 2004 年版
刘叶秋：《类书简说》，上海古籍出版社 1980 年版
刘叶秋：《历代笔记概述》，中华书局 1980 年版
（南朝宋）刘义庆著，（南朝梁）刘孝标注，刘强会评辑校：《世说新语会评》，凤凰出版社 2007 年版
（唐）刘知幾著，（清）浦起龙通释，王煦华整理：《史通通释》，上海古籍出版社

2009 年版
（唐）柳宗元：《柳河东集》，上海人民出版社 1974 年版
鲁迅：《中国小说史略》，上海古籍出版社 1998 年版
鲁迅校录：《唐宋传奇集》，齐鲁书社 1997 年版
（宋）陆游著，柴舟校注：《入蜀记》，上海远东出版社 1996 年版
（宋）陆游著，马亚中、涂小马校注：《渭南文集校注》，浙江古籍出版社 2015 年版
（宋）路振：《乘轺录》，中华书局 1991 年版
（宋）罗璧：《识遗》，岳麓书社 2010 年版
罗炳良：《南宋史学史》，人民出版社 2008 年版
罗宁：《汉唐小说观念论稿》，巴蜀书社 2009 年版
（清）罗汝怀撰，赵振兴校点：《罗汝怀集》，岳麓书社 2013 年版

M

（元）马端临：《文献通考》，中华书局 2011 年版
马兴波：《明代笔记考论》，山东大学出版社 2019 年版
蒙文通：《中国史学史》，巴蜀书社 2019 年版

N

［日］内藤湖南著，马彪译：《中国史学史》，上海古籍出版社 2008 年版
［美］倪豪士：《传记与小说：唐代文学比较论集》，中华书局 2007 年版
聂溦萌、陈爽编：《版本源流与正史校勘》，中华书局 2019 年版
宁稼雨：《中国文言小说总目提要》，齐鲁书社 1996 年版
宁稼雨：《中国志人小说史》，辽宁人民出版社 1991 年版
（清）牛运震著，李念孔等点校：《读史纠谬》，齐鲁书社 1989 年版
（清）牛运震撰，崔凡芝校释：《空山堂史记评注校释》，中华书局 2012 年版

O

（宋）欧阳修、宋祁等：《新唐书》，中华书局 1975 年版
（宋）欧阳修著，李之亮笺注：《欧阳修集编年笺注》，巴蜀书社 2007 年版
（宋）欧阳修撰，（宋）徐无党注：《新五代史》，中华书局 1974 年版

P

潘建国：《中国古代小说书目研究》，上海古籍出版社 2005 年版

（清）彭希涑辑：《二十二史感应录》，中华书局 1985 年版

（清）平步青：《霞外捃屑》，上海古籍出版社 1982 年版

浦江清：《浦江清文录》，人民文学出版社 1958 年版

Q

（清）钱大昕著，陈文和主编：《嘉定钱大昕全集（增订本）》，凤凰出版社 2016 年版

乔治忠：《中国史学史》，中国人民大学出版社 2021 年版

秦川：《中国古代文言小说总集研究》，上海古籍出版社 2006 年版

《清代诗文集汇编》，上海古籍出版社 2010 年版

瞿海源：《宗教、术数与社会变迁》，台北桂冠图书有限公司 2006 年版

瞿林东：《中国古代史学批评纵横》，中华书局 1994 年版

瞿林东：《中国史学史纲》，北京师范大学出版社 2017 年版

（清）全祖望撰，朱铸禹汇校集注：《全祖望集汇校集注》，上海古籍出版社 2000 年版

R

任明华：《中国小说选本研究》，博士学位论文，华东师范大学，2003 年

S

石昌渝：《中国古代小说总目》，山西教育出版社 2004 年版

石昌渝：《中国小说源流论》，生活·读书·新知三联书店 1994 年版

石麟：《传奇小说通论》，中州古籍出版社 2005 年版

（宋）史绳祖：《学斋占毕》，上海古籍出版社 1992 年版

史素昭：《唐代传记文学研究》，岳麓书社 2009 年版

（宋）司马光编著，（元）胡三省音注，标点资治通鉴小组校点：《资治通鉴》，中华书局 1956 年版

（汉）司马迁：《史记》，中华书局 2006 年版

（汉）司马迁著，（清）姚苧田选评：《史记菁华录》，上海古籍出版社 2007 年版

《四库禁毁书丛刊》，北京出版社 2000 年版
《四库全书存目丛书》，齐鲁书社 1997 年版
《四库未收书辑刊》，北京出版社 2000 年版
宋鼎立：《〈晋书〉采小说辨》，《史学史研究》2000 年第 1 期
宋会群：《中国术数文化史》，河南大学出版社 1999 年版
（宋）宋敏求撰，尚成等校点：《春明退朝录》，上海古籍出版社 2012 年版
宋心昌：《欧阳修诗文选译》，上海古籍出版社 2016 年版
（宋）苏轼著，（清）冯应榴辑注，黄任轲、朱怀春校点：《苏轼诗集合注》，上海古籍出版社 2001 年版
孙绿怡：《〈左传〉与中国古典小说》，北京大学出版社 1992 年版
孙钦善：《中国古文献学史》，中华书局 2014 年版
孙文起：《宋代传记研究》，博士学位论文，南京大学，2017 年

T

谭帆等：《中国古代小说文体文法术语考释》，上海古籍出版社 2013 年版
谭家键：《中国古代散文史稿》，重庆出版社 2006 年版
唐光荣：《唐代类书与文学》，巴蜀书社 2008 年版
（元）脱脱等：《宋史》，中华书局 1985 年版

W

汪辟疆：《目录学研究》，华东师范大学出版社 2000 年版
汪辟疆校录：《唐人小说》，上海古籍出版社 1978 年版
（清）汪琬著，李圣华笺校：《汪琬全集笺校》，人民文学出版社 2010 年版
（宋）王安石：《临川先生文集》，中华书局 1959 年版
（汉）王充著，黄晖撰：《论衡校释》，中华书局 1990 年版
王东、左宏阁校证：《唐书直笔校证　新唐书纠谬校证》，四川大学出版社 2014 年版
（宋）王观国撰，王建、田吉校点：《学林》，岳麓书社 2010 年版
王锦贵：《中国纪传体文献研究》，北京大学出版社 1996 年版
［美］王靖宇：《〈左传〉与传统小说论集》，北京大学出版社 1989 年版

（宋）王明清：《挥麈录》，上海书店出版社2001年版
（清）王鸣盛著，陈文和主编：《嘉定王鸣盛全集》，中华书局2010年版
王庆华：《文言小说文类与史部相关叙事文类关系研究——“小说”在“杂史”“传记”“杂家”之间》，华东师范大学出版社2015年版
（金）王若虚著，胡传志、李定乾校注：《滹南遗老集校注》，辽海出版社2005年版
（清）王士禛撰，靳斯仁点校：《池北偶谈》，中华书局1982年版
（清）王世贞：《弇州山人四部稿》，台湾伟文图书出版社有限公司1976年版
王叔岷：《列仙传校笺》，中华书局2007年版
王树民：《中国史学史纲要》，中华书局1997年版
王水照编：《历代文话》，复旦大学出版社2007年版
（宋）王应麟辑：《玉海》，广陵书社2003年版
（宋）王应麟撰，栾保群、田松青校点：《困学纪闻》，上海古籍出版社2015年版
王玉璋：《中国史学史概论》，商务印书馆1944年版
［日］尾崎康著，乔秀岩、王铿编译：《正史宋元版之研究》，中华书局2018年版
（宋）魏庆之编：《诗人玉屑》，上海古籍出版社1959年版
魏应麒：《中国史学史》，山西人民出版社2014年版
（唐）魏徵等：《隋书》，中华书局1973年版
吴承学：《中国古代文体形态研究》，中山大学出版社2000年版
吴承学：《中国古代文体学研究》，人民出版社2011年版
（清）吴德旋著，范先渊校点：《初月楼古文绪论》，人民文学出版社1961年版
吴凤雏、傅林辉：《宋代笔记概论》，百花洲文艺出版社1999年版
吴怀琪：《中国史学思想会通》，福建人民出版社2018年版
吴怀琪主编：《中国史学思想通史》，黄山书社2005年版
（清）吴见思著，陆永品点校：《史记论文》，上海古籍出版社2008年版
吴礼权：《笔记小说史》，商务印书馆1993年版
（明）吴讷、（明）徐师曾著，于北山、罗根泽校点：《文章辨体序说　文体明辨序说》，人民文学出版社1962年版
（宋）吴曾：《能改斋漫录》，中华书局1960年版

吴志达:《中国文言小说史》,齐鲁书社 1994 年版

X

夏南强:《类书通论》,湖北人民出版社 2001 年版
(南朝梁) 萧统编,(唐) 李善注:《文选》,上海古籍出版社 1986 年版
萧相恺主编:《中国文言小说家评传》,中州古籍出版社 2004 年版
谢保成:《隋唐五代史学》,商务印书馆 2007 年版
谢保成主编:《中国史学史》,商务印书馆 2006 年版
谢贵安:《中国实录体史学研究》,武汉大学出版社 2007 年版
谢贵安:《中国史学史》,武汉大学出版社 2012 年版
谢国桢:《史料学概论》,福建人民出版社 1985 年版
谢志勇:《逡巡于文与史之间——唐代传记文学述论》,中国社会科学出版社 2012 年版
熊明:《杂传与小说: 汉魏六朝杂传研究》,辽海出版社 2004 年版
徐有富:《目录学与学术史》,中华书局 2009 年版
《续修四库全书》,上海古籍出版社 2002 年版
薛洪勣:《传奇小说史》,浙江古籍出版社 1998 年版

Y

严杰:《唐五代笔记考论》,中华书局 2009 年版
杨伯峻:《列子集释》,中华书局 1979 年版
(明) 杨慎:《升庵集》,上海古籍出版社 1993 年版
杨翼骧编:《中国史学史资料编年》,南开大学出版社 1987 年版
杨翼骧讲授,姜胜利整理:《杨翼骧中国史学史讲义》,天津古籍出版社 2006 年版
姚名达:《中国目录学史》,上海古籍出版社 2002 年版
(宋) 叶梦得撰,田松青、徐时仪校点:《避暑录话》,上海古籍出版社 2012 版
(汉) 应劭撰,王利器校注:《风俗通义校注》,中华书局 1981 年版
《景印文渊阁四库全书》,台湾商务印书馆 1986 年版
余祖坤编:《历代文话续编》,凤凰出版社 2013 年版

俞樟华：《古代传记理论研究》，黑龙江人民出版社 2018 年版
俞樟华等：《古代杂传研究》，吉林文史出版社 2005 年版
俞樟华、林尔等：《宋代传记研究》，黑龙江人民出版社 2015 年版
俞樟华、娄欣星等：《古代假传和类传研究》，黑龙江人民出版社 2015 年版
俞樟华：《中国传记文学理论研究》，湖南文艺出版社 2000 年版
（晋）袁宏著，张烈点校：《后汉纪》，中华书局 2002 年版
（清）袁枚著，王英志主编：《袁枚全集》，江苏古籍出版社 1993 年版
袁行霈、候忠义编：《中国文言小说书目》，北京大学出版社 1981 年版

Z

（宋）曾巩撰，陈杏珍、晁继周点校：《曾巩集》，中华书局 1984 年版
（清）曾国藩撰，余兴安等译注：《经史百家杂钞》，中华书局 2018 年版
曾贻芬、崔文印：《中国历史文献学史述要》，商务印书馆 2000 年版
曾枣庄：《中国古代文体学》，上海人民出版社、上海书店出版社 2012 年版
曾枣庄、刘琳主编：《全宋文》，上海辞书出版社 2006 年版
（宋）曾慥编：《类说》，上海古籍出版社 1993 年版
（宋）张邦基撰，丁如明校点：《墨庄漫录》，上海古籍出版社 2012 年版
（清）张潮辑，王根林校点：《虞初新志》，上海古籍出版社 2012 年版
张涤华：《类书流别》，商务印书馆 1985 年版
（晋）张华撰，范宁校证：《博物志校证》，中华书局 2014 年版
张晖：《宋代笔记研究》，华中师范大学出版社 1993 年版
张新科：《唐前史传文学研究》，西北大学出版社 2000 年版
张志烈、马德富、周裕锴主编：《苏轼全集校注》，河北人民出版社 2010 年版
（唐）张鷟撰，赵守俨点校：《朝野佥载》，中华书局 1979 年版
章群：《〈通鉴〉及〈新唐书〉引用笔记小说研究》，文津出版社 1999 年版
（宋）章如愚编撰：《山堂考索》，中华书局 1992 年版
（清）章学诚著，叶瑛校注：《文史通义校注》，中华书局 1985 年版
（宋）赵令畤撰，傅成校点：《侯鲭录》，上海古籍出版社 2012 年版
（宋）赵彦卫撰，傅根清点校：《云麓漫钞》，中华书局 1996 年版

赵益：《古典术数文献述论稿》，中华书局 2005 年版
（清）赵翼：《陔余丛考》，中华书局 1963 年版
（清）赵翼著，王树民校证：《廿二史札记校证》，中华书局 1984 年版
（宋）赵与时著，齐治平校点：《宾退录》，上海古籍出版社 1983 年版
（唐）郑处诲撰，田延柱点校：《明皇杂录》，中华书局 1994 年版
（宋）郑樵撰，王树民点校：《通志二十略》，中华书局 1995 年版
（汉）郑玄注，（唐）孔颖达等正义：《礼记正义》，上海古籍出版社 1990 年版
《中国丛书综录》，上海古籍出版社 2019 年版
（宋）周煇撰，刘永翔校注：《清波杂志校注》，中华书局 1994 年版
（宋）周密：《齐东野语》，齐鲁书社 2007 年版
周绍良：《唐传奇笺证》，人民文学出版社 2000 年版
周绍良主编：《全唐文新编》，吉林文史出版社 2000 年版
周勋初：《唐人笔记小说考索》，江苏古籍出版社 1996 年版
周勋初主编，严杰、武秀成、姚松编：《唐人轶事汇编》，上海古籍出版社 2015 年版
（清）周中孚撰，黄曙辉、印晓峰标校：《郑堂读书记》，上海书店出版社 2009 年版
朱东润：《八代传叙文学述论》，复旦大学出版社 2006 年版
朱东润著，陈尚君整理：《中国传叙文学之变迁》，复旦大学出版社 2016 年版
朱杰勤：《中国古代史学史》，河南人民出版社 1980 年版
（明）朱明镐：《史纠》，中华书局 1991 年版
朱希祖：《中国史学通论》，江西教育出版社 2018 年版
朱易安、傅璇琮等主编：《全宋笔记》，大象出版社 2003 年版
（清）朱筠：《笥河文集》，中华书局 1985 年版
祝尚书：《宋元文章学》，中华书局 2013 年版
（宋）庄绰：《鸡肋编》，上海书店出版社 1990 年版